Chers voisins

Du même auteur

Le Prix du plaisir, Seuil, 1997.
Mr. Phillips, Seuil, 2002.
Le Port des senteurs, Seuil, 2004.

John Lanchester

Chers voisins

Traduit de l'anglais par Anouk Neuhoff
avec la collaboration de Suzy Borello

FEUX CROISÉS
PLON

Titre original
Capital

Collection Feux Croisés

First published in 2012 by Faber and Faber Ltd, London
ISBN édition originale : 978-0-571-23462-2

Édition française publiée par :

12, avenue d'Italie
75013 Paris
Tél. : 01 44 16 09 00
Fax : 01 44 16 09 01
www.plon.fr

ISBN Plon : 978-2-259-21853-5

Pour Jesse et Finn
et Miranda

Prologue

À l'aube, un jour de fin d'été, un homme en sweat-shirt à capuche remontait à pas lents et feutrés une rue ordinaire du sud de Londres. Il faisait quelque chose, mais quoi, un passant aurait été bien en peine de le deviner. Tantôt il se rapprochait des maisons, tantôt il s'en écartait. Tantôt il regardait vers le bas, tantôt vers le haut. De près, le passant aurait pu constater que le jeune homme tenait un petit caméscope haute définition, sauf qu'il n'y avait pas de passant, et donc personne pour remarquer le manège. Excepté le jeune homme, la rue était déserte. Même les plus matinaux n'étaient pas encore levés, et ce n'était pas un jour de livraison de lait ni de ramassage des ordures. Peut-être le savait-il, et avait-il choisi exprès ce moment pour filmer les maisons.

La rue en question s'appelait Pepys Road. Elle n'avait rien d'extraordinaire pour une rue de ce quartier. La plupart de ses maisons dataient de la même époque. Elles avaient été construites par un entrepreneur à la fin du XIXe siècle, pendant le boom immobilier consécutif à l'abolition de l'impôt sur les briques. L'entrepreneur avait fait appel à un architecte de Cornouailles et à des maçons irlandais, et la construction s'était étendue sur une période d'environ dix-huit mois. Comportant trois étages, elles étaient toutes légèrement différentes, car l'architecte et ses ouvriers y avaient créé d'infimes variations, que ce soit dans la forme des fenêtres ou des cheminées, ou dans les détails du briquetage. Comme le soulignait un guide traitant de l'architecture du quartier : « Une fois qu'on a noté cette caractéristique, il est amusant de contempler les bâtiments et d'en repérer les discrètes singularités. » Quatre des maisons de la rue présentaient des façades symétriques et offraient deux fois plus d'espace que les autres ; l'espace constituant une denrée très précieuse, elles valaient environ trois fois plus cher que celles à façade simple. Le jeune homme à la caméra semblait s'intéresser particulièrement à ces demeures plus vastes et plus coûteuses.

Les maisons de Pepys Road avaient été construites pour une clientèle bien précise : elles visaient des familles de la petite bourgeoisie prêtes à habiter un quartier peu élégant de la ville pour avoir la chance de posséder une maison en mitoyenneté – suffisamment grande pour loger des domestiques. Durant les premières années elles avaient été occupées non par des notaires, des avocats ou des médecins, mais par ceux qui travaillaient pour eux : cette catégorie de gens respectables et ambitieux qui ne faisaient plus partie des pauvres. Au cours des décennies suivantes, la population de la rue avait oscillé en âge et en milieu social, selon sa cote auprès des jeunes familles en ascension, et selon l'opulence du quartier. Le secteur avait été bombardé pendant la Seconde Guerre mondiale, mais Pepys Road avait été épargnée jusqu'à 1944 et la chute d'un missile V2, qui avait détruit deux maisons au milieu de la rue. Le trou était resté des années, comme deux dents de devant manquantes, puis une nouvelle dotée de balcons et de portes-fenêtres, d'allure très saugrenue parmi tous ces bâtiments victoriens, y avait été érigée dans les années 50. Durant cette décennie, quatre maisons de la rue étaient habitées par des familles récemment débarquées des Caraïbes ; les pères travaillaient tous aux Transports Londoniens. En 1960, un petit carré d'herbe à la forme irrégulière situé à une des extrémités de Pepys Road, laissé tel quel depuis la destruction de l'édifice précédent par des bombes allemandes, avait été recouvert d'une dalle de béton sur laquelle avait été édifiée une petite maison avec une boutique en rez-de-chaussée.

On aurait du mal à désigner le moment exact où Pepys Road avait commencé à grimper dans l'échelle socio-économique. De manière conventionnelle, on pouvait dire que la rue avait épousé l'évolution de la prospérité britannique : sortant de la chrysalide vieillotte de la fin des années 70, elle s'était, durant l'ère Thatcher et la longue période de croissance qui suivit, métamorphosée en un papillon vulgaire et tape-à-l'œil. Mais ce n'était pas tout à fait l'impression qu'avaient ses habitants, pour la bonne raison que ses habitants avaient changé aussi. À mesure que les prix de l'immobilier augmentaient, les classes laborieuses, aussi bien indigènes qu'immigrées, avaient revendu leurs logis, en général pour s'installer dans des maisons plus grandes dans des quartiers plus tranquilles, où les voisins leur ressemblaient. Les nouveaux résidents appartenaient plutôt à la moyenne bourgeoisie, les maris avaient des boulots correctement payés, quoique pas spectaculaires, et les femmes restaient à la maison pour s'occuper des enfants : comme de tout temps, les maisons de Pepys Road demeuraient en effet très appréciées des jeunes ménages. Puis, avec la hausse des prix et l'évolution des mœurs, les nouvelles familles qui s'installaient confiaient la garde de leurs enfants à d'autres personnes, à domicile ou à l'extérieur, pour que le père et la mère puissent aller travailler.

Les gens se mirent à retaper les maisons, non pas de manière ponctuelle comme dans les décennies précédentes mais en les refaisant de fond en comble dans ce style « loft » qui s'était imposé dans les années 70 et n'était jamais réellement passé de mode. On aménageait les greniers ; lorsque la municipalité vira à gauche dans les années 80 et n'autorisa plus ces transformations, des habitants se regroupèrent pour déposer une requête visant à recouvrer leur droit d'agrandir leurs maisons vers le haut, et obtinrent gain de cause. Entre autres arguments, ils soutenaient qu'elles avaient été construites pour accueillir des familles, et que l'aménagement des combles correspondait absolument à l'esprit dans lequel elles avaient été bâties – ce qui était vrai. Il y avait toujours une maison en réfection dans Pepys Road ; des bennes trônaient sans arrêt le long des trottoirs, des camionnettes de chantier encombraient la chaussée, et en permanence régnaient le vacarme des pioches, des masses, des marteaux-piqueurs, des perceuses et des disqueuses, sans oublier l'inévitable braillement des transistors des ouvriers. L'activité ralentit un moment après la crise immobilière de 1987, pour redémarrer une dizaine d'années plus tard. Fin

2007, après une autre décennie de boom immobilier, il n'était pas rare que, dans la rue, deux ou trois maisons soient en cours de rénovation en même temps. La mode était à l'aménagement des sous-sols, pour un budget dépassant le plus souvent les 100 000 livres. Mais comme se plaisaient à le souligner la plupart de ceux qui démolissaient les fondations de leur logis, les sous-sols avaient beau revenir à des centaines de milliers de livres, ils renchérissaient au moins d'autant la valeur de la maison : d'un certain point de vue – un point de vue très répandu, puisque nombre des nouveaux résidents travaillaient à la City de Londres –, les aménagements de sous-sol ne coûtaient donc rien.

Un grand changement s'opérait dans la nature de Pepys Road et ces choses-là en faisaient partie. Au cours de son histoire, presque tout ce qui était susceptible de se produire dans une rue s'y était produit. Des quantités d'individus étaient tombés amoureux puis s'étaient perdus de vue ; une jeune fille avait connu son premier baiser, un vieillard avait exhalé son dernier soupir, un notaire sortant du métro après sa journée de travail avait levé les yeux vers le ciel bleu purifié par le vent, et éprouvé soudain un réconfort d'ordre quasi religieux, le sentiment que cette existence terrestre ne pouvait être tout, et qu'il n'était pas possible que la vie de l'esprit s'achève avec celle du corps ; des bébés étaient morts de la diphtérie, des drogués s'étaient injecté de l'héroïne enfermés dans des salles de bains, des jeunes mères avaient fondu en larmes, submergées par leur sensation d'épuisement et d'isolement, pendant que d'autres habitants avaient projeté de s'échapper, et imaginé leur futur triomphe, végété devant la télé, mis le feu à leur cuisine en oubliant d'éteindre sous la friteuse, dégringolé d'une échelle, et vécu toutes les expériences qui peuvent survenir dans le courant de l'existence, la naissance, la mort, l'amour, la haine, le bonheur, la tristesse, les sentiments complexes et les sentiments simples, et toute la gamme d'émotions intermédiaires.

Aujourd'hui, cependant, l'histoire avait pris un tour ahurissant pour les habitants de Pepys Road. Pour la première fois, selon des critères généraux et peut-être même locaux, les habitants étaient riches. Ils étaient riches du seul fait qu'ils habitaient Pepys Road, parce que toutes les maisons de la rue, comme par enchantement, valaient à présent des millions de livres.

Cet état de fait provoqua un étrange renversement. Pendant la majeure partie de son histoire, la rue avait été habitée grosso modo par le même type de population que celle pour laquelle elle avait été créée : des gens pas extrêmement aisés mais ambitieux. Ces gens étaient heureux d'habiter là, et habiter là relevait d'un désir farouche de progresser et d'offrir à leur famille une existence meilleure. Les maisons n'étaient cependant que la toile de fond de leur quotidien : certes, elles comptaient dans leur vie, mais au lieu d'en être les protagonistes, elles constituaient seulement le décor où se jouait l'action. À présent, les maisons étaient devenues tellement précieuses pour les gens qui y habitaient déjà, et tellement coûteuses pour ceux qui venaient d'y emménager, qu'elles tenaient bel et bien les rôles principaux.

La mutation s'effectua d'abord lentement, progressivement, les prix moyens avoisinant les centaines de milliers de livres. Puis, quand les gens du monde de la finance découvrirent le quartier, que les prix de l'immobilier en général se mirent à monter en flèche, que les traders se mirent à percevoir des bonus colossaux, des bonus qui s'élevaient à trois ou quatre fois leur salaire annuel et à des centaines de fois le revenu moyen national, et qu'un climat d'hystérie affecta tout ce qui touchait à la pierre… alors, brusquement, les prix se mirent à grimper tellement vite qu'on les aurait crus autonomes. Une formule était devenue un leitmotiv, une formule très anglaise : « Vous savez combien ils ont vendu leur maison ? » Autrefois les sommes astronomiques évoquées variaient entre 10 000 et 20 000 livres. Puis elles avaient flirté avec la centaine de milliers. Elles avaient atteint ensuite les 2 ou 300 000, puis les 8 ou 900 000, et aujourd'hui on s'exprimait en millions de livres. Il était devenu normal de passer son temps à parler des prix de l'immobilier; la question venait automatiquement sur le tapis au bout de quelques minutes. Quand les gens faisaient connaissance, ils évitaient le sujet avec une retenue calculée, avant de céder non sans soulagement à la tentation de l'aborder.

On aurait dit le Texas au temps de la ruée vers le pétrole, sauf qu'au lieu de creuser un trou dans le sol pour en faire jaillir le combustible fossile, il suffisait de s'asseoir là et de penser à la valeur marchande de son logis qui grimpait tellement vite qu'on n'arrivait plus à lire les chiffres sur le compteur. Dans la journée, une fois les parents au bureau et les enfants à l'école, on ne croisait pas grand monde dans la rue, hormis les ouvriers des chantiers. Les maisons, toutefois, voyaient arriver des livraisons en permanence. Avec l'augmentation de leur prix, on les aurait crues vivantes, animées d'envies et de besoins en propre. Des camionnettes de chez Berry Bros & Rudd apportaient du vin ; il y avait toujours deux ou trois fourgonnettes de promeneurs de chiens ; c'était un défilé incessant de fleuristes, de livreurs Amazon, de coachs privés, de femmes de ménage, de plombiers, de profs de yoga, toute une procession de gens qui, à longueur de journée, rejoignaient les maisons tels des suppliants pour qu'elles les engloutissent. Les camionnettes de blanchisserie et de teinturerie succédaient aux fourgonnettes FedEx ou UPS. Arrivaient pêle-mêle lits pour chien, rubans encreurs pour imprimantes, chaises de jardin, affiches de film vintage, DVD commandés le jour même, bonnes affaires et mauvais achats eBay, vélos choisis sur catalogue. Des démarcheurs venaient frapper aux portes pour solliciter des dons ou pour vendre des choses (des serviettes de toilette pour les SDF, des contrats d'électricité, de gaz ou autres). Les fournisseurs, les coachs et les artisans disparaissaient à l'intérieur et ressortaient quand ils avaient terminé. Désormais les maisons semblaient fonctionner comme des personnes, des personnes riches, par-dessus le marché, et autoritaires, éprouvant des besoins qu'elles n'avaient aucun scrupule à assouvir. On croisait sans arrêt des ouvriers qui venaient satisfaire à leurs exigences, rénovant des greniers et des cuisines, démolissant des cloisons et ajoutant des annexes, et il y avait toujours au moins une benne garée dans la rue, et au moins un échafaudage. La dernière marotte consistait à refaire les sous-sols pour les convertir en pièces habitables – cuisines, salles de jeux, buanderies –, et les maisons sujettes à cette lubie présentaient des tapis convoyeurs déversant les gravats dans des bennes. Comprimée par le poids des bâtisses qui reposaient dessus, la terre, une fois extraite, occupait cinq ou six fois son volume initial, et il y avait quelque chose de bizarre, voire de sinistre, dans ces excavations. La terre avait l'air de recracher ses propres entrailles, et ce qu'elle régurgitait semblait beaucoup trop abondant, comme s'il était foncièrement contre nature de plonger dans ses profondeurs pour s'approprier plus d'espace, et que ces travaux de terrassement étaient voués à durer toujours.

Posséder une maison dans Pepys Road équivalait à se trouver dans un casino avec la certitude de gagner. Déjà propriétaire, vous étiez riche. Futur propriétaire, vous deviez être riche. C'était la première fois dans l'histoire qu'une telle équation se vérifiait. La Grande-Bretagne était devenue un pays de gagnants et de perdants, et tous les gens de Pepys Road, du simple fait de leur adresse, avaient gagné. Le jeune homme au caméscope cheminait donc dans Pepys Road par ce matin d'été, filmant une rue peuplée de gagnants.

Première partie

Décembre 2007

1

Par un matin pluvieux de début décembre, une femme de quatre-vingt-deux ans, assise dans son salon du 42, Pepys Road, regardait dans la rue à travers un voilage brodé. Elle s'appelait Petunia Howe et elle guettait une camionnette de livraison Tesco.

Petunia était la plus ancienne habitante de Pepys Road, et la dernière à être née dans la rue et à y résider encore. Mais son lien avec les lieux remontait au-delà, car son grand-père avait acheté la maison « sur plan », avant même qu'elle soit construite. Clerc d'avocat dans un cabinet de Lincoln's Inn, conservateur au sens propre et au sens politique, il avait, comme de règle chez les clercs d'avocat, transmis le métier à son fils, lequel, n'ayant eu que des filles, l'avait transmis à son petit-fils par alliance. C'est-à-dire le mari de Petunia, Albert, mort cinq ans plus tôt.

Petunia ne se considérait pas comme quelqu'un qui « avait tout vu ». Elle estimait qu'elle avait mené une petite vie tranquille. Néanmoins, elle avait connu les deux tiers de l'histoire de Pepys Road, et elle avait vu énormément de choses, remarquant plus de détails qu'elle ne daignait l'admettre et portant le moins de jugements possible. Albert en avait porté suffisamment pour eux deux. La seule coupure dans son expérience de Pepys Road s'était produite quand elle avait été évacuée pendant les premières années de la Seconde Guerre mondiale : elle avait séjourné de 1940 à 1942 dans une ferme du Suffolk. C'était une période à laquelle aujourd'hui encore elle préférait ne pas repenser, non parce qu'on avait été cruel avec elle – le fermier et sa femme étaient aussi gentils qu'ils pouvaient l'être, aussi gentils qu'un labeur continuel leur permettait de l'être –, mais parce que ses parents et le train-train familier de leur douillette existence, dont les journées étaient rythmées par le retour de son père du bureau et le thé qu'ils prenaient ensemble à six heures, lui manquaient. Ironie du sort, bien qu'elle eût été évacuée pour échapper aux bombardements, elle se trouvait sur place la nuit de 1944 où un V2 avait atterri dix maisons plus loin dans la rue. Il était quatre heures du matin, et Petunia se souvenait encore de la façon dont l'explosion, plus qu'un bruit, avait surtout été une sensation physique : elle s'était sentie chassée du lit avec fermeté, comme par un compagnon qui en avait assez de dormir avec elle mais ne lui voulait aucun mal. Dix personnes étaient mortes cette nuit-là. Les obsèques, qui s'étaient tenues à la grande église du terrain communal, avaient été atroces. Les enterrements étaient supposés se dérouler par temps de pluie, sous un ciel couvert, mais ce jour-là il faisait un temps radieux, clair et vif, et Petunia, c'était plus fort qu'elle, avait ressassé l'épisode pendant des mois.

Une camionnette remonta la rue, ralentit, puis s'arrêta devant la maison. Le moteur Diesel faisait tellement de boucan que les fenêtres vibrèrent. C'était peut-être pour elle ? Non, la camionnette redémarra et s'éloigna, bringuebalant avec fracas en franchissant les gendarmes couchés. Ceux-ci étaient censés réduire la circulation dans Pepys Road mais n'avaient apparemment réussi qu'à la rendre plus bruyante, et aussi plus polluante, car les autos ralentissaient pour passer sur les bosses, puis accéléraient aussitôt. Depuis que les dos-d'âne avaient été posés, il ne s'était pas écoulé un seul jour sans qu'Albert s'en plaigne : littéralement pas un seul jour entre celui où la rue avait été rouverte aux voitures et celui de sa mort soudaine.

Petunia entendit la camionnette s'arrêter plus loin dans la rue. Une livraison, mais pas une livraison d'épicerie, et pas pour elle. C'était une des principales nouveautés qu'elle remarquait dans Pepys Road à l'heure actuelle : les livraisons. Le phénomène s'intensifiait à mesure que la rue s'embourgeoisait, et voilà que Petunia attendait à son tour une livraison... Il y avait jadis une expression pour cela.

« Clientèle privilégiée ». Elle se souvenait que sa mère parlait des « clients privilégiés ». D'une certaine manière, la tournure faisait penser à des hommes en haut-de-forme, et à des élégantes à ombrelles. Je fais partie des clients privilégiés, à mon âge... songea Petunia. Cette idée la fit sourire. Les achats attendus étaient ses provisions de bouche, et elle devait cette commande à sa fille Mary, qui habitait l'Essex. Petunia commençait à peiner pour aller faire ses courses, pas horriblement mais juste assez pour s'inquiéter du voyage jusqu'à la rue commerçante et du retour avec des cabas trop remplis. Mary avait donc établi pour sa mère une livraison régulière des produits de base : les articles les plus volumineux et les plus lourds devaient lui être apportés une fois par semaine, le mercredi entre dix heures et midi. Petunia aurait mille fois préféré que Mary ou Graham, le fils de Mary qui habitait Londres, viennent en personne lui faire ses courses et lui donner en personne un petit coup de main ; mais cette solution ne lui avait pas été proposée.

Un bruit de camionnette retentit à nouveau, encore plus sonore cette fois-ci, et le véhicule se gara non loin de là. Par la fenêtre, elle aperçut le logo. Tesco ! Un homme chargé d'une caisse rejoignit son jardin de devant, et réussit à soulever le loquet du portillon d'un habile mouvement de hanche. Petunia se leva avec précaution, s'appuyant sur ses deux bras et prenant le temps de bien trouver son équilibre. Elle ouvrit la porte.

« Bonjour, ma p'tite dame. Vous allez bien ? Pas un seul article en rupture. Je vous rentre tout ça ? C'est interdit mais tant pis. »

Le gentil livreur de chez Tesco transporta les provisions dans la cuisine et mit les sacs de courses sur la table. En vieillissant, Petunia remarquait de plus en plus quand les gens exhibaient malgré eux leur bonne santé et leur force physique. C'était le cas ici : le jeune homme souleva avec aisance la lourde caisse pour la placer sur la table, avant d'en extraire les sacs par lots de quatre. Ses épaules et ses bras se tendaient de part et d'autre ; le geste le faisait paraître gigantesque, comme un ours polaire adepte du culturisme.

Petunia n'était pas du genre à avoir honte des choses démodées, elle était cependant un peu gênée par l'aspect de sa cuisine. Le lino, fatigué, paraissait archifatigué même quand il était propre. Le livreur ne semblait pas prêter attention au décor. Il était très poli. Si elle avait pu lui donner un pourboire, Petunia aurait eu la main généreuse, mais Mary, lorsqu'elle avait mis au point le système de livraisons, avait précisé à sa mère – avec irritation, comme si elle la connaissait assez bien pour s'agacer de ses pensées – qu'on ne donnait pas de pourboires aux livreurs de supermarché.

« Merci », dit Petunia. Alors qu'elle refermait la porte derrière l'homme, elle vit une carte postale qui traînait sur le paillasson. Elle se pencha, là encore avec précaution, pour la ramasser. La carte présentait une photo du 42, Pepys Road, sa propre maison. Petunia la retourna. Elle n'était pas signée. N'y figurait qu'un message tapé à la machine. « Nous Voulons Ce Que Vous Avez. » La phrase fit sourire Petunia. Pourquoi diable quelqu'un voudrait-il ce qu'elle avait ?

2

Le propriétaire du 51, Pepys Road, la maison en face de celle de Petunia Howe, était à son bureau dans la City de Londres. Roger Yount, assis à sa table de travail dans le bâtiment de Pinker Lloyd, la banque où il travaillait, faisait ses calculs. Il tentait d'estimer si son bonus cette année-là atteindrait le million de livres.

À quarante ans, Roger était un homme à qui tout était venu facilement dans la vie. Son mètre quatre-vingt-douze, grand sans être gigantesque, lui permettait tout juste de ne pas se sentir obligé d'avancer voûté pour se rapetisser – si bien que même sa grande taille semblait une forme d'aisance, comme si la pesanteur, pendant sa croissance, avait exercé moins d'effet sur lui que sur des gens plus ordinaires. La suffisance qui en découlait semblait si naturelle, il éprouvait si peu le besoin de souligner sa bonne fortune, que cet air satisfait lui conférait un certain charme. Pardessus le marché, Roger était beau, d'une beauté impersonnelle, et doté d'excellentes manières. Il avait fréquenté une bonne école (Harrow) et une bonne université (Durham) avant de décrocher un bon boulot (à la City de Londres), pile au bon moment (juste après le Big Bang, juste avant que la City ne s'entiche de tous ces petits traders plus ou moins doués en maths). Il aurait parfaitement cadré avec l'ancienne City de Londres, où les gens arrivaient tard, repartaient de bonne heure et déjeunaient copieusement entre les deux, où tout reposait sur vos origines, votre réseau et votre talent d'intégration, et où le plus grand honneur était de faire partie de l'élite et de « savoir jouer en équipe ». Mais il cadrait tout aussi bien avec la nouvelle City, où tout était censé fonctionner au mérite, et où l'idéologie se résumait ainsi : beaucoup de travail, beaucoup de plaisir et pas de quartiers ; des journées de sept heures du matin à sept heures du soir minimum, et peu importe l'origine de votre accent ou vos origines tout court du moment que vous montriez que vous étiez à la hauteur de la tâche et que vous faisiez gagner de l'argent à votre employeur. Roger avait une compréhension aussi profonde qu'instinctive de la manière dont les gens de la nouvelle City aimaient qu'on leur rappelle l'ancienne tant qu'on leur montrait qu'on voulait bien accepter les codes de la nouvelle, et il était très adroit pour laisser entendre qu'il aurait été parfaitement à l'aise dans l'ancien monde mais qu'il adorait la modernité – cela se reflétait jusque dans ses vêtements, des costumes superbement coupés de chez un tailleur un peu frime tout près de Savile Row. (Grâce, essentiellement, à sa femme Arabella.) C'était un patron apprécié, qui ne se mettait jamais en colère et qui savait lâcher la bride à ses employés.

C'était là un talent non négligeable. Un talent qui valait sans doute un million de livres les bonnes années... Mais Roger avait du mal à calculer le montant de sa prime. Son employeur, une banque d'investissement assez petite, compliquait la tâche, et il y avait beaucoup de paramètres qui dépendaient de l'importance des bénéfices nets de l'entreprise, de la portion desdits bénéfices réalisés par son service, lequel travaillait sur les marchés des devises étrangères, des performances relatives de son service par rapport à ses concurrents, ainsi que de nombreux autres facteurs, dont beaucoup n'étaient guère transparents et dont certains reposaient sur une évaluation subjective de ses performances en tant que manager. Il y avait une part de mystification délibérée dans le processus, qui était dans les mains du comité des rémunérations, parfois surnommé le Politburo. Bref, il n'y avait pas moyen d'être sûr de ce qu'on allait toucher comme bonus.

Sur le bureau de Roger trônaient trois écrans d'ordinateurs : l'un suivait l'activité du département en temps réel, un autre, relié à son PC personnel, était consacré aux e-mails, aux messages internes, aux vidéo-conférences et à son agenda, et le troisième diffusait les opérations sur le marché des changes au fil de l'année. D'après ce dernier, la firme accusait jusqu'ici un bénéfice d'environ 75 millions de livres pour un chiffre d'affaires de 625 millions, ce qui, se disait-il, n'était pas mal. Il ne serait que justice, étant donné ces chiffres, de le gratifier d'un bonus d'un million de livres. Mais les marchés s'étaient comportés étrangement cette année depuis l'effondrement de la Northern Rock quelques mois plus tôt. Au fond, celle-ci s'était autodétruite sous l'effet de son propre modèle économique. Leur crédit s'était tari, la Banque d'Angleterre ne s'était pas réveillée et les clients avaient paniqué. Depuis lors, le crédit coûtait plus cher et tout le monde était nerveux. Rien de grave pour Roger car, sur le marché des changes, nerveux signifiait instable, et instable signifiait rentable. On y avait vu un grand nombre de prises de position assez évidentes contre des devises à intérêts élevés, comme par exemple le peso argentin ; dans certaines firmes rivales, les services des changes, il le savait, avaient fait des affaires en or. C'était là que l'absence de transparence devenait un problème. Le Politburo pouvait être tenté de comparer Roger à un modèle utopique de rentabilité inspiré par un quelconque petit surdoué inconscient, un quelconque petit fonceur qui avait réussi des paris hasardeux complètement fous. On ne pouvait parfois dépasser certains chiffres sans prendre des risques que la banque considérait comme inacceptables. Mais les choses étaient ainsi faites que les risques avaient tendance à paraître moins inacceptables quand ils vous rapportaient des sommes spectaculaires.

L'autre problème potentiel était que la banque risquait de déclarer avoir gagné moins d'argent sur l'ensemble de l'année, si bien que les bonus en général seraient inférieurs aux attentes – et en effet, on murmurait que Pinker Lloyd avait essuyé de grosses pertes dans son service des prêts hypothécaires. Il y avait aussi eu une déception très médiatisée concernant leur filiale suisse qui avait perdu une OPA, et qui en conséquence avait vu le prix de ses actions dégringoler de trente pour cent. Le Politburo pourrait prétendre que « les temps sont durs », que « la douleur doit être répartie en parts égales », que « nous donnons tous un peu de notre sang cette fois-ci » et (avec un clin d'œil) « rendez-vous l'an prochain à Jérusalem ». Ce qui serait sacrément emmerdant.

Roger pivota dans son fauteuil pour contempler Canary Wharf par la fenêtre. La pluie avait cessé et, sous le précoce coucher de soleil de décembre, les tours qui paraissaient en général si solides et si peu éthérées semblèrent flamboyer brièvement d'une pure lumière dorée. Il était trois heures de l'après-midi, il serait encore au bureau pendant au moins quatre heures; ces mois-là, il quittait la maison avant le lever du soleil et rentrait bien après la tombée du jour. Cela faisait longtemps que Roger ne le remarquait plus, n'y pensait même plus. D'après son expérience, les gens qui se plaignaient des horaires de la City étaient soit sur le point de démissionner, soit sur le point d'être virés. Il pivota dans l'autre sens. Il préférait regarder vers l'intérieur des locaux, vers « la mine », comme tout le monde l'appelait, en hommage aux salles des marchés bondées où les gens braillaient, se disputaient et brandissaient des feuilles – même si le département des changes n'avait absolument rien à voir avec cette ambiance. Assises devant des ordinateurs, quarante personnes murmuraient dans leurs micros ou entre elles, décollant à peine les yeux du flot de données qui inondait leur écran. Son bureau avait des cloisons vitrées, mais il pouvait baisser les stores quand il avait besoin de s'isoler et possédait par ailleurs un nouveau joujou, une machine qui produisait un bruit blanc et qui, quand on la branchait, empêchait que la conversation soit entendue à l'extérieur de la pièce. Tous les services en avaient une. C'était vraiment génial. La plupart du temps, toutefois, il préférait laisser la porte de son bureau ouverte pour pouvoir sentir l'activité de la salle en dehors. Roger savait d'expérience que se couper de son service était risqué, et que plus on en savait sur ce qui se passait parmi ses subalternes, moins on avait de chances d'avoir des surprises désagréables.

S'il savait tout cela, c'était en partie dû à la façon dont il avait décroché son poste. Il était fondé de pouvoir dans ce même service quand la banque avait soudain effectué des tests toxicologiques aléatoires. Quatre de ses collègues avaient été choisis et avaient échoué, ce qui n'avait pas surpris Roger, vu que les analyses avaient eu lieu un lundi et qu'il savait pertinemment que les traders les plus jeunes passaient tous le week-end entier complètement défoncés. (Deux avaient pris de la coke, un de l'ecstasy, et le quatrième avait fumé – c'était ce dernier qui inquiétait Roger, car il trouvait que la marijuana était une drogue de loser.) Tous les quatre avaient reçu un dernier avertissement et leur chef avait été viré. Roger aurait pu lui dire ce qui se passait s'il lui avait posé la question, mais il ne le lui avait jamais demandé, et il avait une manière si arrogante, si vieille école de le laisser faire tout le boulot à sa place que Roger, qui était trop paresseux dans ses relations interpersonnelles pour être méchant ou calculateur, ne regretta pas de le voir partir.

Roger n'était pas un homme d'ambition pour autant; il voulait surtout que la vie n'exige pas trop de lui. Une des raisons pour lesquelles il était tombé amoureux d'Arabella et l'avait épousée était qu'elle avait le don de faire paraître la vie facile. Pour lui, c'était un talent non négligeable.

Il voulait réussir et renvoyer l'image d'un homme qui réussit; et il tenait énormément à son bonus d'un million de livres. Il y tenait parce qu'il n'avait jamais gagné une telle somme avant, qu'il estimait qu'il la méritait et qu'elle constituait la preuve de sa valeur masculine. Mais il y tenait aussi parce qu'il avait besoin de cet argent. Le chiffre d'un million de livres lui était apparu au début comme une vague aspiration plutôt amusante avant de devenir une véritable nécessité, une somme dont il avait besoin pour régler les factures et assainir ses finances. Sa rémunération de base de 150 000 livres suffisait pour ce qu'Arabella appelait le « budget fringues », mais elle ne couvrait même pas ses deux emprunts immobiliers. La maison de Pepys Road était grande et avait coûté 2 500 000 livres, un montant qui avait semblé important à l'époque, même si les prix avaient encore beaucoup grimpé depuis. Ils avaient aménagé le grenier, creusé le sous-sol, refait toute l'électricité et la plomberie parce qu'il ne rimait à rien de ne pas le faire, complètement réagencé le rez-de-chaussée, ajouté un jardin d'hiver, agrandi l'extension latérale, redécoré l'intérieur de fond en comble (la chambre de Joshua sur le thème des cow-boys, celle de Conrad avec un motif de cosmonautes, mais depuis il s'était pris de passion pour les Vikings et Arabella envisageait de la faire refaire). Ils avaient ajouté deux salles de bains et transformé la salle de bains principale en salle de bains attenante, puis l'avaient changée en salle d'eau parce que les douches faisaient fureur, pour la retransformer ensuite en salle de bains (quoique très luxueuse) parce que la salle d'eau avait quelque chose de vulgaire et aussi que l'humidité, s'insinuant dans la chambre à coucher, rendait Arabella bronchiteuse. Elle avait un dressing et Roger un bureau. La cuisine venait au départ de chez Smallbone of Devizes mais Arabella s'en était lassée et lui avait préféré une allemande avec une fabuleuse hotte d'aspiration et un frigo américain gigantesque. L'appartement de la nounou avait été rénové avec deux pièces indépendantes et une cuisine, parce que, de l'avis d'Arabella, il était important que leur employée ait ce sentiment de liberté quand elle recevrait ses petits amis ; ce logement avait un détecteur de fumée tellement sensible qu'il se déclenchait dès que quelqu'un allumait une cigarette. Mais en fin de compte ils n'aimaient pas l'idée d'avoir une nounou à demeure, cette sensation d'avoir quelqu'un dans les pattes, et comme il y avait quelque chose de ringard et de *seventies* dans l'idée d'avoir un locataire, l'appartement restait vide. Le salon était équipé de câbles invisibles (du Cat 5, de toute évidence, comme dans toute la maison), et le système Bang & Olufsen pouvait diffuser de la musique dans toutes les pièces destinées aux adultes. Le téléviseur était un plasma 60 pouces. Sur le mur d'en face était accroché un spot painting de Damien Hirst, acheté par Arabella une année où Roger avait reçu un bonus convenable. D'un point de vue esthétique, historique, décoratif et psychologique, Roger estimait que le tableau de Hirst avait coûté 47 000 livres, hors TVA. En excluant le mobilier mais en incluant les honoraires des architectes, des géomètres et des entrepreneurs, les aménagements de leur maison avaient coûté environ 650 000 livres.

Le Vieux Presbytère à Minchinhampton, dans le Gloucestershire, avait lui aussi coûté bonbon. C'était un ravissant bâtiment de 1780, même si l'impression extérieure d'espace et d'harmonie toute géorgienne était sapée par le fait que les pièces restaient assez petites et que les fenêtres laissaient entrer moins de lumière qu'on ne s'y attendait. N'empêche. Leur offre de 900 000 livres avait été acceptée puis retoquée pour une autre de 975 000 livres, si bien qu'ils avaient dû renchérir avant de décrocher la maison pour la coquette somme d'un million de livres. La rénovation et les travaux d'embellissement en avaient coûté 250 000, dont une partie en frais d'avocat pour combattre les arguties dues au classement du bâtiment en « Grade II ». Le minuscule cottage au bout du jardin avait été mis en vente et ils avaient jugé essentiel de l'acquérir, étant donné qu'en l'occurrence ils étaient un peu trop à l'étroit quand des amis venaient séjourner chez eux. Les vendeurs, un géomètre et son petit ami dont c'était aussi la résidence secondaire, savaient qu'ils tenaient les Yount à leur merci et, comme les prix grimpaient tous azimuts, ils leur avaient extorqué 400 000 livres pour le minuscule cottage, qui se révéla nécessiter encore 100 000 livres de travaux pour des problèmes de structure.

Minchinhampton était ravissant – rien ne vaut la campagne anglaise. Tout le monde s'accordait à le dire. Mais aller là-bas pour les vacances d'été manquait un peu de chic, d'après Arabella. C'était plutôt pour les week-ends. Ils partaient donc également quinze jours en été, avec quelques amis et, une année sur deux, les parents de Roger ou d'Arabella, qui les rejoignaient pendant une semaine. Apparemment, le tarif pour le genre de villa qu'ils avaient en tête était de 10 000 livres la semaine, pas moins. S'ils prenaient l'avion, c'était en business, car Roger considérait que tout l'intérêt d'avoir de l'argent, si on devait le réduire à un seul et unique, ce qui était impossible, mais s'il le fallait absolument, tout l'intérêt d'avoir un peu d'argent était de ne pas être obligé de voyager avec le tout-venant. À deux occasions, des années où le bonus avait été énorme, ils avaient loué un jet privé, après quoi il était difficile de recommencer à faire la queue pour ses bagages… Puis ils partaient à nouveau, parfois à Noël – quoique pas cette année, Dieu merci, se disait Roger – mais plus souvent à la mi-février ou pour Pâques. Les dates exactes dépendaient des vacances de Conrad à la Westminster Under School, une école intransigeante quant aux absences en période scolaire – un peu trop intransigeante, d'après Roger, pour un garçon de cinq ans, mais c'était justement pour ça qu'on acceptait de payer 20 000 livres par an.

Les autres frais, quand on commençait à y réfléchir, totalisaient eux aussi une sacrée somme. Pilar, la nounou, coûtait 20 000 livres par an de salaire net – plus proche des 35 000 livres brut une fois qu'on avait ajouté toutes ces fichues taxes patronales. Sheila, la nounou du week-end, revenait à 200 livres chaque fois, ce qui faisait un total d'environ 9 000 livres (même s'ils la payaient en liquide et ne lui réglaient pas ses congés, à part quand elle les accompagnait, ce qu'elle faisait souvent; sinon ils embauchaient une autre nounou par une agence). La BMW M3 d'Arabella « pour le shopping » avait coûté 55 000 livres et la Lexus S400, la principale voiture familiale, utilisée dans la pratique par la nounou pour emmener les enfants à l'école ou jouer chez des amis, coûtait 75 000 livres. Roger avait aussi une Mercedes E500, payée par le bureau et pour laquelle il ne s'acquittait que de la taxe d'environ 10 000 livres par an; mais il ne s'en servait presque jamais et préférait le métro qui, en quittant la maison à six heures quarante-cinq le matin et en rentrant à huit heures du soir, restait supportable. D'autres frais : 2 000 livres annuels pour les vêtements, à peu près la même somme pour les frais ménagers (partagés entre les deux maisons, évidemment), des impôts pour environ 250 000 livres sur l'année dernière, la nécessité d'une cotisation de retraite de « six chiffres bien sonnés », comme disait son comptable, 10 000 livres pour leur fête d'été annuelle, et puis le coût général de la vie à Londres qui était incroyablement élevé, entre les restaurants, les chaussures, les amendes de stationnement, les billets de cinéma, les jardiniers et la sensation que, chaque fois que vous alliez quelque part ou que vous faisiez quelque chose, l'argent se mettait littéralement à ruisseler de vos poches. Cela ne dérangeait pas Roger, il était tout à fait partant, mais cela voulait bel et bien dire que s'il ne touchait pas son bonus d'un million de livres cette année il risquait réellement de se retrouver sur la paille.

3

C'était la fin d'après-midi. Roger était assis sur un des canapés de son bureau, en face de deux hommes : celui qui, plus que tout autre, allait l'aider à décrocher son bonus d'un million de livres, et celui qui au bout du compte allait décider de lui octroyer ou non cette prime.

Le premier homme était son adjoint, Mark. Il n'avait pas tout à fait la trentaine, une bonne dizaine d'années de moins que Roger, et le teint pâle à cause de tout le temps passé enfermé devant un écran. Mark avait la manie de remuer constamment, presque imperceptiblement : il déplaçait son poids d'un pied sur l'autre, touchait sa montre, vérifiait le contenu de sa poche, ou déformait son visage de petits tics, comme pour ajuster la position de ses lunettes sur son nez. L'effet produit rappelait un peu ces gens qui, dans une conversation, prononcent sans arrêt le prénom de la personne à qui ils s'adressent : on peut passer des années sans remarquer ce détail, mais une fois qu'on l'a remarqué, il est difficile de ne pas se laisser distraire – difficile, en fait, de ne pas penser que ce tic est expressément calculé pour vous rendre dingue. C'est ce que la bougeotte de Mark inspirait à Roger. À cet instant précis, il était en train de tripoter un stylo à bille Montblanc.

À de nombreux égards, Mark était un adjoint idéal. Il travaillait dur, ne faisait jamais d'erreurs, ne montrait pas trop qu'il désirait le poste de Roger et, à part le fait qu'il ne tenait pas en place, semblait ne jamais s'énerver. On avait d'ailleurs l'impression qu'il gérait tout trop bien, le genre de personne dont on découvre un jour qu'elle souffre d'un vice secret : si on lui avait dit que Mark était pédophile ou adepte du bondage, qu'il cachait un cadavre en morceaux sous son plancher ou quelque chose de cet ordre, Roger aurait été étonné, mais pas tant que ça au fond. En revanche, il aurait été très surpris d'apprendre ce que Mark pensait réellement de lui, et aussi à quel point son adjoint s'intéressait à la vie de son boss – où il habitait, quelle école il avait fréquentée, quels étaient les prénoms de ses enfants et les dates de leurs anniversaires, les dépenses habituelles de sa femme et ce qu'il aimait faire pendant son temps libre. Roger aurait complètement flippé, mais comme il ne savait rien de tout cela, ce n'était pas ce qui le mettait mal à l'aise chez Mark.

La gêne qu'il lui inspirait reposait sur le fait que lui, Roger, était venu travailler chez Pinker Lloyd à l'époque où la City se préoccupait plus des relations humaines et moins des chiffres. Il avait prospéré, et même réussi dans les décennies intermédiaires, mais on ne pouvait plus dire aujourd'hui qu'il s'était adapté à l'évolution de la nature sous-jacente du boulot. Les activités de change reposaient sur la manipulation de formules mathématiques extrêmement compliquées, qui permettaient à la banque de prendre de subtiles positions lucratives consistant à parier des deux côtés de l'opération à la fois. Tant qu'il ne se passait rien de follement fâcheux – rien en dehors des paramètres et des prévisions inhérents à vos prises de position – et tant que vos algorithmes tombaient juste, vous étiez sûr de gagner de l'argent. La loi du business voulait que vous ne puissiez pas en gagner sans prendre certains risques, mais il était également vrai, grâce aux prodiges des instruments financiers modernes, que vous pouviez presque annihiler les risques en question. Et bien sûr la banque faisait tout ce qui était en son pouvoir pour servir ses propres intérêts. Certaines des opérations étaient algorithmiques, effectuées sur une base purement mathématique pour bénéficier de la dynamique des prix : lorsqu'ils évoluaient dans une direction, quelle qu'elle soit, ils étaient plus ou moins susceptibles d'aller dans le même sens le lendemain. On chargeait donc des traders d'utiliser des logiciels pour en tirer profit. Certaines des opérations relevaient du *flash trading*, le but étant de tirer profit des fractions de seconde entre le moment où l'ordre était placé sur les marchés et celui où il était exécuté. Certaines des opérations reposaient sur des bases de données indiquant ce que les clients avaient payé dans le passé, et utilisaient ces informations pour prédire ce qu'ils paieraient dans le présent, en temps réel, de sorte que la banque pouvait citer un prix que le client accepterait, mais qui assurerait aussi un bénéfice garanti à Pinker Lloyd. Tout cela était bien beau, et Roger en comprenait parfaitement les principes généraux – mais ce n'était pas la même chose que de comprendre les mathématiques elles-mêmes. Ces calculs le dépassaient désormais complètement. Tandis que Mark, lui, s'y retrouvait sans problème ; il avait abandonné un doctorat de maths pour venir travailler chez Pinker Lloyd. Roger n'aimait pas trop savoir qu'il perdait un peu pied et qu'il n'était plus capable d'expliquer, jusqu'au dernier détail, ce qui se passait exactement dans les opérations supervisées par son service. Mais bon, presque personne n'en était capable. C'était tout simplement la nature des activités en vigueur dans la City de nos jours.

« On peut aborder une question de plus ? demanda Mark en posant sur la table les premiers chiffres qu'il avait apportés et en attrapant un autre dossier. J'ai la dernière version de ce logiciel. Je me disais que tu voudrais peut-être y jeter un coup d'œil ? »

Mark avait pris une intonation ascendante en terminant sa phrase par une inflexion interrogative, si bien que ce qu'il disait ressemblait à une question, mais pas tout à fait. Il tenait le dossier dans les airs de façon à inviter le troisième homme présent dans la pièce à le regarder s'il le souhaitait. Cet homme était le chef suprême de Roger, Lothar Billinghoffer. Lothar était un Allemand de quarante-cinq ans recruté chez Euro Paribas quelques années plus tôt. Les entreprises possèdent chacune leur style en matière de comportement personnel ; chez Pinker Lloyd, on était calme et mesuré, et personne n'incarnait mieux ce style que le directeur général allemand. Il avait l'air en super forme et étrangement en bonne santé pour un homme qui travaillait de douze à quatorze heures par jour, même s'il paraissait plus âgé de près que de loin. Lothar était un fanatique des sports de plein air et passait ses week-ends à escalader des montagnes, à les dévaler à ski ou à faire du rappel sur des voiliers. Son visage était souvent rougi par le soleil ou le vent et ses yeux avaient de petites rides à force de se plisser contre les éléments. Lothar, à côté de Mark, était comme un nuancier de teintes masculines : à droite, ce qui arrive quand vous faites des courses d'orientation dans les montagnes Noires, à gauche, ce qui arrive quand vous ne levez jamais les yeux de votre écran d'ordinateur.

Normalement, Lothar n'aurait pas dû être là. Passer voir les uns et les autres était une nouvelle manie chez lui ; il avait lu un livre quelconque sur les techniques de management « déconstruit ». Étant donné que personne au monde n'était moins déconstruit que Lothar, il avait énoncé une politique très stricte consistant à passer une heure par semaine à se promener dans l'immeuble pour discuter avec les gens et participer à des réunions comme par hasard. C'était donc comme par hasard qu'il se trouvait à l'entretien quotidien de Roger avec son adjoint.

Roger aurait pu appréhender d'avoir à répertorier les problèmes de logiciels en présence de Lothar. Dans le métier, tout le monde savait que ce qui touchait aux nouveaux logiciels était un cauchemar assuré. Mais Mark ne mettait jamais Roger face à un problème pour lequel il n'avait pas, sinon de solution, du moins une idée de comment en trouver une. Ils travaillaient avec le service informatique et un fournisseur externe pour développer un nouveau progiciel sur mesure visant à afficher des informations sur les écrans des traders : le Saint Graal était d'obtenir un maximum d'informations avec un minimum de surcharge et autant de personnalisation que possible (les traders ayant tous leurs points de vue sur l'apparence que devaient avoir leurs écrans) combinée au plus bref apprentissage. Cette nouveauté n'intéressait pas particulièrement Roger, enfin pas moins que la majeure partie de son boulot et, aimable et placide, il était toujours disposé à donner son avis. Cela ne semblait pas nécessaire en l'occurrence. Le ton de Mark laissait entendre qu'il savait que Roger était occupé, que ce n'était pas une question si urgente que cela, et qu'il serait totalement légitime que son boss attende une nouvelle version améliorée du logiciel avant de daigner y jeter un coup d'œil. Il faisait donc bien comprendre que sa demande était seulement pour la forme, sauf que s'il s'y appliquait trop, cela risquait de donner l'impression qu'il ne faisait pas cas de l'opinion de Roger, ce qui n'était absolument pas vrai. Tout cela participait des talents presque surnaturels de Mark en tant qu'adjoint. Lothar ne fit pas mine de s'emparer du dossier. L'espace d'un instant, Roger se dit que ne pas regarder les documents refléterait davantage la confiance qu'il avait en son adjoint et constituerait un meilleur exemple de management « déconstruit », mais une intuition subite lui dicta de la jouer autrement.

« Jetons-y un coup d'œil », dit-il.

Mark glissa quelques captures d'écran devant son supérieur. Assurément, celles-ci étaient un peu fouillis et surchargées. L'une d'elles affichait huit graphiques différents. Roger et son adjoint échangèrent un regard. Ni l'un ni l'autre ne regarda Lothar qui, pour Mark, était le boss du boss.

« Non, déclara Roger. Encore trop chargé. »

Mark inclina légèrement la tête. Comme il tripotait en même temps son stylo, on avait l'impression qu'il se tordait les mains en un geste de mortification.

« Je vais leur renvoyer en leur disant ça. »

Il hocha la tête et sortit de la pièce à reculons pour rejoindre la salle des marchés.

« Bien, dit Lothar – un des seuls mots qu'il prononçait avec une légère inflexion allemande. *Gut.* »

Roger se leva, s'étira de toute sa hauteur et se dirigea vers la porte, que Mark avait fermée en partant. Il appuya sur le bouton pour relever les stores et contempla la grande salle où ses collègues étaient tous dans leurs diverses postures de travail – penchés sur leurs écrans, affalés sur leurs bureaux ou dans leur fauteuil, ou bien encore déambulant tout en parlant dans leur casque. Le soleil s'était couché et les lumières dans l'autre tour de Canary Wharf paraissaient plus éclatantes ; mais les seules personnes qui regardaient par la fenêtre étaient occupées au téléphone, à acheter et à vendre. Un ou deux membres de son service hochèrent la tête ou firent une grimace à Mark quand il passa. Roger se surprit à penser un instant à son million de livres, avant de se forcer à reporter son attention sur Lothar.

« C'est une bonne équipe, affirma-t-il. Ils bossent dur et jouent gros, comme tous les jeunes par les temps qui courent.

— Les chiffres ont l'air assez *gut* », déclara Lothar d'un ton neutre.

Et Roger songea : *Yes !*

4

Ahmed Kamal, qui possédait la boutique située au bout de Pepys Road au numéro 68, se réveilla à trois heures cinquante-neuf du matin, une minute avant la sonnerie de son réveil. La force de l'habitude, il réussit à tendre le bras et à enfoncer le bouton sur le dessus de l'appareil sans émerger complètement. Après quoi il roula à nouveau sur le matelas pour se blottir contre sa femme Rohinka, qui, il le sentait, était encore profondément endormie.

Ahmed était habitué à se lever de bonne heure, et si cette contrainte ne le dérangeait pas trop, il n'aimait pas sortir du lit alors que le corps de Rohinka était si chaud et la maison si froide. À l'époque lointaine où ils n'avaient pas encore d'enfants, le chauffage aurait été programmé pour se rallumer au moment où il se levait, mais la maison était petite, deux pièces en haut et deux en bas, et la chambre des enfants se trouvait juste au-dessus de la minuscule cuisine du rez-de-chaussée. Quand la chaudière se mettait en marche, elle faisait un bruit qui, bien que pas énorme, par quelque noir mystère de la conduction sonore, réveillait leur fils Mohammed comme une pétarade de moto. On pouvait alors avoir la certitude que le gamin, âgé de dix-huit mois, réveillerait Fatima, qui avait quatre ans, et que la fillette débarquerait illico dans la chambre parentale et réveillerait sa mère : la journée s'annoncerait catastrophique dès quatre heures une du matin. La solution consistait à ne rebrancher le chauffage que plus tard dans la matinée, et à porter davantage de vêtements. C'était ce que faisait Ahmed. Mais avant de se lever il demeurait couché dans la chaleur du lit conjugal et comptait lentement jusqu'à cent.

Pile à cent – cela faisait partie du rituel, car s'il laissait passer une petite seconde supplémentaire, il risquait de ne plus avoir le courage –, Ahmed sortit du lit. Il enfila deux T-shirts Gap, un M puis un XL, une grosse chemise en coton que sa mère lui avait envoyée de Lahore, un pull en cachemire que Rohinka lui avait acheté pour Noël, un caleçon, deux paires de chaussettes, un épais pantalon marron, et enfin une paire de mitaines. Rohinka trouvait ces dernières comiquement défraîchies, mais elles se révélaient d'un grand secours quand il s'agissait d'accomplir la première tâche de la journée, à savoir rentrer les journaux, découper les emballages et les sangles en plastique qu'il y avait autour, puis préparer les livraisons et garnir les présentoirs. Ahmed descendit doucement; il posa le pied sur la troisième, la cinquième et la huitième marches, lesquelles grincèrent toutes, et rallia la cuisine sans pour autant réveiller Mohammed. À la mosquée de Wimbledon, le prédicateur parlait parfois du djihad que le fidèle devait mener contre les petites tentations et autres paresses du quotidien, cette lutte que représentait le simple fait de se lever pour dire sa prière du matin. Ahmed, lorsqu'il rejoignait le rez-de-chaussée avant l'aube, croyait comprendre ce que l'imam voulait dire.

Il fit du thé, sortit de la huche à pain quelques *naans* de la veille, puis alla ouvrir la boutique et rentrer les journaux. Ahmed adorait sa boutique, il adorait la profusion qui y régnait, l'incroyable quantité d'articles que recelait cet espace exigu et la sensation de sécurité qu'il y éprouvait. Le *Daily Mail,* le *Daily Telegraph,* le *Sun* et le *Times*, mais aussi *Top Gear* et *The Economist* et *Women's Home Journal* et *Heat* et *Hello!* et *The Beano* et *Cosmopolitan*... La folle prolifération des périodiques, les dizaines de variétés de bonbons et de chocolats industriels, les *baked beans,* le pain de mie, la *Marmite,* les *Pot Noodles* et toutes ces autres saletés immangeables dont se délectaient les Anglais, et aussi les sacs-poubelles, le papier alu, le dentifrice, les piles (derrière le comptoir où on ne pouvait pas les voler), les lames de rasoir, les antalgiques et les autocollants « Stop Pub » qu'il ne proposait que depuis la semaine dernière et qu'il avait déjà dû recommander deux fois, le papier laser 80 grammes, les enveloppes A4 et les enveloppes A5 si prisées depuis le changement de la tarification postale, le frigo rempli de sodas et celui d'à côté rempli d'alcool, les bouteilles de Ribena et d'orangeade, le lecteur de cartes bancaires et la machine pour recharger les abonnements de transport, le terminal de la Loterie... tout cela lui procurait une impression rassurante de confort et de sécurité, il se sentait complètement chez lui, en particulier au petit matin quand il avait la boutique pour lui seul. Elle est à moi, se disait-il, bien à moi. Ahmed baissa le volume du lecteur de CD derrière le comptoir puis appuya sur « play ». « My Ummah » de Sami Yusuf démarra en sourdine. Plus tard il se brancherait sur Capital Gold, car si tout le monde n'adorait pas Sami Yusuf, personne ne détestait les vieux standards. Survint la première irritation de la journée : ce petit emmerdeur d'Usman avait remis ça. Les rayonnages près du comptoir où étaient disposés les alcools étaient cachés par un store. Tout comme le frigo réservé à la bière et aux vins blancs.

Usman était le frère cadet d'Ahmed. Agé de vingt-huit ans, cet homme pas très adulte (de l'avis d'Ahmed) et ergoteur (de l'avis de tous) partageait son temps entre travailler dans la boutique de son frère et préparer un doctorat d'ingénieur. Soit Usman traversait bel et bien une phase religieuse, soit – de l'avis d'Ahmed – il jouait la comédie. Dans un cas comme dans l'autre, il faisait tout un foin de sa répugnance à vendre de l'alcool et des magazines avec des femmes nues en couverture. Les musulmans ne devaient pas..., et patati, et patata. Comme si l'ensemble de la famille n'avait pas conscience de cela... Mais la famille avait également conscience des impératifs économiques en jeu. Il n'y avait aucune raison pour que le store soit baissé. S'il l'était, c'était uniquement pour souligner que l'alcool ne pouvait être vendu en dehors des heures légales ; or hier soir la boutique avait fermé à onze heures, et leur autorisation de vente courait en effet jusque-là. Le dernier dans la boutique avait été Usman, qui, en l'absence d'Ahmed, trouvait désormais très drôle de baisser le store, histoire qu'on ne puisse pas savoir si ses scrupules lui avaient permis ou non de vendre de l'alcool à des non-croyants. Une blague désopilante.

Ahmed déverrouilla la porte d'entrée et remonta la partie inférieure du volet, ce qui était toujours la phase la plus difficile; il le hissa ensuite sous l'auvent, aussi délicatement que possible. Il faisait froid et son haleine fumait abondamment. Juste après le carrefour il entendit le ronronnement électrique de la voiture du laitier. Il avait dû le louper de peu. Ahmed traîna les journaux à l'intérieur, le souffle court, et repoussa la porte. Les jours où Rohinka était occupée avec les enfants et où il tenait la boutique non-stop, ce trimballage constituait son seul exercice physique.

Tout en s'employant à déballer et à mettre en place les journaux, puis à composer les paquets destinés aux trois garçons livreurs qui arriveraient aux alentours de six heures du matin, Ahmed grommelait entre ses dents. Il aimait Usman, évidemment qu'il l'aimait, mais aucun doute, son frère était un foutu petit emmerdeur. Si sa précieuse conscience ne lui permettait pas de servir de l'alcool, il n'avait qu'à le dire carrément : Ahmed pourrait alors lui passer un savon et joindre leur mère sur Skype pour tout lui répéter. C'était bien sûr la véritable raison pour laquelle Usman se taisait. Il voyait venir le psychodrame. À Lahore, Mme Kamal crierait. Elle hurlerait. Elle énumérerait tous les méfaits qu'Usman avait pu commettre dans sa vie, sans rien omettre ni rien minimiser, puis elle décrirait tous les bienfaits qu'il avait pu recevoir, avant d'inviter Allah à lui expliquer ce qu'elle avait bien pu faire, ce qu'ils avaient tous bien pu faire, étant donné le contraste absolument incroyable entre la malignité d'Usman et la bonté de sa famille, pour mériter une punition pareille. Elle inviterait Allah à la foudroyer sur place plutôt que de l'obliger à assister à de semblables démonstrations d'ingratitude. Elle péterait les plombs. Et encore, ce ne serait qu'un échauffement. Une mise en jambes. Elle engueulerait tellement Usman qu'il y avait de fortes chances qu'il n'en sorte pas vivant. Le monde se rendrait compte que le Pakistan n'avait pas réellement besoin de la force nucléaire puisque le pays disposait déjà de Mme Kamal mère.

La chose qui agaçait le plus Ahmed chez son cadet, c'était sa suffisance. Usman ne pouvait s'empêcher de laisser entendre que ses nouveaux scrupules religieux faisaient de lui un meilleur musulman, un meilleur être humain que ses deux frères. C'était d'autant plus dur à avaler que cette conviction se lisait sur ses traits et dans ses attitudes corporelles mais n'était jamais énoncée haut et fort. Son expression lorsqu'il plaçait des magazines comme *Zoo* ou *Nuts* dans le rayon, ou qu'il rendait la monnaie à un client qui venait d'acheter une bouteille de vin... on aurait dit un Rottweiler en train de mâcher une guêpe. Certaines fois, quand Usman avait été le dernier de permanence le soir, ou avait inauguré les journées du week-end, Ahmed trouvait les magazines masculins enfouis au fond du rayon, derrière les revues automobiles ou informatiques. Il était évident qu'Usman avait forcément opéré pendant son tour de garde, mais quand Ahmed l'avait interrogé, il avait accusé les clients. Ce magasin était censé être un commerce, on était censé y vendre des choses, et non pas chercher à dissuader un maximum de gens d'acheter de la Special Brew par la simple puissance de sa mine renfrognée. Usman se tenait derrière le comptoir avec ses épaules voûtées et sa barbe en broussaille aussi récente que ridicule, l'air d'un criminel sur un avis de recherche.

En parlant de mine renfrognée, Ahmed entendit des pas qui descendaient lourdement l'escalier. D'après leur poids et leur claquement résolu sur les marches, il s'agissait de Fatima. Ahmed regarda la pendule : six heures. La fillette se réveillait souvent autour de cette heure-là. Comme de juste, elle apparut dans la boutique, où elle s'immobilisa les mains sur les hanches.

« Papa ! Papa ! Quelle heure il est ?

— Tôt, ma chérie, très tôt. Tu ne voudrais pas retourner te coucher ? Il fait froid ici et papa travaille.

— Papa ! Non ! Je veux mon petit déjeuner !

— Il est un peu tôt pour le petit déjeuner, ma fleur.

— Je vais réveiller maman ! Elle, elle me donnera mon petit déjeuner !

— Non, ma chérie, tu ne dois pas faire ça.

— Je vais réveiller Mohammed et il réveillera maman et alors elle me donnera mon petit déjeuner mais ce sera la faute de Mohammed si elle est réveillée ! raisonna Fatima.

— D'accord, ma chérie, je vais te faire ton petit déjeuner. Et tu auras même droit à du thé. »

Le thé était une faveur spéciale qui lui était accordée depuis peu, et qui lui donnait l'impression d'être une grande.

Ahmed prit sa fille par la main pour la conduire dans la cuisine. Au passage il s'empara des journaux qui restaient – le paquet destiné à Pepys Road –, afin d'y griffonner les adresses; comme ça, ils seraient prêts pour les garçons livreurs. En les ramassant, il aperçut quelque chose sur le sol de la boutique, une carte qu'on avait dû glisser par la boîte aux lettres pendant qu'il s'affairait. Sûrement un chômeur qui voulait afficher une annonce, trop feignant pour la lui apporter, ou trop bête pour voir que le magasin était déjà ouvert… Tenant toujours la main de Fatima, il examina la carte et constata que c'était une photo de la boutique. Au verso étaient inscrits les mots : « Nous Voulons Ce Que Vous Avez. » Trois petites secondes, Ahmed se demanda ce que pouvait signifier cette carte, mais sa fille, lui agrippant la main et se penchant à quarante-cinq degrés, s'abandonnant totalement aux lois de la pesanteur dans sa volonté de forcer son père à la suivre, réussit à l'entraîner en direction de la cuisine.

5

Shahid Kamal, qui devait prendre le relais à la boutique familiale entre huit heures du matin et six heures du soir, remontait la rue à vive allure. Il était en avance, et il y avait plusieurs choses qu'il aurait pu faire durant cette demi-heure de battement : il aurait pu rester au lit; il aurait pu s'installer dans le snack en bas de chez lui pour bouquiner; il aurait pu passer une demi-heure sur le net à lire les infos, à actualiser sa page MySpace et à mettre à jour ses forums de discussion. Mais au lieu de cela il avait décidé de sortir marcher. Cinq ans plus tôt, leur père était mort subitement à Lahore, terrassé par une crise cardiaque à l'âge de soixante-deux ans, et son frère Ahmed commençait déjà à lui ressembler un peu : ventripotent, fatigué, il était en mauvaise forme physique et il ne mettait jamais le nez dehors. Shahid savait lire les présages et il connaissait la morphologie familiale; maintenant qu'il avait dépassé la trentaine il allait devoir faire de l'exercice s'il ne voulait pas devenir un de ces Pakis engraissés au beurre clarifié qui promenaient un gros bide et souffraient d'hypertension. Avançant d'un pas alerte, il effectuait donc un immense détour pour se rendre au magasin. Il y avait un monde fou sur le trottoir, en majorité des gens qui partaient travailler; la tête baissée dans l'air froid, ils portaient des sacs ou des mallettes, accrochés à l'épaule ou tenues à la main. Shahid n'avait pas de sac : il aimait garder sa liberté de mouvement.

Juste avant Pepys Road, histoire qu'Ahmed ait moins de chance de le repérer et de l'appeler au secours pendant l'affluence, Shahid traversa la rue et se dirigea vers le terrain communal. Il avait encore vingt minutes devant lui. Il faisait froid, mais Shahid n'avait rien contre le froid du moment qu'il pouvait s'activer. Il atteignit le terrain communal, passa devant l'église et son panneau autopublicitaire, puis mit le cap vers le kiosque à musique; l'aller et retour lui prendrait une vingtaine de minutes et il serait pile à l'heure. Les travailleurs convergeaient de toutes parts vers la station de métro, et des cyclistes zigzaguaient parmi les piétons. Même si lui aussi partait travailler, Shahid était content de ne pas avoir un emploi de bureau. De l'avis de Shahid, quiconque devait revêtir un costume pour aller travailler mourait un petit peu chaque jour.

Shahid était l'esprit libre de la famille Kamal : un rêveur, un idéaliste, un vagabond sur la face de la terre... ou, comme dirait Ahmed, un satané cossard. On lui avait proposé une place à Cambridge pour étudier la physique mais il avait tout fait foirer en loupant la mention indispensable, pour la simple raison qu'il n'en avait pas fichu une rame pendant sa terminale. Du coup il était allé à Bristol, mais il avait laissé tomber au bout d'un an et était parti en mission sauver ses frères musulmans en Tchétchénie. Il s'était absenté quatre mois. Bien qu'aucun membre de la famille n'y fasse jamais référence autrement que comme à une plaisanterie, Shahid, à l'époque, n'y avait rien vu qui puisse prêter à rire. La Tchétchénie en soi avait été épouvantable, une violente désillusion : Shahid se rappelait surtout s'être fait crier après et avoir éprouvé en permanence un sentiment d'ambiguïté morale quand il s'attendait à trouver la lumière de la vertu. Il s'était rendu compte qu'il était difficile, parmi les gentils, de distinguer qui étaient les gentils, et il se rappelait aussi avoir eu froid, faim et peur, avant de finir par attraper la diphtérie et de repartir clandestinement de la même manière qu'il était entré. Mais le voyage aller avait été sensationnel, la plus belle période de sa vie : il avait pris la route tout seul, avait rencontré d'autres idéalistes comme lui à Bruxelles, puis leur groupe s'était débrouillé pour se faire emmener jusqu'à la frontière russe. Là, au culot, ils avaient réussi à se greffer à un convoi et avaient traversé, terrifiés et grisés, divers territoires tenus par les Russes, puis franchi les lignes tchétchènes pour rallier la patrie assiégée. En réalité il n'avait pas la moindre idée de ce qu'il fabriquait : il avait seulement la vague sensation que ses frères étaient en danger et que des musulmans se faisaient massacrer sans que personne lève le petit doigt, et qu'il était donc de son devoir de réagir. Après tout, quoi de plus classique, à dix-huit ans, que de se comporter de façon stupide, absurde et idéaliste ? Le meilleur dans l'aventure avait été ce sentiment d'exaltation qui les avait unis lors de ce voyage, ce sentiment d'avoir un objectif commun et d'être mus par des aspirations plus vastes. À part lui, leur groupe comportait deux types de Birmingham, un Franco-Algérien du nom de Yakoub, et trois musulmans belges, parmi lesquels deux convertis, et ils étaient tous très motivés, très disciplinés et très résolus à se battre pour une cause. Shahid ne pensait presque jamais à la Tchétchénie mais il repensait souvent au voyage lui-même. Il était conscient de l'ironie de la chose : lui qui attachait tant de prix à sa liberté et à sa quête de vérité n'avait jamais été aussi heureux que quand il avait caressé ce but bien défini, expérimenté ce sens du devoir et des obligations, et eu en tête cette destination bien précise.

Depuis il n'avait pas fait grand-chose, du moins rien qui puisse en jeter sur un CV. Il avait passé quelques mois à se remettre de ses problèmes intestinaux, et, énorme coup du sort, son organisme ne supportait plus l'alcool... boire lui donnait aussitôt la colique. Après avoir renoncé à sa mission de sauver l'*oumma,* il était à présent condamné à ne plus avaler une goutte d'alcool de sa vie. Non qu'il ait jamais été un grand buveur, mais il ne détestait pas un verre de cidre de temps en temps... Une fois rétabli, il avait travaillé dans la boutique et s'était adonné à différentes passions, qui auraient pu souvent se transformer en métiers : il s'était mis aux arts martiaux, apprenant d'abord le tai-chi, puis le wing chun, puis le karaté, et passé tous ses moments de loisir pendant plusieurs années dans un dojo ou un autre. Il aimait la discipline et la spiritualité implicite des arts martiaux, ainsi que le respect et la courtoisie qui leur étaient inhérents : les arts martiaux possédaient la rigueur de la pratique religieuse, la dimension surnaturelle ou politique en moins. Sans compter qu'ils vous apprenaient à démolir l'adversaire éventuel. Toutefois, son intérêt pour le karaté s'était éteint juste au moment où il avait décroché sa ceinture noire ; à ce stade, il aurait pu devenir prof, mais quelque chose dans l'idée d'exercer une autorité sur les gens, de leur dire quoi faire, de leur donner des ordres... pour Shahid, ce n'était tout bonnement pas lui.

Après sa phase arts martiaux, Shahid s'était intéressé à l'informatique. C'était la fin des années 90 et Internet commençait à décoller. Il avait appris l'HTML et s'était mis à aider les gens à créer des sites web, d'abord des amis et des amis d'amis, puis sa petite entreprise s'était développée par le bouche à oreille. C'était une époque où on pouvait gagner sa vie en ayant lu en gros deux bouquins sur la programmation, alors il le fit, et gagna plus d'argent qu'à aucun moment de son existence. Là était peut-être le problème, d'ailleurs. Tout au fond de lui, Shahid se percevait comme un chercheur, un électron libre, un homme sans attaches ; il sentait que l'argent – des sommes à quatre chiffres les semaines où les affaires marchaient bien – commençait à l'aliéner. Il ne faudrait pas longtemps avant qu'il veuille mener la vie qui allait avec cette aisance financière, de sorte que le jour où on lui avait proposé un vrai boulot à plein temps – monter un site web pour le cousin d'un ami, qui s'était fait des fortunes en important du tissu et ne comptait pas s'en tenir là –, il avait choisi de tout arrêter. À l'heure actuelle il naviguait très peu sur la toile, qui, à la réflexion, lui donnait aujourd'hui l'impression d'un gigantesque complot collectif visant à faire perdre du temps aux gens. Laissez-leur carte blanche sur le plan intellectuel, et ce dont ils rêvaient avant tout, c'était de mater des photos montrant les nichons de Kelly Brook. Shahid s'était inscrit à Birkbeck et avait fait une autre année de physique avant de laisser tomber une fois encore. Comme l'avait souligné Ahmed, à ce rythme-là, son frère était bien parti pour décrocher son diplôme en 2025... Plus que le travail, c'était la corvée de traverser Londres quotidiennement qui lui avait ôté l'envie de persévérer. Après cela, Shahid s'était surtout consacré à lire des livres et à travailler à la boutique. Il n'y voyait aucun inconvénient. Il était convaincu de son potentiel.

Shahid arriva au magasin et consulta sa montre : pile à l'heure. De plus en plus de gens fonçaient vers le métro, la ruée du matin s'accentuait, et certains obliquaient brusquement pour entrer dans la boutique, de préférence sans rompre le pas ni ralentir l'allure. Si ça leur convenait, grand bien leur fasse... Il suivit l'un d'eux à l'intérieur et constata qu'une file d'attente s'était déjà formée au comptoir. Il la remonta et grommela un bonjour, en réponse à celui à peine articulé de son frère. Comme souvent, Ahmed avait sur lui absolument tous les vêtements qu'il possédait. Conjointement, ils servirent une dizaine de clients, la foule matinale typique, achetant journaux et boissons énergétiques ou rechargeant leur *Oyster Card*; la queue pour payer s'alignait du côté droit du rayon central, tandis que la sortie s'effectuait par la gauche. Puis il y eut une accalmie.

« Tasse de thé? » demanda Ahmed, se déridant légèrement. D'une main droite un peu molle, il indiquait derrière lui la partie logement. Shahid le remercia de la tête et quitta le comptoir.

Ahmed l'ignorait, mais son frère n'était pas sans lui envier sa vie de famille, et Shahid éprouva un pincement au cœur en voyant Rohinka qui remuait quelque chose sur le fourneau pendant que Fatima, assise à la table de la cuisine, impeccable et sérieuse dans son uniforme scolaire, dessinait une fleur au marqueur jaune sur un morceau de papier. Sur sa chaise haute, Mohammed, vêtu d'un babygro rouge vif, contemplait ses paumes de main avec une concentration pleine de révérence. Il avait ce qui semblait être de la banane écrasée sur le nez.

« Mohammed, dis bonjour à ton oncle, ordonna Rohinka.

— Na-na », fit l'enfant, sans lever le regard de ses mains. Elles paraissaient le subjuguer; on aurait cru qu'il ne les avait jamais vues avant. Il se mit à les tourner d'un côté et de l'autre. « An-an, ajouta-t-il.

— Alors quoi de neuf? » demanda Shahid à sa belle-sœur. Rohinka avait une sorte de douceur sensuelle qu'appréciait beaucoup Shahid. Elle était tellement plus affable que son coincé de mari que c'en était ridicule. Rohinka sentait que son beau-frère l'appréciait et elle le lui rendait bien.

« Il n'y a rien de neuf dans ma vie, répondit Rohinka. Pourquoi y aurait-il du neuf? D'où pourrait venir la nouveauté? » Les mots étaient plaintifs mais le ton était joyeux. Rohinka était heureuse et n'éprouvait pas le besoin de s'en cacher. « Bon, c'est l'heure de l'école. Mohammed, on monte se changer. Fatima, il est temps d'aller au petit coin. Shahid, à plus tard. »

Fatima brandit son dessin en s'écriant : « Fini ! » Comme toutes ses paroles, cette exclamation avait une sonorité farouche et orgueilleuse.

« Quelle fleur magnifique ! Et le dessin est magnifique lui aussi », s'extasia Shahid, qui était timide avec les filles mais se rapprochait sans le moindre effort des enfants. Fatima posa les mains sur ses hanches.

« Fatima ! » l'avertit sa mère. Rohinka remonta à l'étage en portant Mohammed, qui contemplait toujours ses menottes, Fatima alla aux toilettes, et Shahid retourna dans la boutique relayer son gros poussah de frère si grincheux.

6

Au 51, Pepys Road, Mme Arabella Yount, qui avait un jour lu un livre expliquant que les femmes étaient plus douées que les hommes pour accomplir plusieurs tâches à la fois, faisait quatre choses en même temps : installer des étagères dans la minuscule réserve qu'elle se plaisait à appeler son cellier; s'occuper de ses deux adorables enfants, Joshua et Conrad; chercher des vêtements sur Internet; et projeter de flanquer à son mari une frousse de tous les diables.

Parmi ces tâches, Arabella en avait sous-traité deux. La pose des étagères était assurée par son Polonais, Bogdan le maçon, qu'elle avait tout d'abord employé sur la recommandation d'une amie, et avait désormais adopté. Il travaillait deux fois plus dur qu'un ouvrier anglais, était deux fois plus fiable et coûtait deux fois moins cher. On pouvait dire à peu près la même chose de Pilar, la nounou espagnole, qui s'occupait de ses fils, Conrad et Joshua. Arabella avait recruté Pilar par le biais d'une agence. Elle avait une formation d'assistante maternelle (en fait elle avait le diplôme), un permis de conduire valide, savait faire la cuisine, ne rechignait pas aux corvées domestiques, s'entendait à merveille avec Maria la femme de ménage, ce qui valait mieux car la situation aurait pu être un brin embarrassante les deux jours où elles étaient là l'une et l'autre, et puis, surtout – il allait sans dire que c'était de loin l'élément le plus important –, elle était absolument divine avec ses deux garçons. Conrad et Joshua étaient littéralement fous de Pilar. Ils adoraient les jeux qu'elle leur inventait, les comptines espagnoles qu'elle leur apprenait, et son empressement à se plier aux usages locaux et à leur préparer deux repas différents trois fois par jour, étant donné qu'ils mettaient un point d'honneur à ne jamais aimer les mêmes plats. En ce moment, Conrad n'acceptait de manger que des aliments qui baignaient dans la sauce soja et Joshua refusait de manger des légumes, mais Pilar se révélait supérieurement douée pour jongler avec ces exigences.

Il n'y avait qu'un seul problème avec Pilar, c'était qu'elle allait les quitter pour rentrer en Espagne. Son départ était prévu juste avant Noël. Pilar avait prévenu Arabella des semaines à l'avance, et avait la grande correction d'effectuer en entier ses trois mois de préavis. En Espagne, un poste l'attendait dans une maternelle. Une nouvelle nounou devait arriver en début d'année, mais les Yount n'auraient personne pour garder les enfants pendant les vacances. Quand elle s'était rendu compte de ce détail, Arabella s'était mise à cogiter et une idée avait germé dans son esprit.

Depuis quelque temps déjà, tout ou presque chez son mari la mettait en colère. L'irritation avait commencé avec la naissance de Conrad, s'était un peu calmée après les deux ans du gamin, puis s'était terriblement aggravée quand elle avait attendu Joshua, pour empirer encore après sa venue au monde. Joshua avait aujourd'hui trois ans et Arabella était plus en colère que jamais contre son mari. Un épuisement total, voilà ce qu'elle éprouvait. Elle se sentait tellement fatiguée qu'elle n'arrivait plus à réfléchir et n'avait plus les yeux en face des trous. Elle avait l'impression de débuter la journée fatiguée, à cause du sommeil haché et superficiel qui était le sien depuis, littéralement, des années. Il lui semblait que sa fatigue augmentait au fil des heures et qu'il y avait des moments où, comme elle disait, elle fonctionnait « uniquement à l'adrénaline ». N'empêche, quand son mari revenait du bureau, il avait le culot d'agir comme si lui seul fournissait tous les efforts, comme si lui seul avait le droit, une fois de retour à la maison, de soupirer, de se mettre les doigts de pied en éventail et de parler de la journée harassante qu'il avait passée ! Aveugle ! Égoïste ! Il ne se rendait pas compte ! Quant aux week-ends, à certains égards, ils étaient encore pires. Sheila, la nounou australienne du week-end, avait beau être très efficace (quoique pas comme Pilar : par exemple, elle ne savait pas conduire…), il restait malgré tout des tas de choses à faire, et on ne pouvait pas dire que son mari se surmenait. Il ne faisait pas la cuisine – excepté deux, trois barbecues mondains en été, histoire de faire joujou avec son stupide gadget alimenté au gaz –, pas la lessive, pas le repassage, ne passait pas le balai, et c'était à peine s'il jouait avec les enfants. Arabella ne faisait pas non plus ces choses-là, pas vraiment, mais cela ne voulait pas dire qu'elle traversait la vie comme si elles n'existaient pas. C'était cette inconscience horripilante qui la rendait le plus dingue.

L'idée d'Arabella était tout simplement de fiche le camp à l'improviste et de laisser Roger se dépatouiller sans elle l'espace de quelques jours. Comme ça, il verrait ce que c'était de s'occuper en solo des enfants et de la maison. Pendant ce temps-là, elle serait quelque part. Si ce quelque part n'était pas un lieu précis, du moins pas encore, Arabella en avait déjà une vision très précise. Ce serait un hôtel de luxe, pas trop loin de Londres pour éviter la fatigue, un hôtel avec un spa.

Arabella n'envisageait pas de s'enfuir définitivement. Elle n'allait tout de même pas abandonner Conrad et Joshua. Le but était de causer un choc énorme à son mari. Dans l'idéal, le choc de sa vie. Il ne soupçonnait pas du tout, mais alors pas du tout, la charge colossale que c'était de s'occuper des enfants et de tenir la maison. Il n'imaginait pas. Eh bien, là, nom d'un chien, il allait comprendre. Arabella allait prendre le large, sans prévenir, pendant trois jours, et pendant ces trois jours elle n'aurait pas le moindre contact avec eux. Reykjavik ou la planète Mars, son mari n'aurait aucune idée d'où elle était…

À côté d'Arabella, sur le sol, s'empilaient une vingtaine de brochures d'hôtels. Si son mari les avait remarquées – en supposant qu'il lui arrive de remarquer quoi que ce soit –, il s'était sans doute dit qu'elle s'apprêtait à le harceler pour des vacances. Ça lui ferait les pieds. En plus des brochures, six fenêtres différentes étaient ouvertes sur son ordinateur. Le candidat le plus prometteur pour l'instant était un hôtel de la New Forest qui proposait un séjour « tout compris » à

4 000 livres pour deux, mais le package le plus tentant, qui comprenait un massage quotidien et autres petits extras, s'élevait à 5 300 livres – une somme pas si déraisonnable. La notion de luxe, le mot même de « luxe » étaient importants pour Arabella. Le luxe suggérait une chose par définition hors de prix, mais en soi tellement belle, tellement magnifique, que son coût n'était pas gênant. Tellement magnifique, en fait, que son coût contribuait à son charme, et facilitait la distinction entre les malheureux qui ne pouvaient pas s'offrir cette chose et les quelques privilégiés qui non seulement pouvaient se l'offrir, mais comprenaient en outre l'attrait qu'il y avait à la payer si cher. Arabella savait qu'ils étaient scandaleusement riches et qu'ils pouvaient s'offrir tout ce dont ils avaient envie. Elle ne se voyait pas comme une enfant gâtée, plutôt comme une aristocrate qui n'ignorait pas la valeur de l'argent et pouvait néanmoins s'offrir tout ce qu'elle désirait. Connaître la valeur de l'argent conférait à ces prix exorbitants un piquant singulier. Elle adorait les choses inabordables parce qu'elle savait ce que signifiait leur prix si élevé. Elle avait une parfaite compréhension des signifiants.

Le plus délicat, c'étaient les amis : il vous fallait des amis qui avaient la même conception des choses. Et l'argent qui leur permettait de vivre selon cette conception. Par chance, Saskia était l'une d'elles. Elle avait été larguée par son salopard de mari dix-huit mois plus tôt, mais l'avait tellement ratissé lors du divorce qu'elle avait largement les moyens de suivre. Pour ce genre d'aventure, elle était la personne rêvée. Après s'être promenée sur le site, Arabella conclut que ce forfait New Forest était de loin le plus intéressant. Ils avaient de la place. Elle attrapa son portable, en ouvrit le rabat et dit : « Saskia. » Le téléphone sonna quatre fois.

« Ma biche ! s'écria Saskia, qui avait trente-sept ans.

— Ma chérie ! fit Arabella, qui avait elle aussi trente-sept ans. Je pense avoir trouvé quelque chose dans le sud. Je te lis tout le blabla ou je me contente de réserver ?

— Ma chérie, tu sais que je te fais confiance.

— Super », dit Arabella qui, machinalement, s'était levée pour rejoindre le miroir dans ce qu'elle appelait son dressing. Elle allait souvent se regarder dans la glace quand elle parlait au téléphone. Dans la rue, quand elle répondait ou passait un coup de fil, elle s'arrêtait toujours devant une vitrine pour consulter son reflet. Même si Arabella prenait garde à son apparence, faisait attention à ses tenues, surveillait la blondeur de son balayage, s'intéressait timidement à la chirurgie esthétique et affichait toujours un hâle doré très léger pour mettre en valeur sa chevelure, cette manie n'était en rien de la vanité. S'adresser à une voix immatérielle, et non à une personne en chair et en os, provoquait chez elle un oubli subit et vertigineux de sa propre personne. Lorsqu'elle était au téléphone, elle avait besoin de s'assurer qu'elle était encore effectivement là, et c'était cette peur inconsciente qui sous-tendait son besoin systématique de se regarder dans la glace. « Je me charge de réserver, alors, dit-elle en tournant la tête d'un côté à l'autre sans lâcher le miroir des yeux. Je t'enverrai les détails. Bisous.

— Je t'embrasse », dit Saskia, avant de raccrocher. Arabella retourna à son ordinateur et entreprit de remplir le formulaire de réservation de l'hôtel. Lui parvenant du rez-de-chaussée, elle distinguait le faible écho de trois voix différentes, sur trois tons familiers : Conrad portait une accusation, Joshua se récriait pour couvrir cette accusation, et Pilar intercédait. Mais ce n'était pas une dispute qui exigeait qu'elle descende et Arabella n'eut aucun scrupule à l'ignorer. Soudain elle perçut un son qui éveilla toute sa vigilance : le couvercle de la boîte à lettres qui s'ouvrait et se refermait, puis le bruit lourd du courrier qui atterrissait sur le paillasson. Manifestement, il y avait des catalogues. Et Arabella adorait les catalogues. Elle ouvrit la porte de son dressing et descendit l'escalier aussi discrètement que possible, notant dans sa tête de demander à Bogdan s'il existait un moyen pour qu'il grince un peu moins. Des catalogues ! Elle se pencha pour ramasser les brochures de deux voyagistes différents… au cas où elle réussirait à convaincre son mari d'aller au Kenya pour les vacances de février. Il y avait quelques lettres pour lui qui n'avaient pas l'air passionnantes, un relevé de carte de crédit pour elle, et une carte postale sans mention de destinataire à part le numéro de leur maison. Sa première pensée fut qu'il s'agissait d'un démarchage immobilier : les sollicitations d'agence arrivaient au rythme de deux par semaine, et Arabella aimait bien s'en agacer tout en se délectant de l'hommage qu'elles rendaient aux qualités attractives de sa demeure. Arabella remarqua que la carte postale portait un timbre à tarif économique. Le texte imprimé disait : « Nous Voulons ce que Vous Avez. » La photo montrait leur porte d'entrée. C'était sûrement du marketing viral. Il arriverait plusieurs autres cartes jusqu'à une dernière livraison où on découvrirait qu'un agent immobilier semi-criminel désirait se charger de vendre sa maison. Arabella emporta les catalogues et la carte à l'étage. Les catalogues pour les éplucher et la carte pour la garder, dans l'éventualité où ils décideraient de vendre la maison et d'en acheter une plus grande.

7

À dix heures Shahid était en train d'empiler des magazines invendus derrière le comptoir, afin de les renvoyer aux éditeurs, lorsque l'unique cliente de la boutique tourna de l'œil. Une petite mémé qui était entrée et qui regardait les produits laitiers dans le frigo. Du moins était-ce ce qu'elle faisait avant que Shahid ne perçoive un bruit sourd : elle était tombée sur le côté dans l'allée de droite. Ce n'était pas un bruit retentissant mais un bruit anormal. Le bruit caractéristique d'un corps qui tombe par terre. Ahmed, qui était dans la cuisine à faire de la paperasse, accourut pour rejoindre son frère qui soulevait le rabat du comptoir et se précipitait vers la vieille dame.

Sur le sol, celle-ci remuait déjà; elle n'avait pas dû rester évanouie longtemps. Si ça se trouve, elle n'avait même pas perdu connaissance. Shahid ne pensait pas l'avoir jamais vue, mais il avait cette distraction de la jeunesse face aux personnes âgées : pour lui, tous les gens de plus de soixante ans se ressemblaient. Ahmed, quant à lui, paraissait bel et bien la connaître. En se penchant pour l'aider, il s'écria : « Madame Howe !

— Je vais bien, mon petit », répondit la vieille dame, qui n'avait pas du tout l'air d'aller bien. Elle se conduisait comme parfois les gens quand ils ont eu un accident : elle faisait comme si de rien n'était et prétendait se porter à merveille. « Ne vous embêtez pas. Mes jambes m'ont lâchée une seconde mais je vais bien. Je suis en pleine forme !

— Prenez votre temps, dit Ahmed. Restez assise un moment. » Il s'accroupit à côté d'elle en lui passant un bras sur l'épaule, un peu gêné par l'intimité de son geste. Shahid retourna derrière le comptoir. Sur l'écran de surveillance sous la caisse, Ahmed et Mme Howe faisaient un drôle de tableau. On aurait dit une scène de reconstitution dans *Crimewatch* : le Pakistanais accroupi auprès de la vieille dame de race blanche, l'un et l'autre immobiles. S'il s'était agi d'un film, on n'aurait pas tardé à bâiller. Durant le quart d'heure suivant, Ahmed resta assis à parler à la vieille dame pendant que Shahid servait trois clients – respectivement un *Daily Mirror*, une recharge d'*Oyster Card* et cinq jeux à gratter. C'était une parenthèse étrange, Shahid qui continuait mine de rien pendant que son frère couvait la malade tel un infirmier. Ahmed était un chieur pontifiant à bien des égards, mais il fallait l'admettre, il avait le mérite de savoir qui était la vieille dame et de ne pas la traiter comme un souci à évacuer au plus vite.

« Je vais raccompagner Mme Howe, annonça Ahmed en venant chercher sa veste derrière le comptoir. Elle habite juste au coin. Je reviens tout de suite.

— Je monte la garde », déclara Shahid en esquissant un salut militaire. Ahmed ne sembla pas amusé.

Ahmed donna son bras à Mme Howe et l'aida à se remettre debout. Les personnes âgées avaient raison de redouter les chutes. Quand il l'avait vue à terre, il avait tout de suite pensé qu'elle avait dû se casser quelque chose, une jambe ou le col du fémur. À cet âge-là c'était souvent le commencement de la fin, mais Mme Howe paraissait indemne. Ahmed ramassa le sac de la vieille dame et, celle-ci toujours accrochée à son bras, ils se dirigèrent ensemble vers la porte. Ahmed savait que Mme Howe habitait Pepys Road mais il ignorait quelle maison.

« J'habite vers le milieu de la rue », précisa Petunia. Soit environ deux cents mètres. Au train où ils avançaient, ils en avaient pour un moment. « Je vous suis vraiment reconnaissante et je suis vraiment affreusement désolée.

— C'est à moi de vous être reconnaissant. Sans vous, je serais en train de faire mes comptes, et j'ai horreur de ça.

— Je ne sais pas ce qui m'a pris. Tout s'est mis à tourner. Et puis je me suis retrouvée par terre. Vous savez, c'est la première fois de ma vie que je m'évanouis. J'ai atteint quatre-vingt-deux ans sans jamais m'évanouir. Pas de chance pour vous, ma foi.

— Allons, ne dites pas ça », protesta Ahmed.

C'était une journée claire et froide. La lumière était si éclatante qu'Ahmed fut obligé de lever la main pour faire écran au soleil au moment de traverser. Il sentait la maigreur de Mme Howe ; il sentait qu'elle tremblait. De froid, d'émotion, d'épuisement, ou un peu des trois en même temps. Petunia savait qu'il la sentait trembler, et elle se rendait compte que c'était la première fois qu'elle touchait un autre homme que son gendre et ses petits-fils depuis la mort d'Albert.

Pour Ahmed, qui était toujours pressé, pour qui chaque journée était comme une équation avec d'un côté trop de besogne et de l'autre pas suffisamment de minutes, pour qui la liste des tâches à accomplir ne diminuait jamais, contrairement au temps imparti pour les effectuer, il y avait quelque chose de très étrange à se déplacer avec une telle lenteur. On aurait dit un de ces exercices où on demande aux gens de marcher à reculons, ou de porter un bandeau sur les yeux dans leur propre maison, histoire de leur faire appréhender différemment leur monde familier. Ahmed, c'était plus fort que lui, sentait monter l'irritation qu'il éprouvait si souvent, devant une foule de choses, au cours d'une journée ordinaire. Cependant, il parvenait à ralentir son pas et à contenir son agacement, se répétant qu'il ne rimait à rien de faire une bonne action si c'était pour qu'elle vous mette de mauvaise humeur.

« D'un seul coup, tout s'est mis à tournoyer », expliquait Petunia, commentant toujours ce premier évanouissement de sa vie. Puis elle annonça : « Nous y sommes », et ouvrit le portillon du numéro 42. La fenêtre présentait des vitraux colorés à l'ancienne, un motif abstrait de forme circulaire. Ahmed, c'était plus fort que lui, se demanda combien valait la maison. Si elle était en mauvais état à l'intérieur mais que la structure était saine, comme il le soupçonnait : un million et demi.

« Vous pouvez me laisser, maintenant, dit Petunia.

— Je vais vous raccompagner jusqu'au bout. » Ahmed l'aida à monter les marches. Il ne s'était pas trompé. Il y avait une moquette propre mais vieille et du vilain papier peint à fleurs, ainsi qu'un téléphone dans l'entrée. Un million six… Ahmed se sermonna et accorda à Mme Howe son attention pleine et entière. Il lui proposa d'appeler sa fille pour elle ou de faire venir le médecin, et elle lui répondit qu'il n'en était pas question, puis, pour se débarrasser de lui, Petunia dut promettre qu'il pourrait lui apporter le journal les jours où elle le désirait : elle ne se le faisait pas livrer car elle ne le voulait pas tous les jours. Les journaux renfermaient surtout des idioties, et puis elle n'avait aucune raison particulière de se tenir au courant…

« Très bien, très bien, fit Ahmed. Bon, je vais vous noter le numéro de la boutique. » Il avait un stylo-bille mais rien pour écrire, et il alla chercher un bout de papier sur la table près de la porte, à côté du téléphone. Piochant parmi des prospectus pour des pizzas et autres plats indiens, il inscrivit le numéro au dos de l'un d'eux.

« Je vous le mets près du téléphone. N'hésitez pas à appeler ! » Tandis qu'il reposait le prospectus sur la table de l'entrée, il remarqua que Petunia avait elle aussi reçu une carte avec une photo de sa maison dessus.

« On en a reçu une pareille ce matin. "Nous Voulons Ce Que Vous Avez."

— Quand on a mon âge, personne ne veut ce que vous avez, déclara Petunia, et Ahmed pouffa.

— Nous les vieux, on doit se serrer les coudes, madame Howe. » En temps normal, Petunia aurait répliqué en plaisantant à son tour, mais elle était trop préoccupée, trop plongée dans ses pensées, pour bien enregistrer ce qu'il avait dit.

8

La femme la plus impopulaire de Pepys Road longeait le trottoir avec lenteur, prenant son temps, propageant la peur et la confusion. Elle regardait à droite et à gauche, elle regardait devant et derrière, et aucun détail ne lui échappait. Elle paraissait avoir tout son temps mais être mue par une intense conviction et une puissante détermination. Elle n'avait pas l'air consciente de la peur et de la confusion qu'elle propageait, et pourtant elle l'était, profondément.

Quentina Mkfesi, titulaire d'une licence et d'une maîtrise de sciences politiques à l'Université du Zimbabwe – sujet de mémoire : Solutions d'après-conflit dans les sociétés non post-coloniales, en particulier en Irlande du Nord, en Espagne et au Chili –, recherchait les non-résidents garés sur les emplacements résidentiels, les détenteurs d'autorisation de stationnement professionnel garés sur les emplacements résidentiels et inversement, les abonnements arrivés à expiration concernant les deux catégories, les automobilistes qui avaient dépassé la durée indiquée sur leur ticket – une infraction très rémunératrice dans Pepys Road –, les automobilistes qui avaient mal interprété les panneaux et payé pour le stationnement mais n'étaient pas garés dans la zone de stationnement à double affectation, résidentielle ou avec ticket, mais dans la zone de stationnement uniquement résidentiel. Elle repérait les voitures garées à la diable, qui dépassaient sur la chaussée ou dont une roue mordait sur le trottoir. Elle pouvait également dresser des contraventions pour vignette périmée. Elle n'était pas sadique, comme contractuelle – elle accordait régulièrement un sursis aux abonnements-résidents arrivés à échéance et aux vignettes non encore remplacées. Mais elle était très vigilante. Elle arborait un uniforme vert foncé muni d'épaulettes d'un vert plus pâle, et d'ourlets de pantalons garnis d'un liséré blanc, et elle était coiffée d'une casquette à visière. Elle ressemblait à l'idée que se faisaient les Marx Brothers d'un colonel des douanes ruritaniennes en 1905…

Le gouvernement, la municipalité et l'entreprise qui employait Quentina clamaient tous haut et fort qu'il n'existait pas de quotas pour les P.-V. C'était bien sûr un mensonge éhonté. Évidemment qu'il existait des quotas. Celui de Quentina s'élevait à vingt par jour, un chiffre censé rapporter d'emblée 1 200 livres si tous les contrevenants payaient leurs amendes sous quinzaine, mais qui rapportait en réalité beaucoup plus, puisque nombre d'entre eux ne respectaient pas ce délai. Si aucune contestation n'aboutissait – et Quentina, douée pour son métier, était l'employée qui, parmi toutes les équipes des Services de Contrôle, obtenait le taux le plus bas de plaintes recevables –, ses recettes, en pratique, s'élevaient à environ 1 500 livres par jour. En travaillant deux cent cinquante jours par an, Quentina générait 375 000 livres de recettes. Pour sa peine, elle touchait, en théorie, une douzaine de milliers de livres, avec quatre semaines de congés payés, mais sans sécurité sociale ni assurance-retraite.

Aujourd'hui s'annonçait comme un bon jour. Non parce qu'elle avait déjà établi une dizaine de procès-verbaux, tous parfaitement inattaquables, et qu'il n'était même pas dix heures du matin. Non, ça c'était facile. Pour un agent aussi talentueux et expérimenté que Quentina, c'était de la pure routine. Aujourd'hui s'annonçait comme un bon jour pour une autre raison. Avec quatre employées africaines des Services de Contrôle, Quentina jouait à un jeu dont les règles étaient simples : celle qui collait une amende à la voiture la plus chère remportait la victoire. Des photos étaient exigées en guise de preuve. Tantôt elles pariaient un verre au pub ou un billet de 5 livres, tantôt elles ne jouaient que pour l'honneur. Quentina avait traversé une mauvaise passe. Mais là, sa chance semblait tourner. Le 27, Pepys Road, d'après ce qu'elle en savait, appartenait à un avocat qui travaillait pour un club de foot de Premier League basé dans l'ouest de Londres. Le club lui louait parfois sa maison. Le club possédait des logements plus près de son terrain d'entraînement dans le Surrey, mais il arrivait que certains joueurs veuillent habiter en ville. Quentina se disait depuis longtemps qu'elle finirait bien par tomber dans ces parages sur une voiture hors de prix qui n'avait pas d'abonnement-résident, et elle ne manquait pas de se rendre régulièrement dans Pepys Road, un secteur qui, sinon, n'était que moyennement rentable sur le plan des contraventions. Aujourd'hui, pourtant, elle flairait le pactole. Sur le tronçon de rue réservé au stationnement-visiteurs, il y avait un Range Rover auquel il ne restait que vingt minutes, et une Golf gris métallisé immatriculée en 2005 qui devait déguerpir dans le courant de l'heure suivante… Rien de bien intéressant. Or là-bas, après la maison de l'avocat, Quentina avait repéré la voiture idéale, une Aston Martin DB7, une voiture de James Bond dont le prix clés en main était de 150 000 livres. Pour pimenter encore la chose, son conducteur avait bien affiché un ticket de stationnement, mais il ne devait pas être au courant des récents changements institués dans la rue et il s'était garé dans la zone réservée aux résidents, et non dans la zone dévolue à la fois aux résidents et aux visiteurs. Il avait commis l'erreur de stationnement classique dans Pepys Road.

Sans piétons dans la rue et sans raison de penser qu'elle pouvait être interrompue, Quentina, d'habitude, aurait foncé droit sur la voiture, rédigé la contravention, pris les photos, et basta. Mais voilà, de temps en temps, il était payant de se montrer un peu fourbe. Si Quentina n'était pas du genre à recourir à des ruses, en tant que contractuelle, il fallait parfois la jouer fine, et Quentina dépassa le véhicule d'une cinquantaine de mètres. Elle avait noté mentalement le numéro, la marque et le modèle, et, l'air de rien, elle entra les données sur son PDA. Les gens étaient moins susceptibles de surgir en hurlant s'ils ne vous voyaient pas plantée à côté de leur auto. Le ticket fautif sur l'Aston Martin étant encore valable une heure, le conducteur n'allait sans doute pas reparaître tout de suite, mais elle ne pouvait pas en être sûre; mieux valait se montrer prudente. Quentina imprima le P.-V.

et le glissa dans l'étui en plastique. Cette fois la partie était lancée. Elle se retourna, se dirigea d'un pas vif vers la voiture étincelante fraîchement lavée, releva l'essuie-glace – même cet accessoire paraissait luxueux –, et y coinça l'avis de contravention. Montant sur le trottoir puis redescendant sur la chaussée, elle recula pour bien cadrer le panneau de stationnement, puis elle prit quatre photos numériques. Et voilà le travail !

Tous les automobilistes détestaient les contredanses, de la même façon que tous les automobilistes détestaient toutes les voitures sur les routes sauf la leur. Chacun savait que la ville serait paralysée s'il n'y avait pas de restrictions de stationnement, et chacun savait que les lois seraient violées sans le moindre scrupule si on ne les faisait pas respecter de force. Chacun aurait voulu que la loi s'applique aux autres mais qu'elle ne s'appliquât pas à soi. Plusieurs fois, Quentina s'était entendu dire que « le problème, c'était que le code de la route était la seule putain de loi que les autorités faisaient respecter ». Mais ça, ce n'était pas son affaire. Quentina n'avait pas peur du conflit, heureusement, car il était très rare qu'une de ses journées se termine sans au moins une ou deux altercations avec des conducteurs fraîchement verbalisés. Elle avait droit à leur contrariété, à leur fureur, à leurs crises de larmes, à leurs injures racistes, à leurs menaces, à leurs comportements douteux. N'empêche, il valait mieux pour tout le monde éviter les scènes déplaisantes, et Quentina était d'humeur enjouée lorsqu'elle reprit sa route. Parce qu'elle était d'humeur enjouée, et parce que cela n'aurait aucun effet sur son quota dans un sens ou dans l'autre, elle se borna à remarquer que l'abonnement-résident d'une Mercedes classe A immatriculée 03 était périmé depuis dix jours et, magnanime, s'abstint de sévir. Quentina partit semer la peur et la confusion ailleurs. Elle allait bien rigoler après le boulot, en exhibant la photo de l'Aston Martin. Quentina se voyait déjà raconter qu'elle avait mis un P.-V. à James Bond en personne. Il portait un smoking, et il était avec la nana de *Casino Royale*.

9

Michael Lipton-Miller, « Mickey » pour les intimes, se tenait dans l'immeuble de placement qu'il possédait au 27, Pepys Road avec une planchette à pince sous le bras gauche, un BlackBerry à l'oreille droite, un iPhone qui vibrait dans sa poche de veste gauche, un mal de tête causé par la déshydratation, une lettre d'avocat lui donnant rendez-vous pour discuter des termes de son divorce dans sa poche de veste droite, et une mallette à ses pieds. De toutes ces choses, celle qui le ravissait le moins était la planchette à pince, sur laquelle figurait une liste de tout ce qui aurait dû être fait dans la maison pour que les lieux soient prêts à accueillir un nouvel arrivant. Mickey était un avocat de haut vol qui avait cessé son activité pour travailler à plein temps comme factotum, médiateur et homme de confiance pour un club de football de Premier League. Il adorait son travail et cette sensation d'efficacité qu'il lui procurait, cette approche de la vie un peu clinquante et un peu limite, mais qui n'interdisait pas, bien au contraire, l'envergure, la générosité et la largeur d'esprit. Dans la majesté de ses fonctions, il n'aurait pas dû avoir à vérifier ainsi la vaisselle, le matériel DVD et le papier hygiénique, mais comme il avait viré son assistant la semaine précédente et lui cherchait un remplaçant (d'où, sans doute, le téléphone qui vibrait : il y avait des périodes, aimait-il plaisanter, où mettre le téléphone sur vibreur était ce qui se rapprochait le plus pour lui de l'acte sexuel !), c'était lui qui se coltinait la corvée quotidienne de veiller au bien-être de joueurs trop gâtés. Il avait cinquante ans.

Devant Mickey se trouvait la responsable que la société de nettoyage avait chargée de superviser l'équipe de ménage. Elle était grande et mince, avec des pommettes hautes : pas mal du tout. Sûrement originaire d'Afrique de l'Est. Elle restait plantée là, avec cette patience déconcertante à l'africaine, pendant que Mickey incendiait un interlocuteur au téléphone; elle n'avait pas l'air de quelqu'un qui attendait qu'on juge son travail. Debout près d'elle, Mickey eut une pensée qu'il avait souvent au sujet des femmes jeunes et belles : il n'en revenait pas qu'elles ne soient pas plus nombreuses à vendre leur corps. Ce serait à coup sûr plus facile et plus lucratif que de travailler – en tout cas dans ce domaine –, et serait-ce vraiment si grave? Des hommes seraient prêts à payer des centaines de livres pour coucher avec cette femme, alors pourquoi diable tenait-elle à faire des ménages pour 4,50 livres de l'heure, ou quel que soit le bon Dieu de salaire minimum? Peut-être devrait-il lui faire une proposition... Sur quoi, dans sa tête, Mickey se persuada : Je plaisante, bien sûr.

« Très bien très bien, pardon pardon, bredouilla-t-il. On jette un coup d'œil? Je suis sûr que c'est parfait, ma jolie, déclara-t-il, en jouant les gentils flics, mais vous connaissez les autorités constituées... »

La jeune femme ne se laissait pas prendre à ce badinage. Elle esquissa un hochement de tête tout juste poli.

Mickey entreprit l'inspection. Comme la maison, en règle générale, était rarement habitée plus de trois mois d'affilée, et que les gens qui y logeaient venaient de tous les coins du monde, elle était décorée avec la neutralité confortable des chambres d'hôtel. Les joueurs venant souvent de familles sans argent et leurs seules rencontres avec l'opulence ayant eu lieu dans des hôtels, c'était cette forme d'opulence-là qui leur plaisait. Les murs étaient d'une teinte compliquée de blanc suédois, le mobilier un mélange de trucs modernes, le système audio-vidéo d'une marque japonaise dont Mickey n'avait jamais entendu parler mais dont les fils passaient sous le plancher afin que personne ne puisse accidentellement oublier que ce matériel appartenait au propriétaire et non au locataire. Cette fois, c'était un gamin africain qui venait à Londres et qui serait accompagné de son père. « Gamin » était bien le terme : le môme avait dix-sept ans. Il allait commencer par toucher 20 000 livres par semaine, avec possibilité de voir son salaire augmenter ou son contrat s'achever au bout d'un an. Mickey, qui parlait couramment la langue de l'argent, qui avait grandi en rêvant d'en gagner et qui estimait que tout ce qui permettait d'en récolter des monceaux méritait la considération, méritait l'admiration, et constituait un objectif aussi élevé que noble, même Mickey avait parfois mal au cœur quand il pensait à la quantité d'argent qui se baladait aujourd'hui dans le milieu du football.

Pourquoi le gamin avait-il choisi de vivre ici plutôt que dans une agréable banlieue éloignée ? Allez savoir. De toute manière, ce n'était pas le gamin mais le père qui avait choisi. Mickey se disait que le père avait sans doute flippé devant la blancheur de la banlieue et préféré habiter un quartier où il pourrait apercevoir de temps en temps une peau noire. Cela ne durerait pas, cela ne durait jamais. Klinsmann avait vécu à Londres, tout comme Lineker, et un ou deux des joueurs européens y vivaient encore, mais globalement, dès qu'ils pouvaient, ils s'installaient tous dans le Surrey, si prisé des rockers. Mickey lui-même habitait Richmond, pas loin de chez Pete Townshend et Mick Jagger.

Sols récurés – OK. Vitres tellement nettes qu'on ne les voyait plus – OK. Toilettes où on aurait pu manger par terre – OK. Système télé avec plus de commandes et de voyants que le tableau de bord de la Navette spatiale – OK. Téléviseur en état de marche – OK. Haut débit en état de marche – OK. Moquettes propres, lits faits, appuis de fenêtre époussetés – OK, OK, OK. Le frigo était plein, mais renfermait-il une nourriture susceptible de plaire à des Africains, Mickey n'en savait rien et s'en moquait, car ça c'était le problème de la gouvernante engagée par le club ; le père parlait un peu l'anglais mais le môme non, seulement le français, si bien que le club lui avait dégoté un interprète, une gouvernante francophone et un prof d'anglais. Ces détails-là incombaient à quelqu'un d'autre, donc Mickey n'avait pas à s'en soucier.

Tout semblait OK. Mickey avait gardé une mine insondable tout du long. À la fin il avait besoin de soulager un peu ses nerfs, et se tourna vers la gouvernante.

« Vous comprenez le sens du mot "confidentialité" ? »

Elle acquiesça de la tête sans parler.

« Non, je veux dire, vous comprenez vraiment le sens ? »

Elle hocha à nouveau la tête. Il avait prévu de lui débiter le baratin habituel qu'il servait aux employés : pas le droit de raconter quoi que ce soit à quiconque, en aucun cas. Sans désinvolture, mais plutôt comme si son être véritable se trouvait totalement ailleurs, la gouvernante demeurait tellement impassible et paraissait tellement indifférente qu'il dut renoncer à son boniment. C'était un peu comme débander. Dommage. Mickey aimait bien ce topo sur la confidentialité, il conférait un caractère important et un peu théâtral à sa mission. En fait, avec un club de Premier League, même les tâches les plus prosaïques avaient un côté glamour. Contrôler le stock de rouleaux de P.Q. devenait primordial et passionnant dès qu'il s'agissait d'un joueur de Premier League. Mickey était au courant d'un tas de choses que le public rêvait de savoir. La plupart tournaient autour du thème « Comment est réellement Untel ? », au point qu'on aurait pu croire qu'il existait une branche spéciale de la connaissance intitulée « être réellement », et que cette question toute bête constituait au fond la question suprême.

« Ça m'a l'air d'aller », dit-il. Elle hocha encore une fois la tête. Apparemment, c'était le jour du hochement de tête. À ce compte-là, lui aussi pouvait le faire. Il hocha donc la tête à son tour et se dirigea vers la porte. Il y avait un peu de courrier : une facture d'électricité et une carte qui disait : « Nous Voulons Ce Que Vous Avez. » Mickey eut un flash paranoïaque – l'avocat de sa femme allait lui faire la peau ! – avant de réaliser que cette formule inquiétante n'avait aucun rapport avec son divorce mais concernait le 27, Pepys Road : au verso figurait une photo de la porte d'entrée. C'était sûrement le coup d'un journaliste qui planquait dans les environs ; à moins que cela n'ait un lien bien précis avec le petit Africain. Le bruit courait que le môme avait été soufflé à Arsenal, ou une histoire de ce genre. C'étaient peut-être des cinglés de supporters qui menaçaient le gamin ou essayaient de lui flanquer la trouille. Et merde ! se dit Mickey, tandis que son portable se remettait à vibrer. La dernière chose dont il avait besoin ce jour-là, c'était une affaire épineuse à résoudre.

En l'occurrence, Mickey allait être confronté à une autre affaire épineuse. Quand il sortit dans la rue, il découvrit que sa voiture avait un P.-V. et un sabot de Denver.

10

Quinze jours avant Noël, Petunia se trouvait au dispensaire, à attendre que son nom s'affiche sur l'écran électronique derrière elle. C'était un lundi, et il y avait encore plus de monde que d'habitude. Il n'y avait plus de sièges disponibles face à l'écran, si bien que chaque fois qu'elle entendait le bip indiquant qu'un patient était convoqué elle était obligée de se retourner pour voir si c'était son tour.

Petunia n'aimait pas beaucoup ce système. Quand son nom s'afficherait, elle se lèverait pour aller voir son médecin et, qu'elle le veuille ou non, tout le monde saurait qu'elle était Mme Petunia Howe, et son nom resterait inscrit là jusqu'à ce que le nom suivant apparaisse en lettres lumineuses sur le panneau. Elle n'était pas de première jeunesse, et pour tourner suffisamment le cou elle était obligée de faire pivoter toute la partie supérieure de son corps. Certes, tous les patients assis dos au panneau devaient se livrer aux mêmes contorsions, y compris ceux qui avaient des écouteurs ou qui parlaient au téléphone – deux d'entre eux étaient d'ailleurs assis juste au-dessous de l'écriteau « Portables interdits », un culot tellement abominable qu'il en devenait drôle –, mais Petunia n'en était pas moins gênée. Elle était venue à cette consultation uniquement à cause de ces drôles de vertiges, ses « crises », comme elle les appelait. De fait, elle en avait eu plusieurs depuis l'incident chez le marchand de journaux, mais, par chance, elles avaient toutes eu lieu chez elle, et, par chance aussi, jamais dans l'escalier. N'empêche, se tordre le cou ainsi toutes les minutes ou deux commençait à lui causer une drôle de sensation, et elle n'avait vraiment aucune envie de tourner de l'œil dans la salle d'attente. Tout ça pour épargner au médecin les dix secondes d'effort nécessaires pour se lever, ouvrir la porte et énoncer le nom du patient. Même pas pour aller vers ledit patient et s'adresser directement à lui, bien sûr, puisque le médecin n'avait absolument aucune idée de qui il pouvait s'agir. Au cours de la dernière demi-heure – celle écoulée depuis que le médecin aurait dû la recevoir –, Mlle Linda Wong, M. Denton Matarato, Mlle Shoonua Barkshire, M. T. Kahn et le sieur Cosmo Dent avaient été appelés, mais Petunia était toujours assise là. Elle avait terminé depuis longtemps le *Daily Mail* qu'elle avait trouvé sur la table à côté d'elle, et se demandait avec angoisse s'il serait mal élevé de faire les mots croisés dans un journal à usage collectif; oui, se disait-elle.

Bien que Petunia ne soit pas du genre à râler et à regretter le bon vieux temps – Albert l'avait fait pour deux, et pour plusieurs vies –, il n'y avait pas grand-chose qu'elle appréciait chez son médecin. D'abord, elle n'appréciait pas que ce ne soit pas vraiment son médecin : Petunia n'avait pas de généraliste attitré. Ces vingt dernières années, même si elle avait eu affaire à un moment ou un autre à presque tous les médecins du cabinet, elle n'avait jamais vu le même deux fois de suite. Il y avait là quelque chose d'humiliant et d'impersonnel, et qui ne réduisait en aucun cas le temps que passait le médecin à lire son dossier sur l'écran de l'ordinateur au lieu de la regarder, elle, et d'écouter ce qu'elle avait à dire. Petunia se sentait atrocement déphasée, atrocement exotique, dans cette salle d'attente, au milieu de ces gens en tenues Lycra, en petits hauts ou en T-shirts, au milieu de ces gens qui écrivaient des textos ou qui balançaient la tête au rythme d'une musique à peine audible, de ces femmes qui portaient le foulard (elles étaient deux) ou qui disparaissaient complètement sous le hijab (une), de ces gens qui parlaient des langues d'Europe de l'Est entre eux ou dans leurs portables. Nous sommes tous dans le même bateau : Petunia était assez âgée pour que la notion d'appartenance à la nation britannique ait jadis été une idée extrêmement importante, une idée essentielle. Était-ce toujours vrai ? Étaient-ils dans le même bateau ? Pouvait-elle regarder autour d'elle dans cette salle d'attente et l'affirmer en toute sincérité ?

Finalement, ô miracle, « Mme Petunia How » apparut sur le panneau. On n'allait pas chipoter pour un e oublié… Petunia se mit debout prudemment – elle se méfiait de plus en plus en se levant – et traversa la salle. Elle sentait les gens qui la regardaient, une sensation qu'elle avait toujours détestée. Un homme déplaça ses jambes pour la laisser passer, mais le fait qu'il ne lève pas les yeux de son journal et n'accorde par ailleurs aucune attention à sa présence rendait le geste encore plus grossier que s'il n'avait pas bougé. Albert aurait eu deux mots à dire à ce malotru.

La porte était ouverte. Quand Petunia frappa pour s'annoncer, le médecin lança : « Bonjour ! Entrez donc », sans cesser de lire sur son écran d'ordinateur. Elle entra et s'assit. Il se tourna vers elle, en souriant, et elle savait déjà qu'il allait dire :

« Petunia, que puis-je pour vous aujourd'hui ? »

C'était le Dr Canseca. Petunia l'avait eu plusieurs fois. Il portait un nom latin mais il ne l'était pas, pas physiquement du moins : il avait des cheveux blonds peignés sur le côté et il arborait toujours une cravate et des pulls en V qui avaient l'air d'être en cachemire, malgré le chauffage parfois excessif. Si on l'avait forcée à lui donner un âge, elle aurait dit, à le voir, qu'il avait dans les dix-sept ans, mais il avait certainement la trentaine.

Elle commença à décrire ses symptômes, les vertiges et les évanouissements, et cette impression d'être tout le temps patraque, et quand elle eut parlé une quinzaine de secondes, durant lesquelles il n'arrêta pas de dodeliner de la tête en émettant des sons encourageants, le Dr Canseca se tourna vers son clavier puis, dodelinant toujours, se mit à taper. Petunia avait travaillé comme secrétaire dans sa jeunesse, et il était intéressant de constater que la situation avait changé et que la personne qui tapait à la machine était aujourd'hui la plus importante.

Petunia termina son récit des choses qui n'allaient pas, après quoi elle se tut. Le médecin continua à taper sans rien dire pendant une minute.

« Une faiblesse du côté gauche ou du côté droit ? Des chatouillements bizarres ? »

Petunia fit non de la tête. Le Dr Canseca posa d'autres questions. Puis il demanda à Petunia s'il pouvait lui prendre la tension et lui ausculter les bronches. Elle redoutait cette étape mais s'y était préparée : sous son manteau, sa veste et son cardigan, elle avait mis un chemisier facile à déboutonner. Elle retira toutes ces épaisseurs et se félicita soudain que la pièce soit surchauffée. C'était drôle de se dire que ses seins avaient jadis été son atout majeur. Elle craignit de voir sa peau se hérisser et se marbrer, mais non. J'aurais dû réclamer un médecin femme, songea-t-elle, mais elle n'était pas du genre à réclamer : ce n'était pas dans sa nature et ce n'était plus de son âge. Le Dr Canseca ne lui demanda pas d'enlever son chemisier et se contenta de glisser le stéthoscope sous l'étoffe. Le métal était glacé, bien sûr, mais au moins son torse était couvert. Elle inspira et expira : son souffle était bruyant et faible même à ses propres oreilles. Le médecin prit ensuite sa tension artérielle. Puis il recommença. Puis il resta là un moment à regarder son écran d'ordinateur.

« Vous ne suivez pas de traitement, n'est-ce pas ? » Ce n'était pas vraiment une question et Petunia s'abstint de répondre. Il se remit à taper sur son clavier. Derrière sa tête, il y avait une affiche sur les rapports sexuels protégés, et Petunia la lut. Il y avait aussi des affiches sur les différents risques sanitaires auxquels on pouvait être exposé en voyageant dans des contrées lointaines. Le médecin se retourna vers Petunia.

« Bon, vous semblez aller bien, mais je vais quand même vous envoyer faire quelques examens. Quand quelqu'un s'évanouit, c'est parfois le signe que le palpitant a un problème. Le cœur… Votre tension est un peu basse. Mais c'est une bonne chose ! Vous nous enterrerez tous ! Bon, je vais prévenir le spécialiste, et vous mettre en contact. Vous prendrez rendez-vous, et on sera fixé. D'accord ? »

Et voilà. Petunia n'allait chez le médecin qu'à reculons, et si elle y allait, c'était dans le seul et unique but de se faire moins de souci. Le médecin était censé dissiper l'inquiétude ; elle s'inquiétait déjà bien assez sans avoir de vraie raison de le faire. Quand, en ressortant, elle se sentait toujours aussi anxieuse, comme cette fois, c'est qu'il y avait eu un raté quelque part. Le contrat de base avait été rompu. Petunia retraversa la salle d'attente. Elle se sentit à nouveau légèrement intimidée, trop intimidée pour aller aux toilettes qui se trouvaient à l'autre bout de la pièce à côté de la porte. Pourtant, elle aurait volontiers fait pipi avant de repartir chez elle dans le froid. Elle s'arma de courage et, après avoir franchi les deux portes coulissantes, émergea dans l'après-midi de décembre. Il faisait froid et humide et les voitures passaient en rugissant. Il lui faudrait environ un quart d'heure pour arriver chez elle. Petunia enfonça son chapeau sur son front, resserra son écharpe autour de son cou, vérifia que son manteau était bien boutonné, ajusta avec soin son sac à bandoulière, fourra les mains dans ses poches, et se lança.

Albert ne raffolait pas de cette manie qu'elle avait de s'inquiéter. Il lui faisait souvent la leçon à ce sujet, ce qui ne servait absolument à rien, sinon à la rendre moins libre d'exprimer ses inquiétudes et donc à l'obliger à les garder pour elle, ce qui avait pour effet de les amplifier et d'accentuer sa nervosité, et donc d'exaspérer encore plus Albert. C'était d'ailleurs bien hypocrite de la part de son mari, qui faisait tellement de fixations, surtout sur l'argent, mais aussi les impôts, l'épargne, les banques, les compagnies d'assurance, les organismes de crédit, le gouvernement et le reste, et sur le fait qu'on n'était jamais trop prudent. Il refusait même de posséder une carte bancaire, sous prétexte qu'il se méfiait des distributeurs automatiques et des codes confidentiels. Après sa mort, leur fille Mary avait dû montrer à Petunia comment l'utiliser. C'était une des innombrables choses qu'elle avait dû apprendre à faire toute seule après la disparition subite d'Albert.

Pour la plupart, ces choses avaient un lien avec l'argent. Le problème se résumait au fait qu'Albert, comme beaucoup de gens, avait un grain de folie, ou plutôt une veine de folie, pareille à un filon courant dans une roche. Il n'était pas fou en règle générale; mais dès qu'il s'agissait d'argent, il perdait toute rationalité. Pour lui, l'argent ne dépendait d'aucun système de référence, à la fois primordial (il semblait par moments que ce soit sa seule préoccupation) et complètement en décalage avec la réalité, tant et si bien qu'il refusait de faire des choses normales comme recourir à une banque ou cotiser pour une retraite complémentaire; il ne payait jamais une facture avant, non pas une relance, non pas l'ultime relance, mais la menace d'une action en justice. C'était épuisant; c'était insensé. Néanmoins, même un avare comme Albert, si pingre qu'il soit devenu, devait payer les factures de gaz et d'électricité. Il avait un jour parlé d'installer des compteurs à pièces, et là, chose très rare, Petunia avait tapé du poing sur la table, lui disant non avec une grande fermeté, avant d'endurer quinze jours de bouderie. Puis, après quinze jours de grogne, Albert s'était levé un matin d'un calme olympien en faisant comme si de rien n'était. Conséquence, aujourd'hui il lui manquait, en particulier lorsqu'elle devait s'occuper de ces choses pratiques qu'il assumait entièrement, comme les factures d'eau, les impôts locaux, s'assurer que sa retraite avait été versée ou vérifier l'état de la plomberie. Toutes ces obligations lui étaient des corvées plus douloureuses encore car elles lui rappelaient cruellement son absence.

Il était amusant que la plupart des anecdotes qu'elle pouvait raconter sur Albert le fassent paraître épouvantable – sa radinerie, ses prises de bec avec les gens, son caractère proprement impossible. Il pouvait transformer la moindre vétille en affaire de principe. Les qualités qu'il possédait, sa chaleur, sa gentillesse, sa sensibilité imprévisible, l'aide qu'il pouvait apporter aux gens sans s'en prévaloir (prêter du liquide, ramener quelqu'un en voiture, écrire des lettres à ceux qui avaient perdu un proche), la certitude qu'il était au fond un homme plein d'affection, ces qualités-là donnaient des histoires beaucoup moins rigolotes à raconter. Elle était la seule à avoir eu pleinement connaissance de ses bons côtés.

Petunia passait à présent devant la boucherie de luxe de la grand-rue. Il y avait la queue, comme souvent : décidément, les nouveaux habitants du quartier étaient richissimes. Dans la vitrine une dinde avait été affublée d'un ruban doré et d'une couronne. Devant, un écriteau disait : « Commandez-moi. »

En voyant les lumières et les décorations des fêtes qui approchaient, Petunia repensa à la passion qu'Albert vouait à Noël. On l'aurait imaginé réagir en rapiat, mais il adorait tous les aspects du rituel, du calendrier de l'Avent aux cantiques en passant par le Discours de la Reine (dont il aimait se moquer sans aucune déférence : « Ce qu'il y a de sidérant avec cette famille, c'est qu'ils deviennent tous chaque année un peu plus stupides. ») Il adorait voir Mary et ses enfants à Noël, même si, durant cette période, leur fille redevenait une gamine de quinze ans râleuse, taciturne, et ronchon, toujours à tout juger. Petunia ne pouvait pas en vouloir à Mary d'être partie dans l'Essex. Elle avait besoin de s'éloigner. Elle aurait pu se rapprocher un peu maintenant que son père était mort et que sa mère vivait seule dans une grande maison, mais c'était son choix et Petunia le comprenait tout en le déplorant.

Sans conteste, Albert avait été un homme difficile. Elle avait passé plus de temps et d'énergie à résister à son mari qu'il n'était normal. Quand il était mort, une partie de cette énergie aurait dû être consacrée à autre chose. Sa vie aurait dû s'ouvrir un peu, au moins dans cette sensation intime d'être un rien plus libre. Cela n'avait pas été le cas, par sa propre faute, au demeurant. Elle avait reproché à Albert une certaine étroitesse dans la manière dont ils vivaient, mais elle ne vivait pas plus amplement en son absence. Peut-être parce qu'elle n'avait pas une idée très claire de ce qu'aurait pu être une vie plus ample : voyager, ou sortir plus souvent, ou, ou… ou quoi, exactement? Petunia avait toujours aimé la couleur mais elle n'avait pas l'impression d'en avoir eu beaucoup dans son existence. Ou plutôt, elle avait l'impression d'avoir eu beaucoup trop de la même couleur uniforme : le gris. Depuis la mort d'Albert, Petunia avait parfois le sentiment qu'elle pouvait se retourner sur sa vie et ne voir que du gris. D'un point de vue moral, il n'est pas possible d'être trop bon; mais sur le plan de la vie quotidienne, pour ce qui est de faire son chemin dans le monde et de profiter des bonnes choses qu'il a à offrir, il y a une façon d'être bon qui ne mène à rien. Petunia possédait un peu de cette bonté toute en discrétion et en modestie. Si on lui avait donné à choisir entre les besoins de quelqu'un d'autre et ses besoins à elle, elle aurait toujours fait passer les besoins d'autrui en premier. C'était justement un des travers qui, aujourd'hui, lui donnaient parfois l'impression que l'ensemble de son existence s'était déroulé dans une étroite monotonie.

Elle atteignait à présent sa propre rue, Pepys Road, la rue où elle était née et où, si elle avait voix au chapitre, elle mourrait. Elle avait dû effectuer ce trajet dix mille fois dans sa vie. Elle l'avait parcouru dans mille dispositions d'esprit différentes; en fait, un des plus beaux jours de sa vie avait été celui où elle avait effectué cette même promenade, en rentrant de chez le médecin, après avoir appris qu'elle était enceinte. Cette rue, elle l'avait remontée triste, elle l'avait remontée exténuée, elle l'avait remontée en se sentant abattue, grosse, voluptueuse, euphorique, furieuse, distraite, éméchée, pressée d'aller aux toilettes, dans tous les états physiques ou mentaux possibles. Elle avait traversé une phase de phobie, où elle avait peur que des voleurs ne surgissent derrière elle pendant qu'elle s'appliquait à ouvrir la porte et ne lui arrachent son sac, ou bien ne pénètrent de force dans la maison; mais cette angoisse, et d'autres du même genre, s'était envolée depuis longtemps. C'était toujours la même rue, toujours la même maison, toujours la même porte et toujours la même Petunia qui la franchissait.

Nous voulons ce que vous avez. Petunia repensa un instant à cette étrange carte postale. Elle continuait à avoir du mal à croire qu'on puisse prononcer cette phrase à son endroit.

11

Bogdan le maçon, qui ne s'appelait pas réellement Bogdan, était assis à la table de cuisine dans la maison des Yount. Il buvait du thé fort dans un mug; il avait fini par aimer le thé et il comprenait parfaitement pourquoi les Anglais prenaient ce breuvage au sérieux. Devant lui se trouvaient une feuille de papier ornée de chiffres accompagnée d'un stylo, ainsi qu'un biscuit sur une assiette qu'il avait accepté par politesse mais n'avait pas l'intention de manger. En face de lui, Arabella Yount, qui buvait un Lapsang Souchong léger dans une tasse, remettait ses cheveux en place derrière ses oreilles. Elle portait du maquillage, de minuscules boucles d'oreilles en diamant, et ce qu'elle décrivait comme « une tenue d'intérieur », à savoir un jogging en velours rose.

« Ne m'épargnez pas, Bogdan. Est-ce que c'est horrible? C'est grave à quel point? Le suspense est insupportable. C'est vraiment abominable? Ça l'est, n'est-ce pas? » lui demandait Arabella d'un ton joyeux.

Bogdan, dont le vrai nom était Zbigniew Tomascewski, posa son crayon à côté du premier article de sa liste et répondit :

« Ce n'est pas trop grave. »

Arabella poussa un soupir de soulagement.

« Mais ce ne sera pas bon marché. »

Arabella s'empara de sa tasse de thé, en but une gorgée, puis haussa les épaules. Zbigniew poursuivit :

« Y a des choses que j'ai pour pas cher, je fais attention mais pas trop. Huit mille livres. J'achète le matériel neuf, tout en haut de gamme, garantie cinq ans : vous me connaissez, madame Yount, ma garantie personnelle... Douze mille.

— Les accessoires sont compris... les bidules électriques ?

— L'installation électrique. Oui, tout ce dont on a discuté est compris. »

Arabella faisait apporter quelques modifications au dressing et à la chambre de Joshua. L'éclairage dans le dressing laissait à désirer. Arabella trouvait que les lumières vives autour des miroirs lui aplatissaient le visage et la faisaient ressembler à un Eskimo.

« Je devrais sans doute consulter Roger. Je devrais, mais tant pis. Ça ira. Quand pensiez-vous pouvoir commencer ? »

Zbigniew connaissait ses clients britanniques et savait que dans ce pays les maçons avaient mauvaise réputation : ils étaient chers et paresseux ; jamais disponibles quand on avait besoin d'eux ; envahissant votre maison et se comportant comme si c'était la leur ; puis laissant les choses à moitié terminées pour aller sur d'autres chantiers, de sorte que la dernière phase des travaux traînait pendant des mois. Zbigniew s'efforçait d'être le contraire de tout cela et de rester fidèle à cette politique quoi qu'il advienne. C'est pourquoi, bien qu'il ait d'autres chantiers prévus, il répondit : « La semaine prochaine.

— Ah, fantastique ! s'exclama Arabella en remettant ses cheveux derrière son oreille. Fabuleux ! C'est vraiment formidable ! »

Arabella avait la manie d'en rajouter, une manie qu'elle avait intégrée à un point tel que même elle avait parfois du mal à déterminer si elle était modérément satisfaite ou véritablement enchantée. C'était l'illustration de la loi de Gresham : la mauvaise monnaie de l'exagération chassait peu à peu la bonne monnaie de la sincérité... Mais, en l'occurrence, Arabella était véritablement contente. Elle voulait que les transformations soient opérées dans son dressing, et ce au plus vite, et elle était ravie que Bogdan puisse s'en charger, car, derrière l'hyperbole, elle l'aimait vraiment bien et lui faisait confiance.

« Je crois qu'il faut que j'y aille, maintenant », dit Zbigniew/Bogdan. Il ramassa son bloc et son crayon pour les ranger dans sa sacoche. « La semaine prochaine ?

— Merci infiniment. À la semaine prochaine, donc. À la première heure. Génial ! Merci, Bogdan. »

Il mit sa sacoche en bandoulière et sortit dans la rue. Il pleuvait mais le froid ne pinçait pas aussi sérieusement que le froid polonais. Quelques maisons présentaient des décorations de Noël ; il était intervenu dans certaines d'entre elles au cours de l'année écoulée. Il aimait bien passer devant des maisons où il avait travaillé. Il n'oubliait jamais un chantier : là, ils avaient refait la salle de bains, et là, ils avaient aménagé les combles. Contre tous les avis, ils y avaient ajouté une douche, puis avaient été obligés de faire monter des câbles jusqu'au grenier afin d'alimenter le chauffe-eau. Les travaux dans ces maisons constituaient pour lui un souvenir très puissant, une sensation physique : les efforts, l'épuisement, les doigts fatigués et le dos douloureux à la fin de la journée, tout cela, il le ressentait en profondeur. Mais ce n'était pas désagréable. Après un authentique labeur, on s'accommodait de ses maux.

Pour son premier job à Londres, il avait travaillé en équipe dans la rue d'à côté, Mackell Road, puis quelqu'un les avait recommandés au numéro 54 de Pepys Road. Le boulot en question n'était que pour un seul ouvrier, et son ami Piotr l'avait laissé le prendre, cadeau dont il lui serait toujours reconnaissant. C'était d'ailleurs à ce moment-là qu'il avait acquis son surnom londonien, car il y avait un Bogdan dans l'équipe : le client de Pepys Road avait confondu leurs noms et Zbigniew n'avait jamais rectifié. Il aimait bien se faire appeler Bogdan parce que ce nom ne laissait aucun doute dans son esprit sur le fait qu'il ne vivait pas réellement à Londres, que sa vie ici n'était qu'un intermède : il était là pour travailler et gagner de l'argent avant de rentrer retrouver sa vraie vie en Pologne. Zbigniew ignorait si ce serait dans un an, dans cinq ans ou dans dix, mais il savait que la chose arriverait. Il était polonais et sa vraie vie se passerait en Pologne.

Arabella aurait été déçue si elle avait su ce que son cher Bogdan pensait d'elle, car, en réalité, il ne pensait guère à elle. Il n'avait d'elle ni une mauvaise, ni une bonne impression ; il ne fantasmait pas sur elle, n'avait pas d'aversion pour elle, ne s'intéressait pas à elle, bref, n'éprouvait envers elle aucun sentiment particulier. C'était une cliente, point final. Zbigniew pensait à tous ses clients de la même façon : des gens qui le payaient pour accomplir un travail et avaient certaines attentes qu'il s'efforçait de satisfaire. Cela n'allait pas plus loin.

Quant à leur richesse – la richesse d'Arabella, la richesse de tous ses clients –, il ne faisait pas de fixette dessus mais, en effet, il la remarquait. Un garçon qui avait grandi dans une tour d'habitation à la périphérie de Varsovie ne pouvait pas ne pas remarquer ces plans de travail en marbre, ce mobilier en teck, ces tapis, vêtements, jouets pour adultes et autres objets de luxe étalés partout dans cette ville. On ne pouvait pas non plus ne pas remarquer le prix des choses, le coût exorbitant de quasiment tout, depuis le logement jusqu'aux transports en passant par l'alimentation et l'habillement; quant à sortir pour s'amuser un peu, c'était presque impossible. La pensée de ces sommes folles dilapidées uniquement pour les besoins courants lui sapait le moral. D'un autre côté, c'était pour cette raison qu'il était ici : si tout était si cher, c'était parce que les Anglais avaient de l'argent plein les poches. Il était là pour en gagner grâce à eux. À ses yeux, il y avait quelque chose de foncièrement perverti dans une culture qui avait tant de boulot et tant d'argent en excédent, de l'argent ne demandant qu'à être ramassé, presque comme s'il traînait dans la rue… Mais ce n'était pas son problème. Si les Anglais tenaient à distribuer aux quatre vents le boulot et l'argent, ça lui convenait très bien.

Son portable sonna. C'était Piotr.

« C'est ton tour de faire la popote ce soir, dit Piotr en polonais. J'ai acheté des *kielbasas*, elles sont dans le frigo. Ne te les tape pas toutes avant que j'arrive, d'accord? »

Zbigniew, Piotr et quatre amis habitaient un trois pièces à Croydon. Ils le sous-louaient à un Italien, qui lui-même le sous-louait à un Anglais qui le louait à la Ville, et le loyer était de 200 livres par semaine. Ils devaient faire attention pour le bruit, car si les autres résidents les dénonçaient ils seraient flanqués dehors. En réalité ces jeunes gaillards bien élevés étaient des locataires appréciés dans l'immeuble, dont les autres occupants étaient âgés et blancs. Comme l'un d'eux l'avait un jour glissé à Zbigniew dans le hall, ils s'estimaient heureux : « Au moins vous n'êtes pas des Pakis. »

« Tu dois voir Dana », dit Zbigniew. Dana était la dernière amoureuse potentielle de Piotr, une Tchèque rencontrée au pub. « Si tu n'es pas rentré à dix heures, pas de *kielbasas*.

— Si je ne suis pas rentré à dix heures... fit Piotr.

— *Czekaj, tatka, latka* », dit Zibgniew. Tu pourras attendre jusqu'à la saint-glinglin. » Il rit. Tous deux se connaissaient depuis la petite enfance, et Piotr était un romantique chronique qui commettait sans cesse la bêtise de tomber amoureux des femmes avant de coucher avec elles. Zbigniew se targuait de savoir éviter cette erreur.

Il attendait le métro. Cinq minutes, indiquait le tableau, mais cela ne voulait rien dire. Si une chose à Londres était bien comme à Varsovie, c'étaient les transports capricieux et le stoïcisme bougon des voyageurs. Aujourd'hui les autres gars de l'appart travaillaient tous sur le même chantier et rentreraient avec la camionnette Ford de Piotr, un tacot déglingué qu'il avait acheté une bouchée de pain et vaguement remis en état. Zbigniew avait horreur d'utiliser la camionnette car, avec cette guimbarde, on ne pouvait jamais être sûr d'arriver à bon port. Zbigniew aimait sentir qu'il maîtrisait les choses.

Une bande de jeunes Noirs rappliqua sur le quai. Zbigniew n'avait rien contre les Noirs, mais au bout de trois ans en Angleterre, il n'en était pas encore à ne même plus relever leur présence. Il tâchait toujours d'évaluer s'ils risquaient de causer des problèmes. Là, les mômes étaient sept ou huit garçons et filles, et ils faisaient du tapage ; les filles la ramenaient plus que les garçons, une attitude qui, dans ce pays, semblait assez fréquente. Tout ce petit monde se charriait à propos de quelque chose.

« Pas possible, t'as pas... »

« Pas possible, il a pas... »

« L'espèce de taré ! »

Mais Zbigniew voyait bien que c'étaient de braves mômes en train de chahuter et non pas des racailles prêtes à semer la pagaille. La vieille dame à côté de lui sur le quai n'était pas ravie. Elle devait appréhender son trajet en compagnie de cette bande de braillards. Elle se demandait sans doute si elle ne pourrait pas s'éloigner un peu sans avoir l'air excessivement grossière. Elle n'avait pas envie de paraître raciste. Zbigniew savait qu'il était très important dans ce pays de ne pas paraître raciste. D'après lui, on faisait trop d'histoires à ce sujet. Les gens n'aimaient pas les gens qui n'étaient pas comme eux, c'était ainsi. Il fallait en prendre son parti. Quelle importance si les gens ne s'aimaient pas à cause de la couleur de leur peau ?

La rame arriva, destination Morden. Les gamins chahuteurs montèrent en premier, bousculant les passagers qui essayaient de descendre. Il n'y avait pas de places assises. Les jeunes allèrent à l'autre bout de la voiture et deux d'entre eux trouvèrent un siège. Les autres se postèrent autour, et toute la clique continua à discutailler et à beugler allègrement, histoire d'en faire profiter l'assemblée. La plupart des passagers réussissaient à les ignorer. Il existait un autre point commun entre Londres et Varsovie, c'était la façon dont les gens, dans les transports en commun, parvenaient à s'abstraire de leur environnement et à se renfermer en eux-mêmes.

Zbigniew descendit à Balham et se rendit à la gare de chemin de fer. Miracle, un train était à quai et sur le point de partir. Il monta. Il n'y avait pas de places libres, mais tant pis. Tous les passagers rentraient du boulot, plongés dans leur journal ou dans leurs pensées. Adossé à la cloison, Zbigniew oscillait et sautillait avec le mouvement du train. Il faisait très chaud, il y avait un monde fou et pas une once de confort, mais là encore, tant pis. Zbigniew savait que les gens d'ici se plaignaient beaucoup des transports en commun. Ils auraient mieux fait de la fermer. Oui, les transports étaient merdiques, mais plein de choses dans la vie étaient merdiques. Se plaindre n'y changeait rien. Ces rouspéteurs n'avaient qu'à vivre quelque temps dans un pays où la vie était vraiment dure. Là, ils verraient ce que c'était.

Ces réflexions lui firent penser au cas de son père. Michal Tomascewski était mécanicien. Il avait travaillé trente ans à réparer des bus pour la municipalité de Varsovie : un travail dur et honnête. Si, à cinquante ans, il était trop jeune pour croire que l'avenir pouvait lui réserver des surprises agréables et loin d'être assez vieux ou assez riche pour pouvoir prendre sa retraite, il n'en subsistait pas moins, grâce à Zbigniew, un espoir de changement. Pendant la majeure partie de ces trente années, Michal avait exercé ce qui s'apparentait à un deuxième métier : il s'occupait des ascenseurs dans leur immeuble. Pas tout à fait tous les jours, mais jamais moins d'une fois par semaine, il était amené à intervenir sur l'une ou l'autre des trois petites boîtes métalliques qui servaient de ligne de vie et d'instrument de soutien à tous les occupants de l'immeuble, en particulier les familles qui habitaient les étages supérieurs, et en particulier celles qui comptaient des membres très âgés ou très jeunes. La rumeur de son savoir-faire – et, tout aussi important, et peut-être plus rare encore, le mérite qu'il avait de bien vouloir assumer une telle responsabilité – s'était propagée, et des amis d'autres immeubles lui avaient parfois demandé de venir les dépanner. Mais les journées n'étaient pas extensibles : Michal attaquait sa sixième décennie, et il avait beau être disposé à aider les gens, ce n'était pas une bonne poire. Il faisait ce qu'il pouvait à condition que ce ne soit pas trop astreignant.

Le plan de Zbigniew était le suivant : gagner suffisamment d'argent à Londres pour entrer dans la maintenance d'ascenseurs avec son père. Varsovie allait se développer rapidement, c'était une évidence, et les villes modernes se développaient en hauteur. Cela voulait dire des ascenseurs, et les ascenseurs, aurait affirmé son père, étaient « le mode de transport mécanique le plus sûr au monde ». Avec un capital, ils pourraient monter leur entreprise : son père travaillerait moins, gagnerait dix fois plus, et au bout de quelques années il prendrait sa retraite, ou une semi-retraite, sans soucis financiers. Il achèterait une petite maison quelque part, bricolerait de-ci de-là dans le jardin, se promènerait en pantoufles et, les jours où il ferait chaud, il pourrait déjeuner dehors avec sa femme. Son père ne se plaignait pas – Zbigniew ne l'avait jamais entendu se plaindre, pas une fois –, mais il adorait la campagne, il adorait sortir de Varsovie pour aller chez son frère à Brochow, il adorait l'air pur, l'espace et le spectacle des animaux de la ferme plutôt que celui des voitures, des camions et des bus. Alors Zbigniew allait gagner de quoi permettre à son père de savourer ces plaisirs-là. Au lieu d'envoyer à ses parents le surplus qui lui restait, Zbigniew mettait la somme de côté, environ la moitié de ses revenus, en vue du jour béni où il pourrait débarquer à l'improviste dans l'appartement de ses parents et leur faire part de son projet. C'était une scène qu'il jouait souvent dans sa tête.

Le train s'arrêta à South Croydon et Zbigniew descendit. Il devait encore prendre le bus M sur environ deux kilomètres, puis terminer à pied. Il avait les *kielbasas* à préparer, puis il pourrait faire quelques parties de cartes avec ceux qui seraient déjà là. Ou bien, s'il n'y avait personne, il pourrait peut-être tenter quelques missions de *San Andreas* sur la PlayStation 2. Certains allaient parfois au pub mais cela revenait tellement cher que Zbigniew ne se le permettait qu'un soir par semaine, et encore, dans des bars à « happy hour » qui donnaient droit à deux verres pour le prix d'un. « Happy hour »... l'expression le faisait rire. Il y avait toujours des filles dans ces établissements; il avait rencontré sa dernière petite amie dans un bar appelé Shooters pendant la happy hour. Elle avait fini par rompre avec lui après lui avoir reproché de ne jamais vouloir aller nulle part et de ne jamais vouloir rien faire. Ce reproche, Zbigniew continuait à le trouver injuste : il n'avait jamais voulu aller nulle part ni rien faire *qui coûte de l'argent*. Nuance!

Ce soir, les étoiles devaient être alignées ou son saint patron l'avoir à la bonne car le bus arriva tout de suite. Il monta et trouva une place vers le milieu à côté d'une fille qui écoutait son iPod, souriant et balançant la tête les yeux fermés. C'était la partie du trajet que Zbigniew aimait le moins : même si les trains n'étaient pas parfaits, ils avaient au moins tendance à avancer, une fois qu'on était dedans, alors qu'avec le bus on ne pouvait jamais savoir le temps qu'on allait mettre. Zbigniew pouvait être chez lui en deux minutes, comme il pouvait être encore bloqué au même endroit une demi-heure plus tard. Certains jours, on allait plus vite à pied. Si près de chez lui, il se prenait à rêver de s'assoir et d'étendre ses jambes, de prendre une douche, et ainsi de suite. Mais ce jour-là, il aurait dû acheter un billet de loterie car le bus fila comme un poisson descendant le courant, et avant que Little Miss iPod ait ouvert les yeux il avait déjà appuyé sur le bouton pour son arrêt.

Le dernier tronçon du voyage, à pied, prenait environ dix minutes. Bon nombre des maisons avaient des décorations de Noël aux fenêtres et des couronnes sur les portes d'entrée. Zbigniew les trouvait belles, confortables, mais aussi, à l'image de tant de choses à Londres, riches, raffinées, pimpantes, bien finies. Il atteignit la leur. Les locataires du rez-de-chaussée n'étaient pas rentrés du boulot. Il gravit l'escalier en courant et trouva Tomas et Gregor, deux nouveaux membres de l'équipe de Piotr, assis sur le canapé à jouer à *God of War*.

Zbigniew avait un truc à faire avant de pouvoir se la couler douce. Il alla dans la chambre qu'il partageait avec Piotr et sortit son ordinateur portable de sous le lit, où il l'avait mis à charger. Il l'ouvrit et le fit redémarrer. Cet appartement n'était pas idéal, habiter avec cinq autres types ne l'était pas non plus, et partager une chambre à coucher avec un mètre quatre-vingt-dix de vieux pote qui ronflait, alors là, encore moins, mais les lieux possédaient un immense avantage : deux voisins avaient des réseaux wifi non sécurisés. Zbigniew se connecta et alla vérifier son portefeuille. Il ne faisait pas de *day trading* en ce moment – la maison où il bossait n'avait pas le haut débit –, mais il avait toujours 8 000 livres, la totalité de ses économies, placées en actions. Pour l'instant, il donnait surtout dans les valeurs high-tech, avec la moitié de son portefeuille en Google, Apple et Nintendo, dont les titres avaient tous plus que doublé dans l'année écoulée. Aujourd'hui GOOG, AAPL et NTDOY étaient restés stables et sa position nette était 12,75 livres au-dessus de ce qu'elle était la veille. Ce n'était pas d'une grande portée, et comme il ne lui semblait pas indispensable d'agir, il referma l'ordinateur puis alla prendre une douche et faire cuire les saucisses.

12

Smitty, dont les performances et les installations avaient fait une véritable légende dans le monde artistique, était posté à la fenêtre de son atelier de Shoreditch, attendant que son nouvel assistant revienne avec un cappuccino triple-shot et la presse du jour. Il avait mis un costume noir et une chemise blanche pour aller rendre visite à sa grand-mère, et, à son reflet dans la vitre, il devait bien reconnaître qu'il était extrêmement élégant : si sa mère avait pu le voir, elle aurait été contente. De ce côté-là, pas de problème. Mais d'autres choses allaient moins bien. Il n'était pas vraiment bluffé par la prestation de son nouvel assistant, qui était parti depuis vingt minutes alors qu'il aurait dû n'en mettre que cinq pour effectuer l'aller et retour, et qui par conséquent reviendrait avec une tasse de café au lait très certainement déjà froid et dépourvu de mousse.

Par la fenêtre, Smitty contemplait la vue de Londres : des vieux qui se débattaient avec leurs sacs plastique en rentrant du supermarché, une pute accro au crack qui refaisait le plein de Tennent's, des gamines de la cité qui trimballaient leurs bébés blancs comme des cachets d'aspirine, des immigrés d'origine indéfinie, sans doute du Kosovo ou du dernier pays à problème en date. La rue était bruyante à cause de la circulation au loin et des marteaux-piqueurs, et les gens avaient sorti leurs sacs orange, destinés aux déchets recyclables; empilés et renversés, ils n'avaient pas encore été ramassés, si bien que le trottoir constituait un vrai parcours du combattant. Smitty adorait et approuvait tout ce qu'il voyait. Londres, la vie, la vie de Londres… Il sentit une idée qui naissait dans sa tête. À l'autre bout de la rue, plusieurs ouvriers en gilets de sécurité orange fluo se tenaient autour d'un trou qu'ils avaient creusé environ une semaine plus tôt. Il y en avait deux qui fumaient, un autre qui riait, et le quatrième qui buvait un truc dans une Thermos, tandis que la pelleteuse se dressait à proximité, son godet dirigé vers le bas. À la façon dont ils étaient tous réunis autour, on aurait dit que ce trou accaparait toute leur attention, qu'ils étaient en train de l'admirer. C'était ça, son idée : faire une œuvre d'art sur le thème des trous. Ou bien faire que les trous soient eux-mêmes l'œuvre d'art... Oui, encore mieux. Creuser quelques trous et faire que le trou soit l'œuvre d'art, ou plutôt, que l'œuvre d'art soit la confusion et le chaos causés par le trou : que l'œuvre d'art soit la réaction des gens, et non la chose en soi. Ouais, un putain de trou, sans autre justification. Les branleurs intellos n'auraient qu'à combler le vide. Ça aussi, ça fait partie de l'œuvre d'art.

C'était de cette manière que Smitty s'était fait un nom : par des œuvres anonymes provocatrices sous forme de graffitis, d'actes de vandalisme à la limite de la sanction pénale et autres « coups » organisés. Il était célèbre pour son anonymat, c'était une célébrité sans identité, et son anonymat était, de l'avis général, ce qu'il avait de plus intéressant, même si ses fameux « coups » amusaient souvent les gens. Il disposait d'une équipe qu'il connaissait depuis toujours, et qui l'aidait en cas de besoin. L'année dernière, la vente d'œuvres signées et le bouquin sur lui qu'il avait publié avaient porté ses gains à plus d'un million de livres pour la première fois.

Smitty n'aimant pas écrire – à cause de cela, il avait galéré à l'école et été orienté vers ce qui passait pour des pseudo-matières comme les arts plastiques, lesquels l'avaient mené aux beaux-arts, lesquels à leur tour, merci beaucoup, l'avaient mené là où il en était aujourd'hui... –, il préférait se servir d'un malheureux dictaphone. Il aimait la façon dont l'objet, qui incarnait tellement l'assujettissement au monde de l'entreprise, qui évoquait tellement le genre d'homme à murmurer des phrases comme : « Prenez cela en note, mademoiselle Potter », devenait dans sa main un instrument de subversion, de créativité, de grand charivari. Son assistant transcrirait le message, puis lui enverrait un texto sur son portable. Un portable à carte prépayée et donc non identifiable, étant donné que le travail de Smitty mais aussi son pouvoir de fascination et sa célébrité reposaient en grande partie sur son total anonymat. Personne ne savait qui il était, ni comment il se débrouillait pour ne pas se trahir. Dans le cas du futur trou, agir en catimini constituerait l'essentiel du défi. Un certain type d'artiste demanderait pour cela l'autorisation des autorités, voire une putain de subvention... Pas Smitty. Il appuya sur « record » et dit dans le micro :

« Un mégatrou. »

L'assistant monta l'escalier, déposa une palanquée de journaux sur la table puis apporta son cappuccino à Smitty. Le breuvage était tiède, donc pas tout à fait assez froid pour râler, et le gamin était essoufflé, donc il avait dû se dépêcher... Ces deux raisons firent que Smitty ne s'estima pas en droit de lui secouer les puces. N'empêche, il était contrarié. L'assistant était un garçon de la classe moyenne qui faisait semblant d'être un petit démerdard de la classe ouvrière. Cette comédie, en soi, ne gênait pas Smitty, qui avait jadis fait la même chose, mais il préférait décidément boire son cappuccino bouillant. Le gamin sortit le courrier du jour de la poche de sa sacoche, et Smitty s'égaya aussitôt, car, parmi les lettres, il reconnut immédiatement une grosse enveloppe de l'Argus de la presse. Il n'aimait rien tant que lire, voir ou entendre des reportages sur lui, ou sur son travail. Les articles traitaient en général de l'incroyable curiosité que suscitait le mystère de son anonymat.

Smitty déchira l'enveloppe et une liasse de coupures de presse en tomba. Certaines concernaient l'édition de poche de son livre, d'autres rendaient compte de la dernière installation qu'il avait faite, sur un chantier abandonné à Hackney. L'œuvre était intitulée *Seau de merde* et avait nécessité la mise en place d'une dizaine de cuvettes de W.-C. au milieu des gravats, sauf qu'au lieu d'être remplies d'excréments les cuvettes étaient pleines de fleurs coupées qui avaient été broyées puis peintes à la bombe pour ressembler à des étrons géants. Lui et son équipe avaient pris des photos et envoyé des communiqués de presse par mail. La municipalité avait fait enlever l'œuvre au bout d'à peine quarante-huit heures, mais la récolte était là dans les articles, pour la plupart favorables. La rénovation urbaine et l'aisance avec laquelle nous fermions les yeux sur le quart-monde urbain ; tel était, apparemment, le mobile de ce dernier « acte de guérilla ». Un ou deux des connards habituels n'avaient rien compris, mais on s'en tapait. Il ne s'agissait pas d'un concours de popularité.

« Je peux jeter un coup d'œil ? » demanda le gamin, dont une des qualités, peut-être même la seule, était de se montrer excité par la gloire de Smitty et l'aura de danger qui entourait son patron. Smitty envoya les coupures de presse vers lui sur la table, puis regagna la fenêtre. À la fois calmé et galvanisé par sa lecture, il sentit monter en lui le besoin de s'épancher.

« Faut d'abord être une marque, je te dis. Puis tu trouves une merde à fourguer, tu vois ? C'est comme ça que ça marche. Un coup comme celui-là, *Seau*, ça demande des efforts pour trouver l'idée puis pour être installé, et c'est encore plus dur quand tu peux pas mettre les mains dans le cambouis, pour qu'on puisse pas remonter jusqu'à toi. Faut faire attention, faut couvrir tes traces, comme ces Indiens qui marchaient à reculons dans leurs empreintes, tu vois ? Et puis on gagne pas un penny, en plus. Nada, des clopes. Mais ça ne veut pas dire que ça n'apporte rien, que ça ne fait pas avancer. Les trucs qui peuvent pas se vendre, c'est eux qui font que tout le reste paraît réel. Cette merde, tu peux rien en tirer financièrement. C'est tout le sens de la démarche. Mais ça ajoute à ton pouvoir magique, à ton aura. Et ça te permet de faire de la merde qui, elle, peut se vendre. Tu comprends ? Alors cette opération qui a coûté je sais plus combien, 4 ou 5 000 livres, tout bien considéré, à long terme, c'est ce qui paie ces journaux et ce cappuccino. »

L'assistant, qui avait déjà entendu d'autres versions de ce speech, acquiesça de la tête. Mais il n'avait pas l'air aussi pleinement attentif et réactif qu'il aurait pu, et cela déplaisait à Smitty. Il en avait à vrai dire un peu marre de tous ces gens qui rêvaient d'être lui. Dont l'admiration se traduisait par de la jalousie. Il n'était pas vieux, loin de là – vingt-huit ans, bordel ! –, mais il connaissait déjà par cœur ces petits jeunes qui pensaient que se faire un nom était facile, qu'il suffisait que les vieux dégagent pour laisser la place et qu'alors leurs noms s'étaleraient partout dans les journaux. Des individus bourrés de talent qui n'avaient pas encore exprimé ce fameux talent. Qui se prétendaient artistes sans avoir rien créé. Dévorés par une jalousie inconsciente, ce genre de petits ambitieux vouaient autant de haine que d'amour à ceux qui leur servaient de modèle. Ce garçon était comme ça, et manifestait un respect insuffisant. Il aimait bien la célébrité de Smitty, mais ne semblait pas apprécier que Smitty aille forcément avec. Il s'intéressait plus à son œuvre à lui qu'à celle de son employeur, bien qu'il n'ait pas véritablement d'œuvre à lui. Il avait été recommandé à Smitty par son marchand d'art et agent, un môme brillant apparenté à tel ou tel, frais émoulu de St Martin's, de Clerkenwell ou d'une école dans ce goût-là. Le gamin était malin et dans ses bons jours affichait une expression avide qui plaisait à Smitty, mais d'un autre côté le môme avait intérêt à faire gaffe. Il avait la mine de quelqu'un qui ne détestait pas gober quelques pilules le week-end... Si Smitty défendait l'idée de vivre à fond et de s'éclater un maximum, son attitude à l'égard des drogues se révélait, sous le discours, celle d'un épicurien prudent : de petites quantités, méticuleusement choisies, au bon moment et en bonne compagnie. Il se décarcassait autant pour connaître la provenance de ses drogues qu'un écolo pour l'origine de sa viande bio... Si son assistant se déchirait du vendredi au dimanche au point que sa concentration se relâchait au boulot, il n'allait pas tarder à se retrouver ex-assistant. Un ex-assistant avec dans son contrat une clause de confidentialité en béton.

Un bip retentit. Le garçon extirpa son téléphone de sa poche.

« Vous m'aviez demandé de vous prévenir à onze heures et demie, dit-il.

— Ouais, très bien. » Smitty ramassa son portable, son portefeuille et ses clés de voiture. « J'ai un truc à faire. Ma grand-mère.

— Désolé », dit le garçon avec une intonation qui dérangea Smitty, un soupçon d'ironie tout juste perceptible. Bon, cette fois ça y est, se dit-il dans sa tête. Tu es viré. Il franchit la porte pour rejoindre sa voiture, d'une humeur de dogue.

13

Smitty aurait été le premier à admettre qu'il était nul comme petit-fils. Il habitait à Hoxton, sa grand-mère à Lambeth, et il allait la voir, quoi, environ trois fois par an… Ils séjournaient l'un et l'autre chez sa mère à Noël. Et voilà, c'était tout, en trois cent soixante-cinq jours.

La mère de Smitty était jeune quand elle l'avait eu – vingt et un ans –, et Petunia s'était pas mal occupée de lui quand il était petit, à jouer les assistantes maternelles, les baby-sitters et tout ce qui s'ensuit. Il l'adorait à l'époque. Elle savait s'y prendre, elle était la reine des câlins et ne se mettait jamais en colère. En fait, du haut de ses vingt-huit ans, Smitty ne l'avait jamais vue en colère. Il s'était bien entendu aussi avec son grand-père, Albadadda, comme il l'appelait : Albert, plus dadda. Son grand-père était à la fois grognon et hilarant, le genre d'adulte qui s'entendait bien avec les jeunes enfants parce qu'il n'était pas loin d'en être un lui-même. Quand les parents de Smitty étaient partis s'installer dans l'Essex, il avait beaucoup moins vu ses grands-parents; il ne les voyait presque plus, en réalité. Il était passé par cette phase adolescente classique où on trouve que les grands-parents sentent mauvais, qu'ils sont rasoir et qu'ils font du bruit en mâchant, et il commençait seulement à en sortir quand son grand-père était mort subitement. C'était l'année où il était entré en fac. Il faisait arts plastiques à Goldsmiths, donc pas loin, et il aurait pu facilement rendre de fréquentes visites à sa grand-mère. Il était pétri de bonnes intentions. Sauf qu'il ne faisait rien pour les concrétiser.

Malgré tout, Smitty et sa grand-mère étaient assez complices. Quand il se décidait enfin à aller la voir, il réussissait à se détendre et à baisser sa garde, sans rien de cette méfiance dont il n'arrivait jamais à se départir totalement avec sa mère. Ses réticences découlaient avant tout de son boulot. Sa mère posait des questions et il éludait en racontant qu'il était créateur, ou plutôt « créatif » – graphiste publicitaire ou quelque chose comme ça –, et elle devinait, avec ses antennes maternelles, qu'il se débrouillait très bien dans sa branche, même s'il n'était pas réellement cousu d'or. (Bien sûr, pour certains bons amis du milieu, Smitty n'était en effet qu'un créatif au sens commercial et non un créateur au sens artistique, mais ça ne le dérangeait pas.) Son père ne connaissait pas les détails de ce qu'il faisait et n'y attachait pas une grande importance : Smitty avait manifestement l'esprit d'entreprise et il s'en sortirait dans la vie. « Il est démerde, comme moi », répétait-il toujours à sa femme, souvent en présence de son fils. C'était là encore une description qui ne gênait pas du tout Smitty. Sa mère, en revanche... D'instinct, il ne voulait pas qu'elle sache ce qu'il faisait exactement. Quant à sa grand-mère, lui expliquer qu'il était « un artiste conceptuel spécialisé dans les œuvres éphémères *in situ* à vocation provocatrice », ç'aurait été comme lui annoncer qu'il était champion du monde de boxe catégorie poids lourds. Elle aurait hoché la tête en disant : « C'est bien, mon chéri », et se serait sentie authentiquement fière de lui sans éprouver le besoin d'approfondir. Elle avait le don d'accepter les choses; un don peut-être un peu trop marqué, selon Smitty.

Toujours est-il qu'il se trouvait à présent dans Pepys Road. Il avait pris le métro. Il aurait pu facilement venir en voiture avec sa BM chérie, mais son esprit se révélait plus productif dans le métro, lorsqu'il passait son voyage à observer les gens et à essayer de pénétrer dans leurs têtes. L'art, c'était surtout cela : savoir entrer dans la tête des gens.

Avant de sonner, Smitty écouta sa grand-mère qui allait et venait à l'intérieur. Un de ses gestes distinctifs consistait à aller brancher la bouilloire avant de répondre, si bien que l'eau était déjà prête pour le thé quand l'invité s'asseyait. La porte s'ouvrit.

« Mamie! s'écria Smitty.

— Graham! » s'écria sa grand-mère, l'appelant par son vrai nom. Il lui remit une boîte de chocolats – une boîte de chocolats absolument hors de prix que son futur ex-assistant avait, selon son mot fétiche, « dégotée » dans une boutique prétentiarde de l'ouest de Londres. Comme sa grand-mère ne remarquerait pas que les chocolats en question étaient des produits de luxe, Smitty se sentait libre de les lui offrir. S'il en avait fait cadeau à sa mère, elle l'aurait soumis à un interrogatoire façon Abou Ghraib sur le prix qu'ils avaient coûté, et la folie qu'ils représentaient.

« J'ai mis la bouilloire », annonça sa grand-mère. Ils allèrent dans la cuisine, la pièce préférée de Smitty dans la maison, et peut-être sa pièce préférée au monde, car on s'y serait cru transporté dans le passé, en l'année 1958. Du lino... Smitty adorait le lino. Une boîte à biscuits « Coronation » en fer-blanc, qui datait bel et bien du couronnement de la reine. Une vraie bouilloire, qu'on posait sur la cuisinière, pas une de ces camelotes électriques. Un frigo préhistorique. Pas de lave-vaisselle. Son grand-père avait été trop radin pour en acheter un, et puis, après sa mort, sa grand-mère, une fois seule et avec si peu de vaisselle à faire, avait jugé la dépense superflue.

Sa grand-mère ne se déplaçait pas tout à fait aussi bien qu'elle aurait pu. Elle allait avoir quoi, quatre-vingt-trois ans l'année prochaine? Si sa grand-mère n'avait jamais pris beaucoup de place, elle avait toujours paru plutôt robuste, physiquement. C'était le cas des deux côtés de la famille. Mais à présent elle paraissait plus maigre, plus frêle, et maintenant qu'il y regardait de près, un peu moins solide sur ses guibolles. Sans doute les effets de l'âge, purement et simplement. De nos jours, disait-on, quarante ans était comme trente ans autrefois, cinquante comme quarante et soixante comme quarante-cinq, mais on n'entendait jamais la même comparaison avec quatre-vingts ans. Quatre-vingts ans, c'était quatre-vingts ans.

Smitty fut tenté de tendre un bras pour l'aider à descendre l'unique marche menant à la cuisine, mais il résista à cette envie. Elle était en train de lui raconter qu'elle faisait la majeure partie de ses courses par Internet à présent, que c'était sa mère qui avait mis ce système au point, et qu'elle en était enchantée, même si elle n'aimait pas qu'ils utilisent autant de sacs en plastique, parfois un sac entier pour un seul malheureux article, mais la mère de Smitty lui avait expliqué qu'ils pouvaient récupérer les sacs, alors elle avait posé la question et on le lui avait confirmé, et ça c'était formidable. Smitty n'écoutait qu'à moitié.

« Aujourd'hui, mamie, on peut tout trouver sur Internet. Un copain à moi s'est installé à Los Angeles. En Amérique, à dix mille kilomètres. Avant de partir il a vendu son appart, sa voiture, et largué sa petite amie. Puis, en ligne, il a loué un appartement, loué une voiture, et s'est trouvé une nouvelle petite amie, tout ça sur Internet et tout ça avant d'avoir mis un doigt de pied dans le pays. Véridique.

— C'est un autre monde », déclara sa grand-mère, tout en s'affairant avec la théière et les tasses. Elle était un peu snob pour le thé et aimait bien tout le rituel, réchauffer la théière, utiliser des feuilles en vrac et non des sachets, de vraies tasses plutôt que des mugs. Pendant qu'elle s'activait, Smitty ramassa une carte postale sur la table. C'était une photo en noir et blanc, et il mit plusieurs secondes à se rendre compte qu'elle montrait la porte du 42, Pepys Road. Elle était prise de façon recherchée, l'appareil tenu assez bas et orienté vers le haut, si bien que la partie supérieure du chambranle avait l'air en relief et que les angles paraissaient bizarres. Le genre de photo qui serait ratée si c'était une photo normale, mais qui passerait si l'image se voulait artistique… Smitty la retourna. Au verso, imprimé à l'encre noire, était inscrit : « Nous Voulons Ce Que Vous Avez. » Il n'y avait pas de signature et le cachet de la poste était indéchiffrable.

« T'as vu ça, mamie ? demanda Smitty.

— Je suis revenue à l'English Breakfast. Il est un peu plus fort. Ah, ce truc-là ! C'est une de ces cartes que je reçois depuis quelque temps. Une à peu près tous les quinze jours depuis deux mois. Que des photos de la maison avec la même phrase écrite. Je les ai gardées. Elles sont toutes là-bas près du buffet. »

Smitty s'approcha du buffet. En effet, à côté des photos de sa grand-mère avec Albadadda, de sa mère, de lui, de son frère et de sa sœur à divers stades de développement, trônait une pile de cartes postales. Toutes représentant le 42, Pepys Road, et toutes différentes. L'une était un très gros plan du numéro de la maison, une autre avait été prise depuis la rue, d'aussi loin qu'on puisse aller en distinguant encore la façade. Une autre, à hauteur d'homme, regardait tout droit vers le seuil. Une autre, prise plus ou moins sous le même angle, regardait de biais vers le bow-window. Une autre encore présentait un cercle composé de quatre photos différentes. Sous les cartes postales, il y avait une enveloppe matelassée ornée d'un message dactylographié identique. Smitty l'ouvrit et en sortit un DVD, avec une étiquette qui disait, elle aussi : « Nous Voulons Ce Que Vous Avez. »

« Tu y as jeté un coup d'œil, mamie ? » demanda-t-il, connaissant déjà la réponse. Il était inutile d'envoyer un DVD à Mme Howe.

« Non, bien sûr que non, mon chéri, je n'ai pas l'engin qu'il faut. » Elle posa la tasse en face de lui. « À mon goût, l'English Breakfast est toujours meilleur avec du lait, mais j'ai des rondelles de citron si tu veux.

— Parfait. Merci. Écoute, mamie, est-ce que je peux t'emprunter ça ? Ça t'ennuie si je t'emprunte toutes ces cartes ?

— Bien sûr que tu peux, mon chéri. Allons, bois ton thé, c'est nettement moins bon quand c'est froid. » Elle plaça une assiette de biscuits à côté de Smitty, et entreprit de déballer les chocolats de luxe pour pouvoir lui en faire cadeau à son tour.

14

Les Yount étaient partis pour le week-end. Il ne restait plus que dix jours avant Noël et sept jours avant la date où Roger devait être informé du montant de son bonus. Leur hôte était un client de Roger à la banque, un homme du nom d'Eric Fletcher, qui possédait une maison dans le Norfolk. C'est là qu'étaient les Yount.

La maison d'Eric avait une grange, qu'il avait fait aménager en spa, à l'usage de sa femme Naima. Il aimait plaisanter en disant que lui construire ce spa était le seul moyen qu'il avait trouvé pour l'arracher à Londres. En face du spa, il avait construit une autre grange, si bien que la maison était désormais flanquée de deux bâtiments, avec une cour au milieu. La deuxième grange avait pour vocation de distraire les enfants. Le rez-de-chaussée était rempli de jouets et de jeux en tout genre pour les petits garçons comme pour les petites filles : Lego, Barbie, Bratz, Wii, Action Men et Brio. L'étage était équipé pour des enfants plus grands : PS3, Xbox 360 et table de billard. Les deux salles étaient dotées de télés écran plat et d'immenses collections de DVD. Il y avait deux nounous. « Le but de cet endroit, déclarait Eric, solennel, c'est d'être une récréation pour *tout le monde*. »

Cette invitation avait réjoui Arabella. Elle n'avait jamais rencontré Eric et ne savait pas à quoi s'attendre. Roger avait dit que l'homme était un voyou mais que la maison serait magnifique, et, malgré qu'elle en ait, il fallait bien reconnaître qu'il avait raison. Ce séjour était une bonne surprise, et les bonnes surprises, Arabella en raffolait; on n'en avait jamais trop. Il était parfaitement normal de vivre en allant de bonne surprise en bonne surprise. En plus, Mme Eric était tout simplement délicieuse. Assez petite, ronde et très bavarde, c'était une femme à moitié indienne d'une quarantaine d'années qui à cet instant précis était assise sur le banc en marbre à côté d'Arabella dans le hammam, complètement nue à l'exception d'une serviette enroulée autour de la tête pour protéger ses cheveux de la vapeur. Arabella, un peu intimidée, était entrée dans le hammam en peignoir mais s'en était à présent débarrassée. Parmi les autres épouses, deux étaient en train de se faire masser, une était encore au lit, et une autre frimait en faisant des longueurs dans la piscine. Arabella et Naima avaient déjà sympathisé à cause de leur passion commune pour *X Factor* et de leur détermination à regarder tous les épisodes du week-end.

« Je crois que c'est l'heure de ma manucure, dit Naima, mais je n'ai pas envie de bouger.

— Bouger, c'est toujours mauvais, déclara Arabella.

— En tout cas, poursuivit Naima, reprenant le récit qu'elle avait interrompu cinq minutes avant, engourdie par la chaleur, je ne vais plus chez Selfridges. C'est trop éprouvant. Les stylistes personnels sont super et j'adore le choix qu'il y a, ils ont vraiment le coup d'œil pour les marques, quand on en repère une nouvelle, les choses sont toujours ravissantes, mais au bout de deux heures on est littéralement *épuisée*, c'est comme se promener dans une espèce de bazar géant. Le problème chez Liberty c'est que… »

Arabella émettait des petits bruits pour montrer qu'elle écoutait et approuvait totalement. Qui aurait cru qu'« Eric le Barbare », un vrai butor, d'après Roger, en matière de femmes et de sexe, serait toujours marié à cette chaleureuse petite boulotte originaire d'on ne sait où ? (Arabella ne la connaissait pas encore assez pour poser la question, et craignait que Naima ne le lui ait déjà dit sans qu'elle ait enregistré…) Malgré son babillage incessant, on devinait qu'elle avait très bon goût ; ou le bon goût d'employer des gens qui avaient très bon goût, ce qui revenait au même. Arabella reconnut des meubles modernes qui étaient de vraies pièces de collection. Les salles de bains et le spa regorgeaient de cosmétiques de luxe. Les lieux faisaient un peu penser à un boutique-hôtel, mais après tout pourquoi pas ? C'était plutôt bien, non, les boutiques-hôtels ?

Se trouver dans cette moiteur suffocante en sachant qu'il faisait un tel froid dehors était particulièrement divin. Un froid mordant ; un froid très « campagne en hiver ». Arabella était affreusement sensible au froid et elle avait un mal fou à se détendre quand il lui fallait veiller au moindre courant d'air ; ici, elle ne risquait rien, la maison était très bien finie et l'isolation impeccable. Elle pouvait se détendre comme il convient et se laisser dorloter. Conrad avait un peu regimbé à l'idée d'un week-end en compagnie d'enfants inconnus, mais à la simple vue de la grange-salle de jeux, lui et son frère avaient aussitôt bondi de joie. Il y avait un petit tableau blanc sur lequel ils avaient le droit d'écrire ce qu'ils voulaient pour leur goûter (un choix évidemment soumis au veto parental). Conrad avait pris le feutre bleu et, de la manière la plus adorable, avait écrit « spaguéti + frites ». Arabella avait nourri au moins autant de doutes que ses fils à la perspective de ce séjour, mais elle devait reconnaître que Roger ne s'était pas trompé en disant que ce serait amusant. « Même si c'est abominable dans un sens, ce sera amusant », avait-il dit. Tout compte fait, pour dérisoire que soit le compliment, il devait s'agir d'une de ses meilleures idées depuis longtemps.

Par moments, Arabella éprouvait non pas de la mauvaise conscience au sujet du tour pendable qu'elle mijotait – Roger était toujours un mari aussi paresseux et aussi aveugle, incapable de voir tout ce qu'elle faisait dans la maison –, mais le léger frémissement d'un début de malaise. Cette gêne n'avait rien à voir avec Roger, qui n'aurait que ce qu'il méritait. Même dans cette touffeur de plus de quarante degrés, chacun de ses pores dilaté par la vapeur, massée au point de n'être plus qu'une nouille géante ramollie, assise sur ce banc confortable avec sa nouvelle meilleure amie Naima à médire sur les pouffiasses que certains stands de parfumerie employaient dans les grands magasins et sur cette frimeuse de femme de Lothar, cette espèce de squelette qui n'arrêtait pas de tourner et virer dans la piscine comme un immense poisson rouge teuton… même là, elle éprouvait contre Roger des élans de rage pure, aussi aigus qu'un mal de dents. Elle restait coincée à la maison toute la journée, à faire front, complètement stressée, pendant que lui se prélassait dans son bureau bien douillet, et ensuite quand il rentrait il avait le culot de prétendre être le plus épuisé des deux, le plus héroïque ! Et sous prétexte que les enfants étaient heureux de le voir le week-end – un bonheur basé presque exclusivement sur le fait qu'ils ne le voyaient à aucun autre moment : en réalité, ils le voyaient aussi peu que s'il était un criminel en col blanc autorisé à sortir de prison les fins de semaine –, sous prétexte que les enfants étaient ravis de voir l'homme invisible, il se donnait des airs, comme s'il était le Papa Banquier de l'Année. Tout en se plaignant, bien sûr, de son extrême fatigue.

Non, Roger n'allait pas y couper. Il allait se mettre à apprécier les mérites de sa femme, sinon... Ce qui turlupinait davantage Arabella était les enfants, qui risquaient d'être bouleversés. Qui seraient inévitablement bouleversés. Si toutefois elle leur parlait en leur expliquant que maman était obligée de partir un jour ou deux, « un ou deux dodos », mais qu'elle serait de retour très vite, qu'elle leur avait laissé des cadeaux, et qu'il y en aurait encore d'autres à son retour – bref, tant qu'elle mettrait en avant les cadeaux –, ça irait. Ça irait très bien. Tout était affaire de cadeaux.

15

« … c'est pour ça que c'était si foutrement fantastique, disait l'hôte de Roger. Elles y sont allées carrément. À poil en l'espace de deux secondes. J'ai cru que Tony allait faire une crise cardiaque. Et moi aussi, d'ailleurs. Elles devaient avoir seize ou dix-huit ans, enfin, quel que soit l'âge légal en Corée, en tout cas elles en paraissaient à peu près douze, mais avec des nichons. C'était dingue. »

Roger parcourait une courte distance à travers un champ dans le Norfolk, portant son fusil avec le canon cassé, un sac de cartouches sur l'épaule. Il avait toute la panoplie : casquette, veste Barbour, pantalon en velours Burberry et bottes Hunter en caoutchouc vertes. Il se disait qu'il n'aurait pas détonné à Balmoral. Il avait déjà fait plusieurs parties de chasse, toujours grâce au boulot, et en avait profité pour acheter tout cet équipement. Roger avait une manie dont il voulait se débarrasser mais qu'il avait bien conscience de ne pas avoir encore corrigée : il avait tendance à acheter plein de matériel hors de prix dès qu'il envisageait de se mettre à un hobby. C'est ce qui s'était passé avec la photographie, quand il avait acheté un appareil immensément sophistiqué et inutilisable, assorti d'une batterie complète d'objectifs, puis pris une dizaine de photos avant de se lasser de sa complexité. Il s'était mis à la gym et avait acheté un vélo, un tapis de jogging et une machine multifonctions, puis une carte pour un « country club » londonien dont ils ne se servaient quasiment jamais tant il était laborieux d'y aller. Il s'était mis à l'œnologie, et avait installé un frigo-cave à vin dans le sous-sol réaménagé qu'il avait rempli de bouteilles coûteuses achetées sur recommandation, mais l'ennui, c'était qu'on n'était pas censé boire ces fichues bouteilles avant des années. Il avait acheté en multipropriété un bateau à Cowes, dont ils s'étaient servis une fois. Il avait acheté son équipement de chasse environ deux ans plus tôt, ainsi que le Purdey qu'il avait commandé quand il avait obtenu son premier bonus digne de ce nom quinze ans avant, mais, le temps que l'arme arrive, son enthousiasme s'était plus ou moins éteint. C'était pourtant un magnifique fusil, dont le fût et la crosse en noyer vieilli étaient d'une texture fabuleuse, et il y avait quelque chose de presque pornographique à se dire qu'il avait été fabriqué spécialement pour lui, pour son corps, sa vue, jusqu'à la visée du fusil qui avait été calculée pour s'adapter à sa technique de tir personnel. Trente mille livres bien dépensées, voilà ce qu'il se disait aujourd'hui.

Il était tout aussi content de ses bottes. Son hôte, Eric – « Eric le Barbare », comme il avait tendance à se présenter –, portait des tennis Gucci, parce que les bottes en caoutchouc le faisaient puer des pieds. Eric pesait plusieurs centaines de millions de livres et était un des meilleurs clients de Pinker Lloyd. En ce moment, les choses dans la City n'étant pas très sûres, et le crédit devenant plus cher, Eric était le client rêvé, parce qu'il semblait par nature incapable de croire aux tendances baissières de la Bourse. C'était un optimiste-né aux croyances haussières; aux croyances haussières indéfectibles. Pinker Lloyd l'adorait. Eric bénéficiait des largesses hospitalières de l'entreprise à longueur d'année et les rendait une fois par an sous la forme d'une invitation dans son « pavillon de chasse » dans le Norfolk. Ses motivations pour les inviter relevaient moins de la générosité que de la frime. Les invités cette année étaient Roger, Lothar et quatre de leurs collègues. Ils avaient rejoint ce champ dans trois Range Rover assortis, qui étaient ensuite repartis pour la maison d'Eric chercher leur pique-nique et le personnel pour le servir. Le « pique-nique », Roger n'en doutait pas, serait des plus impressionnant.

La courte journée d'hiver avait débuté par de la pluie, mais celle-ci avait cessé vers neuf heures, et maintenant – dix heures – le temps commençait à se lever. Lothar avait fait un jogging de dix kilomètres avant le petit déjeuner et, comme d'habitude, insistait lourdement sur son goût pour le plein air. Il semblait à Roger qu'Eric n'avait pas arrêté une seule seconde de se vanter, sauf pour boire ou manger, et même là il ne s'interrompait que le temps de dégager ses voies respiratoires.

« ... et puis il a dit, en me serrant la main à l'aéroport, avec toutes ces courbettes et ces salamalecs qu'ils font – il a dit : "Ce qui se passe à Séoul reste à Séoul." J'ai failli me faire dessus tellement j'ai rigolé. »

Eric était un beau bourrin, pas de doute là-dessus. Il avait la certitude absolue d'avoir raison sur tout, ce qui était souvent le cas de ceux qui s'étaient fait beaucoup d'argent dans la City. Comme chaque opération commerciale impliquait un gagnant et un perdant, empocher beaucoup d'argent par ce biais impliquait qu'on avait eu raison à de multiples reprises, maintes et maintes fois. Cela influait sur ces gens qui pour la plupart n'étaient déjà ni timides, ni dépourvus d'assurance. Ils avaient tendance à penser, réellement et sincèrement, qu'ils étaient ce qu'il y avait de mieux après Dieu. Compte tenu de cela, il était intéressant de voir combien les fortunes récentes copiaient les fortunes anciennes; intéressant de constater qu'Eric, au lieu d'imaginer ce qu'il pourrait avoir envie de faire lui-même, ou de concevoir une variante plus agréable de ce qu'il faisait avant d'avoir de l'argent, se calquait maintenant sur ce que faisaient les autres gens fortunés, comme aller à la chasse ou posséder son propre yacht. Il parrainait des œuvres caritatives, pas par charité – Roger était bien placé pour savoir qu'il n'en avait pas une once, pour personne – mais parce que c'était ce qu'on faisait quand on était riche. Comme s'il existait un règlement. N'empêche, Roger s'en moquait. C'était agréable de quitter Londres et Eric ne tarderait pas à se lasser de fanfaronner avec lui pour aller fanfaronner auprès d'un autre.

On disait que le Norfolk était plat, or ce n'était pas du tout l'impression qu'avait Roger. Les collines n'étaient certes pas très élevées, mais il y en avait beaucoup et il avait eu suffisamment mal au cœur sur la route pour le savoir. Ils avaient traversé à pied un champ labouré et ralliaient maintenant un bouquet d'arbres à l'extrémité : dix minutes en marchant d'un bon pas, et Roger fut gêné de remarquer qu'il était légèrement essoufflé. Pas autant qu'Eric, cela dit. Eric haletait carrément; il était pâle, ramolli et chancelant.

« ... voulais même... pas... la sauter... tant que ça... pour être honnête... disait-il,... mais... pas le choix... suis rançonné... par ma... propre queue. »

Roger se rendit compte une demi-seconde trop tard qu'il était censé rire. Il émit alors une sorte de hoquet en inspirant, supposé indiquer qu'il serait tordu d'hilarité sans tous ces efforts virils. Il était difficile de savoir si ce bruit avait satisfait Eric. Il s'était arrêté pour reprendre haleine, les bras sur les hanches. Avec sa casquette de base-ball et sa veste de chasse, son fusil dans le creux du coude, soufflant comme un phoque dans ses tennis couvertes de boue, il avait l'air de quelqu'un qui avait entrepris d'imiter les grands propriétaires terriens mais qui, après avoir endossé la moitié du costume, s'en était brusquement lassé.

« ... m'attendez pas... continuez... je vais toucher un mot aux autres », dit Eric.

Disséminés dans le champ, les autres hommes de Pinker Lloyd marchaient vers eux, Lothar en tête. Il portait une tenue sport d'aspect très sophistiqué, comme s'il partait pour une course d'orientation ou quelque chose dans le genre. Ses vêtements de dessus étaient dans un Gore-Tex de couleur très vive et laissaient entendre que, si l'envie l'en prenait, il pourrait rentrer à Londres en jogging à la fin de l'après-midi. Ils semblaient tous plutôt enjoués. La chasse était pas mal en vogue dans la City et ce week-end leur ouvrait le droit à la vantardise.

Les rabatteurs, partis en avant, attendaient dans le champ d'après. L'idée était de se tenir près du bouquet d'arbres et de tuer les faisans que les rabatteurs obligeraient à s'envoler. Comme il s'agissait de faisans d'élevage pour la plupart, c'était du boulot de les inciter à décoller pour se faire tirer dessus ; il en serait tué tellement que leur viande pourrait ne pas trouver acquéreur. La plus grande partie serait simplement enterrée. Un tracteur viendrait les enfouir sous terre. Roger avait du mal à ne pas penser qu'il s'agissait là d'une outrance et d'un gaspillage scandaleux. Mais la chasse en elle-même était plutôt amusante.

Les quatre hommes de Pinker Lloyd avaient maintenant rattrapé Eric et le groupe restait planté là, à discuter avec animation. Eric battait des bras, racontant une histoire. Les banquiers la trouvaient drôle ou faisaient bien semblant. Roger en profita pour s'arrêter et regarder autour de lui, entièrement seul pour la première fois de la journée. Le vent ne soufflait pas là où il se tenait mais, plus haut, il devait être fort, étant donné les nuages gros et rapides devenus blancs : il ne pleuvrait plus. Il apercevait un motif d'ombre et de lumière qui se déplaçait à travers le champ mis en jachère où l'herbe poussait jusqu'à hauteur de genou. Le bosquet, qui ressemblait de loin à un unique arbre de grande dimension, était constitué d'un ensemble serré d'une dizaine de chênes et de hêtres, dénudés par l'hiver. Sous les arbres, tout était sombre et paisible. Un lapin qui reniflait les racines apparentes d'un chêne s'enfuit à grands bonds dans le champ herbeux où Roger aperçut les rabatteurs qui attendaient, à environ six cents mètres de distance, le signal pour se mettre à lancer les faisans.

Les Range Rover avaient reparu à l'autre bout du champ labouré, et une partie du personnel d'Eric s'employait à les décharger. Deux énormes paniers à pique-nique furent sortis de l'arrière des voitures, tandis que la dernière dégorgeait ce qui ressemblait à des meubles portatifs. Si ces paniers contenaient la nourriture et les boissons, ils auraient largement de quoi manger et picoler jusqu'à l'année suivante.

Eric parlait toujours. Roger tentait de se représenter les éléments de l'histoire – deux putes, trois Ferrari, 10 000 livres en espèces... non, dix putes, vingt Ferrari, 100 000 livres... Il ne regrettait pas de louper ça. Cette brève pause lui permettait de se sentir assez détendu pour songer un peu à l'éthique : il lui vint à l'esprit qu'il était hypocrite d'apprécier l'hospitalité de son hôte tout en se complaisant dans son aversion pour l'homme. Enfin bon, tant pis. C'était ce qu'il ressentait.

Le lapin, celui-là ou un autre, resurgit de l'herbe et regagna le bosquet, où il continua à renifler autour des racines du même chêne. Roger resta immobile; il voyait frémir son petit nez. Il devait y avoir une odeur intéressante. Le lapin remuait la tête dans un sens puis dans l'autre, comme s'il essayait de se mettre exactement dans le bon angle pour flairer la feuille, la noix, la graine, la merde de faisan ou allez savoir quoi. Puis il enjamba la racine et se mit à renifler depuis l'autre côté. Roger sentit monter en lui un sentiment qu'il ne reconnut pas tout de suite. Comme un frisson. Il se rendit compte qu'il était libre. Seul, au grand air, et encore assez jeune, assez fort, pour faire ce qu'il voulait de sa vie. Il pouvait s'en aller maintenant, se faire ramener chez Eric, récupérer Arabella et les enfants, retourner à Londres et annoncer que désormais ils allaient tous mener une existence différente, une existence plus simple et plus modeste, qu'ils feraient le tour du monde pendant un an puis qu'il se reconvertirait en professeur et qu'ils quitteraient Londres pour un endroit comme celui-ci, où on pouvait marcher, respirer, voir le ciel ; les enfants iraient à l'école locale et Arabella s'occuperait d'eux, ils choisiraient des morceaux d'un bon rapport qualité-prix chez le boucher du coin et il boirait du thé dans un mug tout en aidant les gosses à faire leurs devoirs. Et tous les jours, il irait faire une longue promenade, même quand il y aurait de la pluie et du vent, en rentrant il sentirait bon le plein air, comme les gosses quand ils revenaient d'être aller jouer sur le terrain communal, et puis un jour il se regarderait dans la glace et il verrait un autre homme. Ces pensées émanaient de Roger, mais il avait aussi l'impression qu'elles venaient de l'air alentour, du fait qu'il se tenait à côté d'un bosquet dans un champ du Norfolk tout seul, à regarder l'herbe se balancer et les nuages filer, ignoré par un lapin.

Le petit rongeur entendit les autres arriver avant lui. Il dressa la tête, agita son nez et, en trois sauts, disparut dans les hautes herbes. Puis Roger perçut les voix qui montaient la colline.

« … l'ai prise… dans tous les sens… alors j'ai dit… au fait, c'est quel sens… dans tous les sens ? »

16

Freddy Kamo avait grandi dans une cabane de deux pièces en périphérie de la ville sénégalaise de Linguère. La cabane avait l'électricité, par intermittence, mais pas l'eau courante. Pour l'eau, les Kamo devaient aller au puits avec un broc, à une centaine de mètres. Le sol de la cabane était en terre tassée et chaque pièce était éclairée d'une unique ampoule nue ; les lits, grâce à un cadeau d'un parent, étaient équipés de moustiquaires, seul luxe de la famille.

Freddy était le fils unique de Shimé et Patrick Kamo. Shimé et Patrick étaient tous deux des Wolof, des membres du plus grand groupe tribal du Sénégal ; musulmans, ils étaient croyants mais pas pieux ; Patrick avait bien réussi au lycée, et savait parler et lire le français. Il s'était marié à l'âge de quatorze ans et avait quitté l'école dans la foulée pour se mettre à travailler, d'abord pour son beau-père à livrer des bonbonnes de gaz puis, à dix-huit ans, dans la police. Lorsque Freddy avait quatre ans, Patrick avait pris une deuxième épouse, Adede, qui lui avait donné trois autres enfants, et puis Shimé était morte en couches, en même temps qu'un bébé qui aurait été leur deuxième fils. Freddy ne nourrissait aucun ressentiment à l'égard de sa belle-mère, qui était gentille avec lui, d'une gentillesse irréprochable, mais très accaparée par ses propres filles, et, durant les années qui suivirent la mort de Shimé, Freddy devint très proche de son père.

Patrick Kamo était deux êtres à la fois : un homme sévère et sans pitié dans son travail, et un père doux, délicat et pétri d'inquiétude. Il était parfois interloqué par l'intensité de son amour pour Freddy, mais faisait son possible pour le cacher à tous hormis à son fils. Il se faisait du souci pour lui, beaucoup, d'autant plus que Freddy semblait être un grand rêveur nonchalant à qui manquait la dureté qu'exige le monde. Il était lent à apprendre ses leçons et n'aimait pas l'école. Tout ce qu'il avait jamais rêvé de faire c'était jouer au football. Il fallait reconnaître qu'il était très bon en foot – du moins au début, vers l'âge de cinq ans. En vieillissant, les choses changèrent. Le foot devint la seule chose dont parlait jamais Freddy, son unique pensée, et il devint clair qu'il n'était pas simplement bon en foot, mais qu'il y avait autre chose. Patrick se rendit compte que Freddy possédait un don qui allait bien au-delà du simple talent.

À présent Freddy avait dix-sept ans, et même les gens qui ne s'intéressaient pas au football, même ceux qui n'avaient jamais été à un véritable match de foot, même ceux qui détestaient farouchement ce sport, pouvaient voir qu'il se passait quelque chose de spécial quand Freddy Kamo frappait dans un ballon. Ce n'était pas qu'il paraissait à l'aise avec une balle; bien au contraire. Même dans les circonstances les plus favorables, il semblait maladroit, balourd, comme sur le point de trébucher, avec la maladresse dégingandée et cliquetante d'un adolescent qui aurait récemment grandi d'un coup et ne se serait pas encore habitué à la nouvelle disposition de ses membres. Il faisait tomber les objets et renversait les liquides. Il s'éclaboussait de Coca et se cognait dans le montant des portes.

Et derrière un ballon de foot, c'était bien, bien pire. Sur le terrain, il n'avait pas l'air à sa place. Dans son short, non seulement ses jambes maigrichonnes paraissaient longues et maladroites, mais elles ressemblaient à un instrument télescopique doté d'un segment de trop, une antenne radio démesurément déployée. Son torse, recouvert d'un maillot de foot, présentait des épaules tombantes et une poitrine étroite. Sa tête était grosse et, à côté, tout le reste semblait encore plus disproportionné qu'il ne l'était déjà. Quand il courait avec le ballon, on aurait cru qu'à tout moment il allait marcher dessus et tomber, trébucher en essayant de le rattraper, s'emmêler les pieds, le laisser échapper ou le faire rebondir sur son tibia, son genou ou sa cheville. Ses bras battaient l'air sur le côté quand il courait, de sorte qu'il ressemblait à un môme à la coordination catastrophique qui faisait des moulinets avant de dégringoler, ou à une pieuvre, ou à un comique de variétés. Mais lorsqu'il courait avec la balle, et si les spectateurs continuaient à regarder ne serait-ce que cinq secondes, ils finissaient peut-être par remarquer quelque chose, en l'occurrence qu'elle ne lui échappait pas. On aurait dit qu'elle était toujours sur le point de lui échapper – mais cela n'arrivait jamais. Il ne faisait pas de faux pas, ne trébuchait pas, ne frappait pas à côté, même s'il semblait toujours sur le point de le faire. À ce stade, dans un match de foot, au moins un défenseur s'élançait sur le ballon, en général quand il était le plus hors d'atteinte de Freddy, mais ce dernier se débrouillait, comme par magie, pour le récupérer juste avant lui, comme si ses jambes télescopiques s'étaient allongées, et il avait déjà dépassé le défenseur désormais immobile en slalomant maladroitement mais sans effort. Puis un autre adversaire apparaissait devant lui et il faisait la même chose, toujours à deux doigts de trébucher, de tomber en battant des bras et de perdre la balle, ce qui en réalité n'arrivait jamais. Et il recommençait, et recommençait encore, et le spectateur se rendait compte que ce garçon à la dégaine bizarre n'était pas seulement un footballeur passable, pas simplement un bon ou même un très bon footballeur, mais un vrai prodige, un miracle d'équilibre, de timing, de vitesse et de coordination, un danseur, un athlète, un joueur qui avait ça dans le sang.

Freddy eut sa grande poussée de croissance à treize ans. Il avait toujours eu la dextérité; maintenant il avait aussi la taille et la rapidité. Avant cela, les autres gamins, lassés de le voir tourner autour d'eux comme s'ils n'étaient pas là, s'étaient contentés de lui donner des coups de pied ou de le pousser pour récupérer le ballon. Mais soudain tout changea. Alors que Freddy n'avait que quatorze ans et qu'il jouait au foot près de chez lui à Linguère, les mères poussant leurs landaus près du terrain s'arrêtaient pour l'observer. Le chauffeur de bus perdait sa concentration et loupait le changement de feux. D'autres jeunes interrompaient leur partie pour venir regarder. L'effet sur les gens qui s'y connaissaient en football était encore plus prononcé. Ils clignaient des yeux, ne sachant s'ils devaient croire à ce qu'ils voyaient, se frottaient les paupières. Le dénicheur de talents qui repéra Freddy fut appelé par un contact qui l'avait vu jouer dans un tournoi scolaire à Louga, la capitale provinciale. Le chasseur de têtes en question vivait à Dakar et cela ne l'arrangeait pas de monter dans le Nord alors que le tournoi de trois jours était encore en cours mais, comme son contact décréta qu'il ne lui reparlerait plus jamais s'il n'y allait pas, il y alla. Là, il eut le sentiment que sur son lit de mort il se rappellerait encore, d'abord, sa nausée, qui dura une dizaine de secondes, à l'idée d'avoir fait plusieurs centaines de kilomètres dans l'arrière-pays simplement pour regarder cet hurluberlu mal coordonné s'emmêler les pieds, puis la lente sensation qu'il ne voyait pas tout à fait ce qu'il croyait voir mais quelque chose d'autre, et enfin la certitude, pour la première fois en vingt ans passés à chasser les talents à raison de trois ou cinq matchs par semaine, repérant peut-être une fois par an quelqu'un qui jouerait ultérieurement en professionnel, qu'il avait devant lui un authentique génie, un talent à l'échelle mondiale. Freddy Kamo : un jour viendrait où le monde entier, du moins ceux qui s'intéressaient un tant soit peu au football, c'est-à-dire des milliards de gens, connaîtrait ce nom.

Après le match, le dénicheur de talents s'était pratiquement ruiné à passer des coups de fil sur son portable pour essayer de joindre son contact le plus important, le directeur du réseau de dénicheurs d'Arsenal qui rendait compte directement à Arsène Wenger. Il alla aussi rencontrer le garçon, histoire de renifler et vérifier qu'il n'y avait personne d'autre en lice, et découvrit deux choses : la première, qu'il n'était pas le seul – deux ou trois de ses concurrents avaient déjà approché Freddy pour discuter des conditions; la seconde, que parler à Freddy ne signifiait pas approcher le garçon, qui était discret et plutôt bien dans sa peau en dehors du terrain, mais s'adresser à son père, un sergent de police de quarante ans à l'allure digne, stricte et peu souriante. Patrick Kamo parlait couramment le français. Il ne voulait pas que Freddy signe un contrat tout de suite; il le trouvait trop jeune et estimait qu'il avait besoin de grandir chez lui avec son père et ses trois demi-sœurs. Les négociations prirent des mois et la clé pour obtenir l'accord de

Patrick était d'accepter de laisser Freddy grandir au Sénégal jusqu'à ce qu'il soit prêt. D'autres courtisans souhaitaient qu'il s'installe en Europe ; c'est ce qui fit pencher la balance en faveur d'Arsenal. Les négociations se conclurent par un accord consistant à verser un salaire à Freddy jusqu'à ses dix-sept ans, date à laquelle il partirait pour Londres. Le découvreur de talents était sur le point de finaliser ce contrat quand débarqua un club encore plus riche – Freddy Kamo étant maintenant un des secrets les moins bien gardés du football – qui proposa le même contrat pour deux fois et demie plus d'argent, sur quoi le plus grand triomphe de la vie professionnelle du chasseur de têtes se transforma en la plus grande déception qu'il ait jamais essuyée, puisque Freddy signa pour l'autre équipe.

À présent, Freddy Kamo avait dix-sept ans et arrivait à Londres – très exactement, au 27, Pepys Road. Son père avait choisi cette maison parmi les trois possibilités que leur avait offertes le club par le biais de Mickey Lipton-Miller. Patrick pensait qu'habiter en ville conviendrait mieux à Freddy que la campagne, et aussi qu'il y aurait plus de Noirs là-bas. Il se disait que c'était peut-être un problème en Angleterre. Trois mois auparavant, le club les y avait amenés tous les deux pour visiter un peu, dans une tentative fort raisonnable de les laisser se faire une idée des lieux. C'était la première fois que les deux Kamo quittaient le Sénégal, la première fois qu'ils prenaient l'avion, et plusieurs autres premières fois aussi – leur première fois dans un ascenseur, un restaurant, un taxi, un hôtel. Si Patrick avait trouvé l'expérience traumatisante, il ne voulait pas montrer ses sentiments à son fils et avait conservé une mine impassible de policier pendant tout le voyage. Freddy s'était montré souriant et enjoué au fil de toutes ces visites et de ces expériences extraordinaires, l'immensité, le bruit, la richesse, ainsi que les rendez-vous, les analyses médicales et les gens, et Patrick n'avait pas voulu trahir ses propres angoisses en posant trop de questions sur ce que son fils ressentait réellement. Résultat, ce jour-là, leur deuxième séjour en Angleterre, cette fois pour s'y installer définitivement en vue de la carrière de footballeur de Freddy, Patrick ignorait quel était le véritable état d'esprit de son fils. Peut-être était-il paniqué, exactement comme lui. Ou bien était-il aussi joyeux et ébahi qu'il le paraissait.

Freddy n'avait pas l'air de paniquer. Il avait dormi, allongé sur son siège-lit de première classe, pendant tout le trajet de Dakar à Paris, puis passé le bref vol de Paris à Londres à regarder par le hublot et à rire des formes qu'il prétendait voir dans les nuages.

« Celui-là ressemble à Oncle Kama, dit-il à son père, à propos d'un nuage qui ressemblait en effet à un petit bonhomme obèse aux fesses très développées.

— Pas la bonne couleur », décréta Patrick.

Freddy tendit le bras et lui donna un léger coup de poing dans l'épaule.

Dans la salle d'immigration Patrick était extrêmement tendu, prêt à se hérisser et à s'emporter mais, malgré la lenteur de la file, la femme entre deux âges qui regarda leurs passeports et leurs visas les laissa passer sans poser de questions, sans même prononcer une seule parole. Maintenant ils étaient dans le hall des arrivées.

« Prêt ? » demanda Patrick à Freddy alors qu'ils se tenaient à côté du chariot sur lequel ils avaient posé leurs valises.

Ils portaient tous les deux leur plus beau costume. Patrick avait refusé d'employer un agent pour Freddy, ce qui ne l'avait pas empêché de se faire conseiller légalement et financièrement. À partir d'aujourd'hui, le club payait Freddy 20 000 livres par semaine, avec une série compliquée de clauses de révision et d'option prenant en compte ce qui adviendrait quand sa carrière décollerait. Autrement dit, à partir de cet instant, ils étaient riches. C'était difficile à assimiler; Patrick s'inquiétait avant tout de ce qui se passerait s'ils franchissaient les portes d'arrivée et que Mickey Lipton-Miller et les autres n'étaient pas là pour les accueillir. Mickey avait proposé d'envoyer quelqu'un à Dakar rien que pour les accompagner en avion mais Patrick, en homme fier, avait trouvé cela excessif; il n'était pas un enfant qui avait besoin qu'on lui tienne la main. À présent le chaos, la précipitation et l'indifférence absolue d'Heathrow – le sentiment que chaque personne savait pertinemment ce qu'elle faisait et où elle allait, et qu'aucune n'avait la moindre pensée pour les Kamo – n'étaient pas loin de l'accabler.

« Tout va bien, affirma Freddy.

— *D'accord*[1], dit Patrick. Alors attaquons cette nouvelle vie. Tu veux conduire ? »

Freddy hocha la tête et se chargea du chariot à bagages. Ils traversèrent le hall des douanes désert et sortirent devant un mur de visages, dont deux, constata Patrick avec soulagement, étaient Mickey Lipton-Miller et l'interprète du club.

1. En français dans le texte. (Toutes les notes sont de la traductrice.)

17

Zbigniew et Piotr, adossés au mur de l'Uprising, leur bar préféré, contemplaient la clientèle de milieu de semaine qui jouait des coudes, flirtait, buvait et beuglait. Piotr rentrait chez lui pour Noël, si bien qu'ils ne se verraient plus avant l'année prochaine; Zbigniew, lui, restait à Londres. Il était de permanence pour tous les petits travaux de plomberie ou d'électricité qui pouvaient se présenter sur les chantiers de son ami. C'était une bonne période pour trouver du travail car les maçons anglais étaient tous en vacances. Zbigniew avait d'ailleurs plusieurs boulots qu'il avait promis de terminer durant les fêtes, pendant que les propriétaires du 33, Pepys Road et du 17, Grove Crescent étaient respectivement à l'île Maurice et à Dubaï. Ils devaient descendre dans des hôtels hors de prix pour faire ce que faisaient les gens dans ces cas-là et dans ces endroit-là : lézarder au bord de la piscine en sirotant des boissons hors de prix, manger de la nourriture hors de prix, discuter des futures vacances hors de prix qu'ils pourraient prendre et du délice que c'était d'avoir autant d'argent.

Zbigniew projetait de rentrer chez lui début janvier et avait déjà réservé un vol Ryanair à 99 pence plus les taxes. Sa mère serait aux petits soins pour lui et son père prendrait un ou deux jours de congé. Ça ferait du bien d'être à la maison; il n'était pas retourné à Varsovie depuis le printemps précédent. Il verrait quelques amis et ferait sauter quelques bébés sur ses genoux, en rêvant du jour où il pourrait rentrer au pays en homme riche.

« Celle-là », dit Piotr. Le pub n'avait pas de bières polonaises et les deux hommes buvaient de la Budvar, d'après eux la seule bonne chose à provenir de l'ancienne Tchécoslovaquie.

« La blonde ? Trop petite. Presque naine.

— Non, pas la blonde, celle à côté. Les cheveux bruns. Je suis amoureux.

— Tu es tout le temps amoureux.

— C'est l'amour qui fait tourner la Terre autour du Soleil.

— Non, c'est la gravitation », rectifia Zbigniew. C'était un vieux débat entre eux et c'est à peine s'ils s'écoutaient discourir. Le désir s'emparait très facilement de Piotr, qui ne faisait pas le distinguo entre la concupiscence et le sentiment amoureux. Il s'entichait d'une fille, allait lui parler, tombait fou amoureux, vivait une liaison aussi passionnée que mouvementée, connaissait des sommets d'exaltation insoupçonnés de la plupart des mortels, se faisait briser le cœur, traversait une période d'amère dépression, puis se requinquait pour attendre la rencontre suivante, tout cela en l'espace d'environ trois quarts d'heure. Quand il sortait bel et bien avec une fille, l'aventure suivait le même cycle, mais sur un temps plus long. À l'heure actuelle, Piotr était entre deux histoires, et venir au pub avec lui constituait, du point de vue de son ami, un acte de bienveillance : cela signifiait l'écouter tomber amoureux au moins deux fois dans le courant de la soirée. Piotr n'était pas timide, il faut dire. S'il voyait une fille qui lui plaisait, il n'hésitait pas à lui proposer un rendez-vous dès les premières minutes de conversation. Non que Piotr se moquât de se faire rembarrer ; il avait horreur de ça. C'était simplement qu'il se remettait très vite.

Zbigniew avait une démarche différente. Les femmes étaient pour lui une affaire pratique, un problème relevant de la réalité, et comme pour tout problème, sa solution résidait dans une approche à la fois méthodique et pragmatique. Zbigniew avait non des règles mais des maximes. Il ne courait après une femme que s'il avait de bonnes raisons de penser qu'elle était déjà intéressée. Il n'avait jamais été amoureux. Il disait qu'il n'y croyait pas. Selon sa philosophie, si vous étiez propre, solvable et pas vilain, vous figuriez déjà dans les trente pour cent des hommes les plus fréquentables. Si en plus vous écoutiez ce que les femmes vous disaient, ou étiez crédible quand vous faisiez semblant, alors vous apparteniez à la catégorie des dix ou même cinq pour cent les plus éligibles. Ensuite il suffisait d'un peu de bon sens : ne pas paraître aux abois, ne pas trop picoler, laisser la fille picoler, et exploiter le pouvoir des textos. Sans oublier quelques autres ficelles, comme sortir en milieu de semaine quand il y avait moins de concurrence. Le tout était d'augmenter ses chances de réussite.

Un homme en manteau trois-quarts de teinte foncée entra dans le pub, regarda alentour, puis rejoignit la fille brune qui plaisait à Piotr. Ils s'embrassèrent et elle lui enlaça la taille avant de lui presser les fesses.

« Ma vie est foutue, déclara Piotr en finissant sa bière.

— Pas forcément. » De l'autre côté de la cheminée décorative qui les séparaient d'elles, deux jeunes femmes contemplaient la salle, faisant voler leurs cheveux et tenant à la main d'énormes verres de vin blanc de 25 centilitres. Zbigniew avait déjà croisé par deux fois le regard de celle qui se trouvait face à lui. La chevelure rehaussée de mèches claires, elle avait sorti un paquet de cigarettes qu'elle avait posé sur la tablette de cheminée. Son manteau avait l'air de coûter cher, et elle avait un immense sac à main comme l'exigeait la mode du moment. Son amie assurait toute la conversation ou presque. Il y avait quelque chose chez cette blonde qui plaisait à Zbigniew. Peut-être les cigarettes. Bien que rebutantes pour leur odeur et tout le reste, elles se révélaient mystérieusement sensuelles entre les doigts d'une femme, sans doute à cause de la pointe d'audace qu'elles suggéraient. La pointe de je-m'en-foutisme. La blonde avait d'ailleurs une allure un peu négligée, avec son manteau ouvert de traviole. Zbigniew indiqua la cible à Piotr avec sa bouteille, puis il siffla sa bière.

« Il est temps d'améliorer notre anglais », déclara-t-il. Cette phrase était un code. Bien entendu, la meilleure façon d'améliorer son anglais était d'avoir une petite amie indigène. Ce n'était pas évident, mais ça le devenait beaucoup plus quand on avait un peu d'argent et qu'on parlait déjà correctement l'anglais. Mais voilà, il était difficile de parler correctement l'anglais sans une petite amie anglaise, donc on tournait en rond. Zbigniew avait appris presque tout son anglais grâce à une dénommée Sam qu'il avait rencontrée en lui changeant son pneu de voiture sur King's Avenue sous une pluie torrentielle. Il était sorti avec elle pendant six mois et sa fréquentation avait accompli des prodiges pour son anglais. Elle avait déjà un petit ami, mais comme ça n'avait pas l'air de la déranger, ça ne dérangeait pas Zbigniew non plus, et ils n'avaient rompu qu'une semaine avant qu'elle se marie.

« Je rentre au pays demain, dit Piotr.

— Je croyais que c'était moi qui étais censé avoir l'esprit pratique.

— Exact, mais je rentre au pays demain.

— Soutire-lui juste son numéro, dans ce cas. Tu ne pars que quinze jours. Elle peut faire une perspective excitante pour quand tu reviendras.

— Je viens de te le dire, ma vie est foutue.

— Et pourtant elle continue. »

Piotr soupira. « Bon, d'accord. »

Zbigniew était un homme discret, mais comme son ami Piotr, il n'était pas timide. Il se pencha vers la fille au sac à main et dit :

« C'est terrible, pas vrai ? L'interdiction de fumer. »

Elle sourit, détourna les yeux, le regarda à nouveau. Son amie se retourna aussi. Elle avait des cheveux très bruns, noirs, et portait un fard à paupières d'un rouge spectaculaire. Ses mouvements étaient d'une rapidité déconcertante, mais bon, de toute manière, elle n'était pas son genre. Les deux femmes se regardèrent, semblant conclure entre elles une sorte d'accord tacite, puis se retournèrent en chœur pour faire face aux deux hommes. Dans la boîte !

18

Patrick Kamo n'aimait pas la carte qui était arrivée à leur porte le deuxième matin, celle avec la photo de leur maison et la légende « Nous Voulons Ce Que Vous Avez ». Il la jugeait menaçante; il trouvait troublant que Mickey n'ait pas d'explication et ne sache pas ce qu'elle signifiait. Mais pour Freddy, c'était évident. Qui donc au monde pourrait ne pas vouloir ce qu'il avait?

Les deux premiers jours de Freddy à Londres s'écoulèrent au gré d'une série de rendez-vous, d'analyses et de mesurages, dont le plus long fut l'examen médical pour son assurance. Il fut emmené dans une clinique privée, dans la salle la plus propre, la plus lumineuse et la plus blanche qu'il ait jamais vue, où une équipe de trois médecins un peu brusques le palpèrent, le pesèrent et l'évaluèrent par le biais de son interprète. On lui regarda les dents et les yeux, on lui tapota les genoux avec un marteau, on inspecta ses ongles, sa langue et ses gencives. On le couvrit de capteurs et on le fit courir sur un tapis de jogging. On le fit s'étirer, sautiller et sauter en l'air. Freddy sentait son père qui commençait à s'énerver de tout ça, de voir son fils traité intégralement comme un morceau de viande, mais lui, ça ne le gênait pas. Le football était réel, mais le reste, le plus souvent, ne l'était pas; ce n'étaient que des jeux auxquels les gens jouaient. Autant sourire et se laisser faire, c'était plus simple. Il était ici pour jouer au football, et le moment de s'y mettre viendrait bientôt.

Le mercredi avant Noël, le troisième jour de Freddy à Londres, était sa première journée d'entraînement. Il avait déjà été au terrain d'entraînement dans le Surrey, lors de ses visites d'acclimatation, mais c'était la première fois qu'il y allait pour de vrai, et pendant tout le trajet il ne put s'empêcher de sourire – à tel point que son père, assis à côté de lui à l'arrière du Range Rover, l'air solennel, sérieux et inquiet dans son plus beau costume d'avion, finit par se défaire lui-même de sa mine impassible pour se mettre à sourire en voyant l'expression béate de son fils. Mickey était au volant et le traducteur, assis devant à côté de lui, faisait un commentaire suivi des lieux qu'ils traversaient en quittant la ville.

Freddy était impressionné par le vert du paysage, même sous le ciel gris foncé, qui était presque de la même couleur que les toits des maisons. Il y avait beaucoup, beaucoup d'arbres ; et puis ils sortirent de Londres en traversant une lande, qui parut inexplicablement sauvage et nue aux yeux de Freddy.

« As-tu vu le film *La Guerre des mondes*, avec Tom Cruise ? L'histoire originale se passait ici. C'est un roman de Wells, une version moins intelligente de Jules Verne. C'est l'endroit où les Martiens ont atterri, expliqua le traducteur.

— Les scènes de combat étaient bien », dit Freddy.

Puis ils traversèrent à nouveau des bois avant de prendre de petites routes sinueuses pour franchir des collines basses mais abruptes ; arrivé au terrain d'entraînement, Freddy attaqua sa première journée de travail en tant que footballeur professionnel.

Cette matinée présenta toutefois un inconvénient : Freddy se rendit compte qu'il allait devoir apprendre l'anglais bien plus vite qu'il ne l'avait cru. Patrick, qui avait un niveau sommaire d'anglais oral, n'avait pas cessé de lui répéter qu'il devait apprendre la langue, mais Freddy s'était dit en son for intérieur que son père en rajoutait – il était capable de lire une fiche d'équipe aussi bien que n'importe qui et savait que de nombreux joueurs étaient de nationalités différentes, ce qui signifiait qu'on devait être très habitué à ce que les gens ne parlent pas anglais. Or il comprenait à présent que cela marchait dans l'autre sens : c'était justement parce que les joueurs venaient de partout qu'ils devaient communiquer dans une langue commune. Le manager avait été très gentil à ce sujet mais aussi très ferme : « Comment se passent les leçons d'anglais ? » fut la première chose qu'il demanda. Le buteur vedette, qui était francophone, avait été incroyablement amical mais avait précisé : « À partir de la semaine prochaine, on ne parle plus français sur le terrain. » Freddy allait donc devoir se concentrer et travailler dur. Cela dit – il avait déjà beau le savoir, ça restait dur à croire –, étant donné que les joueurs ne s'entraînaient que le matin jusqu'au déjeuner, il aurait tout le temps de se mettre à ses leçons, et le plus tôt il s'y mettrait le plus vite il aurait du temps libre pour des choses amusantes. Donc, l'anglais.

À part ça, son premier jour d'entraînement fut la meilleure journée de ses dix-sept ans et quatre jours passés sur la planète. Ils avaient commencé par des étirements avant d'entamer un jeu où deux joueurs se tenaient au milieu d'un cercle composé de cinq autres, qui essayaient de les empêcher de prendre la balle en se faisant des passes. C'était amusant tout en étant un bon entraînement technique, mais Freddy s'éclata vraiment quand il fut envoyé à son tour au centre du cercle avec le milieu de terrain à 20 millions de livres et qu'ils entreprirent tous deux d'intercepter le ballon. Quelle excitation d'avoir ce joueur mondialement célèbre en face de lui, de constater qu'il était humain, réel, tout près, et de savoir que ce monde-là serait dorénavant le sien.

Après le jeu avec les deux au milieu, il y eut une heure et demie d'entraînement physique : une course d'échauffement, quelques courses avec accélération, puis des sprints. Comme Freddy avait passé les deux dernières années à observer le régime personnalisé et le programme de fitness que lui avait envoyés le club, il n'eut pas de difficultés particulières. Il était habitué à être le joueur le plus rapide, de sorte qu'il trouvait surprenant d'être en milieu de peloton ou un peu à la traîne – mais quoi qu'il en soit il continuait à grandir, et Freddy savait pertinemment qu'un des fondements de son jeu était qu'il pouvait courir aussi vite avec le ballon que sans.

Une fois qu'ils eurent fini de courir, ils travaillèrent un peu leur habileté, puis ils terminèrent par un jeu dont le nom était tellement bizarre que Freddy dut demander au traducteur de le lui répéter trois fois : *cochon au milieu*, n'arrêtait-il pas de dire. Freddy prit son tour à courir de-ci de-là en essayant de toucher les autres qui prirent eux aussi leur tour au milieu ; des hommes adultes couraient, faisaient des petits bonds, esquivaient et riaient, le plus vieux d'entre eux, âgé d'une trentaine d'années, y mettant autant d'enthousiasme que le plus jeune, Freddy, haletant et gloussant en même temps. Puis le coach donna un coup de sifflet et l'entraînement fut terminé. Les joueurs se dirigèrent vers les vestiaires pour entamer un après-midi bien chargé de shopping, de jeux d'argent, de rendez-vous avez leurs agents, et de sexe.

19

Petunia attendait de voir le médecin – non, pas juste le médecin, mais le spécialiste. Elle se trouvait au dix-huitième étage d'une tour dans le sud-est de Londres et sa journée était plutôt mal engagée. Elle se sentait faible et sujette aux vertiges presque en permanence, et un nouveau symptôme horrible – horrible car très déroutant – affectait désormais sa vue, comme si une ombre ou une tache indistincte grignotait le côté gauche de sa vision. C'était une sensation tellement étrange qu'à certains moments elle se disait qu'elle l'imaginait, mais à d'autres elle était sûre que non. Le simple fait de sortir de la maison relevait du défi, c'est pourquoi, pour effectuer le trajet jusqu'ici, elle avait dû prendre un taxi, alors qu'elle détestait ça. C'était un des sujets sur lesquels elle était d'accord avec Albert, lui qui jamais, pas une fois dans sa vie, n'avait utilisé ce mode de transport. Elle allait devoir en prendre un pour rentrer, et malgré le numéro vert avec lequel elle pourrait le commander de l'hôpital, Petunia était certaine de s'inquiéter : elle se demanderait si quelqu'un ne lui avait pas soufflé sa voiture et aurait mille difficultés à dénicher un siège pour patienter, et tout du long elle aurait une peur bleue de tomber encore en syncope.

À son arrivée, alors qu'elle avait tout fait pour rester stoïque, les choses s'étaient révélées bien pires que ce qu'elle avait envisagé : l'esplanade au pied de l'immeuble était balayée par un puissant courant d'air et une véritable tempête faisait rage sur la place, rabattant une pluie quasi horizontale sur ce chaos qui mêlait ambulances et taxis, malades, visiteurs et fauteuils roulants. Tous ces gens semblaient avoir une idée précise de l'endroit où ils allaient et de comment s'y rendre, mais aussi une conscience aiguë de leur droit de s'y rendre au plus vite : cette assurance impressionnait Petunia, dont la seule certitude était qu'il lui fallait trouver les ascenseurs et monter au dix-huitième étage.

Une foule énorme attendait devant le premier ascenseur et Petunia ne réussit pas à entrer. Pour le deuxième, elle était plus près de l'accès, mais des resquilleurs la doublèrent, puis un homme en fauteuil roulant avec une jambe dans le plâtre dit : « Excusez-moi » et lui passa devant, si bien qu'il n'y eut plus de place. Elle parvint à entrer dans le troisième ascenseur parce qu'une infirmière eut pitié d'elle et tendit le bras devant la porte pour lui ménager un espace où elle puisse se faufiler. L'infirmière sourit à Petunia alors que l'ascenseur entamait son ascension. Quatre jeunes médecins très grands discutaient d'un match de rugby qu'ils avaient ce week-end-là.

Elle sortit au dix-huitième étage et fit la queue cinq minutes pour annoncer à la réceptionniste qu'elle était arrivée. La réceptionniste lui demanda son nom et l'entra dans un ordinateur, puis, sans souffler mot, écrivit sur une fiche qu'elle remit à Petunia. Celle-ci en déduisit qu'elle était censée aller s'asseoir et attendre qu'on l'appelle. Elle alla donc s'asseoir sur une chaise en plastique dans la salle d'attente. La chaise était orange vif avec un trou dans le dossier, et comme le siège était incliné vers l'avant, Petunia, pour ne pas glisser, devait constamment ajuster la position de ses fesses. Sur les cinq sièges à côté d'elle s'alignaient les cinq membres d'une famille indo-pakistanaise, une grand-mère avec sa fille et son gendre et ses deux petits-enfants. Ils avaient apporté des livres, des magazines, des consoles de jeux vidéo pour les petits, et un sac en plastique avec de quoi manger ; ils étaient parés pour l'attente et, devant l'expérience indéniable qu'ils en avaient, Petunia se sentait affreusement dilettante.

Au bout d'une heure, Petunia trouva le courage d'aller demander si on l'avait oubliée. Personne ne reconnaissait jamais vous avoir oubliée, mais le fait est que rappeler aux gens que vous existiez donnait parfois un résultat. La femme du guichet leva un court instant les yeux de son ordinateur, puis les baissa à nouveau avant de répondre.

« Il y a un système de queue.

— C'est que mon rendez-vous était à une heure et demie et qu'il est maintenant trois heures moins le quart…

— Toutes les consultations du Dr Watson sont à une heure et demie, déclara la femme.

— Ah bon, dans ce cas, ça va », fit Petunia. La femme la regarda à nouveau un bref instant, puis Petunia alla se rasseoir, le cœur battant plus fort et plus vite.

Quarante-cinq minutes plus tard, la femme appela : « Madame Hoo, euh, Madame Howe. » Petunia entra voir le spécialiste. Un jeune médecin femme en blouse blanche – Petunia devina qu'elle était médecin à son stéthoscope – lui sourit et lui dit bonjour pendant que, dans l'angle de la pièce, un homme de cinquante ans et quelques tapait sur un clavier devant un ordinateur. Il y avait tout un tas de matériel à l'aspect compliqué, des machines avec des fils et des écrans, un lit doté d'un paravent replié et surmonté d'un appareil métallique étincelant posé sur un support. En voyant cet engin, Petunia pensa aussitôt à une bête dans un documentaire animalier, mais une bête qui aurait subi une mutation, un genre d'énorme insecte en acier.

La femme médecin indiqua une chaise et dit : « Il sera à vous dans une minute. » Le médecin plus âgé continua à taper encore cinq minutes puis dit :

« Oui, bonjour. Vous êtes ?

— Mme Howe. »

Le médecin regarda les notes de son dossier.

« Les symptômes se sont aggravés ?

— Pardon ? »

Haussant la voix, comme si le fait qu'elle n'ait pas tout de suite compris sa question signifiait qu'elle était sourde, le médecin reprit :

« Les symptômes que vous avez signalés se sont-ils aggravés ? Les choses qui n'allaient pas, est-ce qu'elles ont empiré ? Est-ce qu'elles ont changé ? Est-ce qu'il y en a de nouvelles ? »

Petunia décrivit ses symptômes. Lorsqu'elle en vint à son problème de vision à l'œil gauche, il lui sembla que le médecin l'écoutait avec plus d'attention. Il avait des cheveux châtains qui avaient dû être roux dans sa jeunesse, et son visage tirait lui aussi sur le rouge; il avait l'air d'un buveur, et il avait également la mine d'un homme qui se mettait souvent en colère, et qui utilisait la colère pour arriver à ses fins. Un homme efficace. Il avait la mine de quelqu'un qui analyse en un clin d'œil ce qu'on lui dit, qui tire ses conclusions à toute vitesse, puis qui n'écoute pas vraiment ce qu'on lui raconte ensuite. Peut-être à cause de la passivité qu'elle avait montrée une si grande partie de sa vie, à côté de gens qui étaient plus doués qu'elle pour exprimer leurs envies et leurs besoins, Petunia avait toujours été très sensible à la longanimité dont faisaient preuve certaines personnes pendant que d'autres monologuaient ou s'affairaient. Ce médecin ne possédait absolument pas ce don. Il piaffait d'impatience.

« Bien, fit-il. Et la fatigue et l'équilibre? Vous vous sentez fatiguée, la tête qui tourne? »

Petunia décrivit ses malaises. À mesure qu'elle les détaillait, elle sentait son angoisse s'amplifier. En exposant ainsi ses propres symptômes, elle se demanda, pour la première fois, si, peut-être, elle n'était pas réellement malade; si, peut-être, elle n'allait pas mourir. Cette pensée lui avait déjà effleuré l'esprit, mais à présent elle semblait s'incruster. C'était embarrassant d'être arrivée à l'âge de quatre-vingt-deux ans sans avoir eu ce genre d'idées noires, mais là, Petunia commençait pour la première fois à imaginer ce que ce serait de mourir. Plus elle parlait à ce médecin et plus elle y pensait. Peut-être était-ce son côté tellement blasé et tellement impersonnel qui lui évoquait l'impersonnalité suprême de la mort – cette façon dont la mort était la même pour tout le monde. Un événement intime identique pour tous et auquel nul ne pouvait échapper.

« Il y a plusieurs choses qu'il nous faut éliminer, dit le médecin. Une tumeur au cerveau, pour commencer.

— J'ai une tumeur au cerveau? » s'enquit Petunia. Elle discerna une infime réaction chez l'homme qui trahissait sa conviction qu'en effet il était possible que ce soit ce qu'elle avait; que c'était même ce qu'il jugeait le plus probable. Mais il se garda de l'avouer, expliquant plutôt, sur un ton patient et irrité à la fois :

« Non. Quand nous parlons d'"éliminer" quelque chose, nous voulons dire l'exclure comme cause de la maladie.

Nous passons en revue la liste des causes possibles, nous les éliminons une par une, et celle qui reste correspond à ce qui ne va pas chez vous, vous comprenez ? Il ne s'agit pas de supprimer la tumeur; il s'agit de découvrir si vous en avez une. Est-ce que c'est clair ? »

Il était tellement plus important qu'elle... peut-être tout se résumait-il à cela ? Il était important, son temps était important, et pas le sien. Non qu'elle ne fût pas importante à ses propres yeux, forcément, mais il était clair qu'elle était beaucoup moins importante que lui. Son retard, sa hâte, son impatience, tout chez lui était calculé pour montrer qu'il avait plus d'importance que tous ceux avec qui il pouvait s'entretenir.

Petunia avait toujours eu tendance à voir les choses du point de vue de son interlocuteur. C'était censé être une vertu, mais Petunia elle-même se demandait parfois si cette vertu n'était pas, chez elle, devenue un défaut; à l'instar de son silence et de sa modestie, de sa répugnance à attirer l'attention sur sa personne ou à se croire supérieure, c'était une qualité qu'elle avait poussée trop loin. Elle devina l'image que devait avoir d'elle cet homme sûr de lui et irascible : une petite mémé effacée à qui il fallait répéter les choses deux fois, qui prenait très peu de place; elle n'était qu'une des dizaines de personnes à qui il aurait affaire ce jour-là.

« Je comprends. Est-ce que vous pensez que j'ai une tumeur ? » persista Petunia. Le médecin la regarda, son visage rougeaud immobile, prenant manifestement acte de sa capacité à apprécier la situation, et à encaisser la nouvelle. Petunia constata, non sans une certaine honte, qu'elle ne détestait pas que le médecin la remarque davantage.

« Je pense que c'est possible. Je ne dirais pas que c'est probable, mais c'est possible, et c'est une option que nous pourrons éliminer assez rapidement. Vous allez devoir passer un scanner, après nous serons fixés.

— Est-ce que c'est l'examen où on doit entrer dans une sorte de tunnel ? »

Le médecin ne sourit pas mais son expression s'éclaira un peu.

« Oui. J'espère que vous n'êtes pas claustrophobe ? »

Elle sentait qu'il avait souvent posé cette question.

« J'ai vu ça à la télévision », dit Petunia.

Le médecin se remit à faire des choses sur son ordinateur. Il donna à Petunia un rendez-vous pour le scanner, dix jours plus tard. Maintenant qu'il n'allait pas tarder à se débarrasser d'elle, il se montrait plus amical. Il lui demanda sa fiche de rendez-vous et inscrivit la date dessus.

« Bon, vous n'oublierez pas, n'est-ce pas ? » dit le médecin. Il s'efforçait d'être gentil ; pour lui, c'était presque du flirt. Petunia, qui avait passé une si grande partie de sa vie à composer avec un mari difficile, ne trouva pas la force de ne pas jouer le jeu.

Elle reprit l'ascenseur et attendit quarante minutes qu'un taxi arrive et la ramène chez elle.

20

Usman entra dans la boutique à quatre heures et quart, un peu essoufflé. Shahid l'attendait derrière le comptoir. Il avait beau être en retard, Usman marqua une pause juste après la porte. Il ne s'habituerait jamais au nombre de bricoles qu'il y avait dans le magasin, empilées, entassées, alignées... Cette accumulation d'objets matériels avait quelque chose de choquant et d'impur.

« Salaam, ducon ! lança Shahid à son frère. Tu es en retard.

— Désolé. Embouteillages. Ils démolissent toutes les rues du sud de Londres.

— Et parce que tu es en retard, dit Shahid en attrapant son manteau et en relevant le rabat du comptoir pour sortir et laisser passer son frère, je vais être en retard, et si je suis en retard pour la prière, comme on est vendredi après-midi, je suis bien parti pour ne plus être musulman, et ce sera ta faute.

— Il faudrait que tu rates encore deux prières du vendredi.

— Si je dois compter sur un crétin comme toi, c'est loin d'être impossible.

— J'ai dit que j'étais désolé », répéta Usman en prenant sa place derrière le comptoir. Usman s'exprimait avec une certaine mauvaise grâce, car il n'était pas du tout sûr que Shahid aille bel et bien à la mosquée : tous deux fréquentaient des mosquées différentes, et rien ne lui prouvait que son frère se rendait régulièrement à la prière. Mais comme Shahid et lui, au fond, s'entendaient assez bien, contrairement à Ahmed et lui, il ne voulait pas en faire tout un plat.

« À plus ! » dit Shahid de la voix de fille haut perchée qu'il prenait toujours pour charrier son cadet. Il tint la porte à une mère poussant un énorme landau à trois roues, après quoi il s'en alla. En l'occurrence, pour la mosquée, et la prière du vendredi.

À cause d'une poignée d'imbéciles, la mosquée de Brixton avait acquis une mauvaise réputation. Il y avait toujours eu une nuance de colère dans le discours, plus à l'extérieur de l'édifice qu'à l'intérieur, mais quand même à l'intérieur aussi, et inutile de le nier, l'imam ne faisait pas l'unanimité. Ce genre de propos attiraient une attention dont on se serait dispensé, et Shahid, par moments, ne pouvait que se demander combien exactement, parmi ses coreligionnaires, étaient des agents du MI5 ou de la Special Branch, des espions, des informateurs, des provocateurs ou des taupes. Il faut dire que cette suspicion, la communauté en était en partie responsable. Qu'un ancien fidèle ait pu tenter de faire sauter un avion de ligne transatlantique avec des explosifs cachés dans sa chaussure, même si on ne croyait qu'un mot sur dix dans les médias *kafir*, ce n'était pas vraiment de la bonne publicité. Mais cela faisait presque quinze ans que Shahid fréquentait la mosquée de Brixton, et il n'allait pas arrêter aujourd'hui. Il détacha l'antivol de son vélo – les jours où il ne pleuvait pas, il l'accrochait à la grille devant la boutique, histoire de le voir depuis son poste derrière le comptoir –, roula une vingtaine de mètres sur le trottoir, puis obliqua sur la chaussée au passage piétons.

Il y avait étrangement peu de circulation, vu l'effervescence qui s'était emparée de Londres et tous les gens qui faisaient leurs courses comme si leur vie en dépendait : les trois prochains jours allaient être déments, dans toutes les rues commerçantes du pays, à coup sûr des milliards seraient dépensés. Un piéton sur deux avait les bras chargés d'emplettes. L'idée que les chrétiens considéraient Noël comme une fête religieuse était à pouffer de rire ; c'était la manifestation la plus ouvertement païenne que Shahid ait jamais vue. Ahmed n'avait pas pu empêcher Fatima de prendre part à ce cirque, et même si les Kamal ne fêtaient pas Noël, les enfants recevaient malgré tout des cadeaux. En grandissant, le petit Mohammed profiterait de la manne initiée par sa sœur aînée. Elle ne manquerait pas de l'encourager à réclamer. Slalomant entre les voitures, Shahid grilla deux feux rouges et ne frôla la mort qu'une fois, quand une voiture déboucha soudain sur Acre Lane sans le voir ni s'arrêter. Roulant sur le trottoir, il coupa par le sens unique pour rejoindre Gresham Road, et arriva à temps pour les ablutions avant la prière.

À côté de lui, aux lavabos, se tenait un chauffeur de bus des Caraïbes dont Shahid ne connaissait pas le nom mais qu'il croisait à la mosquée depuis plus de dix ans. L'homme avait une façon méditative et un demi-temps trop lente de se frictionner les mains sous le robinet. Shahid avait déjà remarqué chez lui ce rythme nonchalant lors du rituel de purification. C'était ce qui lui plaisait dans la prière du vendredi : cette sensation de continuité au sein de sa propre vie, ce rituel qui opérait la liaison entre le passé et l'avenir, ces visages familiers et cette atmosphère amicale. Si une partie du discours, et notamment la colère, le choquait désormais un peu et ne correspondait plus comme autrefois à son état d'esprit, les autres éléments comptaient davantage. Il n'avait jamais su très bien écouter, mais il adorait prier, il adorait se prosterner, il adorait l'acte physique de la prosternation. Pas cinq fois par jour, évidemment, plus maintenant... qui avait le temps? Mais lorsqu'il priait, c'était une des rares occasions de sa vie où il se sentait complètement *là*. Ce n'était pas une sensation de transcendance : il ne sortait pas de lui-même et il n'avait pas d'intuitions l'ouvrant à des réalités d'un autre ordre. Certains disaient qu'on pouvait oublier son être; que, dans le ravissement de la prière la plus fervente, on pouvait entrevoir le Paradis. Ce n'était pas l'expérience de Shahid. Néanmoins, pendant qu'il priait, il priait, et il sentait pleinement sa propre présence dans les paroles et les gestes du rituel. C'était le mieux qu'il pouvait faire, et pour lui c'était suffisant.

La lecture était tirée de la sourate Ar-Ra'd, la sourate du Tonnerre, et Shahid, avec son arabe à peu près correct, parvenait plus ou moins à la suivre.

« Allah est Celui qui a élevé les cieux sans piliers visibles. Il s'est établi sur le trône et a soumis le Soleil et la Lune, chacun poursuivant sa course vers un terme fixé. Il règle l'ordre de tout et expose en détail les signes afin que vous ayez la certitude de la rencontre de votre Seigneur.

« Et c'est Lui qui a étendu la terre et y a placé montagnes et fleuves. Et de chaque espèce de fruits Il y établit deux éléments de couple. Il fait que la nuit couvre le jour. Voilà bien là des preuves pour des gens qui réfléchissent. »

« Des preuves pour des gens qui réfléchissent. » C'était une idée qui plaisait à Shahid. Qui pouvait donc prétendre que le Saint Coran était antiscientifique ?

L'imam dit certaines choses sur Israël et l'Occident, et d'autres sur les réalités politiques mondiales, auxquelles Shahid ne prêta qu'à moitié attention. Il avait trop souvent entendu ces diatribes, et ce n'était plus pour elles qu'il venait à la mosquée. Puis la prière prit fin, et les fidèles envahirent la rue devant l'édifice pour l'autre phase du rituel que Shahid aimait beaucoup, à savoir les rassemblements et les bavardages qui avaient lieu après. Durant le service, la nuit était tombée : il s'agissait somme toute du jour le plus court de l'année, le 21 décembre. Il faisait clair, et en levant la tête Shahid distingua une étoile ou une planète, il ne savait pas, ainsi qu'une lumière qui clignotait et qui était sûrement un avion à son altitude de croisière.

« Comment va ton gras du bide de frère ? » demanda Ali. Ancien camarade d'école d'Ahmed, c'était à l'époque un chef de meute bruyant mais sympathique. Il possédait aujourd'hui une chaîne de magasins d'électronique à Croydon, Mitcham, Eltham et même au-delà, et il était paraît-il plein aux as. Il avait récemment arrêté de fumer et cela se voyait à son nouvel embonpoint un peu flasque mais aussi à la façon dont il ne cessait de s'agiter, faisant cliqueter ses clés de voiture dans ses poches et regardant la foule alentour tout en parlant.

« Pas plus mince, répondit Shahid. Tout le monde va bien chez toi ?

— Un autre bébé en route. Arrêté la clope juste à temps. »

Shahid lui donna une claque sur le bras puis se tourna vers d'autres visages de connaissance. « Wasim ! Kamran ! Ali a remis le couvert ! Le septième est en route ! »

Les hommes approchèrent et commencèrent à chambrer Ali, qui avait l'air content. Jadis, Ali plaisantait en disant qu'il n'arrêterait que quand il aurait assez d'enfants pour monter une équipe de football à cinq. Mais c'était il y a plusieurs années. Visait-il maintenant une équipe à onze? Qu'en pensait son épouse, que Shahid n'avait jamais rencontrée? Avait-elle son mot à dire? Si on avait sept enfants, était-ce qu'on adorait le sexe, qu'on adorait sa femme, ou qu'on adorait les enfants? Ou simplement qu'on était fâché avec la contraception ? Ou les quatre à la fois?

« Excusez-moi, dit une voix avec un accent européen, Shahid Kamal ? »

Shahid pivota et se retrouva face à un Maghrébin, à peu près de son âge, au visage étroit et attentif et à la barbe bien taillée. Il portait un blouson en cuir avec un jean, et affichait une attitude d'expectative.

« Oui, c'est moi, répondit Shahid.

— Iqbal, dit l'homme, avec l'air d'un représentant de commerce. Iqbal Rashid. De Bruxelles à la Tchétchénie? Avec les frères Udeen? 1993? »

Shahid se souvint : c'était un des gars de Belgique avec qui il avait entrepris sa grande aventure. Shahid n'aurait jamais retrouvé son nom pour un million de livres, mais à présent que l'homme se tenait devant lui, il se souvenait. Eh oui. Les deux Algériens, Iqbal et Tariq. Iqbal avait été à la fois plus calme et plus hargneux que Tariq, plus branché dans son style personnel, grand fan de musique rap, et aussi très remonté quant au sort des musulmans à travers le monde. Enfin bon, ils l'étaient tous, et ils allaient le prouver en partant combattre pour la Tchétchénie. Iqbal tenait le même langage mais en plus virulent; il y avait quelque chose de personnel dans sa colère. Or voilà qu'il était devant lui, et Shahid comprit soudain, en le regardant, combien il avait vieilli lui-même, car le type qu'il se rappelait comme un gamin de vingt ans tout maigre était aujourd'hui un homme qui avait incontestablement dépassé le cap de la prime jeunesse, et dont la barbe et les cheveux grisonnaient. Avait-il pris lui aussi un tel coup de vieux? Cette pensée était effrayante.

« Bien sûr, bien sûr, dit Shahid. Ouah! Qu'est-ce que tu fais ici? Tu es sacrément physionomiste.

— Je repense souvent à cette époque, dit Iqbal. Il y a des événements dans la vie qui vous paraissent lointains, et qui, en même temps, semblent dater d'hier, tu ne trouves pas? »

Ça lui revenait : quand Iqbal ne fulminait pas, il fallait toujours qu'il vous assène un axiome philosophique ou un autre. C'était le même Iqbal, pas de doute.

« Comment va Tariq ? Vous vous voyez toujours ?

— Parfois les gens perdent le contact », déclara Iqbal, sous-entendant clairement que ce vieil ami-là n'était pas son sujet préféré. Il s'égaya aussitôt pour ajouter : « Mais il arrive aussi qu'ils se retrouvent ! Écoute, on n'a qu'à échanger nos numéros… Je suis en ville, ça me ferait plaisir de te voir, de parler du bon vieux temps, et aussi du présent. » Il avait sorti un portable de sa poche et tenait l'engin ouvert, prêt à noter le numéro de Shahid. Il ne fallait pas s'entourer de trop de barrières, d'après Shahid. Autant se laisser porter. Advienne que pourra. On ne vivait qu'une fois. À la grâce d'Allah. Autant prendre les choses comme elles viennent… Ainsi Shahid, pourtant gêné par quelque chose chez son ancien compagnon de djihad, son expression trop intense peut-être, ou sa pseudo-désinvolture, lui donna son numéro. Le Belge hocha la tête, le salua et disparut.

Qu'est-ce-ce que c'était que cette histoire ? se demanda Shahid.

Il rejoignit Ali et les autres qui discutaient du championnat de Premier League, se livrant aux considérations habituelles sur Chelsea, Arsenal et Manchester United. On aurait dit des soufis : s'ils continuaient comme ça, ils allaient finir en lévitation. Puis quelqu'un fit une remarque tellement déplacée, tellement calomnieuse et tellement grotesque sur Ashley Cole que Shahid n'eut d'autre choix que de s'en mêler.

21

Le vendredi 21 à cinq heures, Quentina Mkfesi, titulaire d'une licence et d'une maîtrise en sciences politiques, alla chercher sa paie dans les bureaux de la société des Services de Contrôle. Le chèque était de 227 livres et il était payable à Kwama Lyons. Quentina le rangea dans la poche intérieure de sa veste puis partit à pied pour Tooting. Le trajet prenait environ une demi-heure. Noël approchait et Londres était en effervescence. Quentina appréciait ce bouillonnement : dans une ville où la lumière et les couleurs vives étaient si rares naturellement, on se réjouissait que des néons, de la fibre optique, des vitrines et des sapins de Noël apportent un peu de gaieté.

Quentina avait gardé son uniforme; elle était pressée et n'avait pas voulu se changer. Avec l'obscurité, elle se méfiait du terrain communal et préférait rester sur le trottoir plutôt que de le traverser. Le pub était déjà animé : les gens avaient cessé le travail de bonne heure pour aller prendre quelques verres avant le 24. Noël tombant un mardi, des tas de gens commençaient certainement leurs vacances ce soir, et pour deux semaines entières. Quentina n'éprouvait aucune jalousie. C'était leur travail qu'elle enviait aux gens, pas leurs loisirs. Il faisait froid mais elle portait seulement un T-shirt, une chemise et un pull sous sa ridicule veste de l'armée ruritanienne, et elle avait appris depuis longtemps que le secret pour éviter de se geler dans l'hiver anglais était de ne pas arrêter de bouger. Après Balham, elle coupa en zigzag par des rues résidentielles où il y avait des couronnes sur les portes, des guirlandes allumées, et des arbres illuminés eux aussi – une version familiale de Londres plus chaleureuse et plus hospitalière que ne l'était véritablement la ville. L'ambiance semblait douillette, comme du Dickens à la télévision, alors qu'en réalité les lieux étaient froids et sans pitié. La douceur de cette illusion ne déplaisait pas à Quentina.

Elle atteignit le bâtiment qu'elle cherchait, une maison mitoyenne dont le grand nombre de poubelles reflétait le grand nombre d'occupants. Elle appuya sur la troisième sonnette et on la laissa entrer sans qu'un seul mot ne soit prononcé dans l'interphone. Le hall était étroit et sentait l'humidité. Sur une petite table à côté de la porte s'entassaient divers courriers et autres publicités. Chaque fois qu'elle venait, l'imprimé au sommet de la pile était toujours un prospectus pour des pizzas. Les Anglais mangeaient apparemment une quantité faramineuse de pizzas.

Quentina grimpa au petit trot la première volée de marches, fit une halte pour reprendre haleine, puis continua vers le deuxième étage. La porte en face étant maintenue par une cale, elle pénétra dans l'appartement, qui, elle le savait par ses visites précédentes, était plus grand qu'il n'en avait l'air : en L, il possédait une salle de séjour sur le devant, ainsi que deux chambres plus une cuisine après le virage. La salle de séjour était décorée d'affiches de films, une du *Cuirassé Potemkine* – Quentina ne lisait pas le russe, mais elle avait demandé – et une autre de *Mandingo*. Du second degré sans doute... Il y avait un bureau en face de la porte où un Africain imposant était assis devant un écran d'ordinateur ; il tenait un portable contre son oreille droite, et sa main gauche levée demandait très éloquemment à Quentina de ne pas faire de bruit le temps qu'il termine sa conversation.

Cet homme avait une des voix les plus sonores qu'elle ait jamais entendues, et pourtant, debout à l'autre bout de la pièce, elle ne distinguait pas ce qu'il disait. Elle s'en félicitait, car les sentiments que lui inspirait l'individu pouvaient être résumés de façon très simple : moins elle en savait sur celui qui prétendait s'appeler Kwame Lyons – ou « Kwama Lyons », tel que son nom apparaissait sur les chèques de paie –, mieux c'était.

L'homme referma son portable d'un coup sec et pivota dans son fauteuil. Il avait la quarantaine et portait un survêtement Adidas. Il ouvrit les bras d'un geste plein de chaleur et sourit avec la bouche mais pas avec les yeux.

« Magnifique, dit-il.

— J'ai votre chèque », dit Quentina, tout en produisant le morceau de papier et en le lui tendant. L'homme hocha la tête, prit le chèque, le lut avec soin, attrapa son portefeuille derrière lui, l'ouvrit, puis compta 150 livres en billets de 10. Puis il recompta. Puis il remit l'argent à Quentina.

« Je suis ravi de pouvoir prendre ce risque pour toi, dit-il de sa riche voix de baryton.

— Moi aussi je suis ravie », dit Quentina, ce qui était un fieffé mensonge, mais cet échange, ou un autre analogue, était devenu une sorte de rituel. C'était aussi une façon de la congédier.

« Joyeux Noël, dit l'homme, se tournant à nouveau vers son écran.

— À vous aussi », dit Quentina. Tirant la porte derrière elle, elle quitta la pièce avec, comme toujours en sortant de ces entrevues, un mélange de honte et de soulagement. Elle avait réussi à ne rien apprendre à nouveau et à ne pas s'impliquer davantage, ce qui était à coup sûr un point positif. Elle dévala l'escalier et s'éclipsa sans tarder. Quentina n'avait pas dû rester dans le bâtiment plus de quatre-vingt-dix secondes. Tant mieux.

La situation de Quentina était la suivante : à Harare, durant l'été 2003, elle avait été arrêtée, interrogée, battue, relâchée par la police, enlevée par des hommes de main en rentrant chez elle, emmenée dans une maison, fortement incitée à quitter le pays dans les soixante-douze heures, puis battue et abandonnée au bord de la route. Après avoir été soignée à l'hôpital, elle était sortie clandestinement du pays aidée par des missionnaires, et elle était arrivée en Angleterre avec un visa d'étudiante dont elle n'avait jamais eu l'intention de respecter la durée. Bref, elle était restée délibérément après l'expiration de son visa, avait demandé l'asile politique, se l'était vu refuser, avait été arrêtée et condamnée à l'expulsion, mais le juge en dernier appel avait déclaré qu'elle ne pouvait pas être renvoyée au Zimbabwe parce qu'il y avait des raisons de penser que, si on l'y renvoyait, elle serait tuée. Dès lors, Quentina avait connu une situation de semi-existence sur le plan juridique. Elle n'avait pas le droit de travailler et ne pouvait prétendre qu'à l'allocation de minimum vital, mais elle ne pouvait pas être mise en prison ni expulsée. Elle n'était pas citoyenne du Royaume-Uni mais elle ne pouvait aller nulle part ailleurs. Elle était un non-individu.

L'état d'incertitude dans lequel elle était censée vivre ne correspondait pas à la réalité : elle n'avait pas le droit de faire les choses qu'elle avait besoin de faire pour rester à la fois saine d'esprit et solvable. Par chance, son avocat connaissait une association caritative qui hébergeait des gens comme elle. Le Refuge s'occupait des immigrés apatrides et possédait plusieurs immeubles partout dans le pays. C'était ainsi que Quentina s'était retrouvée à habiter une maison mitoyenne à Tooting avec six autres femmes comme elle et un intendant. L'association séparait les nationalités car elle n'aimait pas l'idée que des cliques identitaires se forment dans les différentes maisons, et selon elle les réfugiés apprenaient plus vite l'anglais s'ils ne côtoyaient pas des gens parlant leur propre langue. Quentina estimait qu'ils avaient tort, mais c'était leur association, pas la sienne, aussi vivait-elle sous le même toit qu'une Soudanaise, une Kurde, une Chinoise qui était arrivée la veille et n'avait pas encore ouvert la bouche, une Algérienne, et deux femmes d'Europe de l'Est dont Quentina ne connaissait pas l'origine précise.

Vivre dans cette maison appartenant au Refuge n'avait rien de simple. Le travail encore moins. L'association offrait des vivres à ses « clients » – c'était le mot employé –, mais ne pouvait pas, d'un point de vue juridique, leur verser de l'argent. Quentina s'était aperçue qu'elle était incapable de rester sans rien faire et que passer son temps enfermée, sans avoir de revenu dont elle puisse disposer, la rendait profondément claustrophobe. Elle avait la sensation d'être prise au piège, impuissante, prisonnière de son propre cerveau, et cette angoisse ne faisait qu'augmenter car elle était bel et bien impuissante, sans aucun moyen d'influer sur son propre destin d'une manière un tant soit peu efficace. C'est ainsi qu'elle avait décidé d'occuper ses journées, de travailler, à tout prix, pour ne pas devenir folle.

Ce problème-là était classique parmi les réfugiés, et c'est par le bouche à oreille qu'elle en vint à rencontrer « Kwame

Lyons ». Il était connu comme quelqu'un qui connaissait quelqu'un qui pouvait vous avoir des papiers, et par conséquent grâce à qui vous pouviez trouver du boulot, du moment que vous étiez disposé à lui verser sa commission. Quentina n'avait aucune idée du nombre de gens à qui il fournissait ce service, mais il était impossible qu'elle soit sa seule « cliente ». Encore ce mot… Elle ne savait pas et ne voulait pas savoir combien de « clients » il avait, de quelle façon il se procurait les papiers, s'il utilisait l'identité de « Kwame Lyons » avec tous ses clients, combien d'argent il gagnait, comment il s'appelait réellement.

En cherchant du travail, Quentina avait entendu parler d'une entreprise de taxis connue pour embaucher des chauffeurs munis de papiers douteux, mais elle avait aussi appris, primo, qu'ils n'employaient pas de femmes et, secundo, que la société appartenait à une des grandes familles mafieuses du sud de Londres qui s'en servait pour blanchir de l'argent. Côté illégalité, les faux papiers suffisaient largement à Quentina. Par nature respectueuse des lois, elle pensait en outre qu'éviter de les enfreindre évitait aussi pas mal de déconvenues purement pratiques. Il y avait une certaine ironie à ce qu'elle soit aujourd'hui une personne sans loi et sans patrie, mais bon. Elle avait suivi les conseils d'un agent contractuel qu'elle avait rencontré dans la rue; originaire de Zambie, il lui avait parlé des Services de Contrôle et expliqué qu'ils embauchaient une forte proportion d'Africains de l'Ouest et du Sud. Elle avait pris ses faux papiers, rempli un formulaire, passé un test où il fallait remplir un autre formulaire et décroché le boulot, et voilà que dix-huit mois plus tard elle était l'employée des Services de Contrôle avec le taux le plus bas de plaintes recevables.

Quentina commença à sentir la fatigue tandis qu'elle se rapprochait du foyer. Elle avait été debout toute la journée, et elle avait beau y être habituée, elle avait mal aux pieds. Avec de la chance, il resterait de l'eau chaude; elle était la seule des « clientes » à avoir un boulot régulier et donc la seule à rentrer après cinq heures en rêvant d'un bain ou d'une douche. Quentina avait toujours été propre et tatillonne, mais elle n'avait jamais réellement compris l'utilité des bains avant de venir dans ce pays froid. Aujourd'hui, faire trempette dans de l'eau fumante constituait un plaisir physique non négligeable. Elle ne bossait pas le lendemain; un des avantages, quand on travaillait, c'était que le temps libre avait des allures de cadeau. Elle regarderait un film en DVD, sortirait boire un verre ou peut-être danser... En attendant, elle aurait intérêt à appeler son avocat pour venir aux nouvelles – c'était le vendredi d'avant Noël et les choses allaient ralentir, voire s'arrêter pendant les vacances –, mais elle n'avait pas vraiment le courage. Si les nouvelles étaient bonnes, elles finiraient par lui revenir aux oreilles, et si elles étaient mauvaises, elles n'empireraient pas dans l'intervalle. La probabilité la plus forte était qu'il n'y aurait rien de nouveau et que son état d'inexistence allait se prolonger. Si tu es tiède, je te vomirai de ma bouche, disait la Bible. Quentina ne se jugeait pas tiède, pourtant il était difficile de prétendre qu'elle n'avait pas été vomie.

Au bout de la rue où elle habitait, une Africaine avec un sac gigantesque contenant ce qui ressemblait à des ignames, achetées peut-être au marché de Brixton, faisait une pause pour souffler un peu. Elle regarda Quentina avec insistance lorsque celle-ci la dépassa. Je ne sais pas ce qu'elle va préparer ce soir, mais ça me plairait bien d'y goûter, songea Quentina. Ouf, heureusement, elle était presque chez elle. Enfin bon, pas chez elle, mais là où elle habitait... Elle tourna au coin, toujours dans son uniforme de contractuelle, toujours la femme la plus impopulaire de la rue, toujours à répandre la peur et la confusion partout où elle allait.

22

Quand Roger devait affronter un événement important au boulot, il faisait une chose dont il ne parlait jamais à personne parce que cela semblait trop féminin : il mettait un soin tout particulier à faire sa toilette et à se pomponner le matin. Il prenait sa douche et se rasait comme d'habitude, se faisait un shampooing et un après-shampooing; puis il s'hydratait la peau avec un masque pour le visage qu'il laissait agir une dizaine de minutes, taillait le moindre poil qui pouvait dépasser de son nez ou d'une de ses oreilles, se frictionnait les jambes et la poitrine d'huile pour le corps, prenait des vitamines et des pilules à l'artichaut pour son foie, se livrait à quelques étirements, descendait en robe de chambre et avalait un bol de porridge réchauffé au micro-ondes. Puis il revêtait ses plus beaux habits : sa chemise de Savile Row la plus douce et la plus luxueuse, avec cravate assortie, pochette au veston et boutons de manchette anciens dégotés par Arabella sur eBay, le costume qu'il avait fait confectionner sur mesure après un bonus, les chaussures faites main et, en dessous de tout ça, le secret le plus chicos de tous, son caleçon porte-bonheur en soie rapporté par Arabella d'une virée shopping à Anvers. L'effet paradoxal de tous ces chichis était de lui donner une impression de puissance, d'homme fort.

C'est ainsi cuirassé que, le vendredi 21 décembre, Roger se rendit dans la salle de conférences de Pinker Lloyd prêt à ouvrir l'enveloppe qui lui donnerait le montant de son bonus. En entrant dans la salle, où on avait branché le bruit blanc pour qu'il soit scientifiquement impossible d'écouter aux portes et où les murs avaient été opacifiés pour le rendez-vous, il se sentait confiant, en forme et en pleine possession de ses moyens, prêt à affronter ce qui allait advenir.

À l'intérieur se trouvait Max, le chef du comité des rémunérations. Pour les employés subalternes recevant leur bonus, il y avait souvent plus d'une personne dans la pièce, au cas où ils piqueraient une crise une mauvaise année, ce qui voulait dire qu'il devait y avoir plus d'une personne dans la pièce les bonnes années aussi, afin que le nombre de personnes présentes ne révèle pas immédiatement la taille du bonus. Les chefs de service étaient censés savoir se tenir, de sorte que Roger se doutait qu'il n'aurait qu'un seul interlocuteur et devinait que ce serait sans doute Max. Le protocole pour ce rendez-vous était que les supérieurs hiérarchiques directs, en général, n'y assistent pas.

Max était un de ces hommes résumés par leurs lunettes. En ces temps où les verres de contact et la chirurgie correctrice étaient de plus en plus répandus, les lunettes devenaient une déclaration délibérée – pas seulement le modèle choisi, mais le fait même d'en porter. Elles permettaient de se placer au-dessus de la vanité (chez les geeks et certains types d'acteurs ou de musiciens), d'essayer de paraître plus intelligent (chez les mannequins loin des podiums), d'exprimer un dédain intellectuel pour l'artifice en se référant au fonctionnalisme (les architectes, les designers), ou d'afficher volontairement sa pauvreté ou son indifférence. Dans le cas de Max, les lunettes étaient une forme de mécanisme de défense ou de camouflage. Elles contribuaient à dissimuler son visage. En même temps, il s'agissait d'avoir l'air cool : mais c'était un pari sur un cheval placé, et, comme si souvent avec ce genre de paris, ils ne réussissaient pas. Avec leur fine monture métallique, les lunettes de Max avaient un côté technocratique qui s'efforçait, en vain, d'affirmer une personnalité.

À l'époque où Roger était moins haut placé, le climat qui régnait autour des bonus l'aurait déjà renseigné sur la teneur de l'entretien. Il aurait su s'il devait s'attendre à un coup de blues ou à une bonne surprise. Aujourd'hui, en tant que chef de service, il n'était plus averti. Inutile d'essayer de déchiffrer le langage corporel de Max; il était payé pour rester insondable. Il le faisait de façon souriante et amicale. Même s'il était bien connu que rien de ce qu'on pouvait dire dans la salle n'avait le moindre effet sur sa prime, d'aucuns parfois se plaisaient malgré tout à vider leur sac, et cela ne pouvait pas faire de mal de les laisser se défouler un peu sur quelqu'un d'autre que leur boss… Les propres évaluations de Roger auraient un effet direct sur les bonus de ses subordonnés, ils le savaient, et certains ne seraient pas enchantés, mais c'était tout bonnement comme ça que les choses se passaient.

« Roger ! lança Max en indiquant le siège en face.

— Max, dit Roger. Petra va bien ? Toby et Isabella ?

— Tout le monde va bien, répondit Max. Arabella ? Conrad ? » Il y eut une pause d'un demi-temps ou d'un quart de temps pendant qu'il cherchait l'autre prénom : Roger avait manqué un point. « Joshua ? compléta Max.

— En pleine forme, répondit Roger. Tu sais comment elles sont à l'approche de Noël. Elles deviennent dingues, jamais assez de cadeaux, des exigences pas possibles. Et bien sûr, les gamins sont tout excités eux aussi. »

Les deux hommes échangèrent un sourire. Max plongea la main dans la serviette en cuir posée devant lui et en sortit une enveloppe. Roger, décontracté et placide dans son caleçon en soie, sentit son rythme cardiaque et sa tension artérielle monter en flèche. Un symbole de la livre suivi de un et de six zéros, un et six zéros, un et six zéros. Deux et six zéros ? Non, c'était trop gourmand. Un et six zéros.

« Bonne année pour le département », affirma Max.

Yessssss !

« Les chiffres parlent d'eux-mêmes. »

Yessssss !

« Comme vous le savez, il n'est pas toujours simple de, euh, faire l'analyse des chiffres correspondants chez nos concurrents, alors la comparaison ne peut pas être exacte, mais nous sommes convaincus que la performance de votre service figure dans le quartile supérieur pour le secteur. »

Roger le savait, ou le soupçonnait fortement, mais ça faisait toujours plaisir à entendre.

« Vos évaluations personnelles sont bonnes. Le comité de rémunération est d'avis que votre performance globale l'est aussi. »

Yesssss ! Ça voulait dire un million de livres. Deux millions, peut-être plus. Se pouvait-il que ça atteigne deux et demi ? Un quart de 10 millions de livres. Parti comme ça, il ferait peut-être même l'amour avec Arabella ce soir !

« Il y a bien sûr un contexte pour tout cela », poursuivit Max.

Bon, pour un homme plus faible que Roger, un homme aux nerfs moins solides, cela aurait pu être un signal avertisseur, une incitation à la panique ; peut-être, même, une invitation à penser à des traites impayées, à des colliers de diamant promis mais pas achetés, au report de projets de vacances ; parce que, aux oreilles d'un homme moins sûr de lui, les paroles de Max auraient pu résonner terriblement comme un « mais ». Roger, toutefois, était un vétéran des évaluations de Pinker Lloyd. Il courait vers sa vingtième. Il savait que, exactement comme un juge énonçant une récapitulation aime bien que les deux parties se fassent dessus avant qu'il atteigne sa conclusion, un membre du comité de rémunération aime bien vous faire penser au pain sec et à l'eau avant de vous offrir une villa à Poggibonsi avec une allée bordée de cyprès, un petit vignoble et une piscine chauffée.

À vrai dire il y avait là de quoi réfléchir. Minchinhampton était très bien mais, encore une fois, pouvait passer pour un peu miteux, et il suffisait d'un été pluvieux pour vous dégoûter définitivement des vacances en Angleterre. Une fois qu'il aurait payé tout ce qu'il avait à payer, qu'il en aurait mis une partie à gauche en versements de retraite, fonds communs de placement et ainsi de suite, un bonus de 2,5 millions de livres le laisserait avec pas mal de fric en rabe. Il paraît qu'on pouvait trouver des villas tout à fait habitables à Ibiza pour un million de livres. Ça valait le coup d'y réfléchir.

L'attention de Roger n'avait vacillé qu'un instant, mais quand il se reconcentra, Max était en train de dire :

« … et bien sûr le contexte ne tient pas seulement aux problèmes plus larges de l'industrie, à ce petit nuage pas plus grand que la main d'un homme et tout ça, au changement de prix des assurances et des swaps. Ça, ce n'est que le climat général. En plus, il y a eu ces difficultés avec notre filiale suisse. »

Soudain, en un clin d'œil, Roger sentit son bonus commencer à rapetisser. Ce n'était pas une question de climat général, c'était un véritable, authentique, incontournable « mais ». Ce petit connard sournois de Max lui annonçait une mauvaise nouvelle derrière ses étincelantes lunettes métalliques de nazi.

« ... dépasse la volatilité courante pour entrer dans des zones de pertes réelles. Une fois que l'étendue d'exposition de notre filiale au marché américain a été entièrement dévoilée, en particulier le fait que ces pertes ne sont pas encore précisément évaluées, même si on sait qu'elles atteignent des montants à dix chiffres en euros... »

Max était en train de lui expliquer que la banque avait perdu 200 millions d'euros cette année. À cause de l'exposition de leur filiale suisse aux subprimes. Eh bien, merde de merde. Roger cessa d'écouter. Il l'avait dans le cul; pas besoin de connaître les détails. Max continua à parler quelque temps puis arriva le moment où il fit glisser l'enveloppe sur la table. Il était clair que son bonus allait être minuscule, peut-être même aussi dérisoire que son salaire annuel de 150 000 livres. En pratique, cela revenait au même que d'être entraîné dans l'arrière-boutique et achevé d'une balle dans la nuque.

Roger ouvrit l'enveloppe. Elle était collée, et l'espace d'un instant il éprouva une bouffée d'agacement contre les crétins qui dirigeaient la banque, le genre de gens qui ne savaient pas que les convenances exigeaient qu'on ne colle jamais les lettres remises de la main à la main, car c'était une insulte pour les tiers qui les manipulaient; l'usage voulait qu'entre gentlemen on pouvait avoir l'assurance que la correspondance privée ne serait pas lue. Mais ces petits cons fraîchement débarqués n'avaient aucune idée de ce genre de délicatesses. Il sortit le morceau de papier. Son bonus pour l'année était de 30 000 livres.

Il savait qu'il était inutile de dire quoi que ce soit; que cela ne servirait à rien de tousser, bafouiller et protester. Il avait été la personne de l'autre côté du bureau et était parfaitement conscient qu'il était vain de dire ou de faire quoi que ce soit en signe de récrimination. Et pourtant il se surprit à dire :

« Mais… que… ce n'est pas… contribution des milliards… foncièrement injuste… quand je pense à ce que j'ai fait… salaire de base… pas une question de cupidité mais de besoin… »

Max se contentait de rester assis là en le regardant derrière ses lunettes. À quoi bon ? C'était peine perdue. Roger cessa de parler. Le bruit blanc commença à lui paraître assourdissant; soudain il s'éteignit, avant de monter à nouveau. Roger sentit ses entrailles se contracter et bouillonner, puis il eut une drôle de sensation dans l'œsophage, accompagnée de ce qui ressemblait à de la nausée. Il se rendit compte que c'en était bel et bien. Il avait envie de vomir. En fait, c'était plus qu'une envie, il allait vomir. Roger se leva lentement en position ramassée et se pencha en avant sur la table. Il adressa un signe de tête à Max, puis se retourna et quitta la pièce. Il y avait peut-être des gens dans le couloir; il ne les remarqua pas et s'en moquait. Les toilettes se trouvaient à dix pas de là. Roger arriva juste à temps dans un des box et vomit, trois fois, si violemment que ses abdominaux lui firent mal.

Quand il eut terminé, il baissa le couvercle des toilettes et resta simplement où il était, à genoux sur le sol. N'était-ce pas formidable ? N'était-ce pas parfait ? C'était drôle de penser à toutes les occasions dans la vie, tous les contextes différents, où il avait été malade. Des centaines de fois, sûrement. Oui, pensa Roger. J'ai vomi des centaines de fois. Il y a tout une série d'expressions pour décrire ça. Aller au renard. Lâcher des fusées. Revoir la carte. Mais cette fois-ci était différente, parce que toutes les autres fois, quand c'était fini, il se sentait mieux.

23

Le soir de Noël, les DVD commencèrent à arriver dans les maisons de Pepys Road. Sauf qu'il est trompeur de dire « les » DVD, car en réalité il s'agissait du même. Une étiquette imprimée était collée sur le boîtier, proclamant « Nous Voulons Ce Que Vous Avez », mais à l'intérieur le disque ne portait aucune mention.

Les images avaient été filmées par une caméra tenue à la main, et la séquence commençait à l'extrémité sud de la rue, devant la boutique des Kamal. Étant donné que la rue était architranquille, mais qu'il faisait jour, on pouvait en déduire que la scène avait été filmée de très bonne heure un matin d'été. Par moments, le soleil bas du matin aveuglait la caméra et l'image devenait blanche.

Du point de vue technique, le film n'était ni fait ni à faire. L'image bougeait, quand elle n'était pas floue. Les couleurs bavaient. On aurait dit un film des débuts du cinéma, avant que celui-ci ne soit véritablement inventé. La personne qui tenait la caméra déambulait dans la rue d'un côté à l'autre. Entre le tremblement, le mouvement de va-et-vient et la mauvaise qualité numérique, l'effet produit était une légère sensation de mal au cœur. Tantôt l'individu qui filmait se rapprochait de certaines maisons ; l'homme (même si, bien sûr, il n'y avait aucune raison de penser que c'était un homme) avait par exemple marché jusqu'à la porte d'entrée de Petunia Howe, et fait un gros plan sur le numéro. Tantôt il semblait s'être planté au milieu de la chaussée et avoir effectué un panoramique, comme devant le numéro 27, la maison appartenant à Mickey Lipton-Miller. De temps en temps, il zoomait droit sur une voiture garée pour regarder à travers le pare-brise, comme un voleur en maraude en quête d'un GPS à dérober. Il s'était attardé avec une lascivité particulière sur la Lexus S400 des Yount, comme si la caméra rêvait de pénétrer à l'intérieur pour aller promener ses mains sur les sièges en cuir. À d'autres moments, le cameraman semblait s'être intéressé aux détails d'architecture. Il n'y avait pas deux maisons identiques, et la caméra se posait sur les joints du numéro 36, puis sur les joints subtilement différents d'une autre maison à cinq portes de là, au numéro 46. Ou bien elle montrait le bow-window du numéro 62, puis celui, polygonal, du numéro 55. L'homme ou la femme qui filmait semblait avoir un goût très prononcé pour les grosses bâtisses les plus coûteuses.

Bien qu'il n'y ait rien de menaçant dans le contenu du DVD, l'idée que quelqu'un surveille ainsi la rue, en souligne ainsi les moindres éléments, se révélait effrayante. Il ne s'agissait pas d'une opération d'agent immobilier ni d'une campagne de marketing viral. Et puis le film dégageait une atmosphère de désir dévorant. En le regardant, on avait l'impression d'observer un enfant devant la vitrine d'un magasin de jouets. Tout le monde ne visionna pas le DVD, mais ceux qui le firent en retirèrent la sensation que quelqu'un, quelque part, voulait bel et bien ce qu'ils avaient.

Les DVD arrivèrent dans des enveloppes matelassées qui, d'après les cachets, avaient été postées de tous les coins de Londres.

24

Quentina n'était pas une chrétienne très fervente, tout comme elle n'était plus une marxiste convaincue, mais elle aimait bien aller à l'église. Elle aimait bien la liturgie et cette précieuse sensation de chaleur, elle aimait bien le vicaire zimbabwéen de St Michael, l'église afro-anglicane qu'elle fréquentait à Balham, et surtout elle aimait bien le chef des chœurs, un Botswanais au corps magnifiquement ferme du nom de Mashinko Wilson. Il était assistant pédagogique, avait-elle entendu dire, et il possédait une voix si rauque et si voluptueuse qu'elle semblait faite pour chanter des cantiques. Le résultat n'était pas aussi saisissant avec les chansons africaines ou d'influence africaine, mais à Noël, lorsqu'il entonnait les chants traditionnels anglais avec le chœur et les fidèles, il était envoûtant. Il fallait entendre « *O Come All Ye Faithful* » chanté de cette voix chaude, claire et sensuelle, assortie de manière si naturelle à ce corps sain et musclé... Ayant découvert l'effet du chant de Noël façon Mashinko la semaine précédant les fêtes l'année dernière, Quentina avait attendu pendant douze mois que cette période revienne. L'Avent et à présent la veille de Noël venaient combler toutes ses espérances. Aujourd'hui, après l'office, elle irait trouver Mashinko Wilson et lui déclarer son intérêt.

L'édifice lui-même, Quentina l'aimait bien aussi. L'église était construite dans une pierre grise, différente de celle des maisons avoisinantes – du granit, peut-être. Elle présentait très classiquement une étroite allée centrale avec de hautes fenêtres au bout, mais une partie, au fond, avait été fermée par des vitres pour offrir une sorte de salon-garderie, d'où émanaient souvent, au cours des prières et des sermons, des vagissements et autres bruits importuns. Le prêtre avait du mal à rivaliser.

Au pays, Quentina allait chaque année à Harare à l'office de Noël de la cathédrale St Mary, en compagnie de sa mère. Mama était la chrétienne de la famille : le père de Quentina disait toujours qu'elle était assez croyante pour tout le monde. Chaque dimanche, elle emmenait un enfant avec elle à l'église. Que ce soit Quentina, son frère ou sa sœur, la chose semblait avoir peu d'importance, du moment que l'un d'eux se joignait à elle. Elle aurait aimé qu'ils viennent tous pour le dimanche de Pâques et pour Noël, mais elle n'insistait pas. Quant au père de Quentina, par un consentement mutuel pacifique, elle le laissait tranquille. Quentina aimait bien accompagner sa mère, car c'était un des rares moments où elle pouvait être seule avec elle, et puis elle aimait bien la langue un peu ampoulée de la vieille Bible, et l'imagerie exotique de ce lointain Noël du Nord, si sombre et si froid; il n'était pas sans ironie qu'habitant aujourd'hui dans un de ces froids pays du Nord, ce qu'elle préférait dans les fêtes de Noël, c'était cette sensation de chaleur, ces lumières, ces couleurs, ce côté douillet.

Le nourrisson considéré comme l'être le plus puissant du monde... Cette idée éveillait en elle de profondes résonances, car elle en avait fait, par deux fois, l'expérience directe. Quentina elle-même était une enfant de la révolution, née l'année où le Zimbabwe avait gagné son indépendance, en 1980. Son frère Robert était né cinq ans après, et elle se rappelait encore ce sentiment de pure injustice qu'elle avait éprouvé d'être ainsi remplacée, mais aussi cette sensation magique de voir la vie se réorganiser autour du nouveau venu. Robert avait un visage furieux tout écrasé, et l'intérieur de sa bouche, qu'on admirait souvent parce qu'il passait un temps infini à brailler, était la chose la plus rose qu'on ait jamais contemplée; la gentillesse et le dévouement que témoignaient ses parents au nourrisson étaient extraordinaires à voir. Quentina ne comprit que bien plus tard qu'ils avaient dû être comme ça avec elle aussi. À l'époque, elle ne ressentait que l'injustice, la jalousie et la rancœur d'avoir été supplantée par cet intrus à la puissance terrifiante.

La naissance de sa sœur ne l'avait pas autant affectée. Il était difficile d'en vouloir à Sarah, douce et placide quand elle était née et toujours aussi douce et placide vingt ans plus tard. Robert avait été fou de rage, ce que Quentina avait trouvé formidable. Qu'il se rende compte un peu de l'effet que ça faisait... Le terrible pouvoir du nouveau-né. L'enfant sans défense qui gouverne le monde. Le poupon dans les langes qui règne sur l'Univers. Tu vas comprendre ta douleur, petit frère !

Robert était son cadet, et c'était sans doute parce que Quentina ressentait si fort sa terrible et impardonnable jeunesse que sa mort la toucha si durement. Le premier symptôme avait été une toux qui refusait de s'en aller, suivie d'une myriade d'autres troubles, dont aucun n'avait l'air grave au début, mais dont aucun ne disparaissait ni ne s'améliorait jamais, si bien qu'au bout d'un an Robert s'était retrouvé couvert de plaies, aveugle, le souffle court, visiblement mourant, et puis, trois mois plus tard, dans sa tombe. Le sida, bien sûr. Quoi d'autre ? Le jeune homme qui avait jadis été le nouveau-né au centre du monde, l'Enfant Jésus dans son berceau.

Peut-être ce drame en soi n'aurait-il pas été suffisant pour modifier le destin de Quentina. La mort de son frère l'emplit d'une colère d'ordre philosophique, une colère existentielle générale, mais ce n'était pas la même chose qu'une colère bien précise, une colère qui engendrait non seulement un désir de changement mais la volonté d'agir pour le voir survenir. Un jour, Quentina se cassa la cheville en tombant et fut emmenée à l'hôpital. Elle fut soignée par un médecin qui lui expliqua que sa cheville n'était pas cassée, mais foulée.

« Le meilleur traitement est le repos, déclara-t-il. Est-ce que vous voulez sortir avec moi ?

— Non », répondit-elle.

Quentina passa les six semaines suivantes à faire mine de se soustraire à ses assiduités, avec de moins en moins de zèle. Il s'appelait John Zimbela et c'était, Quentina s'en rendit compte peu à peu, l'être le plus admirable qu'elle ait jamais croisé. C'était aussi le plus furieux : il était déchaîné contre la politique du gouvernement Mugabe face au sida, ou plutôt l'antipolitique, puisqu'elle avait pour principaux piliers la dérobade et le mensonge. Avec plusieurs amis, il appartenait à un réseau clandestin qui imprimait et distribuait illégalement des tracts sur le VIH, les rapports sexuels protégés, les taux de contamination, le développement de la maladie, et les traitements dont disposaient les pays riches. Il risquait son gagne-pain et peut-être sa vie, et même si, quand elle l'avait rencontré, Quentina avait déjà entendu parler du sida, elle croyait encore que la mort de son frère était une sorte d'accident, un accident trop fréquent peut-être, mais qui relevait, au fond, de la catastrophe naturelle. Elle comprenait à présent que le décès de son frère avait résulté d'un ensemble de stratégies qui équivalaient à un homicide institutionnalisé – pas un assassinat, non, pas tout à fait, mais bien un homicide. Alors elle s'était mise en colère elle aussi, et elle avait rejoint John et son réseau, et avait commencé à travailler contre Mugabe, pour ne plus se contenter d'étudier la politique mais la vivre pour de bon.

Le père de Quentina avait pris le maquis pendant la révolution : il n'avait pas été un révolutionnaire de papier mais un vrai combattant, se nourrissant de maïs et portant un fusil pendant cinq ans. À présent il était un membre assez haut placé du Zanu-PF, occupant un bon poste au ministère de l'Éducation : l'Éducation avait été une priorité et une fierté pour le jeune pays du Zimbabwe. Quentina n'avait pas grandi sur la banquette arrière d'une Mercedes, et si sa famille n'estimait nullement que tout lui était dû, Quentina jouissait pourtant d'une certaine sécurité et d'un certain confort, en tant que membre de l'ordre établi. Soudain la situation changea. En devenant une sorte de hors-la-loi sous le manteau, elle mettait en danger la position de sa famille, et c'était ce qui lui causait le plus d'inquiétude dans ses activités : à titre personnel, elle était fière de son courage, mais par rapport à sa famille elle avait parfois l'impression de jouer sur les deux tableaux. Il lui arrivait de se demander ce que Robert aurait voulu, sans trouver de réponse. Tout ce qu'elle se rappelait véritablement au sujet de son frère c'était sa naissance et sa mort. Il lui semblait qu'elle n'avait pas de réel souvenir de celui qu'il avait été. C'était comme si sa mort n'avait pas simplement emporté Robert mais aussi tous les souvenirs de lui.

Un mois après qu'elle eut commencé à distribuer des tracts et à se rendre à des réunions secrètes, son père mourut d'un cancer du poumon. Sa maladie n'avait pas été diagnostiquée : il en mourut, c'est tout. Ils avaient découvert la maladie à l'autopsie.

La carrière politique de Quentina dura neuf mois. Elle avait commencé avec le sida, puis s'était poursuivie par une campagne contre les arrestations, les passages à tabac et toutes les autres atteintes aux droits de l'homme. Quentina pensait que ce serait une course à peu près égale entre se faire attraper et voir le Zanu-PF se retourner contre Mugabe, mais elle se trompait. Lors de son dernier passage à tabac, on lui expliqua qu'elle n'avait échappé au viol qu'à cause de la position qu'avait jadis occupée son père; ladite protection était désormais nulle et non avenue. Ainsi, trois ans plus tard, se trouvait-elle dans une église de Londres en train d'écouter le déchant des choristes en contrepoint de la ligne mélodique de Mashinko Wilson dans « *O Come All Ye Faithful* ».

L'office s'acheva et les fidèles sortirent lentement de l'église. Les gens allaient de-ci de-là, se serraient la main, bavardaient. Quentina connaissait quelques fidèles mais elle ne les salua que brièvement. Elle avait une mission. Mashinko était comme d'habitude entouré d'un petit fan-club bavard qui le couvrait de compliments. Comme d'habitude, il rayonnait, plein de chaleur, son teint riche toujours florissant. Elle pourrait attendre que le groupe se disperse, mais il lui faudrait alors traîner tellement longtemps qu'elle aurait du mal à ne pas paraître faible, indécise, bref, sans intérêt. Les humains construisaient leur propre histoire, mais ils n'avaient pas le choix des circonstances. Quentina marcha droit vers Mashinko, au bras duquel s'accrochait une petite bonne femme d'une soixantaine d'années, tandis qu'il affichait un sourire indulgent. Quentina se planta devant lui et fit quelque chose qu'elle savait très bien faire : elle capta toute son attention.

« Je voulais juste vous dire, j'ai trouvé ça très beau », déclara-t-elle. Le visage de Mashinko, qui rayonnait déjà, devint plus radieux encore. Cette réaction suffit à Quentina. Il se souviendrait d'elle la prochaine fois. « Au revoir. Joyeux Noël », lança-t-elle, avant de tourner les talons et de s'éloigner dans la froide obscurité du soir de Noël londonien.

On ne pouvait pas mettre en concurrence le souvenir et l'espoir. Ce n'était pas un concours. Même une mini-dose d'espoir ferait l'affaire.

25

« Peu te voir? »

disait le texto. Shahid n'ayant aucune idée de l'expéditeur du message, il répondit :

« Ok mé ki é tu? »

Il devait bien l'admettre, Shahid pensait que c'était peut-être une fille, une fille oubliée qu'il avait draguée quelque part, ou un ancien flirt, qui devait en pincer un peu pour lui, sinon pourquoi aurait-elle gardé son numéro? Il y avait eu une fille à Clapham South un jour, elle avait laissé tomber tout un tas de journaux sur le quai en descendant du métro, les banlieusards grossiers s'étaient contentés de la bousculer pour passer, bien sûr, Shahid les lui avait ramassés, ils s'étaient mis à bavarder, elle était étudiante en droit, ils étaient allés boire un café juste en face, ils avaient échangé leurs numéros, puis environ une semaine plus tard il avait perdu son portable et il s'était toujours demandé s'il avait loupé la chance de sa vie... c'était il y a environ six mois. Il se pouvait que ce soit elle, c'était possible. Il avait passé une annonce dans *Metro*, en vain. Enfin, même si ce n'était pas l'étudiante en droit, à vrai dire, si c'était une fille, c'était toujours bon à prendre.

La réponse se révéla décevante.

« Iqbal kan? »

Super. Juste ce qui me manquait, pensa Shahid. Reparler de la Tchétchénie avec un semi-barjo de djihadiste belgo-algérien que je n'ai pas revu depuis plus de dix ans. Il écrivit :

« Mardi 6h,13 Pelham Rd »

C'était là qu'il se trouvait à présent, le soir de Noël, à regarder d'un œil *Les Simpson* tout en essayant de comprendre comment Iqbal s'y était pris pour le convaincre de l'héberger quelques jours.

« Enfin quoi, on m'a planté, expliquait Iqbal. Mon pote m'a planté. Sinon, tu penses bien, je ne serais pas obligé de faire appel à toi comme ça. »

En colère et doucereux à la fois, il semblait décidé à le persuader, comme s'il espérait que Shahid partage sa colère. Iqbal était venu à Londres pour habiter chez un ami, mais l'ami l'avait flanqué dehors, sous un prétexte compliqué, des gens de sa famille qui risquaient de débarquer et pour qui il devait garder libre la chambre d'amis, sans compter qu'il avait un gros truc de boulot, et ainsi de suite. Shahid se souvenait, maintenant, mais un peu tard : en Tchétchénie, ils ne s'entendaient pas si bien que ça. Iqbal était constamment en colère, sur des sujets graves comme les injustices dans le monde, mais aussi parce qu'il n'y avait plus d'eau chaude ou qu'on ne lui avait laissé que la croûte du pain alors qu'il préférait la mie. Il était d'ailleurs prompt à associer les deux : si les toilettes d'une station-service en Autriche étaient condamnées parce que la chasse d'eau ne marchait pas, cela faisait forcément partie d'un complot planétaire visant à humilier les musulmans.

De l'avis de Shahid, la meilleure façon de traverser les périodes difficiles, de traverser la vie en général, était tout simplement de s'en accommoder. Il était rare qu'un problème ne puisse pas se résoudre en l'ignorant. Iqbal ne serait pas facile à ignorer, mais si Shahid l'hébergeait quelques jours, ce casse-pieds finirait bien par s'en aller et les choses reviendraient à la normale.

« Les frères ne devraient pas se traiter comme ça. Et nous sommes frères, pas vrai ? Des frères ne devraient pas se conduire de cette façon. » Iqbal faisait les cent pas.

« J'ai dit que tu pouvais rester », dit Shahid.

Iqbal parut se ressaisir.

« Et je te suis reconnaissant. J'éprouve toute la reconnaissance qui convient. Pardonne-moi si ma colère a eu raison de moi.

— Ce n'est rien. Je vais juste regarder la fin des *Simpson* et puis je te montrerai où sont les choses, comment installer le canapé-lit et tout ça.

— Tu es un homme bien.

— C'est rien, je t'assure. »

D'un ton insistant, Iqbal répéta : « Tu es un homme bien. Tu as peut-être oublié cette vérité sur toi-même. C'est peut-être une chose chez toi que les gens ne voient pas ou qu'ils t'encouragent à ne pas voir. Mais tu es un homme bien. »

Bon, formulée comme ça, c'est sûr, cette théorie tenait la route : il était sans doute un homme bien. Shahid eut un haussement d'épaules plein de modestie, exactement comme Mr Burns dans les *Simpson* lorsqu'il plaçait ses doigts en triangle et disait : « Excellent. »

26

Agrippé à une poignée de métro sur la Jubilee Line en rentrant chez lui le soir de Noël, Roger se demandait quand le moment serait le plus approprié pour parler à Arabella de son bonus inexistant. Son épouse avait le don de faire en sorte que l'existence paraisse facile, sauf quand elle décidait, subitement et théâtralement, de ne plus faire l'effort. Et Roger craignait que ce ne soit un de ces jours-là.

Il aurait mieux fait de l'annoncer plus tôt, de toute évidence. Mais vendredi il avait été trop assommé, trop flippé, trop incrédule, trop écœuré. Il n'était pas en état de parler pendant des heures de son million de livres disparu… Et de toute façon, arrivé à la fin de la journée, l'envie de tout déballer s'était depuis longtemps estompée. Un homme plus faible que lui, se disait-il, serait rentré tout droit à la maison après avoir vomi. Mais Roger, lui, était d'une autre trempe, et de toute manière qu'aurait-il fait s'il était rentré ? Rester assis là à pleurer comme un veau et à broyer du noir en attendant qu'Arabella rentre de son shopping ? Non, il avait encaissé, fait face comme un homme, et passé la journée caché dans son bureau à faire semblant de travailler.

Non qu'on abatte beaucoup de boulot le 21 décembre chez Pinker Lloyd pendant que le comité de rémunération énonçait ses verdicts… De temps en temps, il jetait un coup d'œil par la vitre et contemplait la scène dans la salle des marchés. Le bruit n'était plus qu'au quart de son niveau habituel. Les gens restaient assis là, sans rien faire. Un ou deux d'entre eux s'enfouissaient la tête dans les mains. D'autres se contentaient de rester debout, en un petit groupe démoralisé. On aurait dit des réfugiés ou quelque chose comme ça. Triste, tellement triste. C'était comme... Roger s'efforça de trouver une métaphore qui traduise l'étendue du chagrin, l'ampleur du désastre. Être dans un trou à rats en Irak ou ailleurs, sous les feux d'un pilote yankee qui vous aurait bombardé par erreur. Les corps déchiquetés autour, des morceaux partout, des bras, des jambes, du sang, tout. Et aucune raison de s'en vouloir. C'était tout le nœud du problème – il ne pouvait pas s'en vouloir. Il n'avait pas commis d'erreur. Mais ils avaient quand même lâché la bombe. Foutus Yankees...

Quoi qu'il en soit, vendredi, c'était trop tôt, et il n'y avait pas eu d'occasion propice pendant le week-end. Pour annoncer ce genre de nouvelle, il fallait s'armer de courage, créer le contexte, et il n'y avait pas eu d'occasion propice. Arabella était sortie le samedi, et lui avait fait la grasse matinée puis suivi son petit train-train pendant que la nounou du week-end s'occupait de Joshua et de Conrad, à la suite de quoi il s'était rendu au club de gym l'après-midi et ils avaient mangé des plats à emporter après le coucher des enfants, mais l'ambiance à ce moment-là avait paru trop détendue pour la gâcher ; le dimanche, ils étaient allés à un brunch au country club, puis l'après-midi était arrivé et Roger s'était d'abord offert deux ou même trois bloody mary et avait mis un moment avant de revenir sur terre, en tout cas d'une manière ou d'une autre la journée avait filé, et à présent on était lundi, la veille de Noël, et il n'aurait pu y avoir plus mauvais moment que celui-là, pas vrai ? Pour annoncer à sa femme qu'on n'a pas été à la hauteur de ses propres espérances – ainsi que Roger l'avait déjà fait auprès d'Arabella, un soir, deux mois plus tôt, bêtise à laquelle il n'avait pas pu résister rien que pour voir la lueur dans l'œil de sa femme, à un moment où le cours de leur mariage était déjà assez bas –, pire encore, pour annoncer à sa femme qu'on est 970 000 livres en dessous de ses objectifs ; ce n'était pas le genre de présent qu'on fait la veille de Noël. Roger n'était pas un monstre.

Avec tout ça, il avait à peine eu le temps de penser au fait que c'était Noël. Au moins avait-il trouvé son cadeau pour Arabella, un canapé de luxe qu'elle avait en vue et qui serait livré (c'était le clou du truc) *le jour même de Noël*. Les employés de l'entreprise d'ameublement, les livreurs en tout cas, travaillaient le 25 décembre, de sorte que vous pouviez profiter de votre cadeau quand vous en aviez envie sans toutes ces histoires de délai de quinze jours pour la livraison. Heureusement, d'ailleurs : quitte à dépenser 10 000 livres pour un putain de canapé, au moins vous aviez le choix de la date de livraison, et ça pouvait même être le jour de Noël.

Il fallait que Noël reste Noël. Ne pas en faire une scène tirée d'un film déprimant, du genre *La vie est belle*, mais sans le *happy end. La vie est merdique et on se retrouve sans un sou*. Non. Ne pas le lui annoncer le lendemain de Noël non plus, de toute évidence. Ils avaient prévu d'aller à Minchinhampton le 27 et de rester là-bas jusqu'au début de l'année, d'inviter quelques copains pour réveillonner et rester dormir le soir du 31 décembre. Ce serait peut-être le bon moment, dans le Gloucestershire. Ils auraient un peu plus de recul en dehors de Londres. Arabella serait éreintée à force de s'occuper des enfants – elle l'avait d'ores et déjà prévenu qu'ils ne seraient que tous les deux pour veiller sur eux pendant les vacances –, ce qui signifiait qu'elle serait de mauvaise humeur mais aussi que, d'un autre côté, elle serait si accaparée par les garçons que ça la distrairait. C'était ce qu'il avait prévu. Il lui annoncerait le 27, à la campagne. Peut-être lors d'une promenade. Il aurait Joshua sur le dos, dans un porte-bébé, ce qui empêcherait Arabella de lui hurler dessus. Comme toujours quand il avait élaboré un plan, Roger se sentait mieux.

Il monta l'escalier de la station de métro en courant et sortit dans l'obscurité du soir de Noël. La grand-rue était en pleine effervescence : la moitié des gens qui se trouvaient là faisaient leurs courses de dernière minute, l'autre moitié était résolue à attaquer bourrée la première soirée des vacances. Les bars débordaient. Roger se faufila entre les soûlards et les clients des magasins. Des cloches sonnaient : l'espace d'un instant, il envisagea de rassembler toute sa petite famille pour l'emmener écouter les sermons et les cantiques. Mais ça ne leur ressemblait pas vraiment, si ? En plus Josh serait déjà couché. Non : une douche, des habits propres, un verre de champagne. Ils feraient peut-être même l'amour. Les jours fériés, Arabella le laissait parfois faire.

Roger atteignit la maison. La porte d'entrée cogna le sac de Pilar – c'est vrai, elle partait dans le pays d'Amérique latine d'où elle était originaire, la Colombie ou autre, il ne savait plus. À l'autre bout du rez-de-chaussée sans cloisons la télévision diffusait un de ces dessins animés d'aspect japonais qu'affectionnait Conrad. Il devait être assis devant l'écran en suçant son pouce.

Pilar surgit soudain près de la porte. Elle avait l'air très pressée.

« Monsieur Yount, merci, je m'en vais maintenant, dit-elle. Josh en haut. Déjà au lit.

— Super, fabuleux, merci beaucoup.

— Joyeux Noël. Au revoir ! »

Et elle fila. C'était, en ce qui concernait les conversations que Roger avait eues avec elle, un échange plutôt long : il pouvait s'écouler des semaines sans que jamais il voie la nounou. Il se rendit dans la salle de séjour. En effet, Conrad suçait son pouce et regardait des gens se battre sur des espèces de motos spatiales. Arabella n'était pas avec lui et devait donc être à l'étage, peut-être en train de coucher Josh ou au téléphone à faire des projets pour le réveillon du 31.

« Papa va prendre une douche en vitesse », dit Roger.

Son fils ne sembla pas l'entendre. À en juger par le vacarme et l'impression générale d'urgence dramatique qui émanaient de l'écran, Roger en déduisit qu'il s'agissait d'un moment crucial dans l'intrigue. Il monta, se déshabilla, fit couler la douche jusqu'à ce qu'elle soit brûlante et que la pièce soit à moitié remplie de vapeur, puis y entra. Il sentit ses muscles se dénouer et l'horreur de l'épisode du bonus s'évanouir en partie. C'était Noël : des moments en famille, des moments de qualité, il s'agissait de les savourer. Oui. Roger se sentait toujours mieux quand il était complètement propre, si bien qu'il se fit un shampooing et se rasa, les deux pour la deuxième fois ce jour-là, puis il enfila son pantalon ample qu'il mettait pour traîner à la maison et redescendit. Conrad regardait maintenant un dessin animé différent mais tout aussi pseudo-japonais. L'heure d'un verre de Bollinger.

Sur la table, il y avait une enveloppe avec la grande écriture ronde et très féminine d'Arabella. Roger s'en empara.

Cher Roger,

Espèce de connard gâté et égoïste, je pars quelques jours. Comme ça, tu te rendras un peu compte de l'enfer qu'est ma vie, espèce de bon à rien macho typique, incapable, gâté et arrogant. Tu n'as absolument aucune idée de ce que c'est de s'occuper des enfants, ni de ce qu'ont été ces deux dernières années, voici donc l'occasion de t'en rendre compte. Pilar est partie et les agences de nounous seront fermées au moins quelques jours. Félicitations, tu vas t'occuper de deux enfants tout seul. Quant à l'endroit où je suis partie, ça ne te regarde absolument pas, mais je finirai bien par rentrer et, quand ce sera le cas, j'ai intérêt à constater des changements dans ton attitude et ta participation à la vie domestique. Plus question de te voir rentrer du boulot comme si c'était toi qui en bavais. Bienvenue dans ma vie, et si jamais j'entrevois encore ne serait-ce qu'un semblant de fatigue concurrentielle chez toi je partirai définitivement – ou plutôt c'est toi qui partiras et je te laisse deviner qui gardera la maison et les enfants.

Va te faire foutre,

Arabella.

27

Il serait exagéré de dire que Roger vit le côté comique de la situation, ou qu'il relativisa, ou quoi que ce soit de ce genre; mais il y eut un ou deux moments le matin de Noël où il fut en mesure de se rappeler que les choses n'avaient pas toujours été ainsi. Vers sept heures moins le quart, par exemple, il était au rez-de-chaussée sur le tapis du séjour à essayer d'assembler un robot en plastique qui se transformait en voiture et en mitrailleuse, qui prononçait des phrases toutes faites par un haut-parleur et qui pouvait aussi être dirigé au moyen d'une télécommande. Le problème était que c'était un jouet très compliqué : non seulement il était extrêmement délicat à manier, avec des centaines de petits éléments, mais il était assorti d'instructions qui semblaient avoir été conçues avec l'intention délibérée de vous emmêler les pinceaux. À côté de Roger, tout autour de lui et sous ses fesses, le sol était jonché de pièces de Lego pour bébé provenant de diverses boîtes que Conrad avait déchirées et balancées dans la pièce pendant que son père avait le dos tourné. Joshua avait renversé la boîte géante de Brio qu'il avait reçue, si bien qu'un substrat de voies ferrées et de locomotives en bois gisait mélangé aux boîtes éventrées en plastique et en carton, et à divers autres jouets brièvement essayés, puis abandonnés. Conrad avait déjà cassé un de ses jouets principaux, une voiture de course avec des rayures vertes et un pilote censé faire bip quand on lui appuyait sur la tête mais qui avait été enfoncé si fermement qu'il n'arrêtait plus de sonner, comme un réveil. Faute de trouver un bouton *off* ou un compartiment à piles à ouvrir, Roger avait fracassé le jouet avec un marteau. Conrad reniflait encore à cause de ça, tout en tripotant un de ses nouveaux sabres laser.

Non, Roger n'avait pas vu le côté comique de la situation. Mais il y avait eu un moment où, après avoir consulté sa montre, il s'était dit : Je me souviens de l'époque où le matin de Noël commençait vers dix heures et demie par un champagne-jus d'orange au lit. Et voilà qu'il débute à cinq heures et demie, avec une mise à l'épreuve de mes talents de mécanicien et de ma capacité à lire le coréen.

Roger avait refusé d'encaisser le coup sans se rebiffer. La veille au soir, juste après avoir découvert le mot d'Arabella, il avait fourré au lit un Conrad furieux, puis cherché sur Google des agences de nounous (sans hésiter à taper « nounous d'urgence », « nounous de dernière minute » ou « nounous de crise »). Il avait laissé des messages sur les répondeurs de sept agences différentes et savait qu'il embaucherait la toute première personne disponible. L'aide ne tarderait donc pas à venir. Mais cela ne changeait rien à l'affaire, pas immédiatement du moins, avec sa femme volatilisée dans la nature, et ses parents a) à Majorque et b) complètement inutiles.

Après avoir lancé son appel aux nounous, Roger avait gardé le téléphone dans sa main un long moment. Il se demandait quel message laisser sur le portable d'Arabella. Il la connaissait assez bien pour savoir qu'elle ne répondrait pas, qu'elle ne l'aurait d'ailleurs même pas allumé; il savait également qu'elle vérifierait ses messages, impatiente de savoir si son plan avait marché. Son premier élan fut de l'appeler et de fulminer, dénoncer sa manœuvre lamentable, lui demander pour qui elle se prenait de le traiter de bon à rien, elle qui n'était qu'une sale paresseuse, qui n'avait absolument aucune idée de rien, et au fait qu'il y avait en ce moment même un trou de 970 000 livres dans leur compte en banque... Lui dire de ne pas prendre la peine de revenir, que les serrures seraient changées, que tout contact ultérieur entre eux se ferait par leurs avocats, que ses enfants la détestaient, et ainsi de suite.

Roger savait aussi qu'elle devait s'attendre à une réaction de ce genre et même, dans une certaine mesure, qu'elle devait compter dessus. Il avait une maxime toute simple pour les situations de rivalité ou de conflit : déterminer ce que l'adversaire tient le moins à vous voir faire, et le faire. Décharger sa bile était certes jouissif, mais la meilleure marche à suivre consistait à rendre les choses aussi difficiles que possible pour la personne qui essayait de vous les rendre difficiles. Selon cette logique, ce qui ferait le plus flipper Arabella était qu'il reste calme, qu'il fasse comme si rien n'aurait pu moins le déconcerter que de s'occuper tout seul des enfants pour Noël. Elle voulait du drame, des histoires; sans doute une dispute explosive suivie d'une réconciliation pleine de tralalas, où il battrait sa coulpe. Pas de problème. Elle pouvait toujours attendre. Silence radio. Connaissant Arabella, elle avait dû aller dans un spa ou un hôtel chic. Eh bien, qu'elle y marine. Il s'en sortirait très bien avec les garçons. Ça ne pouvait pas être si dur que ça, si?

C'était le matin de Noël, et donnant un début de réponse à cette question, Joshua, qui avait insisté pour qu'on lui enlève sa couche de la nuit, manifestait clairement son envie d'aller aux toilettes – en désignant la salle de séjour et en beuglant. Roger le ramassa avec sa main droite et, l'ayant porté jusqu'au palier intermédiaire, ouvrit la porte des W.-C. avec la gauche. Il aurait dû y avoir un pot, mais non : la dernière chose que faisait Pilar quand elle partait en week-end ou en vacances était de désinfecter tous les pots avec du Dettol et de les laisser sécher dans la salle de bains des garçons. Roger ignorait ce détail, aussi essaya-t-il de maintenir Joshua en place sur la cuvette en l'empêchant de tomber dedans pendant que son fils faisait ce qu'il avait à faire. Joshua ne semblait pas apprécier cette procédure; il n'aimait pas qu'on le tienne comme ça les fesses en l'air au-dessus des toilettes.

« On n'a pas le choix », déclara Roger.

Joshua tortilla le buste et essaya de mordre son père au bras.

« Tu préfères que je te laisse tomber dedans? » demanda Roger.

Il fallait croire que oui. Joshua se mit à gigoter d'un côté et de l'autre aussi violemment que possible, avec toute la vigueur effrénée d'un gamin de trois ans. Il avait la puissance concentrée de la volonté pure et était par ailleurs trapu, musclé, une vraie masse de force et de détermination. Il changea soudain de sens et sursauta, heurtant son père au menton d'un féroce coup de tête.

« Putain ! » hurla Roger, les yeux brûlants de larmes.

Alors que son emprise faiblissait, il sentit Joshua lui glisser des mains. Le petit garçon tomba du siège des toilettes la tête en avant, semblant déjà en larmes avant d'atterrir sur le sol. À ce moment-là, sans prévenir, il se mit à faire caca. Une giclée d'excréments, pas entièrement liquide mais pas solide non plus, jaillit du derrière de Joshua et, comme propulsé en avant, le gamin rampa hors des toilettes à une vitesse sidérante en direction du palier. Roger, sonné, une main sur la bouche et la mâchoire, se rua à ses trousses mais ne fut pas assez rapide et Joshua atteignit la moquette couleur crème avant que son père n'ait pu le rattraper. Des excréments continuaient à sortir des fesses de Joshua, qui pleurait encore. Roger pleurait aussi à cause du coup de tête qui lui avait fait monter les larmes aux yeux. Il s'élança à nouveau et empoigna Josh avec son bras droit avant qu'il ne puisse descendre l'escalier. Tout en se débattant avec son fils, il remarqua quelque chose qui ne lui fut pas d'un grand secours : la couleur des volutes de merde fraîche sur la moquette était exactement de la teinte d'un cappuccino parfaitement réalisé. Puis Joshua chia à nouveau, cette fois sur la manche de la robe de chambre de Roger. C'était liquide et chaud. Et l'odeur était insoutenable. À cet instant précis, on sonna à la porte d'entrée.

« Putain ! » grommela Roger dans sa barbe, pas assez bas cependant car Joshua, souriant maintenant qu'il s'était soulagé, s'écria à son tour : « Putain ! » Roger décida que la personne à la porte pouvait aller se faire voir. Il ramena Joshua au petit coin et le planta dans le lavabo. Puis il se débarrassa de sa robe de chambre d'un haussement d'épaules en se disant : Elle est bonne pour la poubelle. Il ouvrit les robinets et lava Joshua, qui avait le buste propre mais le reste, jusqu'en bas, à soixante-dix pour cent couvert de merde. Pendant qu'il s'affairait, la sonnette de la porte d'entrée retentit encore à deux reprises, chaque fois plus longtemps. Roger reposa Joshua et regarda dans le placard sous le lavabo, où il devait y avoir sept ou huit sortes de produits d'entretien dont, forcément, aucun ne pouvait servir à nettoyer la chiasse sur un tapis. Roger savait qu'il existait un détergent appelé shampooing-moquette. C'était ce qu'il lui fallait. Mais aucun de ces produits ne portait ce nom. Pendant qu'il examinait les diverses bombes aérosol, Joshua s'empara de l'eau de Javel et essaya de retirer le bouchon, puis quand son père lui confisqua le flacon il se précipita sur le désodorisant, en fit sauter le couvercle avant que Roger ait eu le temps de réagir, s'aspergea la figure à une distance de dix centimètres et éclata à nouveau en sanglots. La sonnette retentit alors pour ce qui devait être la cinquième fois. Qui venait sonner chez les gens comme ça le jour de Noël, bon Dieu ? Roger remit sa robe de chambre, essayant d'éviter de toucher aux traînées de merde sur la manche gauche, ramassa son fils tout nu et descendit au rez-de-chaussée pour ouvrir la porte.

Trois grands gaillards, tous au moins aussi grands que Roger, se tenaient là avec un énorme paquet emballé dans du carton.

« Joyeux Noël, dit le plus balèze des trois balèzes avec un accent d'Afrique du Sud. Nous avons une livraison pour Mme Yount. » Il ajouta dans un chuchotement sonore : « C'est le canapé.

— Putain ! » s'écria Joshua.

28

Si on lui avait posé la question, Arabella aurait raconté qu'elle s'était merveilleusement amusée pour Noël, comme jamais ; qu'elle ne s'était jamais autant régalée un 25 décembre. C'était ce qu'elles se répétaient avec Saskia lorsqu'elles se retrouvaient dans la salle de relaxation entre les soins, s'entraînaient côte à côte sur le tapis de jogging ou dégustaient leur déjeuner léger spécial luxe (sushi de thon rouge, carpaccio de lotte et prosciutto, sorbet au Earl Grey, Krug pour tout faire descendre). C'est ce que se dit Arabella à maintes reprises, quand elle se réveilla le matin de Noël, quand elle but sa première gorgée de champagne au petit déjeuner, et quand elle et Saskia déballèrent les cadeaux qu'elles s'étaient achetées l'une pour l'autre (un MacBook pour Saskia, qui allait enfin décidément s'attaquer à ce fichu scénario ; un ravissant collier indien pour Arabella). Mais, à d'autres moments, elle sentait monter en elle un sentiment qu'elle n'arrivait pas vraiment à définir. Ce n'était pas un doute sur le bien-fondé de sa démarche, parce qu'elle savait qu'elle avait raison : son raisonnement tenait parfaitement la route. Cette expérience ne manquerait pas de faire de Roger un père et un époux meilleur et plus attentif, ce qui serait une bonne chose pour tous les membres de la famille Yount.

Malgré cela, il lui semblait parfois vaciller. Comme si le sol était légèrement meuble sous ses pieds. Pas longtemps, et seulement quand elle pensait à Joshua et Conrad, elle se demandait si elle leur manquait ou non – et de quelle façon, exactement, elle leur manquait... Elle restait sans bouger en attendant que ces incertitudes se dissipent, et elles se dissipaient.

Au dîner, elle et Saskia se mirent à bavarder avec un couple à la table voisine, un avocat sud-africain et sa femme dont les jumelles passaient leur année sabbatique à voyager en Amérique latine. Saskia était un peu pompette et n'arrêtait pas de glousser en faisant les yeux doux au mari qui, par la plus terrible des injustices, était resté beau mec alors que son épouse avait vieilli beaucoup plus vite. Cela aurait pu être drôle dans d'autres circonstances, mais Saskia était tellement lourde que sa drague avait quelque chose d'un peu triste…

Saskia et ses nouveaux amis – la femme semblant s'accommoder au mieux d'une soirée qui ne manquerait pas de se terminer bientôt – se rendirent dans le salon pour les digestifs. Arabella savait que si elle buvait encore elle aurait la gueule de bois et, comme ce séjour dans ce spa de luxe avait en partie pour but de rentrer à la maison avec un physique et un moral fabuleux, elle regagna sa chambre pour se plonger dans un roman qui se déroulait en Afghanistan. Puis, s'étant aperçue qu'elle s'était déjà endormie deux fois sur son livre, elle le reposa et éteignit la lumière.

29

Le lendemain de Noël, Freddy Kamo se retrouva pour la première fois sur le banc de touche de son nouveau club. Il savait qu'il s'était bien débrouillé à l'entraînement mais restait étonné d'avoir été choisi. Le match se jouait contre l'équipe la plus mauvaise des championnats de première division. Le directeur sportif avait été très clair dans ses explications.

« Même si finalement tu vas sur le terrain, tu n'y resteras pas longtemps, avait-il décrété par le biais de l'interprète. Mais ça t'aidera à prendre la température. C'est notre match le plus facile des vacances et je ferai tourner les joueurs. Et aussi, avait-il ajouté en souriant, n'oublie pas de t'amuser. »

C'était un conseil que Freddy avait l'intention de suivre – or ce n'était pas facile. L'échauffement ne posa pas de problème, mais quand il sortit du tunnel et courut vers le banc de touche avant le coup d'envoi, tout lui parut complètement différent. Il était impossible de se préparer au vacarme et à l'émotion qu'on ressentait sur le terrain : là, c'était pour de vrai. Il était allé au stade bien des fois auparavant, mais ce n'était pas la même chose depuis le banc de touche. La sensation d'être devant la foule, le simple volume de cette foule, l'intensité émotionnelle, tout cela était intensément physique, presque agressif. Freddy sentait son rythme cardiaque s'accélérer; il essaya de résister à la tentation de chercher son père des yeux, sachant qu'il était assis dans les tribunes à côté de Mickey Lipton-Miller. Puis il finit par regarder autour de lui et aperçut Patrick, qui lui rendit son regard, sans sourire, très sérieux. Cela le calma un peu.

Voir son père à cran lui permettait de se détendre. Le traducteur arriva et s'assit près de lui en se serrant sur le banc. Freddy sentit à son haleine qu'il avait bu un verre de vin avec son déjeuner.

L'arbitre siffla le coup d'envoi et, vingt minutes plus tard, l'équipe de Freddy avait déjà marqué deux buts. Freddy n'arrivait pas bien à discerner le schéma que suivait le match, mais ses coéquipiers parvenaient à créer des occasions plus ou moins à leur gré, et le buteur en profita deux fois sans trop se forcer. Le score ne resterait sans doute pas longtemps de 2 à 0 ; ils se détendirent cependant et mirent un peu moins de pression à l'adversaire. La mi-temps sembla arriver très vite. Le directeur sportif ne dit pas grand-chose, il leur demanda seulement de continuer à jouer de la même façon. Alors que les joueurs repartaient sur le terrain à la fin de la mi-temps, il tapota Freddy sur l'épaule.

« Je te laisserai peut-être y aller à la fin du match, fit-il dire au traducteur. Juste pour deux minutes. »

Freddy hocha la tête. Il aurait préféré ne pas être prévenu ; à présent, il serait nerveux pendant tout le jeu. Il ne lui vint pas à l'esprit que cela faisait partie de la formation, que c'était censé lui donner un aperçu de l'attente et de la pression. De retour sur le banc, il commença à se concentrer sur l'arrière gauche, qui le marquerait. Celui-ci semblait un peu lent ; Freddy était confiant, et il le fut encore plus quand le milieu de terrain à 20 millions de livres réussit un coup franc pour leur donner trois buts d'avance.

À cinq minutes de la fin, le directeur sportif lui demanda de s'échauffer. Quand il n'en resta plus que deux, il l'appela et fit signe au juge de touche, qui vérifia ses crampons, puis fit signe à l'arbitre, et Freddy entra sur le terrain. Il courut vers l'aile opposée. Ses consignes étaient simples : être prêt à recevoir le ballon, le centrer si possible, ou sinon le conserver pour l'envoyer au milieu de terrain.

Dans les tribunes, Patrick fut submergé par des sensations qu'il était incapable de s'expliquer : nerveux, apeuré, il se trouvait soudain assailli par des souvenirs et des émotions contradictoires liés à la jeunesse de son fils. Ces premiers instants où il l'avait tenu dans ses bras, le jour où la mère de Freddy était morte, ces fois où ils avaient tapé la balle dans la poussière devant leur maison, celles où il l'avait regardé jouer avec l'équipe de son école et marquer ses premiers buts, où il lui avait tenu le front alors qu'il vomissait, où il l'avait emmené à des matchs et, revenant le chercher, était resté planté là, à le regarder jouer des centaines, peut-être des milliers de fois, où il avait mis du mercurochrome sur ses plaies, avait calmé ses terreurs nocturnes, lui, son premier-né, son unique fils. Patrick eut l'estomac retourné en le regardant s'avancer à petites foulées sur le terrain, ses trop longues jambes maladroites paraissant plus maigrichonnes et allongées que jamais dans l'immense stade bondé, sur le terrain avec des hommes de quinze ans de plus que lui. Patrick sentit quelque chose de bizarre sur son visage. Il leva la main ; ses joues étaient inondées de larmes.

La foule rugit. La plupart des spectateurs savaient qui était Freddy, même s'ils ne l'avaient jamais vu jouer. La balle était à l'équipe adverse, qui se la passait de côté et en arrière en cherchant une ouverture qui n'existait pas. Puis le défenseur central et le capitaine réussirent à dribler leurs adversaires et à récupérer le ballon qu'ils envoyèrent au milieu de terrain à 20 millions de livres situé près du rond central. Il regarda autour de lui et fit une passe courte au milieu de terrain, qui envoya la balle directement à Freddy. Tout se passait très vite, mais Freddy s'y attendait. Il en avait déjà fait l'expérience. Quel que soit le sport, quand un joueur gravit un échelon, sa première impression, son impression dominante, est celle d'une accélération générale. Ce n'est pas que les autres fassent des choses qu'on n'a jamais vues avant, c'est seulement qu'ils les font mieux, plus vite et plus souvent.

L'adversaire arrière gauche, dont Freddy ne connaissait pas le nom, était à environ deux mètres. Au pays, il y avait un coup que Freddy avait fait si souvent que, lorsqu'il jouait devant sa maison à Linguère, il ne pouvait plus y avoir recours car tous ses amis, toute la ville, l'avaient vu un million de fois. Mais ce n'était le cas de personne ici, et ce coup lui était plus familier que son propre reflet dans la glace, aussi facile que de quitter son lit. Il s'élança sur la balle avec son pied gauche puis, feintant, la laissa rouler et la frappa du pied droit. Son poids fut transféré, sa direction intervertie, tout ça en une seconde, et hop. C'était une feinte, une esquive et une belle façon de quitter les starting-blocks, tout ça dans le même mouvement.

Il avait plu ce matin-là. Le terrain n'était pas complètement sec ; cela joua certainement. L'arrière gauche ne savait pas vraiment qui était Freddy. C'était la quatre-vingt-dixième minute et sa concentration flanchait. Résultat, le défenseur se fit avoir par son zigzag vers la gauche et, quand il essaya d'ajuster son équilibre pour le suivre, il perdit son appui et glissa sur son postérieur, mais lentement, ses bras faisant des moulinets pour tenter de rester debout alors qu'il tombait inexorablement. Quand il se retrouva bel et bien les fesses par terre, Freddy était déjà à dix mètres. Un défenseur central approcha pour le marquer, Freddy centra au deuxième poteau, le buteur surgit au-dessus de l'autre défenseur central et envoya de la tête la balle contre la barre transversale dans un bruit que Freddy n'oublia jamais, un coup sec, comme une hache frappant du bois. Le goal l'attrapa au rebond et dégagea du pied, et à ce moment-là l'arbitre siffla la fin du match.

À minuit ce soir-là, une vidéo intitulée « le premier coup de Freddy » fut un des dix clips les plus visionnés sur YouTube.

30

On prétend parfois que dans des circonstances stressantes, dramatiques ou inhabituelles, le temps « passe comme dans un brouillard ». Roger aurait aimé découvrir que c'était vrai. Les quarante-huit heures de la période de Noël furent les plus épuisantes de sa vie. Quand le canapé eut été déposé non sans mal où il fallait et le reçu signé – il n'avait pas le courage de le faire déballer, aussi le meuble passa-t-il la journée dans son coin assigné du grand salon, toujours dans son carton, l'air plein de reproche –, il commit l'erreur d'allumer la télévision et de laisser les garçons s'installer devant pendant qu'ils jouaient avec leurs nouveaux cadeaux. Tous deux avaient amassé un beau butin. Conrad avait son robot, ainsi que d'énormes boîtes de Transformers, de Bionicles, de Lego, d'Action Men et deux sabres laser. Joshua, lui, ne comprenait pas encore Noël, si bien que la boîte colossale de son nouveau train Brio ne parut pas exercer sur lui une grande fascination; on aurait dit qu'il ne se rendait pas compte que le jouet lui appartenait. Arabella avait également acheté un ours en peluche géant de couleur orange, d'un bon mètre cinquante – trop grand pour qu'il puisse le traîner derrière lui, même s'il aurait peut-être pu s'asseoir dessus. Après l'avoir examiné avec prudence, l'air songeur, pendant une trentaine de secondes, Joshua fondit en larmes et refusa de s'arrêter de pleurer jusqu'à ce que l'ours ait été évacué de la pièce et caché, et que Roger ait promis au garçonnet qu'il ne le reverrait plus jamais, jamais, jamais de la vie.

« Jamaisplusjamais, dit Josh une fois calmé, répétant une de ses expressions favorites tirée d'une histoire que Pilar lui avait lue.

— Jamais plus jamais », acquiesça Roger.

Ils étaient maintenant assis devant la télévision à regarder une émission pour enfants où braillaient des présentateurs. Roger savait qu'il y avait eu des scandales impliquant des animateurs d'émissions de ce genre qui prenaient de la cocaïne. À vrai dire, face à un tel dynamisme aussi tôt le matin, il aurait été bien plus choqué d'apprendre qu'ils n'en prenaient pas. En fait, à la réflexion, peut-être la coke pourrait-elle constituer le secret d'une toute nouvelle stratégie parentale...

Mais la télévision se révéla être une erreur épouvantable. Il y avait eu recours trop tôt. Roger ignorait que ses fils finissaient par s'en lasser, surtout quand on les autorisait à la regarder dès le matin ; ils devenaient fébriles et apathiques. On aurait presque cru qu'ils avaient mangé trop de sucre : ils devenaient ingérables, impossibles à fléchir, enclins à des crises de colère, survoltés et épuisés à la fois. Roger aurait dû utiliser la stratégie de la télé en dernier ressort. Après à peine deux heures, il était déjà crevé (en plus d'être paniqué, fou de rage et désemparé) ; Joshua et Conrad, tout aussi fatigués, s'ennuyaient et sautaient sur le vieux canapé, chacun des garçons tenant absolument à entraîner son père dans un jeu épuisant. Avec deux fils et un seul père la chose était impossible, ce qui la rendait d'autant plus nécessaire. Joshua, pendant un moment d'inattention de Roger, dama enfin le pion à son frère aîné en se jetant de la table à côté du canapé et en se cognant la tête, si bien que Conrad se vengea en fracassant le plus grand des Transformers qu'il venait de recevoir – Optimus Prime, son préféré – contre un pied de table, tellement fort qu'il ne se cassa pas seulement pour de faux (il savait qu'ils se démontaient en morceaux et qu'on pouvait les remonter, but initialement recherché) mais qu'il se cassa pour de vrai, et à ce moment-là ses larmes et sa crise de colère devinrent réelles aussi : un chagrin sincère, inconsolable.

À ce stade, ses deux fils hurlant et pleurant, Roger, qui ne se souvenait pas d'avoir un jour été aussi fatigué – au point d'en pleurer presque, les yeux douloureux, se sentant furieux et lourd, comme si, rien qu'en s'allongeant sur un lit, il aurait pu dormir pendant un mois –, regarda sa montre. Ce faisant, il formula un vœu sur l'heure qu'il pouvait être; peut-être onze heures et demie, avec la sieste de Joshua, dont il savait qu'elle avait lieu à un moment donné dans l'après-midi, enfin en vue? Alors il pourrait coller Conrad devant la télé, à nouveau, ou bien l'enfermer dans sa chambre, ou autre chose de ce genre, et retourner se coucher pour récupérer. Le sommeil – il n'en avait jamais fait grand cas avant. Il considérait qu'il allait de soi. Ce n'était pas bien, car le sommeil n'allait pas de soi. C'était la meilleure chose au monde. De loin. Beaucoup, beaucoup mieux que le sexe. Vraiment. Et il pourrait y goûter un peu, bientôt, oh, très bientôt, si seulement sa montre, quand il la regarderait, lui indiquait disons onze heures, ce qui était probable, ou onze heures et demie, ce qui était possible, ou midi, ou, allez savoir? – le temps filait parfois – même midi et quart?

Il était dix heures. Roger sentit ses yeux s'emplir de larmes. Son regard se posa sur la tablette de cheminée où trônait la carte qui disait que quelqu'un voulait ce qu'il avait. Eh bien, lui, ce qu'il voulait pour l'instant, plus que tout, c'était une pilule de cyanure.

Un schéma s'établit alors. Un laps de temps s'écoulait, pour Roger en connaissance de cause, pendant que, disons, il était étendu par terre à faire semblant d'être un méchant Power Ranger, ou qu'il poussait un train sur la voie ferrée Brio en faisant tchou-tchou, ou qu'il s'éloignait en courant très lentement devant le Roboraptor qui avançait en prétendant être un dinosaure herbivore terrorisé. Il poursuivait ainsi pendant un moment dans l'espoir que le temps remplisse sa part du marché et, d'une façon ou d'une autre, s'écoule : comme il était onze heures vingt la dernière fois qu'il avait consulté sa montre, il devait être à présent nettement plus tard. En réalité, il était onze heures vingt-cinq.

Le déjeuner fut intéressant. Sa préparation se révéla laborieuse – Conrad ne se rappelait plus comment il aimait les œufs, si bien que Roger dut en faire un sur le plat et le jeter, puis un dur et le jeter, puis un poché et le jeter, jusqu'à ce qu'il découvre à force de tâtonnements que c'étaient les œufs brouillés que Conrad acceptait de manger. La confusion était survenue parce qu'il avait dit qu'il aimait ceux qui ressemblaient à des œufs. Même compte tenu de cela, Conrad fut bien plus commode que Joshua. Celui-ci refusa avec colère tout ce que lui proposait son père avant d'enfin daigner avaler une unique tranche étroite de pain blanc sans croûte recouverte d'une fine couche de beurre de cacahuète crémeux, et encore, ils en étaient à la quatrième tentative : la première tranche avait été trop épaisse, la deuxième souillée par un beurre de cacahuète granuleux, et la troisième par un trop-plein de beurre de cacahuète. Racler le surplus et resservir la tranche avec une plus fine couche était absolument inacceptable. Il y avait quelque chose de particulier dans la crise de colère de Joshua, dans sa façon de frapper la table avec son assiette en plastique en hurlant « non ! non papa non ! » : la sévérité impersonnelle de sa rage soulignait bien qu'il s'agissait d'une question de principe. Une couche de beurre de cacahuète raclée sur le dessus n'était pas la même chose qu'une couche toute neuve.

Pour le dîner ils eurent le même menu. C'était, pour les deux tiers, de la paresse ou de l'épuisement de la part de Roger, et pour un tiers du sens pratique, car il n'y avait pas grand-chose d'autre à préparer : le frigo était presque entièrement occupé par une oie, achetée par Arabella « pour manger le jour de Noël » et livrée la veille. Son plan était manifestement déjà en place quand elle avait commandé la volaille, si bien que toute cette histoire d'oie faisait partie de sa stratégie pour primo tromper son mari, secundo le torturer. Être abandonné par sa femme à Noël était une chose, se retrouver avec un énorme frigo à l'américaine dans lequel on pouvait presque entrer tout entier mais qui était rempli aux deux tiers par une oie en était une autre. En outre, comme le savait pertinemment Arabella, Roger avait horreur de l'oie. Alors pour le dîner de Noël il mangea les restes d'œufs et de beurre de cacahuète de ses fils, puis un sandwich au fromage suivi de deux sachets de chips, et arrosa le tout d'une bouteille de Veuve Clicquot La Grande Dame 1990, censée être l'apéritif du déjeuner de Noël. Cela aussi se révéla une erreur, car Roger dut ensuite affronter les quelques dernières heures de la journée bourré. Après réflexion, il fut d'avis que ce jour de Noël passé seul avec ses enfants avait été le plus long, le plus dur et le plus barbant de sa vie. La seule consolation était que les garçons n'avaient réclamé Arabella qu'une fois ou deux. Comme si, dans le chaos général de Noël, ils avaient à peine remarqué son absence. Ha ! Roger était très impatient de lui répéter ça.

Le lendemain fut légèrement mieux. D'abord, la journée commença plus tard : Josh ne descendit pas l'escalier de son pas lourd avant sept heures. Roger se réveilla avant qu'il n'entre dans la chambre, avec l'impression d'être déjà réveillé, mais n'empêche, sept heures, c'était déjà mieux que six. Mieux encore, Joshua, au lieu de se lancer immédiatement dans des réclamations et des plaintes, grimpa dans le lit et se blottit contre lui pendant un bon quart d'heure. C'était une sensation agréable : cela faisait longtemps que Roger n'était pas resté immobile contre le petit corps si extraordinairement chaud et dense de son fils. Puis Joshua commença à lui enfoncer un doigt dans les côtes en scandant « pidéyeuner, pidéyeuner », ce qui voulait dire petit déjeuner, et ils descendirent pour les céréales au chocolat et la première plage de télévision.

Les animateurs d'émissions pour enfants semblaient encore complètement cocaïnés. Roger les enviait toujours autant. Conrad apparut vers huit heures, et sa deuxième journée seul à s'occuper de ses fils battit bientôt son plein. Ils allèrent chez Starbucks prendre un triple expresso (Roger), un java chip Frappuccino à base de crème (Conrad) et un babyccino à la mousse de lait (Joshua). Conrad réussit à faire tomber du mur l'extincteur accroché devant les toilettes pour handicapés pendant que Joshua distrayait Roger en essayant de grimper sur et/ou de renverser un tabouret, mais l'extincteur ne se déclencha pas, ce qui était un autre bon présage pour la journée. Ils allèrent faire un tour sur le terrain communal, que Roger n'avait jamais vu aussi désert. À un moment donné, en allant vers la zone interdite aux chiens pour jouer avec un ballon de foot, il dépassa une jeune femme poussant un landau – très petite-bourgeoise, se dit-il sans prendre la peine de se demander comment il en était arrivé à cette conclusion : sans doute son écharpe, ou bien son landau, ou ses cheveux –, et celle-ci lui lança un regard de vive approbation. Roger réfléchit un instant à l'impression qu'il devait donner : un papa promenant une poussette avec un petit garçon dedans, emmitouflé dans un manteau et serrant un ballon de foot, un deuxième garçonnet trottant à ses côtés. Le diagnostic était certainement : père attentionné emmenant ses fils prendre l'air le lendemain de Noël pendant que maman profite d'une grasse matinée bien méritée. Eh bien, tu te fourres le doigt dans l'œil, songea Roger et, avant qu'il ait pu s'en rendre compte, cette pensée lui fit faire la grimace à la brave petite-bourgeoise d'apparence si charmante.

Il y avait du vent sur le terrain communal dénudé, et il faisait plus froid qu'il ne s'y attendait. Il n'y avait pas d'autres enfants dehors ce jour-là ; seulement un ou deux accros au jogging. Ils renoncèrent au bout d'une dizaine de minutes et rentrèrent à la maison.

« Chocolat chaud ? » proposa Roger, s'apercevant, en prononçant ces mots, qu'en réalité il ne savait pas comment le faire.

Ça ne pouvait pas être si difficile, si ? Et peut-être qu'il y aurait des instructions sur la boîte. Mais les garçons avaient décidé qu'ils avaient trop froid pour prendre ce genre de décision. Joshua regrimpa dans sa poussette et essaya symboliquement de boucler la sangle avant que Roger vienne l'aider. Conrad remonta la fermeture Éclair de son propre manteau et rabattit la capuche sur sa tête, puis enfonça ses mains dans ses poches en rentrant les épaules. On aurait dit un mini-loubard.

Alors que, recroquevillés pour avoir plus chaud, ils retraversaient tous trois le terrain communal, Conrad dit :

« Culottes de sorcières. »

Roger pensa avoir mal entendu.

« Comment ? »

Le petit garçon désigna des arbres qui frémissaient sous l'âpre vent de décembre.

« Culottes de sorcières. »

Roger regarda. Dans le bouquet d'arbres étaient accrochés trois sacs-poubelles en plastique blanc qui battaient et tournicotaient dans les branches noires. Des culottes de sorcières. Il rit pour la première fois depuis deux jours. Plus tard, fatigués, ils se fâchèrent tous les uns contre les autres

– un lendemain de Noël typique. Mais au moins n'était-ce pas aussi catastrophique que le jour de Noël.

L'aide arriva le lendemain. Ce fut une surprise plus qu'agréable quand la nounou hongroise, promise par l'agence quand Roger avait fini par les joindre à neuf heures, sonna à la porte à onze heures moins le quart et se révéla être une grande et jolie brune à l'élocution soignée qui devait avoir dans les vingt-cinq ans. Matya. D'après l'agence, elle avait un anglais correct, de bonnes références et d'excellents rapports avec les jeunes enfants. Dès qu'il la regarda, Roger ressentit un tel soulagement qu'il en eut la nausée. Et aussi, inconsciemment, comme chaque fois qu'il était attiré par une femme, il se redressa de toute sa hauteur.

Quand Matya pénétra dans la salle de séjour, la première chose qu'elle fit, remarqua Roger (après avoir également remarqué son cul magnifique et incroyablement moulé dans son jean, aussitôt son manteau retiré), fut de chercher les enfants. Ce qui était intéressant, parce que la plupart des gens qui entraient dans cette pièce commençaient par contempler le décor raffiné et les objets sophistiqués. Joshua et Conrad traversaient un de leurs rares et brefs intermèdes – jamais plus de cinq minutes – d'entente cordiale : le plus jeune passait des briques Duplo à l'aîné, qui était occupé à construire ce qui ressemblait à un zoo.

« Laissez-moi vous briefer », lança Roger avec fermeté.

Il présenta Conrad et Joshua, mais Matya semblait à peine avoir besoin des présentations ; elle était déjà à genoux à côté des garçons, discutant avec son doux accent hongrois de la meilleure manière de faire tenir le gorille sur le dos du crocodile. L'un dans l'autre, pour Roger, c'était comme ce moment dans un film d'action où l'équipe de secours héliportée rejoint les membres des forces spéciales loin derrière les lignes ennemies et que le spectateur a enfin le sentiment que, peut-être, et contre toute attente, tout va bien se terminer pour le gentil.

Deuxième partie

Avril 2008

31

Le printemps arrivait. Au numéro 42, les crocus que Petunia Howe avait plantés l'automne précédent, avant de commencer à se sentir bizarre, avaient déjà fleuri puis fané. Les roses trémières et les delphiniums qu'elle avait semés pour avoir des fleurs en été ne pointaient pas encore, et le jardin était donc moins coloré qu'elle ne l'aurait voulu ; quant à la pelouse, elle n'était pas terrible. Elle ne voulait pas demander à sa fille de tondre, et il n'y avait personne d'autre pour s'en charger. Malgré tout, on sentait que le printemps était là : lorsqu'il faisait assez chaud pour ouvrir la fenêtre – ce qu'elle faisait déjà de temps en temps sur l'arrière de la maison, qui était à l'abri –, elle percevait dans l'air cette texture si caractéristique de la nouvelle saison, sa douceur féconde. Petunia avait toujours adoré cette sensation. Elle ne pensait pas qu'il faille séparer d'un côté les amateurs de printemps et de l'autre les amateurs d'automne, elle, elle adorait les deux, mais s'il fallait vraiment lui mettre une étiquette, alors, elle aurait choisi le printemps. En mai ou au plus tard en juin, les géraniums seraient sortis, les carottes sauvages commenceraient à pousser, et les iris seraient complètement éclos ; le muguet serait partout ; le jardin serait à la fois foisonnant et intime, plein de couleur et de végétation, tel qu'elle l'aimait – avec cette impression de profusion, de générosité et presque de désordre, tant il s'y passait de choses différentes simultanément. Elle aimait s'asseoir dans son fauteuil près de la fenêtre dans sa chambre et contempler le jardin en imaginant ce qu'il allait donner. Difficile d'accepter – impossible de concevoir – qu'elle était en train de mourir et serait morte au cœur de l'été. Son spécialiste le lui avait dit.

Il l'avait fait de la même manière qu'il faisait tout le reste, avec maladresse. Comme s'il s'efforçait de ne pas être brusque, sans vraiment y parvenir. La tumeur au cerveau dont il avait déclaré qu'il fallait « éliminer » l'éventualité s'était révélée être bel et bien ce qu'elle avait. Cette histoire d'« élimination », elle s'en rendait compte maintenant, était le langage médical pour dire : « C'est sûrement ce que vous avez. » Elle avait une grosse tumeur, une tumeur qui avait paraît-il grossi à une vitesse étonnante pour quelqu'un de son âge.

« J'ai un cancer », avait dit Petunia, avec la sensation de s'être cognée contre quelque chose. On racontait que la terre s'ouvrait devant vous, que le sol s'effondrait sous vos pieds, des choses comme ça, or ce n'était pas ce qu'éprouvait Petunia ; elle avait l'impression d'avoir buté contre un obstacle invisible. Un obstacle qui avait toujours été là mais qu'elle n'avait pas été en mesure, et n'était toujours pas en mesure, de voir.

« Pas au sens strict, avait rectifié le médecin, qui avait manifestement hésité un instant à corriger une femme mourante sur un point de terminologie, avant de céder à l'envie de le faire. La tumeur au cerveau n'est pas une forme de cancer. Mais oui, vous avez une tumeur, et je suis au regret de dire que tout indique qu'elle est en train de grossir. »

Tout indique... Une expression lourde de sens.

Le médecin avait ajouté que la tumeur était trop importante pour être opérée, mais qu'ils pouvaient la traiter par chimiothérapie. Ou plutôt qu'ils pourraient « peut-être » la traiter par chimiothérapie. Il y a bien des années, après avoir regardé son amie Margerie Talbot – qui habitait au 51, où habitaient aujourd'hui les Yount – souffrir horriblement de son traitement contre le cancer pour mourir quand même, Petunia avait décidé de ne jamais subir de chimiothérapie. Là, assise dans le cabinet du médecin au dix-huitième étage de la tour de l'hôpital, elle fut intriguée de noter que la pratique, pour elle, ne différait pas de la théorie : elle n'était nullement tentée d'accepter la proposition de traitement. Non que ce soit une proposition très tentante. Quelque chose comme six semaines de traitement pour six mois de vie supplémentaires... Petunia ne se souvenait plus des détails exacts du calcul, mais elle s'était dit que la proposition ressemblait étrangement à ces offres d'extension de garantie – 5,99 livres par mois pour trois ans de couverture supplémentaire –, qui avaient le don de mettre Albert hors de lui.

« Non, avait-elle répondu. Merci, mais non.

— Vous n'êtes pas obligée de décider tout de suite, avait dit le médecin.

— Eh bien, j'ai décidé, et c'est non », avait confirmé Petunia. Le spécialiste avait paru, pour la première et unique fois, légèrement interloqué. Petunia ne l'avait pas revu depuis.

Si le verdict du médecin était un choc, quelque part, ce n'était pas une surprise. Son état s'était soudain beaucoup aggravé en février. Au fond d'elle-même, elle sentait que cette maladie était différente de toutes celles qu'elle avait pu avoir. Auparavant, il avait existé une distance entre sa personne et son problème de santé; elle était ici, sa maladie était là-bas, et même lorsqu'elle avait été grièvement souffrante, délirant, par exemple, sous l'effet de la grippe ou de la fièvre, elle savait que son être ne correspondait pas à sa maladie. Sa propre essence et celle de la maladie étaient deux choses distinctes. Cette fois-ci, c'était différent. Les symptômes n'étaient pas spectaculaires, mais Petunia savait que le mal était très intime, il était étroitement mêlé à ses pensées, à ses perceptions et à son moi le plus profond. L'ombre qui entamait sa vision s'étendit et devint plus foncée, et puis elle souffrait d'étourdissements, elle se sentait faible, et, parfois, elle n'avait plus de force : elle ne pouvait plus marcher, ni même sortir du lit. Il fallut l'emmener à l'hôpital. Par moments, elle n'y voyait presque plus. Pendant une courte période, elle fut prise de hoquets incontrôlables, à tel point que les autres patients du service se plaignirent.

Au bout de quinze jours, les choses se stabilisèrent et on la renvoya chez elle pour mourir. Sa fille Mary descendit de Maldon pour s'occuper d'elle. L'autre solution aurait consisté à aller habiter dans l'Essex avec Mary et sa famille en attendant l'issue fatale : Petunia n'avoua pas que c'était la raison de son refus, mais la maison de sa fille avait un côté qui lui donnait la chair de poule, un côté froid, stérile, inhospitalier, dérangeant. Mary passait le plus clair de son temps à faire le ménage et à ranger – elle avait toujours fait ça –, et cette manie était plus difficile à supporter en territoire étranger. Dans la maison de Pepys Road, Mary passait la majeure partie de la journée à s'activer dans d'autres pièces, mais elle venait quand Petunia l'appelait, c'est-à-dire atrocement souvent. Petunia réussissait parfois à aller seule aux toilettes la nuit, parfois non, et dans ces cas-là il lui fallait appeler Mary. Celle-ci dormait dans le lit une place installé dans une pièce adjacente qui avait jadis été le bureau d'Albert et qui aujourd'hui n'était plus grand-chose, sinon la pièce qui avait jadis été le bureau d'Albert. Mais Mary avait le sommeil lourd, et la mère et la fille avaient beau laisser l'une et l'autre leur porte ouverte, il était fréquent que la fille n'entende pas les appels de sa mère et que Petunia devienne quasi aphone à force de crier pour la faire venir. Leur restait alors à négocier le voyage jusqu'aux toilettes. Petunia en avait horreur, et Mary aussi.

Petunia pourrait bénéficier de soins palliatifs, soit à domicile soit dans une institution, lorsqu'elle serait réellement en train de mourir. Elle n'en était pas encore tout à fait à ce stade. La cadence à laquelle elle mourait semblait avoir ralenti subitement depuis que sa fille était revenue à la maison.

Petunia entendait des bruits de casseroles dans la cuisine en bas. Mary avait un seuil de tolérance au désordre très bas, et un très élevé au vacarme, du moins au vacarme qu'elle générait elle-même. Elle faisait un tintamarre de tous les diables, laissait la radio allumée à plein volume partout où elle allait; même l'aspirateur semblait faire plus de bruit quand c'était elle qui s'en servait. À présent, sa fille – Petunia le savait parce qu'il était onze heures – était en train de claquer des portes de placard, d'entrechoquer des soucoupes, de balancer un plateau sur la table et de flanquer la bouilloire sur le plan de travail, tout ça pour leur préparer une tasse de thé... Elle allait monter à l'étage d'ici environ cinq minutes. La vieille dame s'en réjouissait. Mary et elle n'avaient pas grand-chose à se dire, mais Petunia appréciait la façon dont les petites habitudes de sa fille venaient ponctuer la journée.

La tumeur affectait son cerveau de telle sorte que Petunia ne pouvait plus lire. Elle ne voulait pas regarder la télévision et elle n'avait envie de parler que par intermittence, or, quand elle en avait envie, Mary avait tendance à ne pas être là. Du coup, Petunia passait la journée dans un état où elle se bornait à « être », un état qui se rapprochait énormément de la petite enfance. Il y avait des moments où elle avait peur, et des moments où elle ressentait une véritable panique, une réelle terreur, à la pensée de mourir. À d'autres moments, quand elle pensait à sa mort, elle éprouvait une sensation générale de perte, mais de nature étrangement vague : elle n'avait pas la nostalgie des choses qu'elle ne vivrait plus, car un très grand nombre de ces choses s'étaient déjà évanouies. Son sens du goût et de l'odorat s'était déréglé, et le café, le thé, le bacon et les fleurs n'étaient plus ce qu'ils étaient. Ou bien, s'ils étaient les mêmes, les impressions sensorielles, elles, n'étaient plus enregistrées correctement par son cerveau; elles se perdaient dans la traduction synaptique. Ce n'étaient pas des choses précises qu'elle avait l'impression de perdre : ce n'était pas ce jour précis, cette lumière précise, cette brise, ce printemps qu'elle était en train de perdre... Sa sensation de perte était diffuse et se rapportait à la fois à tout et à rien. Les choses, toutes les choses, étaient simplement en train de lui échapper. Elle se trouvait sur un bateau qui s'éloignait du quai et s'en allait à la dérive. Il y avait des moments où cette sensation n'était même pas désagréable, où elle se sentait en paix avec elle-même. Mais à d'autres, elle se sentait oppressée par une tristesse qui, l'étouffant et l'obligeant à chercher son souffle, apparaissait inéluctablement comme un nouveau symptôme de son ultime maladie.

32

La merde obéit aux lois de la gravité. C'était en vertu de ce principe bureaucratique élémentaire qu'une épaisse chemise intitulée « Enquête "Nous Voulons Ce Que Vous Avez" » était venue atterrir sur le bureau de l'inspecteur Mill de la police de Londres. Le scénario s'était déroulé de la façon suivante : une demi-douzaine de riverains de Pepys Road s'étant plaints d'abord à la municipalité et leur tentative, ô surprise, n'ayant rien donné, ils avaient ensuite écrit à leur député; le député avait écrit au préfet de police de Londres; le préfet de police avait envoyé un mot au divisionnaire; le divisionnaire l'avait fait suivre au responsable du commissariat le plus proche, basé à Clapham South; et la commissaire avait refilé le bébé à Mill. Voilà comment il se retrouvait à contempler ce dossier. Une tasse d'un immonde café-filtre refroidissait sur la table à côté du classeur et, à l'opposé, non loin de son portable en train de charger et d'un exemplaire du *Metro* d'hier, gisait un tas de formulaires de déclaration.

À moins d'y être habitué, il était impossible de travailler dans cette salle. Pas un seul des individus présents n'était silencieux ou au repos. Une vingtaine d'agents de la Met étaient constamment en mouvement, et la plupart parlaient en même temps, blaguaient ou lançaient des vannes scabreuses, souvent tout en saisissant des données dans des ordinateurs, feuilletant des dossiers, composant des numéros de téléphone, mangeant des muffins, balançant des boules de papier froissé dans la poubelle, ou en portant des piles de formulaires d'un bout de la salle à l'autre. C'était la cohue la plus totale. Mill aimait bien cette ambiance.

Il se posa la première question qu'il se posait toujours pour n'importe quelle besogne : pourquoi moi ? Ce n'était pas une interrogation oiseuse. Mill n'était pas, sociologiquement ou psychologiquement, un policier typique. C'était un diplômé de lettres classiques d'Oxford, aussi bien de la ville que de l'université, fils de deux professeurs, qui était entré dans la police à titre d'expérience personnelle, pour des raisons sur lesquelles il méditait souvent, s'observant lui-même comme à distance, mais qui continuaient à lui échapper. Un truc le démangeait qui avait à voir avec l'autorité, son besoin d'autorité, son désir d'autorité, son goût de la hiérarchie et de l'ordre. Un peu comme ce centurion qui avait dit à Jésus : « Car moi, qui ne suis qu'un subalterne, j'ai sous moi des soldats, et je dis à l'un : Va ! et il va ; et à un autre : Viens ! et il vient ; et à mon serviteur : Fais ceci ! et il le fait. » Oui... Ça lui convenait. Cinq ans après la fac, ayant profité de la filière rapide des diplômés, il avait tout à fait conscience que ses collègues, à certains égards, devaient le prendre pour un branleur ; pas un branleur intégral, mais, par le jeu des origines sociales et de l'éducation, Mill jouissait sur eux de ce type d'avantages qui faisaient qu'à tout moment il pouvait avoir des propos ou un comportement de branleur. Comme si être dans la police était pour lui un mode de vie choisi et non une expression fondamentale de ce qu'il était. Qu'ils aient cette vision de lui ne lui plaisait pas, mais en même temps, au fond, il reconnaissait qu'elle était légitime. Il avait donc appris à se montrer prudent.

Mill voulait être différent des autres, quel que soit le sens de cette formule, qui le hantait beaucoup. Il était chrétien – il n'avait jamais cessé de l'être, il l'était depuis l'enfance –, et il voulait mener une vie honorable. Mais il fallait réfléchir à ce que cela signifiait. Être différent pouvait aussi bien signifier faire quelque chose que d'autres ne pouvaient ou ne voulaient pas faire, ou faire la même chose qu'eux mais d'une façon plus efficace. Autrement dit, une différence minime. La différence entre le genre de policier qu'il était et le genre que quelqu'un d'autre aurait été. S'il était, admettons, quinze pour cent meilleur qu'un autre type qui aurait été inspecteur dans son commissariat, alors voilà en quoi il était différent, ces quinze pour cent. Voilà où résidait sa petite utilité. Était-ce suffisant ? Certains jours, il avait l'impression que oui et d'autres non. Sa petite amie Janie le jugeait fou d'avoir voulu entrer dans la police, et il commençait seulement, au bout de quatre ans, à accepter l'idée que ce métier, d'une manière bizarre, lui convenait peut-être.

Cela ne voulait pas dire qu'il n'envisageait pas d'y renoncer pour faire autre chose. Il y pensait, presque tous les jours. Cette pensée lui servait de soupape de sécurité ; l'idée qu'il pouvait démissionner quand il voulait était une des raisons qui le faisaient rester. La sortie était en permanence dans sa ligne de mire. La possibilité qu'il avait de partir l'aidait à ne pas bouger et à affronter les côtés rudes de son métier et de ses journées.

Justement, un de ces côtés rudes se dirigeait vers son bureau sous la forme de l'agent Dawks. Dawks avait dix ans de plus que Mill et ne serait jamais autre chose qu'agent de police. Mill avait passé deux ans comme îlotier avant d'être promu inspecteur dans le cadre du système de promotion accélérée, créé dans les années 80 dans l'espoir d'attirer plus de diplômés dans les forces de l'ordre. Le projet fonctionnait, non sans susciter l'animosité de la piétaille envers cette génération dorée qui obtenait sans effort les postes que des flics ordinaires n'auraient jamais la chance de décrocher. Ajoutez à cela que Mill – comme parfois les gens de vingt-six ans quand ils ont une corpulence menue et une apparence soignée, et qu'ils ne touchent ni à l'alcool ni à la cigarette – faisait à peu près la moitié de son âge. Pour les enquêtes, parfois, c'était un atout. Au commissariat, beaucoup plus rarement, et ce en partie à cause d'individus comme Dawks, un homme de trente-cinq ans au physique imposant et à l'intellect pas très développé, qui s'intéressait beaucoup moins à la lettre de la loi qu'à son application vigoureuse. Dawks était une brute-née et, depuis neuf mois qu'ils se côtoyaient, il avait plusieurs fois essayé de s'attaquer à Mill, tel un requin tournant autour d'une proie ; Mill avait su le repousser, mais il était clair que Dawks allait retenter le coup à la première occasion. Il s'agissait de chercher un point faible, de trouver un défaut dans la cuirasse à exploiter ensuite pour ridiculiser l'inspecteur. Une fois la brèche percée, il était difficile de la colmater. Les gens l'aimaient plutôt bien, mais Mill était suffisamment différent pour faire une bonne cible une fois la faille exposée au grand jour.

Aujourd'hui, pourtant, il bénéficia d'un sursis. Alors même que Dawks, à moins de deux mètres de lui, s'apprêtait à dire quelque chose, il fut appelé à l'autre bout de la salle par un des sergents de garde. Il s'arrêta et se détourna, non sans avoir lancé un dernier regard à Mill. La suite au prochain épisode... S'emparant du dossier pour se remettre au travail, l'inspecteur le feuilleta une nouvelle fois avant d'en revenir à la question : Pourquoi moi ? La patronne de Mill, la commissaire Wilson, était une femme brune et mince aux manières suaves d'environ quarante-cinq ans, elle aussi un pur produit du système de promotion accélérée. C'était la plus habile stratège qu'il ait jamais vue, surtout quand il s'agissait de flairer les ennuis, de repérer les pièges, et de savoir quelles décisions feraient mauvais effet si la situation virait à l'aigre. Ce talent faisait d'elle une policière prudente mais pas forcément mauvaise. Les tâches auxquelles elle employait Mill suggéraient qu'elle le croyait fait sur le même moule qu'elle. Elle le collait souvent sur des problèmes qui présentaient un aspect politique, réel ou potentiel. C'était moitié un compliment, car cela sous-entendait qu'elle lui faisait confiance, et moitié une insulte, car cela sous-entendait qu'il lui ressemblait.

En l'occurrence, la mission avait été explicite. « Trouvez ce qui se passe, et réglez l'affaire. »

La première question était donc : que se passe-t-il ? Les éléments sur son bureau avaient été accumulés par des propriétaires mécontents qui habitaient une rue du quartier ayant pour nom Pepys Road. Ils avaient été soumis à ce qu'ils appelaient « une campagne de harcèlement soutenu ». Ils avaient rédigé une lettre de plainte classique pour des bourgeois, soigneusement formulée de manière à actionner le plus de leviers officiels possible. D'après ce qu'ils disaient, la campagne avait commencé par des cartes postales représentant leurs portes d'entrée, après quoi il y avait eu des vidéos de leur rue, sans oublier un blog anonyme qui montrait des photos des maisons, prises à des heures variables sur une certaine période. Tous ces documents, sans exception, portaient le slogan, la devise, l'injonction, la menace : « Nous Voulons Ce Que Vous Avez. »

Mill ralluma son ordinateur et alla sur le web. Il passa environ une demi-heure à surfer puis encore vingt minutes à examiner les documents arrivés dans les boîtes aux lettres. Les cachets postaux émanaient de tous les coins de Londres et la typographie était la même pour toutes les adresses : des majuscules à l'encre noire. Il n'y avait rien d'autre d'écrit, en fait pas le moindre mot d'aucune sorte à part les six de la fameuse phrase, encore et encore. Tandis qu'il effectuait ces vérifications, Mill commença à entrevoir la réponse à sa question et à comprendre pourquoi la besogne avait échoué sur son bureau. Il y avait quelque chose d'inquiétant dans ces documents. Il était difficile de cerner leur objectif et tout aussi difficile de ne pas en avoir froid dans le dos. Quelqu'un s'intéressait de trop près à cette rue, à ces maisons et aux gens qui y habitaient. Ce n'était pas normal. Mais cela ne constituait pas un délit. Peut-être l'auteur de ces actes y avait-il réfléchi : il avait pris soin de ne pas enfreindre la loi. Sur son bloc, Mill nota :

harcèlement
violation de domicile ?
angle vie privée ?
comportement antisocial

Il rangea ensuite une sélection des cartes postales et des DVD dans une enveloppe à pièces à conviction et remplit la paperasse pour une demande de recherche d'empreintes. Il n'était pas très optimiste à ce sujet, mais il fallait essayer. Quant à l'énigme principale, c'est-à-dire à quoi rimait toute cette histoire, la conclusion de Mill pour l'instant était qu'il n'en avait pas la moindre idée.

33

Mary, Mary, quite contrary[1]... Mary détestait cette comptine mais de tout temps, dans sa vie, il y avait eu des périodes où elle n'arrivait pas à se la sortir du crâne. Son père la lui avait récitée, souvent, et toujours avec amusement. Pour lui, si « contrariant » lui-même, à un point qui allait bien au-delà de l'aberration la plus complète, cette tendance était une qualité. Mais Mary n'était pas d'accord, et cet esprit contrariant, elle ne pensait pas le posséder. Même si, de fait, ces vers lui trottaient parfois dans la tête, surtout quand, justement, il y avait quelque chose qui la contrariait. *Mary, Mary, quite contrary*...

Elle posa la théière, qui infusait maintenant depuis quatre minutes, sur le plateau, puis prit le plateau, avant de le reposer. Autant s'en tenir au mug; moins sa mère avait de choses à lâcher ou à renverser, mieux c'était. Parallèlement, Mary s'évertuait à nier la déchéance maternelle en faisant comme si de rien n'était et en élaborant de petits tests que Petunia pouvait réussir : regarde, elle arrive encore à tenir une tasse et une soucoupe; regarde, elle se débrouille encore avec un couteau et une fourchette. En réalité, ce n'était pas vrai, ce n'était plus vrai. Ses facultés motrices du côté gauche avaient brusquement décliné, et bien qu'elle puisse utiliser une fourchette de la main droite, elle n'en était plus capable de la main gauche. Mary préparait des plats conçus pour être mangés d'une seule main, à la fourchette ou à la cuillère, car il était important d'entretenir un sentiment de normalité, alors même que cette normalité

1. On pourrait traduire par « Mary, Mary, si contrariante... »

cédait le pas devant la certitude que sa mère était en train de mourir et que Mary n'y pouvait rien. Elle cherchait à différer la mort de sa mère en sauvant les apparences. Étant donné que c'était impossible, et aussi qu'il était plus facile d'être en colère que d'être triste, Mary, presque en permanence, se sentait légèrement irritée par sa mère, par le fait qu'elle était obligée d'habiter sous son toit, par Londres, par l'état du 42, Pepys Road, par l'équipement de la cuisine, par la bouilloire qui ne s'éteignait pas quand elle arrivait à ébullition si bien qu'elle était obligée de la surveiller, par le bruit de la circulation qui l'empêchait de s'endormir, par les réveils plus que matinaux auxquels il lui fallait se plier pour aider sa mère à aller aux toilettes, par le fait que son mari Alan n'arrêtait pas de répéter qu'elle devait rester là-bas aussi longtemps qu'il le faudrait, comme si ce n'était pas complètement évident et comme si elle avait le choix.

Gravissant l'escalier d'un pas lourd, Mary monta finalement le plateau. Sa mère était assise dans son fauteuil habituel : comme d'habitude, elle contemplait le jardin par la fenêtre, comme d'habitude elle disait « Merci, ma chérie » avant que Mary n'ait tout à fait franchi la porte. Même son regard s'était pour ainsi dire éteint et n'était plus totalement là ; non qu'elle vous regardât sans vous voir, mais plutôt que quand elle vous regardait, elle semblait regarder dans votre direction puis laisser tomber en cours de route. Son attention ne tenait plus la distance.

« C'est gentil, ma chérie, dit Petunia. Du thé. Merci.

— Je vais juste te le mettre là, sur le côté. » Mary remarqua que sa mère, après lui avoir jeté un bref coup d'œil, avait déjà détourné la tête.

« Il est déjà infusé, précisa Mary. Je vais le servir. » Elle versa le thé dans le mug. « Je vais redescendre le plateau pour que tu aies de la place. » Sa mère risquait moins de renverser le mug si elle avait toute une table bien débarrassée sur laquelle le poser. Et puis, Mary avait ainsi une excuse pour quitter la pièce. Elle y était restée moins d'une minute. Quand elle redescendit, le courrier était passé. Il y avait une enveloppe qui avait l'air d'une facture, et une autre de ces maudites cartes postales avec, dessus, la porte d'entrée et ce slogan menaçant. Comment osez-vous prétendre que vous voulez ça ? songea Mary.

Mary aimait le changement, le mouvement, la couleur, marcher, faire l'amour (avec son mari), Ikea, aller au pub avec des amis déjeuner le dimanche, sa vie confortable dans une jolie région du pays, son mariage avec un homme qui avait bien réussi (il possédait une chaîne de garages). Sa mère lui avait toujours donné le cafard. Petunia faisait partie de ces gens qui restaient égaux à eux-mêmes, et posaient autour d'eux des limites pareilles à des barreaux métalliques. Elle n'était pas dépressive, selon Mary, mais elle se conduisait comme si elle l'était, trouvant sans cesse de bonnes raisons pour ne pas faire les choses, pour ne pas agir, ne pas changer, ne pas s'évader. Les parents sont souvent une déception pour leurs enfants, Petunia était une grave déception pour Mary. Du vivant de son père, Mary avait pensé que c'était lui qui était difficile, qui imposait à leur couple toutes ces limites et toutes ces restrictions ; après sa mort elle avait compris que c'était plus compliqué que cela. Petunia ne faisait jamais quoi que ce soit qu'elle n'ait pas envie de faire, et ce qu'elle avait envie de faire était ce qu'elle avait fait la veille. C'était une personne douce et affectueuse mais une personne à la vie très, très étriquée ; étriquée par sa propre faute. Mary trouvait cela sinistre.

Résultat, Petunia était aujourd'hui en train de mourir. Son histoire constituait un exemple de la capacité de la vie à être une chose, à s'entêter à l'être avec une constance sidérante, et puis à continuer encore à être cette même chose, mais de façon plus intense. C'était insupportable. Et comme tant de choses insupportables, il fallait la supporter malgré tout.

Mary ouvrit la porte coulissante du patio qui donnait sur le jardin – Alan l'avait fait installer pour sa belle-mère après la mort d'Albert, avant que tous deux ne renoncent à chercher à transformer sa vie et à l'améliorer à sa place – et alluma une cigarette. Après une interruption de dix ans, elle avait recommencé à fumer en s'occupant de sa mère mourante. L'envie s'était réveillée dès qu'elle avait pris ses quartiers et, sans mari pour l'asticoter, elle avait vite cédé à la tentation. Une fois que Petunia serait morte, et avant de rentrer chez elle, elle serait obligée d'arrêter, car Alan la tuerait si elle se remettait à fumer. Ayant arrêté lui-même, il était devenu farouchement antitabac. Elle fumait donc parce qu'elle avait besoin d'une cigarette, et aussi pour avoir quelque chose à quoi penser, quelque chose qui concerne sa vie à elle et non celle de sa mère, une tâche future à accomplir – une tâche titanesque, d'ailleurs, car arrêter de fumer la première fois avait été une des choses les plus dures qu'elle ait jamais faites. C'était un projet pour l'avenir, pour après cette autre chose extraordinairement difficile qu'était la mort de sa mère.

Mary tira une dernière bouffée de sa cigarette, puis l'écrasa sur le sol du patio. Il était temps de remonter pour aller débarrasser.

34

Médiocrité de la classe moyenne.

Médiocrité de la banlieue.

Une culture qui vénère ouvertement l'ordinaire.

Une société qui ne permet à la notion d'élite d'exister que dans le sport.

Une culture d'obèses, de paresseux, de gens qui regardent les émissions de télé-réalité, qui ne s'intéressent à rien d'autre qu'à la célébrité, qui mangent dans la rue, qui trahissent leur banalité chaque fois qu'ils ouvrent la bouche.

La City de Londres est un des rares endroits où est contestée la tyrannie du médiocre, de la normale, de la moyenne, du banal, de l'ordinaire, de la suffisance. C'est un des rares endroits où l'extraordinaire est permis. Non – mieux que ça. C'est un des seuls endroits qui invite à manifester son caractère extraordinaire. Peu importe ce qu'on revendique; prétendre ne veut rien dire. Prétendre n'a aucun effet. Ce qu'il faut, c'est démontrer.

C'était à cela que pensait l'adjoint de Roger alors qu'il était dans le train, tatac-tatoum, en route pour la maison de ses parents à Godalming. Sous le soleil de ce début de printemps, il faisait lourd et chaud à l'intérieur du wagon. Mark était en première classe; il n'avait pas le billet adéquat, mais savait d'expérience que pour ce trajet de cinquante minutes un dimanche, personne ne viendrait le contrôler. Son BlackBerry était posé sur la tablette devant lui; le paysage de lande du Surrey, son aspect faussement sauvage et austère, défilait de l'autre côté de la fenêtre. C'était dimanche, et il rentrait chez lui pour plonger dans la médiocrité, la convention et l'étouffante horreur bourgeoise connue sous le nom de « déjeuner dominical ». Il était « obligé » de s'y plier une fois par mois. Mark s'habillait toujours trop décontracté, ou trop chic. La dernière fois il avait enfilé un jean déchiré et un T-shirt souillé de ce qu'il savait pertinemment être une tache de sperme sur le bas du côté gauche. Ce jour-là, il portait un costume à 1 500 livres, une chemise hors de prix et des tennis encore plus chères. S'il avait vraiment beaucoup de chance, sa mère s'exclamerait : « Tu es très élégant, mon chéri » de sa voix hésitante et mal assurée.

Mark n'était que tumulte; ce n'était pas nouveau. Il y avait en lui une panique, ou un vide, un sens trop faible de qui il était vraiment. Ses parents étaient des gens effacés, pas très costauds, et son père avait été ruiné durant la récession conservatrice du début des années 90, juste au moment où Mark entrait dans la puberté. Sa mère venait d'avoir un autre enfant, une fille, ce qui n'aida pas. Il perdit confiance en ses parents, de la même façon que ceux-ci perdirent confiance en eux-mêmes; pris brusquement de colère, il se persuada que sa mère et son père étaient des imposteurs, qu'ils étaient pitoyables, qu'ils feignaient d'être ce qu'ils n'étaient pas; qu'ils n'étaient pas vraiment vivants, pas authentiques. Il vit donc clair en eux juste au moment où il commençait à se demander qui il était lui-même et, résultat final, il devint en grandissant le type même de l'ado de banlieue en colère. Mais chez Mark les confusions et les incertitudes de l'adolescence ne s'étaient jamais réellement éteintes. Il était toujours aussi furieux contre ses parents de n'être rien de spécial, et réagissait en se cramponnant très fermement à l'idée que lui était un être à part, différent des autres. Il avait tellement peur d'être ordinaire qu'il s'était convaincu qu'il ne ressemblait à personne. S'il n'avait jamais fait part à quiconque de cette conviction, Mark se savait néanmoins extraordinaire; il sentait cette certitude jusqu'au tréfonds de lui-même.

Il était sûr d'une chose : il détenait une qualité que nul autre ne possédait. Et il travaillait dans un des seuls endroits de l'Angleterre moderne où il était acceptable de démontrer sa supériorité; un des rares secteurs où faire mieux que les autres était justement le plus important. Tout aurait donc dû être parfait. Et pourtant – Mark se targuait de ne jamais se mentir à lui-même – tout ne l'était pas. Il était coincé dans un boulot où ses aptitudes n'étaient pas reconnues, travaillait pour un chef qui, de l'avis de Mark, était un reliquat ou un héritage du monde tel qu'il était auparavant, un pauvre connard de public-school inutilement grand et ridiculement mielleux, un bluffeur, un arnaqueur et un poids léger occupant un poste pour lequel Mark aurait été mille fois plus compétent. Roger était doué pour gérer la hiérarchie – à coup sûr, vu qu'il était chef de service et qu'il n'avait pas été viré, ce qui voulait forcément dire qu'il se passait quelque chose en coulisse. Tout ce que Mark pouvait constater *de visu*, c'était que Roger était capable de lécher le cul de Lothar comme s'il aimait vraiment ça. À part ça il ne servait à rien, et il était clair pour Mark que son chef n'avait qu'une compréhension très sommaire du fonctionnement mathématique détaillé de leurs opérations. Il était techniquement nul dans un boulot qui était avant tout technique. C'était impardonnable.

Mark ne devait pas se voiler la face – un grand homme ne le faisait jamais. Roger était une tête de nœud et lui, Mark, un génie. Il croupissait à son poste d'adjoint parce que Roger refusait de reconnaître pleinement sa valeur, et pour cause, s'il le faisait, lui, Roger, serait percé à jour, puis viré ou rétrogradé. Le système était le suivant : Mark faisait le boulot, Roger récoltait les honneurs.

Il était temps de rectifier le tir.

Le train arriva à Godalming et il descendit. Son père l'attendait au parking. C'était tout lui de ne pas entrer dans la gare pour accueillir son fils mais d'attendre plutôt dehors, debout, à côté de la Volvo marron, dans son pantalon marron. Il avait pris un coup de soleil, ou était beaucoup resté à l'extérieur, ce qui prêtait à son visage aussi une teinte un peu marron ; aux yeux de Mark, ça lui donnait un aspect flou, délavé. Il songea encore à la médiocrité, à tout ce qu'il avait fui au prix d'immenses efforts.

« Mark ! s'écria son père, qui commençait toujours avec vigueur avant de s'affaiblir. Salut, ça, euh, ça fait plaisir de te voir. »

Il fit rebondir ses bras contre ses flancs, le geste d'un homme beaucoup plus jeune, comme pour proposer de porter la valise de Mark qui, bien sûr, ne venant que pour déjeuner, n'en avait pas.

Mark monta dans la voiture et resta assis sans bouger pendant les vingt minutes de trajet alors que son père s'escrimait laborieusement à bavarder. Ils arrivèrent au « chalet-bungalow » – expression qui le rendait malade chaque fois qu'il entendait son père ou sa mère l'employer – dans lequel il avait grandi. Son père s'arrêta devant le garage et sa sœur de dix-huit ans, qui avait donc onze ans de moins que lui, bondit du transat du jardin de devant où elle était en train de lire *Chaud brûlant* pour se précipiter à sa rencontre. Clare était la plus blonde de la famille et avait le genre de rondeurs adolescentes qui risquaient fort de devenir de vraies rondeurs à moins qu'elle ne réagisse vite. Elle lui passa les bras autour du cou, ce qu'il toléra sans mouvement de recul, l'embrassa plusieurs fois et lui ébouriffa les cheveux, énergiquement, geste dont elle savait parfaitement qu'il avait horreur.

« Marky Marky Marky, lâcha-t-elle. Alors, tu as enfin une petite amie ? »

Il entreprit de se recoiffer.

« Arrête de te comporter comme une gamine de douze ans, rétorqua-t-il.

— Avec toi, j'ai toujours l'impression d'avoir douze ans, grand frère », dit Clare en pivotant sur la pointe des pieds et en tripotant une queue-de-cheval imaginaire avec une minauderie simulée.

Elle avait toujours eu le chic pour l'irriter et pour prouver, une bonne fois pour toutes, qu'une partie de lui était restée au stade de l'adolescent à cran. C'était une des choses qu'il détestait quand il revenait à la maison : ce sentiment d'être coincé. À Goldaming, tout le monde, y compris lui, faisait comme s'il avait toujours quinze ans.

Sa mère apparut à la porte. Il s'y était préparé; il savait que ça allait se produire; il l'avait répété dans sa tête; et pourtant cela ne l'aida en rien. Comme avec son père, comme toujours, elle attaqua en fanfare avant de chanceler.

« Mark ! s'exclama-t-elle. Tu es… » – ses yeux glissèrent, leur niveau de certitude baissa – « … très beau ? » termina-t-elle, comme si c'était une question, le regard vacillant.

Il se dit qu'avec chaque seconde qui passait cette expérience, comme tout le reste, tirait vers sa fin. Demain, il se mettrait à l'ouvrage. Comme l'avait écrit Andrew Carnegie : « L'ambitieux doit faire quelque chose d'exceptionnel et qui dépasse le rayon de son domaine d'activité. IL DOIT ATTIRER L'ATTENTION. »

35

« J'ai un nouveau système pour organiser le calendrier islamique, annonça Shahid à la tablée, qui réunissait Ahmed et Usman, Rohinka, Fatima et Mohammed. Au lieu de dater les choses à partir de l'hégire, on commence à les dater à partir du moment où ce crétin d'Iqbal s'est installé dans mon appartement. Ce qui fait qu'au lieu de l'année 1428, nous sommes en réalité le jour 95. Ça tient debout. Ce type est tellement casse-pieds qu'il réussit à perturber le continuum espace-temps. Il est tellement casse-pieds qu'il est une véritable injustice ambulante. Partout où il va, il laisse une profonde impression de gâchis, parce que chaque fois les gens se rendent compte qu'ils viennent de perdre un temps précieux qu'ils ne pourront jamais rattraper. Ce type est un vrai cauchemar. Et il est dans mon appartement ! Il empeste les lieux avec ses pieds qui puent et ses "j'ai déjà pris une douche ce mois-ci" ! »

Ahmed, en bon frère aîné, s'empressa de déclarer : « Tu n'avais qu'à ne pas l'inviter.

— Je ne l'ai pas invité, il s'est invité tout seul.

— Alors tu n'avais qu'à ne pas l'autoriser à s'inviter tout seul.

— Je ne vois pas ce que ça change.

— C'est parce que tu es un imbécile toi aussi. »

Usman pouffa malgré lui sous sa barbe hirsute de croyant convaincu. Rohinka lâcha : « Allons, allons, les garçons... » Fatima scanda : « Battez-vous, battez-vous ! »

On était samedi et les Kamal déjeunaient tous ensemble, ce qui ne se produisait pas souvent. C'était Hashim, l'ami d'Ahmed, qui tenait la boutique, et Ahmed s'apercevait qu'il était capable, avec un effort de volonté, d'oublier pendant à peu près cinq minutes d'affilée qu'Hashim tapait des montants incorrects sur la caisse, commandait des fascicules hors de prix pour des clients en omettant de leur demander leurs coordonnées, vendait de l'alcool à des jeunes de quinze ans, et oubliait comment faire marcher le terminal de loterie et la machine à recharger les cartes de transport alors que la file d'attente s'allongeait jusqu'à la porte et que les clients réguliers juraient qu'ils ne remettraient plus jamais les pieds dans le magasin...

« Iqbal ne m'a pas l'air si mal, dit Usman. Il prend les choses plus au sérieux que toi, c'est tout. Un trait pas si condamnable, je trouve.

— Va donc te raser », répliqua Shahid.

Rohinka prit une autre cocotte sur la cuisinière et la posa sur la table. Il y avait à peine la place pour la mettre : y trônaient déjà deux plats brûlants sortis du four, l'un contenant du poulet au cumin et l'autre des aubergines mijotées, une assiette de *naans* enveloppée dans un torchon pour qu'ils restent chauds, et une jatte de *dal*, une des spécialités de Rohinka, qu'elle préparait presque tous les jours sans jamais refaire exactement la même recette. Elle souleva le couvercle de la nouvelle marmite et une odeur magnifiquement complexe d'agneau et d'épices, sa recette d'*achari gosht*, flotta au-dessus de la table dans un nuage de vapeur parfumée. Les hommes émirent différents murmures et grognements d'appréciation. L'*achari gosht* était censé faire diversion, mais le subterfuge échoua.

« Ça sent extrêmement bon, mais si j'avale une bouchée de plus je vais exploser, dit Shahid. Le problème avec Iqbal, voyez, c'est sa manie de ne faire gaffe à rien. Je rentre, j'entends la télé à l'étage, je sais qu'elle sera branchée sur une de ces nouvelles chaînes et qu'il sera en train de regarder une atrocité quelconque ou de râler tout seul contre les médias *kafir*, ou bien il sera sur Internet en train de marmonner et de taper sur le clavier pour refermer l'écran aussitôt, comme si j'en avais quelque chose à faire de la stupide existence qu'il mène et des stupides conversations MSN qu'il a avec ses stupides amis dans sa stupide Belgique ou sa stupide Algérie ou son stupide je ne sais où. Il se comporte comme si tout ce qu'il disait et tout ce qu'il faisait était très important et qu'il était une sorte d'individu plein de mystère... En attendant, il est là les pieds sur le canapé, il laisse sa vaisselle dans l'évier, et il est comme une espèce de môme qui n'a pas grandi et qui ne s'en rend même pas compte. »

Rohinka et Ahmed échangèrent un regard. Ils pensaient tous deux que cette description aurait fort bien pu s'appliquer à Shahid lui-même. Shahid surprit ce regard et comprit parfaitement ce qu'il signifiait, mais il ne s'en offusqua pas, car il se savait dans son bon droit.

« Tu crois qu'il est, peut-être... je ne sais pas comment formuler ça... tu crois qu'il trame quelque chose ? » demanda Rohinka.

Shahid refusait de réfléchir à cela. De telles pensées le ramenaient trop directement aux choses qu'il avait faites quand il était plus jeune : sans être vraiment un djihadiste, il avait été un compagnon de route du djihad, et l'acolyte d'individus qui tramaient assurément des trucs à l'époque, et continuaient sans doute à l'heure actuelle, s'ils étaient toujours en vie. Iqbal était une résurgence de ce passé-là. Pour Shahid, non seulement Iqbal lui rappelait ce passé, mais il lui rappelait aussi à quel point il préférait oublier cette période. Cela expliquait qu'il ne veuille pas se demander de manière trop précise qui était réellement Iqbal et quelles étaient réellement ses motivations.

« J'espère que non, se borna-t-il à répondre.

— Ce serait si grave s'il "tramait quelque chose" ? s'enquit Usman en imitant avec ses doigts des guillemets méprisants. Ce serait si grave si quelqu'un faisait quelque chose ? Plutôt que d'accepter passivement les situations d'injustice et d'oppression ?

— Tu n'es qu'un enfant, déclara Ahmed, soudain très en colère. Tu n'as pas de vraies opinions, tu ne fais que prendre des attitudes pour essayer de provoquer des réactions. Ce serait déjà une manie assez assommante chez un adolescent, mais chez un homme de ton âge c'est pitoyable.

— Mais toi, tu n'as jamais été adolescent, pas vrai, Ahmed ? s'écria Usman, à présent tout aussi en colère. Tu as toujours été à moitié mort. L'injustice? L'oppression? Pas ton problème. Du moment que ta table est bien garnie. Pourquoi te préoccuper des autres? Pourquoi te préoccuper des souffrances de tes frères musulmans du moment que tu as de quoi te remplir la panse?

— Si tu t'étais jamais occupé de quelqu'un d'autre que toi dans la vie, tu saurais peut-être ce que c'est que d'avoir des bouches à nourrir », rétorqua Ahmed.

Rohinka fit exprès de tousser bruyamment. Ils la regardèrent, et elle regarda les deux enfants. Les frères se ressaisirent et décidèrent de se calmer.

« C'est très bon », dit Usman, baissant les yeux sur son assiette puis redressant la tête, histoire de faire la paix. Il s'exprimait d'un ton un peu forcé, comme s'il ne reconnaissait qu'à contrecœur l'existence de ce plaisir physique. Rohinka sourit et ils se mirent à parler de cuisine, qui avait été une des passions de son beau-frère avant qu'il ne devienne ultra-religieux.

Shahid se tut. Il était irrité par Iqbal, plus irrité qu'il n'osait le dire, car il se targuait d'être le membre le plus coulant de la famille Kamal et cette irritation allait à l'encontre de sa nature. Tous les Kamal étaient de grands professionnels de l'irritation. Ils s'aimaient, tout en étant presque constamment agacés les uns par les autres, d'une manière générale et existentielle (pourquoi est-il comme ça?), mais aussi d'une manière éminemment spécifique (est-ce donc si difficile de penser à remettre le couvercle sur le pot de yaourt?). Shahid avait de fait été très en colère à la fin de son adolescence, en colère contre tout et tous, et surtout contre l'état du monde, mais au retour de ses voyages il s'était rendu compte qu'il était parvenu à se défaire de ce sentiment-là. Cet apaisement indiquait qu'il grandissait, et Ahmed avait tort d'affirmer le contraire. Shahid ne voulait pas perdre sa liberté, pas tout de suite, mais ce n'était pas parce qu'il refusait les contraintes qu'il était resté un enfant. Ahmed était agaçant, or Shahid n'était pas agacé : preuve qu'il avait bel et bien grandi.

C'était pour cela qu'Iqbal était un tel problème. Shahid n'arrivait pas à se rappeler la dernière fois qu'il avait été contrarié à ce point par quelqu'un; et la raison profonde de son agacement, qu'il n'arrivait pas à se résigner à confier à ses frères et à sa belle-sœur, était qu'il y avait quelque chose chez Iqbal qui ne lui inspirait pas confiance. Il y avait quelque chose de pas net chez lui ; pas inquiétant ni menaçant, pas forcément, mais pas tout à fait clair. Iqbal se plaisait à cultiver une aura de mystère, ce qui était agaçant en soi, et il le faisait d'une façon qui mettait Shahid mal à l'aise. La chose était d'autant plus agaçante que si Shahid en parlait à sa famille elle lui ferait porter le chapeau : elle dirait qu'il n'avait qu'à pas avoir fait ces voyages au départ, qu'il n'avait qu'à pas revenir de Tchétchénie en traînant derrière lui des copains djihadistes qu'il laissait squatter son canapé... Shahid était juste assez lucide pour reconnaître juste assez de vérité à l'argument pour que celui-ci soit exaspérant à entendre ; du coup, la conversation s'annonçant exaspérante d'emblée, il ne se risquait même pas à l'entamer. Or il n'existe rien de plus contrariant qu'une chose qu'on ne peut pas énoncer.

Fatima semblait considérer qu'il s'était écoulé assez de temps sans qu'on prête attention à elle. Elle braqua une cuillère en plastique vers son père en disant : « Papa ! T'avais promis des bonbons ! »

Mohammed était de nature beaucoup plus calme que sa sœur, plus autonome. Il pouvait rester une éternité dans son coin à s'amuser tout seul. Mais il savait reconnaître un appel aux armes quand il en entendait un.

« Banbans, banbans ! cria-t-il.

— Tu n'as pas promis, j'espère », dit Rohinka à son mari d'un ton d'avertissement. Elle avait placé ses mains sur ses hanches : Ahmed, qui avait jadis joué au cricket, se souvenait qu'on appelait cette position « la théière à deux anses »...

« Le voilà dans le pétrin, lança, tout joyeux, Shahid à Usman.

— Seulement quand ils auront mangé », rectifia Ahmed. Puis, s'adressant aux enfants : « Tout à l'heure ! Pas maintenant. Tout à l'heure ! »

Sa femme, sa fille et son fils le regardèrent avec soupçon.

« Tout à l'heure ! » répéta-t-il. Après une hésitation, ils choisirent tous de le croire et l'ordre fut rétabli. Fatima recommença à balancer ses jambes et à manger son curry tout en jouant avec les morceaux, et Mohammed, qui avait fini un peu avant et dont le bol avait été débarrassé, recommença à faire glisser des grains de riz égarés sur le plateau de sa chaise haute. Rohinka fit mine de vouloir resservir les convives, et les trois frères émirent des grognements variés en se tapotant le ventre. Voyant les enfants occupés, Ahmed baissa la voix et se pencha en avant.

« Il faut qu'on parle de notre mère. »

C'était là le véritable motif de ce déjeuner. Une atmosphère de sérieux gagna l'assemblée. Shahid fit la moue, puis dit :

« Avez-vous déjà parlé d'une visite à... » Prenant soudain un fort accent de Bollywood et roulant théâtralement les yeux, il termina sa phrase : « ... à mamaji ?

— Non, mais elle s'attend à une invitation.

— Alors tu n'as qu'à l'inviter », répliqua Usman. Il ne bluffait qu'en partie : c'était avec son dernier-né que Mme Kamal était le plus facile. Pas très facile, mais assez facile. Shahid, qui devait être le prochain à se marier, rigolerait beaucoup moins, tout comme Ahmed, qui, bien qu'à l'abri sur le front du mariage, serait contraint d'héberger leur mère et par conséquent se trouverait exposé à de multiples conseils, critiques, reproches, corrections factuelles et réprobations silencieuses : il essuierait des commentaires sur sa façon de gérer son commerce, sur sa façon de manger et en quelle quantité, sur sa façon d'élever ses enfants, sur sa conduite en tant que mari, en tant que musulman, ou en tant que fils. Mme Kamal leur rendait visite grosso modo tous les deux ans, et personne ne s'en faisait une fête. Ce serait sa première visite depuis celle qui avait immédiatement suivi la naissance de Mohammed.

« Ce sera sympa de voir Mme Kamal », intervint Rohinka, pleine de gentillesse. Ahmed pivota sur son siège et la foudroya du regard. Mais Rohinka – cela faisait partie de son charme – avait un véritable don pour feindre l'innocence. Elle agita les mains en souriant à son mari depuis l'évier. Il grogna.

Shahid s'aperçut qu'il tenait sa tête dans ses mains. Sa mère, c'était sûr, n'allait pas le lâcher au sujet du mariage – un mariage arrangé, qui plus est, pour lequel elle était bien capable d'avoir prévu une candidate. Si tel n'était pas le cas, elle aurait certainement un plan. Elle le houspillerait pour qu'il accepte de venir à Lahore rencontrer des candidates possibles. Il avait déjà cédé une fois, deux ans plus tôt, et l'épreuve avait été terrible, comme une atteinte prolongée à son individualité, à tout ce qu'il désirait être en tant qu'homme, c'est-à-dire un esprit libre, un voyageur, un citoyen du monde, quelqu'un qui avait vu et fait des choses mais qui était encore jeune. Il avait dû s'asseoir dans une série de boudoirs à Lahore avec une succession de femmes pakistanaises plus ou moins embarrassées, certaines aussi récalcitrantes que lui, certaines, et c'était bien pire, de toute évidence enthousiastes. À l'heure actuelle, il serait difficile de trouver quelque chose qu'il avait moins envie de faire que d'aller au Pakistan et de laisser Iqbal dans son appartement avec ses odeurs de pieds et ses opinions... Soudain, Shahid eut une idée. Peut-être pourrait-il se servir du fait qu'il était obligé d'aller à Lahore pour éjecter Iqbal...

« Elle ne va pas me lâcher, gémit Shahid. Qu'est-ce que j'ai fait pour mériter ça ? » Il aurait aimé développer – il y avait de quoi dire –, mais c'était délicat : Rohinka et Ahmed avaient fait un mariage arrangé, et il serait terriblement insultant de sa part de détailler ses objections. D'autant qu'on ne pouvait nier que ce mariage était une réussite. Ahmed aimait Rohinka et, chose moins explicable selon Shahid, Rohinka aimait Ahmed. Sans compter qu'elle était sacrément sexy... Les mariages arrangés étaient donc une coutume dépassée, théoriquement répréhensible, dégradante, assimilable à une forme de prostitution autorisée (quoique le mariage occidental aussi), patriarcale, sexiste, et pourtant, d'un autre côté, si on se retrouvait avec quelqu'un comme Rohinka...

« Allez, tu vas bien dénoncer les mariages arrangés ? » persifla Ahmed, devinant les pensées de son frère, car il suffisait de mettre Mme Kamal et Shahid dans la même pièce pour assister à une dispute. Shahid fut tenté de répondre : « Tout le monde n'a pas ta chance » mais il s'abstint, parce que c'était vrai, et qu'Ahmed aurait trop jubilé.

« Ahmed, tu dirais que tu as pris combien de kilos depuis que tu es marié ? demanda-t-il à la place. Au moins dix, non ? Usman, tu ne crois pas que notre frère fait bien dix kilos de plus ? »

Rohinka, qui s'affairait au fond de la pièce, revint avec un plateau de *kulfi* et de *gulab jamun*. Mohammed frappa les montants de sa chaise haute pour signifier l'intérêt qu'il portait à l'arrivée de ces desserts indiens. « Allons, allons, les garçons », fit Rohinka, d'une voix qui, bien que trahissant qu'elle n'avait pas réellement écouté, n'en suggérait pas moins que les conversations masculines ne faisaient jamais beaucoup avancer les choses, mais devaient être tolérées malgré tout, du moment qu'elles ne faisaient pas entrave à ce qui comptait vraiment.

« Je vais aller chercher des Häagen-Dazs dans la boutique », annonça Ahmed, qui avait envie de glace, mais qui en profiterait surtout pour vérifier ce que fabriquait Hashim. Fatima sortit de table pour aller lui prendre la main. Elle était très exigeante en matière de glaces.

36

Le Refuge était une grande maison de la fin de l'ère victorienne dans une petite rue de Tooting. Elle se trouvait près du terrain communal et du métro, non loin du Tooting Bec Lido et de sa piscine géante, et à proximité des boutiques et de toutes les commodités. Elle comportait une cuisine et deux salles communes, dont l'une était dominée par un vieux téléviseur cathodique bien mastoc, et l'autre meublée de canapés délabrés. Le jardin était négligé mais utilisable ; il était possible de s'y asseoir, mais personne, ou presque, ne s'y installait jamais. Il y avait huit chambres, qui accueillaient huit personnes, parmi lesquelles un intendant rémunéré par l'association. S'il s'était agi d'une résidence particulière, elle aurait valu plus d'un million de livres. Mais c'était un foyer pour demandeurs d'asile apatrides qui s'étaient vu refuser leur permis de séjour, et les gens du quartier avaient le sentiment amer qu'il avait un impact négatif sur les prix de l'immobilier.

Cela faisait quasiment deux ans que Quentina habitait là, et elle avait une bonne connaissance de la gamme d'individus qui entraient en contact avec l'association. Tous étaient traumatisés par ce qu'ils avaient vécu, certains gravement, et nombre d'entre eux arrivaient à peine à fonctionner. Certains étaient trop en colère : leur rage se déclenchait au quart de tour. C'étaient ceux qui risquaient le plus de s'attirer de sérieux ennuis. Une Soudanaise du Refuge qui n'arrêtait pas de se bagarrer pour des insultes imaginaires – de vraies bagarres à coups de poing, comme un homme – avait écopé de trois mois de prison pour voies de fait, après avoir flanqué une châtaigne à une femme dont elle croyait qu'elle l'avait bousculée alors qu'elles s'abritaient toutes les deux de la pluie sous l'auvent d'une boucherie. Normalement, elle aurait dû être expulsée à la fin de sa peine, mais grâce à la loi de 1998 sur les Droits de l'homme elle ne pouvait pas être renvoyée parce qu'il était dangereux pour elle de rentrer au Soudan. Quand elle était sortie de prison, elle avait donc été hébergée dans une autre antenne du Refuge, cette fois dans le nord de Londres. Quentina ne voyait pas de dénouement heureux pour cette femme. D'autres « clients », rongés par leurs propres rancœurs, n'arrivaient à penser pratiquement à rien d'autre. Les symptômes de cette hantise étaient le silence, suivi soudain d'un épanchement torrentiel, pour peu qu'on leur montre de la gentillesse, de l'intérêt ou de la compréhension. Ragah, la Kurde, était comme ça. Elle ne disposait pas de mode intermédiaire entre ruminer ses malheurs et les déballer sans retenue ni pudeur, dans un anglais qui, à mesure qu'elle s'échauffait, devenait impossible à comprendre, et auquel, de toute façon, elle renonçait souvent pour repasser au kurde, apparemment sans s'en apercevoir. Quentina avait compris que Ragah avait perdu sa famille, mais c'était tout ce qu'elle savait, car, hormis cet élément, le fil du récit lui avait échappé. Aujourd'hui elle ne pouvait plus guère l'interroger.

Le silence étant un symptôme très banal, il se révélait difficile à diagnostiquer. Dans leur tête, certaines réfugiées étaient encore dans le pays qu'elles avaient quitté; elles n'avaient pas encore rattrapé le cours de leur propre vie. D'autres subissaient le choc culturel et ne savaient absolument pas quoi faire de Londres; elles étaient apathiques. En général ce n'était rien, cette inertie passait avec le temps. D'autres demeuraient silencieuses parce qu'elles étaient déprimées. Il n'y avait eu qu'un seul suicide dernièrement dans le Refuge du sud de Londres, une Afghane qui s'était pendue dans la salle de bains. C'était la semaine après l'arrivée de Quentina. Un seul suicide en deux ans, ce n'était pas trop mal. D'autres avaient simplement la sensation d'avoir commis une erreur catastrophique. Elles avaient fait une bêtise irréversible en venant en Angleterre, et elles ne retrouveraient plus jamais leur existence… leur existence ne leur appartiendrait plus jamais, elle ne serait que l'histoire de cette énorme erreur qu'elles avaient commise.

Quentina n'entrait dans aucune de ces catégories. Peut-être le facteur décisif était-il sa ferme résolution d'adhérer à sa nouvelle vie à Londres. Elle était déterminée à s'adapter. En même temps, elle ne comptait pas rester là éternellement. Les paysans chinois avaient peut-être pensé un jour que le président Mao était immortel, mais personne hormis le tyran lui-même ne croyait que c'était le cas de Mugabe. S'il mourait, l'ensemble du système s'écroulerait du jour au lendemain, ou bien il y aurait peut-être une période de transition, mais Quentina était convaincue que tous ceux qui avaient dû fuir le pays y seraient à nouveau accueillis à bras ouverts. Si dure soit sa situation actuelle, elle était convaincue qu'elle avait un avenir, et était donc cliente du Refuge qui marchait le mieux – un état de fait ouvertement admis par les employés de l'association ainsi que par les autres clients. Elle n'était pas en colère, elle n'était pas folle, elle avait un emploi (bien qu'illégal), elle parlait correctement l'anglais, on pouvait discuter avec elle. Résultat, elle jouait un rôle informel mais bien réel d'agent de liaison et d'intermédiaire entre les réfugiées et la fondation qui les aidait. Cette fonction plaisait à Quentina : elle flattait son goût pour l'administration et la gestion, l'implication dans les tâches quotidiennes. Quand le petit comité de l'association tenait sa réunion hebdomadaire pour discuter des affaires courantes, elle y assistait en tant que représentante des clientes. Martin, l'intendant, un timide gars du Nord aux tendances autoritaires, présidait les réunions. Il n'arrivait pas souvent de nouvelles clientes au Refuge. Pour cela, il fallait qu'une pensionnaire s'en aille, et donc qu'elle ait remporté un jugement lui accordant un permis de séjour, ce qui ne s'était jamais produit, ou bien qu'elle soit expulsée de force, ce qui s'était produit deux fois en deux ans. Lorsque de nouvelles clientes arrivaient, on leur attribuait une assistante sociale pour s'occuper d'elles, et Quentina était sollicitée à son tour pour les avoir à l'œil. Quentina était officieusement le chef du Refuge, ou du moins de ses occupantes.

À ce titre, son problème du moment était Cho. Elle avait débarqué durant l'hiver, quand une cliente nommée Hajidi avait été expulsée vers la Somalie. Cette décision était triste sur le plan politique et éthique, mais au niveau personnel Quentina avait du mal à se lamenter outre mesure, pour la bonne raison que Hajidi était un être vraiment épouvantable, une menteuse, une brute, une voleuse et un véritable aimant à problèmes. Au total, son combat avec le système juridique avait duré cinq ans, mais elle avait perdu et été embarquée à Heathrow menottes aux poings. Cho avait pris sa place. C'était une Chinoise de vingt-cinq ans environ, seule survivante d'un groupe d'immigrants fukiénois entrés clandestinement en Grande-Bretagne dans le conteneur d'un camion. À la suite d'une mince fissure dans les tuyaux d'échappement, des vapeurs de monoxyde de carbone s'étaient insinuées dans l'espace où étaient cachés les sept aspirants réfugiés. Les douaniers, à Douvres, avaient inspecté le camion. Lorsqu'ils avaient ouvert l'arrière, ils avaient trouvé six cadavres, et Cho. Elle avait été soignée à l'hôpital et la procédure légale d'expulsion avait été enclenchée, sauf qu'elle ne pouvait pas être renvoyée physiquement en Chine puisque les Chinois, selon leur politique à l'égard de leurs ressortissants ayant fui à l'étranger, ne voulaient plus d'elle.

Cho comprenait un peu l'anglais mais refusait de le parler. Pendant les premières semaines, elle avait partagé une chambre avec une autre pensionnaire comme il était de règle au Refuge, mais sa compagne avait craqué à cause de son silence et supplié pour qu'on la mette avec quelqu'un d'autre, n'importe qui... À présent, Cho avait donc la chambre pour elle toute seule, au sommet de la maison où la chaleur s'accumulait, dans ce qui devait autrefois être le grenier. La pièce, mansardée, n'était pas idéale pour les femmes grandes, mais Cho mesurait à peine un mètre cinquante. Elle ne sortait pas de la maison, ni même de sa chambre, à moins d'y être obligée. Elle ne faisait une exception que pour le foot à la télévision, et encore, elle se montrait très sélective : uniquement les matchs de Premier League ou de Ligue des Champions, pas la Coupe d'Angleterre ni les matchs anglais en général. Elle était peut-être furieuse, déprimée, écrasée par le choc des cultures, ou tellement dévorée de regret qu'il lui était impossible de penser à autre chose. Il n'y avait pas moyen de savoir.

Aujourd'hui, Quentina se servit du football pour lier conversation avec la Chinoise. Elle ne s'y intéressait pas du tout, mais Arsenal jouant contre Chelsea, elle tenait un prétexte pour frapper à sa porte. La réponse fut un grognement. Pas un « oui » grogné ni un « entrez » grogné ni un « c'est qui ? » grogné, juste un grognement. Quentina poussa la porte. Cho la dévisagea un moment, puis cligna des yeux, l'air de déployer un effort physique prodigieux pour revenir à la réalité et à l'instant présent. Là-dessus, elle émit un autre grognement qui semblait pouvoir se traduire par « oui ? »

« Je voulais juste vérifier que t'étais au courant pour le match de ce soir. Le "derby" (Quentina adorait ce mot) Arsenal-Chelsea. »

Cho la dévisagea à nouveau puis hocha la tête. Le hochement signifiait qu'elle était au courant pour le match. Quentina avait préparé plusieurs ruses pour la forcer à parler un peu. Rien de trop recherché, plutôt des questions, du style, à son avis, qui allait gagner le match ? Seulement voilà, il n'y avait pas mèche. Cho, aussi immobile qu'un lézard se chauffant au soleil sur un rocher, ne lui laissait aucune ouverture. Là encore, Quentina se fit la réflexion que les difficultés de Cho, ou son tempérament difficile, étaient peut-être une affaire de race. Les Chinois avaient la réputation d'être racistes, surtout à l'égard des Africains. Peut-être, si elle restait muette, était-ce juste par dégoût de devoir côtoyer une femme noire. Eh bien, dans ce cas, elle pouvait aller se faire cuire un œuf. Quentina hocha la tête à son tour et entreprit de refermer la porte. Au moment où le pêne émettait son déclic, Quentina entendit Cho qui grognait à nouveau. Cette fois on aurait presque pu croire qu'elle disait « Merci ».

37

Dans la vie, Quentina avait coutume de se garder toujours un petit plaisir en perspective. Il valait mieux, car ce matin-là, après être allée vérifier comment allait Cho et avant d'endosser son uniforme de colonel des douanes ruritaniennes, elle reçut un appel de son avocat sur le téléphone commun du Refuge. La Kurde décrocha et appela Quentina.

« Bonjour, je suis pressé, commença son avocat, comme souvent, mais il y a une nouvelle que je voulais vous transmettre, et elle n'est pas bonne, j'en ai peur : il paraît que la Haute Cour va déclarer légal de renvoyer au Zimbabwe les demandeurs d'asile déboutés. C'est à cause des élections là-bas. Ils reviennent sur la décision qui avait été prise en juillet 2005. Des lettres vont être expédiées aux personnes concernées. C'est-à-dire vous. Je suis désolé. »

Si elle avait disposé d'un délai de cinq minutes, Quentina aurait peut-être eu des questions à poser. Là, elle resta sans voix. Son avocat raccrocha. Apparemment, elle ne pouvait pas y faire grand-chose, et plutôt que de passer sa journée à s'inquiéter de la suite des événements, elle décida de rêver au rendez-vous qu'elle avait ce soir-là avec Mashinko Wilson, l'homme de la chorale paroissiale, avec sa belle voix, ses belles épaules et ses muscles bien dessinés... Les Black Eyed Peas avaient une chanson intitulée « My Humps » que Quentina trouvait hilarante. Les paroles disaient à un moment « *my humps, my humps, my lovely lady lumps*[1] ». Elles faisaient sourire Quentina et lui

1. « Mes fesses, mes fesses, mes belles fesses de gonzesse ».

faisaient penser à son rendez-vous avec Mashinko. Il devait l'emmener dans le bar africain de Stockwell écouter un groupe d'Afrique du Sud qui s'appelait les Go-To Boys. La vie était douce. Au fond d'elle-même, elle ne croyait pas qu'elle retournerait au Zimbabwe avant la mort du tyran. Une intuition qu'elle avait. En attendant, *my humps, my humps… my lovely lady lumps…*

« Kwama Lyons » pointa avec cinq minutes de retard au bureau des Services de Contrôle, puis elle partit faire sa tournée. Quentina travaillerait aujourd'hui jusqu'à vingt heures trente, un horaire rentable étant donné que de nombreuses rues résidentielles n'avaient que récemment modifié les horaires de fin de stationnement de vingt heures trente à dix-sept heures trente, et que les visiteurs étaient très nombreux à ne pas s'être encore aperçus du changement. C'était assez injuste, d'après Quentina, mais bon, s'il y avait une chose dans la vie qui était pour elle claire comme de l'eau de roche, et de plus en plus chaque jour, c'était que ce n'était pas elle qui édictait les règles. Si c'était elle, elle ferait en sorte que la vie soit juste. Elle y veillerait. Si elle avait la charge du monde, en haut de la liste des tâches à accomplir, figurerait l'article : Rendre la Vie Juste. Mais elle n'avait pas la charge du monde et la vie n'était pas juste.

Le climat, facteur crucial pour une contractuelle en service, refusait de se mettre au beau fixe. À un moment le ciel était limpide, le soleil brillait et Quentina transpirait à l'intérieur de son costume ridicule : l'été était au coin de la rue ! Pas un vrai été, bien sûr, mais son imitation anglaise… Et puis le soleil se cachait, le vent se levait, et tout devenait sombre et triste, hivernal, une autre imitation anglaise, sans neige, sans glace, sans loups et sans outrance, juste un froid gris et sombre.

Vers onze heures, Quentina repéra un Land Rover vieux de dix ans, un diesel, garé sur une place de livraison devant un magasin d'électroménager après l'intersection avec la grand-rue. L'arrière du véhicule était ouvert; Quentina entrevit un fatras de cartons. C'était une zone où on pouvait dresser beaucoup de contraventions pour stationnement, lequel n'était pas autorisé, contrairement aux livraisons et aux chargements, qui l'étaient. A sa plaque d'immatriculation, Quentina constata que la voiture avait été achetée dans un garage de Cirencester. C'était logique car aucun Londonien ne laisserait un coffre ouvert aussi longtemps sans surveillance... Elle resta plantée là une minute, puis un homme en parka huilée de couleur verte déboula à toute vitesse.

« Désolé désolé ! fit l'homme. Il faut que je récupère quelques trucs. Ma fille déménage. Encore deux voyages. J'espère que ça ira ? »

Il était en effet en train de charger sa voiture.

« Très bien, dit Quentina. Vous avez un visage honnête. »

L'homme eut la bonté de sourire. Lui et sa fille ramassèrent encore deux cartons. Quentina s'éloigna, ou du moins essaya, car à une dizaine de mètres une femme en survêtement lui bloqua le passage. Son teint était congestionné et ses cheveux crépus ébouriffés de colère.

« Parfait, lança-t-elle, parfait. Que ces snobinards se garent donc où ils veulent. Les gens ordinaires, vous leur collez une prune sans réfléchir, vous vous fichez qu'ils soient sur l'emplacement qu'il faut ou non, vous leur flanquez un P.-V., vous remplissez votre quota, ils ont qu'à contester si vous vous trompez, vous vous en fichez, ouais, du moment que vous remplissez votre quota, y a que ça qui compte, si vous avez décroché ce boulot au départ c'est seulement à cause de la discrimination positive, les travailleurs ordinaires, eux, il faut qu'ils raquent, qu'ils paient les contredanses, mais des snobinards dans leur grosse bagnole, eux, vous les laissez faire ce qu'ils veulent. »

Quentina estimait qu'elle avait une certaine expérience du monde, ainsi que des gens sous leur jour le moins flatteur, mais dans ce pays fabuleusement riche et privilégié, elle ne connaissait pas de sujet qui les rende aussi rapidement et aussi totalement irrationnels que celui du stationnement. Quand on les verbalisait, les gens étaient en colère, toujours et automatiquement. Et cette colère pouvait s'étendre, et devenir contagieuse, comme dans le cas de cette femme à l'évidence furibonde et bourrée de rancœurs. Il y avait des fois où Quentina avait envie de s'écrier : À genoux ! Remercie ! Il y a un milliard de gens qui vivent avec un dollar par jour, au moins autant qui ne peuvent pas trouver d'eau potable, et toi tu vis dans un pays où tu as tout espoir de te nourrir, de t'habiller, de te loger et de te soigner, depuis le moment de ta naissance jusqu'au moment de ta mort, gratuitement, un pays où les autorités ne viennent pas te tabasser, t'emprisonner ou t'enrôler de force, où l'espérance de vie est une des plus élevées au monde, où le gouvernement ne te ment pas sur le sida, où la musique est bonne et où seul le climat est mauvais, et tu as le culot de te plaindre pour des histoires de stationnement ? Honte à toi ! Tu devrais baiser le sol de gratitude ne serait-ce que d'être à même de remarquer une contrariété aussi dérisoire ! Tu devrais rendre grâce à Dieu de pouvoir râler contre ce P.-V. au lieu de déchirer tes vêtements de chagrin parce que tu as perdu un autre enfant de la dysenterie ou de la malaria ! Tu devrais pousser des cris de joie en remplissant ce petit formulaire vert dans l'enveloppe collée à ton pare-brise ! Car toi, toi qui es punie à juste titre pour être restée stationné cinq minutes de trop, toi qui t'es garée par erreur dans la zone-résidents, toi qui as ignoré le panneau Réservé aux Chargements, tu es de tous les êtres sur terre un des plus fortunés !

Au lieu de cela, Quentina répondit :

« Ils sont en train de déménager. » Elle tendit la main et, comme dans un spectacle de mime, le campagnard et sa fille sortirent en se débattant avec un objet qui avait l'air lourd emballé dans du carton, et qui, d'après sa forme et ses dimensions, était sans doute un frigo. Non sans peine, ils le déposèrent sur le plateau arrière du Land Rover puis entreprirent de le faire glisser dans l'habitacle.

« Putain, pourquoi tu repars pas dans ton pays de bamboulas, manger tes putains de bananes à même l'arbre et crever du sida, espèce de sale négresse ? Hein ? Qu'est-ce que tu fous ici de toute façon ?

— Je vous souhaite une bonne journée, madame », répliqua Quentina. Elle s'éloigna, furieuse et écœurée mais pas étonnée, puis fit ce que la pratique lui avait appris à faire : elle se retourna pour photographier la voiture et l'aire de chargement, et, du même coup, l'homme et sa fille. Ils bataillaient à présent avec un autre gros paquet, désormais à demi coincé par le frigo. Décidément, ces deux-là n'étaient pas très doués. Après quoi, Quentina sortit son carnet et inscrivit ce que la femme avait dit, en précisant l'heure et le lieu. Elle vaqua ensuite à ses activités le reste de la journée, une journée qu'illuminait une perspective réjouissante. Ainsi, malgré les incidents désagréables qui, indéniablement, se produisaient, subsistait toujours à l'horizon un espoir plus important. Mashinko… *my humps… my humps.*

38

Zbigniew se réveilla et, l'espace d'un instant, il se sentit bien. Il était tôt, six heures, et un rayon de lumière s'était insinué par un interstice des rideaux pour venir lui frapper le visage sur son oreiller. Cela ne le dérangeait pas : Zbigniew était un lève-tôt, en forme au saut du lit. Son premier sentiment en ouvrant l'œil fut une joyeuse sensation d'affairement : une journée à conquérir, des besognes à effectuer, des tâches à accomplir, des travaux à faire avancer. Il avait trois ou quatre chantiers en route. Son portefeuille d'actions allait bien. Il existait une expression anglaise que Zbigniew adorait, un dicton tellement juste qu'il aurait presque pu être polonais : La vie est belle si on ne faiblit pas. Ainsi, en se réveillant, le temps de reprendre pleinement conscience, Zbigniew connut plusieurs secondes de bonheur parfait.

Soudain il sentit qu'il n'était pas seul dans le lit. Son corps perçut avant son esprit qu'il y avait un autre corps près de lui; il le sentit avec un instinct animal; puis il se rendit compte qu'il n'était pas dans son propre lit; puis il comprit de qui il s'agissait et où il était et ce qui se passait, et il se retrouva plongé dans une situation cauchemardesque qui avait commencé comme une péripétie, une blague, une tocade, mais qui s'était intensifiée au point de devenir sa croix, le détail qui clochait dans sa vie, le soleil noir au-dessus de sa tête. Son corps était heureux. Il était au lit avec Davina, la fille qu'il avait rencontrée à l'Uprising avant Noël. Il l'avait invitée à sortir à deux reprises pendant les vacances, ils avaient couché ensemble pour la première fois en janvier, et depuis, ils se voyaient. C'était un désastre. Un désastre de nature compliquée, tel qu'il n'en avait jamais connu avant, parce que d'un certain point de vue, et d'un certain point de vue seulement, il était follement heureux : son corps aimait ce qui se passait. Dès la première fois, quand Davina s'était mise à crier juste au moment où il jouissait en elle, leurs rapports sexuels avaient été incroyables; Zbigniew n'avait jamais pris son pied comme ça. Ce n'était pas une question d'artifices ou de gestes particuliers; ce n'était pas une chose spéciale que faisait Davina et qu'aucune autre fille n'avait jamais faite; c'était simplement que, d'une façon mystérieuse, leurs mécaniques s'accordaient. Il était difficile de ne pas employer de métaphores techniques. La combinaison fonctionnait, voilà tout. À la perfection. Et à répétition. Chaque fois. C'était, sur le simple plan sexuel, le plus grand pied de sa vie : les rapports les plus inventifs, les plus sauvages, les plus satisfaisants, les plus bruyants. Son corps raffolait de ce qui se passait.

L'ennui, c'était que son esprit, son intelligence, son âme, ses sentiments étaient dans les affres. Au fond, il ne pouvait pas souffrir Davina. Il avait remarqué cette aversion assez vite, très vite, lors de leur premier échange, en fait. À vrai dire, il avait remarqué cette aversion avant même de lui adresser la parole, pour la bonne raison qu'elle fumait et qu'il avait horreur de la cigarette, même si ça lui donnait en effet un petit air sexy. Il lui en avait touché un mot au bout de quelques semaines et... elle avait arrêté! Sur-le-champ! La situation était grave à ce point-là!

Si Davina n'était pas ouvertement collante, elle était entièrement, irrévocablement dépendante. Zbigniew était son univers; il le savait parce qu'elle le lui disait. « Mon univers, c'est toi. » La formule n'avait aucun sens pour lui, car elle ne pouvait pas être vraie. Les gens étaient des gens, des êtres distincts, des individus, et l'Univers était l'Univers. C'était ça l'intérêt, que l'Univers soit tout le reste. L'Univers ne pouvait pas tenir en une seule personne. C'était tout l'intérêt de l'Univers et des individus, d'être distincts.

La dépendance, qui n'apparut qu'après qu'ils eurent couché ensemble, était un énorme problème. Chaque fois qu'ils se voyaient – s'il n'avait tenu qu'à elle, ils se seraient vus tous les jours; en fait, s'il n'avait tenu qu'à elle, ils auraient déjà emménagé ensemble, ils seraient même déjà mariés... –, elle lui demandait ce qu'il avait fabriqué ces temps derniers et attendait la réponse les yeux écarquillés, les lèvres légèrement entrouvertes, comme si elle se préparait à être transportée de joie, frappée de stupéfaction ou saisie d'horreur. Il y avait chez elle une pointe de paranoïa et de jalousie dès le départ. Elle était jalouse de son travail, de ses amis, de son portefeuille d'actions, de Piotr, de tout. Elle essayait de ne pas le montrer, ou le montrait d'une manière qui ressemblait à un effort convaincant de ne pas le montrer.

Bien que pas idéal, tout cela aurait pu se révéler supportable si Davina n'avait eu deux autres caractéristiques qui se nourrissaient et s'amplifiaient l'une l'autre. La première était sa façon de surjouer en permanence. Elle faisait chaque chose avec la conscience d'être observée. Elle exagérait tout ce qu'elle disait ou ressentait, souvent en feignant la retenue ; le phénomène prenait un tour particulièrement épique lorsqu'elle faisait semblant de ne pas être blessée ou contrariée. Quand Zbigniew, à cause du boulot, était obligé d'annuler un « verre » – c'est-à-dire une bouteille de vin, suivie d'un interlude entre les draps, puis d'un combat amer pour savoir s'il passerait la nuit chez elle –, elle se comportait lors du rendez-vous d'après comme un chat délaissé retrouvant son maître à son retour de vacances : elle détournait la tête, haussait les épaules et répondait « Rien » quand il lui demandait ce qui n'allait pas, et « Comme tu veux » dès qu'il proposait quoi que ce soit. (« Je demande l'addition ? – Comme tu veux. ») Ensuite avait lieu l'épuisante et tumultueuse réconciliation sur l'oreiller.

La deuxième caractéristique, qui, au bout du compte, faisait que Zbigniew ne pouvait pas passer une période si courte soit-elle avec sa petite amie sans avoir envie d'être ailleurs, était sa morosité, ce qu'elle appelait son « cafard ». (Même sa façon de l'évoquer, archithéâtrale, en baissant les yeux, comme si le sujet était trop difficile, trop douloureux, comme si le mot lui-même était un poids qu'un balourd aussi bien dans sa peau que Zbigniew aurait du mal à imaginer, lui tapait sur les nerfs…) Tous les trois ou quatre rendez-vous, Davina était perdue dans ses pensées, à peine en mesure de parler. C'était du moins l'impression qu'elle donnait. Mais ses tendances cabotines faisaient planer le doute sur sa sincérité. Elle n'était peut-être pas si préoccupée que cela et, souvent, d'après lui, elle cherchait simplement à se rendre intéressante. Ou bien, peut-être un peu déprimée, elle avait besoin qu'on lui remonte le moral, mais au lieu de lui réclamer du réconfort sans détour, elle avait décidé d'en rajouter dans l'abattement, persuadée qu'elle réussirait mieux à attirer son attention, alors que dans ces cas-là, au contraire, il se fermait, il décrochait et il fuyait. Les gens déprimés ennuyaient et horripilaient Zbigniew ; en Pologne, il en connaissait trop, et leurs charmes s'étaient estompés depuis longtemps. Peut-être était-elle réellement, quoique fugitivement, déprimée... sauf que pour être aussi déprimée qu'elle en avait l'air, il aurait fallu qu'elle souffre d'une dépression pathologique, auquel cas ce dont elle avait besoin c'était d'un médecin et de pilules, et non d'un petit ami polonais assis en face d'elle sur qui déverser sa bile.

Hier soir, par exemple. Ils étaient allés au cinéma. La fois d'avant, elle avait choisi le film, alors cette fois c'était lui. *Iron Man*... Pas mal. Pas formidable, mais pas mal. Après, au pub, elle n'avait rien dit. Il avait fait la conversation un moment, puis renoncé. Au bout de deux minutes durant lesquelles Davina était restée assise là à regarder la table, elle avait levé les yeux :

« Tu n'es pas bien bavard.

— Tu l'es encore moins que moi. »

Silence.

« Ah bon ?

— Oui. »

Silence.

« C'est juste que... je ne trouve pas qu'il y ait grand-chose à dire. »

Là, Zbigniew aurait pu s'engouffrer dans la brèche en déclarant : Je suis d'accord, restons-en là. Mais non, il était tombé dans le piège.

« Pourquoi ça ? »

Elle avait haussé les épaules – un mouvement expressif, tragique, comme si on la forçait à choisir entre la mort par pendaison et la mort par fusillade.

« Tu ne trouves pas ?

— Toi si ? »

Autre haussement d'épaules.

« Tu aimes ce genre de films… Les films violents. »

C'était donc ça.

« Il n'était pas si violent que ça. »

Elle avait frissonné.

« Selon tes critères, peut-être que non.

— Ça veut dire quoi ?

— Tu es un homme, la violence t'amuse.

— Pas du tout. J'aime les films d'action. Ce n'est pas la même chose.

— Quand tu as connu la violence, n'empêche… »

Voilà donc où elle voulait en venir. Davina laissait parfois entendre qu'elle avait subi des violences dans son enfance (allez savoir), ou bien avec des petits amis (allez savoir), ou même les deux. Elle ne disait jamais rien d'explicite mais lâchait souvent des allusions, puis se taisait quand il les relevait et cherchait à en apprendre davantage. Elle aimait néanmoins qu'il fasse l'effort de l'interroger, et Zbigniew, tout en se demandant comment elle avait manœuvré pour qu'il lui pose une question dont il n'avait pas envie d'entendre la réponse et dont la réponse serait forcément sujette à caution, avait insisté :

« Que veux-tu dire ? »

C'est à ce moment-là qu'elle s'était mise en mode cafard et, devinez quoi, l'épisode s'était terminé au lit. Il l'avait raccompagnée à pied, puis sur le seuil elle avait fondu en larmes et l'avait invité à entrer, et une trentaine de secondes plus tard ils étaient, pour utiliser une expression que Zbigniew avait piquée à un électricien irlandais, « en train de forniquer avec autant de vigueur que des policiers jouant de la matraque ». Le cul était formidable, bien sûr. Homérique. Fabuleux. Le cul n'était pas le problème. Ou plutôt, le cul était exactement le problème, parce qu'il était sensationnel.

Zbigniew se leva aussi discrètement qu'il put. L'idéal serait de sortir de chez Davina sans la réveiller, en laissant un mot pour dire… pour dire un truc. En caleçon, il rejoignit la salle de bains attenante, où il s'aspergea le visage et se brossa les dents avec la brosse à dents qu'elle lui avait achetée. Il pissa, puis – c'était risqué pour le bruit mais il était maniaque – il tira la chasse.

De retour dans la chambre, il éprouva une bouffée d'écœurement. La chambre était rose vif – un rose vif élégant, devait-il avouer – avec un grand lit Ikea. Davina possédait une collection d'ours en peluche que, dans leur hâte de faire l'amour, ils avaient balancés par terre. Les nounours avaient atterri dans toutes sortes de postures, jambes écartées, tête en bas ou entassés les uns sur les autres, et à les voir disséminés ainsi après ce que Davina et lui avaient fait la veille, Zbigniew, l'espace d'une seconde dérangeante, trouva quelque chose de sexuel à leur attitude d'abandon. Les peluches avaient l'air oubliées et mal aimées, et en même temps en pleine orgie. Ce spectacle le mettait mal à l'aise.

Ses vêtements, eux aussi retirés à la hâte, étaient allés échouer sur le lourd fauteuil tarabiscoté pas du tout Ikea qui faisait face au lit. Zbigniew enfila son T-shirt et son sweat-shirt, mais une de ses jambes de jean était coincée sous le pied du fauteuil. Soulevant le meuble d'une main et dégageant le jean de l'autre, il entendit derrière lui :

« Hou là là, ces muscles ! »

Il grimaça, puis se retourna et sourit.

« J'espérais ne pas te réveiller.

— J'aime être réveillée par toi, dit Davina d'une voix ensommeillée ultra-sensuelle, qui, constata-t-il malgré lui, fit tressaillir sa queue.

— C'était bien hier soir », souffla-t-il. Elle ne répondit rien, se contentant d'émettre un murmure endormi. C'était ce côté qu'il préférait chez elle, et qui prouvait qu'elle pouvait parfois faire preuve de naturel. Davina n'avait pas encore relevé la tête et ses mèches blondes s'étalaient sur l'oreiller. Elle semblait à moitié réveillée mais totalement prête à refaire l'amour.

« C'est dur de te résister », dit Zbigniew, énonçant sous cette forme légère une vérité compliquée. Davina, là encore, ne répondit rien et se borna à remonter un peu le bas de la couette, histoire de lui laisser contempler sa jambe jusqu'à mi-cuisse... sa jambe au mollet renflé, sa longue jambe, sa jambe brûlante, sa jambe si fine au niveau de la cheville mais qui devenait tellement charnue vers la cuisse, sa jambe couleur miel dont Zbigniew savait d'expérience qu'elle allait jusqu'en haut...

Il se dirigea vers le lit. Davina fit mmmm.

39

L'assistant de Smitty s'appelait Parker French, même si ce n'était pas sous ce nom que Smitty pensait à lui. Conformément à son habitude, Smitty pensait à son assistant comme à son assistant. Leur efficacité avait bien plus d'importance que leur identité. En fait leur identité importait peu ; dès l'instant où elle existait, elle devenait agaçante. Plus Smitty était obligé de remarquer ses assistants en tant qu'individus, moins bien ils faisaient leur travail. S'il avait osé, il ne lui aurait pas déplu de donner le même prénom à tous ses assistants. Nigel, disons… Son assistant s'appellerait toujours Nigel. À peu près chaque année il y aurait un nouveau Nigel. Des Nigel petits, des Nigel grands, des Nigel chevelus, des Nigel crânes rasés, des Nigel rasta… mais toujours, en dernière analyse, des Nigel. Ce serait marrant.

L'assistant de Smitty, toutefois, ne se voyait pas comme l'assistant de Smitty. Il se voyait comme Parker French. Si Parker avait su ce que Smitty pensait de lui, il aurait été choqué et bouleversé, mais il aurait au moins découvert que son employeur et lui étaient entièrement d'accord sur un point : Parker ne serait pas éternellement l'assistant de Smitty.

Entre autres à cause d'une mission comme celle d'aujourd'hui. Smitty se rendait à une fête, une fête du milieu artistique. Elle se tenait dans un entrepôt de Clapton, et était organisée par un galeriste qui avait été un des premiers à percevoir, non sans réactivité, que la scène artistique londonienne se déplaçait vers l'est. Il avait été sur le coup à Hoxton, à Shoreditch, pile au moment où les choses se passaient, et maintenant il était sur le coup à Clapton. Les œuvres exposées étaient dues à un de ses nouveaux clients, un duo de frères plein d'avenir dont la spécialité consistait à détruire des objets puis à les recoller de travers. Il ne s'agissait pas de deviner si leur cote allait grimper. Ça allait de soi. Il s'agissait simplement de savoir jusqu'où. Pour cette première expo très médiatisée, il y avait une dizaine de petites pièces ainsi que deux grosses œuvres maîtresses. Les petites pièces comprenaient quatre vélos amoncelés, plusieurs canapés, un frigo (assez marrant car les portes avaient été recollées à l'envers), et quelques ensembles de clubs de golf (marrants aussi). Au milieu trônait une de leurs pièces les plus polémiques, divers tableaux et autres œuvres originales qui leur avaient été offerts par des confrères artistes et qu'ils avaient déchiquetés puis recollés, et à qui ils avaient attribué un titre d'un seul mot composé des quatre cent trois caractères que formaient tous les titres des œuvres individuelles mis bout à bout. *Lelièvreauvoletvertd'aprèssoutineperformanceonecroquisaufusain1baconavaittortj'ailaissémamanauparkingsectionseptrêved'hiverimaginezmoientraindefairel'amourestcequemamèrefaitgrosselàdedans(boîtecontenantsescendres)peintureàlaculottesituasenviedemoiinspiréparphilipkdickautoportraitnumérodeuxautoportraitautoportraitautoportraitparphotoshoppotdeyaourtquigicleauclairdelunecourtmétragenaturemorteaupoisson* était une imposante œuvre maîtresse, d'ores et déjà achetée par un collectionneur. Smitty l'aimait bien et il aimait bien aussi l'idée. C'était marrant d'imaginer la fureur des artistes à la vue de leurs œuvres hachées menu, et leur obligation de faire bonne figure. Mais cette pièce n'était pas sa préférée. Les frères avaient démantibulé une Ford Focus – ou plutôt avaient trouvé un atelier de découpe pour s'en charger –, puis l'avaient reconstituée. Le résultat était véritablement saisissant. On aurait dit la conception que se faisait un enfant de l'assemblage d'une voiture, exécutée par un géant dont les mains étaient trop grandes pour accomplir les gestes délicats nécessaires. Étant donné que certains morceaux dépassaient et avaient été rajoutés au dernier moment – des morceaux que les frères n'étaient arrivés à caser nulle part –, la voiture avait aussi un petit quelque chose du hérisson. Tout le monde s'accordait à dire que c'était une pièce très puissante. Elle s'intitulait *Pourra-t-il jamais y avoir une politique du rêve ?* C'était là que la fête avait puisé son thème, « Politique du Rêve », et c'était pour cela qu'il y avait des avaleurs de sabres et des cracheurs de feu à l'accueil, et pour cela aussi que les serveurs étaient des nains.

Smitty avait reçu une invitation par le biais de son revendeur – son revendeur au sens « drogue », qui se trouvait être devenu son revendeur au sens « art » –, et comme il avait envie de venir, il était venu. Il voulait jeter un œil, non seulement pour voir le travail des frères, dont il avait déjà eu vent, mais pour prendre le pouls de la salle, se rendre compte de l'ambiance, vérifier ce qui se passait et ce qui était peut-être sur le point de se passer. L'art était un business : ce n'était peut-être pas l'aspect qu'on préférait dans l'art, mais c'était un aspect qu'on aurait eu tort d'ignorer. On avait tout intérêt à renifler les tendances, à observer les acteurs du moment, et Smitty adorait aller aux fêtes d'artistes pour pouvoir espionner. Il ne courait pas grand risque d'y être reconnu, car la rumeur circulait dans le milieu que Smitty était noir. Cette rumeur, Smitty l'avait lui-même déclenchée en demandant à son revendeur de lâcher quelques allusions. Et l'existence de cette rumeur était la chose qui l'enchantait le plus au monde.

Son identité était donc protégée. Malgré tout, il prenait garde à ne pas sortir trop souvent, car s'il se montrait trop souvent, les gens risquaient de commencer à se demander qui il était. De commencer à se le demander sérieusement, pas juste comme ça, en passant, avec une vague curiosité… Smitty aimait s'amuser de son anonymat, mais il tenait à être le meneur de jeu ; il tenait à ce que ce jeu reste un jeu privé n'acceptant qu'un seul joueur, lui-même. C'est pourquoi il s'habillait toujours en costume-cravate, un costume habillé mais pas trop chic, et si par hasard on l'interrogeait sur ce qu'il faisait, il répondait qu'il était comptable et qu'il travaillait pour les assureurs des artistes. Ça clouait le bec des gens, qui s'esquivaient sans tarder. S'ils insistaient, eh bien, Smitty avait fait des études d'économie et il ne doutait pas qu'il réussirait à baratiner. Et puis, il emmenait toujours un assistant pour jouer les parasites et lui servir de couverture. Même un Nigel aussi nul que l'actuel pouvait faire une bonne couverture : Smitty donnait l'impression d'être en train de discuter avec lui quand, en réalité, il repérait les talents éventuels.

Smitty reconnut à peu près un tiers de l'assistance, un chiffre dans la moyenne. Il y avait quelques marchands qui s'occupaient surtout à boire du champagne, quelques artistes qui s'occupaient surtout à boire de la Special Brew (une note plaisante) et quelques civils qui buvaient soit du champagne soit de l'eau du robinet londonienne; celle-ci était servie dans des magnums affichant l'étiquette « Eau de Londres » (une autre note plaisante). Les marchands arboraient pour la plupart de coûteuses versions du chic décontracté, les artistes étaient soigneusement super-débraillés, et le tout-venant portait des costumes. D'où son déguisement. Il y avait plus d'étrangers que d'habitude, ce qui était intéressant; en majorité des Allemands, d'après lui. La réputation des deux lascars s'était répandue comme une traînée de poudre. L'Allemagne, Smitty le savait très bien, était un marché porteur. Environ un tiers des gains de son livre s'étaient faits en Allemagne. C'était grosso modo tout ce qu'il y avait à voir ici. Un autre verre de champ' et Smitty s'en irait.

Tout cela rendait Parker très malheureux. Smitty avait raison de penser que son assistant n'était pas vraiment pétri de respect pour lui. De l'avis de Parker, l'œuvre entière de son patron était basée sur une méprise. Si on ne s'arrêtait pas aux détails – ce que, d'après lui, on pouvait faire facilement, sans louper grand-chose –, le travail de Smitty ne reposait en réalité que sur l'anonymat. Ce qui comptait, c'était l'anonymat, l'idée, ainsi que les conséquences, de l'anonymat. Warhol n'avait eu en somme qu'une seule idée, la marchandisation de l'image artistique, et cette idée, il l'avait envisagée dans toutes ses implications, et sous tous les angles imaginables. Smitty aussi n'avait eu en définitive qu'une idée, l'anonymat, ses possibilités et ses conséquences. Mais l'idée de Smitty, d'après Parker, était complètement déconnante. Non seulement les gens ne voulaient pas être anonymes, mais l'anonymat était une des choses qu'ils aimaient le moins dans la vie moderne. Ils voulaient être connus, ils voulaient être nommés, ils voulaient leur quart d'heure.

« Il ne s'agit pas d'être invisible, expliquait Parker à sa petite amie Daisy quand il lui décrivait les erreurs tactiques de Smitty, ce qui arrivait assez souvent. Il prend le truc à l'envers. Le but de l'art devrait être de rendre les gens visibles. De rendre les choses visibles. D'attirer l'attention. »

Daisy était assez maligne pour ne rien répliquer et se borner à caresser la partie du corps de Parker la plus proche de sa main.

Parker ne savait que trop combien le fait d'être inconnu, obscur, invisible, pouvait torturer les gens ; il le savait parce que ce supplice, il le vivait lui-même. Ce tourment lui était renvoyé par la ville, par la foule, par l'indifférence publique et par l'attention d'autrui qui se portait toujours ailleurs, vers des rêves de célébrité et de gloire, ou vers des réflexions intimes d'ordre existentiel ; mais jamais, s'insurgeait-il en son for intérieur, cette attention ne se portait où il fallait, c'est-à-dire vers lui, Parker French.

« Bon, ça c'est fait », déclara Smitty, vidant son verre puis le tendant à un des nains. Parker savait que cette phrase signifiait : « Maintenant on s'en va. » Le détachement absolu de Smitty à l'égard des autres pouvait passer pour une forme de bonhomie, de paternalisme affable, mais Parker savait que Smitty n'était pas du tout bonhomme, alors là pas du tout. Parker posa son verre à moitié plein sur le même plateau, puis les deux hommes se dirigèrent incognito vers la sortie du hangar.

40

Patrick Kamo avait un secret. Un secret qu'il cachait à tous, mais surtout à son fils : il détestait Londres. Il détestait l'Angleterre, la vie qu'il y menait pour tenir compagnie à Freddy. Il détestait le climat, il détestait la langue anglaise, le froid et la pluie à longueur d'année et la façon dont tout cela lui donnait le sentiment d'être vieux, il détestait les couches supplémentaires de vêtements qu'il était obligé de porter pour combattre le froid, et il détestait la façon dont le chauffage central le faisait transpirer et lui donnait l'impression d'avoir froid tout en le desséchant. Il avait attendu le printemps avec impatience, cette saison où, lui disait-on, tout commencerait à se réchauffer, mais le printemps anglais se révéla grotesque, gris et humide, en plus d'être froid. Il détestait le manque de cordialité des gens, et il détestait la façon dont il était passé du statut d'homme à part entière, respecté et important, à celui d'accessoire de la vie de son fils. Il détestait la façon dont il était invisible dans la rue. Il détestait le fait que personne ne savait qui il était; il n'avait jamais eu beaucoup d'amis, il était trop réservé pour ça, mais avait pas mal de relations malgré tout, des gens qui l'estimaient; à Londres, il n'en avait aucune, à part les personnes payées pour être polies avec lui parce qu'il était le père de Freddy. Il détestait la maison de Pepys Road, son horrible exiguïté, sa hauteur sans envergure, les joujoux hors de prix qu'il n'arrivait pas à faire fonctionner. C'était un homme qui avait toujours travaillé, mais ici son travail se réduisait à Être le Père de Freddy, ce qui n'était pas du tout un travail. Un homme doit être père, mais il doit travailler aussi. Ici, parce que son travail ne consistait qu'à être avec Freddy, il avait l'impression que l'un et l'autre lui avaient été retirés. Plus qu'il ne l'aurait cru possible, il détestait être séparé de sa femme et de ses filles. Il s'était attendu à ce qu'elles lui manquent mais de façon gérable, comme une petite douleur, une souffrance musculaire. Au lieu de cela, il pensait à elles sans arrêt. Ils avaient décidé qu'elles ne viendraient pas les voir avant l'automne, mais Patrick ne savait absolument pas comment il allait pouvoir tenir aussi longtemps sans respirer l'odeur des cheveux d'Adede, sans sentir le contact de ses filles cadettes Malé et Tina écrasées dans ses bras et hurlant de rire. À Londres, bien sûr, elles ne rêveraient que de courir les boutiques – mais cela ferait plaisir à voir. Ses filles commenceraient à prendre la mesure de ce que leur demi-frère avait accompli, de qui il était devenu. Et peut-être Patrick se plairait-il même un peu à leur montrer cette affreuse ville, cet endroit qu'il haïssait tant. Chaque fois qu'arrivaient ces maudites cartes postales et ces fichus DVD qui disaient que des gens voulaient ce qu'il avait, il avait envie de crier, de hurler, de jurer, de frapper quelqu'un. Il n'y avait rien dans sa nouvelle vie qu'il aimait.

Mais il gardait tous ces sentiments-là pour lui. D'abord, par principe, il mettait un point d'honneur à ne pas se plaindre; ensuite, ce serait injuste à l'égard de Freddy. Réaliser son rêve, vivre pleinement son talent, être payé plus que quiconque pourrait imaginer, devenir un héros, faire ce qu'il aimait et désirait plus que tout – et, en guise de récompense, subir la négativité geignarde de son père : ce serait terrible. Freddy était un bon petit dont la plus grande motivation dans la vie, à part son amour du football, était de faire plaisir à son père. Il ne devait pas avoir à affronter le fait que son bonheur pouvait lui causer de la détresse. Aussi Patrick gardait-il sa détresse pour lui. Peut-être aurait-il pu parler à Mickey, qui s'était tellement pris d'affection pour Freddy que Patrick avait commencé à lui faire confiance ; mais là encore il sentait que lui faire part de son chagrin aurait manqué de virilité. Il aimait bien Mickey mais n'avait pas envie de lui montrer la moindre faiblesse.

Cette semaine était particulièrement difficile parce que Freddy était parti aux Açores pour s'entraîner avec le club.

Patrick en avait parlé avec Mickey – quand il s'agissait des intérêts de Freddy, Mickey était un bon interlocuteur – et avait décidé de ne pas l'accompagner au camp d'entraînement. D'abord, ils étaient à Londres depuis maintenant cinq mois, et cela ferait du bien à Freddy de voyager tout seul pour la première fois – étant donné que « tout seul » voulait dire au milieu d'une cinquantaine de personnes, qu'il connaissait toutes. Ensuite, il n'y avait absolument rien à faire au camp sinon s'entraîner, observer les autres s'entraîner, puis manger, prendre des bains, regarder des films d'entraînement et peut-être un DVD le soir. Il n'y avait aucune tentation susceptible de détourner Freddy de son objectif (non qu'il soit ce genre de garçon), mais, du coup, il n'y avait rien à faire non plus pour Patrick. Il avait donc décidé de rester à Londres. Il serait malheureux tout seul, pour changer. Ils étaient devenus tellement riches qu'il aurait pu s'offrir un aller-retour en avion pour aller voir sa femme et ses filles pendant une semaine, mais là aussi, à ses yeux, il aurait manqué de virilité. Il aurait trop ressemblé à un enfant courant se réfugier dans les jupons de sa mère.

Patrick avait donc presque toute la semaine pour lui. La gouvernante préparait les repas et laissait des consignes pour les faire réchauffer; les repas étaient conservés dans des récipients en plastique dans le frigo et les consignes avait été écrites à la main sur un bloc à côté de la cuisinière. Patrick suivait les instructions, puis rajoutait de la sauce pimentée pour donner du goût. Pendant les deux premiers jours, Mickey l'appela pour avoir de ses nouvelles. Patrick lui était reconnaissant de se soucier de lui, mais cachait sa gratitude derrière des manières bourrues pour éviter de paraître trop sentimental. Il se montra si efficace que Mickey, pensant embêter Patrick en se tracassant pour lui, arrêta d'appeler. Freddy téléphonait le soir, en général avec de la musique en fond ou quelqu'un qui riait à l'arrière. Il était heureux. Il aimait se sentir entouré. Patrick Kamo, lui, dans la maison de Londres sous la pluie de cet été anglais inexistant, ne s'était jamais senti aussi seul, ne s'était jamais autant ennuyé ni tourné les pouces de toute sa vie.

Il se mit à faire des promenades. Jusqu'à présent, il avait surtout vu la ville par la vitre d'une voiture, généralement en allant quelque part ou en en revenant en compagnie de Freddy et Mickey. Il lui était arrivé de se promener autour du pâté de maisons pour aller faire des courses ou juste histoire de quitter la maison dix minutes, mais étant donné qu'il était désormais difficile pour Freddy de sortir en public sans être reconnu, il passait la majeure partie de son temps cloîtré dans des voitures ou des immeubles. Patrick, livré à lui-même, décida de s'aventurer dehors. Le mardi, il traversa le terrain communal vers le sud et, ayant dépassé Balham et Tooting, comprit pour la première fois l'alternance entre les regroupements de boutiques dans les grands-rues anciennes suivies de longues étendues, bloc après bloc et rue après rue, de maisons identiques, toutes serrées les unes contre les autres, et puis les espaces dégagés formés par les divers terrains communaux. Lors de cette promenade, il mit le cap vers l'est, en direction de Streatham, puis se lassa et fit une boucle pour rentrer : il retrouva son chemin après être tombé sur la South Circular et la longea. La circulation était complètement bloquée et, de son pas flâneur, il dut doubler des centaines, peut-être des milliers, de voitures. En atteignant King's Avenue, il découvrit la raison de cet embouteillage : un hélicoptère s'était posé au milieu de la chaussée, flanqué de deux voitures de police aux gyrophares allumés. L'Ambulance Aérienne... il en avait entendu parler mais ne l'avait jamais vue. Un policier indo-pakistanais se tenait derrière un cordon de sécurité et laissait passer les piétons. Il y avait une camionnette blanche, en travers sur deux voies de circulation, et quelque chose semblait coincé sous ses roues de devant; à en croire les dos voûtés et les froncements de sourcils des hommes autour, quelque chose s'était empêtré dedans. Un vélo. Le cycliste ne pouvait en aucun cas avoir survécu. Patrick ressentit de la pitié, mêlée à de l'incompréhension : c'était un pays riche, pourquoi donc choisir de circuler à vélo ?

Le lendemain il partit vers le nord-est, en direction de Stockwell; il croisa des gens parlant une langue qu'il mit du temps à reconnaître, c'était du portugais, traversa des rues animées et des cités où il n'aurait pas eu envie de vivre, poursuivit sa route jusqu'au fleuve et à l'apparition inattendue du Parlement. Alors qu'il contemplait le large fleuve gris et les magnifiques bâtiments anciens, une femme s'approcha pour lui demander de prendre une photo d'elle et de son amie. C'était la première fois qu'on lui adressait la parole depuis que Mickey avait cessé de lui téléphoner. Il cligna des yeux pour s'éclaircir la vue, regarda par le viseur et prit une photo des deux femmes en anorak bras dessus bras dessous, les bâtiments du Parlement flous en arrière-plan. Puis il rentra à pied.

Ses longs trajets pédestres en solitaire n'eurent pas pour effet de lui faire subitement aimer la ville, mais il commença à se dire qu'il la cernait un peu mieux – il comprenait son agencement, son rythme. Patrick se rendit compte que ce qui le déconcertait, c'était l'impression que tout le monde était tout le temps occupé. Les gens semblaient toujours vaquer à quelque chose. Même quand ils ne faisaient rien, ils promenaient des chiens, se rendaient dans des officines de paris, lisaient des journaux aux arrêts de bus, écoutaient de la musique dans un casque, faisaient du skate le long du trottoir, mangeaient des sandwichs de fast-food en marchant dans la rue – si bien que même quand ils ne faisaient rien, ils faisaient tout de même quelque chose.

Le troisième matin, Patrick se réveilla tard; les bruits de chantier omniprésents le matin dans Pepys Road n'étaient, pour une raison ou pour une autre, pas arrivés à s'immiscer dans son sommeil. Il mangea des toasts et une banane totalement insipide et, au lieu de se battre avec la machine à café – qui, malgré son mode d'emploi en français, restait impossible à faire marcher –, il fit infuser un café bien fort dans une cruche. Il traîna dans la maison un petit moment, habillé, et partit à l'arrivée de la gouvernante, vers dix heures et demie.

La troisième virée de Patrick l'emmena vers le nord, en direction du fleuve. Il descendit une rue du quartier qu'il n'avait jamais prise, bien qu'elle fût tout près : il se trouva qu'elle offrait une épicerie fine, une boutique de chaussures et un gymnase où un homme particulièrement obèse luttait contre son propre essoufflement en essayant d'attacher un vélo. Une agence de taxis, un pub, une pizzeria qui n'avait peut-être pas encore ouvert ce jour-là, ou alors qui avait fait faillite, c'était difficile à dire. En descendant la colline, il vit un magasin de primeurs avec un panneau dans la vitrine qui annonçait « Légumes africains ». Il passa sous un pont de chemin de fer, devant une immense affiche avec la photo en gros plan de l'entrejambe d'un homme en slip kangourou. Il y avait un arrêt de bus avec la poignée habituelle de Londoniens en train de fumer, de jouer à des jeux électroniques, d'écouter de la musique, de regarder dans le vide, tous comme si ces activités étaient des boulots en soi. Il dépassa le gazomètre, traversa le parc, croisa des joggeurs et des cyclistes, descendit jusqu'au fleuve, emprunta la promenade sur berge. Les couleurs de la Tamise fluctuaient en fonction de ses différentes humeurs et aujourd'hui, sous les rares éclaircies de bleu dans le ciel, elle était plus claire, plus joyeuse, reflétant ce bleu. Contrairement aux rivières africaines, elle semblait sans odeur. Patrick franchit le joli pont délicat en fer forgé peint en blanc. À nouveau il doublait des autos à l'arrêt, dans lesquelles les gens prenaient des poses et rageaient, comme si cela avait pu faire avancer les choses. Un couple dans une voiture à ras du sol, une Mini, dont la fille portait elle-même une jupe à ras des fesses, profitait de ces embouteillages pour s'embrasser et se peloter. Ils y allaient franchement. Patrick ressentit un élancement. Solitude ? Désir ? Ou les deux à la fois ? Peut-être aurait-il dû profiter de cette semaine pour rentrer chez lui, en fin de compte.

Après le pont il y avait un pub, dont l'enseigne disait : « Cat and Racket ». Les vitres en verre pommelé étaient teintées et, à l'intérieur, on distinguait des luminaires censés imiter de vieilles lampes à gaz. En regardant l'établissement, Patrick regretta de ne pas pouvoir entrer. Il avait entendu parler des pubs et s'en faisait une image fantasmée : il les imaginait chauds, marron, conviviaux. Londres ne se réduisait pas à des gens livrés à eux-mêmes, les pubs en étaient la preuve. Mais Patrick n'avait jamais mis les pieds dans un pub. Il avait trop peur de se ridiculiser pour s'y rendre seul, était trop fier pour demander à Mickey de l'emmener. Cela ne l'empêchait pas de rêver, et il s'imagina brièvement traverser la rue pour trouver à l'intérieur des hommes en train de regarder du foot à la télévision, ou de se disputer sur un aspect du jeu avant de le consulter, de lui demander s'il s'y connaissait, et lorsqu'il déclarerait, tranquillement : « Je suis le père de Freddy Kamo », ils seraient médusés, stupéfaits, aux anges de le rencontrer, et se battraient pour lui offrir une bière, lui passer un bras autour des épaules et lui dire qu'ils trouvaient Freddy absolument formidable et qu'ils espéraient de tout cœur que tout irait bien pour lui. C'est ainsi qu'il s'imaginait la scène.

Patrick coupa King's Road, une rue où Freddy avait bien aimé venir se balader, avant qu'il ne devienne trop célèbre pour se le permettre. Sa démarche tellement singulière n'aidait pas : il pouvait modifier sa dégaine avec un chapeau et des vêtements amples, mais personne d'autre que lui n'avait cette démarche athlétiquement gauche, élastique, bondissante, comme s'il risquait de trébucher, même si cela n'arrivait jamais. Son fils, sur le berceau de qui les dieux s'étaient penchés. Aucune grâce similaire n'avait jamais été octroyée à Patrick – ou plutôt, cette grâce, c'était son fils – et de cette grâce, cette chance, cette bénédiction il devait se contenter de n'être qu'un accessoire. Mais Patrick, en toute honnêteté était obligé de reconnaître que ce n'était pas facile pour lui. Remontant cette rue célèbre, il regardait les vitrines des magasins de luxe où l'on vendait des choses dont personne ne pouvait décemment avoir l'envie, le besoin ou l'usage : des lampes d'où apparemment aucune lumière ne pouvait sortir, des chaussures dans lesquelles aucune femme ne pourrait se tenir debout, des manteaux qui ne tiendraient chaud à personne, des chaises sur lesquelles personne ne pouvait s'asseoir sans mode d'emploi. Les gens désiraient ces choses, forcément, sans quoi les boutiques ne les vendraient pas. Il était pour sa part si loin de les désirer qu'il avait la sensation que ce n'était pas ce qui était à vendre qui était inutile, mais lui-même. Quelque chose n'était pas à sa place : soit les objets, soit la personne qui les regardait. Or ces objets étaient si incontestablement à leur place ici que ce devait être l'observateur qui était égaré, superflu. Cet Africain entre deux âges à la silhouette mince et aux cheveux grisonnants, élégamment mais discrètement vêtu d'un manteau en poil de chameau, d'une écharpe et de chaussures luisantes, qui se tenait bien droit – c'était lui qui n'était pas à sa place.

41

« *You make me feel so young… you make me feel as though spring has sprung*[1] », chantait Roger silencieusement, dans l'intimité de ses pensées. Il n'aurait pas été convenable de le faire à haute voix, car il était en réunion avec son adjoint Mark et un type de la comptabilité dont il avait déjà oublié le nom une fois et, après avoir demandé à Mark de le lui rappeler quand l'homme était sorti de la pièce pour prendre un appel, l'avait oublié à nouveau. Ce gars de la compta avait un prénom anglais classique, mais plutôt long, ça, Roger s'en souvenait. Jonathan, peut-être. Ou Alexander. Il y avait plusieurs syllabes. Pour l'instant, Roger s'en tenait à « vous »…

L'objet de la réunion : préparer les chiffres mensuels opposant les résultats du service au budget – ce qui se faisait aussi chaque jour et chaque semaine, mais qui devait être calculé mensuellement pour être soumis à la comptabilité. Ainsi la compta aidait à préparer les chiffres qui étaient ensuite officiellement soumis au Contrôle de gestion avant d'être renvoyés au service de départ. Roger, à moitié absent, écoutait à peine. Il se sentait si jeune, avait l'impression que le printemps venait de commencer, comme dans la chanson. C'était en réalité un jour gris, le ciel bas bien visible depuis son bureau, et un vent d'est froid et cinglant faisait vivement circuler les nuages, comme un policier irrité – mais Roger s'en moquait. Si on l'avait sommé d'expliquer pour quelle

1. « Avec toi je me sens si jeune… avec toi j'ai l'impression que le printemps vient de commencer ».

raison il était d'aussi bonne humeur, il n'aurait su quoi répondre.

Il était de bonne humeur plus ou moins sans discontinuer depuis l'arrivée de leur nouvelle nounou le 27 décembre. Avec Matya au rez-de-chaussée qui avait apparemment eu le coup de foudre pour les garçons et vice versa, Roger était libre de monter dans son bureau travailler à sa vengeance. Il mit une compilation des Clash dans sa chaîne stéréo de luxe et sortit un bloc-notes. En haut de page, il écrivit « Economies ». En dessous, il griffonna :

> *Réalité : 1 000 000 de livres de déficit.*
> *Nécessité : réduire les dépenses.*
> *Mesures à prendre : réduire les achats de 70%.*

(Cela signifiait que les dépenses d'Arabella allaient devoir être radicalement, spectaculairement restreintes. Fini, le temps où elle pouvait acheter ce qu'elle voulait quand elle voulait. D'ailleurs :)

> *Tout achat, toute dépense au-dessus d'une somme précise devra être discuté mutuellement avant d'être accepté. Suggérer un plafond initial de 100 livres.*

(Arabella adorait dépenser de l'argent, mais elle avait horreur, horreur d'être obligée d'en demander l'autorisation. Le compte joint, tel qu'il était actuellement constitué, signifiait qu'elle n'avait jamais à le faire, et Roger n'avait pas voulu se donner la peine de parcourir le relevé de compte tous les mois. Mais maintenant, il s'en donnerait la peine. Quant au plafond de 100 livres, Roger savait qu'Arabella arriverait à peine à y croire.)

> *Soit Minchinhampton soit Ibiza / Verbier / la Toscane, pas les deux.*

(C'était un terrible coup bas porté au fervent désir d'Arabella d'avoir non seulement une maison de campagne, mais aussi deux voyages à l'étranger par an.)

> *Pas de travaux supplémentaires dans la maison.*

(C'était le mot « supplémentaires » qui rendait la chose si délectable.)

Pas de nounous de week-end, ni supplémentaires.

(C'était là, d'après lui, qu'Arabella avait commis sa plus grande erreur tactique. Maintenant que Roger s'était occupé des enfants tout seul à Noël, il était expert en la matière. Il savait ce dont ils avaient besoin ou non. Il leur fallait leur nouvelle nounou, Matya, mais pas forcément un soutien autre que celui qu'Arabella pouvait leur offrir elle-même.)

C'était ce dernier point qui mettait Roger le plus en joie. Elle lui avait par mégarde cédé le contrôle d'un bout de son territoire; il était intervenu et avait pris en charge la question de la nounou. Arabella n'en avait jamais recruté de séduisante, détail qu'il l'avait entendue commenter en plaisantant à moitié avec des amies; eh bien, maintenant, il en avait embauché une. Il attaquerait avec ça.

Roger monta le volume de la musique – « Guns of Brixton », un de ses morceaux préférés –, mit les bras derrière la tête et s'abandonna dans son fauteuil. Il entreprit de réfléchir au dialogue qu'il entamerait avec Arabella quand elle rentrerait, ce soir-là ou le lendemain matin, pensait-il.

« Tu t'es bien amusée, ma chérie? Je l'espère. Nous, oui. J'espère que tu ne t'es pas trop inquiétée pour les garçons, c'est à peine s'ils ont remarqué ton absence. Les enfants ont tellement de ressources, n'est-ce pas? »

Il serait difficile de prononcer cette phrase en restant impassible – sans laisser transparaître sa rage et son hystérie masculine. Mais ça vaudrait le coup de se forcer.

Au déjeuner, en faisant un tour au rez-de-chaussée, Roger tomba sur Joshua dans sa chaise haute et sur Conrad à côté de son père qui mangeaient tous deux des omelettes, l'air heureux. Un immense dessin occupait presque tout le reste de la table. Comme il était composé dans deux styles très différents, il n'était pas évident de dire ce qu'il représentait; il y avait beaucoup de rouge et d'orange et, connaissant les artistes, il devait s'agir d'une sorte d'explosion.

« Ouaou! s'exclama Roger, qui avait recouvré son affabilité habituelle. Super peinture!

— J'ai fait la partie du haut, précisa Conrad. Les Autobots contre les Decepticans.

— Fait le bas, dit Joshua.

— J'adore les deux ! s'enthousiasma Roger.

— Il reste un peu d'omelette, si vous voulez », lança Matya depuis la cuisinière.

Roger, qui avait en effet une faim de loup – il s'en rendait compte maintenant –, se dit que ce serait une erreur tactique d'accepter et de risquer d'être à nouveau obligé de s'occuper des enfants, juste quand la nouvelle nounou était arrivée à la rescousse. Il déclina donc, non sans regret.

« Je crois que je vais me dégourdir un peu les jambes », déclara-t-il.

Il prit ses clés, son manteau et son portable et sortit acheter un sandwich, rempli d'une délicieuse sensation de liberté et de supériorité morale.

Ce qu'il y eut de génial quand Arabella rentra, vers quatre heures, c'était qu'à ce moment-là les garçons étaient en train de jouer joyeusement avec le nouvel amour de leur vie. Roger, à l'étage dans son bureau en train de lire *The Economist*, entendit la porte s'ouvrir et se fermer et sentit son rythme cardiaque s'accélérer. Arabella remonta le couloir pour gagner le séjour ; puis elle ressortit et gravit lentement l'escalier. Elle portait un sac, sans doute sa valise. Quelque chose, dans le bruit de sa démarche, sonnait amèrement comme une défaite. Elle dépassa son bureau – elle avait dû voir qu'il y était à la lumière sous la porte – et se rendit dans la chambre. Environ dix minutes plus tard, elle en sortit pour venir frapper à la porte de son bureau.

« Salut ! lança Roger. C'était bien, ce break ?

— Oui, merci », répondit Arabella.

Elle s'apprêtait à continuer, mais Roger parvint à la couper :

« Tu as croisé Matya. Je l'ai embauchée.

— Eh bien… »

À ce moment-là, de manière providentielle, merveilleuse, le téléphone sonna. C'était une des meilleures amies de fac d'Arabella, aujourd'hui une pointure dans le monde de l'édition. Roger passa le combiné à sa femme et se remit à feuilleter le magazine qu'il tenait devant son visage. Il avait la sensation excitante qu'un changement fondamental s'était opéré dans son mariage. C'était un changement destructeur, et il le savait; mais cela faisait partie de l'excitation. Il y avait un trou dans leur relation qu'il n'allait pas tenter de réparer, et ce en toute conscience, délibérément. C'était la raison pour laquelle il se trouvait maintenant dans son bureau chez Pinker Lloyd, en train de fredonner intérieurement « *You make me feel so young* », pendant que son dynamique mais bizarre adjoint parcourait les chiffres et débitait son jargon de gestionnaire de projet et que Roger hochait la tête, grognait et lâchait « Très juste » en pensant à d'autres choses. *You make me feel so young, you make me feel as though spring has sprung…*

42

Matya Balatu avait grandi dans une ville hongroise du nom de Kecskemét. Son père était professeur, tout comme sa mère, même si celle-ci avait arrêté de travailler à la naissance du petit frère de Matya. Ils habitaient une maisonnette avec un jardin dans lequel son père faisait pousser des légumes.

Matya avait dix ans quand son père et son frère avaient été tués dans un accident de voiture. Sa mère s'était mise à boire et sa santé s'était dégradée rapidement. Elle était morte deux ans plus tard. Matya était partie vivre chez ses grands-parents, qui s'étaient déjà occupés d'elle quand elle était bébé et que sa mère travaillait. Elle réussissait bien au lycée, et était allée à l'université faire des études d'ingénieur. Après son diplôme, elle avait travaillé comme secrétaire dans un cabinet de dentiste, tout en rassemblant les fonds pour venir à Londres poursuivre son rêve de grands horizons, son rêve d'une vie plus ambitieuse et plus confortable, que cesseraient d'assombrir les malheurs de sa jeunesse. Elle voulait être heureuse et aimée, et comme elle voulait aussi épouser un homme riche, elle se disait qu'elle avait plus de chance d'en dégoter un à Londres que n'importe où ailleurs.

Maya était prête à faire tous les types de boulot ou presque. Elle avait trouvé un poste de réceptionniste au salaire minimum, mais pour le décrocher elle avait été obligée de bluffer sur son niveau d'anglais. Résultat, ce travail, qui aurait dû être d'une facilité enfantine tant il était au-dessous de ses capacités, la mettait constamment sous pression. Elle s'inquiétait et, comme elle s'inquiétait, son anglais ne s'améliorait pas aussi vite qu'il aurait dû. Elle avait ensuite trouvé un boulot de traductrice sur un chantier de construction qui employait des ouvriers hongrois. C'était du travail au noir, mais la paie était bonne, 500 livres par semaine en liquide. Le problème, c'était que le contremaître et son patron passaient leur temps à se plaindre et à insulter les ouvriers, et que, leur servant d'intermédiaire, elle avait tendance à prendre les injures pour elle. « Dis à ce sale con que je me fous de ses excuses ! » Et encore, ça, c'était aimable. Matya avait reçu de ses parents puis de ses grands-parents une éducation stricte et attentive, et elle jugeait extrêmement important que les gens fassent preuve entre eux de courtoisie et de modération. Au début elle trouvait que les jurons, l'énervement et tout le reste étaient plutôt drôles, mais cette ambiance n'avait pas tardé à lui saper le moral. Elle avait démissionné au bout de trois mois.

À ce moment-là elle avait quelques amies, des amies hongroises ; elle ne les voyait qu'un soir par semaine parce que c'était mauvais pour son anglais de parler trop souvent sa langue. Mais c'étaient de bonnes amies et deux d'entre elles travaillaient comme nounous. Elles connaissaient une agence dans le sud de Londres, et Matya avait passé un entretien. C'était il y a trois ans, et aujourd'hui elle était toujours nounou.

Matya avait eu du mal, au départ, chez les Yount. Elle aimait beaucoup les enfants, et elle aimait bien la maison et le quartier. Le trajet pour venir d'Earlsfield était supportable, une demi-heure en bus ou un quart d'heure quand elle était d'humeur à prendre son vélo. Le salaire était correct, d'autant que, en trois ans, les Yount étaient ses premiers employeurs à la déclarer, et à cotiser pour elle à la sécurité sociale. Peut-être était-ce parce qu'elle avait été embauchée par le mari, et qu'il ne savait pas que les Anglais, si riches soient-ils, prenaient rarement la peine de déclarer leurs nounous.

Si les premières semaines n'avaient pas été évidentes, c'était parce qu'il se passait un truc entre le mari et la femme. Il lui avait paru bizarre que Mme Yount ne soit pas là un 27 décembre ; cette absence n'avait jamais été pleinement élucidée, et Matya sentait qu'il régnait dans l'atmosphère une certaine tension autour du sujet. En outre, que le mari l'ait embauchée mettait visiblement la femme mal à l'aise, et Mme Yount s'était montrée difficile au début. Elle la surveillait, pleine de hargne, et avait exigé une période d'essai de quatre semaines, chose que lui n'avait pas mentionnée. Telle qu'elle l'avait prononcée, cette condition était clairement une mise en garde : s'il y avait la moindre raison de se débarrasser de Matya, elle la saisirait.

Il s'était maintenant écoulé plus de trois mois, et cette époque appartenait au passé. Arabella n'avait rien contre l'idée de nourrir des rancunes, de chercher la petite bête, de mener la vie dure aux gens ; mais, dans la pratique, sa paresse fondamentale l'en empêchait. La colère et l'agressivité, à la longue, étaient trop épuisantes : elles ne valaient tout simplement pas le coup. Matya, qui après son enfance difficile et sa fuite forcée à Londres, était très douée pour la rancœur, trouvait cela rafraîchissant… Elle sentait qu'Arabella aurait vraiment aimé ne pas l'apprécier, histoire d'embêter son mari, mais qu'en fin de compte, malgré elle, elle l'aimait bien, et s'était résignée. Il faut dire que Matya, par son habileté avec les enfants, lui facilitait nettement la vie, et il était clair qu'Arabella éprouvait une profonde et sincère affection pour quiconque lui facilitait la vie. Lorsqu'un livreur transportait les cartons de provisions jusque dans la cuisine, Arabella s'écriait : « Vous êtes vraiment *adorable* », sur un ton qui donnait l'impression qu'elle le pensait de tout son cœur. Et, dans un sens, d'ailleurs, c'était le cas.

Ce qu'il y avait de formidable chez Arabella, c'était son désir que les choses soient amusantes, faciles, et sa capacité à faire comme si, effectivement, elles l'étaient. Du même coup les choses le devenaient bel et bien, et cette attitude était galvanisante. Un matin, à l'arrivée de Matya à neuf heures, elle allait lui refiler les garçons et remonter à l'étage pour, selon son expression, « une longue trempette », quand elle avait soudain aperçu les chaussures de la nounou. Une paire de petites tennis à carreaux gris et blancs.

« Ma parole ! Elles sont fantastiques ! Je veux les mêmes ! Où ça où ça où ça ?! Je devine déjà… vous allez me dire qu'elles viennent d'une petite boutique branchée au fond d'un souk de Budapest !

— Tooting, répondit Matya.

— Encore plus exotique ! Parfait… on y va tout de suite. »

« Tout de suite » était une notion élastique pour Arabella. Elle devait encore prendre son bain, se maquiller et passer quelques coups de fil, mais quant tout cela fut fait, aux alentours de onze heures, eh bien, oui, elle embarqua Matya, Conrad et Joshua dans sa BMW, et insista pour que la nounou la guide vers le magasin de chaussures. Arabella était tellement excitée par l'excursion que son enthousiasme déteignait sur eux trois, et tout ce petit monde gloussait et hurlait à qui mieux mieux. Arabella avait, selon son expression, « acheté la moitié de la boutique », et tenu, sur sa lancée, à en offrir deux paires à Matya, avec une générosité si irréfléchie et si instinctive que ce n'en était presque plus de la générosité. Le geste devenait quelque chose d'autre, une sorte d'excès d'énergie ; ou encore une sorte de négation de l'argent, comme si les choses ne coûtaient rien, et qu'il était donc parfaitement naturel d'en faire cadeau aux autres, puisqu'elles étaient gratuites de toute façon. Matya n'avait jamais rencontré personne comme ça ; elle avait eu quelques patronnes qui étaient riches, mais elles avaient tendance à faire très attention, à vérifier soigneusement la monnaie et les tickets de caisse, et à commettre de petites erreurs, toujours à leur propre avantage, lorsqu'elles faisaient le total de ses heures travaillées. Il était difficile de ne pas apprécier les largesses d'Arabella.

Le plus agréable dans ce boulot, toutefois, c'était Joshua. Conrad avait repris l'école, et elle ne le voyait qu'après quatre heures moins le quart, ou bien les jours où il n'avait pas classe et pendant ses vacances. Il avait bon cœur, mais il était coléreux et, n'ayant pas l'habitude de s'entendre dire non, il n'était pas toujours facile à amadouer. En ce moment, il était captivé par les superpouvoirs, et sa conversation tournait souvent autour de ce sujet-là. Il annonçait qu'il était capable de voler, ou demandait à Matya si elle était capable d'émettre des rayons thermiques avec ses yeux, et sinon, pourquoi ? Ou bien il déclarait posséder « le pouvoir du double-punch », et brandissait soudain ses deux poings en même temps. Il aimait prononcer le mot « invincible », mais ne comprenait pas trop la différence entre « invincible » et

« invisible », si bien que tous trois jouaient à des jeux où l'invincibilité et l'invisibilité allaient de pair. Conrad était un môme rigolo. Mais c'était différent, plus profond, avec Joshua.

Matya avait Joshua pour elle tous les jours. Lui et elle étaient amoureux, et ne cherchaient nullement à se le cacher. Parfois, il était assis sur une chaise près de la fenêtre à guetter son arrivée, comme un chien qui attend son maître ; Matya sentait alors son cœur faire une petite pirouette. Se précipitant à la porte, il lui empoignait la main et la traînait derrière lui tandis que, de son bras libre, elle s'escrimait à enlever son manteau. Il l'emmenait de force dans la salle de séjour, et là, elle devait se soumettre à l'activité qu'il avait en tête, que ce soit un jeu, une histoire ou une autre exigence. Il était toujours un peu pensif, en début de journée ; il avait un truc sur le cœur qu'il avait besoin de dire, ou bien un projet qu'il fallait à tout prix exécuter sur-le-champ. Si Matya entrait dans la pièce et que Joshua était assis ou allongé sur le canapé, elle savait qu'il était malade et que ce serait un « jour mollasson », comme disait Arabella.

Josh aimait aussi d'autres choses : aller jusqu'à la mare au bout du terrain communal donner à manger aux canards, et s'arrêter prendre une glace au troquet près du kiosque à musique sur le chemin du retour ; se poster en bordure du skate-park et regarder les grands descendre les rampes à toute vitesse (les gravir, se jucher sur l'arête, rouler à reculons ou encore en oblique) ; prendre le bus, peu importait la destination et peu importait le prétexte ; aller à l'Aquarium, où il était fasciné, et en même temps terrifié, par les requins, à l'inverse des raies, qui lui faisaient elles aussi un peu peur, mais qu'il adorait caresser en trempant sa main dans le bassin. Son audace avec elles le comblait de joie après coup, si bien que ses réactions à l'égard des deux poissons marquaient exactement la frontière qui sépare l'excitation de la peur. Quant aux goûts alimentaires de Joshua, Matya avait mis du temps à les comprendre, et l'arrangement atteint était loin d'être gravé dans le marbre : Joshua semblait aimer les pommes de terre au four, le riz et les frites, mais pas les pommes de terre vapeur ; tantôt il aimait la purée, tantôt non ; il adorait les brocolis mais détestait le chou ; il aimait le fromage certains jours mais pas d'autres, hormis le parmesan qu'il aimait toujours, tant qu'il était râpé; il aimait la viande mais pas les bouts brûlés, les bouts trop sombres, les bouts qui donnaient l'impression de pouvoir contenir des nerfs même s'ils n'en contenaient pas, les bouts qui avaient l'air sanguinolents ou pas assez cuits; il avait horreur des mouchetures vertes causées par les herbes, et ce dans tous les cas; il détestait apercevoir des points foncés qui auraient pu être du poivre; il n'aimait pas les boissons pétillantes mais aimait bien les boissons sucrées; il aimait les bâtonnets de poisson; il refusait de manger toutes les sortes de saucisses à part dans les hot-dogs; il aimait les pâtes au pesto mais pas les pâtes avec un autre genre de sauce; il était impossible à quiconque y compris Joshua de dire avant que l'assiette soit placée devant lui si ce serait un jour où il adorait le bacon ou bien le détestait. Il n'était pas inutile de savoir qu'en règle générale Joshua aimait tous les plats auxquels il pouvait rajouter du ketchup ou de la sauce soja.

C'était bizarre pour Matya de constater qu'elle était si profondément amoureuse. Au début de son séjour à Londres trois ans auparavant, elle rêvait de rencontrer un homme parfait, et de s'occuper d'enfants pour qui elle aurait une réelle affection. Aucun de ces deux souhaits ne s'était concrétisé. Avec son physique, attirer les hommes ne posait pas de problème, mais attirer des hommes avec qui elle se sente véritablement des points communs, qui la traitent avec respect, qui aient un emploi, le sens des responsabilités et la faculté de l'amuser, était beaucoup moins évident. Le seul qui avait semblé réunir ces qualités, et avec qui elle avait commencé à sortir sérieusement, s'était révélé être un maniaque qui ne pensait qu'à tout régenter. Cette obsession avait souvent trait à l'argent. Il voulait lui offrir des cadeaux puis faire comme si elle lui appartenait. Il piquait des fureurs, cessait de se manifester, et puis elle regardait par sa fenêtre à quatre heures du matin, réveillée allez savoir par quoi, et le voyait assis dehors dans sa voiture à lever les yeux vers elle, l'air à la fois furieux et égaré, tel un petit garçon cherchant à recouvrer sa dignité après un gros caprice. Lorsqu'elle avait fini par rompre irrévocablement avec lui – énonçant sa décision de manière si claire qu'il avait bel et bien compris qu'elle ne voulait plus le voir –, il avait fait une chose qui, même selon les critères masculins les plus irrationnels et les plus déraisonnables, était proprement sidérante. Il lui avait envoyé la facture correspondant à des vacances qu'ils avaient prises ensemble, des vacances dont la justification première, d'après ses affirmations, était qu'il voulait l'emmener une semaine à Ayia Napa, pour danser en boîte, nager et faire l'amour… Quand elle avait ouvert l'enveloppe, elle s'était esclaffée de rage, mais aussi de soulagement, car l'incident lui donnait la possibilité de mettre un terme définitif à l'histoire. Elle lui avait adressé un chèque, qui avait vidé son compte en banque mais lui avait permis de se sentir délivrée, pour de bon. Elle savait qu'il tenterait une fois encore de la récupérer, et cela n'avait pas loupé : elle était tombée sur lui devant chez elle un matin, assis dans sa voiture. Elle n'avait cependant eu aucun mal à lui ordonner de s'en aller et de la laisser tranquille, et là, même lui avait bien vu qu'elle ne plaisantait pas. Depuis cette aventure, six mois plus tôt, les hommes, terminé.

Avec les enfants, les rencontres n'avaient pas été aussi ratées, mais décevantes quand même. Elle avait occupé cinq postes de nounou au cours de ces trois années, et son contrat le plus long avait duré dix mois, dans une famille de Clerkenwell. L'homme et la femme étaient l'un et l'autre avocats. Ils avaient deux fillettes et un garçon, âgés de dix, huit et quatre ans, et comme dans bon nombre des familles pour qui elle avait travaillé, les enfants étaient sans arrêt en colère. Matya n'avait pas de théories sur les enfants, elle les prenait comme ils étaient, mais il lui semblait que la majorité des enfants dont elle s'était occupée étaient à la fois gâtés et délaissés. N'ayant pas connu cela à Kecskemét, en Hongrie, elle avait mis un certain temps à cerner le phénomène. Si les enfants étaient habitués à être négligés, et par conséquent à faire n'importe quoi ou presque pour se faire remarquer, ils n'étaient pas du tout habitués à entendre le mot « non », surtout quand le mot « non » voulait effectivement dire « non ». Déjà en colère pour se faire remarquer, ils étaient en colère parce qu'on ne leur cédait pas, et, au total, cela faisait décidément beaucoup de colère. C'était fatigant, et elle avait beau savoir que cette colère ne la concernait pas, c'était démoralisant. Quand la colère s'exprime contre vous, vous avez l'impression qu'elle vous concerne, même si, au fond, vous savez qu'il n'en est rien. Les enfants du couple d'avocats étaient comme ça : même si Matya les aimait bien (quand ils n'étaient pas fous de rage) et aimait bien leurs parents (pour le peu qu'elle les voyait), elle avait préféré partir. Elle n'avait eu ensuite que des missions éphémères, par tranche de quinze jours, jusqu'à ce qu'elle vienne travailler pour les Yount.

Avant cela, tout bêtement, le courant ne passait pas. Mais avec Joshua, dès le début, les choses avaient collé. Elle n'aurait pas su l'expliquer : c'était juste qu'ils s'étaient trouvés. Et pas parce qu'il était différent des autres gosses de riches gâtés mais négligés, pas parce qu'il ne se mettait pas en colère… Juste parce qu'il était Josh, et qu'elle l'aimait et que lui l'aimait.

43

Mary s'apprêtait à passer la soirée dehors. Elle n'avait pas particulièrement envie de sortir, mais Alan pensait que ça lui ferait du bien, et Alan étant doué pour limiter le plus possible ses conseils et son ingérence, lorsqu'il suggérait effectivement quelque chose, cette suggestion avait une force accrue. Voilà comment Mary, sans raffoler un instant de l'idée, s'était retrouvée embarquée dans une « Grande Sortie » en compagnie de deux amis qui descendaient spécialement de l'Essex. Ils avaient réservé dans un hôtel près de Leicester Square et semblaient bien plus excités par le projet que Mary elle-même. Tous trois étaient censés boire un verre à l'hôtel, aller voir une comédie musicale, puis aller dîner.

« On va mourir de faim, dit Mary. Nos ventres vont gargouiller, ce sera gênant.

— Si tu manges avant, tu vas t'endormir, protesta Alan. Grignote des fruits secs ou autre chose au moment de l'apéritif. Des amuse-gueule. Ce que tu voudras. Ça vaut mieux que de ronfler comme un sonneur. »

Alan, le cher ange, s'était occupé d'acheter les billets. Mary le soupçonnait même d'avoir payé l'hôtel, mais se refusa à poser la question. Tout ce qu'elle avait à faire, c'était enfiler sa robe, sortir et profiter de sa soirée… mais justement, peut-être était-ce parce que c'était tout ce qu'elle avait à faire qu'elle se sentait si oppressée. Mary avait toujours eu un problème avec les vacances, avec l'obligation de s'amuser. Pendant les vacances, s'amuser devenait un job à plein temps. Depuis que les enfants avaient grandi, que

Graham avait quitté la maison et qu'Alice était partie pour l'université, son mari et elle avaient cessé de prendre de vraies vacances, et Alan se contentait de s'arrêter quelques jours en été qu'il passait à la maison. Mary préférait cela; elle jugeait ce choix moins stressant.

Ainsi se tenait-elle devant un miroir en pied dans ce qui était autrefois sa chambre d'enfant et aujourd'hui une sorte de chambre d'ami, bien qu'aucun visiteur n'y ait jamais séjourné. Elle n'avait pas apporté de tenues habillées et allait devoir se satisfaire de la robe à fleurs la plus jolie qu'elle avait mise dans sa valise; elle n'était pas idéale, et elle ne serait peut-être pas assez chaude, mais Mary prendrait avec elle un cardigan en cachemire et il faudrait bien que cela convienne. Alan lui avait suggéré de s'acheter une nouvelle robe mais il ne fallait pas exagérer. Ce n'était pas parce que sa mère était en train de mourir qu'elle devait faire des folies.

On sonna à la porte. Pour cela aussi, Alan avait tout goupillé. Sachant que Mary ne sortirait pas à moins que quelqu'un de confiance ne s'occupe de sa mère, et sachant qu'aucun étranger n'aurait jamais la confiance de Mary, il avait demandé à Graham de venir faire du mamie-sitting. Comme il ne demandait jamais rien à son fils – Mary était celle qui s'inquiétait, qui prenait des nouvelles, qui donnait des conseils –, quand par hasard il le faisait, la requête était interprétée comme un ordre exprès. Elle n'était pas ravie, vu l'attitude de Graham avec elle. Il n'empêche qu'il était là. Elle descendit ouvrir la porte.

Il lui fallut beaucoup d'effort et de discipline pour ne pas pousser une exclamation effarée en voyant ses vêtements. Graham portait un T-shirt qui avait jadis été blanc constellé de taches de peinture, un jean déchiré, effiloché et avachi, et une paire de tennis. Il pouvait être tellement élégant et tellement beau quand il en prenait la peine... Quel dommage qu'il se balade les trois quarts du temps avec cette dégaine de clochard.

« Bonjour, maman, dit Smitty. Désolé, j'ai dû rester dix minutes dans la voiture à attendre six heures pour que les contractuelles ne puissent pas m'aligner. Il y en avait une, une Africaine, qui n'arrêtait pas de me lorgner. Elle passait à côté en faisant comme si elle ne m'avait pas vu. Je te jure, à croire que plus tu as une jolie voiture, plus tu risques qu'on te colle des P.-V. C'est ça le capitalisme ?

— Ta grand-mère dort. Il se peut qu'elle fasse toute sa nuit, mais il se peut aussi qu'elle se réveille. Tu sais quoi faire, hein ? »

Mary lui avait expliqué, en long et en large, à deux reprises. Les consignes étaient simples : tout ce que Graham avait à faire c'était d'aller aider sa grand-mère si elle l'appelait. Ils avaient installé un babyphone pour que la personne en bas puisse entendre au cas où.

« Bien sûr que je sais, maman. Faut balancer une grenade et buter le premier qui surgit en courant. Allez, file, allez, allez. Papa a dit de te rappeler de prendre un taxi à la station.

— D'accord », dit Mary, qui n'en avait nullement l'intention. Et alors, comme c'était plus fort qu'elle, comme c'était elle le membre de la famille qui se faisait du souci, qui posait des questions, qui remarquait les détails et s'en préoccupait, et comme Graham avait une allure vraiment dépenaillée, à croire qu'il venait de perdre son job, ou n'en avait pas, et n'était pas pressé d'en retrouver un, elle demanda :

« Et au boulot... enfin bon, tout va bien au boulot ?

— Mieux que jamais, maman. Allez, file. Amuse-toi bien. Et, promis, je ne viderai pas la réserve d'alcool, dit-il en agitant ses clés de voiture. Allez, ouste. Zou. Dégage. Fiche le camp. Profite de ta Grande Soirée. » Mary n'eut alors d'autre choix que de ramasser sa pochette et de rejoindre la rue.

Quand la porte se referma derrière elle, Smitty serra le poing et baissa le bras dans un geste victorieux. Yes ! Bingo ! Il avait misé tout seul 10 millions de livres que, si bref que serait leur échange sur le seuil, sa mère n'arriverait pas à se retenir de l'interroger sur son travail, sur sa vie, ou quelque chose dans ce goût-là. Il avait bel et bien dit à haute voix : « Je me parie 10 millions de boules. » Il adorait avoir raison. Il ne s'en lassait jamais. Plaisanter des manies de sa mère rendait les manies en question moins crispantes. De ses rapports avec elle, Smitty avait tiré l'aphorisme suivant : celui qui s'inquiète voit dans son inquiétude une forme d'amour ; celui pour qui on s'inquiète y voit une forme de dictature.

Smitty fit le tour du rez-de-chaussée et constata que tout était en ordre. Impeccable. Évidemment. Sa mère était peut-être plus maniaque encore que sa grand-mère… Cela dit, maintenant qu'il inspectait la cuisine, il y avait des preuves manifestes qu'elle avait repris la cigarette : un cendrier lavé reposait sur l'égouttoir, et flottait dans l'air ce léger parfum de tabac qui règne quand quelqu'un prend soin de fumer près de la fenêtre sans penser qu'un non-fumeur repérera l'odeur malgré tout. Ça le faisait bien rigoler. Enfin non, pas tant que ça… Que sa mère reprenne la cigarette aurait été comique si les circonstances avaient été différentes. Qu'elle reprenne la cigarette parce qu'elle était triste et angoissée que sa propre mère soit en train de mourir ne prêtait pas franchement à rigoler.

La cuisine était inchangée. Il s'était toujours plu à y voir une sorte de voyage dans le temps, un bond dans le passé jusqu'en l'année 1955, où vivait sa grand-mère, aussi permanente et immuable qu'une sculpture. D'une certaine façon, la cuisine de sa grand-mère était authentiquement kitsch. Mais elle ne lui faisait plus tout à fait le même effet maintenant que la vieille dame était en train de mourir et que probablement… non, très certainement, elle ne s'en servirait plus jamais. Elle n'ouvrirait plus jamais la porte du frigo vieux comme Hérode, elle ne se tiendrait plus jamais près de la cuisinière en attendant que la bouilloire archi-rétro se mette à siffler. Ces objets étaient le reflet de sa grand-mère, ils incarnaient le soin minutieux qu'elle avait pris d'eux et la volonté qu'elle avait eue de les conserver ainsi. Elle les avait choisis, ou, hypothèse plus vraisemblable, son mari les avait choisis, et elle avait choisi de s'en accommoder. Elle était en train de mourir, et on aurait cru qu'eux aussi étaient en train de mourir, que la vie qu'elle leur avait insufflée était en train de les déserter. Elle ne reviendrait plus jamais dans cette pièce.

Jamais était une notion cruelle. Dans son travail artistique, Smitty ne s'intéressait pas vraiment à ce concept ; en fait, ce n'était pas un concept auquel il avait une grande envie de réfléchir.

Du salon lui parvenait un faible écho qu'il mit un moment à identifier. Le babyphone. On pouvait le régler pour qu'il marche dans les deux sens, sans doute pour que les gens puissent parler au bébé – le rassurer par des « oui, mon chéri », des « gouzi-gouzi » ou autres niaiseries... –, mais Mary avait neutralisé cette fonction de manière à pouvoir, sans scrupule, faire du bruit au rez-de-chaussée. Mieux valait qu'il monte voir comment allait sa grand-mère. Gravissant les marches deux par deux, Smitty gagna la chambre de Petunia. Elle était étendue sur le dos, calée contre les oreillers, et elle avait les yeux ouverts.

« Graham, fit-elle. Ta mère a dit que tu viendrais. Je ne voulais pas te déranger. » Smitty nota que son élocution était un peu lente, comme quelqu'un qui a bu quelques verres mais ne se rend pas compte qu'il est déjà bourré.

« Ouais, maman est sortie. La grande nouba, dit-il, s'asseyant dans le fauteuil à son chevet. Tu vas bien ? » Il prit aussitôt conscience de la sottise de sa question. Sa grand-mère se contenta de lui sourire, comme si elle n'avait pas entendu, mais c'était un sourire triste, qui voulait dire qu'elle avait sûrement entendu. Il n'ajouta rien; c'était inutile. Sa grand-mère le regarda un moment, puis ferma les yeux. Peu après, sa respiration changea, et Smitty comprit qu'elle s'était endormie.

Il redescendit et s'aventura dans le jardin, qui avait bonne allure, d'après lui, mais il n'était pas expert. « Je n'ai pas assez l'esprit de compétition pour m'intéresser au jardinage », aimait-il plaisanter. Il retourna à l'intérieur et alluma la télé, mais tous les programmes étaient nuls, et comme sa grand-mère, bien sûr, n'avait pas Sky, le choix était limité; du coup, il repartit dans la cuisine, et là sur la table, au milieu des prospectus que sa mère n'avait pas encore bazardés, il remarqua une de ces fameuses cartes postales qui disaient : « Nous Voulons Ce Que Vous Avez. » Une autre photo de la porte d'entrée... Smitty s'en empara pour l'examiner et il n'aurait su dire si ce qu'il éprouvait était un pressentiment ou bien de la tristesse.

44

Au club polonais de Balham, Zbigniew, installé avec une vodka à l'herbe de bison et une bouteille de bière Żywiec, attendait Piotr. Zbigniew n'était pas du genre à refouler ses soucis, et estimait que pour les calmer il valait mieux les exprimer. Il allait donc raconter à Piotr ce qui lui arrivait avec Davina. Il allait devoir raconter à Piotr ce qui se passait, sans quoi sa tête allait éclater, mais cet aveu l'exposerait forcément aux railleries de son ami. Il savait que Piotr jugerait hilarante la mésaventure qu'il traversait dans sa vie amoureuse, ou plutôt sa vie sexuelle ; il y verrait le juste châtiment de son comportement pragmatique si dénué de romantisme à l'égard des femmes.

Son malaise se trouvait affreusement aggravé par le fait que Zbigniew, tout au fond de lui, pensait qu'il y avait peut-être du vrai dans la vision de Piotr. Mais savoir qu'on s'était fourvoyé, et en quoi, ne voulait pas dire qu'on savait comment rectifier le tir.

Le bar était à moitié plein. Les lieux étaient populaires auprès de la vieille génération des Polonais de Londres, ceux qui étaient venus pendant la guerre : il y avait même certains clients qui avaient vécu cette époque en direct. L'anecdote la plus prisée voulait qu'un tiers de tous les avions abattus pendant la Bataille d'Angleterre l'aient été par des pilotes polonais… Les vieillards venaient ici jouer aux cartes, regarder la télé polonaise et se comporter grosso modo comme s'ils étaient toujours au pays. La jeune génération n'avait pas encore colonisé le club, et c'était une des choses qui plaisaient à Zbigniew. Sans réellement analyser,

Zbigniew avait conscience que le club lui rappelait ses parents, les soirées où son père invitait ses amis pour des parties de *Zechcyk* et où sa mère s'affairait dans la cuisine, feignant de déplorer l'heure tardive à laquelle, par leur faute, elle irait se coucher.

Piotr entra, jeta un coup d'œil alentour, repéra ce que Zbigniew était en train de boire, dressa deux doigts en l'air en dessinant des boucles de chaque côté de sa tête – leur geste pour mimer le bison, et donc la vodka correspondante –, et revint du bar avec deux autres vodkas et deux autres Żywiec. Ils trinquèrent puis descendirent leurs vodkas avant de se siffler une gorgée de bière.

En polonais, Piotr expliqua : « Ce chantier à Chelsea est un vrai cauchemar. Comme celui à Notting Hill, où Andrzej voulait laisser un rat mort dans le mur creux… Tu te souviens, le gros producteur de musique avec sa femme blonde toute maigre ? Là, c'est le même topo. Le genre de rupins à ergoter sur chaque penny, et sous prétexte que le mec est un escroc, il croit que tout le monde est comme lui. La bonne femme fait comme si elle était habilitée à prendre des décisions, et puis le mec rapplique le lendemain et il revient sur tout ce qu'elle a demandé en disant qu'on n'aurait pas dû lui obéir et que c'est à nous d'endosser les frais. Comme si on observait un divorce au ralenti, et qu'on était censé payer pour avoir la chance d'assister au spectacle… J'ai été crétin d'accepter ce chantier.

— N'empêche qu'il est rentable. »

Piotr haussa les épaules pour indiquer que, certes, l'argument était vrai, mais qu'il était également stupide puisque ce n'était pas le sujet. Zbigniew trouvait important de ne rien éprouver vis-à-vis de ses clients dans un sens ou dans l'autre, et non sans suffisance, peut-être pour la centième fois, il s'apprêtait à répéter ce principe à Piotr. Néanmoins, étant donné qu'il allait passer une partie non négligeable de la soirée à se plaindre de sa situation épineuse avec Davina, il jugea inopportun de souligner l'erreur philosophique de son ami.

Un grand bruit retentit à l'une des tables de jeu. Deux des cinquantenaires qui y étaient assis avaient les bras au-dessus de la tête, en signe de victoire ou d'effroi. Les deux autres joueurs se regardaient et le vacarme combinait des rires d'un côté et des protestations de l'autre, alliés à une incrédulité unanime. Un des hommes qui tenaient ses bras en l'air les baissa sur la table et se mit à ratisser l'argent. L'homme à sa gauche, secouant la tête et marmonnant, entreprit de battre les cartes. L'argent, l'argent... Parfois Zbigniew était obligé de se remémorer que c'était l'unique raison pour laquelle il se trouvait à Londres, à gagner plus en un mois que son père avait jamais gagné en une année entière. Sa vraie vie était au pays, là-bas, en Pologne. S'il se trouvait ici, c'était dans le but d'amasser de l'argent. Cette pensée lui apportait souvent un certain apaisement, quand il n'en pouvait plus de tel ou tel aspect de sa vie d'immigré. Aujourd'hui, cette pensée ne lui était d'aucun soutien. Son problème était un problème de jupons.

Piotr savait que Zbigniew fréquentait Davina – il ne pouvait pas vraiment l'ignorer –, mais il avait du tact, comme toujours ; c'était une des qualités que Zbigniew aimait chez lui. Il attendait que son ami lui raconte. Zbigniew avala donc une grande lampée de sa nouvelle bière et lui exposa les détails. La chose prit un bout de temps.

Il s'imaginait que Piotr allait rigoler. Peut-être était-ce même ce qu'il espérait. Entendre son ami lui dire que toute cette histoire était ridicule, qu'il l'avait bien cherché, que ça lui ferait les pieds, et ainsi de suite. Piotr souriait en effet un peu tandis que Zbigniew s'échinait à rendre son récit comique, raillant l'antiromantique endurci piégé par une sexualité fabuleuse dans une relation désastreuse... Mais à la longue le sourire de Piotr s'éteignit. Quand il eut fini, Zbigniew partit chercher une nouvelle tournée de quatre verres. Faute de mieux, ce soir, il allait se soûler.

Lorsqu'il revint à la table, Piotr jouait avec son sous-bock entre ses gros doigts. Zbigniew leva son verre de vodka et l'avala d'un trait. Ils ne soufflaient mot ni l'un ni l'autre. Peut-être ces aveux ne provoqueraient-ils aucun commentaire.

« Tu pensais sans doute que je trouverais ça drôle, attaqua Piotr, et, au ton de son vieil ami, qui n'avait pas du tout la légèreté attendue, Zbigniew comprit qu'il n'aurait pas droit aux remontrances cocasses et réconfortantes qu'il avait espérées. Mais non, je ne trouve pas ça drôle... Tu sais que je t'aime comme un frère et que ça ne date pas d'hier. Mais tu as un grave défaut de caractère. Tu vois les gens non pas comme des gens mais comme des instruments qui peuvent t'être plus ou moins utiles. Tu dis que je suis un romantique, à toujours tomber amoureux et tout ça. C'est une blague entre nous, un numéro bien rodé. Je te l'accorde, c'est assez vrai. Mais au moins je suis capable de tomber amoureux. Toi, je n'en suis pas si sûr. Tu te sers des femmes. Tu t'en sers en partie pour avoir de la compagnie, quand tu en as besoin, mais tu t'en sers surtout pour le sexe. J'ai toujours su que ça causerait des problèmes un jour, et voilà, ce jour est arrivé. Cette Anglaise vulnérable a commis l'erreur de tomber amoureuse de toi, et tu vas lui faire énormément de mal ; tu as déjà commencé. Je l'entends dans ta façon de parler d'elle. »

Zbigniew, parce qu'il n'avait pas prévu cette diatribe, et parce qu'il la savait largement justifiée, sentit la fureur monter en lui. Ivre de rage, il explosa, à la fois exalté et euphorique.

« Tu te prends pour un prêtre ? Un prêtre à qui j'aurais fait ma confession, et qui prononcerait son sermon depuis sa chaire ? »

Piotr se leva et sortit. Ce fut tout. Zbigniew resta assis là et but la vodka et la bière laissées par son ami. Après quoi il remit ça, puis il remit ça, et il rentra chez lui plus soûl qu'il ne l'avait été depuis longtemps.

45

Vendredi après-midi, après avoir assuré sa permanence dans la boutique, Usman, sur son vélo, traversa le terrain communal pour se rendre à la mosquée pour la prière du soir. Voici ce qui s'offrit à sa vue.

Une affiche publicitaire montrant une femme allongée nue sur des draps violets, son arrière-train entièrement exposé, assortie du slogan « Vous trouvez que ça me fait des grosses fesses ? ». Une affiche avec une femme suçant du chocolat comme si elle s'adonnait à une fellation. Une affiche sur le flanc d'un bus faisant la pub pour un film d'horreur, barrée d'un bandeau qui clamait « Censuré ! Bande-Annonce Intégrale Sur Internet ». Une pub pour des tampons hygiéniques avec une femme courbée en deux qui regardait entre ses jambes.

Deux lesbiennes se tenant par la main tout en promenant leurs chiens.

Une jeune femme avec un pantalon tellement taille basse qu'elle avait plus de la moitié du derrière à l'air, en train de se pencher, cigarette au bec, sur un landau tout en disant : « Tu l'as cachée où, espèce de petit sagouin ? »

Des tas de femmes dont les seins étaient presque entièrement visibles sous, à travers ou au-dessus de leurs minces tenues d'été.

Un gros titre de quotidien annonçant « Complot islamiste dans la capitale, déclare le chef de la Met ».

Toute une foule devant le pub du terrain communal, buvant de l'alcool au vu et au su de tous.

Patientant à un feu rouge, Usman se surprit à regarder un homme debout à un arrêt de bus en train de lire un journal.

Sur la page face à Usman s'étalait la photo d'une femme complètement nue, au-dessus d'une publicité pour une société de leasing. La pub promettait une BMW série 3 pour un versement mensuel de 299 livres.

Usman continua sa route. Des grappes de gens s'alcoolisaient dans les bars bordant le terrain communal, des femmes fumaient, des femmes et des hommes s'embrassaient. Partout, de l'alcool. Il n'était que six heures, et la plupart des buveurs n'étaient pas encore soûls; il n'en irait plus de même à dix heures et au-delà, quand, en particulier le week-end, tout le quartier s'apparenterait à une zone de combat, l'homme et l'alcool se livrant une lutte dont l'alcool sortait toujours vainqueur, systématiquement. L'alcool ne se contentait pas de remporter la bataille, il régnait en maître : il présidait aux soirées du week-end tel un roi, ou un archange malveillant. Et s'il y avait des récriminations à ce propos, des doléances occasionnelles, ces plaintes de nature très britannique ressemblaient davantage à des gémissements et reflétaient une profonde complaisance à l'égard des griefs concernés; elles ne renfermaient aucune rage, aucune indignation, aucun désir de réforme. Tandis que, pour Usman, ces scènes de beuverie évoquaient une société qui était en train de se transformer en une version de l'enfer, tout cela dans l'intérêt d'individus qui se remplissaient les poches en vendant de l'alcool.

L'imam de la mosquée était un homme en colère, mais il n'était pas stupide, et la société lui avait accordé un avantage d'une puissance incroyable : ce qu'il disait sur la plupart des sujets était vrai. Il vitupérait le capitalisme, la banalisation de la sexualité et l'avilissement de la femme à travers l'imagerie pornographique, laquelle, à l'heure actuelle, dans ce pays, était omniprésente. Il parlait de choses aujourd'hui si communément admises qu'on aurait dit que les gens ne les voyaient plus. Mais Usman, qui avait pourtant grandi dans ce pays, qui n'était pas un étranger – Usman les voyait.

Il avait fini par croire que l'imam avait raison : c'étaient là des symptômes de décadence. Le sexe utilisé pour vendre des produits, la corruption de l'élan humain fondamental qui portait à aimer, le sexe transformé en vecteur d'une abjection capitaliste accrue… le sexe était partout. Ce n'était jamais le sexe au sens noble, tel qu'Usman l'entendait, l'extase qui baignait les âmes au paradis, une expérience transcendante. Non, c'étaient des femmes nues, qui avaient pour fonction de vendre quelque chose. Le sexe était foncièrement lié à l'argent. L'imam s'en prenait également à une société en état d'ébriété. Sur ce point aussi, il dénonçait un fait que chacun savait incontestable. Entre autres jobs d'été, Usman avait été brancardier d'hôpital, et, aux urgences le samedi soir, il avait pu vérifier de ses propres yeux la vaste gamme des turpitudes causées par la boisson. Des hommes et des femmes qui se disputaient, qui vomissaient, des hommes qui se battaient, frappaient leurs femmes ou se faisaient frapper par elles, des hommes violeurs et des femmes violées, des gens, hommes ou femmes, qui contractaient des maladies, faisaient du mal à leurs enfants, percutaient d'autres voitures, se tuaient, se tuaient en buvant. Et pourquoi cette société avait-elle un si profond besoin d'ivresse ? Parce qu'elle se savait perdue, parce qu'elle avait fait fausse route, et qu'il lui fallait effacer ce constat par tous les moyens disponibles.

Ensuite l'imam, après avoir exposé ces évidences indéniables, passait à d'autres vérités. Peu importaient les espions qui étaient sans doute en train d'écouter, ces espions à la solde du gouvernement *kafir* de Grande-Bretagne ; il était au-dessus de cela. L'imam ne faisait que dire la vérité. Il était trop intelligent pour affirmer qu'il existait une guerre planétaire contre l'islam. D'après Usman, en fait, il y en avait une, on pouvait prouver qu'il y en avait une, de la Palestine au Kosovo en passant par l'Afghanistan et l'Irak, et à travers les exemples plus subtils de l'Égypte, du Pakistan et de l'Indonésie et de tous ces pays où l'islam n'était pas autorisé à s'exprimer pleinement et démocratiquement… mais cela, il n'était pas besoin de le démontrer. Il suffisait de poser une question simple. Une vie musulmane valait-elle le même prix qu'une vie chrétienne ou juive ? Dans l'ordre du monde, un enfant musulman mort comptait-il autant qu'un enfant juif mort ? La mort d'un musulman méritait-elle autant d'attention que la mort d'un chrétien ?

La réponse allait tellement de soi qu'il était superflu de l'énoncer. Dans la balance occidentale – autrement dit, selon le système de valeurs qui dirigeait le monde –, la vie d'un musulman valait infiniment moins que celle des autres citoyens. Une guerre contre l'islam… cela se discutait. Mais la vérité flagrante que les musulmans comptaient moins que les autres… cette vérité-là était indiscutable. Et elle n'était pas sans conséquences.

Usman arriva à la mosquée et mit pied à terre avant d'aller garer son vélo sur le trottoir : rester en selle aurait été impoli. Alors qu'il attachait la roue au râtelier, il réalisa que c'était un emplacement à haut risque, car un voleur voyant un vélo devant une mosquée devinerait où se trouvait le propriétaire et pour combien de temps il en avait. Inch'Allah : soit son vélo serait volé soit il ne le serait pas, et Usman alla se joindre aux hommes qui pénétraient dans l'édifice pour les ablutions précédant la prière.

46

Smitty aimait nager à contre-courant. Alors qu'on se serait attendu à ce qu'il n'ait pas de bureau, ou sinon un meuble très moderne – une station de travail, avec une surface inclinée pour dessiner et un support pour poser son ordinateur –, il avait au contraire un énorme bureau double face en chêne d'époque victorienne, que les Anglais qualifiaient de bureau « d'associés ». Comme, évidemment, Smitty n'avait pas d'associé, il occupait les deux côtés du bureau, encombrés l'un et l'autre par son système de classement, à savoir des piles de documents rangés par thèmes. Dans l'atelier se trouvait aussi un tableau noir muni de rideaux, permettant de dissimuler aux regards la teneur de ses recherches. L'atelier possédait également un système audio qui devait coûter dans les 5 000 livres, et un téléviseur plasma à écran plat de 60 pouces. Smitty n'était pas hostile à la technologie. Son assistant, son « Nigel » – toujours un homme, car Smitty tenait à éviter les tensions sexuelles au boulot : il n'avait aucun mal à lever les nanas, il n'allait pas chercher ce souci supplémentaire –, son « Nigel », donc, occupait un angle de la pièce où il disposait d'une table de travail, d'un téléphone et d'un PC; il était autorisé à déambuler dans le cadre de ses obligations, mais il n'était pas encouragé à laisser ses affaires empiéter sur le territoire de Smitty.

Parfois le bureau de Smitty présentait une bonne dizaine de monceaux de papiers en rapport avec les œuvres qu'il préparait ou ce qu'il appelait « les conneries administratives », c'est-à-dire plus ou moins tout ce qui ne touchait pas directement à la création artistique. À d'autres moments s'y dressait une seule et unique pile. Aujourd'hui le bureau accueillait deux tas de documents, qui s'y trouvaient l'un comme l'autre depuis quinze jours. L'un était composé des cartes postales et du DVD Nous Voulons Ce Que Vous Avez qu'il avait empruntés à sa grand-mère. Il s'était penché sur ces documents plusieurs fois par jour depuis qu'il était revenu de Pepys Road. Les cartes faisaient un peu penser à une installation, à une œuvre d'art. Le DVD, toujours dans le lecteur sous la télé, était à peu près l'équivalent des cartes, mais en film. De longs gros plans sur des maisons de Pepys Road, des zooms sur certains détails des façades, des travellings de la rue. Les images semblaient avoir été prises en deux ou trois fois au petit matin en été. Le DVD durait une quarantaine de minutes.

Après avoir visionné le film, Smitty avait saisi « 42 Pepys Road » sur Google et, en quelques clics, il s'était retrouvé face à une photo montrant la porte d'entrée de sa grand-mère. Le blog s'intitulait bien sûr Nous Voulons Ce Que Vous avez. Il présentait une liste de chiffres et, quand on cliquait dessus, on était dirigé sur une photo de la maison – tantôt la porte d'entrée elle-même, tantôt un détail comme un gros plan du numéro, ou bien de la boîte aux lettres, ou encore du perron ou de la sonnette. Certaines des photos étaient prises depuis l'autre côté de la rue, pour cadrer l'ensemble de la maison ; certaines étaient en couleur, en fait, certaines avaient des couleurs saturées hyperréalistes ; d'autres, en noir et blanc, faisaient très amateur. Une ou deux paraissaient avoir été prises avec un appareil miniature tenu au niveau de la taille. Dans ces photos-là, très « caméra cachée », on apercevait tout juste un morceau de silhouette – une jambe en train de sortir du champ, l'ombre portée du photographe sur un portillon. En dehors de cela il n'y avait personne en vue. L'homme ou la femme derrière Nous Voulons Ce Que Vous Avez se donnait du mal pour éviter toute présence humaine.

Voilà donc ce qui tracassait Smitty. Autre chose le tracassait aussi, une chose plus directement troublante, car ce n'était pas du tout une chose mais un individu. Son assistant… Son futur ex-assistant, qui était son futur ex-assistant depuis maintenant de nombreuses semaines, mais qui n'était pas plus près d'être son ex-assistant car Smitty ne s'était toujours pas résolu à le renvoyer.

Le travail artistique de Smitty tournait tout entier autour de l'affrontement. Il s'agissait de choquer les gens, de les arracher brutalement à leurs perceptions bien établies. Parodies, mutilations, obscénités, graffitis à la bombe montrant Picasso en train de se faire sucer par une pieuvre... c'était ça, Smitty. De l'agression pure et simple. Pas de quartiers. De nature, pourtant, Smitty n'aimait pas les conflits. Smitty était un pacificateur, un conciliateur, un arrondisseur d'angles. C'était une question de yin et de yang. L'équilibre, c'était ça la clé.

Si son art jouait avec les extrêmes, sa vie était une affaire d'équilibre. L'idéal pour Smitty aurait été de trouver un assistant pour virer son assistant. Trouver un nouveau Nigel pour se débarrasser de l'ancien. Ç'aurait été parfait. Mais inutile de rêver. La situation avait assez duré, et Smitty avait décidé que ce serait pour aujourd'hui. Sur son bureau, à droite de la pile des cartes provenant de chez sa grand-mère, était collé un Post-it avec écrit « FAIS-LE ». Cela faisait une semaine que le mot était là ; trop longtemps. Dans sa tête, il avait donné à l'assistant une deuxième puis une troisième chance, qu'il avait tour à tour bousillées. À présent c'était terminé. La goutte d'eau avait été cette façon impudente qu'avait son assistant de sous-entendre que c'était lui, et non Smitty, qui méritait d'être traité comme un artiste célèbre. Qu'il n'ait rien créé d'artistique depuis sa sortie de St Martin's et rien accompli d'autre que des corvées pour son patron semblait pour lui un détail mineur sans la moindre importance. Le monde ne tarderait pas à se rendre compte de l'erreur qu'il commettait en s'intéressant à Smitty plutôt qu'à lui, et Smitty était crispant de se cramponner de la sorte à la hiérarchie actuelle de leur relation, qui allait si prochainement et si inévitablement se trouver inversée. Telle était l'attitude de son assistant... Eh bien, il pouvait aller se faire voir. Il rêvait d'occuper la place d'honneur ? Aujourd'hui, il allait apprendre que, pour l'instant, la place d'honneur, c'était Smitty et seulement Smitty qui l'occupait.

Voilà comment Smitty se parlait intérieurement pour se mettre dans la bonne disposition d'esprit.

Il avait un plan. La première étape était de commencer par un petit geste pour indiquer qu'aujourd'hui n'était pas un jour comme les autres. Il avait tenté d'amorcer le processus en prévenant son assistant que tous les deux devaient discuter d'un truc dans la matinée. Comme ce n'était pas le genre de chose que disait Smitty, et que discuter d'un truc n'était pas non plus le genre de chose que faisait Smitty, cette requête avait dû lui mettre la puce à l'oreille. Le deuxième geste – la deuxième chose que Smitty ne faisait absolument jamais – avait été de leur prendre un cappuccino chacun au café italien du coin de la rue en venant à l'atelier. Il était arrivé en retard exprès pour que l'assistant soit déjà sur place. En voyant le cappuccino que lui avait acheté son patron, l'assistant comprendrait que quelque chose n'allait pas. Tel était le plan.

Le stratagème échoua. Parker French entra avec ses écouteurs et son sac et sa veste qui se balançaient à son bras droit. Il fit quelques simagrées en les accrochant, tout cela sans éteindre son iPod, logé dans sa poche de jean, et sans retirer ses écouteurs, logés dans ses oreilles. Quand Smitty traversa la pièce pour lui tendre le cappuccino, il s'en saisit, écoutant toujours sa musique, toujours dans sa bulle exaspérante de mec insouciant convaincu de son bon droit. Si Smitty avait eu des hésitations, le fait que cette petite merde ne prenne même pas la peine de dire « merci » les aurait dissipées. Il resta planté là, attendant que Parker ait fini de ranger ses affaires. Cela prit un moment. Et puis il le vira.

Ce fut assez horrible, pire que ce qu'il craignait. Il lui vint à l'esprit environ cinq minutes après s'être jeté à l'eau qu'il avait été idiot de ne pas faire ça le soir, quand ce morveux s'apprêtait à repartir chez lui, plutôt qu'au moment où il venait d'arriver au bureau. Mais ce qui rendit la chose vraiment terrible ce fut le temps infini qu'il fallut à son désormais bel et bien ex-assistant pour percuter.

« Nous avons un petit problème tous les deux, avait attaqué Smitty. Cela ne vient pas de toi, mais de moi. » Il n'existe pas une personne au monde qui ignore que, quand quelqu'un utilise cette expression, non seulement cela vient bien de toi, mais qu'en plus tu es en train de te faire jeter. Et pourtant, cette chose que personne au monde n'ignorait, Parker ne semblait pas en avoir connaissance. Son visage adopta l'expression pas tout à fait sarcastique, mais pas sincèrement respectueuse, de celui qui essuie une engueulade. Des figures d'autorité avaient déjà eu des mots avec lui, c'était évident : des parents, des profs, des directeurs d'études... Son comportement suggérait que son charme, son physique et son intelligence – lesquels ne sautaient pas aux yeux de Smitty – l'avaient toujours sauvé dans le passé, et qu'ils continueraient à le faire. Sans grande conviction, il ferait semblant d'être dans ses petits souliers le temps de l'engueulade, puis il recommencerait à agir comme bon lui semblait : voilà ce que son comportement traduisait.

Vers le milieu du sermon, l'attitude de Parker changea soudain. Il comprit que ce discours n'était pas un de ces « peut mieux faire, potentiel inexploité, pas en colère, juste déçu, dommage de te voir gaspiller tes talents » auxquels il était habitué. Les mots et le ton de Smitty étaient tranquilles parce que son jugement était définitif. Smitty assistait ici à un phénomène bien connu : le premier vrai adieu d'un jeune à l'univers du lycée et de la fac, où même si l'élève se rebelle, s'il glandouille ou s'attire des ennuis, en réalité tout tourne autour de lui. Les jeunes s'imaginaient que le monde entier tournait autour de leur nombril, pour la bonne raison que les institutions et les figures d'autorité, dans leur petit monde, leur donnaient en effet la préséance. Ils n'avaient pas tort de s'imaginer qu'ils étaient le centre de l'Univers, mais ils avaient tort de s'imaginer qu'ils le resteraient. Quand ils entraient dans le monde adulte, à un moment, ils prenaient le mur en pleine figure. Personne ne s'intéressait à eux et la plupart du temps on ne remarquait même pas leur présence. C'était cette révélation qui était en train d'avoir lieu dans l'atelier de Smitty.

L'expression de Parker commença à se chiffonner et à s'assombrir. Il paraissait bien plus jeune, comme un écolier qui se fait taper sur les doigts. On aurait cru qu'il allait pleurer. D'abord effrontée, sa mine devint hébétée et anéantie. Smitty était atterré ; s'il ne voulait pas que le gamin franchisse la porte d'un pas sautillant, il ne voulait pas non plus avoir le sentiment d'avoir abattu le chiot de ce petit salopard. Il récita à toute allure la dernière partie de son speech, comme quoi, peut-être, un jour, ils travailleraient à nouveau ensemble, puis lui tendit son enveloppe avec dedans un mois de paie et son formulaire fiscal. À présent, aucun doute, il y avait des larmes dans ses yeux. Parker récupéra sa veste, son sac et son iPod beaucoup plus rapidement qu'il ne les avait enlevés, et sortit sans ajouter un mot.

Smitty se dit : Putain, ouf, ça au moins, c'est terminé.

47

Au 42, Pepys Road, Petunia Howe était en train de mourir. Son état s'aggravait de jour en jour. Son niveau de conscience fluctuait : à certains moments elle savait où elle était et ce qui se passait; à d'autres elle délirait. Les souvenirs l'envahissaient comme des rêves. Albert était vivant et à ses côtés, ou bien elle était déjà morte et l'avait rejoint dans un lieu où il l'attendait. Parfois, tout ce qu'elle ressentait c'était de la douleur, une douleur si générale et en même temps si intime – pareille à une douleur dentaire ou à un mal d'oreille – qu'elle se confondait avec sa propre personne. Petunia ne parlait que par bribes et ne pouvait bouger que si on l'assistait. Sa fille devait l'aider à se servir du bassin.

Mary essayait de ne pas réfléchir. Elle s'immergeait le plus possible dans la besogne quotidienne que représentait la maladie de sa mère. De temps à autre elle prenait du recul et considérait les choses globalement, elle posait un regard d'ensemble sur la réalité de ces jours terribles, et se disait : Ces jours sont la pire expérience de ma vie. Ma mère est en train de mourir d'une façon horrible, je suis plus fatiguée que je ne l'ai jamais été, plus fatiguée que je ne l'étais quand les enfants étaient petits, elle souffre, elle ne sait plus qui elle est ni où elle se trouve, et il n'y a pas de fin en vue, car les choses s'éternisent, et la seule libération possible est la mort de ma mère, alors je veux qu'elle meure, ce qui est une chose terrible à vouloir, et cela m'arrivera à moi aussi, un jour, je mourrai moi aussi, et je suis coincée ici à Londres et je me sens seule et j'ai peur et je dois hisser ma mère sur le bassin pour qu'elle fasse caca et ensuite je dois lui essuyer les fesses et la rallonger puis aller aux toilettes vider sa merde dans la cuvette puis tirer la chasse et me laver les mains et retourner me coucher et rester là à fixer le plafond en attendant un sommeil dont je sais qu'il ne viendra jamais, et cela ne finira que quand ma mère sera morte, et alors il me faudra vendre la maison et elle vaudra un million de livres et la somme me reviendra et tout sera différent, mais si je pense à ça je ne suis pas quelqu'un de bien alors je ne dois penser à rien d'autre qu'à aujourd'hui, à l'instant présent, aux choses que je dois faire ici et maintenant. En conséquence, Mary reportait son attention sur les exigences journalières du ménage, sur la chambre de malade et la mort de sa mère, et elle se sentait un peu mieux.

Ses contacts avec la famille s'effectuaient par téléphone. Il lui fallait rationner ces coups de fil parce que sinon elle aurait appelé Alan dix fois par jour, simplement pour entendre sa voix. Ben, qui avait dix-sept ans, était trop bougon pour avoir de vraies conversations, Alice était à la fac et Graham menait sa vie à Londres, si bien qu'avec eux trois Mary se bornait à échanger des textos du genre « ça va? », « ok ». Alan, toujours gentil, comprenait ce qu'elle traversait, mais au bout du compte il n'y avait pas grand-chose qu'il puisse dire.

« Je m'inquiète pour toi, Maggie. » Il était le seul à l'avoir jamais appelée comme ça.

« Parfois j'ai l'impression que je n'y arriverai pas. Et puis je me dis : je n'ai pas le choix, il faut que j'y arrive. C'est comme ça. Il faut faire face. »

Là-dessus Alan, étant Alan, se mettait à chanter, ou faire semblant de chanter, la chanson de Bette Midler : « *Did you ever know that you're my hero*[1] *?* » Sur quoi Mary s'esclaffait, puis se sentait encore plus seule une fois qu'ils avaient raccroché. Sa mère était mourante et elle se sentait seule. Mary se disait : Ils ne sont que dans l'Essex, à une heure et des poussières, bon sang, ce n'est pas comme s'ils étaient au Pérou… N'empêche, elle se sentait affreusement esseulée.

Elle trouvait aussi qu'elle était là depuis assez longtemps. Le moment était venu que sa mère meure; le moment était venu qu'elle puisse rentrer chez elle. Mary s'était imaginé

1. « Tu le sais bien, non, que tu es mon héros? »

qu'elle resterait une semaine ou deux, or il s'était écoulé presque deux mois et elle était toujours là. Mais c'était terrible de penser une chose pareille; c'était terrible d'être cette personne qui pensait une chose pareille. Alors elle s'efforçait de refouler cette pensée.

Heureusement, elle était occupée. Le 42, Pepys Road n'étant pas une maison moderne, elle n'était pas facile à entretenir; elle était pleine de coins et de recoins, difficiles à aspirer, plus difficiles à épousseter, et plus difficiles encore à laver. Mettre de l'ordre et faire le ménage requéraient d'énormes efforts. Mary avait conscience que le rangement était un piège, qu'il reflétait les horizons limités de sa mère et son propre enfermement en elle-même; mais cette lucidité n'y changeait rien, Mary aimait quand même que les choses soient rangées : l'ordre environnant lui remontait le moral, il atténuait cette sensation de perte de maîtrise que généraient le désordre, le chaos, la confusion, la saleté. L'ordre lui procurait un sentiment d'accomplissement. Aujourd'hui, elle avait une raison supplémentaire de ranger, car deux personnes du centre de soins palliatifs devaient venir évaluer l'état de Pétunia. Il se pouvait qu'elle soit accueillie là-bas pour des soins dits « de répit », afin de permettre à Mary de souffler, ou bien que sa mère soit jugée tellement malade qu'elle y soit admise pour mourir. Ou bien il se pouvait qu'on la laisse comme ça… mais Mary ne le pensait pas.

Le salon, la chambre à coucher et l'escalier étaient impeccables, hormis cette légère odeur de maladie et de désinfectant, que Mary ne remarquait plus désormais que quand elle rentrait dans la maison après être allée en griller une dans le jardin. La tâche du jour serait la cuisine, qui était un modèle de modernité et de commodité dans les années 50. Son père avait été trop radin pour la changer, et c'était le genre de désagrément que sa mère ne relevait pas, ou auquel elle s'était résignée. Quoi qu'il en soit, le sol semblait presque avoir été conçu pour paraître sale; il n'avait l'air propre que juste après avoir été lavé. Mary entreprit de le nettoyer. Elle sortit les serpillières et les brosses, remplit un seau et se mit à l'ouvrage. L'eau devint grise et le lino aussi, comme toujours au début. Il paraissait plus propre quand il avait été essuyé et commençait à sécher. Si les employés du centre étaient en retard, elle pourrait peut-être donner aussi un petit coup d'aspirateur au rez-de-chaussée.

Mary sortit dans le jardin avec son paquet de Marlboro Light et son honteux briquet en plastique tout neuf – honteux car son achat signifiait qu'elle avait bel et bien repris la cigarette… Entre la chaleur du printemps, l'aspect sauvage que sa mère, si bizarrement, affectionnait dans son jardin, et le fait que Mary n'y avait pas touché depuis son arrivée en février, les lieux dégageaient une intense impression de couleur et de profusion ; tout y avait trop poussé, tout débordait de sève, tout respirait la fertilité. Mary contemplait le jardin sans le voir ; elle avait suffisamment à faire à l'intérieur. Si le jardin devenait lui aussi une charge, elle ne pourrait vraiment plus assumer. L'excès de verdure ne l'atteignait pas. Elle alluma sa cigarette, tira une longue bouffée, toussa, tira une autre bouffée. La journée allait être chaude, et moite, elle le sentait.

Les personnes du centre ne furent pas en retard. La sonnette retentit à dix heures précises. À ce moment-là, le sol de la cuisine brillait, il étincelait, bref il était parfait. Mary alla ouvrir aux deux femmes, dont l'une portait un uniforme d'infirmière sous un manteau léger. Quant à l'autre, elle l'avait déjà rencontrée lorsqu'elle avait emmené sa mère à l'hôpital pour un bilan. Mary servit le thé et elles parlèrent de tout et de rien. La femme qu'elle avait déjà rencontrée fit une remarque gentille à propos du jardin, que Mary n'enregistra pas vraiment. Puis l'infirmière demanda :

« Pourrait-on aller voir votre mère ? »

Mary les emmena à l'étage. L'infirmière et l'autre femme s'approchèrent de Petunia allongée dans son lit. Comme elle passait de longues périodes sans bouger, elle avait développé des escarres sur le flanc et dans le dos. L'infirmière, dont Mary, à sa grande gêne, avait déjà oublié le nom, les repéra sur-le-champ.

« La pauvre, elle doit être atrocement gênée par ces escarres. Est-ce qu'on vous aide un peu pour ça ? s'enquit-elle.

— Il y a le généraliste. Je veux dire les généralistes. C'est difficile pour eux, ils ne me connaissent pas, je ne suis qu'une anonyme qui téléphone ; les infirmières à domicile sont gentilles, elles affirment qu'elles vont venir, elles sont sincères quand elles le disent, je ne sais pas, c'est juste que de temps en temps on a l'impression d'être tombée dans une crevasse, d'être comme qui dirait invisible, elles peuvent s'occuper de ce qu'elles ont directement sous les yeux mais… »

Ce n'était pas la question en soi qui bouleversa Mary, mais le ton bienveillant sur lequel elle avait été posée, assorti à la détresse qu'elle percevait dans sa propre voix : elle constata tout en parlant qu'elle pleurait si fort qu'elle fut obligée de s'asseoir. Les deux femmes des soins palliatifs se regardèrent. Ma mère est en train de mourir et c'est à moi qu'elles sont obligées d'accorder leur attention, c'est pour moi qu'elles sont obligées de s'inquiéter, songea Mary, qui se mit à sangloter de plus belle. En fait, consulter le généraliste n'avait servi à rien. Mary était un peu tombée des nues en découvrant que sa mère n'avait pas de médecin traitant. Apparemment, les choses avaient changé depuis l'époque où elle était petite. Elle avait été suivie toute sa jeunesse par le débonnaire et brusque Dr Mitchell. Il faisait partie de ces hommes qui paraissaient la quarantaine toute leur vie : de ses vingt-cinq, trente ans jusqu'au moment de sa retraite, l'année où elle avait épousé Alan puis s'était installée dans l'Essex… Il s'était occupé de ses petits rhumes d'enfance, avait diagnostiqué ses oreillons, rédigé sa première ordonnance pour la pilule, fait office de témoin pour sa première demande de passeport. Mais ce n'était plus comme ça. Il était difficile de dire quel médecin était supposé suivre sa mère, et les infirmières à domicile étant de toute évidence débordées, elle avait l'impression d'être totalement livrée à elle-même. Quand elle arrivait à parler aux infirmières, celles-ci n'arrêtaient pas de souligner qu'une tumeur au cerveau n'était pas douloureuse « parce que le cerveau ne ressent pas la douleur ». Ce détail, on avait bien dû le lui rabâcher une vingtaine ou une trentaine de fois… « Ce sont les escarres qui m'inquiètent », protestait Mary, mais on aurait cru qu'elles ne l'entendaient pas. On aurait dit un de ces services d'assistance ou de réclamation téléphonique, où l'interlocuteur respectait un scénario préétabli et ne vous écoutait que si vous cochiez des cases bien précises dans le dialogue. Mary, épuisée et désorientée comme elle l'était, avait d'autant plus de peine à supporter cet isolement. Petunia n'avait pas vu d'infirmière ou de médecin depuis presque quinze jours, et Mary traitait les escarres en les nettoyant et en s'escrimant à convaincre sa mère d'avaler les anti-inflammatoires les plus puissants qu'elle pouvait trouver.

« Je crois qu'une petite pause ne vous ferait pas de mal », déclara la dame que Mary avait déjà rencontrée, et qui était maintenant accroupie auprès d'elle sur le sol en lui tenant la main. Elle se remit à pleurer.

48

Freddy Kamo fit coulisser sa queue de billard d'arrière en avant et envoya la boule blanche percuter la boule noire, qui tomba dans le trou.

« Et merde ! s'exclama Mickey Lipton-Miller. Quel con ! Merde et remerde ! Le putain de veinard ! »

Il était trois heures et demie de l'après-midi et ils se trouvaient dans le club privé de Mickey, à l'ouest de Londres. Freddy portait un jogging, Mickey un costume trois-pièces sans la veste. La salle de billard avait des lambris aux murs ; sur les côtés, des fauteuils en cuir côtoyaient des tables basses et des lampes à abat-jour rouge ; la pièce sentait la fumée de cigare ; c'était parfait. Deux amis de Mickey, assis dans des fauteuils, savouraient du Hennessy X.O. dans de gigantesques verres à cognac. Devant eux, il faisait étalage de son intimité avec Freddy. De l'avis de Mickey, la vie ne pouvait guère être plus délectable.

Freddy rangea sa queue dans le râtelier contre le mur.

« Il faut rester calme, conseilla le jeune homme. Respire, comme ça. »

Il prit une profonde respiration, puis expira, de manière lente et théâtrale.

« Tu dois écouter ta raison et devenir patient. »

Soulevant à nouveau sa queue de billard, Mickey fit mine de frapper Freddy à la tête. Puis il soupira et la laissa retomber le long de son flanc.

« Putain de veinard », répéta-t-il, plus placide – tout en sachant pertinemment que la chance n'avait rien à voir là-dedans.

Il avait vu Freddy s'emparer d'une queue de billard pour la première fois dans cette même pièce deux mois plus tôt. Comme pour tout ce que faisait Freddy, il avait paru maladroit, dégingandé. Mais entre ses mains la queue de billard faisait ce qu'il voulait, tout comme la bille. Il pouvait déjà battre Mickey au snooker – or Mickey était assez fier de son jeu.

« Il faut que je rentre, déclara Freddy. J'ai un cours à quatre heures.

— Et ma revanche? D'accord, je te ramène. Adios, les amis, bonne chance », lança Mickey.

Il posa son bras sur le dos de son jeune protégé et le dirigea vers la porte; Freddy, comme à son habitude, refusa de partir sans serrer la main à tout le monde. Ils montèrent dans l'Aston Martin et reprirent la route de Pepys Road. Mickey était en pleine forme pour conduire, il n'avait pas dû boire plus de trois verres d'alcool.

Mickey n'avait pas le même ton avec Freddy que quand il frimait devant ses amis. Il était moins blagueur, plus paternel.

« Tu n'auras plus besoin de ces cours bien longtemps. C'est incroyable, je ne l'aurais jamais cru. Quatre mois! À cette cadence, tu parleras bientôt mieux anglais que moi.

— Pareil pour le snooker. »

Mickey fit semblant de lui donner un coup avec son coude gauche.

« Des nouvelles pour samedi? »

Freddy haussa les épaules et pinça brièvement les lèvres – réponse qui, comme Mickey conduisait, n'était pas la façon la plus efficace de donner son opinion, mais Mickey comprit. Freddy n'avait pas encore joué de début de match. Le directeur sportif continuait à le faire entrer en deuxième mi-temps, souvent quand ils dominaient la partie mais devaient encore marquer ou creuser l'écart avec l'adversaire. Freddy, qui était apparu sur le terrain neuf fois et avait marqué quatre buts, était en train de devenir un des chouchous de la foule – un « joueur culte », lui disait-on, ce qui sonnait très étrangement à ses oreilles mais qui avait semble-t-il une connotation positive. En première division, les nouveaux joueurs avaient souvent un impact qui ne durait que le temps que l'adversaire les perce à jour : un ailier qui ne peut couper la balle que dans une seule direction, un buteur à la forte présence physique mais faible en première touche de balle, un joueur à la vitesse troublante mais désarçonné face à un dégagement imprévu. L'adversaire pigeait, et l'impact du joueur sur le terrain diminuait. Les très bons joueurs mettaient au point des ruses nouvelles ou apprenaient à exploiter à fond les coups qu'ils maîtrisaient. Mickey pensait que c'était la raison pour laquelle le directeur sportif gardait Freddy pour les dernières phases de jeu – il voulait faire durer la lune de miel le plus longtemps possible. Freddy sentait que les réserves du manager à son égard concernaient l'endurance ou l'énergie – il risquait de ne pas tenir quatre-vingt-dix minutes, ou alors de se faire piquer la balle. Freddy trouvait ça injuste; il n'en éprouvait pas de colère ni de rancœur pour autant, en tout cas pas encore. Mais il aimait jouer au football, et c'était la première fois de sa vie qu'il cirait ainsi le banc de touche.

Mickey aimait bien traîner seul avec Freddy. La plupart du temps, Patrick était là aussi – et c'était un peu différent, parce que si Mickey pouvait conserver son sentiment paternel, il était obligé de le faire passer par le biais de Patrick; il devait s'en remettre aux droits supérieurs du père sur son fils. Ce n'était pas grave. Mickey n'avait rien contre lui; mais Patrick restait difficile à déchiffrer. Son anglais lent et prudent rendait leurs échanges lents et prudents eux aussi. Plus Mickey passait de temps avec lui, moins il lui semblait étonnant que Patrick soit flic; il avait cette vigilance sentencieuse caractéristique, ce manque très professionnel de légèreté dans la conversation. On sentait fortement la présence de lignes à ne pas franchir, et on ne pouvait pas deviner spontanément où elles se trouvaient ni ce qu'elles étaient. Du coup, la compagnie de Patrick n'était guère relaxante. En plus, Mickey avait l'impression que Patrick le regardait d'un mauvais œil.

« Ce n'est qu'une question de temps, dit Mickey. Tu le sais bien. Ces choses-là demandent de la patience. Il faut trouver le bon équilibre. Et pour ça, il faut du temps.

— J'aime jouer », insista Freddy.

Ce qui voulait dire : je veux jouer quatre-vingt-dix minutes.

« Oui, bien sûr. »

Freddy n'arrêtait pas de regarder par la vitre. Il était loin d'avoir perdu son émerveillement devant la nouveauté de Londres, et ce qu'il préférait, c'était justement ça : regarder par la vitre de la voiture quand on l'emmenait quelque part. Un ou deux des joueurs le taquinaient sur le fait qu'il n'était pas encore en mesure de conduire – il prétendaient même parfois qu'il n'avait pas encore l'âge –, et Freddy avait pour habitude de rétorquer qu'il avait déjà assez à apprendre avec la langue anglaise, la conduite viendrait après. Ce n'était pas la stricte vérité, car Freddy n'était pas pressé; il aimait mieux être passager. Londres était une ville si riche, si vigoureuse et, d'une certaine façon, si pleine de détails : bourrée de trucs qui avaient été faits, achetés, placés, préparés, modelés, nettoyés, exposés, comme si la ville entière était à vendre. On avait aussi l'impression que beaucoup d'habitants se mettaient en vitrine, se comportaient comme s'ils s'attendaient à ce qu'on les regarde, comme s'ils se donnaient en spectacle : ils étaient si nombreux à porter des costumes, pas seulement les policiers, les pompiers, les serveurs et les vendeurs dans les magasins, mais les gens dans leurs tenues de bureau, leurs tenues de mères poussant des landaus, tous ces bébés et ces enfants qui semblaient vêtus de costumes; des ouvriers creusant des trous dans leurs gilets orange vif comme s'ils étaient déguisés; des joggers en tenue de jogging; même les buveurs dans les rues et les parcs, même les mendiants semblaient porter des costumes, des uniformes. Freddy trouvait tout cela merveilleux, de bout en bout.

Ils durent s'arrêter à un feu près du terrain communal de Wandsworth. Freddy crut avoir une vision : un perroquet, non, deux perroquets, tout un groupe de perroquets, dans un de ces arbres anglais touffus à la frondaison vert foncé où les oiseaux exotiques, d'un vert électrique très vif, se détachaient sur le feuillage. Puis le feu passa au vert et l'Aston de Mickey se mit très lentement en branle dans un ronflement de moteur. Freddy cligna des yeux.

« Mickey, je crois que je viens de voir des perroquets.

— Les perroquets de Wandsworth. Il y en a environ vingt mille. Un imbécile a relâché quelques couples en pleine période de reproduction, et voilà le résultat. Le réchauffement climatique doit aider. Mais les salauds, ils doivent quand même être sacrément coriaces pour résister aux hivers. »

Freddy, qui était déjà de bonne humeur, se sentit le cœur plus léger encore. Des perroquets !

49

Roger détestait ces fichues cartes qu'il recevait depuis quelque temps, celles qui portaient l'inscription « Nous Voulons Ce Que Vous Avez » ; elles commençaient à lui taper sérieusement sur le système. Il avait l'impression d'être espionné, surveillé de façon sournoise. Il se sentait envié, mais pas de cette manière rassurante, réconfortante dont il aimait être envié. Songer que son aisance matérielle était une source de désir pour d'autres était une pensée assez réjouissante, comme un feu dans une cheminée invitant à se réchauffer. Mais là, c'était autre chose. Là, c'était plus comme si quelqu'un vous tenait à l'œil en vous voulant secrètement du mal.

Pourtant, tout n'était pas que négatif. Il y avait des moments où il réussissait à oublier complètement l'affaire, et c'était le cas ce soir-là. C'était le soir où Roger, en tant que chef du service, était censé emmener les gens qui bossaient pour lui à un « exercice visant à renforcer l'esprit d'équipe ».

D'un côté, Roger trouvait cela ridicule – aussi bien l'expression que l'idée. Si l'équipe n'était pas soudée dès le départ, on ne pouvait renforcer sa cohésion en allant faire du paintball, du rafting en eaux vives, ou « une de ces conneries qu'on vous pousse à faire si vous êtes un connard des East Midlands qui cherche à intégrer Al-Qaïda », comme il le disait, en privé, à ses pairs. Pourquoi ne pas simplement aller au pub ? Et pourtant, c'était ce qui se faisait. Roger n'avait pas inventé le management moderne, et il le connaissait trop bien pour ne pas suivre ses préceptes. Il connaissait suffisamment Pinker Lloyd pour savoir dans quels domaines il était payant de se montrer iconoclaste et véhément, et dans quels domaines il valait mieux s'abstenir. En ce qui concernait les modes de management actuels, celui-là ne méritait pas qu'on s'insurge.

Mais le Roger qui suivait le mouvement de l'entreprise, celui qui ne détestait pas mettre en œuvre les politiques qu'on lui ordonnait d'appliquer, était fier de ces exercices de cohésion. Comme son équipe était composée de traders, et que les traders étaient censés avoir l'esprit de compétition, l'instinct de propriété et une certaine agressivité – un trader dénué de ces qualités serait nul dans son job –, il leur faisait faire des choses qui correspondaient à leur tempérament. Rien qui aille dans le sens de la coopération ou de la sensibilisation, pas de retraites de méditation bouddhiste. Sa méthode habituelle consistait à choisir une activité compétitive avec comme récompense tout le budget alloué à cet exercice : le gagnant raflait tout. Il l'avait fait avec le karting et le ball-trap et avait remporté un franc succès. Le concours d'aujourd'hui était un tournoi de poker. Un vendredi soir. Le budget de 5 000 livres était parti dans la cagnotte, ils avaient réservé une salle dans un club de poker de Clerkenwell, et ne s'en iraient que quand quelqu'un aurait tout raflé. À présent son équipe était dans le bar, à s'échauffer pour la grande épreuve. L'ambiance dans la City était un peu anxieuse depuis la faillite de Bear Stearns quelques semaines plus tôt, et bien que cela n'eût pas grand-chose à voir avec le service de Roger chez Pinker Lloyd, c'était quand même un moment propice pour rassembler les gens, se défouler un peu et se bourrer la gueule.

Roger avait déjà joué au poker, en général avec des clients qui insistaient pour l'emmener dans un casino ou un autre. Une fois, il avait vu Eric le Barbare gagner 100 000 livres en une seule main de Hold'em avec un full, as par les valets. Alors il s'y connaissait un petit peu; suffisamment pour savoir que tout joueur de poker sérieux ne boirait pas d'alcool ce soir-là. Il observa attentivement autour de lui pour voir qui picolait et qui restait sobre sobre. Tous ses collaborateurs garçons et les trois filles étaient déjà au champagne, ce qui était bon signe. Quelques-uns tenaient des breuvages transparents et pétillants qui auraient pu être aussi bien des vodka tonic que de l'eau gazeuse. Surprise, surprise, son adjoint Mark en faisait partie. Un ou deux des meilleurs traders étaient déjà à moitié bourrés. Jez, le meilleur de tous, l'était aux trois quarts, ce qui n'était pas étonnant, étant donné qu'il buvait des Jäegerbombs. Parfait, absolument parfait.

Vers huit heures ils entrèrent dans le salon particulier que Roger avait réservé. Celui-ci était chichement éclairé, avec un plafond bas et une odeur difficile à définir de vieille nourriture, rassise, ou oubliée. Il y avait deux tables ovales et, au bout de chacune, un donneur vêtu d'un gilet rouge; neuf sièges pour les joueurs; neuf piles de jetons. Une bousculade eut lieu au moment de prendre place, lorsque chacun choisit où il voulait s'asseoir. C'était toujours l'un des instants révélateurs des exercices de cohésion – qui s'acoquinait avec qui, et qui se retrouvait exclu. Comme ces moments à l'école où les garçons avaient le droit de choisir leurs propres équipes... il était instructif de voir qui se retrouvait sur le carreau.

Ses collaborateurs seraient fidèles à leurs principes : ils ne respecteraient pas Roger s'il n'essayait pas de gagner; en réalité, il ne lui était jamais venu à l'esprit de faire quoi que ce soit d'autre. L'identité de ses camarades de table n'était donc pas sans importance. Roger se retrouva en compagnie de Mark, ce qui n'était pas ce qu'il aurait choisi. Rien de précis, juste cette légère maladresse qui flottait autour de son adjoint et sa bonne volonté excessive, son empressement excessif, l'onction de son langage corporel. Mark ne suscitait jamais l'aversion, mais il était trop je ne sais quoi pour être franchement apprécié. Roger, qui avait avalé un grand Talisker, songea : Encore un mystère qui ne vaut pas la peine d'être élucidé. Plus problématique, il était assis à droite de Slim Tony, appelé ainsi pour le distinguer de Big Tony, qui avait en fait quitté Pinker Lloyd avant l'arrivée de ce dernier mais dont le surnom avait persisté dans la mémoire collective, surtout à cause de sa manie de manger à son bureau, et toujours en quantité : trois sandwichs Prêt à Manger, quatre Big Macs... Slim Tony était un « gars de l'Essex » au visage pointu, qui venait en réalité de High

Wycombe et qui avait payé ses études universitaires grâce au poker en ligne. Roger le savait, c'était même pour ça qu'il l'avait embauché. S'il y avait un endroit où il ne fallait pas être assis au poker, c'était à la droite du joueur le plus fort. Ça sentait donc le roussi.

À sa droite, il y avait Michelle. D'après l'expérience de Roger, il y avait deux catégories de femmes traders : les ultra féminines manipulatrices, et celles qui se comportaient encore plus en mâles dominants que les mâles dominants. Michelle appartenait à la seconde catégorie. Elle avait la trentaine et venait de Bristol. Elle portait un uniforme : tailleur pantalon à fines rayures, beaucoup de maquillage et des cheveux coupés très court, presque en brosse. Elle était délibérément caustique et jurait consciencieusement, minutieusement, comme si elle avait pris des cours de jurons. Et pourtant il y avait aussi une certaine féminité chez elle; ses vêtements étaient toujours légèrement trop serrés, comme si la femme en elle ne demandait qu'à éclater pour contredire le reste de son image. Quand Roger s'interrogeait là-dessus, ce qu'il faisait très souvent, il se demandait comment elle était le week-end ou pendant les vacances, si son personnage était plus délicat, plus doux. À la voir pester et gueuler au bureau, on se demandait si elle passait le week-end allongée sur une chaise longue à se faire faire les ongles des pieds tout en dégustant des loukoums devant *Sex and the City*. Elle ne lui déplaisait pas, à vrai dire, mais Roger était très prudent au bureau, tout à fait conscient de l'ancestrale devise de la City, empruntée au milieu de la restauration italienne : *Tou baises dans l'entreprise, tou baises l'entreprise*.

Leur donneur expliqua les règles : les blindes augmentaient toutes les demi-heures, pour que la partie reste intéressante. Roger savait qu'il fallait garder sa pile assez haute, au moins au niveau de la moyenne, en tenant compte du fait que certains joueurs avaient été éliminés. Pas de rachats autorisés – quand vous étiez sorti, vous étiez sorti. Les joueurs éliminés pouvaient rentrer chez eux ou se mettre à jouer à une autre table avec leur propre argent – ce que Roger était convaincu qu'ils feraient. Il porta son attention sur la table. Il avait joué assez souvent pour se débrouiller, mais pas assez pour être vraiment bon ; qui avait le temps pour ça ?

Après deux donnes, il y eut un tapis après le flop. Michelle, forcément... Il était difficile de dire s'il s'agissait d'un coup dû au hasard ou à l'astuce, visant à confirmer sa réputation d'agressivité dès le départ... ce serait du Michelle tout craché. Tous les joueurs ayant passé, elle pouvait présumer que personne n'avait rien. D'après ce qu'il savait d'elle, Roger était quasiment sûr qu'elle comptait construire son personnage à cette table sans grand-chose en main. S'il avait eu un tant soit peu de jeu, il aurait suivi, mais avec un 8-6 dépareillé, ce serait tout bonnement stupide. Roger était de petite blinde et Slim Tony de grosse blinde, aussi quand Roger se coucha, le seul joueur semi-professionnel de la table se retrouva à se demander quoi faire.

« Tu as que dalle, je le sens bien », déclara Slim Tony.

Michelle ne dit rien, ne fit rien.

« C'est bien les nanas, ça. Soit elles se couchent chaque fois qu'on les relance, soit elles essaient de faire croire qu'elles ont des couilles. Et pas n'importe quelles couilles, des couilles vraiment énormes. Colossales. Tu as des couilles vraiment colossales, Michelle ? »

Roger réussit à faire mine de ne pas être choqué ; parmi les gars, un ou deux souriaient, et un ou deux autres plissaient le front ; Tony et Michelle se connaissaient assez bien, il devait donc savoir d'instinct s'il allait trop loin ou non. Du moins, Roger l'espérait. Michelle, il fallait le lui accorder, en l'occurrence, était absolument impassible. Elle se contentait de rester assise là. Roger se dit alors que Tony ne l'asticotait pas comme il fallait. Si Michelle, en effet, n'avait rien, si elle se montrait agressive sans rien en mains, alors c'était un scénario qu'elle avait sûrement répété en profondeur, et l'aiguillonner à ce sujet reviendrait à essayer de pousser une porte bien fermée. Si Michelle avait redouté qu'on ne l'accuse d'être faussement agressive, elle se serait dégonflée au boulot il y a des années. Tony n'obtiendrait donc aucune information en la taquinant sur ses couilles imaginaires. Roger fut frappé d'une intuition soudaine : elle avait une bonne main. Tony se trompait. Juste au moment où il en arrivait à cette conclusion, Tony se servit de son avant-bras pour pousser tous ses jetons vers le milieu de la table et dit : « Tapis. »

Michelle retourna ses cartes. As-roi de cœur. Sa réputation d'agressivité avait poussé son adversaire à penser qu'elle faisait semblant d'être super-agressive avec des cartes minables, quand en fait elle avait une très grosse main. Tony, à sa décharge, éclata de rire.

« Putain ! »

Il retourna ses propres cartes et se leva – il n'avait rien, roi-valet dépareillés. Le donneur brûla une carte puis distribua les trois suivantes d'un seul mouvement. Il n'y avait rien pour aider Slim Tony. La carte retournée arriva ; c'était un as, et Tony avait une main morte – il était impossible qu'il gagne. Il leva les bras et s'exclama : « Je me rends ! » à l'hilarité générale. Mais avant cela, Roger surprit son expression tandis qu'il regardait Michelle, une expression de haine, la plus sincère et totale qui soit.

Renforcer la cohésion... tu parles.

Michelle se montra charitable, cependant ; elle s'en tint à une jubilation minimale. Tony fit signe au serveur et commanda une bouteille de champagne, qu'il descendit en une quarantaine de minutes. À ce stade, trois autres joueurs avaient été éliminés ; les traders, en bons traders, étaient pour la plupart affreusement machos et semblaient se faire une gloire de leur avidité à miser la totalité de leurs jetons. Encore une ou deux éliminations et ils pourraient commencer une partie en cash game tout seuls. Roger arriva à la dernière table, qui avait été son objectif minimum ; mais ses jetons avaient été mangés par les blindes de plus en plus grosses, et il dut tout mettre au tapis avec une main insignifiante, une paire de cinq. Il avait cédé au besoin de deux whiskies supplémentaires et savourait la sensation agréable de l'alcool qui se mélangeait à l'adrénaline, de sorte qu'il avait l'esprit à la fois vif et embrumé, qu'il était à la fois fatigué et exalté, assoiffé de victoire mais très impatient de rentrer se coucher. Sa relance fut suivie par Mark, avec un as-valet assortis ; Mark finit avec une paire de valets et Roger fut lessivé. Il se retira de la table ; mais il avait beau être une heure du matin, il était allé trop loin pour partir sans savoir qui allait gagner.

Le vainqueur se révéla, à sa grande surprise, être Mark, qui sortit Michelle à quatre heures moins le quart du matin. Mark était si remuant, fébrile et agité qu'il en était presque indéchiffrable ; il se touchait constamment le poignet, l'oreille, la manche, la poitrine ; c'était une sorte de danse de Saint-Guy. Cet état de nervosité semblait constant, ce qui le rendait difficile à décoder ; il n'était d'ailleurs pas facile d'être assis en face de lui à la table. Sa nervosité rendait les autres nerveux aussi. Mais cela ne l'empêcha pas d'empocher les 5 000 livres. Les membres de l'équipe, ivres et bruyants pour la plupart, criaient, blaguaient, s'appuyaient les uns sur les autres. Tony était endormi sur un canapé. Certains projetèrent de partager des taxis, ou sinon d'aller dans un bar de Spitalfields qui restait ouvert toute la nuit et commençait à servir des petits déjeuners anglais complets à quatre heures du matin.

Le donneur était déjà parti. Le serveur, un Philippin, s'attarda un moment pour toucher des pourboires. Il n'était pas payé – les pourboires constituaient tout son salaire. Ceux-ci étaient variables ; si, certains matins, il lui arrivait de rentrer chez lui sans rien, son record était d'un millier de livres. Cette fois-ci, Roger lui glissa 200 livres pendant qu'il transportait à moitié Mark dans la rue avec l'aide de deux collègues. Du point de vue du serveur, la soirée finissait bien.

50

Piotr faisait toujours la tête à Zbigniew. Alors Zbigniew faisait la tête à Piotr. Mais ils continuaient à habiter ensemble. C'était gênant de partager une chambre avec quelqu'un à qui on n'adressait pas la parole. Dans les moments où il n'était pas en colère contre Piotr, Zbigniew se disait qu'un jour ce serait un épisode qu'ils trouveraient tous les deux très amusant. Pour l'heure, le plus souvent, il était simplement furieux. Le côté catho moralisateur de Piotr, qui avait toujours été son grand défaut, avait pour l'instant mis un terme à leur amitié.

C'était un problème, car en dehors du fait qu'ils se détestaient provisoirement et ne s'adressaient plus la parole, Zbigniew aurait eu bien besoin des conseils de son vieil ami. Il se rendait compte qu'il allait devoir rompre avec Davina, et ce sans tarder. Plus il traînait plus il se sentait empêtré et plus ce serait compliqué. Quand elle n'était pas là, il imaginait aisément comment il le lui annoncerait ; après avoir quitté l'appartement de Davina, en rentrant chez lui et toute la journée du lendemain, Zbigniew n'avait aucun mal à élaborer des messages exprimant parfaitement son sentiment : je te largue, c'est fini, ce n'est pas toi c'est moi, nous ne devons pas nous voir pendant quelque temps, mais nous serons toujours amis, seulement ne nous appelons pas et ne nous voyons pas. Il était certain de ce qu'il devait faire, et de la façon de le faire. À peu près à mi-chemin entre leur dernier rendez-vous et celui d'après, la certitude commençait à s'estomper, et au fur et à mesure que la date approchait, Zbigniew devenait de plus en plus nerveux, sa vision de la scène se faisait plus sombre et plus réaliste. Il marmonnerait, il dirait tout de travers, le message était ridiculement obscur, on ne pouvait pas larguer quelqu'un et rester en bons termes, et par-dessus le marché Davina était hystérique, elle était folle, elle péterait les plombs, elle hurlerait, elle supplierait, elle crierait et jetterait des objets, elle pleurerait, elle lui agripperait les jambes, ce serait impossible, un désastre.

Et puis, quand ils se retrouvaient, l'élément qu'il omettait toujours de prendre en compte s'imposait. Chez Davina sur son canapé défoncé, au pub, au bar du cinéma, à la pizzeria, il était assis en face d'elle, il l'observait attentivement, et il éprouvait une montée de désir. Il réfléchissait aux moyens de la plaquer tout en rêvant de la sauter ; dans ces circonstances, il était toujours possible de différer la rupture, d'autant que l'envie de baiser se révélait de plus en plus pressante... Après tout, ce serait la dernière fois ! La toute dernière ! Puis les choses suivaient leur cours, la baise se terminait, et Davina et Zbigniew se retrouvaient là, sur le canapé, par terre ou sur le lit, et Zbigniew était rempli d'un atroce mélange de bien-être physique absolu et de totale détresse émotionnelle. Il se sentait faible, et lâche, et c'était pire parce que dans ces moments-là Zbigniew éprouvait également de la tendresse envers Davina, une sorte de complicité affective et de gratitude, qui le faisait se sentir encore plus foireux et dégonflé. Zbigniew n'aimait pas ne pas s'aimer.

Un texto... il y avait toujours cette solution. Il pouvait la larguer par texto. C'était tellement impensable que Zbigniew se plaisait à y penser.

Parfois, le seul moyen de faire quelque chose était de le faire. Zbigniew le savait. Il travaillait sur une maison à Clapham dont la femme refaisait la déco parce que le mari s'était barré avec sa secrétaire. Elle faisait repeindre les murs en violet, un violet rageur. Les gens rompaient bel et bien. C'était difficile mais ça arrivait tout le temps. Les gens avaient d'ultimes disputes définitives, et prononçaient des paroles qui ne pouvaient pas être effacées ; les gens se réveillaient le matin et s'apercevaient qu'ils ne pouvaient pas continuer à mener la même vie, telle qu'elle était. Les gens décidaient qu'ils n'étaient plus amoureux, et puis ils partaient. La séparation pouvait d'ailleurs s'opérer à l'amiable, quelquefois. La personne avec qui on rompait envisageait elle aussi la rupture. C'était souvent d'une facilité étonnante. Et c'était une bonne chose… les gens s'accordaient à dire que rompre était forcément une bonne chose. Ça se produisait tout le temps !

Pour toutes ces raisons, aujourd'hui était donc le jour J. Zbigniew avait décidé la veille qu'aujourd'hui serait le jour J, et sa première pensée quand il s'était levé le matin était qu'aujourd'hui était toujours le jour J. Il s'était réveillé, avait ignoré Piotr, était allé au petit coin, s'était habillé, avait encore ignoré Piotr, avait mangé des céréales, était parti travailler, avait été introduit dans la maison par cette dingue de divorcée, avait peint l'entrée en violet, fait une pause-déjeuner, vérifié son portefeuille, peint encore d'autres murs en violet, discuté un peu avec cette dingue de bonne femme du temps qu'allait prendre la suite des travaux et fait mine de ne pas entendre pendant qu'elle avait au téléphone une conversation d'un quart d'heure avec quelqu'un à qui elle racontait qu'elle haïssait son ex-mari et qu'elle n'en voulait pas à « cette putain », seulement à lui ; puis, après être rentré se changer et avoir encore ignoré Piotr, il s'était rendu au bar en bordure du terrain communal, celui où ils s'étaient rencontrés pour la première fois, pour y retrouver Davina afin de la larguer. Durant tout ce temps il avait été habité par la certitude qu'aujourd'hui était le jour J pour la rupture, et avait réfléchi à ce qu'il allait dire. D'expérience, Zbigniew savait qu'une telle information devait être énoncée avec clarté et au début de l'entretien ; ensuite, il pourrait ajouter des choses gentilles, si Davina était disposée à écouter, et sinon, peu importe, il se contenterait de filer. Le pire serait passé.

« Ma grand-mère est en train de mourir. Je dois rentrer en Pologne. Nous ne pourrons jamais nous revoir. »

« Je suis gay. »

« J'ai le sida. »

« Je suis gay et j'ai le sida. »

« Je suis gay et j'ai le sida et ma grand-mère est en train de mourir en Pologne, elle aussi du sida, et je dois rentrer en Pologne et comme mon contrat de téléphone mobile vient à expiration tu ne pourras pas m'appeler. »

Là, c'était peut-être un peu trop.

Zbigniew arriva au bar avec un quart d'heure d'avance. Le choix du lieu résultait d'une intense réflexion visant à déterminer s'il fallait avoir ce dialogue en public ou en privé. Au fond, il s'agissait de savoir si Davina était moins susceptible d'exploser avec des gens autour. Il avait décidé qu'un lieu public était préférable ; puis il avait compris que c'était sans doute une erreur, mais il était trop tard pour changer d'avis maintenant, parce que s'il le faisait ce serait une bonne raison de reporter la rupture, et il n'en était pas question.

Il commanda un verre d'eau pétillante. L'alcool accroîtrait le risque qu'il termine la soirée au lit avec Davina.

Le bar était bondé pour un mardi soir, mais en réalité il l'était toujours, comme tous les bars de ce quartier. Si Zbigniew avait dû résumer Londres par une seule image, il aurait hésité entre plusieurs : un groupe de jeunes Polonais assis dans un appartement à regarder la télé en chaussettes ; deux poubelles devant une maison, une planche en bois à cheval entre elles, pour garder la place à une camionnette de chantier ; le terrain communal par un samedi ou un dimanche ensoleillé, des peaux blanches dénudées à perte de vue. Mais l'image victorieuse serait la grand-rue un soir d'animation, avec des jeunes partout bien décidés à se soûler – la frénésie ambiante, l'intensité du vacarme, la tension sexuelle, la colère et l'hystérie qui régnaient... Zbigniew voyait jadis les Anglais comme un peuple tout en modération et en maîtrise de soi. C'était amusant d'y repenser aujourd'hui. Cette vision était complètement fausse. Les Anglais picolaient comme des fous. Ils buvaient pour s'égayer, et parce que l'alcool était une fin en soi. C'était quelque chose de bon et les gens étaient avides de bonnes choses, en quantité de plus en plus importante. Et, comme l'alcool était bon, les Anglais en voulaient toujours plus. Avec l'alcool, ils adoptaient la devise de Buzz l'Éclair : Vers l'infini et au-delà !

Il ne serait pas mécontent de rentrer au pays et d'assister à de braves beuveries polonaises, dans leur cadre naturel. Il voulait voir son père et rassurer sa mère, lui prouver qu'il mangeait convenablement et qu'il n'avait pas attrapé la tuberculose.

Davina entra. Elle regarda autour d'elle, comme toujours un peu théâtrale : légèrement dressée sur la pointe des pieds, tournant la tête d'un bloc, la mine fureteuse et pleine d'attente. Un petit plissement de front prêt à se changer en sourire dès qu'elle l'apercevrait… On aurait dit un numéro ayant pour thème « Chercher son petit ami dans un bar bondé ». Durant les quelques secondes qui s'écoulèrent avant qu'elle le voie elle-même, Zbigniew fut frappé une fois de plus, eh oui, une fois de plus, par son charme, sa blondeur, son allure un rien débraillée mais sexy. Elle portait un foulard à motif noir et blanc qui avait glissé sur une de ses épaules : il pendait beaucoup plus bas d'un côté que de l'autre, et était, en fait, à deux doigts de tomber. Zbigniew, pour la millionième fois, éprouva l'envie toute simple de faire l'amour avec elle, mais aussi les réserves et les appréhensions moins simples qui allaient avec; il se répéta, avec fermeté, que le but de cette soirée n'était pas de coucher avec Davina mais de la larguer. C'est de cette manière qu'il formula la chose dans sa tête, utilisant des termes qu'il n'aurait pas employés à voix haute, histoire de raffermir ses intentions. Larguer, pas coucher. Tel était le plan.

Davina le repéra. Son visage s'illumina comme si elle mimait l'expression « son visage s'illumina ». Elle se dirigea vers lui de son pas rapide, faisant un écart pour éviter un homme qui, sans regarder où il allait, repartait du comptoir avec trois pintes de bière.

« Mon chéri ! » s'exclama-t-elle. Elle était de bonne humeur. Prenant une de ses intonations de comédienne, elle lâcha une citation qu'elle affectionnait, tirée d'un film que Zbigniew n'avait jamais vu mais qu'elle semblait toujours trouver irrésistiblement drôle. Elle déclara : « Tu es venu. »

Zbigniew s'éclaircit la gorge et proposa : « Un verre de vin blanc ? »

51

Ça s'était bien passé, songeait Zbigniew, en partant travailler le lendemain matin. En fait, il n'en revenait pas que ça se soit passé aussi bien.

Zbigniew s'en rendait compte maintenant, rompre avec quelqu'un était une sorte de travail, une tâche bien précise, et comme d'autres tâches bien précises, on avait intérêt à l'accomplir en la décomposant, en analysant ses différents éléments, puis en les remontant dans l'ordre qui convenait, avec un plan d'action bien défini. C'était ce qu'il avait fait. La rupture devait donc être 1) sans équivoque, 2) aussi délicatement présentée que possible, néanmoins en accord avec 1), et 3) exécutée avec le moins de scandale et de remous possible.

Ce n'était pas si différent du plâtrage d'un mur ou de la réfection d'une prise électrique. Un homme qui avait le sens pratique ne reculait pas devant ce type de tâches. Piotr était un imbécile.

Il avait dit à Davina qu'il ne pouvait pas continuer à la voir; qu'elle était une fille adorable mais qu'il savait qu'elle méritait mieux; qu'il n'était pas prêt à se ranger, que ce n'était pas pour ça qu'il était venu à Londres, que sa vraie vie était en Pologne et qu'il y retournerait un jour – un jour qui ne saurait tarder –, qu'il ne pouvait pas construire une relation sur la base d'un mensonge, et qu'il avait l'impression de lui mentir en agissant comme s'il était prêt pour une relation stable. Zbigniew était fier de cette trouvaille, ce sous-entendu comme quoi, s'il rompait, c'était parce qu'il avait d'elle une très haute opinion. Elle était tellement importante pour lui qu'il la plaquait... Quelle femme pouvait résister à un argument pareil ?

Pas Davina, de toute évidence. Elle était restée calme, la tête penchée, sans dire grand-chose : pas de larmes, pas de rage, pas d'explosion en public. Zbigniew ne l'avait jamais vue se comporter avec autant de sobriété et autant de mesure. Il avait énuméré ses raisons de la quitter et elle les avait écoutées et acceptées.

« Alors, donc, c'est fini », avait-elle conclu. Son ton était triste et résigné, pas du tout hystérique.

« Je suis désolé, avait dit Zbigniew, parachevant son discours. Ce n'est pas toi, c'est moi.

— Bon, je vais y aller, maintenant. » Davina s'était levée et elle était partie. Ça commençait à devenir la routine, ces gens qui se levaient en l'abandonnant dans des bars... Il était resté boire une bière, puis il était rentré de si bonne humeur qu'il avait failli parler à Piotr.

Zbigniew entra sans sonner dans la maison de la cinglée de divorcée : elle lui avait remis une clé la veille, expliquant qu'elle serait peut-être dehors avec son coach quand il arriverait. Il alla chercher les journaux pour recouvrir la partie du sol où il travaillait. Une des choses qu'il avait apprises, et en quoi il se distinguait des ouvriers anglais, c'était à tout bien remettre en ordre en fin de journée, de sorte qu'il ne subsistait aucune trace du chantier, hormis les travaux proprement dits. On reprochait souvent aux ouvriers anglais de se comporter comme s'ils étaient propriétaires des lieux. Zbigniew avait l'intelligence de ne pas commettre cette erreur. Cela prenait plus de temps au début et à la fin de la journée, mais cela valait la peine.

Il terminerait la peinture aujourd'hui, se dit-il. La divorcée avait parlé d'« une ou deux petites choses » qu'elle lui donnerait peut-être à faire, sans plus de précision, il ignorait donc si sa mission se poursuivrait ou non. Ce n'était pas grave ; il avait un autre chantier dans Mackell Road, au coin de Pepys Road – l'installation d'une cuisine –, et en général trouver du travail n'était pas un problème. S'il n'avait rien de prévu juste après ce chantier, il rentrerait en Pologne quelques jours.

La peinture était une des activités préférées de Zbigniew. Il en aimait le caractère répétitif mais aussi le côté méticuleux ;

l'association de ces détails minutieux sur lesquels il fallait se concentrer et de ces périodes où on pouvait foncer et abattre en peu de temps une énorme besogne. Il aimait la façon dont une nouvelle peinture pouvait complètement transformer un espace, en changer même la forme, comme dans le cas présent, où le violet donnait l'impression que les murs du couloir se rapprochaient, et il aimait aussi l'odeur. Au rayon des boulots solitaires, celui-là était un des mieux.

Au bout d'à peu près une demi-heure il entendit la divorcée qui rentrait et qui allait dans la cuisine. Environ cinq minutes plus tard elle monta lentement l'escalier. Zbigniew s'interrompit et se redressa pour la laisser passer. Elle portait un jogging gris informe, un bandeau qui lui retenait les cheveux, et avait à la main un iPod nano rose.

« Cet homme finira par me tuer, dit-elle.

— Vous devriez peut-être le tuer d'abord », suggéra Zbigniew. Elle trouva la remarque très drôle.

Il se remit à peindre et, ce faisant, il commença à réfléchir à une stratégie pour reparler à Piotr. Il était clair d'après son aventure avec Davina qu'il était passé maître dans l'art de communiquer. Piotr était un bigot, un idiot et un hypocrite, vu les ratages et les ruptures qu'il avait lui-même connus, ainsi qu'un donneur de leçons, mais il était également son plus vieil ami et la situation avait assez duré. Le plus simple et le plus judicieux serait peut-être tout bêtement d'aller le voir en disant : « Cette comédie a assez duré », et alors ils pourraient passer à autre chose. Pas besoin de chercher midi à quatorze heures.

Pour fêter le largage réussi de la veille – quoique, dans sa tête, maintenant qu'il avait eu lieu, Zbigniew le qualifiât plus élégamment de « rupture » –, il alla déjeuner au troquet juste après le coin de la rue. C'était ce que les Anglais appelaient une gargote, mais en réalité la nourriture était tout à fait acceptable, étant donné qu'ils servaient des salades et des plats de pâtes, en plus de ces grandes assiettes d'aliments frits qu'appréciait la classe ouvrière britannique. Zbigniew y avait pris goût et commanda un « anglais complet numéro 2 », comprenant du bacon, une saucisse aux herbes pas aussi bonne qu'une saucisse polonaise mais pas mauvaise quand même, du boudin, des frites, des croûtons, un œuf sur le plat, des champignons, des tomates et des *baked beans*, une spécialité britannique que Zbigniew, au départ, n'aimait pas, mais qu'à la longue – ces haricots à la tomate figurant parmi les garnitures incontournables – il avait fini par bien aimer. Comme pour nombre d'aliments prisés des Anglais, le secret était que les *beans* contenaient beaucoup plus de sucre qu'ils n'en avaient l'air. Il y avait aussi un grand mug d'un café pas très bon. Ce repas coûtait 6 livres mais dans les grandes occasions cette dépense se justifiait. Si Zbigniew terminait son chantier aujourd'hui, comme il en avait la ferme intention, il aurait une demi-journée d'avance sur son planning (le vrai, celui qu'il tenait dans sa tête, et non l'estimation qu'il donnait aux clients), si bien qu'il pourrait enchaîner sur un autre boulot, autrement dit encaisser plus d'argent.

Il partit retrouver ses pinceaux. Il avait encore deux heures de peinture devant lui, puis environ trois heures de finitions, puis il aurait terminé, à moins que la dingue de divorcée n'ait encore du boulot à lui confier. Vers trois heures, alors qu'il se préparait à attaquer les retouches, on sonna à la porte. Une livraison, supposa Zbigniew. La maîtresse des lieux descendit et resta en bas quelques minutes; puis Zbigniew l'entendit qui remontait.

« C'est pour vous », annonça-t-elle, avec une expression tendue qu'il ne put déchiffrer. Zbigniew s'essuya les mains et gagna le rez-de-chaussée.

Sa première pensée en voyant Davina fut qu'elle avait été surprise par la pluie. Sa tête était penchée, ses cheveux pendouillaient, ses traits étaient affaissés, ses épaules voûtées, ses vêtements semblaient flotter sur son corps. Mais il ne pleuvait pas, il n'avait pas plu de la journée. La peau de Davina avait perdu toute couleur et, avec ses cheveux blonds, elle avait l'air d'un fantôme. Zbigniew éprouva un haut-le-cœur, plus une sensation physique dans sa poitrine et dans son ventre qu'une émotion vraiment définissable.

« Bonjour, dit Davina. Je voulais te parler. »

Zbigniew l'avait déjà vue jouer les filles désespérées, en faire des tonnes dans ce registre, mais il y avait quelque chose de réellement effrayant dans son ton monocorde.

« Comment tu as su où j'étais? » Tout en lui posant cette question, il se surprit à se la poser intérieurement avec beaucoup plus d'énergie : ouais, comment, exactement ? Il était certain de ne jamais lui avoir dit où il travaillait. C'est pourquoi il trouvait bizarre et flippant qu'elle le sache. Il y avait un truc pas normal, pas normal du tout. Son estomac se serra, cette sensation de dangereuse apesanteur et de perte de contrôle qu'on pouvait avoir quand une voiture se mettait à déraper…

« Piotr, dit-elle.

— On ne peut pas parler ici », prétendit-il, même si la dingue était montée et que, s'il voulait le faire, il pouvait. Mais ça ne lui semblait pas une bonne idée. Il sortit de la maison et faillit lui prendre le bras avant de se raviser et de la précéder. Ils iraient sur un banc du terrain communal, décida-t-il. Un bon compromis entre lieu public et lieu privé. Elle ne souffla mot tandis qu'ils marchaient. Une ou deux personnes les regardèrent en les croisant. Ils devaient être nimbés d'une étrange atmosphère, ce microclimat singulier qui enveloppe les couples en train de se disputer. Zbigniew eut l'impression fugitive d'être pris en otage, et fut tenté d'appeler les passants à son secours : Sauvez-moi ! Elle m'emmène contre ma volonté ! À l'aide !

Ils s'assirent sur le banc. À une vingtaine de mètres un homme entre deux âges sur le point d'attaquer son footing faisait du stretching contre un arbre.

« Ces choses que tu as dites étaient vraiment terribles, dit Davina. Tu ne peux pas dire des choses comme ça. Tu dois penser que je suis stupide. "Ce n'est pas toi c'est moi." Comment oses-tu ? Ce n'est pas une figure rhétorique, mais une vraie question : Comment oses-tu ? Me parler comme si j'étais une pétasse demeurée que tu pouvais larguer comme ça, en disparaissant dans le coucher de soleil polonais avec ta nouvelle nana…

— Il n'y a personne d'autre, protesta Zbigniew. Je me suis mal exprimé si c'est ce que tu as compris…

— Ne fais pas insulte à mon intelligence, il y a toujours quelqu'un d'autre, c'est ce que les gens disent quand…

— Je ne te mens pas, il n'y a vraiment personne qui pourrait… »

Zbigniew crut entrevoir une occasion à saisir, une échappatoire potentielle. Si elle continuait comme ça, à laisser monter sa colère, il pourrait se mettre en colère à son tour, et alors ils se disputeraient en hurlant, et la rupture serait consommée, encore plus consommée qu'au début de la conversation. Il avait peut-être encore une chance de s'en sortir… Mais alors même qu'il se faisait cette réflexion, le ton de Davina changea.

« Je ne veux pas que tu me quittes. Je ne peux pas vivre sans toi. Je ne veux pas vivre sans toi. Tu comprends ce que je te dis ? Je ne veux pas vivre sans toi. »

Elle dit beaucoup d'autres choses, toutes dans la même veine. Zbigniew comprit que c'était sans issue. Zbigniew n'avait jamais vu quelqu'un d'aussi bouleversé, et il en voulait pour preuve qu'elle n'avait absolument pas l'air de simuler son émotion, ni de la mettre en scène. Davina était sincèrement désemparée. Zbigniew savait que l'entrevue avait viré à la catastrophe; qu'il ne pouvait pas la quitter dans cet état. Il sentait la pression de quelque chose qu'il avait deviné, mais sans se l'avouer tout à fait : l'isolement de Davina, son absence d'amis. Ce premier soir, à boire avec cette fille à côté d'elle, avait été trompeur. Il s'agissait d'une nouvelle collègue de bureau, et elles n'étaient plus jamais allées au pub ensemble. Davina était coupée du monde; elle n'aimait pas suffisamment les gens, ou ne leur faisait pas suffisamment confiance, pour avoir des amis. Cette attitude aggravait terriblement les choses. Elle allait faire une dépression, ou se suicider, et il serait responsable. Tout ce que Piotr avait dit était vrai. Il était pris au piège. Un nuage noir obscurcit ses pensées. Tout cela venait de quelque chose qu'il lui avait fait, de quelque chose que, par ricochet, il s'était fait à lui-même, et à quoi il ne pouvait échapper. La main de Davina reposait sur ses cuisses et il tendit le bras pour la lui toucher. Elle ne réagit pas. Là au grand air, sur le banc du square avec les joggeurs, les promeneurs et toute la ville autour d'eux qui vaquait à ses occupations, il sentit les murs se resserrer sur lui.

52

Le but des soins dits « de répit » est de permettre à l'aidant de souffler. Mary avait envie de souffler; non, elle avait besoin de souffler. Mais elle était incapable de souffler. Quand elle alla rejoindre Alan dans l'Essex, retrouver sa propre maison et ce qui aurait dû être son train-train familier, elle constata qu'elle était incapable de s'apaiser. Son esprit était hanté par sa mère mourante là-bas à Londres, et elle avait beau regretter qu'il en soit ainsi, Mary se révélait incapable de reprendre sa propre existence, même pour une semaine ou deux. Ce n'était pas qu'elle pensait sans arrêt à sa mère; au contraire, Mary trouvait insupportable de penser à sa mère, qui lui était désormais inaccessible : enfermée dans son monde, Petunia ne parlait plus. Elle avait tourné la tête vers le mur. Mais Mary, qui ne supportait pas de penser à cela, n'arrivait pas non plus à penser à autre chose. Après avoir été absente de chez elle physiquement, elle se sentait tout aussi absente maintenant qu'elle était rentrée. Alan devait lui répéter les choses quatre ou cinq fois avant qu'elle ne les entende, et lorsqu'elle alla prendre un café avec deux de ses amies – ce qui aurait dû être une séance de rattrapage très animée, abondamment arrosée de vin blanc et suivie d'un retour en taxi obligatoire vu son état –, elle se surprit à devoir puiser tout au fond d'elle-même l'énergie nécessaire pour simplement ouvrir la bouche. Elle sentait que ses amies avaient remarqué le changement en elle et décidé de ne pas faire de commentaires ; elle savait qu'elles allaient en parler entre elles après. Elle ne ressemble à rien. Elle est l'ombre d'elle-même. Elle accuse le coup. Pauvre Mary. Et ainsi de suite.

Ce qui rendait la chose difficile était en partie le sentiment qu'avait Mary de ressembler beaucoup plus à sa mère qu'elle ne s'en était jamais rendu compte. Mary avait toujours vu sa mère comme un être englué, enfermé dans des limites qu'elle s'imposait, et ne vivant qu'une infime portion de l'existence qu'elle aurait pu avoir. Mary imputait cette étroitesse à son père, mais quand il était mort, il s'était avéré que Petunia, au fond, était comme ça, ou qu'elle l'était devenue. Elle s'inquiétait toujours d'être « trop » quelque chose, trop bruyante, trop audacieuse, trop tape-à-l'œil, trop prudente, trop tatillonne, trop angoissée, trop ceci ou trop cela. De retour dans sa propre vie, à faire le ménage dans sa propre maison, à mettre de l'ordre et à s'affairer dans son propre salon, Mary se trouvait contrainte de se demander si elle était réellement si différente. Qu'ai-je jamais fait qui soit tellement grand, qui ait tellement d'ampleur ? Si ma mère vivait de manière étriquée, en quoi ma vie a-t-elle plus d'envergure ?

Puisqu'elle restait mentalement prisonnière, Mary décida qu'elle ferait mieux de ne pas s'absenter physiquement. Au bout de trois jours à la maison, elle annonça à Alan qu'elle repartait pour Londres.

« Je suis désolée, mon trésor, dit-elle. J'ai juste l'impression qu'il faut que je sois là-bas.

— Mon pauvre poussin », dit Alan. Elle le connaissait tellement bien. Elle savait que l'expression qui balaya son visage était une sorte de soulagement, et elle comprit à quel point elle avait été difficile à vivre. Réaction humaine, elle en voulait à Alan d'avoir eu ce jugement, tout en admettant qu'il était sûrement justifié. Elle reprit le train pour Londres, ces cinquante minutes de trajet qui paraissaient toujours tellement plus longues : la campagne, les collines, les champs et les villages clairsemés de l'Essex, puis les bâtiments bas de la lointaine banlieue de Londres, puis les immeubles plus hauts et l'East End et cette sensation du Londres d'autrefois, du Londres ouvrier, ces endroits où, encore aujourd'hui, on pouvait voir les souvenirs du Blitz dans les trouées entre les constructions, et ensuite, juste après, la soudaine et outrageuse richesse de la City, et enfin Liverpool Street. Depuis que Mary n'habitait plus la capitale, ce voyage avait été pour elle le court voyage le plus long qui se puisse imaginer. Ce serait la dernière fois qu'elle le ferait du vivant de sa mère; la dernière fois que la maison de sa mère, la maison où elle avait grandi, serait là pour lui servir de refuge en cas de besoin. Une dispute avec Alan, une soirée en ville pour aller voir un spectacle, une visite pour l'anniversaire de Petunia... même si ces occasions avaient été peu nombreuses, il y en avait eu suffisamment pour que Pepys Road demeure un point de chute pour Mary, un asile potentiel, un pied dans son ancienne vie. Tout cela allait bientôt s'achever. Bientôt sa mère serait morte et il n'y aurait plus de point de chute. On aurait dit ce sentiment rassurant qu'on avait enfant quand on était assis à l'arrière de la voiture, avec ses parents devant; et puis un jour ce sentiment s'envolait pour toujours.

Cette fin de printemps offrait des journées, ou des morceaux de journées, où la saison basculait dans l'été. Le jour où Mary regagna Pepys Road était d'une chaleur torride, et humide, une légère brume flottant sur le vert profond qu'arborait toujours le terrain communal à cette période de l'année, avant qu'il n'ait été desséché et piétiné par les foules estivales. Mary marcha jusqu'au 42, Pepys Road depuis la station de métro, déposa son sac, alla faire pipi, puis repartit pour le centre de soins palliatifs. Il n'était pas loin. Elle pouvait le rejoindre à pied en cinq petites minutes. Elle marcha aussi lentement que possible, et durant tout le parcours elle fit le vœu que le temps s'étire, ralentisse, que le centre se révèle être plus éloigné que dans son souvenir, plus éloigné qu'il ne l'était en réalité.

« Bonjour, vous revenez plus tôt que prévu », dit la femme à l'accueil. Une des choses qui plaisaient à Mary dans cet établissement était que vous n'aviez jamais à expliquer qui vous étiez ni pourquoi vous étiez là; ils se souvenaient toujours. Cela facilitait grandement les choses.

« Je n'ai pas pu tenir », répondit Mary. Dans sa tête, ces mots avaient un ton léger, mais quand elle les prononça, ils avaient tout d'un simple constat désespéré. Le regard de la femme le confirma.

Mary aurait pu aller tout droit à la chambre de sa mère, mais elle décida de sortir d'abord dans le jardin. C'était un de ces jardins londoniens d'une taille inattendue, avec une serre, une étendue d'herbes folles, une pelouse tondue mais pas excessivement soignée, un carré de fruitiers au bout, et un sentier qui faisait le tour avec des plates-bandes à la française sur le côté. Petunia était venue dans ce jardin plusieurs fois lors des journées portes ouvertes de l'établissement; elle s'était beaucoup extasiée dessus et avait maintes fois exprimé son admiration pour la personne chargée de son entretien. Aujourd'hui, Petunia était une patiente du centre, et trop malade pour en apprécier le moindre aspect. Mary resta assise dix minutes sur un banc, à l'ombre d'un pommier. Elle sentait la chaleur de la journée rayonner partout autour d'elle.

Puis elle monta dans la chambre de sa mère. Le centre était une institution caritative bien établie; la bâtisse faisait penser à un manoir d'une époque révolue, des années 50, disons, qui semblait avoir été parachuté au milieu de la ville. Il y régnait une atmosphère de calme et d'ordre, et cette sérénité parvenait à s'insinuer en Mary lorsqu'elle était là-bas.

Petunia logeait dans une chambre sur le devant, dont les fenêtres donnaient sur l'église et le terrain communal. On entendait un peu la circulation, mais la vieille dame ne semblait pas le remarquer, pas plus que le reste. Mary ouvrit la porte avec précaution pour ne pas faire sursauter sa mère, et faillit bondir de surprise en voyant qu'il y avait un autre visiteur dans la pièce. C'était son fils Graham : assis dans le fauteuil en cuir défoncé, il faisait joujou avec son iPhone.

Il leva la tête.

« Salut, m'man, dit Smitty. Elle dort.

— Graham ! s'écria Mary. Qu'est-ce que... euh... qu'est-ce que tu fais là ?

— J'étais dans le coin. Je suis juste passé voir mamie. Elle était déjà endormie, alors... enfin bon, rien, en fait. Je ne l'avais pas vue depuis ta nouba en ville.

— C'est... gentil », fit Mary, incapable de dissimuler son étonnement. Son fils se leva.

« Faut que j'y aille. Mon parcmètre finit bientôt. Si elle se réveille, dis-lui que je suis passé lui faire coucou. » Embrassant sa mère sur la joue, il partit retrouver sa vie mystérieuse, et Mary se dit, pour la énième fois, qu'elle le connaissait décidément bien peu. Elle le regarda s'éloigner puis se retourna vers sa mère. Petunia était couchée sur le côté, le visage vers la fenêtre et les yeux fermés.

« Maman ? fit Mary. Mère ? Petunia ? »

Pas de réaction. Mary s'assit dans le fauteuil à son chevet. Sur la table à côté d'elle il y avait une carafe d'eau, un verre et des fleurs coupées. Cette chambre l'oppressait, elle y prenait atrocement conscience de son chagrin, de la mort de sa mère qui s'opérait au ralenti. Pourtant, il ne se passait rien. Le temps paraissait immobile. Sa mère, si proche de la mort, se réduisait maintenant à l'essence de son être. Mary, quant à elle, avait du mal à se borner à être et à ne pas cogiter.

Elle se disait : Je n'en peux plus. Ma mère va mourir, et si elle doit mourir, il faut que ce soit bientôt. Peu importe ses besoins à elle, désormais ; l'important, ce sont mes besoins à moi. Une voix dans sa tête disait : Maman, s'il te plaît, va-t'en vite.

Une infirmière se tenait à la porte. Mary n'arrivait plus à se rappeler si elle l'avait déjà vue, mais c'était sans importance, car l'infirmière savait qui elle était. Elles parlèrent de Petunia un moment.

« Elle pourrait rentrer chez elle », dit l'infirmière. Mary comprit que pour terminer la phrase elle aurait dû ajouter « pour mourir ». L'autre solution était que sa mère meure sur place.

« Combien de temps ?

— Pas longtemps. Une semaine. »

53

Parker roula dans le lit et marmonna dans son sommeil. La chambre d'hôtel était envahie de lumière depuis six heures du matin, peut-être même avant, car les stores, déjà pas très épais, laissaient entrer le soleil par le cadre et par le bas. La clarté avait réveillé Daisy, la petite amie de Parker, des heures plus tôt. Allongée là, elle s'énervait contre les stores. Le bow-window avait de lourds rideaux à ruché d'un rouge profond, mais ce n'étaient que de simili-rideaux, qu'on ne pouvait pas tirer complètement. Ce détail était à l'avenant de tout ce qui n'allait pas dans cet hôtel. L'établissement se voulait un havre de calme, d'ordre et de délicieuse ancienneté, tout en regorgeant de petites merdouilles modernes. Le jour n'avait décidément pas l'air de réveiller Parker, qui remuait de temps en temps et avait des petits ronflements de nez bouché, mais qui, sinon, semblait dormir à poings fermés. Dormir avait toujours été un don chez lui. Daisy, un rien irritée par son manque de sommeil, s'autorisa une mauvaise pensée : ce ne serait pas mal si Parker se montrait aussi doué dans d'autres domaines que le sommeil. Elle se reprocha son injustice dans la seconde. Parker avait des tas de talents, en réalité. Simplement, jusqu'à présent il n'avait pas eu de chance.

Daisy avait proposé d'emmener Parker en week-end, histoire de lui remonter le moral après la perte de son boulot. Ainsi se trouvaient-ils dans ce petit hôtel surfait des Cotswolds, avec vue sur les collines, les moutons et les murets en pierre, sans oublier un grondement horripilant de ventilation provenant de la cuisine. Le bruit, par bonheur, avait cessé à onze heures et demie. C'était l'idée de Daisy, son cadeau pour Parker, et elle était heureuse de lui faire ce plaisir : Daisy était avocate et commençait à gagner de l'argent. Elle et Parker étaient ensemble depuis leur classe de première, cinq ans auparavant.

S'offrir ce genre de week-end avec son propre argent était un vrai truc d'adulte. C'était excitant. Ça aurait dû l'être, du moins. Le week-end aurait dû avoir au générique des tas de fous rires, des heures accoudés au bar à refaire le monde, de longues promenades dans la nature et des parties de jambes en l'air. Au lieu de cela, elle ne comptait plus les moments passés à contempler la mine déprimée de Parker, à écouter ses plaintes sur l'injustice du monde, et sur l'immonde salaud qui l'avait viré. Daisy savait que Parker avait signé toutes sortes d'accords de confidentialité avec son ancien boss et qu'il existait des limites à ce qu'il avait le droit de dire. Des limites que Parker avait d'ailleurs soin de ne pas franchir : elle savait que son boss avait été un salaud et l'avait viré sans raison, qu'il était un salaud absolu, un salaud de chez salaud, qui l'avait viré sans la moindre petite raison, le salaud – elle le savait, mais elle n'en savait guère plus. Sauf que c'était véritablement la pire chose qui, de tout temps, soit jamais arrivée à quelqu'un.

Bon, il ne faisait aucun doute que c'était dur. Daisy savait que Parker avait toujours voulu être artiste. Il le voulait depuis l'âge où les autres garçons voulaient être pilotes de course, astronautes, ou pop stars. Il n'avait pas souvenir d'une époque où cela n'avait pas été sa première, son unique ambition. Son désir d'être artiste participait d'un rêve d'autonomie, celui de jouir d'une liberté qui lui permettrait de rêver et de réfléchir à sa guise, puis de concrétiser ces rêves et ces réflexions, de les transformer, eh bien, non pas en objets au sens brut – car ce type d'art pouvait facilement devenir un art avili, un art matérialiste –, mais en méditations, en provocations qui pousseraient les gens à réfléchir et à rêver à leur tour. Son talent, dès lors, serait reconnu ; les gens le verraient, le verraient pour lui-même. Il ne serait plus anonyme. Il créerait des choses et il serait célèbre et ce serait sa vie. Au lieu de cela, il n'était que l'ancien assistant, qui plus est viré, d'un autre artiste. C'était dur pour lui, Daisy le voyait bien.

Brusquement, sans prévenir, Parker fit basculer ses jambes hors du lit et se redressa d'un coup. C'était l'autre aspect de son sommeil si profond. Daisy ne s'y était jamais habituée, bien qu'elle ait dû en être témoin un millier de fois : dès qu'il se réveillait, Parker retrouvait instantanément sa pleine vivacité et commençait à s'activer. Sans transition. À croire qu'il avait un bouton marche / arrêt. Nu comme un ver, Parker se mit debout, étira ses bras au-dessus de sa tête et rejoignit les toilettes. Déjà, à peine quelques secondes après son réveil, son langage corporel était apathique, accablé et déprimé. Son corps mince et nerveux, avec ses épaules étroites, n'avait pas son maintien coutumier. Daisy percevait des rayons moroses qui émanaient de lui. Ah, oui, c'était un autre don qu'avait Parker : diffuser ses ondes négatives.

Daisy, comme elle l'avait fait de nombreuses fois par le passé, écouta le bruit formidablement puissant et généreux de Parker en train de faire pipi – encore un de ses talents : il avait une vessie digne d'un cheval de trait –, puis le bruit de sa brosse à dents électrique. Quand il revint dans la chambre, elle s'était légèrement hissée dans le lit en relevant le drap juste au-dessus de ses seins, dans le vague espoir de lui donner des idées.

« On fait quoi aujourd'hui ? » demanda-t-elle.

Parker continuait à prendre ses airs de martyr. Il haussa les épaules.

« M'est égal.

— On pourrait marcher jusqu'à ce village avec cette église où il y a la sculpture coquine dont tu m'as parlé. Cette statue païenne où la nana écarte les jambes et où elle montre sa vulve, ce vieux truc préchrétien... Comment on appelle ça, déjà, une *Sheela Na Gig* ? » Daisy savait que c'était le genre de chose qui pouvait plaire à Parker : il en avait parlé avant, à plusieurs reprises. Elle s'efforçait de l'appâter, comme un enfant à qui on promet une glace.

« Pourquoi pas ? » fit-il. Mais ces deux mots étaient presque une déclaration de guerre. Parker et Daisy avaient tous deux grandi dans le Norfolk, où les gens les plus ennuyeux de la terre utilisaient cette expression pour bien enlever son piment à toute conversation, à tout débat ou à tout projet. « Pourquoi pas ? » : la formule avait toujours fait office d'éteignoir intellectuel. Parker savait combien Daisy la haïssait, et combien elle résumait cette enfance provinciale timorée et mesquine à laquelle ils s'étaient l'un et l'autre évertués à échapper. « Pourquoi pas? » Bon, très bien.

« Écoute, dit Daisy, remontant les couvertures sur elle. Je suis désolée que tu aies perdu ton boulot, je t'assure. Ce n'est pas juste. Je suis sûre que tu as fait à la perfection tout ce qu'on te demandait. Mais il y a d'autres choses tout aussi injustes, et l'une d'elles est de te comporter comme si j'avais fait quelque chose de mal, alors que j'essaie simplement d'être gentille avec toi et de te distraire un peu et de nous offrir un week-end un peu sympa. C'est tout ce que j'essaie de faire... avoir un geste sympa. Tu n'es pas obligé de me traiter comme ta vieille tante qui te forcerait à faire la vaisselle. »

Parker s'assit sur le lit. Dieu merci, par miracle, il sembla redevenir le Parker normal qui n'était pas convulsé de tristesse.

« Pardon. Je ne voulais pas être rabat-joie. »

Daisy se sentit fondre aussitôt.

« Oh, mon chou, je sais, et tu n'es pas rabat-joie, tu n'es jamais rabat-joie.

— Si, je suis rabat-joie, je l'ai été, je le sais. Je n'avais pas vu venir le coup, tu comprends ? Je n'étais pas préparé. Ça m'est tombé sur le coin du nez. À un moment, enfin bon, tu sais, c'est Londres – et la notion était importante pour eux deux, elle symbolisait l'Évasion, le Monde, la Grande Vie, la liberté, la possibilité d'un avenir plus glorieux que dans leur bled –, et le moment d'après c'est, enfin bon, je ne sais pas, c'est comme si je me retrouvais tout à coup au rebut. Je ne suis plus personne. Je ne suis à nouveau plus personne.

— Tu n'es pas personne pour moi.

— Non, je sais, dit Parker, et pour la première fois depuis plusieurs jours il lui sourit de son vrai sourire, un petit sourire effronté qui était une des choses que Daisy aimait profondément chez lui. Je ne suis pas personne pour toi. Je ne suis pas personne. Ça, il ne peut pas me l'enlever. »

Daisy tapota le lit. Assis à côté d'elle, toujours en tenue d'Adam, Parker lui prit la main.

« Fermé et rongé de détresse, ça pas être bien, dit-elle. Capable d'en parler, ça être nettement mieux.

— C'est juste que je ne veux pas te barber, et puis il y a des tas de trucs que je ne peux pas dire.

— Je sais. Mais cette autre façon de procéder est carrément plus pénible.

— OK, je ferai de mon mieux, dit Parker, lui pressant la main comme en signe d'adieu, si bien qu'il put la lâcher et traverser la pièce pour commencer à s'habiller. Allez viens, ma poule, faut profiter de ce petit déjeuner compris dans le forfait ! »

Daisy rabattit les draps et sortit du lit.

« Te voilà bien jovial, dis-moi…

— Eh oui ! » fit Parker en enfilant son jean. Elle avait remarqué la veille au soir qu'il était le seul homme de l'hôtel à en porter un, mais ce n'était pas grave. « Quand j'étais au petit coin, j'ai repensé à une idée que j'ai eue dans la nuit.

— Une idée ?

— Euh, plutôt un plan, en fait. Un genre de plan. Enfin bon, allons d'abord déjeuner, et après on ira admirer la moule de cette vieille rombière. »

Daisy lui balança un oreiller. Elle loupa sa cible.

54

Freddy Kamo avait appris le mercredi qu'il jouerait dans la première équipe samedi. Ce seraient ses vrais débuts. Il avait tant désiré ce moment, l'avait imaginé, en avait rêvé, s'en était langui et avait enragé qu'il n'arrive pas plus tôt. Il était prêt. Patrick, qui s'était toujours efforcé d'envisager avec patience, calme et philosophie le moment où surviendrait le premier match complet de son fils, se surprit à être tout aussi excité que lui. Il va jouer tout un match ! Dans le championnat de première division ! Mon petit garçon ! Au secours !

À Freddy, Patrick dit : « Je suis content pour toi. Tu vas tous nous rendre très fiers. »

Il avait parfois du mal à encaisser la relation de Mickey avec son fils. Il savait pertinemment que Mickey était indispensable, et qu'il était sincèrement attaché à Freddy ; mais Patrick restait un homme, après tout, et ne pouvait s'empêcher de se sentir, si faiblement que ce soit, supplanté. C'était un peu comme si Freddy s'était doté d'un autre père. Aujourd'hui, pourtant, avec cette nouvelle, il savait qu'il n'y aurait qu'une seule personne au monde qui serait aussi grisée que lui, et c'était Mickey. Aussi, quand Freddy revint de l'entraînement et monta dans la salle de jeux pour jouer avec une de ses consoles, Patrick téléphona-t-il tout de suite à l'agent.

« Vous pensez qu'il est prêt ? Vraiment prêt ? » demanda-t-il.

Ce matin-là, ils avaient reçu une autre de ces cartes qu'il détestait tant, celles qui disaient que des gens voulaient ce qu'ils avaient. Normalement elles le remplissaient d'appréhension, mais aujourd'hui c'était différent. Patrick savait qu'il était naturel d'éprouver de l'envie devant ce qui allait arriver à Freddy.

« Il va les manger tout crus », le rassura Mickey.

Encore plus excité que les Kamo père et fils, il ne pouvait s'empêcher de sourire, de tressauter deux fois plus vite que d'habitude, et il n'arrêtait pas de faire de petits mouvement brusques avec la tête, comme s'il cherchait à attraper le ballon lors d'un match de foot imaginaire. En tirant au premier poteau, ou en le passant à un autre joueur pour qu'il marque.

« Il est plus que prêt. Il est super-prêt. Il n'est pas seulement prêt, il est chauffé à blanc. »

Comme si l'idée que Freddy était prêt lui appartenait désormais en propre, et qu'il essayait de la revendre à Patrick.

Non sans répugnance, Patrick précisa : « Je ne m'inquiète pas pour son corps, mais pour son esprit. »

Il n'avait guère envie de partager cette confidence, mais n'avait personne d'autre à qui en faire part. Cela ne lui plaisait pas de dévoiler ses sentiments à Mickey, et c'était en réalité la première fois qu'il s'y laissait aller ; quant à Mickey, homme délicat sous des dehors bruyants, il s'en rendit compte, et prit ce que lui disait Patrick avec le plus grand sérieux.

« Si je pensais qu'il savait à quel point c'est important, je m'inquiéterais aussi, dit-il. Mais il a dix-sept ans. Il ne peut pas le savoir. Pour lui ce n'est qu'un match de plus – un match important, le plus important qu'il ait jamais joué, mais rien qu'un match de plus. C'est pour nous que c'est dur. Lui, il va très bien s'en sortir. Dans dix ans, il regardera en arrière et n'en reviendra pas de l'avoir fait comme si c'était la chose la plus naturelle du monde.

— Oui, oui », acquiesça Patrick.

Malgré tout, Freddy parut excité toute la semaine – il n'avait pas dormi correctement ni été capable de rester en place depuis qu'il avait appris la nouvelle. Il sautait partout, terrifié, aux anges, nerveux. Il était difficile de ne pas percevoir son bonheur comme sa nervosité, et le samedi matin à l'hôtel où séjournait l'équipe pour les matchs à domicile,

Patrick se sentait plus épuisé et stressé que jamais. Quand Freddy descendit pour le briefing d'après le petit déjeuner, il s'allongea sur son grand lit pour zapper d'une chaîne à l'autre et jouer avec le décapsuleur du minibar. Il fermait et rouvrait les rideaux à commande électrique. Il alluma la radio, réglée sur une émission de sports qui diffusait les appels des auditeurs, puis l'éteignit à nouveau. Il fureta pour voir si la chambre contenait une bible, mais n'en trouva pas. Il n'avait rien pu avaler.

Freddy sembla plus calme après la réunion d'équipe. Patrick s'en aperçut et résista à la tentation de lui demander ce qui s'était dit. Ils suivirent leur petit train-train quelque temps, puis descendirent prendre le car. Comme Freddy était le seul mineur de l'équipe, Patrick était le seul proche autorisé à voyager avec les joueurs les jours de match ; si cela lui faisait souvent l'effet d'un privilège, aujourd'hui c'était plutôt une forme de torture. Un ou deux des joueurs plus âgés mirent un point d'honneur à venir lui dire bonjour et lui demander s'il allait bien. Le milieu de terrain, qui pesait 20 millions de livres, posa son bras sur le dos de Patrick en disant : « C'est un peu comme avoir un bébé. Quand le travail d'accouchement a commencé pour ma femme, vous savez ce qu'a dit la sage-femme ? Elle a dit : "N'ayez pas l'air si nerveux, pour ce qui est des maris, nous n'en avons encore jamais perdu un." »

L'intention était bonne, mais Patrick repensa soudain à la mère de Freddy et au fait qu'elle n'était pas là, ou qu'elle n'était là que par le biais de Freddy, étant donné qu'il avait hérité de sa grâce un peu empotée ; l'espace d'un instant, il ressentit le poids de tout ce qu'elle avait loupé. Le milieu de terrain lui pressa l'épaule.

« Tout ira bien pour lui, vieux », dit-il.

Il pressa plus fort, puis le lâcha et s'en alla. Patrick sentit les larmes lui piquer les yeux, et ça n'avait rien à voir avec la pression sur son épaule ; il fallait qu'il se ressaisisse. Il ne pouvait décemment pas monter dans le car en pleurant comme un veau le jour des vrais débuts de Freddy dans un match complet. À ce moment précis, avec un timing parfait, l'homme responsable des sacs de sport et qui faisait toujours toute une histoire de tout, même lors des matchs à domicile où l'équipement était déjà au stade, passa en criant : « Quelqu'un a vu les sacs Adidas ? Quelqu'un a vu les sacs Adidas ? Il me faut les sacs Adidas ! » L'occasion parfaite pour que tout le monde se regarde, roule des yeux et évacue un peu de nervosité. Patrick vit Freddy donner un coup de coude dans les côtes d'un de ses coéquipiers, et son quart d'heure sentimental prit fin. Il ne fallait penser qu'au présent. Laisser les morts enterrer les morts. Même les plus chers d'entre eux.

Le trajet en car pour se rendre aux matchs à domicile était toujours bizarre. Les voyages en bus sont souvent lents, inconfortables, anonymes, et les distances parcourues interminables. Mais le car de l'équipe semblait plus spacieux que la maison des Kamo à Linguère, et était à coup sûr mieux équipé, avec de quoi se divertir à bord, un frigo rempli à profusion, et une commande de clim individuelle. Le moteur était comme assourdi et lointain. Et leur voyage était le contraire d'un voyage anonyme. Dès que le car quitta l'hôtel, les gens commencèrent à leur faire signe, à klaxonner, à brandir leurs écharpes de l'équipe, ou – comme c'était jour de match et que traînaient toujours dans ces cas-là tout un tas de fans de l'équipe adverse – à hurler des obscénités, à faire des doigts d'honneur, à crier des insultes visant des joueurs précis (tapette, sale nègre, pédé, enculeur de moutons, gros youtre, enculeur de chevreaux, bougnoul mangeur de merde, catho pédophile, tata française, enculé de black français, etc.) et, pour l'un d'entre eux, à baisser son pantalon pour montrer ses fesses. Patrick avait eu vent d'incidents plus violents dans le passé, où des fans en colère s'étaient précipités sur le car et s'étaient mis à le secouer sur ses roues, ce qui avait dû être véritablement effrayant. Là il n'y avait rien d'effrayant. La haine était réelle, et déconcertante, mais elle restait théâtrale. Patrick le comprenait sans pouvoir l'expliquer. Elle était réelle sans être réelle.

Mickey ne venait presque jamais dans le car. Les jours de match, en général, il devançait les joueurs sur le terrain, s'il n'y avait pas de problème particulier dont il devait s'occuper. Aujourd'hui, pourtant, il se joignit à eux, assis derrière Patrick et Freddy, se penchant par l'espace entre leurs deux sièges en se frottant les mains de nervosité et d'excitation.

« Tu te sens bien ? » demanda-t-il à Freddy pour la dixième fois, alors qu'ils s'engageaient sur la route devant un groupe de fans qui s'inclinaient à l'unisson et se prosternaient ostensiblement.

Freddy, pour la dixième fois, hocha la tête.

« J'espère que ça ne roule pas trop mal. Le pire record pour ce trajet, à peine deux kilomètres, devine combien ? Une heure et demie. L'année dernière, c'était. Canalisation crevée, deux routes barrées, grand embouteillage. On aurait fait plus vite en y allant en rampant avec un bandeau sur les yeux. On a failli être en retard pour le coup d'envoi, imaginez, pour un match à domicile ! Et ça empire chaque année. Faudrait vraiment que le gouvernement règle le problème. Mais aucune chance. Tu parles. Ils en ont pas l'intention, trop antivoitures pour ça. »

Ces propos, selon les critères de Mickey, n'étaient rien que du blabla nerveux. Il s'écoutait à peine lui-même, et de toute façon, comme en contrepoint ironique, le trafic ce jour-là était complètement fluide. Les feux étaient verts, les autres véhicules les laissaient changer de file, les piétons ne traversaient aux passages réservés que lors des pauses naturelles dans la circulation. Patrick regarda de l'autre côté du couloir central. Le capitaine de l'équipe mâchait du chewing-gum, les yeux braqués droit devant lui ; trois sièges devant, le directeur sportif discutait avec l'entraîneur et écartait les mains comme pour un jeu de ficelles avant de les déplacer latéralement. Puis ils quittèrent la route, le portail principal du club s'ouvrit, et ils atteignirent leur destination. Le tout premier vrai match de Freddy ! On y était !

55

À la descente du car, ils se séparèrent. Patrick monta dans la loge des directeurs sportifs avec Mickey. Freddy fut heureux de les voir partir. Le jour du match, dans la dernière heure ou deux précédant la rencontre, il avait envie de se préparer mentalement, ce qui était plus dur avec ses deux figures paternelles à ses côtés. Le directeur sportif était doué pour ce genre de choses. Toute la préparation était effectuée à l'avance. Freddy avait été briefé sur ce qu'il devait faire et il n'y aurait pas de surprises de dernière minute, pas de speech galvanisant dans les vestiaires. Tout le monde était là pour faire son boulot, et tout le monde savait quelle était sa mission. Avant de sortir sur le terrain pour l'échauffement et les étirements d'avant-match, il y avait un peu de temps. Certains aimaient rester assis à réfléchir, d'autres faisaient les cent pas, d'autres encore écoutaient de la musique. Freddy préférait se changer le plus tôt possible, puis il se contentait de rester silencieux. Il avait entendu dire que certains clubs observaient des rituels, passaient de la musique à fond, avaient des chansons porte-bonheur qu'ils fredonnaient en chœur. Pas là. Ici, c'était du travail d'homme.

Freddy s'assit et réfléchit à ce qu'il avait à faire ce jour-là. Au fond, il s'était imposé de force dans l'équipe. Le directeur aimait les faire jouer avec une attaque effilée, un buteur en avant et un autre attaquant derrière lui pour faire des appels, assurer la liaison avec le milieu de terrain, mettre les défenseurs centraux face à un choix difficile entre un marquage un contre un qui les promènerait sur tout le terrain et les entraînerait hors de leur zone de défense, le laisser se balader librement avec tout l'espace et le temps qu'il voulait. Grâce à ce système de jeu, le manager avait remporté des championnats nationaux dans trois pays, ainsi que le titre européen. Mais Freddy était un ailier-né, un jeune homme fait pour acculer les défenseurs sur l'extérieur, pour les forcer à tacler, les dépasser puis centrer, pour repiquer vers l'intérieur et tirer, pour passer la balle à un milieu de terrain qui déboulait, et puis recommencer la manœuvre inlassablement, cavalant et semant la panique, doué de la seule chose contre laquelle tous les défenseurs du monde détestent jouer : une vitesse authentique, ahurissante. Face à cela, l'adversaire n'avait aucune chance de se remettre d'une erreur, et la moindre défaillance de concentration ne pardonnait pas. Un clignement d'yeux, et Freddy avait disparu. Sa gaucherie, cette façon trompeuse de sembler sur le point de trébucher, cela aidait aussi. Il courait vers un défenseur, donnait l'impression que la balle allait lui échapper d'un instant à l'autre, et se contentait de l'envoyer au loin d'un coup de pied. Aux yeux du défenseur, il était parfaitement évident que désormais la balle lui appartenait : impossible que Freddy puisse l'atteindre en premier. Il se retournait alors pour courir après – et Freddy apparaissait à côté de lui, le dépassait, sa jambe jaillissait brusquement, et puis il repartait. Une fois qu'il était cinquante centimètres plus loin, c'était terminé.

Quand Freddy était arrivé, il était clair qu'il avait besoin de prendre quelques kilos dans le torse et les bras, faute de quoi les hommes plus balèzes et plus âgés pourraient, s'ils le rattrapaient, l'écarter de la balle par leur supériorité physique; or le poids supplémentaire risquait de lui faire perdre un mètre de vitesse. La chose s'était déjà produite avec des tas de jeunes footballeurs. Mais pas avec Freddy. Il n'avait pas besoin d'augmenter sa corpulence : sa façon de courir était tellement bizarre, tellement imprévisible, maladroite et insaisissable, qu'on aurait dit qu'il avait court-circuité le cerveau des défenseurs. Une vraie anguille. Il était tout bonnement impossible d'avoir prise sur lui. Le manager rechignait beaucoup à y croire mais finit par se rendre à l'évidence, sur la foi de maintes petites phases de jeu qui devinrent des secondes mi-temps entières. OK, avait-il finalement concédé. Freddy était prêt. Et s'il ne l'était pas, il jouerait quand même.

Freddy, en tenue de match et survêtement, était assis sur le banc près de son casier et laçait ses crampons. Sur les conseils de Mickey, ils n'avaient pas encore signé de contrat pour les chaussures, aussi portait-il une paire de Predators dont les logos avaient été masqués. Si tout se passait bien aujourd'hui, et qu'il y avait d'autres jours comme aujourd'hui, son contrat de chaussures vaudrait des millions et des millions. Freddy s'en fichait complètement, car il avait déjà tout l'argent et tous les biens matériels dont il aurait jamais besoin, mais ça comptait pour Mickey et pour son père, alors il faisait ce qu'on lui disait. Pour Freddy, seul comptait le football. Tout le reste, dans une certaine mesure, était bidon.

Une paire de chaussures marron rutilantes apparut devant lui. Freddy leva les yeux. C'était le manager, suivi du propriétaire du club. Ce dernier ne venait pas souvent dans les vestiaires et, depuis neuf mois que Freddy était dans le club, ce n'était que la quatrième fois qu'il le croisait : il l'avait vu lors de son arrivée, à une rencontre du club pour fêter la fin de la saison, et une fois dans les vestiaires quand Freddy était entré sur le terrain quinze minutes avant la fin pour jouer contre Blackburn et qu'il avait marqué le but de la victoire. Le propriétaire lui sourit de sa manière gênée, en promenant les yeux comme il le faisait toujours, l'air d'un homme qui aurait préféré être ailleurs. Freddy surprit une lueur dans le regard du manager et se leva. Le propriétaire lui fit signe de se rasseoir mais le jeune homme resta debout.

« Bonne chance pour aujourd'hui, dit le propriétaire dans son anglais lent et bien articulé. Soyez rapide !

— Oui monsieur. Merci. J'essaierai.

— Ne vous contentez pas d'essayer ! le reprit le propriétaire. Faites-le ! »

Il riait; c'était une super plaisanterie. Il se tourna vers le manager.

« Faites-le ! »

Le manager s'esclaffa avec son employeur qui, toujours en train de rire et de hocher la tête, continua son petit tour. Freddy se rassit. À l'autre bout de la pièce, il croisa le regard du joueur le plus ancien du club ; un défenseur central qui, arrivé par le biais du centre de formation près de vingt ans plus tôt, n'était jamais reparti. Il fit un clin d'œil à Freddy.

Puis ce fut le rituel d'avant-match : l'entrée sur le terrain, les étirements et l'échauffement, les derniers mots de la part du manager qui, comme toujours, prononça une formule tenant à la fois du porte-bonheur, du mantra et du bon conseil : « On est meilleurs qu'eux. Leur seule façon de gagner, c'est de travailler plus dur que nous. Donc, si on travaille plus dur qu'eux, on gagne. Donc c'est ce qu'on va faire. »

Puis ils se retrouvèrent dans le tunnel, où le niveau sonore évoluait à mesure que les bruits de la foule s'insinuaient dans cet espace clos. Là, les joueurs adverses sautillaient déjà sur place, raclant bruyamment de leurs crampons le sol en ciment, tandis que les mascottes, devant, tenaient la main aux capitaines et que l'arbitre regardait derrière pour vérifier que le compte y était. Enfin, ils débouchèrent au pas de course sur le terrain, l'adrénaline, l'effort, le vacarme et la brusque sortie dans la lumière du jour, tout cela se mélangeant pour constituer un tout. Jamais Freddy ne s'était senti aussi excité et nerveux. Il portait un ballon : en arrivant sur le terrain, il le frappa devant lui, fort, fit une pointe de vitesse pour le rattraper et la foule hurla en scandant son nom comme elle le faisait désormais rituellement : Fred-dy, Fred-dy. Il fit semblant de ne pas remarquer, de ne pas s'en réjouir, mais dans son cœur il n'en pouvait plus de joie. Puis il fit quelques passes avec le buteur. Il amena la balle à hauteur de son front et, d'un coup de tête, la fit sortir du terrain. Il était prêt. Freddy savait que son père était là, dans la loge des directeurs, et il savait aussi qu'il n'arriverait pas à le repérer s'il le cherchait des yeux – ce qui était parfait.

Il toucha pour la première fois la balle une minute à peine après le coup d'envoi. Comme on savait qu'il serait nerveux, le milieu de terrain défensif, le joueur qui faisait courir l'équipe – qui couvrait et taclait, qui parcourait le terrain de haut en bas, qui brisait les attaques adverses et effectuait des passes courtes pour maintenir son propre camp en mouvement, qui n'avait jamais l'air de rien mais ne commettait jamais d'erreur et ne faisait jamais de mauvais match – lui fit une passe courte, alors que son défenseur ne se trouvait qu'à quelques mètres. Freddy vint la récupérer, s'en empara, se retourna dans un seul mouvement et vit que le défenseur l'avait lâché; il n'avait même pas essayé de rivaliser de vitesse avec lui pour attraper le ballon. Cela voulait dire qu'il connaissait sa réputation et se montrait prudent. Ils se méfiaient de lui : c'était bon signe. Après deux foulées, il fit une passe à quarante-cinq degrés destinée au buteur, qui essaya de lui relancer la balle mais fut bloqué par celui qui le marquait de près. La balle ricocha sur l'adversaire et sortit en touche.

C'était un bon jour. Lors des dix premières minutes, ils monopolisèrent le ballon, mais n'eurent aucune occasion. Il y avait des jours avec ce club, avec ces joueurs, où on avait l'impression d'avoir le vent en poupe. Où les adversaires semblaient n'être là que par obligation, et pour offrir la victoire à l'équipe de Freddy. On aurait dit un de ces jours-là. L'équipe était plus rapide, plus fluide; comme le manager l'avait dit, ils étaient tout bonnement meilleurs. Au bout de dix minutes de jeu, le milieu de terrain central faisait avancer la balle, et Freddy décida de tenter quelque chose. Son défenseur s'arrangeait pour rester à bonne distance si possible; on l'avait averti de ne pas trop s'approcher pour éviter de se faire griller par Freddy. OK. Freddy n'avait de manière consciente aucune théorie sur rien, mais il y avait une stratégie qu'il comprenait de manière instinctive : faire précisément ce que l'adversaire ne veut pas qu'on fasse. Alors, plutôt que de chercher un espace à l'écart du défenseur, il se rapprocha de lui, le forçant à reculer encore plus. Bref, son adversaire devait le fuir en faisant marche arrière, ou accepter l'idée que, pour ne pas se retrouver dans un no man's land, il devrait se rapprocher, et aller justement là où il ne voulait pas aller. L'arrière s'approcha donc de Freddy, pile au moment où le milieu de terrain arquait la jambe droite pour lui passer la balle. Parfait. Freddy fit un demi-pas vers la balle, s'arrêta brusquement et, voyant le défenseur s'élancer vers lui, fit basculer son poids sur sa jambe gauche; alors que la passe arrivait, il feinta et fit pivoter son corps d'un seul mouvement, et voilà, il était parti. Pile au moment où Freddy se disait : Je l'ai eu, le grand balèze qui a plongé trop tard avec sa jambe droite complètement tendue en entraînant toute sa masse dans son élan – un tacle risqué mais sans mauvaise intention – à l'endroit où avait été la balle moins d'un dixième de seconde avant, un point désormais occupé par la jambe gauche en pleine extension de Freddy. La jambe du défenseur percuta celle de Freddy vingt centimètres au-dessus de la cheville et, même à quinze rangs de là, les spectateurs entendirent l'os craquer. Et ceux qui ne l'entendirent pas virent Freddy hurler et faire rouler son torse d'un côté à l'autre et, tout au fond, les supporters qui ne pouvaient rien entendre du tout virent que la partie inférieure de sa jambe était repliée sous son genou dans un angle impossible.

56

Par une chaude matinée de mai, quinze jours après sa rupture ratée avec Davina, Zbigniew se présenta à la porte d'entrée du 42, Pepys Road. Ayant appris par le bouche à oreille que la propriétaire avait besoin de rafraîchir la maison, il avait appelé pour prendre rendez-vous et préparer un devis. Du travail… Dieu soit loué, il avait du travail. Tant qu'il travaillait il n'avait pas à penser à Davina et à l'impasse, au cul-de-sac, à la nasse dans laquelle il s'était coincé tout seul ; il réussissait à ne pas penser à ces choses-là pendant dix ou quinze minutes d'affilée. Ces dix ou quinze minutes-là étaient agréables, les meilleures de la journée.

Debout sur le seuil, Zbigniew examina la maison d'un œil de professionnel : il connaissait bien ce type de bâtiments. État correct, moches mais sains. Le genre de boulot qu'il avait effectué cent fois : rendre la maison moins ringarde, moins démodée, rénover l'installation électrique, faire un peu de plomberie. Un boulot d'une ampleur convenable. Devis juste au-dessous des 10 000 livres.

La femme à qui il avait parlé au téléphone vint ouvrir la porte ; elle avait l'air fatiguée et plus âgée que sa voix ne le laissait penser. Mme Mary Leatherby. Elle avait la mine de quelqu'un qui n'accordait pas à son interlocuteur son attention pleine et entière. Zbigniew connaissait le phénomène. Ça ne le dérangeait pas. Il ne s'intéressait pas à elle non plus. Elle lui fit visiter le rez-de-chaussée. Il était tel qu'il l'avait imaginé. Du lino. Arracher le papier et repeindre, démonter la cuisine, en poser une nouvelle en kit. Vérifier l'électricité. Zbigniew supposait que ça irait; la maison n'avait pas l'air délabrée, seulement fatiguée. Les toilettes sous l'escalier étaient horribles et elle voulait les supprimer. Pour ça, il lui faudrait de l'aide, ce qui ne poserait pas de problème. Devis dans les 12 000, 13 000. Il griffonna dans son carnet.

Le salon était simple à rénover lui aussi. À en juger par les choix qu'elle faisait, Mme Leatherby voulait vendre la maison. Tout allait être neutre, blanc cassé et blanc. Des installations modernes. Aucun problème; c'était dans ses cordes. Il griffonna encore. Devis autour des 15 000 livres.

« Il y a une autre chambre mais nous ne pouvons pas y aller », expliqua Mme Leatherby. Elle l'introduisit dans une petite chambre-bureau où elle dormait sur un canapé-lit. Il y avait une valise ouverte encore pleine sur la table avec la photo d'un homme et trois enfants à côté. Ils montèrent. Le lino ici partirait aussi, remplacé peut-être par une moquette. Ça, c'était un boulot de spécialiste qu'il ne pouvait pas faire mais il ne le lui dirait pas tout de suite, il pourrait le compter dans les chiffres et sous-traiter plus tard; de toute façon elle était tellement peu fixée sur ce qu'elle voulait qu'il serait prématuré de se montrer trop clair. Le client indécis : à la fois le cauchemar et le rêve de tout maçon. À l'étage, encore deux chambres, toutes deux sombres et exiguës, une petite salle de bains, *idem*, puis un grenier qui n'avait pas été aménagé. Il monta jeter un coup d'œil. Le schéma habituel : pas isolé, chaud et humide, avec des poutres basses apparentes et un centimètre de poussière partout. Il pourrait réunir une équipe pour s'en charger, mais ce serait un plus gros chantier que tous ceux qu'il avait assumés en solo.

« On pourrait le refaire, ou bien laisser l'acquéreur s'en occuper. Un devis approximatif, pour se faire une idée. Mais bon, il y a les tracas, les autorisations… le conseil municipal… »

La voix de Mme Leatherby semblait monter et descendre comme en fondu sonore. Elle n'écoutait pas tout le temps ce qu'elle-même disait. Zbigniew se demanda à quoi c'était dû. Il était intrigué par la pièce où il n'était pas censé entrer. Il se demandait pourquoi c'était elle qui vendait alors que ce n'était pas sa maison. Soudain il pigea. Elle vendait la maison de sa mère, et sa mère était encore en vie. Pas pour longtemps, manifestement, sinon elle ne vendrait pas la maison. Mais au bout du compte, après toutes les rationalisations et toutes les justifications, si elle faisait faire des devis pour rénover la maison de sa mère, c'était bien dans le but de la vendre après la mort de sa mère, alors que sa mère était encore dans la maison, en train de mourir. Une sensation de malaise envahit Zbigniew ; la sensation que lui-même, en participant à ce projet, faisait quelque chose qu'il ne devrait pas.

« Je fais venir d'autres entrepreneurs, annonça-t-elle. Pour avoir des devis. Vous m'avez été recommandé… je vous l'ai déjà dit. Des chiffres approximatifs pour commencer, puis des montants plus précis. Je saurai mieux où j'en suis plus tard quand… Enfin bon, en tout cas, merci d'être venu. Continuez à regarder si vous voulez. Je serai dans la cuisine. »

D'un pas beaucoup plus vif que précédemment, elle redescendit en courant à moitié. Au bruit, ses talons paraissaient déraper sur le sol. C'était trop dur pour elle, Zbigniew s'en rendait compte ; ce n'était pas une mauvaise personne qui commettait une mauvaise action, cette femme était simplement perdue, elle ne savait pas quoi faire.

Zbigniew revenait de vacances. Elles avaient été courtes mais il en avait profité. Maintenant il repensait à Davina ; ou plutôt non, il ne pensait pas à elle, il repensait juste à la situation. La façon qu'elle avait de faire comme si rien ne s'était passé, alors que ce qui s'était passé gisait entre eux tel un cadavre en voie de décomposition. L'absence totale d'issue, visible ou imaginable ; l'expression sur son visage, quand il la surprenait à le regarder comme un chien qui regarde son maître, d'un air quémandeur, servile, vaincu, avide. La façon dont le moindre échange entre eux avait désormais quelque chose de faux, si bien que même les propos les plus insignifiants ressemblaient à des pets parfumés.

Zbigniew, debout sur le palier, entendit Mme Leatherby descendre jusqu'au rez-de-chaussée puis aller dans la cuisine, après quoi il entendit une autre porte se fermer. Elle était sortie dans le jardin. Personne d'autre dans la maison, à part ce qui se cachait derrière cette porte de chambre. On aurait dit un film d'horreur : la créature derrière la porte... Tout à coup, sans pouvoir se l'expliquer, Zbigniew rejoignit la porte et posa sa main sur la poignée. Elle était en bois, et chaude au toucher. Très légèrement branlante aussi. Trop de jeu : encore du travail pour lui. Il sortit son calepin, y nota quelque chose, puis le referma et le glissa dans la poche de son blouson. Il tourna la poignée de la porte, prétextant qu'il vérifiait qu'elle fonctionnait, qu'elle répondait bien, que la porte avait été posée comme il faut, mais sachant qu'en réalité il allait faire ce qu'il faisait : tourner la poignée au-delà du déclic, puis pousser délicatement le panneau, qui oscilla, avec un faible grincement. La porte s'ouvrit. Il régnait une odeur de désinfectant à base d'alcool.

Une vieille femme était couchée dans le lit. Elle était étendue contre le mur, le châlit adossé à la fenêtre, regardant dans sa direction. Il allait s'excuser, quand il se rendit compte que la femme avait beau avoir les yeux ouverts et regarder apparemment droit vers lui, elle ne le voyait pas. On aurait dit qu'il était invisible pour elle. Zbigniew avait vu cette expression dans les yeux de certains animaux : une vache pouvait vous regarder avec une profondeur et une intensité qui ne s'expliquaient que par son absence de pensée. C'était l'expression qu'il y avait dans les yeux de la vieille femme. Le pouvoir de la présence allié au pouvoir de l'absence. Il comprit qu'il devait s'agir de la mère de Mme Leatherby, et aussi qu'elle devait être en train de mourir.

Elle regarda Zbigniew – si en effet elle le regardait, et ne se contentait pas d'être allongée là avec les yeux braqués sur lui – pendant environ une minute. Puis elle ferma lentement les paupières. Zbigniew retint sa respiration : peut-être venait-elle de mourir, ici, maintenant ! Que pouvait-il faire ? Que devait-il faire ? Quelle était sa responsabilité ? Mais non ; elle n'était pas morte ; les mourants ne fermaient pas les yeux comme ça, comme s'ils s'endormaient. Elle ne venait pas de mourir. Néanmoins elle ne tarderait pas à le faire, c'était clair.

Zbigniew n'oublierait jamais l'odeur de cette chambre, cette atmosphère lourde et suffocante, la présence de cette vieille dame qui avait déjà accompli une partie du voyage vers l'autre rive et n'était déjà pour ainsi dire plus là, mais aussi cette sensation d'une autre présence dans la pièce. Zbigniew n'était pas croyant, il ne croyait en rien ; pourtant il se surprit à croire, pour la première fois, à la mort. La mort n'était pas simplement une idée, ou quelque chose qui arrivait aux autres. Lui-même mourrait un jour, exactement comme cette femme était en train de mourir, et il mourrait, comme elle, tout seul. Même s'il y avait des gens qui l'aimaient autour de lui, il mourrait seul. C'était le plus souvent aux petites heures du matin que survenait pour la première fois cette pensée-là, cette certitude, mais pour Zbigniew elle surgit comme ça en plein après-midi, dans la chambre du 42, Pepys Road.

Ce soir-là, Zbigniew rompit avec Davina, définitivement. Il ne laissa aucune place à l'éventualité qu'ils se remettent ensemble. Il se montra aussi doux que possible, et également aussi intraitable. C'était terminé.

57

Mary ne savait quoi penser de l'infirmière spécialiste du cancer qui vint s'installer à la maison pendant l'agonie de sa mère. Elle oubliait sans arrêt son nom et cela n'arrangeait pas les choses. Elle s'appelait Joanna mais Mary faisait une sorte de blocage : elle avait retenu le « Jo » mais en arrivait toujours à Josephine, Joan, Jody, Jo, avant de se rendre compte que ce n'était pas ça et de laisser tomber en chemin. Tous les jours elle se répétait au moins dix fois que Joanna s'appelait Joanna, en vain.

Cette infirmière était une femme pétulante qui avait dans les quarante-cinq ans. Ses cheveux avaient viré du blond au gris-blanc et elle portait son uniforme avec conviction. Le personnel du centre de soins palliatifs avait été plus chaleureux; celle-ci était uniquement professionnelle. Elle avait un léger accent écossais qui ajoutait à ce côté un peu froid. Il ne faisait aucun doute qu'après avoir vu tellement de gens s'effondrer, elle avait dû établir des frontières bien précises. Moi, l'infirmière, je suis ici; vous, la famille du mourant, vous êtes là. Dans les moments de creux, elle était pendue à son téléphone portable, menant à voix très basse des conversations qui pouvaient être vues mais pas entendues, et écrivant des textos à n'en plus finir. Lorsqu'elle écrivait des textos, elle se penchait en avant pour regarder les touches. Elle était un peu âgée pour être à ce point accro aux textos.

Une chose qu'il fallait lui accorder, pourtant, c'était qu'elle faisait tout. L'infirmière connaissait son métier; son efficacité était d'un grand secours pour Mary, qui était perdue, d'autant que sa mère ne réagissait plus à rien et était comme qui dirait déjà partie. Du coup, Mary se sentait surtout affreusement seule. Elle était triste aussi, mais cette tristesse était enfouie ; ce dont elle avait conscience en priorité, c'était de son total isolement. Elle avait le désir irrésistible d'aider sa mère, d'adoucir ses derniers moments, et en même temps elle savait qu'il n'y avait rien qu'elle pût faire. À part fumer. Fumer semblait l'aider. Elle en était à nouveau à un paquet par jour ; Alan allait la tuer, si les cigarettes ne s'en chargeaient pas... Mais elle restait fidèle à sa règle de ne pas fumer à l'intérieur. Fumer à l'intérieur, ce serait s'être remise à fumer pour de bon, et non avoir repris provisoirement comme une mesure d'urgence. Sans compter que la maison empesterait pour les visites des acheteurs.

Par la suite, elle le savait, il y aurait des tas de choses à faire. Les obsèques, la succession, le fisc, vendre la maison, ou plus probablement la rénover puis la vendre. Toutes ces corvées seraient un cauchemar, mais elles seraient aussi un soulagement. Pour l'instant, il n'y avait rien à faire. L'association n'hésitait pas à dire qu'elle n'envoyait ses infirmières que durant les tout derniers jours : Mary savait donc que ce n'était qu'une question d'heures avant que sa mère ne meure, mais le temps lui paraissait quand même interminable.

Le soir, Joanna, en uniforme, entra dans le salon où Mary était assise devant *EastEnders* – « regarder » serait un mot trop fort –, luttant contre son envie d'une cigarette. Le langage corporel de l'infirmière était différent : elle avait les mains jointes devant ses cuisses, comme une enfant qui va se faire gronder par son instituteur.

« Je crois que vous devriez monter maintenant », dit-elle, et sa voix était différente elle aussi. Mary se rendit dans la chambre, regrettant que les dix secondes d'ascension de l'escalier ne durent pas beaucoup plus longtemps. La porte était ouverte et, lorsqu'elle l'atteignit, il lui apparut immédiatement que sa mère respirait d'une manière différente. C'était un bruit plus superficiel mais qui semblait venir de plus loin dans la poitrine ; un bruit un peu râpeux. Désemparée, Mary se tourna vers l'infirmière, qui eut un mouvement de tête vers l'avant dont Mary comprit le sens. Il voulait dire : allez au chevet de votre mère et prenez-lui la main. Elle obtempéra.

La main de Petunia était chaude. Cela surprit Mary. La respiration de sa mère n'était pas naturelle, mais on n'avait pas l'impression qu'elle cherchait son souffle; c'était un changement plus profond que cela. Elle essaya d'imaginer ce qui se passait à l'intérieur de son esprit, à l'intérieur de son être. Était-ce une succession d'images, de souvenirs d'enfance – des flashes de choses qui lui étaient arrivées dans cette maison même, des décennies plus tôt? Ses propres parents, l'accompagnant à l'école, la naissance de ses petits-enfants, les milliers de repas préparés et avalés? Était-ce une sorte de rêve où apparaissaient toutes ces choses? Ou bien ne subsistait-il que le sentiment pur, et sa mère nageait-elle dans la peur, l'amour, la perte, ou quelque autre état sans mélange? Ou bien était-elle abandonnée à la sensation pure, le chaud, le froid, la douleur, les démangeaisons, la soif ou quelque terrible combinaison de tout cela? Ou bien contemplait-elle la lumière, se dirigeant vers elle, se fondant dedans, devenant la lumière elle-même? Ou bien sa mère n'était-elle déjà plus là, de sorte que ce corps n'était plus que son corps?

Petunia inspira de façon inégale et brisée, avant d'expirer profondément de façon fissurée et fragmentée. Mary sentit un changement dans la consistance de la main de sa mère entre ses doigts; elle ne devint pas toute molle, parce qu'elle l'était déjà, mais elle n'était plus pareille. Comme une présence qui n'était plus là. Sa mère n'était plus là. Petunia Howe était morte.

C'était effrayant et dérangeant de voir les yeux de sa mère encore ouverts. L'infirmière, comme si elle l'avait compris – mais bon, elle l'avait sûrement compris, elle avait fait cela très souvent, après tout ces choses-là arrivaient tout le temps –, l'infirmière tendit la main pour les fermer. Étrange, Mary avait vu ce geste dans les films et elle avait toujours eu du mal à y croire. Comme si les yeux étaient munis de petits leviers qui faisaient qu'on pouvait les fermer comme ça, de la paume de la main... Mais cela devait être vrai car c'était bien ce geste qu'avait fait l'infirmière. Peut-être était-ce un geste qu'on vous apprenait. L'infirmière posa la main sur l'épaule de Mary; c'était la première fois qu'elle la touchait. Elle ne souffla mot, et Mary non plus, qui, plus que tout au monde, à cet instant, avait envie d'une cigarette. Après une minute ou deux elle se leva et redescendit, sortant le paquet de Marlboro Light de la poche de son cardigan et rejoignant la porte du jardin. Elle songea : Ma pauvre vieille maman. Dieu soit loué. Mon pauvre vieux papa. L'un d'un coup, l'autre lentement, le premier, dur pour les survivants, la seconde, dur pour tout le monde. Pauvre de moi, songea-t-elle aussi. Mary l'orpheline. *Mary Mary quite contrary* regarde ses parents partir. Si tu avais été une meilleure fille ils seraient encore en vie, lui disait une voix, tandis qu'une autre se récriait aussitôt : N'importe quoi !

Ce doit être ce qu'on appelle le déni, se dit Mary. Sauf qu'elle n'avait pas l'impression de nier quoi que ce soit; elle se sentait surtout engourdie. Anesthésiée. Il fallait qu'elle appelle Alan. Elle termina sa première cigarette puis fit quelque chose qu'elle ne faisait pratiquement jamais : elle se servit du mégot pour en allumer une autre.

Si Mary avait regardé ailleurs qu'en elle-même, il y aurait encore eu juste assez de lumière pour qu'elle voie le jardin, qui, sans personne pour le tailler ou l'entretenir, n'avait cessé de pousser durant tout le printemps. À présent les roses trémières et les delphiniums étaient en fleurs, et les lupins avaient commencé à éclore. La clématite sur le mur du fond avait gagné le jardin des voisins des deux côtés et s'étirait au-dessus du mur vers les appartements donnant sur Mackell Road. Le carré de pelouse négligé était d'un vert profond et anarchique. Le jardin était abrité, et quand les plantes étaient fleuries leur parfum restait suspendu dans l'air; aujourd'hui ce parfum, toujours plus vif à la tombée de la nuit, était lui aussi plein de verdeur. Malgré la fumée de sa cigarette, Mary pouvait déceler l'odeur de la menthe qui avait entièrement envahi le parterre de gauche, telle la mauvaise herbe qu'elle était. C'était une heure de la journée, une période de l'année, que Petunia adorait. Le chèvrefeuille qui poussait autour de la porte s'était développé, et une ou deux de ses vrilles avaient atteint la fenêtre pour pénétrer dans la cuisine elle-même. C'était comme si le jardin qu'adorait Petunia essayait de la rejoindre et d'entrer dans la demeure où elle avait vécu et où elle était morte, alors qu'elle entamait son ultime voyage.

58

« Faut que je refasse caca ! » annonça Joshua. Ne sachant trop si elle devait soupirer ou s'esclaffer, Matya fit un petit peu des deux. Ils étaient dans la salle de séjour en bas, et les cabinets, par chance, étaient tout près. Étant donné qu'il pleuvait, ils passaient la journée à l'intérieur, mais si le temps s'améliorait, Matya avait promis qu'ils iraient à la mare de l'autre côté du terrain communal pour donner à manger aux canards. En chemin, ils discuteraient super-pouvoirs, une passion que son grand frère avait désormais transmise à Josh : quels étaient leurs pouvoirs préférés, lequel ils choisiraient s'ils ne pouvaient en avoir qu'un seul, lequel ils choisiraient s'ils pouvaient en inventer un nouveau, et quel super-héros était le plus intéressant. Le favori actuel de Josh était Batman parce que la grotte où il habitait lui plaisait.

« OK », dit Matya. Elle lui prit la main et le guida vers les toilettes. Joshua préférait aller aux cabinets sans aide, mais il n'aimait pas que la porte soit fermée : il se sentait trop seul. Et puis il aimait bien bavarder quand il était à l'intérieur, comme ça il avait la sensation d'avoir de la compagnie.

« C'est tout mou, dit Joshua.

— Mon pauvre chou, tu as la diarrhée ? demanda Matya.

— Non, pas mou comme ça. C'est de la sauce au caca », dit Joshua. Ayant été exposé à des discussions d'une franchise excessive sur ses habitudes scatologiques, et celles-ci étant d'un immense et légitime intérêt pour lui, il avait acquis la complète certitude que tout ce qui lui arrivait au petit coin pouvait et devait être détaillé, quelle que soit la personne à qui il s'adressait. Terme inventé par lui et au demeurant très utile au 51, Pepys Road, « sauce au caca » décrivait des selles qui n'étaient ni liquides ni fermes.

« Bon alors, ce n'est pas si grave, dit Matya. Tu as besoin que je t'essuie ?

— Pas encore ! répondit Joshua. Hmm. Je me demande bien… »

C'était une nouvelle expression qu'il avait prise Dieu sait où, et qui causait à Matya un petit coup au cœur chaque fois qu'il l'utilisait. Il continua :

« Matty, tu sais, les canards ?

— Oui ?

— Et si y avait pas de canards ? S'ils étaient tous partis ?

— Eh bien, dans ce cas, on ne pourra pas les voir.

— Oui, mais s'ils reviennent pas ?

— Ils reviennent toujours. C'est là qu'ils habitent. »

Matya faisait décidément exprès de ne pas comprendre, et Joshua commençait à se sentir contrarié.

« Oui, mais un jour.

— Je ne crois pas que ça puisse arriver, Joshua. Je ne crois pas que les canards puissent un jour s'en aller pour toujours. »

Cette affirmation le rassura un peu. Que les canards ne partent pas pour toujours puisqu'ils n'étaient jamais partis pour toujours avant, voilà qui tenait debout. « S'il te plaît tu peux m'essuyer s'il te plaît ? » demanda Joshua. Il aurait été faux de dire que c'était pour Matya la partie préférée de son travail, mais elle fit son devoir. Joshua descendit du siège des toilettes puis grimpa sur le marchepied devant le lavabo pour se laver les mains. Il aimait bien se laver les mains mais il fallait le surveiller, sans quoi il utilisait le flacon entier de savon liquide pour faire des bulles.

« Tout propre, dit-il, brandissant ses mains pour qu'elle les inspecte.

— Tout propre, acquiesça Matya. On monte voir maman ?

— Hmm. Je me demande bien… D'accord ! » Joshua tendit la main pour que Matya l'aide à descendre du marchepied, puis continua à lui tenir la main alors qu'ils montaient ensemble à l'étage.

« Ensuite nous pourrons aller donner à manger aux canards, dit-elle.

— Après.
— Oui, après. »

Ils frappèrent à la porte de la chambre à coucher des parents Yount et furent accueillis par un faible et vaillant « Entrez, mes chéris ». Matya poussa le panneau. Dans le lit, calée comme dans un trône par plusieurs oreillers, Arabella regardait un film en noir et blanc ; le son se tut mais les images continuèrent.

« Bonjour, maman, dit Joshua. Tu vas mieux ?

— Un petit peu, je crois, mon chéri », répondit Arabella. Elle était sortie tard la veille avec son amie Saskia, et elles s'étaient retrouvées à deux heures du matin dans le club de Saskia en train de boire ce que l'homme avec qui elles avaient noué conversation insistait pour appeler des Alexandra « post-ironiques ». Cette longue soirée alcoolisée avait réveillé un virus contre lequel Arabella luttait depuis plusieurs jours, et maintenant elle était malade. Il fallait reconnaître qu'elle n'avait pas l'air bien : elle avait les yeux injectés de sang, le nez rouge et le teint pâle.

« Comment va mon adorable garçon ? demanda-t-elle.

— J'ai fait de la sauce au caca.

— Oh !

— Mais pas très liquide. Pas la dia, pas la dia... la diarette. Juste de la sauce au caca.

— Bien.

— Maintenant on va aller donner à manger aux canards. Tu vas pas mourir pendant ce temps, dis ?

— Non, je ne crois pas que je vais mourir, mon chéri. J'ai juste un genre de petit rhume. »

Joshua grimpa sur le lit, serra brièvement mais fermement sa mère dans ses bras, puis en redescendit et lança un « Au revoir, maman ! » tout en se dirigeant vers la porte.

« Je peux faire quelque chose pour vous ? demanda Matya.

— Vous êtes un ange. Mais non, merci. » Puis, entendant la porte d'entrée s'ouvrir avec une clé, elle s'écria : « Bon sang, qu'est-ce que c'est que ça ? »

C'était son mari. À en croire les bruits, Roger, au rez-de-chaussée, était en train de poser sa mallette et d'accrocher sa veste. Il surgit en bondissant dans la chambre, saluant son fils au passage d'un « Quoi de neuf, mon pote ? ».

« J'ai fait de la sauce au caca, déclara Joshua.

— Bien envoyé, fit Roger. Bonjour, ma chérie ! Comment se porte le redouté virus de la gueule de bois ? »

Arabella savait que son mari était extrêmement grand. Environ une fois tous les quinze jours, elle se laissait encore surprendre par sa taille de géant, et là, alors qu'il emplissait l'embrasure de la porte et qu'elle était allongée dans son lit, elle était surprise.

« Salaud. Je suis en train de mourir.

— T'as dit que t'allais pas mourir, maman, lança Joshua depuis le couloir.

— Pas pour de vrai, mon chéri. Je dis seulement ça pour faire enrager papa. Et cette jolie promenade, mon chéri ? Ces canards ?

— Ils y seront encore, déclara Joshua. Matya l'a dit. »

Arabella attendit que son fils et la nounou s'en aillent. Elle les entendit se débattre avec les chaussures, les manteaux et un sac en papier rempli de quignons de pain, puis la porte se referma.

« Qu'est-ce que tu fabriques ? On t'a viré ?

— Ne dis pas de bêtises, c'est ce truc… répondit Roger, qui se déshabillait et se dirigeait vers la douche.

— Ce truc ? Quel truc ? Oh, merde ! » s'exclama Arabella, se souvenant que Roger, en effet, l'avait prévenue pas mal de temps à l'avance qu'il y avait un truc. Il lui en avait reparlé il y a une semaine ou deux et, hier matin, quand elle avait annoncé qu'elle sortait avec Saskia, il lui avait conseillé de ne pas trop picoler parce qu'il y avait ce truc. Un raout de la banque pour une des fondations caritatives que soutenait Pinker Lloyd afin de favoriser les ambitions sociales de ses associés principaux. Arabella ne se rappelait pas exactement laquelle : Spina-Bifida, ou Orphelins Sida, ou la Soil Association. Une institution de ce genre. Un grand raout, du reste, une espèce de bal ou de banquet ou de bal-banquet. Ces soirées, pour Arabella, étaient tantôt amusantes tantôt épouvantables, plus en fonction du brassage des invités que de la réception elle-même ou du lieu où elle se déroulait. De temps en temps, elle y achetait quelque chose, une robe, un cours de cuisine ou une semaine de vacances chez tel ou tel. Évidemment, ce serait hors de question ce soir, pour deux raisons : un, depuis le désastre de la prime de Noël, en principe, ils se serraient la ceinture; deux, avec cette gueule de bois, il était exclu qu'elle aille à ce raout. L'effort la tuerait pour de bon.

Roger sortit de la douche et Arabella lui annonça la nouvelle.

« Eh bien, c'est formidable. Deux billets à deux cents livres l'unité, et je serai là assis tout seul comme un con à une table avec tous les pontes de la banque... Remarque, tant pis pour moi, après tout, je n'avais qu'à te prévenir. Ah mais attends... attends une minute... maintenant que j'y pense, je te rappelle la date à intervalles réguliers depuis trois putains de mois et, notamment, pas plus tard qu'hier.

— Chéri, j'ai dit que j'étais désolée.

— En fait non, en réalité, tu ne l'as pas dit. Ce que tu as dit, c'est que tu étais trop malade pour venir.

— Eh bien, je voulais dire que j'étais désolée.

— Ah, très bien, pas de problème, dans ce cas. C'est fantastique. Fabuleux. Alors que si j'ai accepté d'y aller au départ, c'est seulement parce que je savais que toi tu voulais. »

Ce n'était pas vrai, et tous deux le savaient. Roger aimait bien les soirées caritatives de la banque : il pouvait y faire étalage de son bon caractère, de ses bonnes manières et de son don pour les mondanités d'ordre professionnel. Compte tenu des circonstances, Arabella laissa passer.

« Emmène quelqu'un d'autre, mon chéri. Emmène... » Et Arabella, qui s'apprêtait à suggérer Saskia, s'arrêta juste à temps. D'abord, parce que Roger n'aimait pas Saskia, ensuite, parce qu'elle se méfiait un peu de son amie avec son mari, et enfin parce que Saskia aurait tout autant la gueule de bois qu'elle, et que si Roger l'appelait et qu'elle lui refusait cette faveur il serait encore plus fâché qu'il ne l'était déjà. « Emmène Matya. »

Roger cligna des yeux, rougit légèrement et se redressa d'une manière quasi imperceptible. Arabella, qui ne faisait pas très attention aux choses, n'avait pas remarqué que son mari était attiré par la nounou; mais en voyant la réaction de Roger à sa suggestion, elle s'en aperçut. Pas d'inquiétudes... Roger n'était pas du genre à coucher avec la nounou, ce n'était tout bonnement pas son style ; il était trop paresseux et trop vaniteux pour se ridiculiser de cette façon-là, et ce n'était pas le style de Matya non plus. Et puis, d'ailleurs, si Roger avait plu un tant soit peu à la nounou, les antennes d'Arabella l'auraient capté. Non, tout allait bien. La réaction de Roger signifiait simplement que sa suggestion avait, par bonheur, de grandes chances d'aboutir. Sauf que – et merde ! – c'était elle qui allait devoir préparer les enfants pour la nuit, puis se charger de les coucher. Merde. N'empêche, ça valait toujours mieux que de dédier cinq heures de son temps à la purification de l'eau potable pour les Haïtiens ou Dieu sait quelle autre cause.

Voulant dissimuler que l'idée le tentait, Roger commença à émettre des objections.

« Elle va s'ennuyer à crever.

— Mais non, ça la changera.

— Elle va être larguée.

— Avec tes collègues ? Ne dis pas de bêtises. Elle ne sera pas obligée de beaucoup parler, juste d'être belle et de se taire en faisant mine d'écouter pendant qu'ils discourront sur leurs parties de chasse ou le scandale du péage urbain. »

Il trouva soudain un argument massue :

« Ils se ficheront de moi s'ils savent que j'ai amené la nounou.

— Alors ne le leur précise pas. Dis juste que c'est une amie. On la briefera pour qu'elle dise la même chose.

— Ils vont la prendre pour une escort.

— Avec une femme comme moi à domicile, ça m'étonnerait. »

Ragaillardi, Roger se faisait à présent une fête de sa soirée. Il se mit à fredonner des airs de comédies musicales tandis qu'il ouvrait la penderie pour chercher sur les portants son smoking Armani.

59

Matya avait une attitude ambivalente vis-à-vis des océans d'argent sur lesquels Londres semblait flotter. C'était en partie pour l'argent qu'elle était ici : elle était venue dans cette grande ville, cette ville mondiale, pour tenter sa chance, et ce serait un mensonge de prétendre que gagner de l'argent n'entrait pas dans ses projets. Elle ne savait trop comment s'y prendre pour y parvenir, mais quiconque avait des yeux pouvait voir qu'à Londres l'argent était partout, dans les voitures, les vêtements, les boutiques, les conversations, jusque dans l'air lui-même. Les gens en avaient, le dépensaient, y pensaient et en parlaient en permanence. Tout cet argent avait un côté insolent, épouvantable, vulgaire, mais également excitant, stimulant, insolent, nouveau, bref, différent de Kecskemét en Hongrie, qui lui avait semblé, comme toujours les lieux où on grandit, intemporel et immuable. Pourtant, ces torrents d'argent qui inondaient Londres, elle n'en profitait pas. Des choses arrivaient, mais pas à elle. La ville était une immense vitrine de magasin, et elle était dehors sur le trottoir, à admirer l'intérieur. Presque quatre ans après avoir débarqué à Londres, elle en avait vingt-sept et attendait toujours que sa vie commence.

Elle était d'humeur réceptive quand Roger et Arabella lui demandèrent si elle accepterait d'aller à cette soirée caritative. Elle ne se serait peut-être pas montrée aussi ouverte si elle avait su que Roger craignait qu'on ne la prenne pour une escort; mais l'idée de jouer une femme cosmopolite auréolée de mystère la conquit tout de suite. Elle n'avait pas le temps de rentrer chez elle se changer et, quand bien même, elle ne possédait aucun vêtement qu'elle aurait pu arborer en toute confiance à un bal-banquet. Dans ce genre de circonstances, Arabella se révélait pleine de ressources. Une fois que Matya eut récupéré Conrad chez son petit copain, Roger fut relégué au rez-de-chaussée pendant une heure pour s'occuper des enfants. Adossée à ses oreillers, Arabella donnait des ordres puis commentait à mesure que Matya essayait diverses tenues à elle. Bien que la jeune femme mesurât trois centimètres de plus, avec de plus petits seins et un arrière-train plus imposant, elles avaient constaté dans le passé que certains vêtements leur allaient à toutes les deux. « C'est la preuve que Dieu existe », avait dit Arabella. Aujourd'hui, Matya essayait des robes, et Arabella, redressée dans son lit, prononçait des jugements.

« Pas ça, ma chérie. Vous allez devoir porter des sandales ouvertes et, avec cette robe, ça fera bizarre. Essayez la Dries Van Noten. Celle imprimée… Tournez sur vous-même… Non, ça vous donne un air trop hippy. Réessayez la noire… Non, il faudrait un Wonderbra. Et zut… OK, essayez la verte. » Cela dura un moment. À la fin elles se décidèrent pour une robe vintage émeraude et taillée dans le biais qu'Arabella avait achetée à Brighton : Matya la porterait avec un collier années 20 qui avait appartenu à la mère de Roger. Arabella lui arrangea les cheveux avec des épingles, puis décréta : « Nous y sommes. » Matya alla se regarder dans le miroir en pied. Elle avait l'air, même à ses propres yeux, d'une star de cinéma.

Roger monta lourdement l'escalier, frappa à la porte et lança : « Vous êtes visible ? » avant d'entrer avec fracas dans la pièce. « C'est l'heure de… Ouaou », fit-il.

Ils prirent un taxi. Pour Matya, les taxis noirs, qu'elle ne pouvait s'offrir, faisaient partie du glamour et du romantisme de Londres. Elle avait craint que le tête-à-tête avec son employeur ne soit un peu laborieux – depuis leurs trente-six heures initiales si intenses au moment de Noël, elle n'avait plus trop eu l'occasion de le côtoyer –, mais l'aisance de Roger, ses manières agréables et son aptitude à parler de tout et de rien se révélèrent une heureuse surprise.

Pendant la première partie du trajet en direction du centre, ils roulèrent à contre-courant de la circulation. Matya ne savait pas exactement où ils allaient, mais elle s'en moquait. Roger se prélassait à l'arrière du taxi comme le type friqué qu'il était, un homme pour qui une course de 30 livres n'était rien. Le jour tombait, et les phares des voitures comme les intérieurs des immeubles brillaient plus vivement; elle se sentait plutôt bien sur cette banquette de taxi, mais elle avait un peu l'impression d'être à la parade. À un feu rouge, un cycliste – un coursier, d'après son sac en bandoulière – la regarda longuement. Après tout, il pouvait, se dit-elle, ça oui, il pouvait.

La réception se tenait à Fishmongers'Hall. Avec ses plafonds hauts et son aspect délibérément imposant, ce spectaculaire vieux bâtiment de la guilde des métiers possédait à la fois la solidité du vieux Londres et l'éclat luxueux de la nouvelle City. L'escalier extérieur était le genre d'escalier en pierre que les visiteurs pouvaient gravir d'un pas majestueux, alerte ou caracolant. Une brigade de serveurs proposait des flûtes de champagne et il y avait un comité d'accueil. Matya eut un instant de panique, mais Roger, s'en apercevant, lui chuchota : « Dites juste votre nom. » Elle le fit, et l'aboyeur se retourna pour annoncer à tue-tête « Matya Balatu », comme s'il s'agissait du nom d'une célébrité ou d'une aristocrate. Après quoi elle entra au bras de Roger dans la grande salle de bal, éclairée par d'énormes lustres, et remplie de gens très « City » sur leur trente et un. Matya voyait bien que pour la majeure partie de l'assistance c'était la routine, une soirée caritative pareille à toutes les soirées caritatives auxquelles ces personnes étaient déjà allées et auxquelles elles iraient encore, rien d'extraordinaire. Matya savait également qu'elle était libre de l'envisager à sa guise, et elle décida que cette réception avait quelque chose de magique, et qu'elle allait savourer cette incursion dans le grand monde. Elle décida d'être une femme cosmopolite nimbée de mystère et d'apprécier les regards des inconnus qui la dévisageaient en se demandant qui elle était, elle décida d'apprécier le champagne, et le sentiment que cette existence, à la faveur de seulement un ou deux petits hasards, pourrait très bien devenir la sienne. Car, comme disait Arabella – une de ses maximes préférées : « Quand ça arrive, ça peut arriver très vite. »

« Si vous avez besoin d'un moment, dites-le-moi », lui glissa Roger. Certes, il n'était pas son genre, certes il était intouchable pour plusieurs raisons, mais il était quand même très grand et très beau en smoking. « J'aperçois des gens que je connais... Nous pouvons aller les retrouver ou prendre notre temps. Je sais que c'est beaucoup d'un coup. »

En effet, cela faisait beaucoup ; mais Matya hocha la tête et ils traversèrent la salle pour rejoindre le groupe déjà plus très sobre des employés et associés de Pinker Lloyd. Épouses et petites amies à leurs bras, ils étaient réunis sous le lustre central, les hommes discutant football et voitures pendant que les femmes bavardaient sur ce ton faussement intime des gens qui ne s'aiment pas beaucoup et sont néanmoins obligés de se fréquenter. Quand il était d'humeur plus sombre, Roger examinait les assemblées de ce type et réussissait à y identifier les hommes les plus importants rien qu'à leur langage corporel. C'était rarement difficile, et aujourd'hui n'était pas une exception : Lothar, avec son habituel teint rougeaud du type sain amateur de grand air, faisait tourner son pied comme s'il faisait une démonstration de dribble avec un ballon imaginaire, pendant qu'un groupe disparate situé au-dessous de lui dans la hiérarchie de la banque, lui accordait une attention fervente. Roger ne s'en offusquait pas. Il était normal qu'une banque ait une hiérarchie, et qu'une hiérarchie ait un chef, et, en matière de chefs, il y avait bien pire que Lothar. La seule personne à ne pas prendre part à la fascination générale était Mark. Son olibrius d'adjoint regardait ses pieds la mine renfrognée, comme s'il venait de remarquer qu'il ne portait pas les bonnes chaussures. Roger ne fut pas intrigué outre mesure ; il avait renoncé depuis longtemps à comprendre ce qui se passait dans la tête de Mark. Mieux valait du reste qu'il l'ignore, car nombre des pensées de son adjoint étaient on ne peut plus noires, et concentrées sur lui.

« Je vous présente mon amie Matya Balatu », déclara Roger à la cantonade. Le moment où il aurait pu expliquer qui elle était passa sans advenir, et Roger le regarda passer : il pouffa intérieurement. Il sentait ses collègues masculins qui révisaient leur comportement, abandonnant le mode « mecs qui se charrient » pour le mode « inconnue séduisante à impressionner ».

« Je ne pense pas vous avoir rencontrée », commença Lothar. Matya, affichant une mine modeste en évitant de le regarder droit dans les yeux, répondit : « Je suis sûre que non. »

Bien joué, songea Roger. Aussitôt, les épouses contre-attaquèrent.

« Arabella va bien ? » demanda Carmen, mariée à Peter, des adjudications. Boulotte, dans les quarante-cinq ans, elle n'aurait pas pu moins ressembler à la Carmen de légende, même si, en toute justice, elle n'était pas aussi courte sur pattes que son mari. Elle détestait Arabella, c'était donc du pain bénit pour elle : non seulement elle pouvait se montrer vacharde en voyant une jolie fille au bras de Roger, mais en plus, si ça se trouve, Arabella était malade ou s'était fait plaquer, et elle pouvait se montrer désagréable avec lui tout en se réjouissant de l'infortune de la malheureuse.

« En pleine forme », répondit Roger. Son instinct lui disait que donner un motif, même triomphant – elle devait se rendre à une investiture, elle devait rester à la maison pour accueillir les reporters de *World of Interiors* –, serait une erreur tactique, laissant entendre qu'une excuse s'imposait. Mieux valait répliquer. Il demanda :

« Comment va Heathcote ? »

Heathcote était le fils notoirement difficile de Carmen et Peter. La semaine précédente, il avait été exclu temporairement du lycée pour avoir mis en vente sur eBay ce qui était censé être le pénis du directeur. L'annonce était accompagnée d'une photo. Le prix « Achat immédiat » était fixé à 50 pence. Roger savait tout cela parce que Peter l'avait raconté à un collègue et que le collègue avait aussitôt trahi la confidence en répétant l'incident à Roger. Carmen devant supposer que Roger avait très peu de chance d'être au courant, il ne faisait presque aucun doute qu'il posait là une question authentiquement amicale et bien intentionnée, laquelle devait être reçue comme telle, mais avec le soupçon un rien perceptible qu'il se livrait peut-être à une manœuvre subtilement machiavélique. Dans le film *Conan*, le héros, joué par Arnold Schwarzenegger, est interrogé sur ce qui constitue le plus grand bonheur dans la vie, et il répond : « Écraser ses ennemis, les voir avancer prisonniers devant soi, et entendre les lamentations de leurs femmes. » De toutes les répliques de cinéma, c'était la préférée de Roger.

« Il va bien », dit-elle, son regard coulant en oblique vers son mari. Une serveuse arriva une fois encore avec du Taittinger, et chacun se fit à nouveau remplir son verre. Là-dessus, un gong retentit, et quelqu'un annonça : « Mesdames et messieurs, le dîner est servi. »

Après le plat principal, plusieurs choses furent mises aux enchères. Un des lots devait être remis par Freddy Kamo, le footballeur africain qui habitait Pepys Road. La fondation, en l'occurrence, avait à voir avec l'Afrique et l'apport d'eau potable dans des villages. Le club du jeune homme avait eu pas mal d'ennuis avec les tabloïds concernant la vie sexuelle de certains joueurs et, dans le cadre d'une contre-offensive médiatique, les footballeurs étaient encouragés à avoir des activités caritatives. Roger était impatient de voir le jeune Africain : ses horaires de travail étaient tels qu'il n'avait jamais croisé Freddy dans la rue. Mais Freddy avait été blessé quelques jours plus tôt, et son lot fut remis par un homme à l'allure de fouine du nom de Michael Lipton-Miller, qui représentait le club.

« C'était un peu décevant », dit Lothar quand Mickey se rassit.

En repensant à la soirée, Roger s'aperçut qu'il n'y avait pas eu d'instant précis et définitif où il avait compris qu'il était tombé amoureux de Matya. Il y avait le regard que posaient sur elle ses collègues, mais ce n'était pas simplement son physique, même s'il fallait bien avouer que ses longs cheveux très bruns, presque noirs, portés dénoués sur sa robe au vert de jade éclatant qui soulignait sa grande taille, sa silhouette harmonieuse et son cul un peu trop volumineux et donc absolument parfait… enfin bon, Roger serait la dernière personne à prétendre que son physique n'était pas un facteur important. Ce physique, il le défendrait bec et ongles; il refuserait d'entendre une seule critique à son encontre. Pour ce physique-là, il ramasserait l'étendard et chargerait l'ennemi, il brandirait la hache, prêt à mourir, prêt à tuer, prêt à… Roger se retint de développer. Qu'il soit simplement consigné que Matya lui plaisait. Mais ce qui l'avait fait tomber amoureux d'elle, tomber réellement amoureux, c'était son attitude si calme, si silencieuse et si triste. Entourée de ces banquiers aussi bruyants que frimeurs, et de leurs épouses diversement arrogantes, curieuses, inquiètes ou jalouses, elle paraissait venir d'une autre planète. Une planète où les gens portaient seuls leurs fardeaux. Une planète plus noble, plus authentique et plus honorable. Roger ignorait que Matya avait passé une grande partie de la soirée à penser à son pays natal, mais il voyait bien qu'elle pensait à autre chose, et ce fut cette façon de s'abstraire qui le conquit pour de bon. Elle avait l'air d'une comtesse, et cette appellation devint le surnom intime qu'il lui donnait en secret dans sa tête. La comtesse. Sa comtesse.

Roger avait pris la précaution de réserver un taxi pour minuit et demi. Il ne connaissait que trop ces bagarres nocturnes entre banquiers bourrés pour en dégoter un. Il avait bu suffisamment pour passer le trajet de retour à se dire qu'il serait bien agréable d'entraîner Matya tout droit au pieu et de la baiser comme jamais, ses cheveux répandus sur l'oreiller, par-devant, par-derrière, puis à nouveau par-devant... puis des roses et du champagne le lendemain matin, avant de reprendre au début l'ensemble des opérations. Avec de telles pensées, il se retrouva affligé d'une énorme érection tandis que la voiture tournait au coin de leur rue. Il dut fouiller ses poches en faisant semblant de chercher son portefeuille : il voulait laisser à son érection la possibilité de retomber, et s'efforçait de penser à autre chose qu'au canon qu'elle devait être en petite culotte. Il se mit à penser au bureau, chose qu'il rechignait de plus en plus à faire, ces derniers temps, surtout quand il était effectivement là-bas. Quelques secondes à s'imaginer collationner les chiffres hebdomadaires pour les expliquer à Lothar, et bingo, plus d'érection.

Roger sortit du taxi, tendit au chauffeur trois billets de 20 livres et lui donna l'adresse de Matya. Il ne se risqua pas à l'embrasser pour lui dire bonne nuit.

« J'espère que vous vous êtes un peu amusée, dit-il par la vitre ouverte alors que le moteur émettait son bruit de ferraille dans la rue par ailleurs silencieuse.

— C'était merveilleux, le rassura Matya.

— À demain », dit Roger, qui en fait ne la verrait sans doute pas. Il serait parti avant son arrivée et rentrerait après son départ. Il monta à l'étage, s'allongea à côté de sa femme profondément endormie, et demeura longtemps éveillé.

60

Tout le monde chez Pinker Lloyd était au boulot dès huit heures du matin. Beaucoup étaient déjà à leurs bureaux à sept heures. Si on voulait être tout seul dans l'immeuble, il fallait y arriver bien avant six heures.

À cinq heures et demie, quand Mark entra dans le hall, les veilleurs de nuit étaient encore de service. Il était rentré du dîner caritatif à une heure moins le quart et avait dormi quatre heures ; c'était un indice de sa force de volonté qu'il ait pu s'entraîner à ne pas avoir besoin de beaucoup de sommeil. Dans le noir, l'atrium avait quelque chose de chaleureux et d'engageant, bien plus que de jour, quand les vastes étendues vitrées lui donnaient un air surchauffé et étouffant. Ce jour-là, le poste de sécurité était occupé par un Caribéen d'une bonne cinquantaine d'années qui ne parlait pas et ne souriait pas. Il vérifia les papiers de Mark et lui fit signer le registre. Mark dépassa le comptoir pour entrer dans l'ascenseur. Il regarda son reflet dans l'acier inoxydable et dit :

« Je viens prendre de l'avance sur les chiffres hebdomadaires avant la réunion avec Lothar. »

Sa voix, se répercutant sur les parois métalliques, semblait sincère. C'était bien de s'entraîner ; il le faisait toujours quand il savait qu'il allait sans doute devoir proférer un mensonge : il le prononçait tout haut, pour vérifier sa sonorité.

« Il faut que je me prépare pour la réunion, dit-il. Comme ils disent dans les SAS. Les sept P : Proper Planning and Preparation Prevent Piss-Poor Performance, une planification et une préparation convenables préviennent une performance pourrie. »

Tout se déroulait comme prévu. Il y avait de fortes chances pour que personne n'arrive avant environ six heures du matin. À coup sûr, le bureau était encore désert; en passant la sécurité, il avait vérifié le registre des personnes présentes.

Mark aimait bien se retrouver tout seul dans la salle des marchés. Il y avait quelque chose d'angoissant dans cet espace vide, ces écrans éteints et l'obscurité dehors, ce calme troublant dans cette pièce faite pour la foule, le bruit, les cris, l'anxiété et l'action, où l'on gardait les yeux fixés sur trois écrans tout en parlant dans deux téléphones et en jonglant avec une douzaine d'ordres; mais c'était précisément ce côté perturbant qui lui plaisait. La plupart des gens ne pouvaient pas faire ce métier. Ils auraient été trop flippés. Mais lui n'était pas comme la plupart des gens. Justement.

Il posa sa serviette sur son bureau, enleva sa veste et s'étira. La mission d'aujourd'hui était les mots de passe. Environ un an plus tôt, Pinker Lloyd avait fait venir une équipe de consultants extérieurs pour évaluer les risques encourus en matière de fraudes et de piratages informatiques. Une des principales constatations avait été que la banque était trop laxiste au niveau de la sécurité des mots de passe, notamment parce qu'elle permettait aux employés de choisir les leurs. Trop souvent, on utilise des mots de passe dont on se sert sur d'autres ordinateurs; dans certains cas extrêmes, les gens gardent le même sur tous leurs comptes, aussi bien au boulot qu'à la maison. Le danger était flagrant : n'importe quelle tierce personne se procurant le mot de passe d'un e-mail personnel ou d'un compte eBay, ou celui de n'importe quel site de shopping en ligne, aurait directement accès aux systèmes de Pinker Lloyd. Inacceptable. Alors on avait recommandé à la société d'adopter de nouveaux protocoles pour tout ce qui autorisait l'accès à ses systèmes, des chaînes impossibles à deviner de lettres et de chiffres avec mAjuscules aléaToiRes. Celles-ci changeraient toutes les semaines. La logique était impeccable. Mais elle était également erronée, car ces nouveaux mots de passe avaient une faille : s'ils étaient impossibles à deviner, ils étaient aussi impossibles à mémoriser. Étant donné que personne ne pouvait les garder en tête, tout le monde les notait. Pour accéder au compte de quelqu'un, il suffisait donc de trouver où cette personne avait noté son mot de passe.

Mark se rendit d'abord dans le bureau de Roger. Ce bureau en angle qu'il ne méritait pas, avec vue sur Canary Wharf et le fleuve, les photos de famille sur la table de travail ; ce bureau qui serait bientôt le sien. Il ralluma l'ordinateur de Roger, puis chercha le dossier « Mots de passe ». S'il devait résumer la bêtise de son boss par un seul détail, ce serait sa manie de cacher ses mots de passe dans un dossier intitulé « Mots de passe ». Le dossier était lui-même protégé par un mot de passe, mais Mark avait vu Roger en taper les premières lettres et, comme il n'était pas un homme ordinaire, un minimum de réflexion lui avait permis de déduire le reste. Les premières lettres tapées étant c o n, il avait été facile de deviner que le mot de passe était conradjoshua, les prénoms associés de ses deux affreux enfants. Il ouvrit le dossier pour lire les mots de passe professionnels de Roger. Les habituelles séries de lettres et de chiffres. Mark les nota dans son petit carnet Moleskine.

De retour dans la salle des marchés, il commença par les mots de passe dont il connaissait les cachettes : sur un morceau de papier; dans un tiroir fermé à clé, dont la clé se trouvait elle-même dans un pot de crayons ; sur la dernière feuille d'un bloc de Post-it (on bazardait cette dernière feuille quand on installait un nouveau mot de passe) ; sur des blocs laissés à côté des écrans. En l'espace de cinq minutes, il en recueillit cinq. Son rêve était de s'introduire dans un autre service, le service Conformité, et de découvrir certains des leurs. Le boulot de la Conformité consistait à s'assurer que la banque obéissait à toute cette législation stupide conçue pour que la City soit sans danger pour les timides, les peureux, les conventionnels et les faibles, tous ces pitoyables petits bouts de corde avec lesquels les gouvernements essayaient de ligoter le géant. L'accès aux systèmes de la Conformité serait utile pour ce qu'il avait mis en œuvre. L'accès principal et les privilèges administrateur de l'ordinateur central de la banque seraient encore mieux ; mais la tâche ne serait pas aisée, et il serait idiot de se concentrer sur un travail qui risquait fort d'être irréalisable.

En revanche, obtenir quelques mots de passe supplémentaires dans cette salle, ça, ce serait facile. Jusqu'à présent, il s'était contenté de cueillir les fruits à portée de main. Jez, le trader le plus performant de la salle, maniait plus d'argent et s'occupait de davantage de comptes que quiconque; avoir accès à ses systèmes se révélerait donc bien pratique. Mark ne l'aimait pas du tout, en grande partie parce qu'il devinait en lui un vrai rival, quelqu'un dont la vision de la vie était très semblable à la sienne. Jez aimait gagner. Eh bien, on verrait qui allait gagner. Mark rejoignit le bureau du trader. Il alluma l'écran et fut accueilli par une photo du cul de Scarlett Johansson en culotte rose, une image tirée de la séquence d'ouverture de *Lost in Translation*. Malgré lui, Mark sourit un instant. Il lança une recherche pour « Mot de passe » mais rien n'apparut. Il n'y avait pas vraiment cru. Puis il recula et survola du regard le bureau de Jez. En règle générale, les choses se trouvaient toujours à l'endroit le plus évident. Mug d'Arsenal, bloc-notes jaune encore vierge, exemplaire du *Mountain Bike Monthly*, calculatrice Casio dans son étui en plastique. Mark jeta un œil à l'intérieur du mug, tourna les pages du magazine, feuilleta le bloc, vérifia le dessous du clavier et ouvrit les deux tiroirs de bureau, qui étaient tous deux vides à part quelques fournitures et une carte de fidélité Caffè Nero. Jez était peut-être énergique et bruyant mais il ne gardait rien de personnel au boulot; intéressant. Toutefois, en remettant les babioles en place, Mark sentit quelque chose d'autre, un morceau de papier aplati contre le fond du tiroir du bas – et éprouva la sensation instinctive du cachottier qui flaire une cachotterie. Mais le bout de papier était dur à attraper, il semblait avoir collé au métal au fond du compartiment, si bien que Mark se contorsionnait et s'escrimait à étirer le bras et à glisser les doigts autour du bout de papier pour le décoller sans trop le froisser – ce qui aurait indiqué qu'il avait été sorti du tiroir et inspecté –, lorsque tonna une voix :

« Enfin, bordel, qu'est-ce que tu fous ? »

Mince. Jez. Il se tenait à l'entrée de la salle, les cheveux encore mouillés après la douche, un sac de sport à l'épaule. Ce n'est pas possible, songea Mark – il n'est que six heures deux –, et puis il pensa : Oh non, il doit être là pour faire une opération à Tokyo, et en même temps il se dit que cette réflexion était bien inutile car après tout il était dans la merde jusqu'au cou. Puis Mark se rendit compte qu'il avait un gros problème : il avait allumé l'écran d'ordinateur. Il n'existait aucune raison innocente et concevable pour expliquer cela. Si Jez avançait de trois ou quatre pas, il aurait droit au spectacle des fesses de Scarlett Johansson et Mark se retrouverait au chômage. Mais tout en réfléchissant ainsi, Mark agissait : il s'écarta du tiroir et le referma. Impossible d'avoir l'air plus coupable. Il sentit dans son ventre un dangereux remue-ménage.

« Du papier. Un bloc ligné... je ne retrouvais pas le mien. Comme je savais que tu en avais, je me suis dit que j'allais t'en piquer un, que ça ne te dérangerait pas. »

Jez se contentait de le fixer. Il n'avait pas bougé et paraissait en colère, suspicieux, hostile.

« Tu es allé à la gym ? » demanda Mark.

Jez se mit à mâcher du chewing-gum. Il devait en avoir un dans la bouche et s'être brusquement arrêté de mastiquer quand il était entré dans la salle et avait vu Mark. À part ça, il ne bougeait pas, ne disait rien.

« Saine habitude », commenta Mark.

Il se rapprocha légèrement du bord du bureau, où le bouton de l'écran n'était qu'à une vingtaine de centimètres de sa main. Mais comme Jez avait une vue parfaite sur son torse, Mark ne pouvait se contenter de tendre le bras pour éteindre discrètement l'engin.

« Tu es là pour Tokyo ? » s'enquit-il.

Jez grogna, ce qui aurait pu vouloir dire oui, non, je t'emmerde ou c'est pas tes oignons. Puis il fit un pas en avant, si bien que Mark n'eut d'autre choix que de tordre le visage en criant : « Derrière toi ! » puis, alors que Jez se retournait, de tendre la main pour éteindre l'écran qui, dans son anxiété du moment, sembla mettre de longues secondes à clignoter, à se réduire à un point et à virer au noir. Jez fit volte-face, à présent indubitablement furieux.

« Je t'ai bien eu ! » lança Mark.

Jez marchait vers lui.

« Désolé, poursuivit-il. Blague de potache. C'est idiot. »

Jez s'arrêta tout près de lui ; trop près. Il envahissait son espace intime. Mais ce n'était peut-être pas le moment de se plaindre. Vu de près, Jez était balèze; plus balèze qu'il n'en avait l'air. Il sentait le gel douche.

« Je ne vois pas de bloc ligné », dit-il avec son accent de l'estuaire.

Mark ne sut que répondre. Il recula et fit un pas de côté pour s'échapper, mais Jez lui barra à nouveau la route et se pencha vers lui. Puis, plaçant son visage tout près du sien, il inclina la tête et, bruyamment, délibérément, il renifla. Et renifla encore. Enfin, il se redressa.

« T'as une odeur bizarre », décréta-t-il.

Et il s'en alla.

61

L'inspecteur principal Mill était assis à son bureau, la tête dans les mains, une pile de dossiers devant lui, le reste de la pièce dans son état de chaos habituel. Il respirait la déprime par tous les pores. Les dossiers étaient ceux de l'enquête Nous Voulons Ce Que Vous Avez, et ils montaient de plus en plus haut, car les plaintes de Pepys Road n'avaient cessé de s'accumuler. Comme affaire à traiter, c'était un cauchemar : un nombre significatif de grands bourgeois se montraient à bon droit contrariés, or, en tant que groupe, ils étaient d'un commerce épouvantable, notamment parce qu'ils ne pouvaient jamais prononcer deux phrases sans évoquer les impôts faramineux qu'ils payaient. Il n'y avait pas de pistes évidentes, pas de suspects évidents, pas de mobile apparent, et pas d'indices évidents pour orienter l'enquête. Jusqu'à récemment, il n'y avait pas non plus de délit patent. Il n'était pas évident de définir en quoi il ou elle, ou ils ou elles au pluriel, bref, en quoi la ou les personnes derrière cette campagne avaient enfreint la loi. Mais quelques changements étaient survenus. Tout d'abord, en début d'année, les cartes et les vidéos s'étaient arrêtées, et le blog n'avait plus été actualisé. Il n'avait pas été supprimé mais il n'était plus alimenté. Puis, environ un mois plus tard, le blog avait subitement disparu. En voyant cela, Mill, qui avait mis un signet sur la page et qui la vérifiait deux fois par jour, avait jubilé. Fantastique ! Voilà un problème comme il les aimait, de ceux qui s'en allaient tout seuls… L'incident pouvait être classé dans cette vaste et joyeuse catégorie des choses qu'on se contentait d'ignorer jusqu'à ce qu'elles n'aient plus d'importance.

Et puis, environ un mois après, catastrophe. Absolument tous les gens de la rue avaient reçu une nouvelle carte postale de leur propre porte d'entrée, sans rien d'écrit au dos à part une brève adresse web. Mill la tapa sur son ordinateur et, pas de doute, le blog était de retour, hébergé sur une nouvelle plate-forme et avec tout le contenu qui s'y trouvait auparavant, sauf que maintenant c'était pire. Les mêmes photos y figuraient, mais couvertes de graffitis numériques. Quelqu'un avait ajouté des insultes sur les photos ; pas sur toutes, seulement certaines ; à peu près une sur trois. Les insultes consistaient en des formules très simples et très directes : « Enculés de riches », « Branleurs », « Trous du cul », « Salopards de droite », « À mort les riches », et ainsi de suite.

La chose aurait donc dû être un cauchemar pour Mill. Après avoir disparu, le problème avait maintenant dé-disparu. La chose était tout à fait propre à causer la déprime que Mill, la tête dans les mains, donnait l'impression d'éprouver. Mais ce n'était pas ce qu'il éprouvait, en réalité, pas du tout. Ce qu'il éprouvait, c'était de la curiosité. Le plus souvent, le travail de police était routinier. Mill ne s'en plaignait pas, c'était la loi du genre ; d'ailleurs, quand le boulot n'était pas routinier, et que vous ne saviez pas exactement ce qui s'était passé, vous aviez quand même une idée de ce qui s'était passé. Quand une petite raclure de dealer se vidait de son sang dans l'escalier d'un immeuble de cité, même si vous ne saviez pas qui avait fait le coup, vous saviez quand même qui avait fait le coup : une autre petite raclure de dealer. Un maquereau kosovar se faisait buter devant une échoppe de kebab : *idem*. Cette affaire-là n'était pas pareille, et même s'il s'abstenait de le dire, vu la mentalité du commissariat, il était content qu'elle ait redémarré. Il avait passé environ trois quarts d'heure à éplucher les nouveaux éléments sur le site, et ce qu'il ressentait maintenant c'était avant tout une curiosité joyeuse, assortie d'un petit quelque chose d'autre. Les nouveaux éléments avaient une tonalité vaguement différente.

S'emparant du dossier sur le haut de la pile, Mill cherchait à déterminer ce qui lui semblait inédit dans ces nouveaux éléments. Il en avait discuté avec le lieutenant qui l'avait aidé lors de la première vague d'investigations, et était arrivé à certaines conclusions.

« Ça pourrait être un truc artistique, avait dit le lieutenant. Genre, une performance… Un truc que les gens sont censés regarder. Pour les faire réfléchir, genre, un truc intello. »

Il lui avait lancé un coup d'œil qui disait clairement : Tu devrais savoir, c'est plus ton rayon que le mien.

« Mais ce n'est pas l'impression que ça donne, si ? avait dit Mill. Les photos sont un peu merdiques, mais pas comme si elles avaient l'air un peu merdiques, et en réalité à bien les regarder elles sont en fait très bonnes et, du coup, elles peuvent passer pour de l'art. Tu vois ce clip de Fatboy Slim, « Praise You », où ils dansent dans un centre commercial, ils dansent vraiment n'importe comment, et puis quand on regarde avec attention, on se rend compte que ce sont en fait d'excellents danseurs qui font semblant d'être nuls ? Eh bien, pas comme ça… Là c'est de la mauvaise photo qui a l'air encore plus mauvaise quand on regarde avec attention.

— Remarque, il n'a rien fait de violent. Il ne semble pas s'en prendre à des individus particuliers. Il s'attache plus aux maisons.

— Oui… aux maisons et au quartier. C'est un endroit qu'il connaît bien. Car il s'agit sûrement d'un homme. Il y a un côté obsessionnel. Un petit peu comme un Toc ou le syndrome d'Asperger. Refaire la même chose encore et encore. Il ressent quelque chose pour ce quartier, il le connaît bien. Il passe ou il est passé devant ces maisons des centaines de fois. Il a des trucs à dire aux gens qui habitent ces maisons, et ça le fait bouillir. Alors, oui, il est du quartier. Il est du quartier. »

Ils en étaient restés là. Mais voilà qu'il y avait tout un tas d'éléments nouveaux, bien plus sombres et plus injurieux. Mill fouilla dans la pile de photos et retrouva la liste des riverains de Pepys Road qu'il avait établie avec le lieutenant quand ils avaient travaillé sur l'affaire, quelques semaines plus tôt.

Son portable sonna. Janie. Mill était content et en même temps agacé. Pourquoi fallait-il que sa nana appelle toujours, mais alors toujours, quand il était au commissariat ?

« Je ne peux pas parler.

— Je sais, je suis chez Sainsbury, je veux faire cette soupe aux choux dont je t'ai parlé, celle avec le chorizo et l'ail, mais il y a des pommes de terre dedans, est-ce que tu continues ton régime sans féculents ? »

Jane faisait bien la cuisine et Mill, à l'approche de la trentaine, commençait à surveiller sa ligne. Avoir l'air d'un jeunot n'était pas toujours facile pour un inspecteur, mais ça valait mieux que d'être trop gros.

« Exact.

— C'est parce que tu n'as pas pu entrer dans ce jean ? Je te l'ai dit, c'est une marque japonaise, et un trente japonais équivaut à un vingt-six anglais. Tu es plus maigre que quand on s'est rencontrés. »

Ils avaient fait du shopping ce week-end et Mill avait eu un gros problème d'essayage de jeans.

« Je n'en suis pas si sûr.

— Bon, je vais la faire quand même, il y a à peine cent grammes de patates dans toute la recette. À plus tard, gros lard, je t'aime », lança Janie avant de raccrocher. Mill tâcha de ne pas rire en coupant la communication, sans y arriver tout à fait. Janie le connaissait trop bien.

Oui… c'était ça. La personne derrière Nous Voulons Ce Que Vous Avez connaissait bien la rue ou, du moins, éprouvait des sentiments très forts à son égard. Mill consulta une fois encore la liste de noms puis ouvrit son navigateur pour aller sur la nouvelle page de blog. Il voulait effectuer des recoupements avec les graffitis qui venaient de surgir.

Les notes de Mill disaient :

« 51, Pepys Road : Roger et Arabella Yount, deux jeunes enfants : banquier et femme au foyer, 40 et 37 ans. »

Barrant le haut de la photo, on lisait : « Enculés de droite. » Cette insulte générique s'appliquait à merveille aux gens aisés travaillant dans la City, alors, oui, elle pouvait avoir été écrite par quelqu'un qui les connaissait. Mais il pouvait aussi s'agir d'une coïncidence.

« 42, Pepys Road : Petunia Howe, 82 ans, veuve, vit seule. »

Sur celle-là figurait le mot : « Branleur. » Bizarre. Pour une vieille dame vivant seule, ça paraissait incongru et pas de nature à la toucher de manière personnelle. Et si on ne cherchait pas à toucher les gens de manière personnelle, à quoi bon les insultes personnelles ?

« 68, Pepys Road : Ahmed et Rohinka Kamal, 36 et 32 ans, marchand de journaux et sa femme, deux jeunes enfants, boutique au rez-de-chaussée, logement à l'étage. »

Celle-ci affichait l'expression : « Tête de nœud. » Ah, ça au moins c'était une bonne insulte, une des préférées de Mill, mais une fois encore, quel rapport avec les Kamal ? Il était passé à leur boutique pour leur demander s'ils avaient reçu des cartes. Il s'était dit que, comme ils habitaient une boutique et non une maison cossue, ils n'en avaient peut-être pas reçu. Mais si, et ils les avaient gardées, et ils s'étaient montrés tellement polis et serviables qu'il n'avait pu ressortir de là qu'après une tasse de thé et deux *gulab jamuns* aussi sucrés que formellement interdits. Non, les Kemal ne pouvaient pas être décrits comme des têtes de nœud.

« 46, Pepys Road, Mme Trimble et son fils Alan, 58 et 30 ans, femme au foyer divorcée et fils consultant en informatique. » Un seul mot : « Abrutis. » Pas tout à fait adapté, mais pas non plus complètement à côté de la plaque.

Ah, nous y voilà... « 27, Pepys Road. Mickey Lipton-Miller, agent et factotum pour un club de foot de Premier League. » Mill ne lui avait pas parlé mais il savait que c'était le propriétaire des lieux. La maison était occupée par Patrick Kamo, 48 ans, policier au Sénégal, et son fils Freddy, 17 ans, footballeur. Le graffiti qui barbouillait la photo de leur porte d'entrée disait : « Gros connards. »

Mill et le lieutenant avaient mené l'entretien ensemble, pour le motif peu glorieux qu'ils voulaient l'un et l'autre rencontrer Freddy Kamo. Il avait été très gentil, presque muet de politesse timide, et son père était manifestement un flic de la vieille école. Il n'aurait pas fait tache au commissariat. L'entretien avait été intéressant. N'empêche qu'aucune personne sensée n'aurait pu qualifier Patrick ou Freddy Kamo de gros. Quelque chose avait changé. Soit l'individu derrière Nous Voulons Ce Que Vous Avez ne savait rien sur les habitants de la rue, soit il s'en fichait.

62

Avant même la mort de sa mère, Mary redoutait les obsèques. Les dernières semaines de la vie de Petunia avaient été la plus longue période d'affilée que la mère et la fille aient passée ensemble depuis l'enfance de Mary. Ce constat paraissait terrible à présent, et il pesait lourdement sur sa conscience, quand elle pensait aux voyages à Londres qu'elle aurait pu faire, aux week-ends que sa mère aurait pu venir passer dans l'Essex, aux vacances où ils auraient pu l'inviter à se joindre à eux. Le temps viendrait où elle verrait les choses de façon moins tranchée, et se souviendrait de toutes les raisons, de toutes les bonnes raisons, pour lesquelles rien de tout cela ne s'était produit; mais pour l'instant ce qu'elle ressentait en premier lieu c'était de la culpabilité à la pensée de tous les efforts qu'elle n'avait pas faits. Contrebalançant cette culpabilité, il y avait le séjour qu'elle avait effectué chez sa mère pendant que Petunia était mourante, les longues et cruelles journées solitaires, et les nuits plus longues, plus solitaires et plus cruelles encore. Ce voyage, elle l'avait accompli en solo. C'était pour cela qu'elle redoutait l'enterrement : l'enterrement était l'expression publique de la mort de sa mère, une mort dont elle estimait, au fond d'elle-même, qu'elle n'appartenait qu'à elle. C'était sa perte à elle seule. Et tous ces gens, en réalité, n'avaient rien à voir là-dedans.

Et voilà qu'elle se trouvait à présent au crématorium de Putney. Le testament de Petunia avait été d'une précision surprenante : pas de cérémonie à l'église, juste une crémation à Putney, ses cendres à ensevelir avec celles d'Albert.

Mary se souvenait de sa mère en train de dire que Putney était le plus beau de tous les crématoriums de Londres, mais elle n'y avait pas vu une quelconque allusion d'ordre pratique. Aujourd'hui elle savait que cette remarque n'était pas fortuite. Petunia avait déjà dû y venir plusieurs fois. Mary aurait préféré une église, où de bonnes choses arrivaient aux gens, pas seulement des mauvaises, où mariages et baptêmes avaient imprégné les murs au fil des années pour contrer les effets de tous les enterrements. Rien de tel dans un crématorium, qui n'avait qu'une seule et unique fonction. Mais sa mère avait raison, celui de Putney était un lieu apaisant : un bâtiment bas en brique rouge avec une allée en demi-cercle et un jardin bien entretenu derrière ; beaucoup plus joli que le crématorium de Wimbledon où ils avaient incinéré son père. On ne remarquait pas la cheminée. L'allée était conçue pour que les cortèges puissent arriver et repartir sans anicroche.

Cette fin d'après-midi de mai était non seulement radieuse et claire, mais chaude, ce qui jurait avec les circonstances ; le jour de l'enterrement de son père, il faisait beau aussi. On aurait voulu de la pluie, du froid et une atmosphère sinistre en accord avec son état d'esprit, mais voilà, Mary se sentait de plus en plus rouge et transpirante tandis que, plantés sous le portique, ils attendaient d'entrer dans le bâtiment. Sa mère aurait aimé être dans le jardin par une journée pareille.

Il était intéressant de noter qu'il y avait moins d'affluence qu'à l'enterrement de son père. À l'époque, la moitié de la population de Pepys Road était venue. Mais la plupart de ces gens-là avaient vendu leurs maisons puis déménagé, et les liens avaient été rompus, si bien qu'il y avait beaucoup moins de monde cette fois-ci, une vingtaine de personnes, des membres de la famille, pour plus de la moitié. Petunia – une surprise de plus – avait voulu que les textes cités soient tirés du Livre de la prière commune. Ils avaient recruté le pasteur de la paroisse dont dépendait Pepys Road, et qui – autre surprise – était une jeune femme, bien plus jeune que Mary : quand elles s'étaient rencontrées, elle revenait d'un footing autour du terrain communal et portait encore sa tenue de sport. Mary savait qu'il existait des pasteurs femmes mais n'en avait jamais rencontré. Intelligente et sympathique, elle avait tout de suite accepté de lire les textes et entré dans son smartphone l'heure, le lieu et les « détails » concernant Petunia – telle fut son expression –, avant de lever les yeux en souriant.

« Je sais que ça fait drôle, mais je peux transférer ces données sur mon ordi, comme ça j'ai moins de risques de les perdre, expliqua-t-elle. Autrefois, il me fallait trois agendas papier par an. » Mary avait bien vu que ça lui plaisait d'être plus moderne que les gens ne l'auraient imaginé. Après ce rendez-vous avec la femme pasteur au corps élancé, au visage bienveillant et au grand sens pratique, Mary s'était sentie triste. Elle avait soudain pris conscience que c'était son tour de vieillir, de trouver que le monde changeait, que les mœurs évoluaient, au point que, peu à peu, elle n'allait plus se reconnaître dans son cadre de vie. La femme pasteur avec sa tenue de footing, et son BlackBerry avait offert à Mary un aperçu de ce que sa mère avait dû ressentir en vieillissant.

Toujours est-il que la femme pasteur avait lu les textes de façon magnifique. Lors du premier contact, elle avait trouvé sa voix légère et un rien voilée, peut-être à cause de son récent jogging, néanmoins, durant la cérémonie, sa voix s'était révélée plus riche et plus grave.

Jésus lui dit : Je suis la résurrection et la vie; celui qui croit en moi, quand même il serait mort, vivra; et quiconque vit et croit en moi, ne mourra jamais.

Mais je sais que mon rédempteur est vivant, et qu'il se lèvera le dernier sur la terre; et quand je n'aurai plus de chair, je verrai Dieu.

Petunia ne croyait pas un mot de ce discours, Mary en était persuadée, cependant le langage semblait approprié, pour évoquer les derniers instants. Après tout, c'était bel et bien la fin du monde, pour Petunia, du moins. Son père, un athée militant absolument convaincu, aurait été furieux à l'idée qu'on lise le Livre de la prière commune ; c'était donc de la part de sa mère une forme ultime, on ne peut plus ultime et par trop tardive, d'insurrection. Pour une fois elle avait fait ce qu'elle voulait au lieu de subir en silence. Mary sourit et renifla et Alan lui pressa le bras; il était juste à côté d'elle, bien présent, ses quatre-vingt-quinze kilos dans son plus beau costume noir Marks & Spencer, et elle se sentit rassurée. De l'autre côté se tenait Ben, qui déployait des efforts héroïques pour ne pas s'ennuyer et ne pas s'agiter autant qu'il en avait envie. Graham et Alice étaient tous deux pâles et graves et, l'espace d'une seconde, elle se sentit fière d'eux, mais aussi fière d'elle-même de les avoir élevés. Mary se dit intérieurement : Je ne m'en suis pas si mal tirée.

Le pasteur continua à lire de sa voix puissante, avant de prononcer une prière pour Petunia Charlotte Howe. Puis elle appuya sur un bouton, les rideaux s'ouvrirent, et le cercueil contenant le corps de la mère de Mary s'éloigna par un trou dans le mur pour rejoindre, vraisemblablement, les fours crématoires. Mary s'attendait à plus de mélodrame, à entrevoir peut-être de grandes flammes – n'était-ce pas ce qui se passait dans les films? –, mais au lieu de cela il n'y eut que ce mélange de rite cérémoniel et de rite municipal. Elle s'en félicita; elle n'en aurait pas supporté davantage. Dehors, les gens déambulaient, certains venant saluer Mary, Alan, Graham, Alice et Ben, et d'autres bavardant entre eux par petits groupes. Alan, toujours bien inspiré, avait réservé une salle au-dessus d'un pub pour pouvoir manger un morceau, histoire que tout le monde puisse aller boire un verre et se détendre un peu après la cérémonie. « Leur offrir un verre et un sandwich, dit-il. Les gens s'y attendent. Ça fait partie du rituel. Ensuite ils peuvent foutre le camp et rentrer chez eux. »

Chez eux. Chez elle... l'expression avait une charge affective différente, désormais. Où était-ce, chez elle? À Maldon, bien sûr. Il n'y avait plus d'autre maison dans sa vie, plus d'abri, plus de cachette où trouver refuge, plus de mère chez qui se précipiter. Cette partie-là, l'après-cérémonie avec ses échanges futiles, fut plus dure que ne l'avait été le service lui-même. Un des employés du crématorium apparut sur le seuil puis disparut à nouveau à l'intérieur. Mary eut l'impression que le personnel était embêté qu'ils s'attardent... peut-être avaient-ils une autre crémation prévue. En fait, à la réflexion, ça allait de soi. Mais elle n'arriva pas à trouver le courage d'activer le mouvement, de faire bouger les gens, ou de manifester la moindre bonne volonté. Pas aujourd'hui.

« Je suis vraiment désolé », disaient le plus souvent les gens, ou parfois « Toutes mes condoléances ». Le marchand de journaux indien, que Mary fut étonnée et contente de voir, utilisa cette formule; tout comme ce voisin dont elle ignorait le nom, qui s'était montré souriant et amical; ainsi que les deux anciens collègues d'Albert qui s'étaient déplacés. Mais aussi, à la grande surprise de Mary, le maçon polonais qui était passé faire le devis pour la rénovation. Ce devait être une habitude polonaise, se dit-elle. Ils aimaient peut-être les enterrements. Elle allait devoir prendre une décision pour la maison, et elle était fortement tentée d'accepter le devis du Polonais, de refaire la maison, puis de la vendre; elle vaudrait alors, quoi, 2 millions de livres? Une somme astronomique, c'était la loi du marché. Devant la nature des réflexions qui l'occupaient, Mary fut saisie de honte. « Alors que le corps de sa mère n'est même pas froid… » En fait le corps de sa mère avait déjà pénétré dans les flammes.

Graham, très élégant dans son costume, se tenait à proximité comme s'il gardait un œil sur elle. Il affichait aussi, comme souvent, un petit air entendu légèrement ironique. Son fils donnait l'impression qu'il se croyait capable de deviner ce qu'on pensait. Eh bien, voici ce que je pense : Ma mère est morte, et je suis riche.

63

Mary mit deux semaines à décider quoi faire du 42, Pepys Road. Après l'enterrement, elle avait eu un petit passage à vide. Rien de spectaculaire, elle se sentait juste tout le temps fatiguée et se révélait incapable de prendre même les décisions les plus insignifiantes. Tous les choix qu'elle pouvait déléguer à Alan, elle les lui déléguait. Lorsqu'elle ne pouvait pas, elle était rongée par l'incertitude. Un des symptômes de son malaise était son incapacité à décider ce qu'elle allait faire à manger. Elle était impatiente de se remettre aux fourneaux, et comme elle ne s'était nourrie que de plats préparés pendant l'agonie de sa mère, être de retour dans sa propre cuisine pour faire de bonnes tambouilles avait quelque chose de revigorant. S'y ajoutait le fait que Ben, même s'il se refusait à le dire, parce que le dire aurait impliqué communiquer autrement que par des grognements, Ben aimait sa cuisine et la préférait largement à la non-cuisine de son père.

Peut-être était-ce d'ailleurs pour cette raison qu'elle n'arrivait pas à trouver l'énergie mentale ou physique pour cuisiner convenablement. Le choix du menu pour le dîner la paralysait, elle restait debout devant le frigo pendant dix minutes : elle ne se sentait ni déprimée ni frustrée ni en colère ni contrariée de devoir préparer le repas, en fait, elle ne ressentait rien, hormis son incapacité à choisir entre des pâtes et un hachis Parmentier tout prêt. Elle voyait sur l'étagère ses livres de recettes signés Nigella Lawson, Nigel Slater, Delia Smith et Jamie Oliver, et ces volumes restaient les bras croisés, à la toiser d'un air de reproche. Chez Sainsbury à Maldon, elle se plantait devant les armoires de surgelés, incapable de trancher entre les bâtonnets de poisson

Bird's Eye, vingt-quatre pour 4,98 livres, et les bâtonnets de poisson Sainsbury, même taille de boîte, sans doute issus de la même usine, pour 4,49 livres. Mais si d'aventure ce n'étaient pas les mêmes? Mais si d'aventure c'étaient les mêmes? Elle avait pris l'habitude d'appeler Alan au bureau pour lui demander ce qu'il voulait, histoire de ne pas avoir à décider. C'était pareil pour choisir une émission de télé, une station de radio, et s'habiller le matin. Tout semblait réclamer un effort titanesque. Il arrivait aussi que le chagrin au sens propre s'abatte sur elle, de façon complètement imprévisible, la prenant de court alors que « Love Me Do » passait sur une station spécialisée dans les vieux standards, ou que, dans la file d'attente à la banque, une dame à peu près de l'âge de sa mère se courbait sur son sac pour y chercher quelque chose, exactement de la même manière que Petunia... le chagrin déferlait alors sur elle et l'emportait littéralement, comme une vague. Mais l'épuisement et l'accablement qu'elle éprouvait étaient différents de cela. Ils étaient là en permanence, aussi immuable que la météo.

Il n'y eut pas de miracle, elle ne se réveilla pas un matin en se sentant soudain requinquée, mais il y eut d'abord de courts moments, puis des heures, où son moral s'améliorait. Si les bouffées de chagrin continuaient à l'envahir, elle ne se sentait plus exténuée et indécise à longueur de temps. Elle confectionna la pintade aux oranges de Jamie Oliver. Elle était immonde : la recette ne marchait pas, c'était une des recettes bidon de Jamie. En fait, c'était une idée stupide au départ : de la volaille aux oranges? N'empêche, elle se sentit ragaillardie d'avoir trouvé la force de la réaliser. Peu à peu, elle s'aperçut qu'elle arrivait à prendre de petites décisions, puis de plus importantes, et un beau soir elle s'aperçut qu'elle n'était pas seulement prête à réfléchir à ce qu'elle allait faire de la maison, mais que sa décision était déjà prise. Le maçon polonais n'avait jamais eu un chantier d'une telle envergure, cependant il en maîtrisait toutes les composantes, il connaissait des ouvriers expérimentés qui pouvaient lui donner un coup de main, il avait proposé le devis le plus bas (trente pour cent de moins) et il était venu à l'enterrement de sa mère.

Elle en discuta avec Alan. « Je suis plutôt partisan d'acheter anglais, dit-il, mais un tiers moins cher c'est un tiers moins cher. » Elle appela alors le Polonais sur son portable. Il eut l'air content et surpris, et une semaine plus tard il attaquait les travaux du 42, commençant par arracher le papier et par refaire les pièces du haut. En outre, désormais, il habitait sur place, à la suite d'une conversation qu'il avait eue avec Mary quand elle était venue vérifier l'avancement des travaux. Ils avaient convenu qu'elle procéderait à une inspection toutes les deux à quatre semaines. Zbigniew ne s'offusquait pas d'être ainsi surveillé : c'était une des choses qui le différenciaient des maçons anglais.

« Ça ne me plaît pas de la savoir inoccupée », déclara Mary. Elle n'aimait pas l'idée que cette maison, qu'elle n'avait jamais connue sans sa mère à l'intérieur, demeure inhabitée. Son absence était trop criante; ce vide qu'elle laissait derrière trop grand.

« Le problème est facile à résoudre, répondit Zbigniew. Je peux loger ici. Un matelas par terre. Ça ne me dérange pas. Comme ça, il y a toujours quelqu'un dans les murs. C'est plus rassurant, l'assurance vous coûte moins cher du fait que la maison est occupée – Mary n'avait pas pensé à ce détail –, et puis je pourrai m'y mettre plus tôt et terminer plus tard, et du coup le boulot avancera plus vite.

— Écoutez, laissez-moi en discuter avec mon mari, mais ça me semble une bonne idée. » Deux jours après, Mary avait rappelé pour lui dire oui.

Voilà comment Zbigniew s'était retrouvé à retaper le 42, Pepys Poad, et à y habiter. La question des travaux était un peu délicate pour Zbigniew, car une partie du chantier exigerait l'intervention de l'équipe de Piotr, or ses rapports avec Piotr ne s'étaient jamais complètement remis de l'affaire Davina. Mais ils s'accordèrent sur un planning. C'était gentil de la part de Piotr, qui ne prenait pas de commission, et qui, en lui apportant ce soutien décisif, lui permettrait de voler bientôt de ses propres ailes : autrement dit, ils entérinaient par là leur séparation professionnelle. Tant pis… L'équipe n'étant libre que plus tard, Zbigniew commencerait par les tâches minutieuses qu'il pouvait effectuer sans aide. Quant aux boulots qui requéraient de la main-d'œuvre ou divers spécialistes, ils seraient réalisés dans deux mois environ.

Il y avait un grenier, mais Mary et Alan avaient décidé de ne pas l'aménager – une bonne nouvelle pour Zbigniew, qui, bien qu'il eût déjà travaillé sur des combles, n'était pas sûr de pouvoir assumer un tel projet. *Idem* pour le sous-sol : Zbigniew avait déjà refait des sous-sols, il avait déjà sué l'argile londonienne par tous les pores durant des semaines, et il ne regrettait absolument pas d'échapper à cette corvée. Dans les deux cas, bien qu'il ignorât ce détail, Alan et Mary avaient renoncé parce que les droits de succession à payer après la mort de Petunia avaient été tellement élevés qu'il n'avaient plus les fonds pour refaire la maison avant de la vendre. Alan aurait pu emprunter l'argent, mais tous deux trouvaient qu'il y avait quelque chose de surréaliste à hériter d'un tel pactole pour aller s'endetter aussitôt. Alan et Mary étaient démodés de ce point de vue-là. Zbigniew travaillait donc tout seul, commençant par les petites pièces du haut, arrachant le papier peint, abattant une drôle de cloison en Placo qui était là depuis l'enfance de Mary et qui avait transformé une des chambres déjà petites en deux chambres encore plus petites, arrachant les fils électriques, et peignant les murs dans des couleurs-tests que Mary devait examiner lors de sa visite suivante. Le but de Zbigniew était de terminer le chantier dans à peu près quatre mois.

Durant ses premiers jours de travail au 42, Pepys Road, il se sentait tendu, sans arriver à déterminer pourquoi. Puis il comprit que c'était à cause de Davina, comme s'il craignait en permanence d'entendre la sonnette et de trouver la jeune femme sur le pas de la porte, ou bien en train de l'attendre quand il revenait à l'appartement. Chaque fois que son portable sonnait, il croyait que c'était elle; chaque fois qu'il remarquait une femme d'un âge équivalent avec la même couleur de cheveux, il croyait la reconnaître, avant de mieux regarder et de s'apercevoir de son erreur. Il avait les nerfs à vif à la pensée de la confrontation redoutée. Il avait décidé que, cette fois, il ne serait pas calme et mesuré. Si elle tentait de renouer, il serait furibard et grossier. La technique devrait marcher.

Il aimait bien bosser dans son coin, mais c'était bizarre d'être seul dans une maison vide à longueur de journée. Le travail n'était ni méticuleux ni difficile, et s'il était fatigant, il l'était juste ce qu'il fallait. La majeure partie de la maison n'avait pas été retouchée depuis des lustres; le papier peint devait avoir pas loin de cinquante ans – Mary avait dit qu'elle ne se rappelait pas avoir jamais connu autre chose. Par endroits il s'effritait dans ses mains quand il essayait de l'arracher, couvrant son corps d'une poudre fine, dégageant cette odeur à la fois humide et sèche de papier et de colle vieillie. L'installation électrique était plus vétuste que toutes celles qu'il avait pu voir dans sa vie; là encore, un demi-siècle au minimum. Les fils répandaient eux aussi des odeurs, un mélange de poussière ancestrale et de résidus de brique venant de l'intérieur des murs. Des rouleaux de fils électriques et des montagnes de papier peint s'entassaient à présent sur le sol. Mary avait commandé une benne et obtenu l'autorisation de la laisser garée trois mois devant la maison; la benne avait été facile à réserver, mais l'autorisation, délivrée par la municipalité, étant inévitablement plus lente, Zbigniew en attendant devait se débrouiller à l'intérieur avec les gravats et les déchets. Il se mit à régler la radio assez fort pour avoir une sensation de compagnie ; comme il avait retiré les fils électriques à son étage, il avait branché le poste sur le palier du dessous, juste devant la chambre où Petunia était morte. Chaque fois qu'il passait devant cette porte, il revoyait brièvement la vieille femme, en train de mourir dans son lit. Il pensait au caractère irréversible de la vie et au temps qui filait; au fait incontestable que certaines de nos actions ne sauraient être effacées.

Il parlait à nouveau à Piotr, mais ils n'étaient pas réellement raccommodés. Son vieil ami paraissait le même, au physique comme au discours, mais l'équilibre des forces entre eux avait changé, et discuter avec lui n'était plus pareil. Quand il se laissait aller à y réfléchir – ce qu'il faisait fugitivement et à contrecœur, du coin de l'esprit, comme on regarde du coin de l'œil –, il sentait que son irritation envers Piotr n'avait pas faibli depuis la soirée au club polonais. Ce n'était pas que Piotr se soit trompé sur lui et Davina, mais plutôt que son ami ait nourri à son égard de tels sentiments de colère, et ce depuis longtemps. Malgré leur réconciliation, l'idée persistait en Zbigniew que le Piotr furieux et sentencieux qu'il avait vu ce soir-là était le véritable Piotr. Il n'avait pas envie d'être ami avec cet individu. Peut-être, quand ils seraient revenus en Pologne et que tout cela appartiendrait au passé, quand les intermèdes londoniens de leurs vies seraient terminés et qu'ils auraient retrouvé leurs existences polonaises, peut-être redeviendraient-ils de vrais amis. Peut-être. En tout cas, pour l'instant, il ne pouvait pas parler à Piotr de la Davina qu'il imaginait tapie derrière chaque poubelle, prête à lui tomber sur le râble.

C'est alors que quelque chose lui tomba bel et bien sur le râble, une énorme surprise, mais pas celle qui lui faisait serrer les dents. Il y avait une pièce en haut de la maison qui était manifestement inutilisée depuis de nombreuses années et qui avait jadis été un bureau. Elle contenait une grande table de travail ancienne, bien époussetée mais un peu délabrée, à la fois plus ancienne et de meilleure qualité qu'elle ne le paraissait au premier coup d'œil ; en fait, ce bureau pouvait vraiment avoir de la valeur. Des étagères contenaient de vieux livres de poche policiers dont les dos s'étaient craquelés et décolorés. Il y avait un meuble-classeur rempli de factures administratives et pas grand-chose d'autre. Le papier peint dans cette pièce était en plus mauvais état que partout ailleurs dans la maison, autre signe que ce bureau n'avait pas beaucoup servi. Zbigniew décida de déménager le classeur puis d'arracher le papier peint et de vérifier l'installation électrique.

Tandis qu'il promenait ses doigts le long des bords où le papier se décollait, il remarqua que le mur avait quelque chose de pas tout à fait normal au toucher. Il le testa en tapotant, et sa première impression se trouva confirmée : à un endroit, le mur sonnait creux. Zbigniew tapota l'ensemble du mur et constata qu'il présentait apparemment une zone de creux, à peu près de la taille d'une armoire. Commençant par ce secteur-là, il arracha le papier peint et remarqua qu'une mince pellicule d'un plâtre différent bouchait un trou dans la maçonnerie. Zbigniew marqua une pause et réfléchit un moment. Il pouvait laisser les choses telles quelles en retapissant et personne ne saurait jamais, ou bien… Alors même qu'il s'interrogeait, il savait déjà ce qu'il allait faire. Il descendit chercher ses lunettes protectrices et sa masse. Puis, bien campé sur ses jambes, il donna un grand coup dans le mur.

Le plâtrage avait été mal fait : il était sec, et tout le revêtement vola en éclats. Une valise cabossée, coincée auparavant dans la cavité, tomba sur le sol. Zbigniew gonfla ses joues, posa la masse et s'assit à côté de la valise. Elle avait une petite serrure incorporée et pas de clé en évidence, mais il n'était plus d'humeur à se laisser ralentir ou dissuader. Zbigniew prit un crochet dans sa boîte à outils et s'attaqua à la serrure. Le mécanisme n'était pas compliqué : une serrure à gorges classique. Il mit environ cinq minutes à la déverrouiller puis ouvrit la valise.

Elle était remplie de billets. Plus de billets que Zbigniew en avait jamais vu rassemblé en un seul lieu. Il n'y avait que des billets de 10 livres et Zbigniew, dont l'esprit s'affolait, s'aperçut qu'il était incapable d'estimer à vue de nez la somme renfermée dans cette valise. Une seule chose à faire, compter cet argent. Le meilleur moment pour compter cet argent ? Tout de suite. Assis à côté de la valise, il s'attela à la tâche. Le comptage se révélait bien plus difficile que prévu, car si l'argent avait jadis été attaché par des élastiques, se présentaient désormais deux problèmes. D'abord, beaucoup d'élastiques s'étaient désagrégés, et les billets n'étaient plus retenus. Ensuite, les paquets de billets étaient d'épaisseur irrégulière. Ils n'avaient pas été comptés puis mis en liasses, mais assemblés de façon aléatoire. Il n'y avait pas d'autre solution que de compter un par un les billets poussiéreux et crayeux, puis de faire le total tous les dix billets, soit toutes les 100 livres. Zbigniew découvrit ainsi que la valise contenait 500 000 livres. Il découvrit aussi, en vidant la valise pour compter l'argent, à qui elle avait appartenu. Figurait au fond une étiquette qui disait qu'elle était la propriété de M. Albert Howe. L'étiquette et l'écriture paraissaient anciennes, mais pas outre mesure. La mère de Mme Leatherby, d'après Zbigniew, devait avoir un peu plus de quatre-vingts ans quand elle était morte; il supposait donc que la valise et l'argent appartenaient à son mari, le père de Mme Leatherby.

Zbigniew remit les liasses de billets dans la valise et se laissa aller en arrière, appuyant sa tête contre la porte. Il voyait déjà le tableau : un pavillon avec jardin, son père qui s'occupait des rosiers, sa mère dans la cuisine, de la musique s'échappant par la fenêtre, la chaleur douce d'une soirée de début d'été en Pologne. Le genre d'existence pour lequel son père avait travaillé toute sa vie, offert à lui par son fils qui avait réussi à Londres.

Troisième partie

Août 2008

64

« Ils adorent, dit Shahid à ses frères. Tout ce tapage, toute cette agitation, toutes ces réunions…

— Il n'y en a pas eu plusieurs, c'est la première, objecta Ahmed.

— La première d'une longue série… des réunions, des discours, des revendications, de l'agitation. C'est ce grand cri de guerre des classes moyennes britanniques : "Il faut faire quelque chose !" Comme pour la guerre. "Il faut faire quelque chose !" On ne sait pas où ça peut mener, avec des gens comme ça. "Il faut faire quelque chose !"

— Ils n'ont pas fait grand-chose à propos de la guerre, si ? dit Usman. Elle n'avait sans doute pas les mêmes effets sur le prix de l'immobilier.

— C'est de nos voisins et de nos clients que tu parles. Ou plutôt que tu médis », le rabroua Ahmed.

Le dos arrondi contre les grosses gouttes de pluie du mois d'août, les trois frères Kamal slalomaient entre les gens qui sortaient de la station de métro pour rentrer chez eux. Encore un été pourri… Face à l'averse, Ahmed, typiquement, essayait de se dépêcher, et Shahid, typiquement, essayait de prendre son temps. Usman, tout aussi typiquement, traînait quelques pas derrière pour tenter de faire croire que les deux autres n'avaient rien à voir avec lui. Ahmed et Shahid avaient tous deux été très étonnés qu'Usman veuille venir à la réunion, mais il semblait s'intéresser de près à ce qui se passait dans la rue. D'habitude, il agissait comme si tout ce qui concernait la boutique était tellement indigne de lui qu'il y prêtait à peine attention.

Les frères se rendaient à une réunion spéciale convoquée par l'équipe locale de la police de proximité. Le rassemblement se tenait dans la salle attenante à la grande église du terrain communal – une première pour eux trois, qui n'étaient jamais entrés dans une église chrétienne. La réunion avait été convoquée parce que le phénomène des cartes postales, des vidéos et du blog, tous assortis du slogan « Nous Voulons Ce Que Vous Avez », avait, selon les résidents de Pepys Road, dépassé le point critique. La menace avait commencé par des graffitis virtuels insultants sur le blog, pour monter d'un cran avec des cartes postales injurieuses livrées aux différentes maisons. Puis il y avait eu trois appositions de graffitis dans la rue; « Enculé » et « Branleur » avaient été peints à la bombe sur les murs latéraux des numéros 42 et 51 – un emplacement difficile à repérer de la rue, si bien qu'on ne pouvait pas savoir depuis combien de temps les obscénités s'y trouvaient quand on les avait découvertes. Puis des enveloppes renfermant des choses vraiment répugnantes avaient commencé à arriver : certains résidents avaient reçu des crottes de chien dans des enveloppes matelassées – d'horribles enveloppes qui empestaient. Et puis, un soir de la fin juin, un individu ou plusieurs individus avaient rayé avec un trousseau de clés les voitures garées du côté pair de la rue. Toutes les voitures, tout le long de la rue. Les dégâts s'élevaient à des milliers de livres. De nombreux riverains avaient porté plainte à la police, laquelle avait refilé le bébé à l'antenne locale de Surveillance de Quartier pour vérifier combien de personnes avaient été touchées. C'étaient ces dégradations causées aux véhicules qui avaient fini par retenir l'attention de la police. Quand il fut vérifié que tout le monde dans la rue avait été plus ou moins en butte à Nous Voulons Ce Que Vous Avez, il avait été décidé, exactement comme l'avait dit Shahid, qu'Il Fallait Faire Quelque Chose. D'où cette réunion.

« Ça leur donne l'impression d'être importants, dit Shahid. C'est rare qu'Usman ait raison pour quelque chose. Ça leur offre un prétexte pour discuter des prix de l'immobilier. C'est l'occasion ou jamais de parler ouvertement d'argent, alors pas étonnant qu'ils soient tout excités… »

Pénétrant dans l'enceinte de l'église, ils aperçurent la petite porte qui donnait sur la salle, et que tenaient ouverte un homme et une femme en train de discuter. Alors qu'ils passaient devant eux ils entendirent la femme qui disait :

« ... et encore, si ça ne fait pas descendre les prix, parce que, avec tout ça... »

Shahid donna une tape sur les fesses de son frère avec un exemplaire roulé de *Time Out*. Ahmed le repoussa d'un geste agacé.

La salle était carrée, décorée d'affiches à caractère chrétien, caritatif ou écologique. Un des murs était dominé par un grand tableau au pochoir représentant une colombe blanche avec un rameau feuillu dans le bec. Il y avait une centaine de chaises disposées par rangées de dix, et la salle était remplie à peu près pour moitié d'habitants du quartier : Ahmed en connaissait certains de nom et la quasi-totalité de vue. La femme qui dirigeait la Surveillance de Quartier se tenait au fond de la salle sur une petite estrade à côté de deux policiers en uniforme : l'un avait dans les vingt-sept, trente ans, l'autre au minimum vingt ans de plus. Ahmed souriait et saluait de la tête toutes les personnes qu'il reconnaissait. Les gens ne semblaient pas avoir envie de bavarder. Ils étaient impatients que la réunion commence.

Roger Yount entra dans la salle. Il arrivait tout droit du bureau et son costume à fines rayures mettait en valeur sa grande taille et son maintien : le genre de silhouette à combler de joie n'importe quelle belle-mère... En le regardant, les femmes s'étonnaient souvent : grand, riche, bien habillé, propre sur lui... pourquoi n'était-il pas sexy ? Roger parcourut la salle du regard, ignorant tout le monde avant de voir Arabella. Assise tête penchée, elle composait un texto pour son amie Saskia :

« Px pa alé ché Liberty dem1, pq pa jr d'ap ? A x »

Les deux femmes avaient décidé qu'elles souffraient d'un grave problème de lingerie, et elles étaient censées y remédier. Arabella estimait qu'elle avait été si incroyablement sage depuis l'abominable non-apparition de la prime de Noël qu'elle méritait bien quelques dépenses inconsidérées. Saskia et elle feraient les magasins, déjeuneraient au restau, siffleraient accessoirement quelques verres de champagne, puis iraient peut-être inspecter les boutiques de Bond Street. Matya s'occupait des garçons. À quoi bon vivre à Londres si on ne pouvait pas claquer un peu d'argent de temps en temps ?

Mary Leatherby était descendue de l'Essex pour la journée. Son maçon avait attaqué les travaux au numéro 42, et elle voulait jeter un œil sur leur progression. Examinant la salle, elle se rendit compte qu'elle ne connaissait désormais plus personne dans toute l'assistance. Zbigniew lui avait parlé du graffiti sur le côté de la maison, et de l'enveloppe contenant la crotte qui était restée intacte sur le sol de l'entrée jusqu'à ce qu'elle commence à empester. Il l'avait bazardée, non sans prévenir Mary. Mary avait tenu à venir à la réunion au cas où quelqu'un puisse lui expliquer ce qui se passait. Elle comptait reprendre le train dans la foulée, même si la maison de sa mère était habitable ; il lui semblait avoir tourné la page. Elle n'avait pas l'intention de redormir là-bas une seule nuit avant la vente.

Mickey Lipton-Miller était là, et pas ravi. Les cartes, le blog, les graffitis et les mauvaises blagues, c'était de la provoc, et il fallait régler ça. Dieu merci, son Aston n'était pas garée dans la rue quand les voitures avaient été rayées… S'il avait le temps, après, il irait à son club boire un gin-tonic et faire une partie de billard. Mais les choses sérieuses d'abord. Et il avait une théorie sur le salopard responsable de tout ça.

La femme qui dirigeait la Surveillance de Quartier se leva et plaça la main devant sa bouche tandis qu'elle toussait et se raclait la gorge ; de toute évidence, c'était sa manière de rappeler le public à l'ordre. Le silence s'installa dans ses alentours immédiats puis gagna l'ensemble de la salle ; une sonnerie de portable jouant les premières mesures de « The Girl from Ipanema » fut hâtivement coupée.

« Merci infiniment d'être venus, dit-elle. Je sais que vous vous inquiétez tous de… de cette histoire. Du coup j'ai invité les policiers de notre commissariat à s'adresser à nous, et ils ont fait appel directement à leur chef, si bien que le commissaire divisionnaire Pollard est venu en personne nous exposer la situation, en compagnie de l'inspecteur principal Mill. Ils répondront ensuite aux questions de l'assemblée. Donc, sans plus tarder, je laisse la parole au commissaire divisionnaire Pollard. »

C'était un de ces policiers qu'il était difficile d'imaginer sans leur uniforme : il semblait le porter à l'intérieur comme à l'extérieur. Il avait un accent londonien prononcé.

« Je suis le commissaire divisionnaire Pollard », déclara-t-il. Il avait du mal à ne pas prendre un ton impérieux, et la simple énonciation de son nom avait les allures d'une menace. « Je suis ici à propos de certains événements. Depuis un moment, vous recevez des cartes postales. Vous recevez des DVD. Il y a des choses sur Internet. Des injures. Du vandalisme. Du harcèlement. Des graffitis. Des déprédations. Il va sans dire que c'est pour cette raison que vous êtes ici. Que signifie tout ça ? Qui se cache derrière ces actes ? Mon collègue, l'inspecteur principal Mill, va vous donner quelques précisions. C'est lui qui va diriger l'enquête, pendant que de mon côté (l'attitude du commissaire divisionnaire se fit ici clairement menaçante) je le tiendrai à l'œil. »

Le second policier rejoignit le pupitre. C'était un jeune homme soigné de sa personne et il avait à peine commencé à parler que le public crut assister à un étrange renversement des rôles : si le commissaire divisionnaire s'exprimait avec un fort accent cockney, l'inspecteur principal avait une élocution raffinée, pour ne pas dire sophistiquée. C'était comme si, par erreur, on avait placé l'officier sous les ordres du troufion. Les origines manifestement huppées de l'inspecteur principal furent confirmées par un geste qu'il eut juste avant de prendre la parole, lorsqu'il chassa les cheveux de son front, comme s'il craignait que les mèches ne lui viennent dans les yeux. Ses cheveux n'étaient pas assez longs pour lui venir dans les yeux, mais ce geste était comme une survivance atavique d'une époque où il arborait une longue frange molle. C'est ainsi que, l'espace d'un instant, toute l'assistance se représenta l'inspecteur Mill avec cette coiffure indolente des garçons de public-school.

« Merci, monsieur. Merci également à vous tous, mesdames et messieurs. La question à laquelle nous aimerions tous pouvoir répondre est : qui est l'auteur de ces actes ? Je suppose que vous êtes un certain nombre à vous dire que la manière la plus simple de le découvrir est de retrouver les propriétaires du blog. Nous allons faire supprimer ce blog, mais ce n'est pas la même chose que de découvrir l'identité des responsables. »

L'inspecteur insista encore un peu sur l'ingéniosité qu'il allait leur falloir pour découvrir qui se cachait derrière cette « campagne », selon le mot qu'il employa. Quand il eut terminé il demanda s'il y avait des questions. Il y eut quelques marmonnements et quelques murmures, puis Usman leva la main. À côté de lui Ahmed se raidit d'agacement et de gêne. Le commissaire divisionnaire le désigna. Son doigt pointé avait l'air de porter une accusation.

« Ce monsieur ici. »

Prenant sa voix la plus douce et la plus raisonnable, celle qu'il aimait utiliser quand il cherchait à exaspérer les autres durant les disputes familiales, Usman demanda : « Comment savez-vous que les voitures ont été vandalisées par la même personne ? »

À en juger par l'impassibilité du commissaire divisionnaire et de l'inspecteur principal, et par leur façon d'éviter de se regarder pour décider lequel allait répondre, il était clair qu'ils trouvaient la question gênante. Le plus jeune des deux se lança en premier.

« Oui. Je vois ce qui vous fait dire ça. Pour répondre brièvement, il y a des éléments que nous ne pouvons pas développer ici. Ces... incidents entrent dans un schéma et par conséquent, à notre avis, selon notre analyse, ils sont l'œuvre du même ou des mêmes individus. »

Alliée à son langage corporel et à son intonation, la conclusion du policier voulait couper court aux questions dans la même veine, mais Usman s'obstina.

« Le harcèlement... c'est juste quelque chose dans la tête, non ? Ça existe seulement dans l'esprit de la personne qui se sent harcelée, pas vrai ? Par exemple, si je me sens harcelé par vous, est-ce que ça compte pour du harcèlement ? »

Assis à côté de son frère, Ahmed était pétrifié d'horreur. Il songeait : Je me demande... si je tuais Usman maintenant, si je le zigouillais là, tout de suite, est-ce que a) Allah me pardonnerait, et b) est-ce qu'un jury m'acquitterait ?

« Je pense que nous nous égarons, dit le policier d'un ton suave. La majorité des personnes présentes dans cette salle s'y trouvent parce qu'elles se sentent contrariées et bouleversées par les divers événements qui se sont déroulés. Il n'est pas juste de réduire cela à "quelque chose dans leur tête". Les gens se sentent traqués par le ou les individus qui commettent ces actes. Nous allons donc les retrouver et les punir, mais nous avons besoin de votre aide. » L'inspecteur enchaîna en expliquant que tous les habitants de la rue pouvaient être les yeux et les oreilles de la police, et que la police ne parviendrait pas à résoudre ces crimes sans le concours de chacun. Sentant que son frère n'en avait pas tout à fait fini, Ahmed lui pinça la cuisse, très fort, pour le faire taire. Usman le regarda, énervé, et Ahmed lui rendit un regard encore plus énervé.

« Y aura-t-il des dédommagements? demanda quelqu'un. Aura-t-on droit à des indemnités?

— Je crains que ce ne soit pas du ressort de la police », répondit l'inspecteur principal. Il était décidément extrêmement suave... Il y eut quelques autres questions, puis la femme responsable de la Surveillance de Quartier se leva à nouveau, remercia les deux policiers, et proclama la fin de la réunion. Il y eut encore quelques bavardages, des gens qui s'approchèrent de l'inspecteur et du commissaire divisionnaire, et qui, somme toute, parlèrent pour ne rien dire, puis l'inspecteur et son chef purent enfin sortir dans l'air frais sur le terrain communal et échanger quelques mots en privé.

« OK », fit le commissaire divisionnaire, allumant une cigarette tandis que l'inspecteur Mill et lui retraversaient l'esplanade ensemble. Il pleuvait tellement et il y avait tellement de vent qu'ils étaient obligés de se courber. Effet secondaire de la bourrasque, tous les piétons autour d'eux fonçaient tête penchée. Quelques mètres devant eux, deux corbeaux se dressaient face à face, le noir luisant de leur plumage semblant absorber et réfléchir la lumière. Mill se dit que le chef, dans son uniforme rutilant, ressemblait un peu à un corbeau. « Bon, voilà pour ces conneries de relations publiques... Continuez à vérifier les cachets de la poste et les DVD. Voyez si le labo a quelque chose sur les voitures. Comme ça, s'il arrive un truc, au moins on n'aura pas le cul à l'air. »

L'inspecteur Mill se surprit malgré lui à imaginer l'arrière-train dénudé de son supérieur. L'image lui donna envie de sourire.

« Peut-être que ce mauvais coucheur de Pakistanais avait raison, dit Mill. Je ne suis pas certain qu'on ait besoin du harcèlement maintenant qu'on a les dégradations volontaires sur les véhicules.

— Ouais, bon, gardons quand même le maximum sous la main. On sait jamais, ça peut servir. »

Là-dessus, et sans un mot d'adieu, le commissaire divisionnaire repartit en sens inverse, laissant derrière lui un sillage de fumée. Allait-il à une réunion ? Au pub ? A l'officine de paris ? Voir une maîtresse ? C'était le genre d'homme qu'on ne pouvait pas interroger. Mill était amusé par son supérieur, mais s'efforçait de ne pas le montrer : son intuition lui disait que Pollard n'apprécierait guère d'être perçu comme un sujet de divertissement.

« Je peux vous déranger un instant ? » demanda une voix. Pendant qu'il regardait le commissaire disparaître au bout du terrain communal, un cinquantenaire aux traits anguleux portant un costume d'été s'était approché de l'inspecteur. Mill jaugea l'homme d'un coup d'œil : bon citoyen, à l'aise financièrement, veut confier quelque chose ou se plaindre de quelque chose. C'était un des côtés dont il ne savait toujours trop quoi penser dans son boulot : la vision qu'il vous donnait de vos compatriotes, avec toutes les pleurnicheries, toutes les récriminations et tous les mensonges que vous pouviez entendre.

« Bien sûr, dit Mill.

— Michael Lipton-Miller, dit Mickey Lipton-Miller sur un ton de confidence et de familiarité viriles, le ton d'un homme habitué à traiter d'égal à égal avec la police. Je sors de cette réunion où vous étiez. Je voulais vous dire un mot en privé. » Il s'était suffisamment rapproché de l'inspecteur pour l'abriter sous son parapluie.

« Enchanté, dit l'inspecteur principal Mill.

— J'ai une théorie sur qui pourrait être l'auteur de ces actes », reprit Mickey. Oh, malheur ! songea Mill. Encore un cinglé, finalement.

« Comme c'est intéressant », dit-il avec patience.

Mickey sortit son portefeuille, y prit une carte et la remit à l'inspecteur, manœuvre acrobatique avec le parapluie qu'il continuait à tenir au-dessus de leurs têtes. L'inspecteur Mill regarda la carte, vit que Mickey était avocat, et se dit qu'il allait lui falloir faire montre de prudence.

« Je sais ce que vous pensez. Je ne suis pas un cinglé, dit Mickey. Écoutez simplement… Celui qui fait ça connaît bien la rue, d'accord ? Il a parcouru Pepys Road des tas de fois. On pourrait presque dire qu'il y vit, s'il n'y habite pas bel et bien. Il fait partie du décor. Quelqu'un qui passe inaperçu, qui fait partie des meubles. Pas quelqu'un qu'on remarque. Il va et il vient sans laisser de traces. Il s'intègre dans le paysage. D'accord ? Comme dans ces polars où personne ne prête attention au facteur… Vous penseriez à qui ? Pas au facteur, évidemment. On le repérerait s'il se baladait avec une foutue caméra en filmant tout ce qu'il voit. Alors, une autre approche… Qui a un appareil photo ? Qui n'arrête pas d'aller et venir, sans que personne le remarque, et qui a un appareil photo ? Aucune idée ? Très bien… Ajoutez un troisième élément. Un, quelqu'un qui va et qui vient. Deux, un appareil photo. Trois, quel que soit le coupable, il est sérieusement en colère… D'accord ? Hein ? C'est évident. Ce n'est pas l'œuvre du pékin moyen, c'est quelqu'un qui est vraiment en rogne. Contre la société, contre le monde, contre Pepys Road. Vraiment furax. Qui est en rogne, en général ? Le genre d'individu contre qui tout le monde est en rogne. Une de ces histoires de réciprocité. D'accord ? Alors qui, primo, a des raisons de se trouver dans la rue, secundo, a des raisons d'avoir un appareil photo, et tertio, a des raisons d'en vouloir à la terre entière parce que la terre entière lui en veut ? Dès que vous voyez la chose comme ça, la réponse tombe sous le sens : une contractuelle. Ou des contractuelles, au pluriel.

— Alors tout ça serait l'œuvre d'une contractuelle en colère ?

— Ou de contractuelles, au pluriel. Tout le monde les déteste, alors elles détestent tout le monde. C'est assez limpide, une fois qu'on l'énonce. »

Mill avait l'art de s'extraire des situations délicates : il remercia Mickey tout en lui disant au revoir et, hochant la tête avec énergie, il tourna les talons pour regagner le commissariat. Mickey se dit : Voilà un jeune inspecteur bien poli. Mill se dit : Ce type a un grain, mais ce n'est pas la pire hypothèse qu'il m'ait été donné d'entendre, et, c'est sûr, elle entre dans la catégorie, la catégorie non négligeable des pistes à vérifier… Mill allait ouvrir un dossier de plus, parler à des gens à la Poste, parler à quelqu'un du versant Internet de l'affaire, parler à une contractuelle ou deux, et puis se remettre à espérer que toute cette histoire s'évanouisse dans les limbes.

65

Rohinka Kamal avait appris d'expérience que la manière la plus efficace de se préparer aux visites de sa belle-mère, Mme Fatima Kamal, était de les considérer comme des sortes de catastrophes naturelles. De même qu'on pouvait prendre de sages précautions contre les tremblements de terre, les tsunamis, les feux de forêt ou les inondations tout en sachant qu'au fond il ne servait à rien de se ronger les sangs, de même il ne servait à rien de redouter le séjour bisannuel de Mme Kamal à Londres. On pouvait certes prendre des mesures pour en atténuer les effets, mais ces mesures pouvaient ne pas marcher, et de toute façon cela ne valait pas la peine de se mettre la rate au court-bouillon.

Ce serait la quatrième visite de Mme Kamal à Londres depuis que Rohinka avait épousé Ahmed, et bien qu'elle eût cessé de les asticoter, de les critiquer et de leur décocher des piques sur le temps qu'ils mettaient à faire des enfants pour désormais les asticoter, les critiquer et leur décocher des piques sur l'éducation qu'ils donnaient aux enfants, la dynamique émotionnelle était restée identique. Mme Kamal commencerait à se plaindre et à faire des difficultés dès le trajet depuis l'aéroport... non, elle commencerait sans doute dès l'aéroport; elle se répandrait en reproches aussi précis que virulents sur la nourriture dans l'avion, les films proposés à bord, les turbulences, l'état d'Heathrow, la grossièreté des fonctionnaires de l'immigration ou les embouteillages. Le coupable était systématiquement celui à qui elle s'adressait, bien qu'elle procédât souvent avec une immense subtilité. Elle avait par exemple un talent fou pour se plaindre d'Ahmed auprès de Rohinka, tout en faisant clairement comprendre, sans jamais le formuler haut et fort, que s'il ne valait rien, c'était parce que son épouse ne valait rien.

En prévision de cette visite, Rohinka et Ahmed s'étaient mis à faire ce qu'ils faisaient d'habitude, c'est-à-dire blaguer sur le calvaire qui les attendait. Cette approche réduisait la tension qui pouvait affecter leurs rapports quand Mme Kamal leur jouait son répertoire. Elle montrait un véritable talent, voire du génie, dans ce que Rohinka appelait ses « piques ». Des commentaires destinés à blesser, mais pas assez pour que la victime se croie en droit de s'en formaliser.

La veille de son arrivée, Rohinka, dans le lit, était allongée sur le flanc face à Ahmed. Parlant à voix basse à cause de Mohammed et de son sommeil léger, elle disait :

« On dirait qu'elle me croit juste assez intelligente pour relever, mais pas assez pour riposter. Alors elle commente : "Ahmed a l'air très bien nourri", ou quelque chose de ce genre. Je n'ai pas son talent, je ne peux pas trouver l'exemple parfait, mais ce sera une réflexion comme ça... Ah, si, je me souviens d'une remarque, la dernière fois. Je la revois qui dit : "Fatima était si mignonne hier dans sa robe." Bien sûr elle insiste sur "hier". Fatima portait la même robe que la veille parce que le lave-linge était en panne... Je suis censée répondre quoi ? "Merci beaucoup de me dire que mon mari est gros et que ma fille est crasseuse. Quelle veinarde de belle-fille je suis !" Je suis censée être tout juste assez fine pour saisir la vacherie, mais pas assez pour répliquer. Je suis censée l'encourager à me rabaisser ! La laisser exploiter ma propre intelligence pour acérer les banderilles qu'elle me plante dans le corps ! »

Ahmed gloussa, et le matelas rebondit doucement.

« Comment ça, bien nourri ?

— Gros, répondit Rohinka, lui enfonçant un doigt dans le gras des côtes. Cette façon qu'elle a de réussir à enchaîner dix critiques d'affilée... On peut quasiment les compter, les mettre bout à bout. C'est une machine à dénigrer les gens.

— Elle vit à Lahore.

— Pas pour les semaines à venir, malheureusement », soupira Rohinka, avant de se retourner pour dormir.

Le lendemain matin, ils eurent une réunion de famille au sommet, avant d'aller à l'aéroport. Les trois frères, Rohinka et les deux enfants s'installèrent autour de la table de la cuisine pendant qu'un ami tenait la boutique. Il avait été décidé que toute la famille irait accueillir Mme Kamal. La dernière fois, Ahmed était allé tout seul attendre le vol de huit heures du matin, ce qui n'était pas si déraisonnable, selon lui. Il avait dû se mettre en route à six heures pour être sûr d'être là-bas à temps, et il y était allé tout seul parce que Rohinka était accaparée par Mohammed qui venait de naître, et qu'il fallait bien quelqu'un pour s'occuper de la boutique. Un mois plus tard, quand elle était repartie pour le Pakistan, Mme Kamal faisait encore allusion à l'accueil « peu enthousiaste » auquel elle avait eu droit. (« Je me débrouillerai pour aller à l'aéroport : je sais comme il est compliqué pour vous tous de faire cet effort. »)

« Choc et stupeur », déclara Shahid. Il était de bonne humeur. Il avait pu se servir du fait que sa mère arrivait pour se débarrasser du Belge, Iqbal, dont la capacité à ignorer les appels du pied, les suggestions et les requêtes franches mais polies n'était plus seulement contrariante, mais confinait à la psychose. Sept mois !

« Je m'en vais bientôt, disait-il quand Shahid abordait le sujet. Je m'en vais bientôt. »

L'arrivée imminente de Mme Kamal avait accompli le prodige. Shahid était fier de son coup de génie. Il savait qu'Iqbal savait que toute la famille avait une peur bleue de la matriarche. Bon, le terme de « peur » n'était peut-être pas adéquat ; peut-être ne faisaient-ils que la craindre. Quoi qu'il en soit, Iqbal savait que c'était un vrai dragon. Shahid n'avait pas eu à mentir là-dessus. Il avait seulement dû mentir sur l'endroit où elle allait habiter pendant son séjour londonien et éviter de se trahir – et il y était parvenu. Dès que Mme Kamal avait annoncé qu'elle venait, Shahid était rentré à toute vapeur à l'appartement, avait averti Iqbal qu'il devait partir, et lui avait donné la date. Iqbal, audace stupéfiante, avait eu le front de se plaindre, et de réagir comme si ce n'était pas juste. Le Belge avait un culot du diable. Avec mauvaise grâce, il avait fini par concéder qu'il devait s'en aller. Et puis, hier, chose plus sidérante que tout le reste,

Iqbal était parti ! Il avait décampé ! Dégagé ! Déguerpi ! Il ne fallait jamais désespérer ! Le miracle avait eu lieu ! La partie était jouée ! Mandela avait été libéré ! Shahid avait repris possession de sa vie ! Il pouvait s'allonger sur le canapé et regarder les émissions de son choix, aller sur les sites Internet de son choix, respirer le fumet de ses chaussettes à lui et de ses pets à lui ! Il pouvait enfin crier victoire !

« Nous allons la noyer sous notre amour et notre dévouement, poursuivit Shahid, s'adressant à la tablée. Elle ne va pas en revenir.

— Vous pouvez toujours rêver », fit Usman avec hypocrisie. Il était en effet le préféré de Mme Kamal. Pour quelle raison, les autres frères l'ignoraient, sinon qu'il était le petit dernier – le benjamin au sale caractère, boudeur, dépourvu de charme et à moitié fanatique. Ahmed lança à Usman un regard d'avertissement : Rohinka et lui prenaient soin de ne pas dire de mal de Mme Kamal devant ses petits-enfants. Ils avaient une politique très stricte de non-débinage à son sujet. Non seulement pour montrer l'exemple en vue de leur propre vieillesse, mais parce qu'ils avaient peur que Fatima n'aille tout lui répéter.

« On va la bombarder d'amour, reprit Shahid. Comme chez les moonistes.

— Bon badé damou ! s'écria Mohammed.

— Tout le monde est prêt ? » demanda Ahmed. S'empressant autour de la table, Rohinka débarrassait leurs assiettes du petit déjeuner avec tant d'énergie et d'efficacité qu'elle aurait pu être une déesse hindoue dotée de dix paires de bras : après les avoir empilées, vidées au-dessus de la poubelle et rangées dans le lave-vaisselle, elle referma la machine d'un coup de hanche avant de la mettre en marche. Fatima portait une robe vert vif – une robe vert vif impeccable – et Mohammed sa grenouillère rouge la plus chic. Il avait avec lui son Power Ranger préféré. Les deux plus jeunes frères étaient habillés comme des travailleurs manuels, tandis qu'Ahmed portait un jean repassé et un élégant blouson en cuir. Ils grimpèrent en désordre dans le monospace – l'énorme Sharan Volkswagen d'Ahmed –, puis se dirigèrent vers Heathrow : la circulation ainsi que le temps étaient comme de juste épouvantables.

Tandis qu'ils traversaient l'ouest de Londres à une allure d'escargot, Ahmed était obligé d'admettre que son monde s'était terriblement contracté autour du boulot et des enfants. Le magasin, les mômes… il avait parfois l'impression qu'il n'existait rien d'autre. Il avait beau être entouré des membres de sa famille, il sentait la présence de la ville plus vaste autour de lui alors qu'ils progressaient tant bien que mal dans l'immensité et la variété incroyables de Londres ; il sentait que chaque chose avait une histoire, mais que le présent s'imposait lui aussi : des travaux, des panneaux d'affichage, un accrochage dans lequel une camionnette blanche avait embouti l'arrière d'une voiture de laitier, contraignant la police à fermer une voie, et aussi ce bon vieux standard, « la simple densité du trafic ». La simple densité… dans quelle mesure la vie dépendait-elle de la simple densité de quelque chose ? Bientôt la circulation devint plus fluide et ils s'engagèrent dans la partie surélevée de la M4 : la route montait et serpentait entre des immeubles de bureaux qui avaient jadis ressemblé à l'idée que des architectes se faisaient de l'avenir. C'était un Londres différent de celui que connaissait Ahmed, et il lui plaisait.

Shahid décida de s'inventer une distraction.

« Et si on pariait sur ce qu'elle va dire en premier ? »

Usman se renfrogna : parier était contraire à l'islam.

« Pas un vrai pari, conn… » Il s'interrompit, se rappelant que les enfants étaient là, puis ajouta : « … aisseur. Connaisseur. » Dans le rétroviseur, Ahmed tenta de l'arrêter par un regard noir, mais Rohinka gâcha tout en gloussant, et Shahid prit cela pour un feu vert. « Je commence. Ce sera : "Ahmed, tu as encore grossi."

— Papa patapouf ! s'exclama Mohamed.

— Le vol a été abominable, déclara Rohinka avec un accent de Lahore, et sa voix, plus grave d'une demi-octave, la rendait presque aussi terrifiante que Mme Kamal.

— Bonjour ! intervint Fatima. Elle dira bonjour ! » Il y eut des applaudissements, et tout le monde dut reconnaître que Fatima était une gamine intelligente. Shahid comprit qu'il avait intérêt à surveiller ce qu'il disait.

Heathrow, qui n'était jamais une destination agréable, se révéla encore pire que d'habitude à cause des travaux sur la route et des mesures de sécurité renforcées. Ahmed sentait son stress grimper un peu plus chaque fois qu'ils s'immobilisaient, avançaient de dix mètres, puis s'immobilisaient à nouveau. Les odeurs émanant de l'arrière du monospace indiquaient que Mohammed, sur son siège-auto, même s'il semblait aux anges et regardait par la vitre avec un calme plein de noblesse, n'en avait pas moins eu un petit accident dans sa couche.

« On va être en retard », dit Usman. Le caractère peu secourable de cette observation était aggravé par sa véracité. Ils avaient compté deux heures pour aller à Heathrow, mais cette marge n'allait pas suffire. Ahmed sentait la visite de sa mère virer à la catastrophe avant même d'avoir commencé… S'il existait une personne au monde capable de passer quatre semaines à vous punir d'être arrivé en retard pour l'accueillir à l'aéroport, cette personne était Mme Ramesh Kamal, 29, Bandung Street, à Lahore. Ahmed essaya d'imaginer des solutions, mais ils n'avaient même pas encore franchi le tunnel d'accès à Heathrow – ils n'étaient même pas au rond-point où se trouvait jadis une maquette du Concorde, avant que l'avion se crashe et soit retiré du service –, et ils n'arriveraient jamais à l'heure à pied, si tant est qu'ils aient le droit d'emprunter le tunnel à pied, ce dont Ahmed doutait. Il pourrait faire demi-tour et rentrer en prétendant s'être trompé de jour… non, il rêvait : les autres ne garderaient jamais le secret. Et puis soudain, mystérieusement, l'embouteillage se résorba. Les feux-stop des voitures devant eux s'éteignirent, les autos s'ébranlèrent péniblement, puis avancèrent tout doucement, avant de se mettre bel et bien à rouler pour de bon. Allah soit loué. Pour quelque insondable raison de policiers, les policiers armés de mitraillettes qui contrôlaient les voitures à un barrage laissaient maintenant passer tous les véhicules. Ahmed tourna dans le parking courte durée, un peu trop vivement car la roue avant mordit sur le terre-plein, prit le ticket, se gara, expulsa sa famille de la Sharan, aida Rohinka à déplier la poussette et à y installer Mohammed, lequel prenait toute cette agitation avec une grande égalité d'âme, puis fit activer la troupe sur le sentier pédestre en ciment, où ils cheminaient au pas de course en lisant les panneaux indicateurs.

Ahmed poussait la poussette, Rohinka tirait Fatima par la main, et les deux frères cadets suivaient le mouvement, Shahid riant et Usman faisant la tête. Ils se faufilèrent à travers une foule mêlant des chauffeurs tenant des écriteaux et des couples silencieux s'étreignant en larmes, des touristes en voyage organisé s'agglutinant autour d'un parapluie brandi dans les airs et une famille entière accroupie autour d'un fauteuil roulant, et ils coururent se poster près des arrivées, cette zone des arrivées si mal foutue d'Heathrow, où on avait du mal à distinguer les nouveaux arrivants des déjà arrivés tout comme le hall lui-même de la sortie et au moment précis où ils touchaient au but, au moment précis où ils commençaient à reprendre contenance, Mme Kamal apparut, plissant le front et poussant un chariot avec trois valises dessus, son expression ne changeant pas d'un iota quand elle les aperçut, puis dirigea son lourd chargement vers eux, les six membres de sa famille au grand complet, trois fils, deux petits-enfants et une belle-fille, affichant tous leur mine la plus avenante. Mme Kamal immobilisa son chariot et lança :

« Et qui tient le magasin ? »

66

Dans un troquet de Brixton, assis aussi immobile qu'il pouvait devant son assiette de bacon, œufs sur le plat, saucisses, *beans*, frites et toasts, se trouvait Smitty.

Smitty avait recours à un praticien pour fabriquer les objets dont il se servait dans ses œuvres. Il lui confiait les dessins, ils avaient une conversation, l'homme bricolait des images en 3D sur l'ordinateur, puis il réalisait un prototype, avant de confectionner l'objet pour de bon. Son usine se situait à Brixton : quand ils avaient une création en cours, Smitty y allait en métro par la Victoria Line s'il était pressé, ou prenait sa BM s'il ne l'était pas. En ce moment, l'homme s'employait à perfectionner un godemiché de près de trois mètres de haut, coulé dans un béton traité de telle sorte qu'il ressemble à du plastique, ou de la silicone, ou quelle que soit la matière habituelle des godemichés… Smitty ne savait pas encore très exactement à quoi il destinait l'objet. Il aimait juste l'idée que cette chose qui semblait fabriquée dans une matière par définition légère et agréable au toucher se révèle au contraire invraisemblablement lourde et terriblement abrasive. Les godes étaient des accessoires intimes, les statues étaient des œuvres publiques. Ce serait une pièce sur, sur, sur… sur quelque chose. Le plus délicat serait de déplacer ce godemiché en béton de trois mètres de haut, mais c'était un problème qu'il étudierait une autre fois. Smitty avait deux préoccupations plus immédiates.

La première était qu'il était venu à l'usine et que l'homme n'y était pas. Le bâtiment, un ancien entrepôt un peu comme le propre atelier de Smitty, était fermé par une chaîne et un cadenas. Aucune réponse à l'interphone. Il y avait une couille... Smitty aurait aimé l'imputer au technicien, mais il ne pouvait pas, car ce n'était pas du tout le genre de truc que son exécutant comprenait de travers. La méprise était donc presque à coup sûr de son fait. C'était sans doute la faute de sa nouvelle tête de nœud d'assistant, qui avait remplacé son ancienne tête de nœud d'assistant. Il fallait être juste, dans la catégorie têtes de nœud, ce nouveau Nigel l'était beaucoup moins que le dernier Nigel. Humainement, il n'avait rien d'une tête de nœud et possédait la grande vertu de se montrer légitimement respectueux envers ses supérieurs, autrement dit envers Smitty. Il commettait néanmoins des erreurs dignes d'une tête de nœud, et le moment choisi pour ce rendez-vous semblait en être une. Smitty poireauterait donc encore une demi-heure puis il foutrait le camp pour rentrer à Shoreditch.

Résultat des courses, Smitty avait atterri dans un troquet à une centaine de mètres de l'entrepôt plus bas dans la rue, où il était en train de se taper un petit déjeuner complet accompagné d'une tasse de thé. Ce n'était pas un petit déjeuner habituel pour Smitty, qui était plutôt du genre sucres lents et bol de porridge au micro-ondes, mais il se tapait cet énorme petit déj' anglais à cause de la deuxième chose qui n'allait pas du tout ce jour-là : sa saloperie de méga-gueule de bois, qui lui faisait palpiter les tempes, tinter les oreilles, et qui lui emplâtrait la bouche. Un pote avait donné une fête la veille au soir, thème années 80, et ils avaient bien rigolé. Il y avait des gens déguisés en pirates et autre dandies néo-romantiques, il y avait Duran Duran et Wham ! et, concession supplémentaire au thème choisi, il y avait des tequila slammers. En début de soirée, l'idée n'avait pas semblé mauvaise. Smitty, en règle générale, et c'était vraiment une règle, se montrait aussi prudent avec l'alcool qu'avec les drogues, mais des tequila slammers et une soirée années 80, on ne pouvait qu'adhérer... D'où l'état dans lequel il était aujourd'hui.

Smitty mettait un point d'honneur à ne jamais s'accorder une journée de relâche quand il avait exagéré. S'il veillait à ce point à rester raisonnable, c'était en partie à cause de cette règle, qui lui permettait d'être gagnant sur deux fronts :

il se torchait moins souvent, et il travaillait plus. Vu qu'en tant qu'artiste on pouvait faire la grasse matinée et s'octroyer des récrés à volonté, la tentation était forte de pousser le bouchon un peu trop loin, et un peu trop souvent. Smitty avait des copains comme ça. S'il s'était obligé à traverser la ville pour venir à ce rendez-vous, c'était donc aussi pour honorer son code samouraï, et il était doublement contrariant que toute cette affaire soit un malentendu.

Malheureusement, se dire qu'on adhérait à un code samouraï n'atténuait en rien la gueule de bois. De ce point de vue-là, les choses étaient tangentes. Lorsque son plat était arrivé, généreusement couvert d'une graisse bien visible, sa vue lui avait soulevé le cœur, mais après les premières bouchées il s'était senti mieux. Puis la nausée était revenue. Là, Smitty faisait une pause avant de réattaquer son assiette.

L'idée n'avait pas semblé mauvaise sur le moment... Voilà qui ferait un bon titre pour le godemiché en béton géant.

Le troquet était sans chichis, le genre de rade que Smitty aimait bien. Il y avait noté un des signes qu'il avait toujours trouvés de bon augure dans les bistrots, les restaus ou les pubs : une tablée de quatre hommes portant des gilets jaune fluo. Une radio était réglée sur Heart FM. Le tableau aurait été parfait, s'il n'avait dû se concentrer comme un fou pour ne pas vomir. Pour distraire son esprit de sa nausée grandissante, Smitty s'empara du *South London Press*. La première page parlait d'un adolescent noir qui s'était fait poignarder à un arrêt de bus. Smitty pensait depuis longtemps que si des Blancs entre deux âges se faisaient poignarder aussi régulièrement que les adolescents noirs, l'armée serait à coup sûr déployée dans les rues. En page deux on s'insurgeait contre l'installation d'un nouveau Tesco – inutile d'être devin pour savoir qui allait gagner –, en page trois des gens étaient dans tous leurs états pour des histoires de stationnement (« les riverains affirment qu'ils sont à bout »), en page quatre on protestait contre la fermeture programmée d'une bibliothèque, et en page cinq figurait, en haut, la photo d'un enfant juché sur un âne à une fête foraine, avec en bas, un bref article sur la rue où avait habité sa grand-mère et l'affaire Nous Voulons Ce Que Vous Avez. Apparemment les cartes et autres fantaisies avaient continué à arriver, et une réunion de Surveillance de Quartier avait été organisée.

Smitty se redressa. Il avait parlé des cartes à sa mère, et sa mère à son tour en avait parlé une fois ou deux, mais la maison était en cours de rénovation et il ignorait totalement qu'il y avait eu ce que le journal appelait une « campagne soutenue », et qu'elle avait comporté « des graffitis et des obscénités » ainsi que des « dégradations volontaires » et des « colis postaux ». Le journal précisait qu'un policier, l'inspecteur principal Mill, avait promis une « enquête rondement menée et des mesures décisives », ce qui, pour Smitty, était le jargon flicard pour dire « on n'a pas la queue d'un indice ». Smitty avait toujours la chemise avec les cartes postales et le DVD à son atelier. L'affaire l'intriguait depuis le début. Des graffitis, des obscénités... tout ce qu'il aimait.

Alors qu'il se faisait cette réflexion, Smitty eut une idée. Cette idée surgit spontanément et il n'aurait su dire comment il le savait, mais il avait la conviction qu'il ne se trompait pas : il savait qui se cachait derrière Nous Voulons Ce Que Vous Avez. Que ce soit cette personne ne tenait pas complètement debout – quelque chose clochait dans la chronologie –, en même temps il en était sûr. Oui : il savait. Toutefois il savait aussi qu'il n'y avait strictement rien qu'il puisse faire. Il pouvait certes aller voir les flics, mais les flics voudraient tout de suite savoir qui il était et comment il savait; s'il les avertissait, il serait contraint de révéler le secret de son identité, qui était le bien le plus précieux qu'il possédait. Ah, ça, c'était rusé. Et pervers... Ce fumier était sacrément rusé et pervers. Smitty était censé deviner de qui il s'agissait, tout en sachant que ses recours étaient plus que limités. Eh bien, ça avait marché. Smitty avait compris qui c'était, et il ne pouvait absolument rien faire. Il posa le journal, repoussa son assiette et ramassa ses clés de voiture. Il éprouvait le besoin irrépressible de changer de décor.

67

« Bogdan ! s'écria Arabella en ouvrant la porte du numéro 51 à Zbigniew, son mobile calé sous son oreille. Chéri ! Vous n'avez pas besoin d'un de ces trucs de stationnement, si ? Cinq secondes, littéralement cinq secondes, d'accord ? »

Elle l'entraîna dans le salon puis repartit dans l'entrée. Qu'est-ce qui lui fait croire que j'aurais besoin d'une autorisation de stationnement ? se demanda Zbigniew en examinant la pièce, qui avait pas mal changé depuis les derniers travaux qu'il avait exécutés pour les Yount. Aujourd'hui, Arabella lui avait demandé de passer pour voir s'il pouvait « donner quelques coups de peinture », ce qui, d'après lui, voulait dire repeindre une des chambres, ou plusieurs, et peut-être aussi l'entrée. Vu qu'elle l'aimait bien, il était sûrement le seul qu'elle sollicitait à ce stade, il n'avait donc pas à donner son devis le plus compétitif. De toute manière, il n'avait pas besoin de ce boulot, maintenant que Mme L. lui avait confié le chantier du numéro 42 et qu'il se retrouvait avec un demi-million de livres en liquide planqué dans une valise. Il jetterait un coup d'œil et refuserait poliment. Mais cela ne coûtait rien de vérifier l'ampleur et la nature du chantier, et d'ailleurs, s'il le refilait à quelqu'un d'autre, ce quelqu'un lui serait redevable.

Au bout d'un moment, il se rendit compte que la pièce avait un aspect différent. Zbigniew possédait une puissante mémoire visuelle et remarquait ces détails-là. Peut-être y avait-il un nouveau canapé, une nouvelle table, en tout cas quelque chose. Non, c'était un nouveau miroir, ancien et doré, à l'autre bout de la pièce. Le miroir faisait face à la porte, et alors que Zbigniew le regardait, un tout petit enfant, un petit enfant et une jeune femme mince aux cheveux noirs entrèrent dans la pièce. Le petit enfant et la femme s'arrêtèrent et le tout petit enfant s'approcha de lui, lui mit une main sur la jambe et dit :

« C'est toi le chat. »

Zbigniew, pris au dépourvu, ne trouva pas quoi dire, et ne dit rien. La jeune femme mince, qui était Matya, le laissa se remettre puis vint récupérer Joshua. Le mec typique, songea-t-elle. Rien à en tirer. Zbigniew songea : Jamais vu une nana aussi canon. Je veux coucher avec elle.

« On jouait à un jeu », expliqua-t-elle, rechignant à se justifier, mais réussissant pourtant à laisser entendre que Zbigniew était handicapé des émotions, froid comme un glaçon, idiot, imbu de lui-même, et que si cela ne tenait qu'à elle, il serait interdit de séjour dans la maison.

« Ah bon, dit-il. Je suis venu voir Mme Yount. Je... » Comme il ne retrouvait plus le mot anglais pour dire peindre, il effectua un mouvement de haut en bas avec un rouleau invisible. Joshua et Conrad s'agrippaient à présent aux jambes de Matya, chacun la sienne, tous deux le pouce dans la bouche, et tous deux levant les yeux vers Zbigniew comme s'il était quelque chose d'absolument nouveau.

Joshua ôta son pouce de sa bouche. « J'ai pas fait caca aujourd'hui », dit-il gentiment, pour essayer de rompre la glace.

Zbigniew grogna. Ce grognement était censé exprimer un certain amusement, mais il parut seulement bougon. Joshua remit son pouce dans sa bouche. Zbigniew ne savait pas quoi dire. Bravo ? C'est bien ? Moi aussi je suis allé aux toilettes, tu veux que je te raconte ? Qu'est-ce qu'on était censé dire aux enfants ? En même temps, il se demandait ce que cette femme magnifique pensait de lui. S'il l'avait su, il aurait été mortifié, car en l'occurrence Matya se disait : Le Polonais arrogant typique, qui se fout du reste du monde, prend Varsovie pour la capitale de l'Univers, nul avec les enfants, vaniteux, prétentieux, paresseux pour tout hormis le boulot. Matya n'avait pas encore trouvé ce qu'elle cherchait à Londres, mais depuis sa soirée avec Roger elle en avait une idée plus claire – quelque chose en lien avec le confort financier, et une marge de liberté, et des perspectives plus vastes. Quelque chose en lien avec regarder par la vitre d'un taxi noir au petit matin, et une maison avec un jardin rempli de rosiers, et des enfants à elle. Rien qui implique de près ou de loin un maçon polonais immature…

Zbigniew, s'il en avait eu connaissance, aurait trouvé ce jugement très injuste. Il croyait avoir énormément changé ; il s'estimait beaucoup plus mûr qu'il y a six mois. La mort de la vieille dame, l'horrible mésaventure avec Davina l'avaient assurément marqué. Par ailleurs, il passait plusieurs heures par jour à se demander quoi faire de sa manne miraculeuse. Ses premières pensées étaient d'ordre pratique – comment blanchir l'argent et le verser sur un compte en banque, quel usage en faire –, et puis, peu à peu, elles déviaient vers des interrogations d'ordre moral et il évaluait à quel point il serait condamnable de prendre cet argent. Cela n'aurait rien de répréhensible, rationalisait-il : les Leatherby ignoraient que cette fortune était là, elle était *de facto* déjà perdue et n'appartenait à personne ; ils n'en avaient pas besoin, puisque la maison valait des millions ; son père était un homme bien, qui méritait l'aisance que lui apporterait cet argent. Seulement voilà, de telles justifications ne tardaient pas à battre de l'aile : toutes ses bonnes raisons se mettaient à lui filer entre les doigts, et il s'obligeait à toute force à penser à autre chose. Jour après jour, il se battait avec ce dilemme. Voilà pourquoi le jugement de Matya lui aurait paru une terrible injustice, et il avait beau ne pas connaître l'opinion de la jeune femme, il sentait que sa première impression n'était pas favorable. D'après son expérience des femmes, il était difficile de rattraper le coup quand la situation était mal engagée – quand, de façon absurde, elles avaient décidé que vous étiez quelqu'un avec qui il était absolument exclu qu'elles couchent.

Arabella revint dans la pièce.

« *Mi dispiace*, mes chéris, je suis dévorée de culpabilité, je vous en prie, pardonnez-moi, Bogdan, je suis maintenant à vous à deux cents pour cent. Je peux vous montrer mes petites choses à faire ? » Sur quoi elle le reconduisit vers l'entrée, puis lui fit monter l'escalier pour rejoindre la salle de bains qu'il lui avait peinte sept mois plus tôt. Elle voulait changer la couleur pour « un de ces blancs à la suédoise, vous savez, ils en ont seize différents, j'en voudrais un assez chaud, propre mais pas aseptisé, une douceur, genre, je ne sais pas, un peu jus de pomme, mais en blanc. »

Zbigniew dit à Mme Yount qu'il allait y réfléchir et qu'il lui préparerait un devis. Cela n'avait pas de sens d'accepter ce boulot, mais il avait horreur de refuser des contrats, et une petite voix dans sa tête lui disait qu'en fréquentant cette maison il aurait l'occasion de retenter sa chance auprès de la nounou si sexy dont il ignorait le nom.

68

Le dimanche matin à son appartement, Usman ouvrit son ordinateur portable et sortit son mobile 3G pour aller surfer un peu sur le Net. C'était son mode d'information et de distraction préféré. Il se méfiait des médias *kafir*, et il s'arrangeait pour les éviter. Sauf pour le football et l'émission *X Factor*, qu'il avait découverte alors qu'il gardait Fatima et Mohammed un samedi soir. Fatima en avait entendu parler par ses copines et avait fait valoir que tout le monde la regardait. Usman n'était pas suffisamment expérimenté comme oncle pour contourner la manœuvre. La première fois qu'il avait vu ce programme, c'était donc sur la télé à côté du comptoir, avec Mohammed qui dormait à l'étage et Fatima assise par terre, le menton appuyé sur les poings, complètement subjuguée. Ça ne valait pas tripette, bien sûr, mais il y avait eu un ou deux samedis soir, depuis, où il s'était trouvé près d'un poste de télé alors qu'il n'y avait pas grand-chose d'autre à voir, et il s'était surpris à regarder l'émission, pas de manière concentrée, évidemment, mais avec curiosité, histoire de se tenir au courant de ce qui plaisait aux masses… Il était important de connaître son ennemi…

Quant au football, Usman adorait le fait que Freddy Kamo habite à quelques maisons de distance – enfin quoi, à une centaine de mètres – dans cette même rue. La première fois qu'il avait entendu parler de Freddy, il avait été extrêmement excité pour plusieurs raisons : Freddy était un frère musulman, et il y avait quelque chose de super cool à ça, même si ce fait n'avait jamais été mentionné nulle part dans la presse, pas une fois. Personne ne semblait savoir quelle mosquée Freddy fréquentait. Ce serait cool d'aller à la même, de faire ses dévotions à côté de lui à la prière du vendredi, d'entamer la conversation après et de se découvrir le point commun de Pepys Road, et peut-être même de devenir potes... Freddy était son footballeur favori, et Usman avait regardé ses vidéos sur YouTube des dizaines, voire des centaines de fois. Usman adorait la façon dont il donnait l'impression d'être nul, alors qu'en réalité, très vite, on se rendait compte qu'il était génial. Il adorait aussi sa jeunesse. En tant que benjamin, Usman était toujours du côté de la personne ou de l'entité la plus jeune. L'islam était, voyez-vous, la grande religion la plus jeune du monde et la seule qui disait la vérité...

Ce qui était arrivé à Freddy était affreusement triste. Le match était retransmis en direct et Usman le regardait chez un copain; un vieux copain d'école, dont le mode de vie était contraire à l'islam parce qu'il buvait de l'alcool, mais Usman et lui se connaissaient depuis tellement longtemps que, dans sa tête, il l'exonérait en partie de ces règles. En plus, le copain avait Sky Sports. Le tacle qui avait fracassé la jambe de Freddy avait été montré, comme d'habitude, une dizaine de fois, et c'était un spectacle à vous rendre malade. Freddy avait toujours semblé vulnérable; c'était une des choses épatantes chez lui, qu'il ait l'air vulnérable sans jamais se laisser prendre ni essuyer de blessures. Maintenant qu'il avait été touché, ce n'était plus pareil.

Usman se serait bien regardé quelques vidéos de Freddy à son apogée, mais la 3G était trop lente pour cela. Il avait le haut débit, bien sûr, mais il y avait certaines choses qu'il préférait éviter de faire avec sa propre connexion Internet. Usman avait toujours fait attention à ce genre de détails. Lorsqu'il voulait faire un truc qu'on ne puisse pas rattacher à lui, il utilisait jusqu'à récemment la connexion d'un voisin, mais celui-ci – il ne savait pas qui, mais soupçonnait que c'était l'appartement du sous-sol – avait eu un sursaut de prudence. Environ trois mois plus tôt, il avait sécurisé son réseau wifi. Du coup, maintenant, Usman se servait d'un mobile 3G sans abonnement qu'il avait payé en espèces et qui était donc intraçable, et qu'il reliait à son ordinateur. Il utilisait le navigateur en actionnant tous les paramètres de confidentialité, par le biais d'un service d'anonymisation. Aucun espion, électronique ou humain, ne pourrait déceler son identité.

Non qu'il fasse quoi que ce soit d'illégal sur le Net, pas réellement, du moins. Consulter ou télécharger des manuels d'entraînement d'Al-Qaïda, par exemple, constituait un délit. Usman n'avait aucune envie d'aller jusque-là, même dans son for intérieur. Quant à savoir si les gens qui s'y risquaient avaient tous tort, eh bien, il aurait affirmé jadis que si on n'avait pas d'autre moyen d'attirer l'attention sur ses doléances, alors c'était peut-être regrettable, mais parfois il n'y avait pas d'autre recours que la violence. Aujourd'hui, sans avoir totalement adopté une autre position, il avait plus ou moins abandonné celle-là. En grande partie à cause des attentats du 7 juillet. Observée de près dans la ville où il habitait, la violence était trop stupide et trop aléatoire pour représenter une solution viable. L'ingénieur en lui se révoltait à la vue d'une chose aussi laide, aussi dévastatrice et – au fond de son cœur il pouvait l'avouer – aussi répréhensible.

N'empêche, tant qu'il ne s'agissait que d'en parler, il était partant. Il écoutait avec avidité les discours de colère et de haine. La thèse du complot universel visant à détruire l'islam ne le convainquait plus, en revanche l'existence d'un préjugé antimusulman fondamental dans les attitudes du monde développé était pour lui une certitude. Et pourtant, si une chose pouvait vous dégoûter de cette notion, c'était bien le genre d'individus qui publiaient leurs délires sur les sites militants. Usman lui-même avait contribué à plusieurs reprises à ces sites, mais même lorsqu'il se cachait derrière un pseudonyme et utilisait un système d'anonymisation pour accéder au Net, il n'était pas tranquille. Pas assez tranquille pour continuer. Un thème commun sur ces sites, ou plutôt une obsession commune, voulait qu'ils soient entièrement noyautés par des espions, des provocateurs et des informateurs. C'était sans doute la vérité. Intervenir sur ces forums quand tant de participants essayaient de découvrir qui vous étiez et de vous attirer des ennuis, de vous inciter à dire certaines choses et à vous trahir… ça flanquait la frousse.

Sans compter que les arguments trop modérés et trop raisonnables qu'il défendait déclenchaient sur-le-champ de virulentes polémiques où on l'accusait de tous les maux, aussi bien d'être un larbin de l'Occident ou un faux musulman qu'un espion, un provocateur ou un informateur… il n'en pouvait plus. Il avait cessé de publier. Désormais Usman n'était plus qu'un observateur passif.

Il n'y avait pas grand-chose à lire aujourd'hui. L'Irak, l'Afghanistan, le complot universel et tous les discours habituels. Une longue diatribe comme quoi la chaîne Al Jazeera était un outil d'oppression occidentale et que les Qataris qui l'avaient fondée n'étaient pas de vrais musulmans. La connexion 3G était lente, et Usman constata que son goût pour la controverse était aux abonnés absents. Il se déconnecta du site qu'il consultait pour retourner à sa page d'accueil Google. Sur un coup de tête, en hommage au bon vieux temps, il tapa « Nous Voulons Ce Que Vous Avez » dans la rubrique « J'ai de la chance » de Google. À sa grande stupeur, le blog était là, hébergé sur une nouvelle plateforme, mais avec tout ce qui s'y trouvait auparavant augmenté d'une kyrielle de nouvelles données. Usman était aussi surpris que si quelqu'un avait bondi de l'écran pour le faire sursauter. Il cliqua sur les liens et parcourut les pages qui apparurent. Encore des photos, certaines maintenant agrémentées de graffitis virtuels. Des trucs obscènes, en général. Des insultes, apposées sur presque toutes les maisons de la rue et même, ô sacrilège, sur celle où habitait Freddy Kamo. Quant à leur propre boutique au numéro 68, la photo qui figurait sur l'ancien site avait été rehaussée de l'inscription « Tête de nœud ».

L'expression fit sourire Usman. En l'occurrence, l'insulte allait plutôt bien à son frère… Mais ce qui était arrivé au site n'en était pas moins bizarre et troublant, et Usman n'y comprenait rien.

69

Rohinka avait conscience qu'il ne serait pas entièrement juste de rendre Mme Kamal responsable de tout ce qui n'allait pas dans la dynamique familiale. Mais ce ne serait pas entièrement injuste non plus. Occupée à rentrer les livraisons à cinq heures du matin, elle se disait qu'elle avait pourtant anticipé son état d'agacement, qu'elle s'était préparée psychologiquement à se sentir agacée, à respirer à fond, à se montrer au-dessus de ça. Malgré ces bonnes résolutions elle était là, à déballer les cartons de lait, à découper au cutter les sangles autour des journaux, à guetter le camion d'épicerie… agacée.

C'était ce qu'elle reprochait en priorité à Mme Kamal. Sa belle-mère consacrait une quantité si prodigieuse d'énergie mentale à se sentir agacée qu'il était impossible de ne pas se sentir agacée à son tour. Cette insatisfaction mesquine, qui frôlait la colère, lui tenait lieu d'oxygène ; ce sentiment que rien n'était fait correctement, que tout était sujet d'agacement, depuis le bruit de la circulation la nuit jusqu'à la température de l'eau chaude le matin, en passant par la lenteur des progrès de Mohammed en matière de propreté et le fait que Fatima n'apprenait pas à lire l'urdu, seulement l'anglais, depuis le dîner du soir de son arrivée, où Rohinka n'avait servi que deux plats, jusqu'à l'assurance pour la Sharan de son fils qu'elle avait déclaré trop coûteuse, et le fait que Shahid n'avait pas de « vrai travail » et semblait n'avoir aucune intention d'en trouver un – sans parler d'une épouse –, sans oublier l'ambiance hostile de Londres, cette « ville impossible », et Lahore qui lui manquait tant, et qu'elle évoquait sans cesse, en particulier au moment du dîner, lorsqu'elle lançait des regards navrés et chargés de reproches à la nourriture que Rohinka avait préparée... Je devrais empoisonner cette garce, ça lui apprendrait. Dans sa tête, non seulement Rohinka ronchonnait et marmonnait, mais aussi, bien consciente de l'ironie de la situation, elle bouillait d'agacement.

Elle entendit du mouvement à l'étage. Quoi qu'il advienne, ce n'était pas bon signe : soit c'était Mme Kamal, s'apprêtant à annoncer qu'elle n'avait pas fermé l'œil, ce qui revenait à déclarer qu'elle allait être d'une humeur encore plus massacrante que d'habitude, soit c'était Fatima, annonçant qu'elle était réveillée, et réclamant des distractions. Les pas se turent un moment, comme si on réfléchissait, puis se dirigèrent vers l'escalier : un petit être avançant à pas lourds. Fatima. Elle surgit de la cage d'escalier.

« Maman, j'ai froid.

— Il est cinq heures un quart du matin. Tu devrais être au lit. »

Fatima posa les mains sur ses hanches.

« J'arrivais pas à dormir.

— Je suis sûre que tu y arriverais si tu essayais. Pense à ton lit bien chaud et bien douillet. Imagine-toi sous la couette. Avec tes jouets.

— Je déteste mes jouets ! »

C'était un si gros mensonge que Rohinka se contenta de la regarder. La fillette réfléchit un instant à ce qu'elle venait de dire.

« Pas tous, concéda Fatima. Je ne déteste pas Pinky. » Pinky était une poupée qu'on lui avait offerte pour son dernier anniversaire. « Je pourrais aller dans le lit de papa, je parie qu'il est super chaud. »

En Rohinka eut lieu une brève mais farouche bataille entre sa conscience, qui lui disait qu'elle devait forcer sa fille à retourner se coucher, et son désir d'une vie paisible, qui lui disait de laisser Fatima rejoindre Ahmed, et que peut-être, oui, peut-être, tous les deux dormiraient; mais elle savait pertinemment que la fillette allait à coup sûr réveiller son père et chercher à bavarder avec lui pendant une heure ou deux. Rohinka contempla les piles de travail qui l'attendaient encore.

« Peut-être que tu devrais essayer papa », céda-t-elle, en se promettant de se faire pardonner. Fatima, dansant d'un pied sur l'autre, hésitait.

« J'ai pas envie », dit-elle enfin. Sa mère soupira. Elle détestait ce sentiment d'être déjà fatiguée à la perspective de la journée qui l'attendait alors que celle-ci n'avait pas encore commencé, mais elle désigna le tabouret préféré de Fatima. « Dix minutes, et puis retour au lit, décréta Rohinka. Sinon tu seras trop fatiguée pour aller à l'école. » Puis, lorsqu'elle vit sa fille se mettre à sautiller, en battant des mains de ravissement à la pensée d'être autorisée à rester avec elle, elle se sentit coupable.

Rohinka avait voulu se marier, elle avait voulu avoir un mari et une famille, et une vie de famille, et en tant que troisième de cinq enfants, elle avait, croyait-elle, une idée assez précise de ce qu'était la vie de famille. Mais rien ne l'avait préparée à la force des émotions, à la violence des sentiments que la chose impliquait. Il pouvait y avoir des sautes d'humeur brutales, des crises de rage, de l'euphorie, des fous rires, la sensation de la vanité absolue de tout effort, le noir constat que chaque heure de la journée était dure, la vérité incontestable que vous étiez totalement prise au piège par vos enfants, et à d'autres moments l'amour le plus pur, le sentiment le plus sublime qu'elle ait jamais éprouvé… et tout cela avant neuf heures du matin, les jours normaux. Ce n'était pas tant à l'intensité des sentiments qu'à leur profusion qu'elle n'avait pas été préparée. Rohinka avait un secret inavouable. Parfois, quand elle se promenait ou qu'elle faisait les courses avec Fatima et Mohammed, elle regardait autour d'elle les gens qui n'avaient pas d'enfants et elle se disait : Vous n'avez pas la moindre idée du sens de la vie. Vous n'imaginez pas. La vie avec des enfants c'est la vie en couleurs, et la vie sans enfants, du noir et blanc. Même quand c'est dur – quand Mohammed, assis dans le Caddie du supermarché, s'amuse à écraser les pots de yaourts et que Fatima me crie après parce que je ne veux pas la laisser faire le plein de bonbons à la caisse, que je suis tellement fatiguée que mes yeux me piquent et que j'ai mes règles et que mon dos me fait mal à force de porter les enfants et de garnir les rayons et que tout le monde me regarde en se disant quelle mauvaise mère je fais, même là, c'est mieux que du noir et blanc.

Peut-être était-ce ce qui était arrivé à Mme Kamal. Peut-être était-ce cette profusion de sentiments qui avait usé sa résistance ; qui n'avait pas concordé avec ce qu'elle attendait de la vie, ce dont elle rêvait pour elle-même. Ou bien peut-être était-ce comme une réaction chimique qui avait mal tourné. Elle était censée ressentir x, mais à la place elle ressentait y. Les éléments qui étaient censés la faire mûrir, au contraire, l'avaient aigrie, et au lieu d'être plus âgée et plus sage, elle avait vieilli et son agacement était allé croissant, si bien qu'aujourd'hui elle était devenue quelqu'un qui portait l'agacement sur elle comme une odeur. L'agacement était contagieux de la même manière que bâiller était contagieux. Rohinka comprenait, désormais, que c'était pour cette raison que les fils Kamal étaient tels qu'ils étaient. Tous étaient, dans la plupart de leurs relations, des hommes raisonnables (à l'exception d'Usman, qui était resté à bien des égards un adolescent). Ils étaient calmes et sensés, sains d'esprit ; avec eux, on pouvait discuter, raisonner, ils avaient le sens des proportions. Pourtant, entre eux, et avec leur mère, et pour tout ce qui avait un lien avec la famille Kamal, ils étaient invariablement et perpétuellement agacés. Ils ne se prenaient même pas à rebrousse-poil, non, c'était juste que les choses partaient toujours du mauvais pied et ne s'arrangeaient jamais. Ahmed, que rien ne contrariait jamais – il était d'un tempérament tellement égal que cela frisait la passivité, voire la léthargie –, était tout le temps contrarié par ses frères et sa mère. Comme si, quand ils étaient ensemble, les Kamal s'enfermaient tous dans une « pièce d'agacement » à part, comme cette pièce sécurisée dans ce film avec Jodie Foster, *Panic Room*…

La faute de la mère… eh oui, la faute de la mère. Depuis qu'elle-même était devenue mère, Rohinka avait remarqué qu'on avait tendance à presque tout expliquer de cette façon : c'est la faute de la mère. Il n'était pas possible que ce soit le cas aussi souvent qu'on le prétendait. En l'occurrence, elle était persuadée que c'était bel et bien la faute de Mme Kamal. Rohinka ne serait pas comme ça avec ses enfants, pas question… Elle regarda autour d'elle la besogne inachevée, les journaux pas encore déballés, les étagères pas encore garnies, alors que les premiers clients ne tarderaient pas à arriver. Elle soupira à nouveau.

« T'es fâchée, maman ? demanda Fatima.

— Non, je ne suis pas fâchée. Pas contre toi. Je pensais a des choses de grandes personnes. »

À ce moment-là, Fatima poussa elle-même un énorme soupir théâtral. Rohinka lui fit signe de venir sur ses genoux, et la fillette bondit.

« Je ne suis jamais fâchée contre toi, jamais au fond de mon cœur. Même quand je suis fâchée je t'aime quand même.

— Je le sais bien, maman », dit Fatima, qui, en effet, le savait. Elle se tortilla sur les genoux de Rohinka pour s'installer plus confortablement, et c'est dans cette posture, en cet instant de bonheur parfait, que Rohinka leva les yeux pour voir s'ouvrir la porte, timidement d'abord, puis très brutalement, et soudain des hommes hurlants vêtus de noir et de bleu firent irruption dans la pièce, à plusieurs, investissant les lieux aussi vite que bruyamment et créant une telle impression de violence et de désordre qu'elle mit quelques secondes – cela ne pouvait être que quelques secondes, même si la scène lui parut bien plus longue – à comprendre que le mot qu'ils hurlaient était : « Police ! »

70

Il serait impossible d'énumérer tous les points sur lesquels la qualité de vie de Shahid s'était améliorée depuis qu'Iqbal était parti, mais un des changements les plus importants, selon lui, était qu'il dormait mieux. Il avait toujours eu le sommeil archifacile, ce qui était préférable étant donné qu'il avait besoin de beaucoup dormir pour être à peu près opérationnel ; mais cet empoisonneur de Belge, à traînasser dans l'appartement, à bloquer le passage vers les toilettes, lui tapait suffisamment sur le système pour que Shahid ait toujours conscience de ses déambulations. C'était embêtant, car Iqbal se promenait beaucoup la nuit, utilisant la bouilloire, faisant couler l'eau dans la cuisine et la salle de bains, réglant le volume de la télévision pile au niveau qui empêchait d'identifier ce qu'il regardait. (En général, quand Shahid sortait vérifier, c'était un film d'action bien primaire : Chuck Norris, Jean-Claude Van Damme ou Steven Seagal...) Ou bien il était sur l'ordinateur. Une faible lumière sous la porte, un silence qui n'était pas tout à fait le silence, de préférence à trois ou quatre heures du matin : Iqbal naviguait sur le Net. Quant à la prière de l'aube... une vraie calamité. Le problème n'était pas qu'Iqbal se levait pour prier si la chose avait été aussi régulière, Shahid aurait cessé de l'entendre. Non, le problème était qu'il se levait pour prier chaque fois que l'envie l'en prenait. Certaines semaines c'était tous les jours, d'autres semaines c'était jamais, ou bien un jour oui un jour non, ou bien deux jours oui un jour non, ou bien l'inverse, ou bien allez savoir. Mais voilà, ce n'était pas une pratique dont on pouvait se plaindre, surtout quand, personnellement, on n'était pas adepte de la prière de l'aube. Excuse-moi, mon frère, mais ça ne t'ennuierait pas de respecter un calendrier de prières plus régulier, parce que ÇA ME REND DINGUE ?

Tout cela appartenait désormais au passé. Pendant les quatre premiers jours après le départ d'Iqbal – celui-ci n'avait abdiqué que la veille de l'arrivée de Mme Kamal, atermoyant et s'incrustant jusqu'à la fin –, Shahid avait dormi du magnifique et paisible sommeil du juste. Au matin, il se réveillait et se préparait au premier agacement de la journée, le trajet jusqu'aux toilettes, avec ce parasite de Belge vautré sur le canapé dans son caleçon gris de crasse... et soudain, ô joie, Shahid se souvenait qu'Iqbal n'était plus là ! Il n'y avait plus personne ! C'était son appartement, son appartement à lui, peinture écaillée, fenêtres qui grincent et chaîne stéréo capricieuse, mais le tout bien à lui ! Il pouvait aller aux toilettes à poil ! Il pouvait faire le poirier dans le salon ! Personne pour l'en empêcher ! C'était cette sensation de bonheur pur qu'on éprouvait quand on comprenait qu'on avait fait un mauvais rêve. Shahid eut cette sensation pendant quatre jours d'affilée : il connut durant cette période le sommeil le plus profond et les réveils les plus heureux de sa vie d'adulte.

Le cinquième matin fut différent. Shahid était allé se coucher vers minuit, avait lu un quart d'heure de Stephen King pour s'assommer, puis avait éteint la lumière et dormi comme un bébé jusqu'à environ quatre heures et demie, où il avait commencé à faire un rêve, un rêve qui, même dans l'univers du rêve, paraissait bizarre et violent, un thriller qui aurait déraillé, une histoire avec des hommes armés, des hurlements, des inconnus qui surgissaient dans son appartement, et puis brusquement ce n'était pas un rêve mais la réalité, il y avait des policiers qui hurlaient dans sa chambre et deux flingues braqués droit sur sa figure à pas plus de soixante centimètres de lui. « Police ! » voilà ce que hurlaient les hommes, mais ce n'était pas évident à discerner car ils étaient plusieurs à hurler le mot et leurs cris avaient tendance à se chevaucher. Des bruits énormes lui parvenaient des autres pièces. Là, c'est sûr, quelqu'un s'est planté dans les grandes largeurs, songea Shahid, alors qu'un des policiers lui arrachait sa couette. Il sentit sa conscience se scinder en plusieurs parties, et s'exprimer de plusieurs voix différentes. Une case de son cerveau criait : Par pitié ne me tuez pas ! Une autre disait : Heureusement que j'ai mis un caleçon propre hier soir. Une autre : Je me demande qui est responsable de ce pataquès. Une autre : Ça fera une bonne histoire un jour, et une autre : Ce serait bien plus facile à comprendre s'ils arrêtaient de brailler. Et puis, s'ajoutant à toutes ces voix, il y avait l'évidence : cinq policiers armés se trouvaient dans sa chambre, leurs flingues braqués sur sa tête.

« Tourne-toi, putain, tourne-toi ! » cria le policier le plus proche. Derrière lui et en dehors de la chambre il entendait un vacarme incroyable. Un jour qu'il était alité avec la grippe, Shahid avait vu une émission de télé dans laquelle des gens qui aspiraient à devenir maçons démolissaient absolument tout à l'intérieur d'une maison sauf les murs porteurs. Les bruits qu'ils faisaient étaient comparables à ceux qui venaient à présent de sa salle de séjour et de sa cuisine. Voilà ce qu'il se disait dans sa tête. Mais, soudain, il sentit une terreur physique monter en lui. Je vais peut-être mourir ici, maintenant, aujourd'hui... Il se retourna sur le lit. Quelque chose – avec, derrière, tout le poids d'un homme – lui appuya sur la zone entre les omoplates, tandis qu'on lui tirait les bras dans le dos avec une extrême rudesse. Puis un contact de plastique froid et un déclic : on devait être en train de lui passer les menottes. Ce qu'ils ne vous montraient jamais à la télévision, c'était combien la position menottée était douloureuse, et inconfortable, et combien vous vous sentiez vulnérable. À plat ventre et menotté, il était aussi incapable de bouger qu'un scarabée sur le dos.

Deux paires de mains ou davantage le forcèrent à se relever et entreprirent de le pousser hors de la pièce. Il dénombrait six policiers devant lui, il en entendait d'autres derrière, et il savait qu'il y en avait encore ailleurs dans l'appartement. Ils étaient tous blancs et tous avaient les traits crispés par la colère. Alors qu'il se ressaisissait un peu, Shahid constata qu'environ la moitié d'entre eux étaient des policiers en armes, tandis que les autres portaient des gants et des combinaisons afin de fouiller les lieux. L'un avait déjà démarré son ordinateur et était installé au clavier. Shahid ignorait ce qu'ils recherchaient, mais, c'est sûr, ils cherchaient quelque chose. Par la porte de la chambre il vit que tous les tiroirs de la cuisine avaient été vidés sur le sol. Il n'aurait jamais cru qu'il avait autant de couverts et d'ustensiles.

Derrière lui, si bien qu'il ne vit pas qui s'en chargea, quelqu'un lui posa une veste en coton huilé sur les épaules, puis un autre policier se planta devant lui, brandissant un pantalon de jogging. Shahid ne saisit pas tout de suite. Puis il comprit qu'il était censé enfiler le pantalon. Après lui avoir braillé dessus, les policiers, désormais, se taisaient, comme s'ils s'attendaient à ce qu'il devine tout seul ce qu'il devait faire. Le policier tendit le jogging bien ouvert et Shahid, tel un enfant qu'on aide à mettre son pyjama, y glissa ses jambes. Soudain, ils recommencèrent à le traiter sans ménagement et le poussèrent vers la porte à travers le chaos, dans cet appartement rempli de policiers mais qui avait l'air d'avoir été cambriolé. Ils lui firent descendre l'escalier, exercice effrayant car ils le bousculaient et le portaient à moitié. Ses menottes le déséquilibraient et il dévala les marches, puis passa devant la petite porte du troquet qu'il vit s'ouvrir juste au moment où il sortait de la maison.

Un fourgon cellulaire se trouvait devant l'immeuble : il était arrêté au milieu de la chaussée avec sa porte arrière ouverte, face à l'entrée du bâtiment. Si un civil s'était garé comme ça, il aurait été verbalisé. L'homme qui poussait Shahid, et qui le gardait toujours à la limite de l'équilibre si bien que Shahid se sentait sans cesse à deux doigts de tomber, le précipita contre l'arrière du fourgon et il s'écorcha les genoux. Un autre policier frappa trois coups sur l'arrière du fourgon, et un troisième ouvrit la deuxième porte de l'intérieur, puis Shahid fut hissé, brutalement mais sans violence, à l'arrière du véhicule, où deux policiers, cette fois pas des agents en armes, étaient assis à l'attendre. Le fourgon avait des bancs le long des côtés, et une rampe à laquelle étaient suspendues des paires de menottes. Il y avait une épaisse paroi vitrée entre le compartiment passagers et l'avant de la camionnette, et il y avait aussi un compartiment séparé, une sorte de cage avec des barreaux en métal, dans laquelle un prisonnier pouvait être isolé des autres passagers. Shahid ne pouvait s'empêcher d'avoir des pensées totalement incongrues. A la vue de cette cage, il se dit par exemple : Si j'étais Hannibal Lecter, ils me flanqueraient là-dedans...

Les deux policiers qui l'avaient hissé dans le fourgon s'assirent en l'encadrant, si bien qu'ils étaient maintenant quatre policiers à l'arrière. La porte fut claquée de l'extérieur, et la fourgonnette s'ébranla. Les deux policiers en face de lui le dévisageaient, l'un souriant, l'autre renfrogné. Le policier renfrogné mâchait du chewing-gum. Aucun n'avait encore adressé la parole à Shahid, qui, en plus de la confusion, de la colère et de la peur qui l'envahissaient, commença à se sentir gagné par l'entêtement. Je ne sais pas de quoi il s'agit, mais en tout cas c'est absurde, et il n'est pas question que je joue le jeu.

La fourgonnette roulait à toute vitesse. Pas beaucoup de circulation à cette heure matinale.

71

Après toutes les fictions policières qu'avait vues Shahid, il savait que dans la phase suivante on allait lui lire ses droits, tout ce laïus comme quoi vous n'êtes pas obligé de parler mais que si vous ne parlez pas ça veut dire que vous êtes coupable… Puis on l'emmènerait dans un commissariat où il serait placé en garde à vue. On prendrait son nom et son adresse, ses effets personnels seraient consignés, puis on l'enfermerait dans une salle d'interrogatoire et, à un moment donné, il aurait le droit d'appeler son avocat, enfin, tous ces trucs-là. Si vous aviez du bol, le policier chargé de votre affaire serait Helen Mirren, comme dans *Suspect n°1* ; si vous n'en aviez pas, ce serait David Jason, comme dans *Inspecteur Frost*. Mais sous des écorces différentes tous deux cherchaient la vérité, aussi acharnés mais aussi foncièrement justes et honnêtes l'un que l'autre.

Ça ne marchait pas comme ça. La fourgonnette, bruyante à l'extérieur et silencieuse à l'intérieur, roula une vingtaine de minutes, puis s'arrêta dans un parking souterrain. Shahid fut extirpé de la fourgonnette, puis poussé dans un ascenseur, les quatre policiers ne le quittant pas d'une semelle. Puis il fut conduit le long d'un couloir peint dans un vert bien administratif et introduit dans une pièce vivement éclairée, où il fut laissé seul. On ne lui avait toujours pas adressé la parole, pas une fois.

Il y avait des toilettes dans un angle de la pièce, sans abattant et, maintenant qu'il les examinait, sans lunette. Shahid contempla la cuvette un moment. Les pièces d'interrogatoire, en général, ne comportaient pas de W.-C. Il y avait quatre néons, dont l'un dansait faiblement, donnant l'impression que toute la pièce vibrait, de manière irrégulière, comme si quelque chose n'allait pas dans votre tête et que vous étiez sur le point d'avoir une attaque, une rupture d'anévrisme ou un mauvais trip. Il y avait une seule chaise pliante à une table dotée d'un plateau en plastique facile à nettoyer, et une planche horizontale dans l'angle de la pièce… non, à mieux la regarder, ce n'était pas une planche. C'était un petit lit une place dont le drap et la couverture étaient tellement tendus sur le matelas qu'on aurait dit une nappe. Il n'y avait pas d'oreiller. L'heure matinale et l'horreur de ce qui était en train de se passer avaient ralenti le cerveau de Shahid, mais maintenant il comprenait : cette pièce était une cellule. Il était dans une cellule. Quelque chose avait épouvantablement, sinistrement, incroyablement, monstrueusement, mal tourné. Il se doutait de ce que c'était. En réalité il ne pouvait s'agir que d'une chose. Mais maintenant il ne lui restait plus qu'à attendre.

72

L'inspecteur principal Mill avait le chic pour distinguer le nécessaire du superflu, pour distinguer le pseudo-travail du vrai travail ; il était doué pour confier la besogne à d'autres et les laisser se débrouiller. Un briefing clair et des coudées franches, telle était la formule, une formule qu'il se réjouissait de pouvoir appliquer à longueur de journée.

En ce moment, pourtant, il devait effectuer lui-même bon nombre de corvées. Démarches sur le terrain, paperasse de routine… la bonne manière d'occuper son temps, selon certains. C'était ainsi. Il n'appréciait pas trop, et au fond de lui il ne pouvait s'empêcher de penser, quand il s'employait à ce genre de tâches répétitives, que cela équivalait à atteler un cheval de course à une charrue. Il prenait la chose avec philosophie, sa carrière dans la police décollerait ou bien elle stagnerait ; pour l'instant il faisait profil bas et obéissait aux ordres. Aujourd'hui cela signifiait : un, mettre la main sur une liste des contractuelles qui officiaient dans le secteur de Pepys Road, et deux, aller leur parler.

Mill savait que c'était un sale boulot et qu'en tant que tel il était effectué par des immigrés récents. Ils avaient tendance à se regrouper : quelqu'un d'une région du monde obtenait un boulot, en parlait à sa famille et à ses amis, qui obtenaient à leur tour des boulots. C'était pareil partout. Dans ce quartier de la ville, la plupart des contractuelles venaient d'Afrique de l'Ouest, ce qui engendrait des tensions raciales, surtout avec les Noirs d'origine caribéenne qui étaient nés en Angleterre. Mill se préparait à une journée perdue, passée à interroger des contractuelles d'Afrique de l'Ouest aussi méfiantes que peu bavardes, dont les compétences en anglais seraient déjà limitées mais qui prétendraient qu'elles l'étaient encore davantage. Je pourrais démissionner, se dit-il. Je pourrais démissionner sur-le-champ... Cette éventualité l'aida à sortir du lit et à se mettre au travail.

Sa journée commença par une visite aux bureaux des Services de Contrôle, la société chargée de surveiller le stationnement dans le quartier. Cette mission avait été accomplie avec un tel manque de sensibilité, un tel acharnement à remplir ces quotas et à décrocher ces primes qui officiellement n'existaient pas, une telle débauche de véhicules immobilisés puis embarqués à la fourrière, un tel festival de P.-V. vicieux et d'enlèvements narquois, une telle orgie d'amendes de stationnement injustes, malveillantes, erronées et tout bonnement scandaleuses, que lors des élections locales la chose avait valu à la société titulaire, non pas une fois mais deux fois, le contrôle du secteur. Or il n'y avait rien que l'arrondissement urbain puisse faire, car les termes du contrat étaient fixés par l'administration centrale, de sorte qu'il n'existait pas de contrôle effectif, au niveau local, de ce service local. C'était un classique de l'administration locale : une foirade totale, complètement irrattrapable, et qu'on ne pouvait imputer à personne.

Un sentiment de culpabilité ou de malaise face à cet état de choses était difficilement discernable au siège des Services de Contrôle; en fait, on aurait difficilement imaginé atmosphère plus aboutie d'indifférence et de je-m'en-foutisme. Plusieurs personnes, hommes et femmes, l'air de s'ennuyer ferme, étaient assises devant des écrans d'ordinateur alors que deux stations de radio se tiraient la bourre : au bout de la pièce, on avait choisi Magic FM, tandis que, près de la porte, on avait un penchant pour Heart. À chaque extrémité de la pièce, ça allait à peu près, mais au milieu, entre deux feux, c'était duraille. Un homme à la figure étroite de rongeur vint à la rencontre de Mill puis resta là les mains jointes devant lui, et l'inspecteur comprit que l'homme avait deviné qu'il était policier. Mill obtint la liste de noms et d'adresses qu'il réclamait, et sortit ratisser le secteur pour y dénicher les contractuelles de service.

Ce fut une longue matinée. Mill parla à une Ghanéenne et à quatre Nigérianes, mais aucune n'avait l'air au courant de quoi que ce soit au sujet de Pepys Road ou de Nous Voulons Ce Que Vous Avez. Elles se montrèrent diversement méfiantes, maussades et déroutées, mais aucune ne lui parut coupable, et rien ne laissait supposer qu'elles mentaient. Dans Pepys Road, il essaya de questionner une contractuelle kosovar qui semblait ne pas parler un mot d'anglais, et en comprendre à peine davantage. Cette piste lui faisait de plus en plus l'effet d'une erreur stupide, une notion d'un autre monde. Le fait que ces travailleuses immigrées soient à ce point coupées du quartier où elles officiaient faisait plus partie du problème qu'il n'était la clé du mystère.

Il restait quatre noms sur la liste. L'un d'entre eux finissait en « ic », sans doute une autre Kosovar. Tous les autres noms étaient africains. Vers deux heures de l'après-midi, Mill avait acquis la certitude que l'idée d'interroger les contractuelles ne valait pas un clou. Mais il ne pouvait pas laisser tomber, car pour rédiger un rapport qui couvre ses arrières de façon convaincante, il devait aller parler à toutes les contractuelles sévissant dans le secteur. Ensuite, il pourrait coller ça dans le dossier et ne plus y penser. Réussir cette prouesse, dans ce contexte, serait déjà un résultat. Mill entra dans une sandwicherie de la grand-rue, s'aperçut qu'elle était plus chère et plus prétentieuse que le cœur ne lui en disait, mais n'eut pas le courage d'abandonner sa place dans la queue pour aller ailleurs. Il se retrouva avec un sandwich-ciabatta gouda-prosciutto-roquette et une bouteille d'eau minérale pétillante facturée 2 livres; les bulles lui causeraient des renvois pendant ses recherches de l'après-midi, au moins avait-on l'illusion de boire quelque chose de plus intéressant que de l'eau plate. Assis près de la vitrine avec son sandwich à 5 livres, se penchant prudemment en avant de manière à ne pas faire de taches sur son costume, Mill sortit son calepin pour vérifier les noms et les adresses. Trois des contractuelles habitaient les environs, et la quatrième, quelle barbe, habitait Croydon. Il allait commencer par l'adresse la plus proche, à une vingtaine de minutes à pied. C'était une des rares journées sans pluie de l'été, et il fallait en profiter.

En fait, le sandwich était bon. Mill ne voyait pas d'inconvénient à payer cher du moment qu'il en avait pour son argent. Il s'essuya la bouche avec une serviette puis se mit à remonter la grand-rue, le long du terrain communal où s'illustrait une bande de voleurs à la tire qui, juchés sur des vélos, arrachaient leurs portables aux piétons en train de téléphoner. Mill travaillait sur l'affaire avant qu'on ne l'en retire pour le mettre sur celle-ci. Les voleurs venaient de la cité à quelques rues de là ; connaissant par cœur tous les crochets et tous les raccourcis, ils n'étaient pas évidents à choper, mais avec les longues soirées d'été la bande avait ralenti la cadence.

Un petit groupe d'adolescents d'âge scolaire traînaient près de la mare. Le trimestre n'était pas fini, et ils n'auraient pas dû être là. Mill les repéra mais sa journée était déjà suffisamment perdue pour qu'il ne gaspille pas encore son temps à asticoter la racaille qui séchait les cours... De toute façon, cette mission incombait aux flics en uniforme. Ah, l'uniforme ! Voilà bien un truc qui ne lui manquait pas.

Il avait sous-estimé la durée du trajet. Quand il arriva à Balham, il avait marché environ une demi-heure et il commençait à avoir mal aux pieds. Enfin, il aurait au moins la satisfaction d'avoir fait de l'exercice au cours de cette journée gâchée. Il vérifia son calepin, trouva la maison, sonna à l'interphone du deuxième étage. D'un ton méfiant, un homme à l'accent africain prononcé répondit :

« Oui.

— Kwama Lyons ? »

Le silence se prolongea un peu trop et Mill fut aussitôt sur le qui-vive.

« Oui ? »

Les gens capables de reconnaître instantanément un policier sont en général des gens qui ont des raisons de reconnaître instantanément un policier. À en croire son ton, l'homme à l'autre bout de l'interphone avait des raisons de ne pas vouloir lui parler.

« Je suis l'inspecteur principal Mill. Je cherche une certaine Kwama Lyons, pour une enquête de routine.

— Elle n'est pas là.

— Mais c'est bien son adresse personnelle ?

— Son adresse personnelle.

— Désirez-vous vérifier ma carte de police avant de continuer ? »

Selon la loi, l'homme à l'interphone n'était pas obligé de laisser entrer Mill, et il le savait peut-être. Il devait également savoir que se comporter bizarrement ne ferait qu'intriguer davantage l'inspecteur. Il y eut un autre silence, durant lequel Mill pouvait presque l'entendre peser le pour et le contre. Après une dizaine de secondes, l'homme lâcha :

« Je descends. »

Des pas pesants retentirent dans l'escalier. Un Africain balèze dans les trente, trente-cinq ans, les yeux bordés de rouge, ouvrit la porte. Il était vêtu, contre toute attente, d'un cardigan gris. Technique de policier, Mill mit le pied dans la porte et pénétra dans la maison tout en montrant sa carte de police. L'homme se pencha pour la regarder, louchant légèrement, et Mill rehaussa l'estimation de son âge : plutôt la quarantaine.

« En quoi puis-je vous aider ? demanda l'homme, cérémonieux à présent.

— Je cherche Kwama Lyons. Elle n'était pas à son travail alors je suis venu ici. Une enquête de routine.

— Elle est sortie.

— Puis-je vous demander qui vous êtes ?

— Je suis Kwame Lyons.

— Un lien de parenté ? »

Une brève hésitation, puis : « Oui. » Quel que soit le motif du mensonge, l'homme mentait, c'était sûr. Cela n'avait sans doute aucun rapport avec Nous Voulons Ce Que Vous Avez, mais Mill flairait un truc louche. C'était le côté du boulot qu'il aimait bien, qu'il adorait, même. Quand on sentait que les choses n'étaient pas nettes, et qu'il fallait approfondir. Pour la première fois, l'enquête le titillait et il éprouva un regain d'énergie.

« Quand pourrais-je trouver Mme Lyons ?

— Demain.

— A-t-elle un numéro de portable ?

— Je la préviendrai », dit l'homme, voulant refermer la porte, alors que Mill était encore à moitié dans l'entrée. Une maison divisée en appartements, et cet homme n'était pas le propriétaire…

« Je reviendrai », déclara Mill en reculant vers le seuil.

Ce n'étaient pas des paroles en l'air, mais le lendemain, quand il revint, il fut accueilli par un autre homme, un Italien, la cinquantaine bien sonnée, qui s'identifia comme le propriétaire. Il expliqua à Mill que l'homme qui se faisait appeler Lyons était parti la veille au soir, sans laisser d'adresse; qu'il payait toujours le loyer avec un mois d'avance, en liquide; qu'il habitait là depuis deux ans; qu'il était discret; et qu'il ne savait rien d'autre à son sujet, si ce n'est qu'il recevait fréquemment de brèves visites mais qu'il vivait seul – pas de femme, pas de relations féminines, et donc pas de Kwama Lyons à cette adresse.

73

Une des choses que Quentina trouvait étranges en étant contractuelle, c'était qu'elle avait beau être debout à longueur de journée et marcher assurément des kilomètres et des kilomètres, elle ne maigrissait pas. Elle évoqua cette énigme avec Mashinko un soir, alors qu'ils venaient de boire un verre ensemble au bar africain de Stockwell et qu'il la raccompagnait. (Elle demandait à Mashinko de la laisser au bout de sa rue, car elle ne voulait pas qu'il voie le foyer où elle habitait, du moins pas encore. Étant donné qu'il vivait avec sa mère, ils ne pouvaient pas non plus aller chez lui. Ah, les épreuves et les soucis de l'amour naissant !) Aborder un tel sujet confinait au flirt, or Mashinko était un jeune chrétien très, très correct, avec certes un côté effronté, mais qui n'aimait pas les allusions trop coquines… Quentina, à son grand étonnement, constatait qu'elle appréciait cette réserve chez lui : cette attitude un rien coincée laissait soupçonner des trésors de passion.

« En tout cas, je marche une quinzaine de kilomètres par jour, et je ne perds pas un gramme. » Elle osa tenter : « C'est là que tu dis que je n'ai pas besoin de perdre un gramme. »

Par chance, il s'esclaffa.

« Bien sûr, bien sûr. Pas un demi-gramme ! C'est un mystère. Il faut trouver l'explication. Mais dis-moi… dis-moi à quelle vitesse tu marches, quand tu fais ta ronde. »

Ils avançaient d'un pas nonchalant, une douce flânerie nocturne. Il y avait du monde sur les trottoirs.

« À peu près comme ça.

— Comme ça !

— Comme ça. »

Mashinko secoua la tête.

« Trop lent. Pas d'effet aérobic. Ça ne travaille pas assez ! » Voyant l'expression de Quentina, il s'empressa d'ajouter : « Je ne veux pas dire que tu ne travailles pas assez au boulot... Je veux dire que tes muscles ne travaillent pas assez pour brûler les graisses et te faire perdre du poids. C'est scientifique ! Tu dois brûler des calories pour maigrir. Comme ça... »

Et il se mit à marcher quasiment deux fois plus vite, contournant un groupe de femmes célibataires qui sortaient d'un bar appuyées les unes sur les autres, braillant, riant, fumant et toussant. Quentina se laissa distancer de quelques mètres, puis comprenant qu'il n'allait pas ralentir, elle s'élança à ses trousses. Il était en forme, il faisait du sport, du foot, et même si elle ne le lui avait pas demandé, il devait faire aussi un peu de muscu, des pompes ou des exercices dans ce style, il suffisait de voir son torse. Des muscles, une peau bien tendue... Elle dut se mettre à trotter pour le rattraper et cela la contraria, mais il s'arrêta et son sourire était tellement large et affectueux qu'elle sentit son irritation s'évanouir.

« Comme ça, répéta-t-il.

— Comme aux Jeux olympiques.

— Non, juste à un rythme plus intense que celui dont tu as l'habitude. C'est ça que tu dois faire si tu veux perdre du poids. Non pas que tu en aies besoin ! »

Quentina, le lendemain matin, observa ce conseil. Pas dès le début de la journée, évidemment. Au réveil, elle était toujours ramollie et somnolente. Pas du genre à courir aussitôt le pied par terre, elle avait besoin de temps pour démarrer : elle aimait émerger petit à petit, avec un café et un bol de ces drôles de céréales anglaises que quelqu'un avait introduites dans le foyer, ce plat bien bourratif connu sous le nom qui l'amusait tant de « porridge ». Tout cela en robe de chambre, avec bâillements et traînements de pieds, à l'image des autres pensionnaires, excepté Mira, l'Albanaise, qui, dehors sur le palier, en était déjà à la moitié de son premier paquet de cigarettes de la journée et donnait l'impression d'avoir veillé toute la nuit à marmonner dans sa barbe… Après le petit déjeuner, Quentina remonta à l'étage pour s'habiller lentement, la journée commençant à prendre forme dans sa tête. La figure à frictionner et les dents à brosser, juste un peu de maquillage pour aller au boulot, la paie dans deux jours et une visite chez le coiffeur prévue pour le lendemain, un autre rendez-vous avec Mashinko ce même soir, divers plaisirs en perspective. Non, c'était tout de suite que son nouveau régime d'exercices physiques pouvait débuter ! Elle irait d'un bon pas aux Services de Contrôle récupérer son uniforme, et puis hop ! Pas question de lambiner… Une Quentina toute neuve était née !

Bien sûr, quand elle devait s'arrêter pour dresser une contravention, elle devait s'arrêter pour dresser une contravention, mais entre-temps, elle filait comme un mamba dans la jungle. Comme elle filait ! Une vraie fusée ! Enfin, pas exactement… Mais elle se remuait bel et bien, remontant Pepys Road, enfilant Mackell Road, prenant la petite rue transversale du nom de Lindon Road, repartant dans l'autre sens, le tout à une allure beaucoup plus vive. Ou du moins elle essayait… sauf qu'il y avait ces agaçantes petites quintes de toux chaque fois qu'elle forçait le rythme. Je ne suis décidément pas en forme, songea-t-elle. Un véritable éléphant Il était temps que je me reprenne. Quentina se moquait de devenir un jour une mama africaine généreusement charpentée, et il ne faisait aucun doute qu'elle finirait comme sa mère et la mère de sa mère, de solides gaillardes aux formes opulentes, mais pas tout de suite. Après les enfants, une fois sa vie bien établie… Mashinko Wilson ferait un bon mari ; c'était un homme dont on imaginait aisément qu'il serait doué avec les enfants, doué pour les finances et doué dans la maison, un homme bien pour qui on ferait volontiers la cuisine et qu'on aurait plaisir à voir rentrer le soir, un homme bien avec qui les grasses matinées du week-end ne pourraient qu'être délicieuses…

Dans Mackell Road, Quentina trouva une Audi A8 présentant une autorisation de stationnement d'une journée derrière son pare-brise. Les bonnes cases du ticket avaient été grattées, jour, date, mois et année, mais l'utilisateur n'avait pas inscrit son numéro d'immatriculation. Ces cas-là étaient toujours difficiles. D'un côté, la politique des Services de

Contrôle était sans équivoque : si la carte d'autorisation n'avait pas été remplie correctement et en totalité, rédiger un P.-V. D'un autre côté, il s'agissait à l'évidence de quelqu'un qui rendait visite à un habitant de la rue et s'était vu remettre ce ticket de stationnement pour pouvoir se garer pendant quelques heures, mais qui ne l'avait pas examiné suffisamment en détail. Quentina jeta un coup d'œil dans la voiture, et aperçut un siège pour chien et une couverture de voyage. Quelqu'un avait parcouru une certaine distance pour venir ici… Cela ne lui semblait pas entièrement juste, mais les règles étaient les règles, et si elle dressait le P.-V. elle alimentait son quota, tandis que si elle ne le dressait pas, l'agent suivant s'en chargerait. La vie n'était pas juste. Et puis, une Audi A8 3 litres toutes options, vu le prix qu'elle coûtait, avait des chances de remporter le concours du jour… Quentina rédigea le P.-V., le plaça sur le pare-brise, prit la photo. Vous deviez être minutieux avec les photos des tickets de stationnement, et bien vous assurer que les détails importants étaient visibles sur l'image numérique.

Le mal du pays, constatait Quentina, était une sensation étrange. Certaines, au foyer, étaient tourmentées en permanence par cette nostalgie. C'était à cause de cela qu'elles restaient silencieuses, renfermées sur elles-mêmes. Comme les gens qui se taisent quand ils commencent à avoir la nausée… Quentina n'était pas tenaillée de cette façon-là. Elle souffrait simplement de bouffées de nostalgie, liées à des sensations singulières et à des souvenirs précis. Aujourd'hui, en tournant au coin de Pepys Road, elle avait perçu une odeur de bois qui brûlait, de cendres chaudes, et avait soudain été transportée dans les faubourgs d'Harare : la fumée provenait soit de leur propre cour soit de celle des voisins, un feu de cuisson, un feu de débarras ou juste un feu, l'odeur semblant venir vous chercher pour mieux se cramponner à vous. Drôle de période pour faire brûler du bois à Londres… sans doute un feu que quelqu'un avait remis à plus tard à cause du temps pourri. Le bois était mouillé, ce qui donnait au feu un parfum d'automne, mais s'y mêlait aussi une note chimique. Du plastique qui fondait, peut-être. Maman, papa, mon pays, mon exil : soudain, toutes ces émotions assaillirent Quentina. L'espace d'un instant, elle crut retrouver son nid familier, la chaleur, l'atmosphère de sécheresse de sa ville natale, le merveilleux cocon qui l'avait protégée depuis ses premiers souvenirs jusqu'au jour où elle avait été forcée de partir. Elle s'arrêta et ferma les yeux un moment. Elle pourrait faire de l'exercice plus tard. La fumée l'enveloppa.

Quand elle rouvrit les yeux, Quentina remarqua deux policiers à l'autre bout de la rue, sur le même trottoir qu'elle, marchant dans sa direction, pas vite mais pas lentement non plus. Malgré elle, leur vue lui tourna les sangs. C'était une conséquence de sa situation : les flics la rendaient nerveuse. Elle ne voulait pas avoir affaire à eux; il ne pouvait rien en sortir de bon. Je vais m'esquiver discrètement. Elle enfila Lindon Road et, à ce moment-là, un homme traversa la rue vers elle, un jeune homme élégamment habillé, dans les vingt-cinq ans, qui cherchait de toute évidence à la rejoindre. Quentina, de plus en plus alarmée, se demanda pourquoi il semblait la regarder, quand soudain elle comprit : c'était un autre policier. Elle se dit : Change de direction ! Sauve-toi ! Et son corps, agissant comme de lui-même, se mit à traverser la rue, à l'opposé du policier en civil, pour éviter de le croiser au passage. Mais l'homme obliqua subitement et s'arrêta deux mètres devant elle. Il lui brandit sous le nez un portefeuille avec une carte à l'intérieur, et son léger sourire parait sa question d'une certaine ironie lorsqu'il lui demanda : « Mademoiselle Kwama Lyons ? »

74

De son point de vue, il serait idiot d'accepter un boulot supplémentaire chez les Yount. Zbigniew se débattait déjà au numéro 42. Non que le chantier soit par nature trop difficile pour lui – il avait sous-traité les tâches de spécialistes aux ouvriers de Piotr –, mais le fait que toute la responsabilité repose sur ses épaules rendait le travail plus stressant qu'il ne se l'était figuré. Quand les choses allaient mal, il était seul pour y faire face. Et puis, qu'il soit assis sur 500 000 livres cachées dans une vieille valise n'améliorait en rien son sentiment de stress et d'aliénation. C'était un chantier solitaire et bizarre, et pour couronner le tout il avait failli être victime d'un grave accident. En arrachant le papier peint sur le palier du deuxième étage, il avait constaté, horrifié, que des morceaux de mur venaient carrément avec, des blocs entiers de plâtre, dont l'un d'une dizaine de kilos avait raté sa tête de peu.

Quelle mort affreuse il aurait eue, tué par un bloc de plâtre dans une maison qu'il était censé rénover... On n'aurait pas découvert son corps avant des jours, des rats l'auraient dévoré, ç'aurait été une fin horrible, et puis on serait tombé sur cette somme faramineuse en espèces, et Dieu sait ce qu'on serait allé imaginer... Après ce terrible accident évité de justesse, Zbigniew, un peu calmé, avait réfléchi au temps qu'on aurait mis à trouver son cadavre et avait commencé à se sentir mal. Qui, à vrai dire, l'aurait trouvé? Il travaillait seul. Il vivait seul dans la maison. Il n'avait pas de petite amie. Mme Leatherby habitait dans l'Essex et ne venait à Londres qu'une fois par mois. Zbigniew lui téléphonait toutes les semaines pour l'informer de l'avancement des travaux – cela faisait partie de sa stratégie consistant à se distinguer des maçons anglais –, et elle aurait sans doute remarqué l'absence de ce coup de fil, mais il lui aurait fallu au moins huit jours pour s'alarmer. Piotr aurait appelé son portable et n'aurait pas eu de réponse, puis il aurait encore laissé passer au minimum une journée, puis il aurait réessayé, puis il aurait commencé à s'inquiéter, et puis, en fin de compte, il serait peut-être passé au 42, Pepys Road, un peu à contrecœur mais bien décidé à engueuler son ami d'avoir oublié de charger son téléphone, et alors il aurait regardé par la fente de la boîte aux lettres, et alors, seulement alors, peut-être, il se serait dit : Mais qu'est-ce que c'est que cette odeur… ?

Cette pensée avait mis du temps à s'insinuer dans la tête de Zbigniew, mais une fois qu'elle y avait pris place, il s'était senti tout flageolant. Il s'était accordé une pause et, descendant au rez-de-chaussée, il s'était arrêté dans le virage du palier pour regarder l'endroit d'où avait dégringolé le plâtre. Des particules de poussière continuaient à flotter. Il s'en était fallu d'un cheveu. Il avait eu ce sentiment, qu'il éprouvait parfois, d'envier les fumeurs, parce qu'ils pouvaient fumer une cigarette dans les moments de grande émotion. Au lieu de cela, Zbigniew s'était contenté de s'asseoir au pied de l'escalier une dizaine de minutes avant de remonter d'un pas lourd et de se remettre au travail, prêt à faire un bond en arrière dès qu'il percevrait quelque chose d'anormal.

Ce même jour, il se rendit au numéro 51 pour annoncer à Mme Yount qu'il lui ferait ses travaux de peinture. Il était tenté d'accepter depuis le début, non pour l'argent mais pour pouvoir revoir cette petite Hongroise aussi sexy que distante. C'était la révélation soudaine de son isolement, de la solitude de sa vie londonienne, qui l'avait décidé. La Pologne avait plus de réalité à ses yeux que l'Angleterre, mais pour l'instant il lui fallait vivre dans ce pays, alors, en attendant, autant essayer d'avoir une vie. C'était ça, l'idée.

« Bogdan, je suis vraiment aux anges ! » s'exclama Mme Yount. Il lui dit qu'il attaquerait la semaine suivante – il en avait, selon son estimation, pour environ quatre jours.

Cela le changerait de son boulot au 42, mais il ferait un saut là-bas au début et à la fin de chaque journée, histoire de surveiller les lieux, et aussi d'avoir la conscience tranquille. Il disposerait donc de quatre jours pour taper dans l'œil de la nounou hongroise. Ensuite, il pourrait toujours laisser deux, trois outils là-bas, ce qui lui donnerait l'occasion de repasser, mais il devait surtout miser sur ces quatre journées entières.

Le premier jour fut un désastre. Zbigniew n'avait pas réfléchi que c'était l'été, et que Matya et les enfants passeraient le plus clair de leur temps dehors. Ajoutez à cela le fait que les travaux se déroulaient en haut de la maison – c'était la troisième fois qu'il peignait les mêmes murs –, et vous teniez la recette idéale pour voir filer toute une journée sans réussir à parler à la jeune femme. Il entendait la porte d'entrée qui s'ouvrait et se refermait, mais à un moment, après avoir déjeuné dehors, Matya et les enfants semblèrent être de retour dans la maison. Ah ! songea Zbigniew. Voilà ma chance ! Je vais descendre dans la cuisine chercher un verre d'eau... Or le temps qu'il vérifie l'allure qu'il avait dans la glace de la salle de bains, qu'il essuie les taches de peinture sur son visage, qu'il se recoiffe et qu'il entame sa descente, la porte d'entrée se refermait déjà. C'était injuste. Ces enfants n'avaient-ils pas droit à un peu de repos ?

Certains maçons et certains peintres qu'il connaissait auraient été déprimés de devoir recommencer un travail qu'ils avaient déjà fait, de devoir anéantir eux-mêmes le fruit de leurs efforts, mais Zbigniew ne s'autorisait pas ce genre de sentiments. S'il n'effectuait pas ce travail, un autre s'en chargerait, et si quelqu'un devait être payé pour cette tâche, autant que ce soit lui. Il se remit donc au boulot en guettant l'instant propice. Matya revint à cinq heures et Zbigniew se risqua à descendre pour tenter d'engager la conversation ; il découvrit alors que les garçons avaient ramené des amis, et que Matya préparait le goûter. On aurait cru qu'elle faisait la cuisine pour tout un restaurant : une pomme de terre au four accompagnée de *beans* – un des enfants Yount mangeait des *beans* au moins une fois par jour –, une autre pomme de terre au four avec du fromage, une brique de soupe de poulet au maïs destinée aux amis des enfants, une portion de spaghettis au pesto qu'elle avait pensé partager avec l'autre nounou jusqu'à ce qu'elle apprenne que celle-ci ne pouvait rien avaler qui contienne de la farine, si bien qu'elle avait confectionné une omelette pour son invitée et s'envoyait les pâtes toute seule. Alors qu'elle s'activait, deux des gamins qui faisaient de la peinture avec les doigts s'employaient à en mettre partout. Matya, occupée à une douzaine de choses à la fois, n'avait apparemment aucune envie qu'on la courtise ; elle avait l'air d'une femme qui considérerait la moindre tentative de flirt comme une chose énervante, voire une provocation. Zbigniew lorgna ses fesses avec insistance tandis que, chiffon absorbant dans la main droite et téléphone dans la gauche, elle se penchait sur la table pour éponger de la nourriture renversée. L'effet produit fut tel que Zbigniew oublia de prendre le verre d'eau qu'il était soi-disant venu chercher. À six heures elle s'en alla. Il entendit la porte. À six heures cinq il partit à son tour.

La journée numéro deux fut très comparable. Matya et les garçons étaient sortis, puis ils rentrèrent brièvement, avant de ressortir. Zbigniew sentait qu'il devait agir avec prudence ; s'il renouvelait la même manœuvre en se pointant par hasard au rez-de-chaussée, elle risquait de le percer à jour, et il risquait de paraître aux abois. Résultat de cette stratégie raisonnable, il ne la vit pas et ne lui parla pas de la journée. Il passa ce jour-là à peindre, mais aussi – comme il avait apporté son ordi, où était encore enregistré le code wifi des Yount – à vérifier de temps à autre son portefeuille d'actions. Il s'arrêta à cinq heures et demie, écrivit un mail à son frère à Varsovie, puis il rentra.

La troisième journée débuta de façon prometteuse. Zbigniew arriva à huit heures du matin, alors que les enfants, leur nounou et leur mère étaient encore en train de déjeuner, et il monta tout droit à l'étage pour s'atteler au travail. Il avait de l'avance sur son planning et, pour un autre chantier, il aurait peut-être envisagé une longue journée de quatorze heures pour tout terminer. Mais ce choix aurait bouleversé ses plans par rapport à la nounou, et il préféra opter pour deux journées au rythme moins intensif. Il avait déjà bossé ici et avait l'habitude des bruits de la maison . il savait quand Arabella embrassait les enfants puis remontait se doucher et s'habiller; quand elle sortait en réitérant ses adieux puis resurgissait une minute plus tard pour récupérer ses clés de voiture, avant de ressortir. Il était environ neuf heures. Zbigniew percevait le chahut, les cavalcades et les éclats de rire qui signifiaient que Matya et les enfants étaient encore en bas. Rien ne laissait penser qu'ils étaient sur le point de sortir : les préparatifs prenant vingt bonnes minutes, il aurait le temps de voir venir... Excellent. Enfin. C'était pour aujourd'hui. Il lui accorderait un petit moment, puis il descendrait et mettrait en branle... ce qu'il pouvait y avoir à mettre en branle. Il ne programmerait pas ce qu'il allait dire. Quelque chose de naturel, de spontané, peut-être un commentaire sur ce que les enfants étaient en train de faire. Oui... les enfants. Ah, l'énergie qu'ils peuvent avoir! Quelque chose dans ce goût-là. Un jour, j'espère avoir des enfants, et j'espère que leur nounou sera aussi belle que vous, qu'elle se penchera sur la table de la cuisine et que... Non, ce n'était sûrement pas comme ça qu'il fallait s'y prendre. Des badineries sur les enfants, une plaisanterie, un verre après le boulot. Oui. Et soudain, juste au moment où Zbigniew allait mettre à exécution son plan aussi audacieux que brillant, catastrophe! Un coup de klaxon dehors, la sonnette qui retentit, la porte qui s'ouvre, les voix de deux femmes parlant une langue étrangère criarde – impossible à reconnaître, donc forcément du hongrois –, le vrombissement impatient d'un moteur, sans doute un 4X4, des ordres rapides, des manteaux et des jouets qu'on rassemble à la hâte, et, avec une efficacité sans précédent, en moins de deux minutes, Matya et les enfants avaient filé. Pour aller où, Zbigniew n'en savait rien et s'en moquait. Il avait été ridicule d'accepter ce boulot. Mme Yount allait encore changer d'avis sur la couleur d'ici quelques semaines. Matya passait jour après jour toute la journée dehors : manifestement, elle ne supportait pas de rester dans la maison. Quand il s'en alla, elle n'était toujours pas rentrée.

Le quatrième jour, Zbigniew avait plus ou moins renoncé. Son idée était débile et cette fille ne lui plaisait pas tant que ça, de toute façon. S'il avait accepté ce chantier pour Mme Yount, c'était parce que ce geste lui paraissait la moindre des choses. Il se sentait responsable : après tout, c'était son travail de peinture qu'il refaisait. Il n'y avait aucune autre raison. Matya, à qui il ne voulait pas parler de toute façon, était restée dehors la journée entière, pour changer. Il l'avait entendue quitter la maison avec les enfants vers neuf heures, le cirque habituel avec les vêtements, les chaussures et le petit tour de dernière minute aux toilettes, puis ils étaient partis. Il avait progressé à un bon rythme : en fin de matinée, il était venu à bout des lambris d'appui, après quoi il avait procédé aux ultimes rectifications et, à cinq heures, il avait terminé. La nounou hongroise, qui ne lui plaisait pas tant que ça de toute façon, et les enfants dont elle s'occupait n'étaient pas rentrés. Après avoir rangé le papier et les chiffons dont il s'était servi pour protéger les surfaces, Zbigniew écrivit un mot à Mme Yount annonçant qu'il avait fini, et qu'il passerait dans un jour ou deux voir si tout allait bien (et, accessoirement, prendre son chèque, bien qu'il ne mentionnât pas ce détail). Il transporta ses pinceaux et ses pots de peinture au rez-de-chaussée, et alors qu'il remontait chercher le mot et son mug de café, il entendit la porte s'ouvrir puis des enfants et des nounous qui pénétraient tel un troupeau dans la maison, les nounous donnant des ordres, les enfants émettant des protestations. Zbigniew fit irruption dans cette cohue armé de son mug sale et de son mot pour Mme Yount.

« Ah ! » fit la deuxième nounou, hongroise elle aussi, d'après son accent. Plus petite que Matya, elle avait les cheveux coupés au carré et des yeux joyeux à la lueur coquine. « Un homme ! Peut-être qu'il mangera de la pizza !

— La pizza c'est affreux ! s'écria le cadet des fils Yount, qui, comme les trois autres enfants, était caché sous la table de la salle à manger.

— Ils ont dit qu'ils voulaient de la pizza. Maintenant ils disent qu'ils n'en veulent pas », expliqua Matya à l'adresse de Zbigniew. C'était la première fois qu'elle lui parlait. Tandis qu'il posait son jeu de clés et le mot pour Mme Yount sur la table près du téléphone, là où on laissait les messages et les lettres, il repéra, trônant à côté de la lampe, un trousseau de clés de voiture ainsi que le portable de Matya, un Nokia N60. Il avait le même modèle. Décidément, ils étaient faits l'un pour l'autre. Zbigniew eut une idée.

« On veut des *beans*, réclama une voix sous la table.

— Vous pourrez peut-être nous aider à manger toute cette pizza ? » fit l'amie de Matya.

Il esquissa un geste de refus poli, puis, voyant les deux filles manger, il céda : « Juste une part. » Il se présenta.

« Je croyais que vous vous appeliez Bogdan, dit Matya.

— Bogdan le Maçon. Une petite plaisanterie de Mme Yount. » Elle voyait très bien ce qu'il voulait dire.

« Je m'appelle Matya, mais les enfants m'appellent Matty. » Ses paroles et ses yeux avaient quelque chose de doux – de gai et en même temps d'un peu triste. Son corps devait être doux aussi. Zbigniew en était convaincu. Il bavarda un peu avec les filles, aida par deux, trois blagues à faire sortir les garçons de sous la table, puis prit congé avec ses pinceaux et ses pots de peinture, mais aussi, dans sa poche de veste, le portable de Matya.

75

Il n'y avait pas de pendule dans la cellule de Shahid, et pas de lumière naturelle, et étant donné qu'il ne portait pas de montre quand on l'avait emmené en prison, son sens du temps qui passait se limitait au moment où on éteignait ses lumières puis où on les rallumait ensuite – ce qui, présumait-il, signifiait qu'une journée s'était écoulée. Cela s'était produit cinq fois, autrement dit, cinq journées et cinq nuits s'étaient succédé. Shahid n'avait parlé à personne à part ses interrogateurs. Il supposait que telle était leur fonction, même s'il avait du mal à comprendre à quoi rimait tout cela.

Non qu'ils se soient présentés ainsi. Ils ne s'étaient pas présentés du tout. Il n'y avait que des hommes et ils étaient au nombre de quatre, deux nettement plus âgés que Shahid – cinquante ans bien sonnés –, et deux à peu près de son âge. Un des trentenaires était indo-pakistanais, un inspecteur de police, et il était le seul à porter un uniforme. Les autres portaient tous des costumes. Tous posaient sans cesse les mêmes séries de questions, à n'en plus finir, surtout sur Iqbal, mais aussi sur son propre passé, sur la Tchétchénie et les gens qu'il avait fréquentés là-bas. Parfois ils lui montraient des photos et lui demandaient s'il pouvait reconnaître des gens dessus. Quand il répondait en toute sincérité que non, ils avaient l'air de ne pas le croire.

Iqbal, cependant, était le sujet principal, et la question qui revenait le plus souvent était : « Où est-il ? » Aujourd'hui, sixième matin depuis son arrestation et par conséquent pour lui septième jour en prison, les choses se déroulèrent de la même façon. La journée commença par les lumières qui se rallumaient et par le petit déjeuner qu'on lui faisait passer par un guichet dans la porte : un seul œuf poché, un toast brûlé refroidi, et le thé le plus sucré qu'il ait jamais goûté. Il déféquait, ce qui constituait l'aspect le plus humiliant de toute cette expérience : il jugeait dégradant et immonde que la cuvette des W.-C. soit placée si près du lit. Il y avait un judas dans la partie vitrée et il trouvait déjà assez avilissant que n'importe qui puisse le regarder sur les chiottes. L'odeur était pire. Ce n'étaient pas des toilettes chimiques, mais elles avaient une odeur chimique persistante, et le lavabo en métal exhalait lui aussi comme un parfum industriel. Il avait souffert de dérangements d'estomac, sans doute à cause du stress, et il avait la colique. Les waters, l'évier et ses fréquentes selles semi-liquides composaient un mélange d'odeurs mortifiant, qui lui sautait aux narines lorsqu'il revenait des interrogatoires.

Shahid se lava les mains, se brossa les dents et attendit. Environ un quart d'heure plus tard, un agent de police entra et s'empara du plateau, puis deux autres policiers apparurent, lui mirent les menottes et le conduisirent le long du couloir, obliquant à deux reprises pour rejoindre la salle d'interrogatoire où le policier indo-pakistanais et un de ses collègues se trouvaient déjà. Le policier blanc était un homme qui dégageait une impression de corpulence. Il n'était pas vraiment gros, mais affaissé, comme sous le poids d'un fardeau moral ou psychique ; ses épaules étaient affaissées, ses yeux étaient affaissés, son costume était affaissé et lui-même était affaissé sur sa chaise, comme si les déceptions que lui avait infligées le monde ne cessaient de l'accabler. Shahid comptait de toute évidence parmi ces fameuses déceptions.

« Bien reposé ? » demanda l'agent indo-pakistanais. Shahid, qui n'avait pas encore menti sur quoi que ce soit jusque-là, ne vit aucune raison de répondre autrement que par un haussement d'épaules. Les interrogateurs disposaient d'un attirail varié d'accessoires et d'outils ; parfois ils lisaient des dossiers qui se présentaient sous forme de chemises en papier kraft toutes bêtes, par-dessus lesquelles Shahid n'arrivait pas à voir. Aussi bien, ils regardaient leurs horoscopes… Parfois ils branchaient l'enregistrement, parfois ils prenaient des notes. Parfois ils apportaient des tasses de café, ou bien des bouteilles d'eau (toujours de la Volvic ; il devait y avoir un distributeur quelque part). Un jour, un des agents plus âgés entra avec un Coca Light. Mais ce que Shahid trouvait le plus déconcertant, c'étaient les fois, comme aujourd'hui, où ses interrogateurs étaient les mains dans les poches, sans boissons, sans rien. Ils restaient simplement assis là les mains sur les cuisses et posaient des questions. Le fait qu'ils ne prennent pas acte de ses réponses donnait l'impression qu'ils ne l'écoutaient pas. Ce qu'il disait comptait pour du beurre. On le cuisinait et on l'ignorait en même temps ; Shahid trouvait ça dur à encaisser.

Les deux policiers se contentaient de rester assis là et de le regarder.

« Je veux voir un avocat, dit Shahid.

— Dis-nous comment tu connais Iqbal Rashid, dit l'un des agents.

— Je vous l'ai déjà expliqué trois cents fois. Je veux voir un avocat. J'ai le droit de voir un avocat et je veux en voir un maintenant.

— Iqbal Rashid, dit l'autre policier.

— Je veux voir un avocat.

— Il y a juste quelques détails qu'on voudrait vérifier.

— Je veux voir un avocat.

— C'était en Tchétchénie, c'est ça ?

— Vous savez très bien, je vous l'ai expliqué trois cents fois, que c'était en allant là-bas. » Et Shahid, parce que c'était en fin de compte plus facile que d'avoir encore la même bagarre, leur répétait l'histoire. Ils n'arrêtaient pas de l'interrompre, de vérifier des éléments, de récapituler les faits, et chaque fois qu'il résistait ou montrait combien il en avait marre de revenir toujours sur les mêmes choses, ils s'entêtaient à poser inlassablement la même question jusqu'à ce qu'il cède et qu'il réponde. Shahid savait que le but était qu'il soit le plus démoralisé, le plus humilié, le plus fatigué et le plus malléable possible ; mais le savoir ne l'aidait pas à faire front à ses interrogateurs. Il se savait innocent. Il savait qu'il n'avait pas de mauvaises intentions et que cela aurait dû suffire. Pour ce qui lui semblait la millième fois, il retraça les détails de son voyage en Tchétchénie et des rencontres qu'il avait faites là-bas, tout en ayant le sentiment qu'on ne l'écoutait pas, qu'on n'écouterait jamais rien de ce qu'il pourrait dire.

« ... et non il n'allait pas toujours à la mosquée ou s'il y allait je ne l'y voyais pas. »

Sans avoir l'air de changer de sujet, sans se redresser sur sa chaise ni donner le moindre signe d'une attention accrue, le policier demanda soudain :

« Alors où est-ce que tu allais te procurer le Semtex ? »

Shahid fut tellement éberlué qu'il resta sans voix. Ils attendirent.

« Quel Semtex ?

— Celui que tu comptais utiliser pour déclencher une explosion dans le tunnel sous la Manche. »

76

Chez Bohwinkel, Strauss et Murphy, Mme Kamal était assise sur une chaise à dossier droit, son sac à main sur les genoux, son sari bien serré autour du corps, et dans l'œil l'étincelle du combat. Rohinka, dont les sentiments envers sa belle-mère étaient ce qu'ils étaient, était impressionnée. Ahmed et Usman, tous deux présents également, n'apportaient leur contribution qu'à titre occasionnel. Il ne faisait aucun doute que Mme Kamal avait pris en main les opérations.

« … quant à l'idée que Shahid ait choisi de renoncer à son droit de voir un avocat, il s'agit d'une tentative volontaire, flagrante et délibérée d'insulter notre intelligence. Mon fils ne vient pas de descendre de ses collines. Mon fils n'est pas une espèce de pauvre type qui ne parlerait que l'urdu des régions tribales et qui n'aurait jamais vu de couteaux ni de fourchettes. Ils s'imaginent vraiment qu'on va croire qu'il a abdiqué son droit à une représentation juridique ? Shahid est un jeune homme à qui on a proposé de venir faire des études de physique à l'université de Cambridge. Il est paresseux et il a des défauts mais ce n'est pas un imbécile et je me refuse tout simplement à croire aux affirmations de la police à cet égard. »

Dans la vie, Fiona Strauss n'aimait pas beaucoup écouter les gens, mais elle savait écouter ses clients. Assise derrière son bureau, les doigts joints en arc, elle fronçait les sourcils tout en pinçant les lèvres. Sur le mur à sa gauche, il y avait une photo où on la voyait serrer la main de Nelson Mandela. Derrière elle, la fenêtre donnait sur Montagu Square ; les platanes étaient en pleine floraison et une petite pluie crépitante venait frapper le carreau par bourrasques. Elle avait l'art de ménager des silences : quand les gens arrêtaient de parler, elle attendait toujours un moment avant de prendre la parole. Elle portait un foulard à motifs, et même sa façon de l'attacher semblait vouloir traduire sa sollicitude de principe.

« Shahid est en garde à vue depuis maintenant sept jours, c'est cela? Étant donné qu'il est soupçonné d'activités terroristes, ils peuvent le garder vingt-huit jours sans chef d'accusation. C'est un fait déplorable, mais c'est un fait.

— Mais il n'a rien fait! s'écria Ahmed. C'est ridicule! Shahid n'est pas plus terroriste que... que moi!

— Je vous crois. Mais cela ne change rien à la situation légale. »

Tout le monde dans la pièce sentait bien que Fiona Strauss rongeait son frein. C'était une célèbre avocate spécialiste des droits de l'homme, et le premier nom à venir à l'esprit dans les affaires de ce genre. Elle était tellement célèbre et son physique tellement familier que Rohinka, quand elle était entrée dans son grand bureau, avait cru un instant qu'elle la connaissait déjà. C'était un peu comme de croiser Mel Gibson dans la rue et de lui faire coucou en le prenant pour un vieil ami... Ils s'étaient figuré n'avoir rien d'autre à faire que lui expliquer ce qui était arrivé à Shahid, et que la flamme bleue de l'indignation s'allumerait en elle. Alors, d'un coup, il y aurait de l'action, des conférences de presse, une interview sur le perron du commissariat, et la libération immédiate de Shahid. Le dommage subi était à leurs yeux tellement patent qu'il était sidérant qu'il ne le soit pas aux yeux de tous. Or, apparemment, les choses ne marchaient pas comme ça. L'avocate leur résistait; elle avait besoin d'être séduite. C'était dur à avaler, mais elle avait besoin qu'on pique sa curiosité. Elle avait le choix entre mille injustices en ce monde, et elle n'aimait pas se précipiter. La famille Kamal s'était imaginé rencontrer une croisée de la vengeance qui s'empresserait de ramasser l'épée flamboyante de la vérité pour la brandir au nom de leur cause, et au lieu de cela ils découvraient qu'ils devaient vendre leur salade.

Ahmed commença à raconter que son frère était un brave garçon qui n'avait aucun lien avec aucune forme de terrorisme, il raconta que leur famille était bien consciente des avantages d'une société de liberté comme la Grande-Bretagne – Usman s'agita sur son siège à ce moment-là – et qu'ils étaient de bons citoyens, une famille de musulmans pratiquants respectueux des croyances d'autrui et des divers chemins existants. Les autres se rendaient compte qu'il radotait, dans ses efforts pour captiver l'attention de Fiona Strauss. Lorsqu'il cala, Usman prit le relais. Penché en avant, les épaules voûtées, il donnait l'impression que, pour un peu, il aurait porté un sweat-shirt à capuche... Décision mystérieuse, il adopta dans sa plaidoirie un accent plus rude et une voix plus grave.

« Le fait est qu'on sait qu'on a des droits. On est censés avoir des droits. Alors où ils sont? Qui va nous aider à les... *exercer* ? » Il accompagna ce dernier mot d'un grand geste du bras.

La colère le gagnait de plus en plus et, au fur et à mesure, Usman se montrait de moins en moins cohérent. Certes, il était en proie au sentiment furieux de l'injustice infligée à son frère, mais il postillonnait, il tournait en rond, et son accent n'arrêtait pas d'osciller entre sa voix normale d'homme éduqué et des intonations populaires, comme s'il profitait de l'occasion pour essayer un nouveau personnage. Ahmed ne l'avait jamais vu aussi agité; on aurait dit qu'il avait légèrement perdu l'esprit.

Histoire de montrer qu'elle n'était pas insensible à leurs efforts, mais qu'ils ne l'avaient pas encore convaincue, Fiona Strauss déclara :

« Malheureusement, je vous le répète, la situation légale est sans équivoque. »

Le silence de Mme Kamal contamina l'assemblée. Sa capacité à projeter son humeur sur les autres, très souvent extrêmement pesante dans la vie de famille, devenait ici un atout. Elle dit enfin :

« Eh bien, tout cela est parfait, n'est-ce pas? Nous sommes dans le pays qui se considère comme le berceau de la liberté. Et qu'est-ce qui se passe? Nous sommes tous réveillés à l'aube avec une arme contre la tempe, d'une manière qui ferait honte à un État policier. Mon fils cadet est traîné en prison. Il est complètement innocent de tout crime, il n'a jamais été arrêté ou inculpé de quoi que ce soit dans sa vie, pas une fois, jamais, mais cela ne semble préoccuper personne, et il est retenu sans qu'aucune information puisse filtrer, sans aucun contact avec le monde extérieur, sa signature est falsifiée pour faire croire qu'il renonce à ses droits, et voilà. Shahid ne renoncerait jamais à ses droits, c'est l'exact opposé du genre de garçon qu'il est. Mais tant pis. Tout le monde s'en moque, personne ne veut rien faire, il est fichu, un point c'est tout. Pourquoi ne pas l'expédier directement à Guantanamo et s'en laver les mains ? C'est ce que vous avez l'air de dire, madame Strauss, est-ce que je me trompe ?

— Madame Kamal, les données légales de l'affaire sont ce qu'elles sont. Par rapport aux réalités judiciaires du dossier, mon avis n'a pas d'importance. Il n'a aucun poids. Une petite précision, cependant : il faut que vous sachiez qu'il n'y a pas le moindre risque que Shahid soit extradé à Guantanamo Bay. »

Ce discours révéla une chose à Mme Kamal. Toujours prompte à déceler les points faibles, elle comprit que l'avocate attendait simplement qu'on flatte sa vanité. Non parce qu'elle avait besoin d'être assurée de son importance, mais parce que ses clients, de leur côté, devaient à tout prix reconnaître ladite importance. Tous les gens qui pénétraient dans ce bureau étaient persuadés d'avoir été victimes d'une injustice sans précédent, et ils pensaient toujours que leur histoire serait suffisamment convaincante en elle-même, que le récit ferait tout. Ils raisonnaient comme si l'histoire était la chose la plus importante. Mais pour Fiona Strauss, la chose importante c'était sa propre personne, et elle avait besoin que cette importance soit admise avant de s'intéresser à une affaire. L'histoire pouvait ensuite passer au premier plan. Mme Kamal perçut cette vanité, et elle eut la réaction *ad hoc*.

« Mais nous avons besoin de vous, madame Strauss. Nous sommes perdus sans vous. Nous avons des droits que nous ne pouvons pas faire valoir. La porte est fermée pour nous. Nous sommes exclus de la justice. Sans votre aide, nous ne savons même pas comment nous y prendre. La situation juridique est peut-être aussi claire que vous le dites – je suis sûre qu'elle est aussi claire que vous le dites –, mais la situation morale est claire également. Nous savons que le combat contre de tels abus est toute votre vie. Nous le savons. Et tout ce que nous pouvons faire à présent, c'est vous demander votre aide pour nous et pour Shahid. Il est dans un lieu de ténèbres. Vous devez nous aider à lui apporter de la lumière, madame Strauss, parce qu'il n'y a personne d'autre vers qui nous pouvons nous tourner. »

L'avocate brisa l'arc de cercle formé par ses doigts et, un court instant, en silence, tambourina sur la table devant elle. Puis elle soupira, un soupir sincère, et lâcha : « Très bien. Je ferai ce que je pourrai.

— Vous n'avez pas idée de ce que cela signifie pour nous », dit Mme Kamal en lui saisissant les mains. Sur quoi toute la famille se répandit en remerciements soulagés, en exclamations de gratitude et autres témoignages d'approbation.

Ils discutèrent encore vingt minutes de ce qu'il convenait de faire. L'avocate promit d'adresser des protestations officielles à la police, et d'explorer la possibilité d'une conférence de presse. Exactement ce que la famille voulait depuis le début. Les Kamal partirent contents, hormis Usman, qui paraissait toujours furieux.

Dans la voiture en rentrant du rendez-vous – ils avaient longuement débattu du mode de transport, jugé fâcheux d'avoir à s'acquitter du péage urbain, mais décrété impensable de faire prendre le métro à Mme Kamal –, Rohinka commenta : « Ma foi. Cette avocate est un sacré numéro. »

Mme Kamal déclara : « Elle m'a plu. »

77

Les médecins et les avocats. Les avocats, les médecins et les hommes de la compagnie d'assurance. C'était ça, maintenant, la vie de Patrick et Freddy – et comme Mickey venait toujours aux rendez-vous avec eux, c'était sa vie aussi. En ce qui concerne les médecins – les médecins au pluriel, car ils virent différents spécialistes –, ils se rendirent à diverses consultations dans et autour de Harley Street. Pour ce qui est des avocats, ils visitèrent trois cabinets différents. Les avocats du club se trouvaient dans une grande tour de la City, avec vue sur d'autres grandes tours de la City. Les installations étaient modernes, faites d'acier, de verre et de plastique coloré très sophistiqué. Les avocats de la compagnie d'assurance se trouvaient dans des bureaux à Mayfair, un immeuble Regency avec, là encore, des installations modernes, sauf dans la grande salle de conférences où les deux parties se rencontrèrent; Freddy, Patrick et Mickey et un ou deux de leurs avocats s'installèrent à un bout d'une table ovale en chêne, tellement astiquée que l'éclat des spots halogènes s'y reflétant la rendait difficile à regarder. Quant à Freddy, ses avocats étaient à Reading : c'était un cabinet pour lequel Mickey avait travaillé brièvement et à qui il faisait encore confiance. Le trajet de Londres aux bureaux des avocats leur offrit une bouffée d'air, même si les seuls paysages qu'ils traversèrent se réduisaient à des champs de part et d'autre de la M4.

Le processus s'apparentait à une forme de torture. Cela n'avait pas commencé comme ça. En fait cela avait commencé avec un puissant sentiment d'optimisme face à l'adversité. Après le premier rendez-vous avec la compagnie d'assurance, Mickey s'était tourné vers Patrick et Freddy et avait déclaré : « Bon, ça s'est bien passé. » Il aurait dû se méfier, se disait-il à présent, il aurait vraiment dû se méfier. Il aurait dû savoir que n'importe quel dossier qui requérait tant d'avocats et de médecins était comme une carcasse autour de laquelle les professionnels s'agglutinaient pour se goinfrer tels des vautours. Mais il s'était autorisé à croire à l'atmosphère de confiance, au sentiment que toutes les personnes présentes étaient des êtres de bonne volonté qui avaient pour unique souci de résoudre le malheureux problème à la satisfaction mutuelle de toutes les parties. Ce qui était arrivé à Freddy était tragique, mais il existait un système pour y remédier, et seuls demeuraient les détails à déterminer.

Or qu'était-il arrivé à Freddy ? C'était le premier problème. Les médecins n'étaient pas d'accord. Le médecin numéro un, un chirurgien orthopédique, était un homme très cérémonieux d'environ cinquante-cinq ans avec d'énormes lunettes à monture foncée qui paraissait en permanence juger son interlocuteur. Il avait le langage corporel le plus bizarre que Mickey ait jamais vu, parce qu'il en avait à peine : qu'il parle ou qu'il écoute, il se tenait complètement immobile. Il s'était chargé de la chirurgie réparatrice initiale et était par conséquent la seule personne à avoir regardé non seulement le genou de Freddy, mais aussi l'intérieur de l'articulation. Il était, leur avait-on dit, le premier spécialiste de ce type d'opérations à Londres, en Angleterre, et dans toute l'Europe ; il y en avait, peut-être, qui le valaient ou qui le surpassaient en Amérique, mais ce n'était pas sûr. Il était M. Antérieurs Croisés. D'après lui, Freddy ne jouerait plus jamais au football ; il ne courrait plus jamais et ne frapperait plus jamais une balle intentionnellement. Au mieux, s'il avait de la chance, il pouvait espérer parvenir à marcher sans boiter de manière perceptible.

Le deuxième médecin, qu'ils allèrent voir sous la pression de la compagnie d'assurance, était bien plus sympathique. Beau, sûr de lui, pas plus de la quarantaine, c'était un homme plus jeune et plus décontracté. Ils le virent par une chaude journée où il avait retiré sa veste et sa cravate.

Quand ils entrèrent dans son bureau, il écoutait un CD de Bob Dylan qu'il éteignit avec une télécommande. Il prit soin de mettre Freddy à l'aise, de lui dire en souriant à quel point il était désolé de ses ennuis. Lorsqu'il toucha et manipula le genou très, très délicatement, il le fit avec une extrême douceur. Il leur dit qu'il avait examiné avec attention les radios et les commentaires chirurgicaux de son distingué collègue – pour qui il avait la plus haute estime –, et que, selon lui, Freddy avait cinquante pour cent de chances de pouvoir rejouer au foot en professionnel. À ce moment-là, il désigna une photo sur le mur derrière lui d'un joueur de cricket professionnel, un lanceur en pleine action, en train de faire un bond de cinquante centimètres dans les airs, sur le point d'atterrir de tout son poids – un poids certain aux yeux de Freddy – sur sa jambe gauche tendue devant lui. Le médecin expliqua qu'il avait utilisé une nouvelle technique pour opérer les ligaments antérieurs croisés gauches du joueur de cricket, initialement dans le même état que ceux de Freddy après sa jambe cassée, et cette photo, prise il y avait plus de un an, témoignait du résultat. Le joueur de cricket jouait toujours au cricket, et il lançait plus vite que jamais. Il ne dit pas que l'autre médecin avait tort, mais fit bien comprendre qu'il était convaincu d'avoir raison.

Ils durent donc consulter un troisième médecin, recommandé par les deux autres – une troisième opinion que tous deux considéraient comme une deuxième opinion acceptable. Lors du voyage en train jusqu'à Manchester, Freddy joua à *Championship Manager* sur sa PSP, Mickey rendit dingues tous les passagers alentour en passant des coups de fil sur son iPhone jusqu'à ce que la batterie soit à plat, et Patrick regarda par la vitre ce pays dont il savait si peu de choses. La campagne semblait si vide, les paysages citadins et urbains si vieux, si peuplés, si chargés d'histoire et habités depuis si longtemps, si insaisissables…

Le troisième médecin, aimable et concis, fit bien comprendre qu'il s'estimait le plus à même de donner un avis compétent et, le moment venu, de procéder à l'opération. Les cheveux clairs, il avait un teint de blond, et semblait s'être tout récemment fait un gommage ; il irradiait la propreté. Il écouta nerveusement, posa des questions nerveusement, et examina le genou de

Freddy d'un air tout aussi nerveux, comme s'il pensait que Freddy simulait peut-être. Puis, après toute cette nervosité, il refusa de leur donner un verdict sur-le-champ, pas même un verdict provisoire, pas même à demi-mot. Il y réfléchirait et leur écrirait d'ici un jour ou deux.

La lettre, quand elle arriva, abondait dans le sens du premier chirurgien. Freddy, d'après lui, ne jouerait plus jamais au football. Il était tout à fait désolé.

Tout ça n'était que la partie positive, pratique, évolutive de l'expérience. À partir de là, les choses se gâtèrent : la compagnie d'assurance et les avocats prirent le relais. Mickey n'arrivait pas à y croire. Il savait pertinemment que si on laissait les robinets du bain ouverts, et que l'eau traversait le plafond de l'appartement en dessous et le bousillait, les assureurs ergotaient, coupaient les cheveux en quatre et cherchaient des clauses d'exclusion et d'exemption en essayant par tous les moyens d'éviter de payer. Tout le monde le savait, c'était une réalité de la vie. Ou alors ils vous baisaient tellement en augmentant les primes qu'il aurait mieux valu ne pas réclamer d'indemnités au départ. Bonus-malus, assurance automobile sans égard à la responsabilité : tout ça c'étaient d'immenses escroqueries contre le public. Tout le monde le savait. Néanmoins, en voyant qu'il s'agissait de toute la vie d'un jeune homme – pas seulement de son gagne-pain (quoique, aussi) mais de son existence tout entière, de la chose qui était au centre de son existence de jeune homme de dix-sept ans –, Mickey trouvait qu'ils auraient pu faire preuve d'un peu plus de décence élémentaire. Qu'ils auraient pu avoir l'humanité de traiter cette affaire comme un cas particulier et cracher un peu de sous. Les assurances étaient faites pour les mauvais jours, et le genou de Freddy était justement un mauvais jour. Il ne pouvait pas être plus mauvais, merde !

Eh bien, c'était peut-être ce que vous vous imaginiez mais, dans ce cas, vous vous fourriez le doigt dans l'œil. Les assureurs n'avaient absolument pas l'intention de payer. Chaque lettre attendait sa réponse le plus longtemps possible, chaque appel téléphonique se voyait repassé entre les divers responsables qui « s'occupaient » du dossier, et chaque occasion était bonne pour se montrer irrité, évasif ou pour se dérober. Ils cherchaient à explorer la possibilité de poursuivre en justice le joueur qui avait taclé Freddy; il y eut toute une série de rendez-vous entre eux, leurs avocats et les avocats de Freddy et du club. Ils cherchèrent ensuite à prouver que Freddy lui-même avait été imprudent, que son propre comportement – autrement dit, avoir voulu attraper le ballon et shooter après avoir tourné et pivoté – l'avait mis en faute. Puis ils essayèrent d'établir que la première opération après l'accident, effectuée par M. Antérieurs Croisés en personne, avait été bâclée et n'avait fait qu'aggraver les choses, et que par conséquent c'était le chirurgien – ou plutôt son assureur – qui, juridiquement, devait payer pour les dégâts qu'avait subis le genou de Freddy. Ils firent tout ce qu'ils purent imaginer pour différer, contrarier, retarder et bloquer toute résolution éventuelle du dossier. Le fait qu'il ne s'agissait pas simplement d'un dossier, mais de Freddy, de son existence tout entière, ne semblait pas les tracasser le moins du monde.

78

Assis dans son bureau chez Pinker Lloyd, Roger ne pensait pas à grand-chose, ce qui ces temps-ci signifiait qu'il fantasmait vaguement sur ce que ce serait de partir vivre ailleurs avec Matya, pourquoi pas en Hongrie, dans sa ville natale. Lui, l'Anglais exotique et sexy qui avait tout laissé tomber pour vivre avec cette Hongroise tellement sexy, manger du goulash et faire l'amour la matinée entière… Ou peut-être dans un pays chaud, oui, ce serait mieux, quelque part avec des palmiers et un hamac, il tiendrait un petit restaurant dans une cabane où il ne servirait que du poisson grillé, tout le monde disait bien que ses barbecues étaient les meilleurs, oui, parfait, il servirait son délicieux poisson grillé, ils habiteraient dans un bungalow près de la plage, les volets ouverts, Matya ne porterait pas grand-chose d'autre qu'un T-shirt et un bikini et peut-être une jupe en raphia, ce qui était un cliché mais merde c'était son fantasme, ils feraient l'amour la matinée entière, et ensuite une sieste dans le hamac après le coup de feu du déjeuner… et soudain son adjoint Mark apparut dans l'encadrement de la porte. Ce n'était pas un mince exploit : Roger jouissait d'une vue panoramique sur la salle des marchés en open-space, mais Mark semblait s'enorgueillir d'être capable de cueillir son patron par surprise. Roger reporta son attention sur la journée en cours et le lieu où il se trouvait : un ensemble de chiffres qu'il fallait préparer, un mercredi matin dans la City de Londres où, bien évidemment, il pleuvait et où tout ce qui s'offrait à la vue, bâtiment ou être vivant, présentait une nuance de gris différente.

Mark tapota sur le chambranle avec la jointure du doigt,

un geste qu'il transformait en réflexe impatient, et demanda : « Je vous dérange ? »

Il posait toujours la même question au début de n'importe quelle conversation de boulot, et sa nature rituelle fut confirmée par le fait qu'il n'attendit pas la réponse et entra tout droit dans le bureau de Roger.

« Les chiffres, fit Roger qui ne voulait pas avoir l'air de soupirer mais constata qu'il l'avait fait quand même.

— Les chiffres », acquiesça Mark en rejoignant Roger de son côté du poste de travail – ils faisaient toujours comme ça – pour déployer des papiers.

Il se mit à parler et à passer en revue les chiffres, qui n'étaient ni bons ni mauvais, signalant des détails avec son feutre rouge. Roger laissait Mark commenter les données. Son attention fluctuait et il assurait sa partie de l'analyse en émettant des grognements, en hochant la tête et, une fois de temps en temps, en indiquant des chiffres. Il adoptait de plus en plus cette attitude au boulot. Ce n'était pas un besoin désespéré d'être ailleurs, ni d'être quelqu'un d'autre, mais davantage une douce rêverie, une absence discrète; il était en partie absent, plus ou moins constamment. Après que Mark eut parlé, décortiqué des chiffres et formulé des remarques pendant une vingtaine de minutes, Roger consulta sa montre et dit : « C'est l'heure d'entrer en scène. »

Les deux hommes rassemblèrent leurs documents et partirent pour la salle de conférences. Roger savait que, s'il y avait des points difficiles à la réunion, il pouvait renvoyer les questions à son adjoint.

Quant à cet adjoint, et à ce qu'il pensait, eh bien...

79

Mark, qui regardait par-dessus l'épaule de Roger pendant que c'était lui, comme d'habitude, qui faisait tout le boulot – Mark, dont la grande préoccupation, depuis l'enfance, avait toujours été que le monde le reconnaisse enfin comme le héros de sa propre histoire –, Mark se disait qu'il avait été un vilain garçon. Il arrivait d'ailleurs que cette formule résonne dans sa tête, comme un refrain de comptine ou de chanson pop, un air lancinant dont on n'arrivait pas à se débarrasser. J'ai été un vilain garçon, j'ai été un vilain garçon…

La frayeur avec Jez, quand il s'était presque fait pincer sur son ordi, avait été réelle. Mark ne pouvait toujours pas y repenser sans en avoir froid dans le dos. Jez aurait pu aller voir son boss ; il aurait pu faire des tas de trucs. Et physiquement, à un niveau purement animal, Jez lui faisait peur. Mais un homme fort et déterminé ne s'arrêtait pas à des revers aussi dérisoires, et Mark s'était contenté de faire profil bas pendant un mois ou deux sans plus farfouiller dans les bureaux et les terminaux des autres – même si, en homme fort qui avait échafaudé un plan, il le poursuivait comme prévu et continuait à arriver avant tout le monde. Ainsi, il n'y aurait pas de changement dans son comportement quand il reprendrait son projet. C'était comme ça qu'il fallait réfléchir si on voulait avancer.

Au bout de six semaines, Mark s'était remis à travailler à son plan, et il avait tout de suite eu une ouverture. Un de ses vieux potes de l'époque du back-office bossait maintenant au service Conformité, le département de la banque qui s'assurait que le personnel respectait bien les lois, codes déontologiques et autres modèles de gestion des risques. En passant le voir un jour, Mark l'avait trouvé absent de la salle : il avait laissé sur son bureau un bloc de Post-it couvert de chiffres. Mark devina qu'il s'agissait d'un mot de passe extrêmement sécurisé. Prenant un gros risque, il rejoignit le terminal pour vérifier l'identifiant et découvrit que, si son collègue avait un mot de passe qui changeait toutes les semaines, il avait aussi – puisque ces chiffres étaient impossibles à mémoriser – un dossier qui les comprenait tous et dont, constata-t-il, il possédait désormais la clé. C'était vraiment aussi facile que cela si vous saviez ce que vous faisiez. Mark avait d'ores et déjà dégoté un vieux compte qui avait jadis été utilisé pour les balances commerciales à la fin de la journée et qui était censé n'avoir qu'une utilisation à court terme, d'une durée de vingt-quatre heures. Justement parce qu'il n'avait pas été utilisé depuis si longtemps, Mark put l'effacer des systèmes du service Conformité sans qu'apparaissent des incohérences. À présent, il pouvait ouvrir les comptes de collègues à leur insu, faire des opérations, reverser les bénéfices (et les pertes, au cas où, même si c'était peu probable) sur le compte qui n'était plus dormant. Le système était censé signaler toute anomalie statistique – mais il pouvait utiliser son accès au service Conformité pour suivre ces alertes et les désamorcer avant que quiconque ne le remarque. La machine était lancée.

Le plan était simple. Faire des opérations, pas pour son propre compte, ça allait de soi – il n'était pas un voleur, Dieu merci ! –, mais pour celui de la banque, jusqu'à ce qu'il ait gagné, disons, 50 millions de livres. Une somme conséquente. Un montant qui ne ferait pas courir de risques à la banque, mais qui constituerait la preuve irréfutable de ses talents. Et là, passer aux aveux. Admettre ce qu'il avait fait et les laisser tirer la conclusion évidente : qu'il savait prendre des risques, qu'il avait un talent indubitable pour dégager des profits spectaculaires, et qu'il y avait cinquante millions de raisons de lui donner ce qu'il voulait – soit, pour l'instant en tout cas, le poste de Roger.

Pas plus tard que cette semaine, Mark avait fait ses premières opérations. La City traversait une période d'anxiété, avec des rumeurs douteuses de toutes sortes provenant du marché des produits dérivés US, mais Mark avait toujours cru que c'était pendant les tempêtes qu'on savait vraiment si on était bon marin. Il avait acheté des produits dérivés en prenant une position – optimiste – à long terme sur le peso argentin, comparé au yen. En moins de soixante-douze heures, la devise avait fluctué de six pour cent dans le bon sens. Grâce à l'effet amplificateur des produits dérivés et à l'effet de levier, Mark avait presque doublé sa mise, autrement dit, il avait presque doublé l'argent de la banque. Il avait clôturé la position et caché les bénéfices dans le compte qui n'était plus dormant. Puis il avait enchaîné en faisant un gros pari sur le dollar, ce pauvre dollar tellement peu en vogue, contre un panier d'autres devises, et cela avait si bien marché qu'il était toujours en position ouverte et n'allait pas tarder à doubler une fois encore sa mise. Ce n'était pas seulement la preuve qu'il avait un talent pour ce genre de choses, ce n'en était pas une simple indication : c'était le talent à l'état brut. Voilà à quoi ressemblait le génie.

Il avait été difficile d'arriver à ce stade où il pouvait agir à sa guise. Cela ne le dérangeait pas : la difficulté faisait partie du truc. La plupart des gens n'étaient pas censés être capables d'imaginer des choses pareilles ni de les faire. Son visage, son masque, sa chemise Thomas Pink, son costume Gieves & Hawkes et ses chaussures Prada n'avaient peut-être rien d'exceptionnel (même si, pour une personne attentive, cet uniforme de la City pouvait paraître plus soigneusement composé, plus réfléchi que la moyenne), mais celui qui les portait était le genre de talent qu'on ne rencontre qu'une fois dans une génération. À partir de là, force était de constater que Roger représentait une grave déception. Mark méritait un personnage plus brillant à qui damer le pion, à surpasser et à devancer. Il avait jadis considéré Roger comme un adversaire valable, comme quelqu'un qui était digne des efforts qu'il déployait pour le vaincre. Or il devenait évident que son boss n'était pas cette personne-là. Comme ennemi de Mark, il n'était tout bonnement pas à la hauteur ; il ne serait même pas une note en bas de page dans sa biographie.

« Apportez la paperasse, voulez-vous ? » dit Roger, comme pour confirmer ce dernier point, alors qu'il se dirigeait vers la porte de son bureau de son pas aérien et athlétique. Pour un homme aussi grand, il avait une démarche indécise et molle : on aurait dit que sa volonté d'atteindre sa destination risquait de lui faire défaut à tout moment. Il avait un dossier sous le bras, ce qui, pour lui, constituait une raison suffisante pour laisser son subalterne porter tout le reste. Il était d'une telle négligence, Mark s'en irritait de plus en plus – sa désinvolture lui tapait carrément sur les nerfs. Que faudrait-il pour que Roger remarque ce qui se passait autour de lui ? Une bombe sous sa chaise ? Et encore, il aurait été fichu de ne pas la remarquer... En tout cas, il serait bien obligé de remarquer le moment où son adjoint annoncerait brusquement à ses chefs – aux chefs de Roger – qu'il venait de gagner 50 millions de livres pendant que son patron regardait par la fenêtre en se demandant comment payer le Botox de sa femme, ou quelles que soient ses pensées. Peut-être que, sous le crâne de Roger, c'était comme sous celui d'Homer, dans un des épisodes des *Simpsons* où on nous montre ses rêveries : des boules d'amarante qui roulaient, un singe mécanique qui faisait des pirouettes, un hamburger... Ouais, c'était sans doute ça, d'être Roger. Comme d'être Homer Simpson, mais en plus grand et en plus riche et avec un boulot à la banque. Pour l'instant, du moins.

Roger, avec son mince dossier, et Mark, avec sa cargaison de paperasse, arrivèrent dans la salle de conférences. Lothar était déjà installé en bout de table, le visage rouge et l'air en forme, son propre dossier posé devant lui, à côté d'un grand gobelet en plastique rempli d'un liquide vert vif, sans doute une de ses boissons diététiques à l'odeur fétide. Lothar dit ce qu'il disait toujours au début des réunions, un des rares mots qui soulignaient vraiment son accent allemand :

« Pienfenue. »

À mi-chemin entre une déclaration et une question.

80

Shahid avait pris l'habitude de s'asseoir par terre dans l'angle de sa cellule. Il ne savait trop pourquoi, et la chose n'avait rien de calculé : on ne pouvait guère dire qu'il jouissait là d'une vue plus intéressante sur son lit et ses toilettes. Mais depuis qu'il avait compris que la police croyait qu'Iqbal et lui faisaient partie d'un complot visant à utiliser du Semtex tchèque volé pour faire sauter un train dans le tunnel sous la Manche, il avait perdu sa conviction précédente que la situation, d'une façon ou d'une autre, allait finir par s'arranger toute seule. Jusqu'à maintenant, même si ce qui lui arrivait était ridicule, il n'avait jamais perdu sa foi élémentaire en l'existence d'une justice plus vaste qui jouait en sa faveur. Aujourd'hui, néanmoins, cette certitude faiblissait. Il était clair que la police ne le croyait pas. Elle pensait qu'Iqbal était un méchant, ce qui à la connaissance de Shahid était fort possible – « Vous en savez beaucoup plus sur lui que moi », répétait-il à satiété à ses quatre interrogateurs –, mais aussi qu'Iqbal et lui étaient très liés. À leurs yeux, il n'y avait pas Iqbal, le semi-dingue belge resurgi au bout de plus de dix ans pour taper l'incruste, il y avait Iqbal-et-Shahid, conspirateurs associés, bonnet blanc et blanc bonnet, les deux faces du même *naan*... En fait, sa connexion Internet était sous surveillance et Iqbal était allé sur des sites djihadistes, correspondant par mails cryptés, et consultant et téléchargeant toutes sortes de manuels terroristes. Il n'y avait aucune trace de telles opérations sur le PC de Shahid. Iqbal avait dû utiliser son propre ordinateur portable. Mais rien de tout cela n'avait le plus petit lien avec

Shahid. Cela n'avait rien à voir avec lui ! Rien ! À voir ! Avec lui ! RIEN À VOIR AVEC LUI !

« D'accord, il s'est servi de mon wifi, concéda Shahid. Vous savez à quel moment il est venu habiter chez moi. Regardez les dates. Vous pouvez comparer. Vous ne trouverez nulle part la mention du moindre site djihadiste avant l'arrivée d'Iqbal. Ce n'est pas très dur à comprendre, si ? Deux et deux font quatre, il me semble.

— Raconte-nous encore la dernière fois que tu as vu Iqbal », répliqua le balèze à l'allure avachie, qui était le pire de tous parce qu'il semblait ne jamais entendre ce que disait Shahid. Et c'était reparti, une fois de plus, encore et encore, le récit des mêmes vérités, les mêmes interruptions. Il y avait une certaine consolation à voir que les policiers commençaient à ne plus en pouvoir, mais malgré tout ils étaient loin de se sentir aussi excédés et exténués que Shahid. Après mille rabâchages, Shahid était de retour dans sa cellule, assis par terre, cette manie qu'il avait contractée quand il avait cessé de croire que les choses allaient s'arranger. Le contact avec le sol et le mur, le fait que pour s'asseoir comme ça il devait se recroqueviller sur lui-même, était réconfortant. Tout le reste était peut-être sans rime ni raison, au moins la pesanteur restait la pesanteur.

On frappa à la porte de la cellule. La chose en soi était inhabituelle. Quand ils venaient le chercher pour l'interroger, ils se contentaient d'ouvrir sans prévenir ; quand ils apportaient leur horrible nourriture fadasse, ils se contentaient de faire glisser un plateau par le guichet. Personne ne frappait jamais. Shahid demeura assis un moment, puis lança, d'un ton qu'il espérait ironique :

« Entrez. »

La porte s'ouvrit et un policier entra, suivi d'une femme entre deux âges en tailleur-pantalon, chargée d'un mince porte-documents en cuir marron. Le policier la salua de la tête puis ressortit. La femme souriait d'une façon qui n'indiquait aucune émotion particulière, sinon le désir de faire comprendre qu'elle était bien intentionnée. Désignant le sol à côté de Shahid, elle demanda :

« Je peux ? »

Il acquiesça. Elle s'assit, à la turque, dans la même position que lui.

« Fiona Strauss. Votre famille m'a embauchée pour être votre avocat. »

Shahid sentit ses yeux s'emplir de larmes. L'espace d'un instant, il fut incapable de parler.

« Je suis étonné que nous puissions nous offrir vos services », finit-il par dire. Sans le savoir, Shahid avait eu la remarque qu'il fallait, car celle-ci soulignait subtilement l'importance de l'avocate. En même temps, Fiona Strauss, qui était sincère dans son combat contre les états de fait qu'elle estimait injustes, sentit que ce jeune homme assis sur le sol de sa cellule avait besoin d'elle. Elle était une personne compliquée qui posait un regard simple sur les choses. Shahid était victime d'une injustice, et il avait besoin d'elle.

« Je travaille à titre gracieux », répondit Fiona Strauss, avec un léger sourire. Sortant un cahier à spirale de sa serviette, elle l'ouvrit et le plaça devant Shahid. Sur la page était écrit :

« Considérez que nous sommes écoutés. »

« Bien, dit Shahid.

— J'ai appris que vous aviez signé une renonciation à vos droits.

— Pardonnez ma grossièreté, mais c'est des conneries.

— Ils ont le document, je l'ai vu.

— Alors, dans ce cas, c'est un faux. Ils ont imité ma signature.

— D'accord. Je vous crois. Mais pour l'instant nous devons considérer que cela n'a pas d'importance. Avez-vous été maltraité ? Êtes-vous nourri convenablement, vous permet-on de dormir, est-ce qu'on vous brutalise physiquement, vos croyances religieuses sont-elles respectées, est-ce qu'on vous menace, physiquement ou autrement ? »

Tout en parlant, elle avait ouvert le cahier sur une autre page où on lisait :

« Ne me dites rien qu'il pourraient utiliser. »

Cela faisait beaucoup de choses à assimiler pour Shahid. Ce qu'il éprouvait surtout, c'était la sensation soudaine d'un lien retrouvé avec sa famille au-dehors : ce rondouillard d'Ahmed, cet enquiquineur d'Usman, la sensuelle Rohinka, et puis Mme Kamal, qui rendait tout le monde dingue mais – Shahid l'avait toujours senti, même quand il n'avait pas de nouvelles et ignorait complètement ce qui se passait – qui remuait ciel et terre pour le tirer de là. Ses yeux s'embuèrent à nouveau. L'avocate, le voyant désemparé, lui mit une main sur l'épaule.

« Ne vous inquiétez pas, nous ne sommes pas obligés de tout faire d'un coup. Je reviendrai. »

La voix étranglée, Shahid dit : « Ils m'ont apporté un sandwich au bacon. Le premier matin. Et puis ils ont réalisé. » Cette fois il se laissa aller et se mit à pleurer, à chaudes larmes et du fond de son être, un abandon qui confinait à la douleur physique, et qui était accompagné, alors même qu'il pleurait, de la sensation qu'à l'intérieur de lui des choses étaient en train de se briser, comme un iceberg qui se fissure ou une immense plaque de verre qui vole en éclats. Tout ça m'a atteint, se dit Shahid, pleurant toujours, ça m'a bien plus atteint que je ne daignais me l'avouer.

Fiona Strauss resta une heure avec lui et, quand elle partit, elle sortit de son sac à main un objet qu'elle remit à Shahid, enveloppé dans une étoffe de soie : son exemplaire du Coran.

81

À partir de ce moment-là, le séjour de Shahid en garde à vue se divisa en deux périodes. La première était floue et informe et, par la suite, il fut incapable de reconstituer l'enchaînement des journées, la chronologie des événements, ou quoi que ce soit qui confère à cette période un semblant d'ordre ou de structure. Il avait des souvenirs précis – la diarrhée, la fois où il s'était renversé du thé dessus, ces immangeables bâtonnets de poisson qui étaient tellement durs qu'il aurait pu s'en servir pour jouer du tambour sur la table, la fois où les quatre interrogateurs lui étaient tous tombés dessus –, mais la manière générale dont le temps s'était écoulé lui paraissait aujourd'hui assez vague, un peu comme dans un rêve. Et puis Fiona Strauss était venue, et le temps avait recouvré ses contours. Il attendait ses visites, s'en réjouissait à l'avance, et ses journées s'articulaient désormais autour d'épisodes bien spécifiques. C'était extrêmement bizarre, comme phénomène.

À présent, aussi, il avait son Coran. Le livre était enveloppé dans le châle de soie doré et vert que son père lui avait donné il y a plus de vingt ans, une surprise, sans raison, il était simplement rentré du boulot et le lui avait mis dans les mains. Shahid n'était pas très pieux, et n'aurait jamais prétendu l'être. Même quand il s'était embarqué dans ses aventures, il s'était plus agi d'un sentiment de solidarité, de fraternité au sein de l'*oumma,* que d'un pur sentiment religieux. Il était un musulman correct, niveau B-moins. Il n'allait pas prétendre qu'il s'était subitement transformé en croyant plein de ferveur, n'empêche que le lendemain de la visite de Fiona Strauss il avait prié cinq fois. Il avait demandé au garde qui lui apportait son petit déjeuner la direction de La Mecque, et le policier lui avait répondu tout de suite, comme s'il l'avait su depuis le début et s'attendait à la question. Shahid avait appris une chose : il existait une énorme différence entre se laver les mains dans l'immonde évier métallique parce qu'il n'y avait pas d'autre endroit où le faire, et les y laver parce que vous choisissiez de le faire dans le cadre des ablutions précédant la prière. L'espace qu'offrait la cellule, tel qu'il était délimité dans l'esprit de Shahid, changea. C'était maintenant son espace, et il avait choisi de l'utiliser comme lieu de prière. Il avait pour la première fois depuis son arrestation le sentiment qu'il n'était pas simplement quelqu'un qui subissait, une victime passive ; il pouvait décider de réagir intérieurement à ce qui lui arrivait. Dans sa tête, il était libre.

Face à ses interrogateurs ce jour-là, confronté pour la énième fois aux mêmes éternelles questions, Shahid éprouvait une sensation différente. Il lui semblait que c'étaient ceux qui l'interrogeaient qui étaient pris au piège, enfermés dans les frontières étroites de leurs propres soupçons. Tout ce qu'ils pouvaient faire c'était se répéter ; il disposait d'une plus grande latitude qu'eux. C'était presque drôle. Ils avaient un scénario auquel ils devaient se tenir. Lui était seul, seul devant Allah, mais libre. Eux étaient tous embringués là-dedans, et ne disposaient d'aucune liberté de choix.

La fraternité dans la religion était une émotion que Shahid n'avait jamais eu aucun mal à localiser. Là, ce qu'il ressentait était plus insaisissable, mais c'était justement ce sentiment plus complexe que Shahid avait toujours le plus aimé dans l'islam. La solitude devant Dieu. Ni imam, ni frères musulmans, mais vous qui vous teniez seul devant Allah. Personne pour servir d'intermédiaire. Ce contraste entre l'univers humain des institutions et la terrible unicité d'Allah, Shahid le ressentait de manière plus pure que jamais auparavant. D'un côté, des tables en Formica, des policiers avec leurs questions, des couverts en plastique sur des plateaux en plastique incassables, des règles à observer et la petitesse humaine omniprésente ; de l'autre, vous et rien que vous, seul devant l'infini. La religion dans laquelle Shahid avait grandi ne le pénétrait jamais aussi profondément que quand il était saisi par l'exaltation que lui procurait l'austérité de sa foi. Je suis ici pour un maximum de vingt-huit jours, se disait-il ; ensuite, ils sont obligés de m'inculper, et il n'y a rien dont ils puissent m'inculper. Bon, d'accord, admettons, Iqbal mijotait quelque chose. Il n'était peut-être pas assez organisé pour tramer le complot dont ils l'accusaient, mais il mijotait quelque chose. Et puis, bon, d'accord, Iqbal avait habité chez lui. Mais aucun jury anglais ne l'enverrait en prison pour ça, il avait donc peu de chances d'être inculpé. Et quand bien même, puisqu'il était innocent, et seul devant Allah, il se moquait de ce qu'il adviendrait. Non, ce n'était pas vrai : il ne s'en moquait pas, au contraire, il s'en préoccupait énormément. Quelque part, cependant, les événements, les choses qui pourraient avoir lieu après, ne l'atteignaient pas. Quelque part au fond de lui.

82

Si Shahid l'avait su, il aurait eu une autre source de réconfort. Les policiers qui l'interrogeaient ne s'accordaient pas sur le bien-fondé de sa présence ici.

Iqbal Rashid était une personne à qui les services de sécurité s'intéressaient depuis un moment. Il était associé à des intégristes basés à Bruxelles qui s'étaient entraînés en Afghanistan et qui étaient connus pour être en rapport avec des groupes d'Al-Qaïda au Pakistan. À son arrivée en Angleterre, au début, il ne faisait pas l'objet d'une surveillance très étroite par le MI5 et la Special Branch, mais ils le gardaient à l'œil, comme il était de rigueur avec les sympathisants ou admirateurs d'Al-Qaïda. Puis la police belge avait mis au jour un complot visant à faire exploser une bombe et couler un ferry qui traversait la Manche. Étant donné que les terroristes impliqués dans ce projet d'attentat étaient des complices connus d'Iqbal Rashid, le niveau d'attention dont il bénéficiait avait été rehaussé. Il avait d'abord été soumis à une surveillance accrue pendant quinze jours, histoire de vérifier ce qu'il mijotait, au cas où. Durant ces quinze jours il avait eu des contacts avec un certain nombre d'individus auxquels s'intéressait le MI5, et il avait été décidé de le placer sous surveillance constante tant qu'il serait dans le pays. C'est à peu près à ce moment-là qu'Iqbal avait renoué avec Shahid, qui était au départ complètement inconnu des services de sécurité. En examinant son CV, ils avaient découvert qu'il était allé en Tchétchénie et y avait rencontré des gens qui étaient ensuite allés s'entraîner dans des camps d'Al-Qaïda. Ils s'étaient mis à surveiller à la fois Shahid et Iqbal, et il leur était apparu soit que le Belge trempait dans un sinistre complot très élaboré et déjà très avancé visant à faire sauter une infrastructure importante, sans doute le tunnel sous la Manche, soit qu'il s'agissait simplement de fanfaronnades de jeunes idiots en colère qui frimaient pour s'épater mutuellement. La procédure normale consistait à attendre que quelqu'un commette bel et bien un acte de nature ouvertement terroriste dans l'intention, puis d'arrêter les conspirateurs ; c'était la voie que privilégiait historiquement la police britannique, par opposition à la méthode américaine, largement intensifiée dans le sillage du 11 Septembre, qui voulait qu'on arrête les instigateurs éventuels à un stade précoce. Mais les jurys britanniques rechignant à condamner des gens sur la base de ces complots putatifs, la police avait une forte tendance à s'en tenir à sa technique qui était d'arrêter les gens le plus tard possible. Et voilà qu'un individu lié au groupe avait été surpris en train d'essayer d'acheter du Semtex en République tchèque, les services de sécurité avaient alors été dans l'obligation de choisir entre attendre de voir ce que les conspirateurs allaient faire ensuite, et intervenir tout en cherchant à obtenir des condamnations avec les preuves qu'ils détenaient. Ils avaient discuté de la question, et puis, à contrecœur, quand Iqbal Rashid avait quitté l'appartement de Shahid pour disparaître, ils avaient décidé de procéder aux arrestations. C'était en raison de ce calcul que Shahid se trouvait aujourd'hui dans une cellule du commissariat de Paddington Green.

L'implication d'Iqbal dans le complot, si complot il y avait, était claire. Celle de Shahid ne l'était pas, pas du tout, et la seule preuve contre lui était l'utilisation d'Internet à son appartement pendant le séjour d'Iqbal. Des sites djihadistes avaient été consultés, et des mails cryptés échangés : les mails cryptés prouvaient de manière aussi irréfutable que des empreintes digitales qu'il y avait anguille sous roche, car pour prendre de telles mesures de dissimulation, il fallait forcément nourrir de sombres desseins. Il semblait tout à fait évident à certains des membres des services de sécurité – parmi lesquels Amir l'interrogateur pakistanais, et Clarke le balèze fatigué de la Special Branch – que Shahid n'avait absolument rien à voir avec ce qui pouvait se tramer, et qu'il était au pire une espèce de crétin utile, disposé à héberger un lascar dont il savait qu'il préparait un mauvais coup. Pour d'autres, y compris les agents du MI5 qui avaient été chargés de la surveillance initiale, personne ne pouvait être naïf à ce point-là. Son passé de semi-djihadiste combiné à son association avec le terroriste Iqbal le désignait forcément comme un acteur essentiel dans le complot, et s'il y avait peu de preuves tangibles, cela indiquait simplement qu'il était prudent. Autrement dit, l'absence de preuves constituait une preuve aussi importante qu'inquiétante.

« C'est des conneries, protesta Amir. De pures conneries. Le serpent qui se mord la queue… Le fait qu'on n'ait rien sur lui prouverait qu'il est un agent terroriste entraîné ? C'est n'importe quoi.

— Il a les antécédents, répliqua l'officier de liaison du MI5.

— Non. Des antécédents préhistoriques… qui remontent à plus de dix ans. Eh oui, il est allé en Tchétchénie. La belle affaire. Il n'y a rien d'autre qui l'incrimine. Aucun indice récurrent. Rien de la part de nos hommes à la mosquée, pas de voyages suspects, pas le moindre schéma révélateur. Il faudrait vraiment qu'il soit un drôle d'agent dormant pour être resté inactif pendant dix ans. Quand il était en Tchétchénie, Al-Qaïda n'existait même pas. Tout ça c'est des conneries.

— Jusqu'à ce qu'on retrouve Iqbal, il ne bouge pas d'ici », décréta l'homme du MI5. On en était là. Shahid était retenu en prison depuis dix jours, et il pouvait encore y être gardé à vue dix-huit de plus sans inculpation.

83

« J'ai un petit peu mal au cœur, déclara Matya. Comment on appelle ça ? Comme quand on est en voiture. Ou en bateau. Malade à cause du mouvement.

— *Cierpiący na morską chorobę,* répondit Zbigniew. Je ne sais pas comment on appelle ça en anglais. »

Ils étaient sur le London Eye, au moins à mi-hauteur. Monter sur la grande roue, à l'étonnement de Zbigniew, s'était révélé assez déconcertant : c'était bizarre de penser à la manière inexorable dont l'engin ne pouvait être arrêté ou ralenti. Matya, qui ressentait visiblement la même chose, lui avait attrapé le bras en grimpant à bord. C'était bien. Ils s'élevèrent dans leur capsule transparente. Ils n'étaient pas seuls : un certain nombre de touristes – sept Japonais et plusieurs Européens du Sud – se trouvaient dans la même bulle. Armés de leurs portables, les Japonais se bousculaient pour se prendre en photo avec le panorama derrière.

La ville s'étalait autour d'eux et Zbigniew commença par faire semblant de contempler la vue. S'il était là, c'était en fait pour être avec Matya, et il ne s'intéressait pas vraiment à grand-chose d'autre. Puis il fut surpris de se sentir bel et bien captivé. Cela faisait maintenant trois ans qu'il travaillait à Londres mais il ne reconnaissait pratiquement rien. Londres était vaste et bas au milieu, pour se relever un peu de part et d'autre, telle une soucoupe gigantesque. Le nord et le sud n'étaient pas là où il croyait et la tache de vert, située plus haut, mais pas tellement, disons vingt mètres au-dessus du fleuve, à trois ou quatre kilomètres de distance, devait être le terrain communal. Zbigniew, qui, autant qu'il le sache, n'avait pas d'affection particulière pour Londres, fut toutefois impressionné. Une chose qu'on pouvait dire sur la ville, c'est qu'elle était immense.

Le stratagème du portable avait parfaitement fonctionné pour Zbigniew. Il avait attendu deux heures : il était rentré, s'était installé à la table de la cuisine pour vérifier son portefeuille d'actions, avait mangé le ragoût de bœuf préparé par un des ouvriers de Piotr, et puis, juste au moment où il se disait qu'il allait devoir prendre l'initiative, le téléphone avait sonné. La sonnerie était « Crazy » de Gnarls Barkley, ce qui pouvait signifier que Matya aimait bien la musique. Intéressant. Le numéro qui s'affichait sur l'écran était le sien et il mit un moment à réaliser : ce n'était pas lui qui s'appelait lui-même mais Matya qui l'appelait lui, autrement dit, qui s'appelait elle-même, en se servant de son téléphone à lui. Cet instant de confusion se révéla utile car, ainsi, il n'avait pas à feindre la confusion.

« Hum, oui, qui est à l'appareil ? demanda Zbigniew.

— Qui est à l'appareil ? demanda à son tour Matya. Pourquoi avez-vous mon téléphone ?

— Pourquoi j'ai votre téléphone ? Et vous, pourquoi avez-vous le mien ? »

Ils élucidèrent le mystère. Merci, Nokia, pour la popularité et l'ubiquité du N60. Zbigniew savait que c'était le moment de se montrer galant, et il ne cacha pas que tout était sa faute. Il allait réparer son erreur en lui rapportant son téléphone, sur-le-champ. Elle irait au pub à deux cents mètres de chez les Yount et il l'y retrouverait d'ici une demi-heure.

Zbigniew connaissait le pub, un vrai marché aux bestiaux juste au coin du terrain communal. Vingt minutes plus tard, il prenait place au comptoir ; elle était à l'heure.

« C'est entièrement ma faute, dit Zbigniew, levant les mains. À cent pour cent. Je n'ai pas fait attention, je n'ai pas regardé.

— Allons, ce n'est pas grave. Merci de me l'avoir rapporté si vite. » Matya avait retiré le jean qu'elle portait dans la journée pour enfiler une robe près du corps que Zbigniew mourait d'envie d'admirer tout en n'osant s'y risquer. Matya était décidément ravissante. Il aurait aimé trouver des remarques intelligentes ou drôles à faire, mais tout ce qu'il réussit à articuler fut : « Je peux vous offrir un verre ?

— Non, répondit-elle, mais en souriant, en baissant les yeux, puis en les relevant, avant d'ajouter : Pas ce soir. » Zbigniew, comprenant ce que la chose signifiait, éprouva une bouffée d'authentique bonheur pour la première fois depuis longtemps. Ils se donnèrent rendez-vous la semaine suivante, elle s'en alla, et il rentra chez lui en marchant sur les nuages. C'était parfait. Existait-il rien de plus parfait ?

Zbigniew réfléchit longuement à ce qu'il pouvait proposer à Matya pour leur premier rendez-vous. En son for intérieur, Zbigniew se voyait comme l'être le moins romantique qui puisse humainement exister. Terre à terre, pragmatique, impassible, mesuré, raisonnable. Rares étaient les activités qui, pour lui, n'étaient pas assorties d'un manuel d'utilisateur secret. L'attirance sexuelle et le besoin de trouver une partenaire étaient des réalités concrètes de la vie, qu'il aurait été plus facile d'aborder comme telles. Zbigniew avait remarqué, toutefois, que ce n'était pas ainsi que fonctionnait le monde. Et puis, quelque chose chez Matya lui donnait l'impression que cette notion de romantisme avait peut-être du bon, en fin de compte... Il avait en tout cas la certitude, instinctive, qu'il fallait la traiter avec beaucoup d'égards. Elle n'était pas comme les autres filles.

Il était marqué par le souvenir de Davina. Celle-ci lui avait enseigné de façon concrète que, dans la pratique, les manuels d'utilisateur n'existaient pas pour les gens. Il ne recommencerait pas comme avec elle, il ne se servirait pas de Matya. Il ressentirait pour elle ce qu'il ressentirait, et ne laisserait pas à nouveau la situation lui échapper. Il essaierait d'agir davantage comme un homme. Il n'était pas tout à fait sûr de ce que cela voulait dire, mais il sentait que cette idée lui imposait certaines obligations.

Le plus simple, pour traiter Matya différemment, serait de faire ces trucs qu'il n'avait jamais pris la peine de faire avec une autre – ces trucs qu'il ne s'était pas embêté à faire. Aller voir un film serait trop facile, pas suffisamment romantique, et c'était une technique qu'il avait déjà essayée. Les restaurants étaient romantiques mais ils coûtaient cher, et il ne se sentait pas à l'aise dans le genre d'endroits où Matya aurait envie qu'on l'emmène – des restaus français ou italiens. Son inquiétude par rapport à l'argent le trahirait. Les femmes sentaient ce genre de choses. Une longue promenade dans le parc ? Trop romantique. Trop scène de cinéma. Il aurait l'air prêt à tout, comme s'il allait lui demander sa main. Une excursion au bord de la mer, à Brighton, voilà une chose qu'il n'aurait jamais faite, et donc romantique, avec cette excitation de l'inédit, mais aussi avec de grands risques de mal tourner, et puis coûteuse, par-dessus le marché.

Il choisit de l'emmener faire une balade le long de la berge sud. Zbigniew savait que c'était une chose qui se faisait mais ne l'avait jamais faite lui-même, et lorsqu'il émit cette suggestion au téléphone, Matya eut un instant d'hésitation avant de répondre oui, d'une voix étonnée et ravie. Il avait gagné des points en lui proposant une sortie à laquelle elle ne s'attendait pas de sa part. (Les Polonais n'étaient pas du tout des hommes romantiques, l'avait prévenue son amie.)

Aux abords du fleuve, Zbigniew, pour la première fois, eut la sensation de se trouver au cœur de Londres. Londres ? Ah, enfin ! Il avait vu des pubs et des bars pleins à craquer, des corps vautrés aux quatre coins du terrain communal durant les rares intermèdes de beau temps, des rames de métro bondées, les grands-rues du sud de Londres en plein chaos du samedi soir... mais ici c'était différent. Ici il y avait des gens du monde entier, au cœur de la ville, qui avaient fait exprès de venir à cet endroit, avec le Parlement de l'autre côté du fleuve gris foncé, des cars de touristes qui crachaient leurs fumées de Diesel sur la voie d'accès, les théâtres, les musées et les salles de concert, le pont de chemin de fer, le pont routier et le pont piétonnier, l'un et l'autre très animés dans les deux sens, les restaurants pris d'assaut, des jongleurs et des mimes qui cassaient les pieds aux promeneurs et qui encombraient le passage, des enfants qui gambadaient, un skate-park pour permettre aux ados de frimer, des couples main dans la main où qu'on pose les yeux, une femme policier qui tenait par la bride un cheval portant sur le dos une couverture avec un numéro de protection de l'enfance, sans doute parce que le secteur grouillait de proxénètes à l'affût de gamines à exploiter, des étals qui vendaient de la camelote pour touristes et de la nourriture à emporter, des musiciens, mais surtout des tas de gens qui ne faisaient pas grand-chose, qui se contentaient d'être là simplement parce qu'ils avaient envie d'être là. Pour une fois il ne pleuvait pas ; à un moment les nuages se dispersèrent même.

« C'est quoi ce machin jaune dans le ciel ? plaisanta Zbigniew. J'ai l'impression de l'avoir déjà vu. Pas à Londres. Ailleurs. Ma parole, mais il brûle ! »

Ils se demandèrent s'ils devaient acheter une glace ou une gaufre hollandaise, et finalement en prirent une de chaque. Sauf que Matya avait raison : la gaufre avait un goût de carton grillé. Elle gloussa en le voyant essayer de la manger puis se résigner à la balancer. Quant au spectacle qu'elle offrait en dégustant sa glace, chocolat avec des éclats de menthe, Zbigniew le jugeait irrésistible. Ils s'arrêtèrent pour écouter un homme qui jouait de la clarinette, un morceau dans lequel Zbigniew reconnut du Mozart. Il le lui dit et nota qu'elle était impressionnée. Puis, son coup de maître, il annonça qu'il avait préréservé des billets pour le London Eye. Voilà comment ils avaient fini sur la grande roue.

Une des jeunes Japonaises s'était approchée de Matya et, combinant mime et langage des signes, elle lui proposa de prendre une photo d'eux deux avec le téléphone de Matya. Zbigniew et elle se serrèrent donc l'un contre l'autre et la jeune Japonaise tout sourire leva la main au-dessus de sa tête pour signifier « Attention ! », et appuya sur le déclencheur. Zbigniew, très rusé, eut alors l'idée de lui demander de recommencer avec son portable à lui, de sorte que Matya et lui auraient sur leurs téléphones des photos quasi identiques du couple qu'ils formaient sur le London Eye. Puis il la raccompagna chez elle à l'heure du thé : elle l'avait averti qu'elle devait retrouver une amie, façon intelligente d'imposer un terme à leur rendez-vous. Il n'était pas le seul à avoir réfléchi à des stratagèmes et à la façon dont ça se passerait… Il la raccompagna au métro et lui donna, en la quittant, un unique baiser sur la joue. Ma foi, se dit Zbigniew, si ce n'était pas parfait ! Là-dessus, il fut temps pour lui de penser à autre chose, mais, à sa grande stupeur, il s'en révéla incapable.

84

Le matin du lundi 15 septembre, Roger se fit virer. Il n'y était pas préparé, n'était pas en condition, ne l'avait absolument pas vu venir. C'était un matin comme les autres, dont le seul fait notable était qu'un musicien ambulant avait été chassé du métro par deux policiers qui avaient manifestement dépassé le stade de la négociation raisonnable quand Roger était arrivé, car ils s'étaient saisis du musicien et l'emmenaient *manu militari* hors de la station en le tenant sous les bras tandis que ses pieds pédalaient frénétiquement. Un troisième policier suivait derrière et portait l'étui à violon de l'homme interpellé. On aurait dit une scène burlesque dans un film muet et Roger souriait encore intérieurement en y repensant à onze heures et demie, quand il reçut un message indiquant que Lothar voulait le voir dans son bureau immédiatement.

Roger traversa la salle des marchés d'un pas nonchalant, slalomant entre les bureaux où son équipe travaillait d'arrache-pied et constatant avec satisfaction que le volume sonore était élevé – car une salle des marchés bruyante était une salle des marchés pleine d'activité. Mark restait introuvable, comme il l'avait été toute la matinée, et Roger s'en félicita également. Il s'était lassé depuis longtemps de son adjoint qui, malgré son efficacité, demeurait sournois et difficile à déchiffrer, avec son air ulcéré, frustré ou allez savoir quoi. Roger ne s'était jamais suffisamment intéressé à lui pour se demander ce qui le contrariait au juste.

Une des astuces pour amadouer Lothar – habileté essentielle de nos jours pour monter dans la hiérarchie d'une entreprise – était de toujours accomplir ses ordres sur-le-champ. Même si, et surtout si, la tâche n'avait rien de particulièrement urgent, Lothar aimait toujours voir sa volonté transformée *illico presto* en action. Roger avait donc le sentiment que ce rendez-vous, ou cette corvée, peu importe ce que c'était, était déjà parti du bon pied quand il arriva dans le bureau de Lothar à peine quatre-vingt-dix secondes après que son téléphone eut sonné. Lothar, assis à la table de réunion et non derrière son bureau, n'avait pas l'air dans son assiette : il était pâle, en fait à peu près de la même couleur que sa chemise blanche. On aurait dit qu'il avait décidé de laisser tomber toutes ces inepties de ski, de voile, de courses d'orientation et de triathlon pour se mettre à fréquenter les bibliothèques et que, durant le week-end, il avait acquis le teint qui allait avec. À côté de Lothar était assise Eva, la directrice des ressources humaines, une Argentine austère dont le dévouement total à la déontologie d'entreprise sous toutes ses formes intimidait Roger. Il devait s'agir d'une connerie d'histoire de plainte, de recrutement ou de licenciement. Ça ne pouvait pas être pour une affaire de discrimination envers des collègues féminines; Roger n'en avait presque pas. Quelqu'un avait dû bavasser derrière son dos. Que voulez-vous, c'était la vie.

« Ah, Roger, dit Lothar. Il semblerait que nous ayons un petit problème. Et quand je dis "nous", je veux dire Pinker Lloyd. Que savez-vous du fait que votre adjoint a pratiqué des détournements de fonds sous votre nez? »

La voix de Lothar était légèrement cassée et Roger voyait qu'il tremblait. Il comprit que si son boss était pâle ce n'était pas qu'il avait renoncé aux sports de plein air, c'était qu'il était en colère. Jamais Roger ne l'avait vu dans un état pareil; jamais Roger n'avait vu quiconque dans un état pareil. Il eut la conviction que quelque chose avait très, très mal tourné.

« De quoi parlez-vous? » demanda-t-il.

Ils lui expliquèrent. Il eut du mal à saisir mais, en substance, quelqu'un au département Conformité était tombé sur des données inattendues dans la mémoire de son propre ordinateur. Mark avait commis une erreur : il n'avait pas pensé que le service Conformité et les gens de la sécurité surveillaient non seulement les ordinateurs des autres, mais les leurs aussi. Ça s'était passé vendredi après-midi, trois jours plus tôt. Le type du service Conformité, se rendant compte de l'existence d'opérations non autorisées – et sans doute illégales –, avait alerté son chef de service, et ils avaient été tout un groupe à travailler le week-end entier. Mark avait négocié des dizaines de millions de livres de valeurs, et si, au début, il avait gagné environ 15 millions de livres, il avait ensuite essuyé un revers et était maintenant déficitaire de 30 millions. En ce moment même, une équipe de traders était en train de déboucler ses positions restantes. Depuis six heures ce matin il était en garde à vue, accusé de détournement de fonds. Il avait effectué ses opérations non autorisées et/ou illégales au nez et à la barbe de sa hiérarchie. C'était l'expression qu'utilisa Lothar – « au nez et à la barbe de sa hiérarchie » –, qualifiant Roger de « hiérarchie », si bien qu'il y eut un moment où Roger ne savait plus trop s'il voulait parler de toute la hiérarchie ou seulement de lui. Mais c'était bel et bien de lui, car Lothar enchaîna :

« Il s'agit d'une grave négligence. Vous êtes licencié sur-le-champ, pour faute grave. Vous avez quinze minutes pour vider votre bureau et quitter le bâtiment. »

À ce moment-là, la porte s'ouvrit et un grand Noir en uniforme d'agent de la sécurité apparut, les mains jointes devant sa ceinture.

« Vous plaisantez, protesta Roger.

— Quinze minutes.

— C'est n'importe quoi, Lothar ! Même selon vos critères, c'est n'importe quoi.

— Au revoir », insista Lothar.

Eva leva les yeux et adressa un signe de tête à Roger ; ce fut la seule fois où leurs regards se croisèrent. Elle quitta sa chaise et lui tendit une enveloppe.

« Vous aurez des nouvelles de mes avocats, affirma Roger, percevant un tremblement dans sa voix.

— Les détails figurent dans cette lettre », déclara-t-elle.

L'agent de sécurité fit un pas en avant. Roger leva les mains pour signifier : Ne me touchez pas, et précéda le garde jusqu'à son bureau. Cet instant fut si horrible qu'après coup Roger eut du mal à se le rappeler. Il devait lutter contre une envie irrépressible de ne regarder que ses pieds. Se faufiler entre ces tables était un exercice délicat ! Il était obligé de baisser les yeux. Non… Roger s'efforça de garder la tête levée. C'était dur pourtant, car dans la pièce tout le monde le dévisageait, et la salle des marchés, plongée dans son brouhaha familier seulement quelques minutes plus tôt, était maintenant tellement silencieuse que Roger percevait un léger bourdonnement électronique, venant peut-être des lampes ou du disque dur de quelqu'un, un son, malgré des années passées dans cette pièce ou aux alentours, qu'il n'avait jamais entendu auparavant. Jamais son équipe, ses collègues, ses futurs ex-collègues, ne l'avaient regardé comme ça : Slim Tony était littéralement bouche bée, Michelle la dure à cuire avait l'air sur le point de pleurer, Jez était assis avec un combiné collé contre l'oreille mais qu'il délaissait pour contempler Roger, la mine effarée. Les yeux de Jez se déportèrent pour se fixer quelque secondes sur l'agent de sécurité. Puis ils recommencèrent à scruter Roger d'un air ahuri. Et se posèrent à nouveau sur le garde. Puis, encore, sur Roger. On aurait dit qu'il essayait de suivre un match de tennis. Jamais un si grand nombre d'écrans de données n'avaient été ignorés par un si grand nombre de traders pendant un si long moment.

Arrivé dans son bureau, Roger eut une décision à prendre. Je ferme les stores électriques, ou je fais ça les stores relevés ? Avoir l'air honteux, ou laisser voir ma honte ? Par chance, le choix fut fait à sa place par Clinton l'agent de sécurité, qui appuya sur le bouton, et la pièce devint opaque – un geste plein de prévenance, ou d'expérience, de sa part. Même là, il restait une part d'humiliation, car jusqu'à cet instant jamais un agent de sécurité chez Pinker Lloyd n'aurait rêvé de toucher à un quelconque bouton, ou à modifier quoi que ce soit, dans le bureau de Roger, à moins qu'on ne lui en ait donné l'ordre. En l'occurrence, Clinton était parfaitement à l'aise. C'était lui qui tenait les rênes. La situation était grave à ce point. La situation était réelle à ce point. Ses mots de passe devaient déjà avoir été changés pour l'évincer des systèmes informatiques de la banque.

La porte s'ouvrit. Un autre agent de sécurité, noir lui aussi, entra, portant un carton de vin vide. Il le posa sur le bureau de Roger.

« Pour vos affaires », dit Clinton.

Le garde qui avait apporté le carton de vin – du sancerre, nota Roger – ouvrit obligeamment les rabats du carton sur le dessus. Puis il recula, sans quitter la pièce.

Roger passa derrière sa table de travail. Mes affaires. Très bien. Sur le bureau trônait une photo d'Arabella et des garçons en vêtement d'hiver, prise deux ans auparavant à Verbier : la nounou qui venait d'essuyer le nez de Joshua était hors champ, mis à part un bout d'ombre en bas du cadre. Arabella n'aimait pas ce cliché parce qu'elle trouvait la lumière trop vive et peu flatteuse, mais tout le monde avait l'air si rayonnant et éclatant de santé que c'était une de ses photos d'eux qu'il préférait. Il la déposa au fond du carton, puis y ajouta son stylo. Et son agenda. Il ouvrit les tiroirs du bureau, et Clinton vint se tenir derrière lui. Roger savait pourquoi : pour l'empêcher d'emporter quoi que ce soit qui appartenait à la banque. En théorie, Roger connaissait toute la marche à suivre; c'était la procédure classique quand quelqu'un se faisait virer. En réalité, il y avait une grosse différence entre la théorie et la pratique : la théorie, c'était quand ça arrivait à d'autres. La pratique, quand ça vous arrivait à vous.

Il n'y avait pas grand-chose dans son bureau, hormis – et il en avait complètement oublié l'existence – une chemise de rechange qu'il avait apportée pour une réunion quelques mois plus tôt mais n'avait jamais pris la peine de mettre, ainsi qu'une paire de tennis, vestige de l'époque où il avait envisagé d'utiliser la salle de gym de la banque. Il y avait un carnet Moleskine qu'Arabella avait glissé dans sa chaussette de Noël une année quand ils s'échangeaient des chaussettes (la sienne à elle avait contenu un bon pour un séjour au spa et une paire de boucles d'oreilles). Le carnet était vide à part une série de chiffres que Roger mit un moment à reconnaître. Il s'agissait des additions qu'il avait faites quand il avait calculé ses dépenses et l'argent dont il avait expressément besoin sur son bonus de l'année dernière. Le bonus d'un million de livres qui n'était jamais venu. Il s'apprêtait à empocher son BlackBerry, mais Clinton tendit la main et toussa.

« Quoi ? demanda Roger.

— Propriété de la banque », dit Clinton.

Il s'exprimait d'un ton neutre. Roger reposa le BlackBerry sur le bureau. Il avait presque fini. Il prit une bouteille de vin qu'un membre de son équipe lui avait offerte en remerciement quelques mois plus tôt. Son agenda de bureau, en grande partie inutilisé, fut la dernière chose à aller dans son carton, qui n'était plein qu'au tiers. Roger le ramassa.

« OK », dit Clinton, maintenant clairement aux commandes.

Il ouvrit la porte et Roger la franchit, les deux agents de sécurité dans son sillage. Cette fois, une ou deux personnes firent mine de ne pas le fixer; une ou deux autres avaient l'air de vouloir dire quelque chose sans trop savoir comment s'y prendre. Ce brave Slim Tony porta une main à son oreille en tendant le pouce et l'index pour imiter un coup de fil : appelle-moi, ou je t'appellerai. Puis il fit le geste de boire un verre. Roger sourit à tous ceux dont il croisait le regard car, après tout, il fallait faire semblant de voir le côté comique de la chose.

Avant de rejoindre le hall de l'ascenseur, il s'arrêta. Clinton et son collègue s'arrêtèrent aussi. Puis il se redressa et, son carton devant lui, leva la tête pour s'adresser à l'ensemble de la salle.

« Eh bien, dit-il, c'était pas du chiqué. »

Surpris il se retourna et gagna l'ascenseur. La cabine mit très longtemps à venir. Tout semblait trop bruyant : le ronronnement du câble tandis que l'ascenseur montait, le tintement du bouton annonçant son arrivée, le léger grincement quand la porte s'ouvrit. Ils descendirent. Au rez-de-chaussée, Clinton lui ouvrit le portillon de sécurité.

« Vous voulez mon passe? » demanda Roger.

Clinton secoua la tête.

« Il est désactivé. Au revoir. »

Et Roger franchit la porte de Pinker Lloyd pour la dernière fois.

85

Arabella avait ses qualités. Elle était, à sa façon, plutôt endurante. Elle avait la résistance que lui permettait sa faculté d'oubli. Donc, s'il avait dû deviner, Roger aurait dit qu'elle serait courageuse et forte par rapport à ce qui arrivait. Son côté vaillant, du genre « qu'ils aillent tous se faire foutre », entrerait en action, et elle ferait preuve de réalisme et de sens pratique. Un vrai roc.

En fait, il n'en fut rien. Il se trompait, lourdement, colossalement. Arabella s'effondra, le plus franchement possible, en fondant en sanglots, en s'écroulant sur le canapé et en répétant à l'infini : « Mais qu'est-ce qu'on va faire ? »

De toute évidence, Roger aurait dû aller s'asseoir sur le canapé à côté d'elle, l'enlacer, lui dire que tout allait s'arranger. Mais il se rendit compte qu'il n'en avait pas le cran. La première phase, c'était le déni, non ? Or Roger cherchait le déni en vain. Ce qui s'était passé était absolument impossible à dénier.

« Je ne sais pas, dit Roger. Je n'en ai aucune idée. »

Il s'était déjà senti merdique en rentrant, et la réaction d'Arabella ne faisait qu'aggraver les choses. Le trajet de retour avait été épouvantable. Pas aussi épouvantable qu'il l'aurait été s'il avait dû prendre le métro, cela dit : devoir prendre le métro en portant ce carton rempli de ses effets personnels l'aurait anéanti. Alors non, pas aussi affreux que ça. Mais affreux quand même. Le trajet en taxi lui avait donné mal au cœur ; le chauffeur, un de ces conducteurs accros aux petites ruelles et aux raccourcis, qui semblait très fier de ne jamais rouler en ligne droite plus de cinquante mètres, avait un penchant prononcé pour les rues dotées de gendarmes couchés, si bien qu'entre les virages et les cahots incessants du véhicule Roger avait franchement eu envie de vomir. Il se surprit aussi, pour la première fois de sa vie, à penser au coût de la course. Toutes ces autres fois où il avait pris des taxis, sans y réfléchir un instant... comme celle où ils avaient roulé à vive allure dans le noir avec Matya sur la banquette à côté de lui, contemplant le reflet de la jeune femme dans le carreau, admirant son sourire, imaginant se la taper ici même sur la vaste banquette arrière... et voilà qu'il se retrouvait avec son carton de petites affaires et sa nausée croissante, un œil sur le compteur. Bon Dieu, ce que c'était cher. Quand les prix avaient-ils grimpé comme ça ? Ça n'allait pas tarder à faire 30 livres, nom d'un chien !

Et maintenant Arabella, qui l'enfonçait encore plus. Peut-être qu'elle avait toujours fait ça, après tout; peut-être qu'elle passait son temps à l'enfoncer, et qu'il ne l'avait jamais véritablement remarqué. Ce qui apparaissait comme le chahut normal du mariage, combiné au boulot et à Londres, était peut-être au fond bien plus simple : Arabella, quelle que soit l'équation, ne faisait qu'aggraver les choses. De quoi n'a-t-on pas besoin quand, de manière complètement inattendue, on vient de perdre son emploi ? Quelle est, littéralement, la dernière chose dont on ait besoin ? D'une épouse accablée par le chagrin et l'incrédulité. Là, c'était le pompon.

Arabella se balançait à présent d'avant en arrière.

« Qu'est-ce qu'on va faire, qu'est-ce qu'on va faire, qu'est-ce qu'on va faire ?

— Je n'en sais rien. Où sont les enfants ?

— Qu'est-ce qu'on va faire ? Je n'en sais rien. Comment le saurais-je ? Sortis. Avec Matya. Qu'est-ce qu'on va faire ?

— Eh bien, pour commencer, on va devoir réduire nos dépenses tous azimuts. Tous azimuts, répéta Roger. Plus question de dépenser en fringues le budget destiné aux enfants, terminé. »

Car c'était là qu'allaient ces 1500 livres par an, un détail qu'elle ignorait qu'il savait. Ha ! Ça t'en bouche un coin ! Tu croyais me niquer ! Arabella cligna des yeux. Il l'avait eue ! Ouais ! Prends-toi ça dans les dents !

« L'abonnement à la gym... les déjeuners en ville... il va falloir renoncer à tout ça. »

Arabella continuait à se balancer.

Oh, et puis merde ! Roger avait besoin de prendre l'air. Il tourna les talons et sortit en se disant : Je sais ce que je vais faire. Je vais aller me promener. Depuis cinq ans qu'il habitait Pepys Road, il ne l'avait jamais fait en dehors des week-ends, pas une seule fois. La semaine, il n'était jamais à la maison et, les vacances, ils les avaient toujours passées ailleurs à grands frais.

Roger franchit la porte d'un pas décidé et sortit dans la rue. Il évita une camionnette Ocado qui faisait marche arrière pour se garer, puis fut obligé de s'arrêter pour laisser un promeneur de chiens résoudre une crise entre une laisse emmêlée et un grand caniche qui, à sa façon de rester assis immobile sur le trottoir, semblait s'être mis en grève. Cela n'aidait pas que l'homme qui promenait le chien s'escrime à envoyer un texto d'une main. Plus loin dans la rue, Roger aperçut Bogdan le maçon, le Polonais à qui Arabella faisait appel de temps en temps, qui jetait un bloc de plâtre dans une benne. Celui-ci l'aperçut, et les deux hommes se saluèrent. Je pourrais peut-être devenir maçon, se dit Roger. Faire quelque chose d'un peu plus physique. Ça me conviendrait. J'ai toujours été bricoleur, à l'époque où j'avais le temps. J'ai encore l'énergie, la puissance physique, la pêche qu'il faut. Le bonhomme a encore du ressort...

Il tourna au coin de la rue et se dirigea vers le terrain communal. Ça aussi, il ne l'avait jamais fait qu'en allant au bureau ou en en revenant, ou en poussant les enfants dans leur landau le week-end, période où on croisait pas mal d'autres banquiers arborant tous divers uniformes tribaux, leurs poussettes tellement grosses et peu maniables qu'on aurait dit des 4×4 pour nouveau-nés. Le week-end, il n'y avait que des eurobanquiers, pulls sur les épaules, des mamans appétissantes qui téléphonaient, des profs de fitness qui braillaient après leurs idiots de clients et qui n'en revenaient pas d'être payés pour forcer des gens à faire des abdos. Les jours de soleil, un très grand nombre de jeunes retiraient autant de vêtements que la loi le tolérait et se vautraient sur les pelouses en buvant de l'alcool. Les plaisirs simples sont les meilleurs. Cet été-là, il y en avait eu bien moins que d'habitude : cela se voyait au vert de la pelouse. Les gens affalés avaient l'air de loubards et de prolos, mais Roger savait qu'il ne fallait pas se fier aux apparences; ce n'était pas parce qu'ils ne portaient pas leur déguisement habituel et qu'ils se soûlaient qu'ils n'étaient pas des créateurs de sites web, des secrétaires, des infirmières, des ingénieurs informatiques ou des chefs cuisiniers. C'était une règle de la vie londonienne qui voulait qu'on ne puisse jamais savoir à qui on avait affaire.

La population du terrain communal était différente en milieu de journée, en milieu de semaine. Elle était plus populo. Quatre SDF étaient assis sur un banc du parc à boire de la Tennent's Super pendant qu'une femme, l'air tout aussi coriace, les haranguait au sujet d'une injustice quelconque. Ils hochaient la tête, acquiesçaient, compatissaient à sa douleur tout en n'en ressentant par ailleurs absolument aucune.

Trois adolescents qui séchaient les cours s'entraînaient au skate sur le trottoir et sur la chaussée. C'était comme si, par l'énergie qu'ils mettaient à ne pas se préoccuper de la circulation, ils pouvaient la faire disparaître. Roger envisagea de dire : J'espère que vous avez rempli vos cartes de donneur d'organes, les gars, puis il se ravisa. Ils étaient trois, après tout. À quelques mètres de là, un skinhead renfrogné, bientôt la quarantaine et donc assez âgé pour savoir que cela ne se faisait pas, laissait son pitbull faire sa crotte sur le sentier et mettait manifestement les passants au défi de lui faire une réflexion. Quelques autres ados qui séchaient les cours jouaient au basket sur le terrain sans filet et, derrière eux, les skateurs qui auraient bel et bien pu prendre la peine d'utiliser le skate-park s'entraînaient à leurs acrobaties. Roger avait fait un peu de skate dans sa jeunesse, mais à l'époque on mettait l'accent sur ce qu'on pouvait faire avec la planche quand ses roulettes étaient en contact avec le sol, alors qu'aujourd'hui on semblait plutôt chercher à la faire décoller, à la faire racler sur l'arête de la rampe, ou à l'empoigner quand on s'envolait. Un homme avec un bandana rouge arriva au sommet de la rampe, fit un flip dans les airs et attrapa le bas de sa planche avant d'atterrir sur le bord supérieur de la structure, ce qui eut pour effet de le faire tomber à la renverse sur le plancher. Certains des autres skateurs applaudirent – ironiquement, supposa Roger.

En fait, la question d'Arabella avait été pertinente. Qu'est-ce qu'on va faire ? Qu'est-ce que je vais faire ?

Un camion de crèmes glacées s'était garé près de la mare aux canards et Roger se dit qu'une énorme glace, du genre franchement enfantin : deux boules de vanille avec des flocons de chocolat, serait la façon idéale de fêter, au choix, son indépendance, son chômage ou sa disgrâce de fraîche date. Mais, comme il s'en aperçut en palpant ses poches, il n'avait pas d'argent sur lui ; son portefeuille était resté dans sa veste. Roger, un homme en pantalon à fines rayures, en chemise et cravate de la City, traversait le terrain communal sans argent sur lui.

Le ciel se mit à crachoter. Il était temps de rentrer avant d'être trempé. Roger fit demi-tour et accéléra le pas pour devancer le grain qu'il voyait arriver de l'ouest, avec ses nuages sombres gorgés de pluie. Il n'était pas le seul à avoir ce réflexe, et le terrain communal organisait une évacuation au pied levé. Quand il repassa à côté de la rampe de skate, tout le monde s'était volatilisé. La pluie devint brusquement lourde et verticale. Roger se rendit compte qu'il n'arriverait pas chez lui sans se faire tremper, aussi fit-il un détour sur le côté pour gagner la rangée de boutiques qui rejoignait la grand-rue, et il se mit à l'abri sous un auvent. D'autres avaient eu la même idée, et chaque auvent abritait un petit groupe blotti au-dessous. Sous le sien, un couple de gothiques profitait de l'occasion pour se bécoter. À côté d'eux, une dame indienne, à la mine fâchée et vêtue d'un salwar kameez, livrait une bataille perdue d'avance contre un parapluie pliant qui ne voulait pas se déplier. Elle n'arrêtait pas d'enfoncer la tige dans la poignée et d'essayer de la relâcher, mais ne maîtrisait pas le mouvement de poignet qui permettait d'ouvrir l'engin d'un coup. Roger eut pitié d'elle.

« Vous permettez ? » demanda-t-il.

Elle lui tendit le parapluie et Roger le débloqua avec un déclic. Au même moment, la pluie commença à faiblir.

« Ils sont retors, dit Roger en le lui rendant.

— Ils sont mal conçus, rectifia Mme Kamal. Merci quand même. »

Elle s'éloigna sous la pluie. Il était clair que l'averse ne faiblirait pas beaucoup plus et Roger décida de se lancer. Arrondissant le dos, il s'apprêtait à repartir quand il vit le panneau affichant le titre de l'*Evening Standard*. Son cœur cessa de battre un instant. Le gros titre annonçait :

« Crise bancaire ».

Roger songea : Oh, Seigneur, non. Il attrapa un exemplaire du journal et son cœur emballé se calma : il ne s'agissait pas du scandale chez Pinker Lloyd mais de Lehman Brothers. Le sous-titre disait : « Géant américain au bord de l'effondrement. » Les détails de l'article en première page étaient incroyables. En fait, Lehman était assis sur un monceau d'actifs qui ne valaient rien et, comme personne ne voulait les racheter ou les renflouer, ils allaient couler. Il reposa le journal et se remit en route sous la pluie en trottinant. Ça faisait du bien de savoir qu'il n'était pas le seul à avoir passé une journée super-merdique.

86

Shahid avait remarqué que la police usait de tout un attirail de techniques pour lancer les interrogatoires. Tantôt ils l'attendaient quand il entrait dans la salle; tantôt ils le faisaient attendre avant d'entrer eux-mêmes; tantôt ils entraient et se contentaient de rester assis un moment à parcourir leurs notes; tantôt ils le mitraillaient de questions dès qu'il franchissait la porte. Ils étaient sympas ou moins sympas : ils s'efforçaient de lui donner envie de leur faire plaisir, ou bien ils agissaient comme s'ils n'espéraient plus rien de lui depuis belle lurette. Il supposait que tout cela était un jeu pour eux, un ensemble de manœuvres, et s'évertuait à ignorer l'inévitable trouble qu'il éprouvait. Il se demandait souvent qui se trouvait de l'autre côté de la glace sans tain; quel genre de commentaire se déroulait derrière.

Il entra dans la salle d'interrogatoire en son quatorzième jour de détention et constata qu'y était présent un policier différent, qu'il n'avait jamais vu jusqu'ici. A moins que? Ce n'était pas un de ses interrogateurs habituels et pourtant il ne lui était pas totalement inconnu. C'était un homme jeune, plus jeune que Shahid, le teint frais et les épaules minces, avec un joli costume. Il était seul, ce qui n'était pas la pratique courante.

« Bonjour, je suis l'inspecteur principal Mill. »

Shahid se souvint.

« Vous étiez à cette réunion publique, celle sur cette histoire flippante de site web, de cartes postales et tout ça, dit Shahid. J'y étais.

— Je le sais », dit Mill. Il baissa les yeux sur le dossier

devant lui et fit mine de le lire – une ruse de flic dont Shahid avait désormais l'habitude. Le silence s'étira.

« Vous n'avez pas branché la machine », observa Shahid.

Mill ne répondit pas. Il donnait l'impression de penser à autre chose. En fin de compte il dit :

« Parmi mes amis il n'y en a presque aucun qui comprenne pourquoi je veux être policier. Ils croient que tout ce qu'on fait dans la police, c'est donner des coups sur la tête des gens et arrêter des conducteurs qui ont trop bu. Enfin, des trucs comme ça. Ils ne savent pas vraiment comment ça se passe, ils savent seulement qu'ils sont contre. Mais le vrai problème de ce boulot n'a rien à voir avec le fait qu'il soit violent ou difficile, ou avec le caractère des autres flics. Le vrai problème de ce boulot c'est la quantité de tâches routinières. Le nombre de corvées. Presque tout est routinier, et le travail d'enquête *idem*. Rien à voir avec les séries télé. La plupart du temps on sait ce qui va se passer. Les surprises sont rares. Les bonnes surprises encore plus. »

Il se tut à nouveau. Shahid n'éprouva pas le besoin de dire quoi que ce soit.

« Et puis soudain, reprit Mill, quelque chose se présente qui est un tout petit peu différent et qui vient vous rappeler pour quelle raison vous vouliez faire ce boulot au départ. Le fait d'être ici, par exemple. Je n'étais jamais venu ici avant. À Paddington Green. C'est là qu'on amène les individus suspectés de terrorisme, comme vous le savez. Depuis des années, depuis l'époque de l'IRA. J'ai vu cet immeuble aux infos toute ma vie. Mais c'est la toute première fois que j'y entre. Ça, c'est de l'inédit. C'est plutôt cool. J'aime la nouveauté. »

Mill sombra à nouveau dans le silence, comme s'il suivait intérieurement le fil de ses pensées.

« Je vais vous dire ce qui est cool, aussi. Le terrorisme, c'est cool. Je veux dire, ce n'est pas cool du tout comme activité, bien sûr. Mais ce qu'il y a de bien avec le terrorisme, c'est les ressources qu'on y affecte. D'un point de vue policier. Les comportements antisociaux, tous ces trucs-là, ça ne nous passionne pas tant que ça. Les gens, ça les inquiète et tout, mais ce n'est pas ça qui nous pousse à nous lever le matin. Quelqu'un vous a taxé votre vélo ? Eh bien, bonne chance. Quelqu'un projette de mettre une bombe quelque part ? Ah, là, c'est une autre histoire. C'est ça qui est cool. La quantité de moyens qu'on obtient pour les affaires de terrorisme. Toutes les choses qu'on peut faire avec ces moyens-là, c'est incroyable. Du style, obliger un fournisseur d'accès Internet à vous remettre la liste des sites qu'un de ses clients a consultés ces deux dernières années. Ça, c'est la première étape. La deuxième consiste à demander aux effectifs d'éplucher les donnée recueillies et de voir où elles vous conduisent. Et c'est là qu'on arrive à des découvertes surprenantes. Surprenantes pour moi en tout cas. Vous me suivez jusqu'ici ? »

Mill observait Shahid avec attention. Il guettait des signes indiquant que celui-ci comprenait où il voulait en venir. Il n'en releva aucun. Shahid avait la même attitude que depuis le début, celle d'un garçon de trente ans et quelques assez irascible mais, il fallait bien l'avouer, pas très coupable... Il fit oui de la tête en réponse à la question de Mill.

« Voici donc ce que nous avons découvert : toutes les opérations initiales pour monter le fameux blog Nous Voulons Ce Que Vous avez – celui à cause duquel vous êtes venu à la réunion – venaient de votre adresse IP. »

Mill croisa les bras et se carra dans sa chaise pour scruter Shahid. Aucun doute : sa première réaction était une stupéfaction totale.

« Quoi ?

— Eh oui... tout venait de votre adresse IP. Pas de votre ordi, ou sinon, vous l'avez fait nettoyer par des pros en ciblant uniquement ces dossiers-là et pas les autres. Une hypothèse peu probable, d'après mes collègues. Mais, sans conteste, tout venait de votre adresse IP. »

Shahid détourna les yeux et réfléchit quelques instants.

« C'est une ruse. Si vous n'enregistrez pas, c'est parce que tout ça n'est qu'un mensonge et que vous essayez de me piéger. Vous et les autres, vous n'avez aucune preuve de rien, alors vous vous servez de cette affaire de Pepys Road et vous me la mettez sur le dos. »

Aussitôt, Mill tendit le bras pour allumer le magnétophone qui se trouvait en permanence dans la pièce, fixé au mur latéral. Il dit :

« Inspecteur principal Charles Mill, 16 septembre 2008, interrogatoire de Shahid Kamal, enregistrement commencé à (il jeta un coup d'œil à sa montre) 14 h 17, sans autres personnes présentes. Et donc Shahid, je viens de vous annoncer qu'il existait un lien avéré entre votre adresse IP à votre appartement et le blog Nous Voulons Ce Que Vous Avez, dont le titulaire fait l'objet d'une enquête pour harcèlement, violation de propriété privée, obscénité et vandalisme.

— Vandalisme ?

— Eh oui, quand le petit malin a remonté la rue avec une clé à la main et rayé toutes les voitures en stationnement, d'abord dans un sens, puis dans l'autre. Soit beaucoup de dégâts dans une rue remplie de belles voitures. Ça doit aller chercher dans les 10 000 livres. Plus une peine de prison. »

Shahid haussa les épaules. Il n'avait pas l'air excessivement troublé par l'idée qu'on ait abîmé des 4 × 4. Mill reprit :

« Et il y a autre chose : cruauté envers les animaux. Des cadavres d'oiseaux. Quelqu'un a envoyé des cadavres d'oiseaux à certaines maisons de la rue. Des merles. Pas à toutes, seulement quelques-unes. Dans des enveloppes A5. Un peu tordu, si vous voulez mon avis. Vous savez quelque chose à ce sujet ?

— C'est dégueulasse, mais ça n'a rien à voir avec moi. »

Ce que Mill ne précisait pas c'était que les oiseaux morts avaient été envoyés ces quinze derniers jours, autrement dit, alors que Shahid était déjà à Paddington Green. Le lien entre Nous Voulons Ce Que Vous Avez et l'accès Internet de Shahid avait été découvert deux jours plus tôt, à la suite du récent regain d'activité. Quand ils avaient appris le lien avec Shahid, les policiers savaient déjà qu'il ne pouvait pas être responsable de ce qui se passait en ce moment ; au mieux, il était de mèche avec quelqu'un d'autre. Mais le site avait eu un drôle de schéma de fonctionnement. Quand il était apparu, il présentait des photos de maisons, prises, comme Mill l'avait déduit depuis des lustres, par quelqu'un qui s'intéressait de près au quartier. Puis les choses s'étaient calmées quelque temps. Après quoi le harcèlement avait repris, beaucoup plus menaçant, avec des injures sur le blog, des cartes postales ordurières envoyées aux maisons, des graffitis sur les murs, des voitures rayées. À présent des cadavres de merles avaient été envoyés par la poste à sept adresses différentes. La colère semblait s'être nettement accentuée. Le changement de ton et de comportement était déroutant.

Les yeux de Shahid roulaient de droite à gauche. Il réfléchissait de toutes ses forces.

« Je ne suis au courant de rien, déclara-t-il enfin. Essayez le Belge, si vous arrivez à le trouver.

— Les choses avaient commencé un peu avant qu'il s'installe chez vous. Avez-vous changé votre clé wifi à un moment ou un autre ces derniers mois ?

— Non », répondit Shahid spontanément, avant de se rendre compte qu'il venait de renoncer à une ligne de défense idéale. Si son accès Internet n'avait pas été sécurisé, son utilisation aurait pu n'avoir aucun rapport avec lui. Il soupira. « L'accès est sécurisé et je suis la seule personne à avoir le mot de passe. Comme vous le savez, j'ai laissé le Belge se servir de mon accès Internet mais pas de mon ordinateur.

— Vous comprendrez que ça nous paraisse bizarre. Vous êtes arrêté pour soupçon d'activités terroristes, et voilà que vous semblez vous être livré à toutes sortes de menaces sur Internet, à harceler vos voisins et à leur flanquer une trouille bleue. C'est quand même un peu louche, non ?

— Je commence à avoir l'habitude d'être accusé de trucs que je n'ai pas faits, dit Shahid. Je n'ai aucune raison de vous croire. » Il croisa les bras et jeta un regard vers la glace sans tain. Une fois encore, il se demanda qui pouvait se trouver de l'autre côté et ce que ces personnes pouvaient penser.

« Alors qui a fait ça ?

— Aucune idée », répondit Shahid. Et pour la première fois de leur entretien, Mill eut l'impression qu'il ne disait pas toute la vérité.

87

Le centre londonien des tribunaux chargés des questions d'asile et d'immigration, où étaient tranchées les affaires concernant le statut d'immigration des demandeurs d'asile sur le territoire anglais, se trouvait près de Chancery Lane. Les séances se déroulaient dans ce complexe de salles d'audience, où les juges partageaient des bureaux et récupéraient leur paperasserie hebdomadaire. L'immeuble dans son ensemble présentait la décoration hétéroclite et les couleurs trop vives propres aux entreprises du secteur public dotées de fonds insuffisants. Il y avait des moments où le bâtiment entier semblait sentir le café soluble. C'était là que serait scellé le sort de Quentina Mkfesi.

Les audiences avaient un format standard. Le lundi, les juges – un service inquisitorial distinct au sein du ministère de la Justice – lisaient le dossier d'un ton neutre et entendaient les dépositions des témoins, représentés par leurs avocats, tandis que les arguments du ministère public pour refuser l'asile politique étaient exposés par un autre avocat. Le mardi, d'autres audiences avaient lieu. Le mercredi, les juges rentraient chez eux et commençaient à potasser les dossiers. Le vendredi, ils prenaient une décision et rédigeaient leur jugement, lequel déterminait si le demandeur serait autorisé ou non à rester sur le territoire.

Il était donc crucial pour le demandeur d'asile de se voir attribuer le bon juge. Quentina Mkfesi avait beau l'ignorer, la totalité de son avenir, ou du moins les prochaines années, dépendait de l'identité de ce juge : ils étaient deux dans le service de l'immigration et des demandes d'asile de Sa

Majesté, et la question était de savoir lequel plancherait sur son cas.

Le lundi 22 septembre, Alison Tite et Peter McAllister, tous deux juges à l'immigration, arrivèrent à Chancery Lane à trente secondes d'intervalle. Ils partageaient un bureau au deuxième étage du bâtiment, lequel, maladroitement divisé par une cloison, avait une fenêtre commune avec un autre bureau. Tous deux tenaient un café à la main, elle un cappuccino dans un gobelet en polystyrène acheté chez le petit Italien de la rue, lui un breuvage géant avec plein de lait acheté au Starbucks de la station de métro.

Alison Tite était une femme de loi de trente-sept ans mère de deux jeunes enfants et mariée à un actuaire. Spécialisée à l'origine dans le droit de la famille, elle avait évolué vers l'immigration car elle s'était lassée du type de personnages qu'elle rencontrait dans sa branche précédente, et des amertumes par trop personnelles auxquelles elle était confrontée. Juger des affaires d'immigration lui semblait se rattacher davantage aux grands courants de l'histoire, et elle trouvait cette mission plus gratifiante. Ce qu'elle préférait dans ce travail, c'étaient les deux jours qu'elle passait à se documenter sur les dossiers qu'elle traitait. Un exemple récent : elle avait lu *Les Cerfs-volants de Kaboul* pour se documenter sur un dossier atroce concernant un réfugié afghan dont le frère était mort lapidé et dont le magasin familial avait été dévasté par une bombe incendiaire avant d'être confisqué par les autorités. C'était du moins ce qu'il racontait. Certains détails dans son récit évoquaient tout à fait les pratiques des talibans – l'incendie criminel suivi de la confiscation –, et Alison fit droit à son appel. Alison aimait bien cette impression que l'homme en face d'elle, ou bien la femme ou l'enfant, était l'incarnation d'un univers ou d'un mode de vie différents, et qu'il lui fallait comprendre cet univers pour pouvoir juger si cet homme, cette femme ou cet enfant devait être autorisé à rester dans le pays ou bien être expulsé. Son livre préféré était *Nous avons le plaisir de vous informer que, demain, nous serons tués avec nos familles,* l'ouvrage du journaliste Philip Gourevitch sur le génocide rwandais.

La grande faille du système était qu'expulsion ne voulait pas dire expulsion. Dans la quasi-totalité des cas il n'était pas légal de renvoyer le demandeur d'asile chez lui au Soudan, en Afghanistan, au Zimbabwe ou ailleurs. Le plus souvent, le demandeur d'asile réexpédié dans un avion risquait la torture ou la mort, voire les deux, dans son pays. C'était mal, mais surtout, plus important pour le système, c'était illégal selon la Convention européenne des droits de l'homme. Bref, les demandeurs d'asile déboutés ne pouvaient pas être autorisés à rester légalement : ils ne pouvaient pas travailler ni prétendre à toute la gamme d'allocations publiques dont bénéficiaient les citoyens anglais. Et pourtant, ils ne pouvaient pas être renvoyés dans leur pays d'origine. Même du point de vue le plus pragmatique et le moins idéaliste, on ne pouvait pas considérer cette solution bâtarde comme la solution rêvée. Dans la pratique, les demandeurs d'asile déboutés étaient envoyés dans des centres de rétention.

Alison savait que l'essentiel dans le système n'était pas l'opinion qu'elle en avait, et elle s'efforçait, dans la limite de ses pouvoirs, de se montrer le plus juste possible. Si c'était elle qui jugeait un dossier, le demandeur avait de plus grandes chances d'obtenir le droit de rester légalement au Royaume-Uni. Elle avait une autre qualité : elle écrivait très bien. Autrement dit, même si ses dossiers accusaient un pourcentage élevé d'autorisations définitives de demeurer dans le pays, lorsque ses jugements étaient lus, ils étaient difficiles à contrer. Quand son nom figurait sur le registre, l'avocat du demandeur d'asile était tout requinqué, et le ministère de l'Intérieur ne pouvait que gémir.

Aujourd'hui c'était Alison qui gémissait. Elle souffrait de règles douloureuses, son enfant le plus jeune avait une otite et l'avait réveillée trois fois dans la nuit, sa sœur s'était invitée pour le week-end et lui avait du même coup infligé le double de corvées – cuisine, lessive, vaisselle, commisération, consolation, et récriminations contre les écoles et les maris. Alison ne l'aurait jamais avoué à quiconque, mais le résultat de tout cela était qu'elle était soulagée d'être au bureau, elle en était pour ainsi dire enchantée. Des Somaliennes victimes de viol collectif, des Syriens torturés, des activistes kikuyus émasculés, des exploiteurs chinois prétendant être des dissidents politiques... par ici la bonne soupe.

Aucun n'avait besoin qu'on lui administre du sirop pour enfants, ou qu'on lui assure qu'il paraissait tout juste trente ans. Quand elle arriva à son bureau, un gros dossier, que nouait le ruban traditionnel – le ruban qui lui faisait toujours penser aux doigts inconnus qui l'avaient attaché, et à toutes les choses que ces doigts avaient dû faire – trônait déjà sur sa table de travail.

Peter McAllister était assis de l'autre côté de cette même table, et jouissait de la même absence de vue par la demi-fenêtre. Il étirait ses bras en l'air aussi loin que possible derrière lui, et son costume à fines rayures remontait. Il était un peu gros, trouvait Alison; comme si les sports genre équitation qu'il pratiquait le week-end ne réussissaient pas à compenser tout ce qu'il ingurgitait dans la semaine. La première impression qu'elle avait eue de lui, deux ans plus tôt, était celle d'un homme privilégié en train de glisser vers la quarantaine sans que ses convictions et ses préjugés antérieurs aient été un tant soit peu entamés. Cette impression était fondée : Peter McAllister était exactement comme ça. Il était allé à Radley et à St Andrews, où il avait été supervisé par un vieil ami de son père, avait fait du droit commercial mais n'avait pas aimé surmener ses neurones à outrance, si bien qu'il avait atterri ici, où ses certitudes morales trouvaient leur utilité. Il était membre du parti conservateur, et lui et sa femme, qui détenait la fortune du couple, n'arrêtaient pas de se demander s'il pourrait décrocher l'investiture de son parti pour la prochaine élection : d'une façon réaliste, il ferait sans doute mieux, cette fois-ci, de s'attaquer à un siège solidement acquis du parti travailliste, histoire d'en remporter un plus accessible la fois suivante. Il aurait un peu plus de quarante ans à ce moment-là; si le vent était favorable, il serait ministre d'ici quelques années, et après, allez savoir. Entre-temps, il menait un juste combat en introduisant les valeurs nationalistes dans un système d'immigration parfois trop indulgent. Les gens qui travaillaient avec les immigrés couraient toujours le risque de finir par croire qu'ils travaillaient pour les immigrés. C'était une erreur que ne commettait jamais Peter. Il n'oubliait pas qui réglait son salaire. Il ne statuait pas toujours en faveur du gouvernement (en faveur du contribuable, aurait-il dit), mais assez souvent pour que ses jugements et ceux d'Alison se neutralisent plus ou moins. Ils s'entendaient à merveille, discutaient boulot en termes neutres et principalement pour commenter des points de procédure, et ne se fréquentaient pas en dehors du travail.

« Alors tu as quoi ? demanda Peter en ôtant le ruban de son propre dossier, après le long bâillement consécutif à son étirement. Je ne suis pas du tout dans le bain aujourd'hui : j'ai fait une randonnée à cheval de quinze kilomètres chez le père de Josie hier soir, et je suis tellement courbaturé que j'arrive à peine à bouger. Je me fais vieux pour ce genre de fantaisies. Quel est le programme ? »

Alison avait parcouru la première page de son dossier.

« Un dissident saoudien. Et toi ?

— Une Zimbabwéenne. Quentina quelque chose. »

88

Lorsqu'il descendit en fin de matinée, Roger trouva dans le courrier trois factures et une mystérieuse enveloppe A5. Celle-ci contenait un objet, qui n'était ni un livre ni un CD. Il ouvrit l'enveloppe et eut un brusque mouvement de recul en voyant ce qu'il y avait à l'intérieur : un merle mort, déjà tout raide. L'oiseau commençait à sentir. Il était accompagné d'une carte sur laquelle figuraient les mots habituels : « Nous Voulons Ce Que Vous Avez. » Il la jeta dans la poubelle de cuisine. Un début de journée idéal.

La vie était vraiment injuste. Voilà ce que Roger n'arrêtait pas de se répéter en son for intérieur. La vie était vraiment injuste.

Il avait fait son boulot. Il n'avait pas été inconséquent ou négligent. S'il devait être tout à fait honnête – si on le forçait à parler en l'attachant avec des sangles et en lui arrachant les ongles –, il aurait pu reconnaître qu'il y avait bien eu une période où il s'était montré un tout petit peu distrait, un tout petit peu dans les nuages, un tout petit peu enclin à passer une heure par-ci par-là à se dire que ce serait vraiment agréable d'allonger Matya sur son bureau et de la prendre par-derrière. Mais cela n'avait pas duré longtemps, et quoi qu'il en soit, tout le monde traversait ce genre de passage à vide. Il avait l'impression qu'on le punissait pour un crime alors qu'il n'avait absolument rien fait de mal, hormis avoir un adjoint qui était un escroc et un sociopathe… Non, décidément, ce n'était pas juste.

Le pire, c'étaient les calculs mathématiques. Les dépenses des Yount en étaient toujours au même point. Deux maisons à gérer et à entretenir, ni l'une ni l'autre bon marché, les vêtements et les vacances, les achats superflus complètement extravagants d'Arabella – il lui avait fait un semi-sermon sur le sujet quelques jours après son licenciement, résultat, elle était sortie avec Saskia, avait picolé et était revenue en taxi avec quatre gigantesques sacs remplis de vêtements neufs pour se remonter le moral. Parler d'argent à Arabella équivalait à essayer de parler physique nucléaire à un enfant. Il y avait les voitures, les frais courants qui constituaient une véritable hémorragie – par chance il venait de recevoir les factures de l'assurance-auto et de l'assurance-voyages, lesquelles l'avaient poussé à vérifier les contrats-habitation, dont les montants étaient absolument faramineux malgré le système d'alarme qu'ils avaient installé, au coût lui aussi absolument faramineux – , les notes de teinturerie, de coiffeur, de taxi, les leçons de piano et de natation pour Conrad, la nourriture, le vin et le coach personnel d'Arabella, sans oublier les factures incessantes pour l'achat de tapis, de chaises, de matériel ménager ou que sais-je encore, les frais de crèche pour Conrad le matin ajoutés au salaire de Matya qui était bien mignonne, qui était même l'incarnation de la grâce, mais qui n'était pas donnée quand on réfléchissait à ce qu'elle leur coûtait et au fait que s'ils s'en séparaient ils feraient de sérieuses économies.

L'argent qui entrait et ressortait à flots était une source d'angoisse pour Roger, même à l'époque où il entrait bel et bien. La situation, toutefois, portait cette angoisse à un niveau nettement supérieur. On était en plein Apocalypse Now. L'argent continuait à sortir – à jaillir comme d'un robinet cassé – mais il ne rentrait plus. Pas un kopeck. Zéro. Que dalle. Des nèfles. Que pouic. Pas un rond.

L'autre possibilité consistait à chercher un boulot. Bien sûr, c'était la première chose à laquelle Roger avait pensé. Il n'allait pas se contenter de rester le cul sur sa chaise, pas lui. Les Yount n'étaient pas comme ça. Il avait appelé un vieux pote de lycée qui dirigeait maintenant une boîte de chasseurs de têtes, histoire de prendre un peu la température. Mais cette tentative avait mal tourné ; très mal. La première alerte avait été la difficulté qu'il avait eue à joindre

Percy au téléphone. Il avait appelé cinq fois en deux jours. Puis, enfin, une autre secrétaire avait fini par répondre – l'assistante personnelle de Percy avait dû s'absenter de son bureau –, et il avait dit qu'il s'agissait d'un « appel privé », avec juste ce qu'il fallait d'autorité décontractée très « public-school » pour qu'elle lui passe aussitôt le patron. Au bout du fil, Percy s'était montré réservé. Non, *erratum* : il avait été carrément fuyant. Il avait traité Roger comme un miséreux qui essayait de lui taper du fric.

« Mon vieux, dit Percy. Ça fait plaisir d'avoir de tes nouvelles.

— Je vais pas tourner autour du pot, Perce... je cherche du boulot. J'ai eu un petit embêtement avec Pinker Lloyd. Tu as peut-être entendu des choses. Quelqu'un a piqué dans la caisse et sous prétexte qu'il travaillait dans mon service, ils essaient de me mettre ça sur le dos. Ce que je compte faire, c'est trouver un autre boulot puis leur coller un procès au cul. Je veux dire, vraiment les plumer. D'après mon avocat, on pourrait atteindre des montants à sept chiffres. »

C'était un mensonge éhonté. Roger avait été tellement démoralisé et interloqué qu'il n'avait même pas parlé à son conseiller juridique de ce qui s'était passé – et en l'occurrence, les contrats de travail de la banque étaient libellés de telle sorte qu'il avait peu de chance de toucher la moindre somme. Une autre preuve que la vie était horriblement injuste, mais qu'il ne risquait pas de confier à son vieux pseudo-camarade de public-school.

« Quoi qu'il en soit, je n'ai pas envie de passer le reste de mon existence le cul sur ma chaise à compter mes indemnités et à vivre des intérêts sur les intérêts, alors je me disais qu'on pourrait en discuter un peu, voir ce qui peut se présenter ?

— C'est bien d'avoir un projet, dit Percy. Absolument. Très bien. »

Puis il se tut. Il faisait mine d'avoir répondu à sa question même s'il savait pertinemment qu'il n'en était rien.

« Alors je me demandais si on pouvait prendre date, reprit Roger, se mouillant davantage et commençant à trahir son désespoir.

— Tout à fait, tout à fait, approuva Percy. Sauf que... eh bien, j'ai horreur de jouer cette carte-là. Mais est-ce que je peux te parler en vieux professionnel ?

— C'est pour ça que je m'adresse à toi.

— L'expérience démontre qu'il y a des fois où il vaut mieux laisser la demande venir à toi. Je sais que tu es un trader dans l'âme, Roger (il n'en savait absolument rien, et ce d'autant moins que c'était totalement faux), et je sais que tu n'es pas du genre à baisser les bras. Que tu aimes être à la barre. Créer ta propre réalité. C'est une force, une grande force. C'est vrai. En temps normal. Mais... eh bien, oui, il y a un petit mais qui circule en ce moment. Pas seulement le problème Pinker Lloyd mais le marché en général. Lehman a été un choc terrible. C'est la panique totale dans le milieu. Tout le monde se demande quelle sera la suivante. On se demande ce qui va sortir du placard pour nous sauter à la figure. Ce n'est pas le climat rêvé pour recruter. Personne n'embauche. Personne n'est même très sûr d'être gardé. Tu me suis ? La période est très mauvaise pour chercher du travail. Il ne faut pas paraître désespéré. Ça dissuade. Comme j'explique à mes clients, c'est comme les rapports sexuels. Plus on est désespéré, plus on risque de payer pour en avoir ! Tu comprends ce que je veux dire ? Si j'étais toi, je ne ferais rien. Pas tout de suite. Laisse les choses se calmer un peu. L'effervescence retomber. Comme j'explique à mes clients, ça retombe toujours... mais ça peut prendre plus de temps qu'on ne croit. Ça vaut mieux pour tout le monde, hein ?

— Je me disais que dans ce cas... articula Roger.

— Mais justement, insista Percy. On y est, dans ce cas. Tout est une question de timing. Bref, en tant que professionnel et en tant que vieux pote, je te conseillerais de faire profil bas quelque temps. Fais-moi confiance. »

Et voilà. Percy ne l'avait pas seulement envoyé promener, il l'avait soulevé par la ceinture et le col pour le cogner la tête la première contre un mur. La chose était encore aggravée par le fait que si Percy était certes un homme abominable, particulièrement ignoble et dévoré de cupidité – même selon les critères en vigueur chez les chasseurs de tête de la City, pourtant unanimement considérés comme l'espèce vivante la plus vile –, il n'en connaissait pas moins son domaine. Si ce qu'il disait, de fait, était que personne ne toucherait Roger même avec l'embout d'une pompe à fosse septique, alors personne ne toucherait Roger même avec l'embout d'une pompe à fosse septique. Il avait forcément raison là-dessus.

Ce qui signifiait que Roger n'avait pas intérêt à envoyer son CV et à se mettre à frapper aux portes. Il ne leur restait plus qu'à réduire massivement leurs dépenses et à tâcher de faire durer le plus longtemps possible l'argent qu'il y avait sur leur compte courant et sur leur compte-épargne. Leur solde s'élevait à environ 30 000 livres et Roger savait – il avait beau en être horrifié, il le savait tout de même – qu'au rythme actuel de leurs dépenses cette réserve ne leur ferait pas deux mois. Alors ils puiseraient dans ses économies, les divers avoirs défiscalisés qu'il avait accumulés au fil des années, puis dans son fonds de retraite. Dans la City, il y avait une expression pour ça. Ça s'appelait « être complètement niqué ».

Il n'y avait donc rien d'autre à faire que de réduire les dépenses de manière drastique, et ce dès maintenant. Aujourd'hui même ! Dès maintenant, c'est-à-dire tout de suite, dans l'heure. Et même, de préférence, dans la minute. Explication musclée avec Arabella, puis restriction implacable des dépenses. Mais le problème était que Roger n'avait aucune envie de faire ça ; il ne s'en sentait pas la force. Ce qu'il avait envie de faire, dans le cas présent, c'était aller sur un site appelé Les Spécialistes de la Chemise Blanche, qui proposait une offre permettant de commander trois superbes chemises blanches pour 400 livres, économie non négligeable par rapport au prix normal plus proche des 500 livres. Il avait envisagé cette économie comme une poire pour la soif, et celle-ci, aujourd'hui, se révélant utile, il se mit à examiner toute une gamme de cols, de manches, de boutons et de manchettes à l'aspect subtilement différent, tout en se posant la question des monogrammes, qui lui paraissaient souvent vulgaires mais qui en l'occurrence pouvaient être merveilleusement discrets, blanc sur blanc. Il se surprit à se demander s'il était vrai que les chemises pouvaient bel et bien vous aller à la perfection si on se contentait de préciser sa taille, son âge, son poids et son encolure. Il y avait quelque chose de déprimant – ou peut-être de libérateur ? – à se dire que son physique se réduisait à ces quatre mesures.

Ces chiffres suffisaient à vous résumer. 41 ans, 96 kilos, 1,92 mètre, encolure 42 = Roger Yount.

Internet, en ces jours où il essayait de s'accoutumer au choc de son licenciement, de son chômage inévitable et de sa faillite prochaine, fut la planche de salut de Roger, ou, sinon sa planche de salut, du moins son activité quasi permanente. Ce qu'il aimait par-dessus tout, c'était lire des articles sur l'implosion de Lehman Brothers – ces incroyables imbéciles, ces demeurés absolus –, et juste après, jouer au poker en ligne. Quand il avait un emploi, qu'il supervisait une pleine salle de traders à longueur de semaine et était donc responsable de dizaine de millions de livres équivalent, en fait, à des paris, cette distraction ne l'attirait pas. Mais aujourd'hui, c'était comme si le côté joueur de sa personnalité avait brusquement besoin d'un exutoire et qu'il le trouvait là-dedans. Avec sa carte de crédit, il avait déposé 1 000 livres sur son compte Poker Stars et en avait déjà gagné 500. Il était déchaîné, agressif face à cette bande d'amateurs qui la jouaient petits bras. C'était rigolo.

Puis, cinq jours après avoir parlé à Percy, Roger se ressaisit. Il alla faire un tour sur le terrain communal, but un double expresso, prit son tableur et passa à nouveau les chiffres en revue. Ensuite il appela Arabella sur la ligne intérieure et lui demanda de venir le voir dans son bureau. Cette convocation, ils le savaient tous deux, préfigurait une discussion financière. Heureusement, la pièce disposait de deux fauteuils en cuir, d'une cave à cigares – en grande partie symbolique –, et d'une gravure de nu ancienne représentant une prostituée parisienne agenouillée sur une chaise dos au spectateur, exposant un postérieur à l'opulence aussi tentante que sa blancheur. Quand sa femme entra, Roger se borna à lui tendre une feuille de papier où figurait une liste – toutes ses dépenses superflues, depuis les achats de chaussures jusqu'aux injections de Botox en passant par ses cours particuliers de Pilates à domicile.

« Voilà tout ce qu'il va falloir supprimer », déclara-t-il.

Quelle satisfaction. Arabella pâlit.

« On est ruinés, dit-elle.

— Non. Ou plutôt si. Quasiment, à certains égards. »

Au fond de lui, dans un sombre recoin de son cerveau, un recoin dont il rechignait à reconnaître l'existence, cette annonce lui faisait un bien fou. C'était fabuleux. C'était une revanche – difficile de dire exactement pourquoi, mais c'était incontestablement l'impression qu'il en avait –, une revanche sur ce qu'elle lui avait fait à Noël.

C'est alors qu'Arabella eut une illumination.

« Et Matya ? » demanda-t-elle.

Roger se doutait qu'il y aurait droit et s'y était préparé. Sa comtesse, sa comtesse perdue. Une stratégie masochiste, mais qui ferait plus de mal à Arabella qu'à lui.

« Nous allons devoir nous séparer d'elle, affirma-t-il. C'est évident d'après les chiffres. Matya est un luxe – *un luxe voluptueux, délicieux, exaltant, une femme plus sexy et une meilleure mère pour nos enfants que tu ne le seras jamais, et la femme à qui j'aurais volontiers fait l'amour deux fois par jour pendant le restant de ma vie sur terre* – ... un luxe qu'on ne peut plus se permettre.

— Oh, lâcha Arabella.

— Eh oui, c'est comme ça. Tu vas être obligée d'être une maman. À longueur de nuit et de journée. La totale. Ce sont les chiffres qui le disent ; nous n'avons pas le choix.

— Oh », répéta-t-elle.

Dans sa tête Roger, triomphant, dansait une tarentelle aussi jubilatoire que moqueuse.

89

Ce fut très rapide. Les Yount donnèrent son congé à Matya. Ils tombèrent d'accord sur un préavis d'un mois; Matya dit qu'elle était triste, mais qu'elle comprenait. Dans quelques semaines, elle cesserait donc de travailler pour eux, et Arabella serait alors une maman en solo vingt-quatre heures sur vingt-quatre pour la première fois de sa vie.

En apprenant la nouvelle – Roger et Arabella assis en face d'elle à la table de la cuisine avec du thé qu'elle avait préparé pendant que les garçons, dans le salon-télé, regardaient un DVD de Shaun le mouton –, Matya ne ressentit rien du tout. Elle savait que Roger avait perdu son emploi. Il aurait été impossible de ne pas le savoir : du jour au lendemain, après avoir été inexistant à la maison, il était devenu omniprésent. Vu sa taille, Roger était difficile à ignorer : il prenait, très concrètement, beaucoup de place. Son empreinte sonore était immense. Aussitôt, la maison avait semblé plus petite. Il était constamment dans la cuisine, à monter l'escalier avec fracas pour rejoindre son bureau où il écoutait trop fort une compilation de morceaux punk. Après avoir porté, dans la semaine, uniquement des costumes classiques, on ne le voyait plus désormais que vêtu d'une robe de chambre ou d'un affreux bermuda kaki avec d'immenses poches tombantes. Il proposait tout le temps d'aider et, Matya ne pouvait manquer de le remarquer, ne loupait jamais une occasion de venir voir comment ça allait, en arrivant de préférence par-derrière, et encore plus de préférence quand elle était obligée de se pencher pour remplir le lave-vaisselle ou la machine à laver, ou qu'elle était occupée avec les enfants. C'était un peu lourd.

Sachant que Roger avait perdu son emploi de façon aussi subite qu'inattendue, elle se doutait bien que le sien n'allait pas tarder à suivre le mouvement. C'est pourquoi, dès qu'Arabella l'avait convoquée pour « une petite conversation », Matya avait deviné ce qui l'attendait. Ce fut plus tard, dans le courant de l'après-midi, qu'elle se mit à réfléchir à ce que cela signifiait réellement. Elle allait devoir se secouer pour chercher du travail – ce qu'elle n'avait pas fait depuis un certain temps, et elle n'avait guère d'illusions sur ce point. Il faudrait se forcer à faire des sourires et des courbettes tout en essayant de deviner si les employeurs potentiels étaient sains d'esprit et fiables et si leurs enfants étaient du genre à lui donner envie de s'occuper d'eux neuf heures par jour. C'était une corvée mais qui n'avait rien d'insurmontable : elle était déjà passée par là. Le plus embêtant, c'était que sa colocation était terminée et qu'il lui fallait chercher un nouveau logement. À Londres, cette mission était plus qu'une corvée – le véritable effort physique que nécessitait cette recherche, les métros, les bus, les longues marches, les petites annonces, la consultation des sites Internet et l'épluchage des journaux gratuits, les textos, les rendez-vous et les entretiens, la vérification des adresses et puis les chambres et ensuite les colocataires, tout cela cumulé était exténuant, déprimant, implacable, un de ces trucs qui vous faisait prendre conscience de l'immensité oppressante de Londres –, mais bon, là encore, c'était quelque chose qu'elle connaissait. Elle était déjà passée par là.

Ce par quoi elle n'était pas passée, ce qui était inconnu, c'était le fait de quitter Joshua. Toute la journée, elle s'efforçait de ne pas y penser; toute la journée, cela lui trottait dans la tête. Elle sentait un immense gouffre de chagrin s'ouvrir sous ses pieds. Qui pouvait résister à un gamin de trois ans débordant d'amour et pour qui l'idée du bonheur parfait consistait à venir se blottir contre vous? Leur histoire d'amour n'en était plus aux prémices – ce n'était plus tout à fait l'émotion des premiers rendez-vous et son cœur ne s'arrêtait plus de battre quand elle le voyait –, mais elle était plus heureuse avec Joshua qu'elle ne l'avait été avec personne de toute sa vie. Matya avait conscience que cela avait un lien avec sa propre enfance : elle redécouvrait ses parents perdus à travers l'amour qu'elle était capable d'éprouver pour Joshua. C'était une façon de retrouver l'amour de ses parents, de les réincarner en elle. Mais quelle importance? Que lui importaient les raisons? Ce qui était réel, c'était la sensation de la main du garçonnet dans la sienne quand ils sortaient l'après-midi chercher Conrad à l'école primaire. Ou la manière calme et mesurée dont il levait les yeux et disait : « Je t'aime, Matty. » Ces mots avaient plus d'impact qu'ils n'en avaient jamais eu venant d'un petit ami.

Voilà donc ce qui l'accabla quand elle rentra à l'appartement à six heures et demie. Chose inhabituelle, elle ferma le loquet derrière elle. Elle s'assit sur le petit canapé en cuir – cadeau d'Arabella, qui l'avait acheté pour son dressing avant de changer d'avis –, mit sa tête dans ses mains et pleura. Pas à cause de son boulot et des autres changements dans sa vie, mais en pensant à Joshua, car elle savait qu'il lui manquerait de façon absolument insupportable.

90

Il y eut un bruit de ferraille – un bruit de ferraille désormais familier –, et le petit déjeuner de Shahid apparut par le guichet dans la porte de sa cellule. Assis par terre, Shahid ne pensait pas à grand-chose, depuis qu'il avait fait sa prière de l'aube. Il avait une montre à présent, mais « l'aube » ici correspondait à l'heure à laquelle il se réveillait. En général guère après six heures. Le petit déjeuner arrivant à sept heures, il avait donc un battement suffisant pour réfléchir tranquillement.

Shahid pensa à Iqbal et à la bêtise qui avait été la sienne de l'accueillir dans son appartement. Il se demandait où il était passé. Il espérait que quand la police le trouverait ils lui défonceraient la gueule.

Il pensa à ce qu'il ferait à l'auteur de Nous Voulons Ce Que Vous Avez quand il lui mettrait la main dessus.

Il pensa à sa cellule, au fait qu'il n'avait jamais connu aussi à fond une pièce dans laquelle il avait séjourné. Il se demandait si un jour viendrait où elle ne serait plus gravée dans son esprit, dans ses moindres détails : une fissure dans l'angle du plafond et de petites marques fibreuses sur les murs qui, descendant en éventail, ressemblaient à la carte d'un delta. Un carré d'humidité à gauche du lavabo qui était de temps en temps froid et mouillé au toucher. Les tuyauteries, dont le tintamarre métallique prenait parfois un rythme quasi syncopé : clunk BANG, clank clunk BANG.

Il pensa à Mme Les Beaux Principes, comme il surnommait intérieurement l'avocate. Elle avait ce genre d'attitude anglaise bien raide, bien stricte, bien coincée et bien sèche qui vous empêchait d'imaginer ce que pouvait être sa vie sexuelle. Des tendances un peu tordues, forcément. Un goût pour les fessées peut-être. Ou bien elle s'habillait cuir, maniait un fouet et obligeait les hommes à ramper sur le sol en disant : « Oui, maîtresse. »

Shahid pensa à sa propre vie sexuelle; il se demandait s'il en aurait une à nouveau un jour. Sa libido n'avait jamais été aussi absente. Peut-être que c'était vrai, peut-être qu'ils mettaient bel et bien quelque chose dans la nourriture. Mais il savait que quand il sortirait, s'il sortait, il aimerait bien avoir une copine. Il n'avait rien de plus précis en tête que cela. L'idéal, ce serait une gentille petite musulmane bien élevée, une vierge, qui adorerait faire l'amour. Au fond il s'agissait plus d'une personne avec qui sortir, avec qui se réveiller, avec qui regarder la télé, avec qui aller en boîte, avec qui aller chez Gap et avec qui choisir des T-shirts. Une nana. Cette nana du métro, celle qu'il avait essayé de retrouver par le biais des petites annonces de *Metro*, celle à qui il lui arrivait encore de penser.

Il pensa à Ahmed et à Rohinka et à Mohammed et à Fatima, et devait bien reconnaître qu'il enviait son frère aîné, son frère aîné si enveloppé, si lent, si sédentaire et si prudent.

Il pensa à Mme Kamal et parvint presque à sourire en imaginant les tourments qu'elle devait infliger à toute la famille. Mais aussi aux policiers, aux avocats ou à tous ceux qui pouvaient avoir le malheur de se trouver à portée de voix.

Il pensa à ce qu'il allait faire du reste de sa vie quand il sortirait d'ici, s'il sortait d'ici. Poursuivre l'État pour l'avoir arrêté de manière arbitraire, avoir violé ses droits, l'avoir incarcéré sans raison... voilà une des choses qu'il pourrait faire. Toutefois Shahid savait qu'il s'en garderait. Dans cette cellule, il ressentait le passage du temps, il le ressentait puissamment, plus vivement que jamais auparavant. Le temps qui filait, qui filait purement et simplement. C'était le paradoxe du lieu. Vous étiez enfermé, et tous les jours se ressemblaient, et il ne se passait rien sinon ces mêmes questions qu'on vous posait et vous qui y donniez les mêmes réponses, de sorte que chaque jour était une mare bourbeuse où tout se déroulait au ralenti, que chaque heure donnait l'impression de durer des jours... Un état qui allait tellement au-delà de l'ennui qu'il en devenait tout autre. Et pourtant cet état vous faisait prendre conscience, cruellement conscience, de la vitesse à laquelle le temps s'enfuyait. Shahid sentait sa vie lui filer entre les doigts. Il avait trente-trois ans, et qu'avait-il fait ? Quel vide laisserait-il dans le monde s'il ne sortait jamais d'ici ? Il lui fallait faire quelque chose – reprendre un vrai travail, pas la boutique, mais retourner à la fac terminer son diplôme et décrocher un boulot digne de ce nom, mener une existence digne de ce nom.

Il pensa que c'était son dix-neuvième jour en prison, le dix-neuvième jour depuis qu'il s'était fait arrêter.

Puis il pensa au petit déjeuner. Il devait être froid désormais, mais de toute façon il était toujours tiédasse quand il arrivait. Aujourd'hui, c'étaient des œufs brouillés et des toasts. Les œufs étaient trop cuits, si bien qu'ils étaient granuleux et dégageaient une légère odeur de soufre. Un des toasts présentait une très mince couche de beurre, à peine une pellicule, et l'autre, pour compenser, en avait une épaisseur de plus d'un centimètre. Le thé étant imbuvable même quand il était chaud, Shahid n'y toucha pas alors qu'il mangeait son plat refroidi, beaucoup plus lentement qu'il ne l'aurait fait chez lui.

Il y avait des policiers et des gardiens qu'on entendait arriver, d'autres non. Là, il n'avait rien entendu. Il y eut un raclement et la porte de la cellule fut ouverte par un policier qui tenait un immense trousseau de clés circulaire, un trousseau de clés façon bande dessinée, dans sa main gauche.

« Prêt ? » demanda l'homme.

Shahid haussa les épaules. « Pour quoi faire ? » C'était sa nouvelle manie : chaque fois que c'était possible, il répondait à une question par une question.

« Vous avez rassemblé vos affaires ?

— Pour quoi faire ? De quoi vous parlez ?

— On ne vous a pas prévenu ? » Voilà que le policier semblait jouer lui aussi au jeu des questions-questions...

« J'ai l'air d'avoir été prévenu ? Qu'est-ce qui se passe, bon sang ?

— Ha ! » Le policier pouffa. On aurait dit un glapissement. « Alors ça c'est vraiment typique. Vous sortez aujourd'hui. En fait, tout de suite. Votre avocate et votre famille sont venues vous chercher. »

Shahid ne croyait pas possible qu'une pensée ou un sentiment puissent être aussi forts. Il sentit son cœur s'emballer, le sang affluer dans son crâne, et il se redressa d'un bond, heurtant la table, violemment, avec ses cuisses. Le thé imbuvable se répandit sur le sol de sa cellule.

« Vous plaisantez. »

Mais le policier se délectait tellement de ce malentendu qu'il était exclu qu'il plaisante. Ledit malentendu, qui ne faisait que confirmer sa vision du monde, le comblait d'aise.

« Ça, c'est typique. À tous les coups, la personne la plus concernée, c'est elle qu'on ne met pas au courant. On ne pense jamais à l'avertir. Typique. Classique. Toujours comme ça ici. »

Shahid ramassa son châle de prière, son tapis de prière, son Coran, sa brosse à dents et son pull. Il enfila ses tennis sans lacets.

« Je suis prêt.

— Typique », répéta le policier une dernière fois, pas à l'adresse de Shahid mais à la cantonade, continuant à secouer joyeusement la tête. Il entraîna Shahid hors de la cellule et le long des couloirs que le prisonnier commençait à si bien connaître, puis jusqu'à l'ascenseur. Ils descendirent quatre étages pour rejoindre un bureau doté d'un comptoir, sur lequel se trouvait le pantalon de jogging de Shahid – celui qu'il avais mis quand on l'avait arrêté. Le sergent de garde, un gros bonhomme aux yeux froids, lui tendit une planchette à pince avec un formulaire à signer, et il le signa. Puis l'autre policier le précéda pour franchir une porte vitrée grillagée et, derrière, ils retrouvèrent Ahmed, Usman, Rohinka, Mme Kamal et Mme Les Beaux Principes, tous se levant d'un bond dès qu'ils l'aperçurent, et tous la mine inquiète mais réjouie, et l'œil qui brillait.

« Et qui tient la boutique? » essaya-t-il de dire, mais sa voix se brisa avant et sa phrase se changea en sanglots.

91

Rohinka avait parfois la sensation qu'elle ne dormait jamais, littéralement jamais. Elle savait qu'elle dormait forcément un peu, bien sûr, car sinon – si elle n'avait effectivement jamais dormi, pas une seconde –, à l'heure qu'il était, elle serait morte ou elle aurait sombré dans la folie. N'empêche, il y avait des moments où elle ne se sentait pas si loin de la mort ou de la folie. Pour ce qui était de ne jamais dormir, eh bien, un des indices était que quand Fatima entrait dans la chambre le matin, à partir de cinq heures et demie, Rohinka l'entendait arriver. Peut-être était-elle tellement à l'affût du réveil de sa fille que son premier bruit de pas suffisait à la tirer d'un sommeil trop léger. C'était sans doute l'explication, se disait Rohinka. Non que cela changeât grand-chose : dans un cas comme dans l'autre, toute la journée et tous les jours, elle était au bord de l'épuisement.

Jamais elle ne dormait encore quand Fatima entrait dans la chambre et entreprenait de réveiller sa mère selon une procédure brevetée qui comptait trois étapes. D'abord, pendant environ une minute, la fillette restait plantée à côté du lit – très, très près du bord, idéalement à un demi-centimètre –, à épier le premier signe de vie. Ensuite, du plat de la main, elle se mettait à tapoter l'épaule de sa mère, un geste entre la petite tape et la caresse, un geste pas violent et même respectueux, mais ferme, insistant. Pour finir, elle grimpait tout simplement par-dessus Rohinka, comme si le corps de sa mère était un parcours d'escalade au centre de loisirs, et se jetait dans la brèche derrière elle dans le lit.

À ce moment-là il ne servait plus à rien que Rohinka s'acharne à faire semblant de dormir.

Il en alla de même aujourd'hui. Elle entendit Fatima arriver du palier sans se presser, d'un pas délicat mais résolu : la fillette savait ce qu'elle faisait. Au fond de son berceau dans la chambre conjugale, Mohammed, comme la plupart des matins, n'avait pas l'air de se réveiller – une chance, supposait Rohinka. À cinq heures et demie du matin, un seul enfant était amplement suffisant.

Il en allait donc de même aujourd'hui que tous les autres jours. Aujourd'hui était néanmoins différent, car aujourd'hui était le jour où Mme Kamal reprenait l'avion pour Lahore. Usman repartait avec elle, dans un objectif multiple : il devait aider Mme Kamal pour le voyage (d'après Rohinka, elle n'avait aucunement besoin d'aide, mais bon, il fallait parfois s'incliner devant la fragilité supposée de sa belle-mère) ; il prétendait à titre personnel avoir envie d'« un petit break à Lahore » ; et il avait succombé aux persécutions de sa mère qui voulait lui faire rencontrer quelques épouses potentielles. Allez savoir, peut-être que ça marcherait pour lui... Usman n'était plus tout à fait lui-même ces derniers temps. Non qu'il parlât davantage, qu'il s'intéressât davantage aux enfants, ou quoi que ce soit de ce genre, mais il était moins en colère et plus préoccupé. Il avait taillé sa barbe et cessé d'enquiquiner Ahmed en refusant de vendre de l'alcool. Peut-être commençait-il tout bêtement à grandir un peu.

Dès que Fatima entra dans la chambre et se posta près du lit, Rohinka fit quelque chose qui stupéfia sa fille : elle se leva.

« Maman ! s'écria Fatima. Qu'est-ce que tu fais ?

— Mamaji s'en va aujourd'hui. Il y a plein de choses à faire. Tu vas pouvoir m'aider.

— Je vais la réveiller ? »

Fatima, malgré son caractère infatigable, sa fougue et sa tendance à ne pas faire de quartiers, se méfiait énormément de sa grand-mère. (Laquelle, de manière prévisible, était folle de Mohammed.) Elle n'allait pas dans sa chambre sans y être invitée. Il était tentant de laisser Fatima jouer les sonneries de réveil auprès de Mme Kamal, mais ce n'était sans doute pas une très bonne idée. Si elle se levait du pied gauche, Mme Kamal risquait d'attaquer son dernier jour d'une humeur de dogue et de rendre cette journée de départ insupportable pour tout le monde. L'espace d'un instant, Rohinka se laissa aller à penser au plaisir que ce serait de récupérer sa maison, de balayer ce sentiment d'invasion permanente. Personne sur qui tomber en allant aux toilettes à minuit, personne à qui dissimuler ses plaquettes de pilules contraceptives, personne pour qui faire la cuisine, la vaisselle ou la lessive en plus. Ce serait bien de voir Mohammed retourner dans sa chambre, bien d'avoir à nouveau leur maison pour eux seuls. Jamais la normalité ne lui avait paru plus séduisante. Rien que tous les quatre… cette simple pensée lui faisait l'effet d'un long soupir lénifiant.

« Il vaut mieux que tu restes ici avec moi. Ou que tu descendes voir ce que fait papa. »

Fatima hocha la tête, l'air sérieux : elle avait une mission. Elle contourna le lit et prit la place de son père sous les draps.

Une heure et demie plus tard, ils étaient tous dans la cuisine, prêts à partir. Même Shahid, qui, compte tenu des circonstances, aurait pu rester au lit et échapper aux adieux, était là. Cela faisait trois jours que sa garde à vue avait pris fin et il était encore titubant de bonheur – le symptôme principal étant qu'il n'arrêtait pas de parler. Il avait perdu du poids en prison, cinq ou six kilos, et entre sa barbe qu'il avait rasée à sa sortie et ses cheveux qu'il avait fait couper, il était tout à coup bien plus beau. En fait, il ressemblait à un personnage de film, un mystérieux étranger, mince et séduisant. Si ç'avait été lui qui partait pour Lahore, Rohinka aurait parié qu'il ne serait pas revenu célibataire. Pour l'heure, il était assis à côté de Fatima, l'incitant à manger ses céréales en faisant semblant d'en dévorer d'énormes cuillerées, puis les enfournant dans la bouche de sa nièce en imitant des bruits d'avion. Mme Kamal, assise à côté de lui, était occupée à disposer son passeport, son billet d'avion et divers documents sur la table devant elle. En face d'elle, Mohammed, sur sa chaise haute, était à peine réveillé. Il n'était pas ronchon, mais bon, il n'avait pas encore totalement émergé. Il ne cherchait pas à manger son petit déjeuner ni à communiquer avec quiconque : assis là affalé de travers, tout potelé et le cheveu rare, il évoquait un sultan en train de digérer un repas trop copieux. À côté de lui son père lui aussi paraissait fatigué, et cette coïncidence ne faisait qu'accentuer leur air de famille; cette ressemblance, que Rohinka ne discernait que par intermittence, était incontestable. On aurait dit des jumeaux de trente-cinq ans d'écart.

Mme Kamal referma son sac dans un petit claquement.

« Il est l'heure, déclara-t-elle.

— Usman est allé chercher la voiture », répondit Ahmed. Les deux frères emmèneraient leur mère à l'aéroport; Shahid avait un rendez-vous avec Mme Strauss l'avocate. Ils se firent leurs adieux, puis sortirent devant le magasin, où Usman était installé au volant du Sharan avec les feux de détresse qui clignotaient. Ahmed chargea les bagages de Mme Kamal à l'arrière du monospace. Elle avait deux valises et le plus énorme sac à roulettes qu'ait jamais vu Rohinka : si on étirait la poignée, il était presque aussi grand qu'elle.

Debout devant sa belle-mère, Rohinka éprouva une bouffée d'un sentiment totalement inattendu : de l'affection. Elle avait vu l'énergie que Mme Kamal avait déployée quand son fils était sous les verrous, et ne l'oublierait jamais. Elle espérait que Fatima et Mohammed n'auraient jamais des ennuis de cette ampleur; mais si par malheur cela arrivait, elle espérait pouvoir se conformer au digne exemple de sa belle-mère. Mais tout cela n'était pas facile à traduire par des mots, et elle n'essaya même pas. Peut-être était-ce inutile. Mme Kamal lui empoigna le bras avec une expression amusée et entendue, comme un acteur qui reçoit les applaudissements au moment du salut :

« Ma fille. Un séjour mouvementé. » Puis Mme Kamal, se retournant pour monter dans la voiture, déclara : « Bon, maintenant, allons nous occuper de nous faire surclasser. »

Quatrième partie

Novembre 2008

92

Au pire, qu'est-ce qu'on risque? Roger avait toujours trouvé cette question stupide. Si vous n'étiez pas fichu d'imaginer le pire, ça voulait simplement dire que vous n'aviez pas beaucoup d'imagination.

Et ce n'était pas la peine de le demander à ses anciens collègues chez Pinker Lloyd. C'était incroyable : la banque entière avait fait faillite. Le scandale du trader voyou dans le service de Roger n'avait pas été énorme, juste assez important pour que des rumeurs commencent à circuler sur la banque, ce qui avait poussé les gens à examiner les comptes d'un œil sceptique juste au moment où les marchés financiers paniquaient complètement après l'implosion de Lehman Brothers. On commença à s'interroger sur les risques pris par Pinker Lloyd sur les prêts à court terme et sa capacité à emprunter de l'argent facilement, rapidement et pas trop cher sur le marché monétaire international. Le crédit se tarit du jour au lendemain : les prêteurs retirèrent leurs prêts, les clients leur argent, ils durent appeler à l'aide la Banque d'Angleterre, la Banque d'Angleterre hésita et, patatras, Pinker Lloyd dut cesser ses activités. La banque fut placée en redressement judiciaire; ses actifs furent distribués et liquidés; et tout le monde se retrouva au chômage. Lothar avait été humilié publiquement. Roger était aux anges. C'était bien fait pour eux.

Il aurait donc dû être de bonne humeur mais voilà, le 51, Pepys Road était en vente. Le prix demandé était de 3,5 millions de livres. L'agent immobilier, Travis, lui avait dit que le prix était un peu « élevé », mais qu'ils pouvaient toujours

« tenter le coup », après tout : « Au pire, qu'est-ce qu'on risque ? »

Roger se rendit compte qu'il détestait tout ce qui avait trait à la vente de la maison. Il détestait Travis, surtout sa voix, pas son accent – son accent ne le dérangeait pas, il était habitué à toutes sortes d'accents à la City –, mais sa voix, fausse, discordante, sans affect et pourtant mielleuse. Par-dessus tout, il détestait Travis parce qu'il était habilité à avoir des opinions et à prodiguer des conseils : il annonça qu'il adorait la façon dont vous aviez refait la cuisine, admira l'utilisation ingénieuse de la lumière naturelle dans le salon, déclara que le bureau de Roger avait quelque chose d'un peu défraîchi mais que ce n'était pas si grave étant donné le charme du reste de la maison – ça laissait une amélioration à apporter et donnait l'impression de disposer d'un minimum de latitude. Travis était un grand fan des émissions de télé touchant à l'immobilier, et se baladait chez les autres en prononçant des jugements sur leurs intérieurs sans la moindre gêne.

C'était ce que faisaient la plupart des gens qui venaient visiter le 51, Pepys Road. Non que les gens énoncent leurs commentaires à haute voix, à part les plus culottés, mais Roger devinaient leurs pensées, ce qui était déjà assez contrariant. Ils regardaient, fouinaient, lorgnaient, jugeaient. On entendait leurs petites cervelles bourdonner. Pourquoi vendent-ils ? Je me demande bien pourquoi le mari est là. Je me demande où ils vont s'installer. Je me demande quel prix ils accepteront. Je me demande si ces céramiques sont signées Lucie Rie. Et vas-y que je farfouille, et vas-y que je réfléchisse. Beaucoup d'entre eux, une minorité non négligeable, peut-être même une majorité, étaient de toute évidence de vulgaires curieux uniquement là pour voir à quoi ressemblait la maison. Travis prétendait « éliminer les fouineurs » mais bien sûr c'était faux, et quand des individus qui n'avaient manifestement aucune intention d'acheter se pointaient sur son perron pour espionner son mode de vie, Roger devait se retenir de leur dire de foutre le camp. Un jour, un couple qui habitait plus loin dans la rue vint même fureter. Visiblement, ils ne s'attendaient pas à ce qu'on les reconnaisse. Travis faisait la visite mais, histoire de faire flipper ces intrus, Roger suivait dans leur sillage, l'air furibond et les bras croisés, pendant que l'agent immobilier débitait son baratin. Au bout de pile dix minutes, ils étaient déjà ressortis.

« Travis, ces gens habitent déjà dans cette rue, déclara Roger en ravalant une remarque bien plus grossière.

— Oups, au temps pour moi, répondit Travis, sans s'estimer fautif le moins du monde. Bizarre, ces gens, hein ? Enfin bon, j'ai deux visites sérieuses pour vous cet après-midi. »

Ce n'était pas que la maison ne recueillait pas d'offres. Il y en eut, tout de suite – à savoir, dès le premier jour, dès les tout premiers visiteurs. Mais l'offre n'était pas réelle, bien sûr. Ou plutôt, elle était réelle dans la mesure où l'intention était sincère, mais l'argent était tout bonnement inexistant. C'étaient des gens qui allaient devoir a) vendre leur propre maison beaucoup plus cher qu'ils ne l'avaient payée et b) mettre au point une hypothèque gigantesque avant de pouvoir ne serait-ce qu'envisager de faire une offre pour le 51, Pepys Road. En fait, étant donné la situation, ils n'auraient même pas dû venir voir la maison. Travis, un vrai idiot à presque tous égards, se révéla d'une fermeté étonnante sur la question de quelles offres il fallait prendre ou non au sérieux. Sans doute parce que le versement de sa commission en dépendait aussi.

« Ne pensez même pas à ces gens-là, avait-il dit à Roger. S'ils n'ont pas déjà l'argent, ça ne vaut pas la peine. »

Mais peut-être ces gens-là avaient-ils bel et bien les moyens... C'était là une pensée vraiment irritante. Le Roger d'autrefois, celui d'avant le bonus raté de Noël 2007 et d'avant le licenciement, n'était pas très loin de cet homme qui pouvait, sans réfléchir, se payer une maison de 3,5 millions de livres. Ce Roger-là lui donnait l'impression d'être mort depuis longtemps ; ou plutôt d'être une sorte de jeune frère depuis longtemps disparu et pas vraiment regretté.

Ce que Roger détestait le plus dans tout ce binz concernant la maison, c'était son côté insensé. Personne ne pouvait prendre une décision raisonnable de cette importance aussi vite, après une visite de vingt minutes. Mais cette atmosphère de folie était apparemment générale. Une sorte de délire entourait l'ensemble de l'opération – tout le monde semblait archipressé, comme en émoi. Une frénésie quasi sexuelle. Les plus réfléchis – ceux dont la prudence se remarquait, qui étaient visiblement plus mesurés et plus adultes – venaient voir la maison à deux reprises pour un total d'une quarantaine de minutes. Pour la décision financière la plus importante qu'ils étaient susceptibles de prendre dans leur vie... quarante minutes. Avec tout ça, Roger repensa à ces cartes postales qui disaient : « Nous Voulons Ce Que Vous Avez. » Il aurait aimé retrouver celui qui les envoyait, lui enfoncer la carte dans le gosier et dire : Très bien, parfait, j'échange ta vie contre la mienne, à l'aveugle... histoire de voir la tête que ferait ce petit connard.

Arabella, elle, prenait un certain plaisir à voir la maison sur le marché. Il y avait quelque chose de très satisfaisant à embellir leur demeure afin d'en accroître la valeur. S'employer à enjoliver les lieux était une nécessité à la fois pratique et sensée; c'était une façon de « maximiser la valeur de leur bien le plus considérable ». Arabella se souvenait de cette expression : Roger l'avait utilisée pour justifier le démontage du parquet afin de camoufler les câbles de son home-cinéma. Il allait sans dire qu'aucune maison n'était parfaite en soi. Il y avait toujours de petites choses à faire. Arabella acheta une nouvelle table de chevet et mit l'ancienne à la décharge : ce simple détail, d'après elle, rendait la pièce beaucoup plus jolie et bien plus vendable. Manifestement, elle agit sans en parler à Roger; tout aussi manifestement, il ne le remarqua pas. Elle avait envie – une envie folle – de se débarrasser du canapé de Noël, un meuble moderne gris qui rendait bien dans le show-room mais qui ne collait tout bonnement pas dans leur salon; mais ce changement-là, Roger le repérerait à coup sûr. Rien ne pouvait l'irriter davantage que de voir Arabella prendre un plaisir un peu bizarre à pomponner et à ornementer la maison avant de la vendre. Si elle avait cherché à toute force à le rendre chèvre – ce que Roger soupçonnait par moments –, elle n'aurait pas pu mieux s'y prendre.

« Voilà le topo, confia Arabella à Saskia en buvant des verres dans un restaurant dont le bar s'appelait The Library, on fourgue la baraque, on s'installe quelque temps à Minchinhampton. Elle est aussi sur le marché mais elle mettra plus longtemps à se vendre. C'est ce qu'on nous dit, en tout cas. Là les projets divergent. Le projet officiel, c'est-à-dire celui de Roger, consiste à vendre également Minchinhampton, à prendre l'argent et à se mettre en quête d'une (elle mima des guillemets avec ses doigts) "petite affaire intéressante" pour qu'il puisse se lancer et "faire quelque chose de concret", c'est-à-dire... eh bien, je n'en sais pas plus que toi. Il faut que ce soit un coin avec de bonnes écoles, du moins pour le primaire, et où les transports ne soient pas trop galère.

— Ça ne te ressemble pas trop. Des bottes en caoutchouc avec du Chanel, un 4X4 Audi sur le gravier, flirter avec le garçon d'écurie... je vois ça d'ici.

— Eh bien, pas loin. Le vrai projet, le mien, le voici : on va à la campagne, j'arrange un peu Minchinhampton, je m'y consacre à fond et Roger se promène à satiété dans les champs en respirant l'air pur, jusqu'à ce qu'il se rende compte qu'il ne va pas tarder à mourir d'ennui et que toutes ces âneries sur un endroit où les enfants peuvent s'ébattre en toute liberté sont une foutaise absolue parce que la campagne comporte tout autant de dangers que la ville, et même plus ; à ce moment-là, il remarque que je m'ennuie tellement que je suis sur le point de m'enfuir avec le prof de Yoga Bikram du bourg le plus proche, alors il sort de sa léthargie et, comme tout le tintouin autour de Pinker Lloyd s'est calmé, il envoie son CV et décroche un nouveau boulot digne de ce nom. Il oublie ses idioties d'installation à Ludlow et de création de gadgets... Il reprend un boulot à la City. Salaire de base à six chiffres, prime à sept chiffres les bonnes années. Retour à la normale, quoi. »

Saskia fit signe qu'on leur apporte deux autres lychee martinis. Le serveur inclina la tête puis s'esquiva.

« Ça me paraît plus raisonnable, dit-elle.

— Oui, et ce qu'il y a de bien dans tout ça, c'est que ça a un peu réveillé mes parents. Ils ont toujours cru que, sous prétexte que Roger faisait ce qu'il faisait et que nous vivons comme nous vivons – pardon, que nous vivions comme nous vivions –, nous roulions sur l'or. Ils croyaient qu'on faisait partie des riches et non pas des Londoniens aisés typiques qui ont du mal à maintenir leur train de vie. Ils ont donc ouvert un peu les yeux sur la réalité et, ce qu'il y a de formidable, c'est qu'ils ont proposé de payer les études des garçons. On est bien décidés à les mettre en pension. Du moins je le suis. Donc tout ce que nous avons à faire c'est les accompagner jusqu'à leurs onze ans, et ensuite maman et papa se chargeront de tout le reste : la prep school d'abord, puis un établissement correct. Tout cela c'est encore loin, mais il faut bien penser à l'avenir, pas vrai ? »

Les Martini arrivèrent et les deux femmes trinquèrent. À l'autre bout de la salle il y avait quelqu'un qu'Arabella crut reconnaître de la télé. À moins que ?

Ce déjeuner constituait un rare moment de luxe pour Arabella, une rare résurgence de son ancienne vie. Josh était à la crèche, elle le récupérait à quinze heures trente, et Conrad était chez un copain dont Arabella avait rencontré la mère lors de ses cours prénatals, et avec qui elle avait renoué en la croisant à la cafétéria. Elles ne s'étaient pas vues depuis des années. Il y avait entre elles une sorte de différence idéologique, ou du moins une certaine gêne, quant au fait que Polly avait choisi d'arrêter de travailler quand ses enfants étaient petits, alors qu'Arabella ne travaillait pas mais avait quand même des nounous à plein temps. Le truc avec les enfants en bas âge, c'est qu'il fallait être taillée pour s'en occuper, et Arabella, très simplement et très franchement – elle le disait elle-même –, n'en avait pas l'étoffe. Ses fils étaient adorables, mais ils étaient trop accaparants, et elle n'avait pas envie de se laisser bouffer. Et voilà qu'elles se retrouvaient, poussant toutes deux des landaus Bugaboo avec des enfants de trois ans endormis.

La première séance chez Arabella avait été assez catastrophique. Le petit Toby avait fait caca dans sa culotte à peine dix minutes après son arrivée et Arabella n'avait pas pu se résigner à l'essuyer. Quand Polly était revenue de chez le coiffeur deux heures plus tard, le gamin empestait. Arabella s'était écriée : « Oh mon Dieu, ça s'est produit à l'instant », mais Polly, après avoir constaté *de visu* l'étendue des dégâts, avait eu tout lieu de soupçonner que l'accident n'était pas récent. Le texto qu'Arabella lui avait ensuite envoyé avait été ignoré et elle s'était dit qu'elle avait tout fait foirer, mais quinze jours après Polly avait téléphoné pour inviter Conrad.

En dépit de leurs menues différences, elles appartenaient à la même tribu. Arabella devait passer chercher Conrad juste avant de récupérer Josh.

Elle avait l'impression que c'était la première récréation qu'elle s'accordait depuis des mois. Être mère à plein temps n'était décidément pas facile.

« Madame Yount, quel plaisir de vous revoir », dit le maître d'hôtel en s'approchant de leur table.

Il ramassa les deux menus, qu'aucune des deux amies n'avait consultés, en demandant : « Deux formules ? »

Saskia hocha la tête, et l'homme s'inclina à nouveau puis s'éclipsa.

« 34,50 livres pour six plats, déclara Saskia. C'est quasiment donné. »

93

Patrick ne supportait plus d'aller à tous ces rendez-vous pour parler de l'avenir de Freddy. La blessure de Freddy, le pronostic de Freddy, l'indemnisation de Freddy, l'avenir de Freddy..., c'était toujours la même rengaine. S'il devait y avoir un seul rendez-vous dont il savait par avance qu'il serait décisif, ce serait différent : il pourrait serrer les dents et encaisser. Mais ce n'était jamais comme ça. Les avocats de la compagnie d'assurance étaient toujours présents, ils cherchaient à gagner du temps, ils se dérobaient, ils rendaient dingues les autres spécialistes pourtant censés être habitués à ce genre de manœuvres dilatoires.

Résultat, Patrick demanda à Mickey d'aller aux réunions et de les représenter, Freddy et lui. Il avait confiance en lui. Cette confiance était due au chagrin évident que lui causaient les événements. Patrick voyait bien que Mickey se sentait tout aussi malheureux que lui et le constat lui ouvrait les yeux : quels qu'aient été ses rapports avec les Kamo au début – quand il ne considérait Freddy que comme un atout pour le club, qu'il fallait exploiter et rentabiliser au maximum –, l'homme avait désormais une réelle affection pour le garçon. Patrick avait enfin trouvé quelqu'un avec qui il pouvait se montrer totalement franc à propos de la situation de son fils. La plus étrange des choses s'était donc produite : Patrick et Mickey étaient devenus, pour ainsi dire, amis. Ils n'étaient pas totalement à l'aise l'un avec l'autre, ils ne le seraient jamais – mais au sujet de Freddy, ils pouvaient se montrer entièrement francs et ouverts. Leur relation avait la liberté bien délimitée de l'amitié.

« J'ai un service à vous demander », dit Patrick.

Les deux hommes, au rez-de-chaussée, regardaient Barcelone jouer contre Majorque dans un match de La Liga un dimanche soir. Freddy était à l'étage dans la salle de jeux. Ils avaient tous les trois de la peine à regarder le foot, mais ils continuaient à le faire par principe et aussi par crainte, s'ils renonçaient à cette habitude, de ne pas pouvoir la reprendre.

« Je dois vous demander si vous accepteriez de représenter Freddy tout seul à ces réunions. Je les trouve trop douloureuses. Je ne peux plus y aller. Tant qu'il n'y aura pas vraiment du nouveau. »

Mickey comprit tout de suite de quoi il s'agissait et ce que cela impliquait.

« Bien sûr que j'accepte, Patrick. Ce sera un honneur. »

C'était donc ce que faisait Mickey depuis quelque temps. Il allait aux réunions et absorbait toutes les conneries qui s'y débitaient. Mais il en avait aussi profité pour vider un peu son sac. L'absence des Kamo lui permettait de montrer à quel point il était bouleversé, autrement dit, elle lui permettait de se montrer bien plus furieux et explicite.

« Pour qui vous vous prenez, bordel ? » dit-il au plus important des quatre responsables de la compagnie d'assurance présents à leur dernière réunion.

Le plus haut responsable était aussi le plus maigre, comme souvent chez les cols blancs. À côté de lui se trouvaient deux individus enveloppés de type cadre moyen, Bonnet Blanc et Blanc Bonnet, l'un chargé du charabia médical et l'autre du baratin juridique, tandis que le quatrième était un subalterne qui, si l'on s'en tenait à ses contributions aux réunions jusqu'à ce jour, aurait aussi bien pu être sourd-muet.

« Qu'est-ce que vous vous imaginez, bordel ? Vous croyez que Freddy Kamo est un brave bamboula qui n'a qu'à retourner dans sa jungle en se félicitant d'avoir encore un genou valide ? C'est ça ? Vous le prenez pour une espèce de pauvre loser tellement stupide qu'il ne se rendra pas compte que vous êtes tenus par un contrat en bonne et due forme, juridiquement contraignant ?

— Je trouve ces propos extrêmement insultants, déclara son interlocuteur en commençant à se lever de son siège.

— Tant mieux. Et, bordel, vous allez rester assis et écouter ce que j'ai à dire si vous ne voulez pas lire tous les détails de votre refus de casquer dans le *Daily Mail* de demain matin. Si vous bougez de votre siège, j'interpréterai ça comme le signe que ces négociations ne se déroulent plus en toute bonne foi. Et je dois vous préciser que j'ai une perception foutrement fragile de votre bonne foi. "Juridiquement contraignant", vous comprenez ou pas ? »

Mickey s'empara d'une des chemises contenant les rapports médicaux et la brandit.

« En bon anglais, ces rapports disent clairement : "Son genou est foutu." Faut que je vous traduise ? Comment il faut vous le dire ? Son genou est foutu, vous avez un engagement légal et, bordel, il est temps de vous décider à CASQUER. »

Mickey se sentait mieux. Il savait que son coup de gueule ne servirait à rien, mais la menace d'aller voir les journaux porterait peut-être ses fruits. Les négociations étaient protégées par une clause de confidentialité, mais s'il était possible de démontrer que la compagnie d'assurance se comportait de façon déraisonnable, il n'hésiterait pas à exposer l'affaire sur la place publique. Presque certainement, en coulisse, ils étaient en train de mettre au point les derniers détails de l'arrangement qu'ils étaient disposés à conclure. Celui-ci exigerait que Freddy ne soit plus jamais autorisé à jouer au football. Son indemnisation serait rattachée à sa retraite définitive – pour la raison évidente que, s'ils crachaient une somme énorme pour compenser le fait qu'il ne pouvait plus jouer, il n'était pas question qu'il soit payé pour jouer par la suite. Mickey en avait touché un mot à Patrick, qui semblait avoir compris le marché, mais il n'en était pas vraiment sûr : il n'avait pas voulu enfoncer le clou. Les gens qui le connaissaient auraient rigolé à la pensée que Mickey hésite à enfoncer le clou, mais à vrai dire il n'en avait pas envie, car il ne voulait pas paraître condescendant envers Patrick. Patrick, après tout, n'était pas idiot, et il comprendrait ce que cela signifiait : plus de foot pour Freddy. Jamais. Il serait payé non pas pour faire ce qu'il adorait, mais pour ne plus jamais le faire. C'était un sacré dilemme à affronter pour un jeune homme, et Mickey était pratiquement convaincu que Patrick n'avait pas prévenu son fils de ce qui risquait d'arriver. La nouvelle elle-même serait déjà assez dure à avaler : pas la peine d'en rajouter trop à l'avance.

« Je suppose que vous êtes parfaitement conscient que les preuves médicales sont beaucoup plus complexes que vous ne nous le laissez entendre, dit l'homme des assurances. L'avis des experts sur l'état des genoux de M. Kamo n'est pas unanime. Comme vous le savez, ces règlements de litige imposent souvent des conditions quant aux carrières ultérieures des joueurs, et il serait cruel et imprudent d'imposer de telles conditions à un garçon aussi jeune et talentueux que M. Kamo sans avoir la certitude que de telles contraintes ont été certifiées. »

En d'autres termes, il avait lu dans les pensées de Mickey. Ce type était le dernier des salopards, mais il n'était pas stupide.

Mickey cessa d'écouter. Rien ne serait décidé aujourd'hui. Tous, en réalité, se contentaient d'attendre que la réunion se termine. Il faisait gris et humide dehors, pas froid, une typique journée anglaise de non-automne. Mickey adorait le football, et le football le lui avait bien rendu, mais en vieillissant, il sentait parfois la cruauté de ce sport, le rôle capital qu'y jouait la chance, la brièveté des carrières, la longue « vie d'après » de ses héros une fois passée leur heure de gloire; la façon dont un seul accident pouvait survenir et tout anéantir. Comme pour Freddy. Il ne savait trop s'il pourrait encore encaisser longtemps. Peut-être une activité comme la promotion immobilière serait-elle un bizness moins sordide en fin de compte.

94

À Hackney, la pluie crépitait contre le carreau du deux pièces où Parker French habitait avec sa petite amie Daisy, sa merveilleuse petite amie. Où il habitait encore avec elle, du moins. Parker l'ignorait, mais il était sur le point de se faire larguer. La raison pour laquelle il l'ignorait était la même que celle pour laquelle il était sur le point de se faire larguer : il était obsessionnel, négligent, perdu, enfermé dans son monde, présomptueux et sourd. Daisy n'arrivait pas à établir le contact avec lui. Elle écoutait de la musique avec devant elle une tasse de thé et une liste divisée en deux colonnes, Pour et Contre. La colonne des Pour était pleine d'articles négatifs où figuraient des mots comme « indifférent », « absent », « abattu » et « pas là ». La colonne des Contre ne présentait qu'une seule mention : « Avant, il était adorable. »

Quand Daisy se repassait la chronologie – ce qu'elle se surprenait souvent à faire, histoire de vérifier et de revérifier que ce n'était pas seulement dans sa tête –, il y avait eu trois phases. En excluant bien sûr le Parker normal, le garçon avec qui elle sortait depuis qu'ils s'étaient embrassés lors d'un bal en classe de première par une chaude nuit de juin. Le Parker normal était le garçon foncièrement gentil et juvénile qu'était son petit ami ; un petit ami qui avait plus besoin qu'on s'occupe de lui qu'il ne s'en rendait compte, dont la confiance en soi était moins solide qu'il ne le croyait, qui était bien décidé à imprimer sa marque mais sans trop savoir de quelle façon ni à quel moment. Il était un petit ami mais il était aussi de temps en temps comme un jeune frère ; elle ne s'en plaignait pas, ça lui plaisait assez, et ça allait bien avec son physique, son physique maigre et ténébreux, et puis ça allait d'une certaine façon avec le fait qu'il mesurait exactement la même taille qu'elle. Elle savait que Parker était on ne peut plus sincère à propos de son désir de S'échapper, c'est-à-dire de Quitter le Norfolk et le milieu de leur enfance. De cela elle n'avait jamais douté, pas un seul instant.

Quant aux dons artistiques de Parker, eh bien... l'important, c'était que Parker y croie. Parker allait faire quelque chose de sa vie, elle en était certaine. Que ce quelque chose ait trait à l'art était moins évident. Daisy n'était pas persuadée que Parker ait vraiment des affinités avec le monde artistique. Il n'était pas tant question de son talent éventuel que de sa capacité à comprendre comment cet univers fonctionnait; ce monde était à mille lieues du Norfolk, et il ne s'agissait pas de savoir exécuter de jolis collages et de s'entendre dire par son prof de dessin qu'on était l'élève le plus doué de la classe... Daisy avait la sensation que l'univers de l'art s'apparentait beaucoup plus à un jeu, un jeu d'adultes éminemment sérieux, et que Parker n'avait pas bien assimilé les règles de ce jeu. Mais tout cela n'avait guère d'importance pour Daisy : la naïveté de Parker faisait partie intégrante du garçon qu'il était, et c'était ce côté-là chez lui qu'elle aimait et auquel elle croyait. S'il ne réussissait pas dans l'art, il ferait autre chose. Ça, c'était le Parker normal, le Parker qu'elle n'avait pas vu depuis des mois et qui réclamait un effort conscient pour s'en remémorer l'existence.

Il y avait eu en effet trois versions successives de Parker, depuis. La première avait été le Parker muet de chagrin, celui qui avait surgi après son licenciement brutal – brutal du point de vue de Parker, en tout cas, car d'après l'expérience de Daisy, un renvoi sans aucun signe avant-coureur, cela n'existait pas, à moins d'avoir malencontreusement écrasé le chien du boss en faisant une marche arrière. Or, aux yeux de Parker, ç'avait été brutal, et c'était tout ce qui comptait. Pendant des semaines il avait été perdu, accablé par la détresse et un profond sentiment d'injustice. C'était triste, bien sûr, et elle avait eu de la peine pour lui, mais c'était également exaspérant : d'après Daisy, qui était plus coriace que Parker, on ne se faisait pas virer si on faisait bien son boulot. Et si on se faisait virer, on ne pouvait, au bout du compte, s'en prendre qu'à soi-même. Le mieux était de se résigner et de passer à autre chose. Qu'elle ne puisse pas lui tenir ce discours rendait la situation d'autant plus exaspérante, aussi fut-elle enchantée quand, ayant emmené Parker en week-end dans les Cotswolds au printemps pour essayer de le faire réagir, elle constata qu'il avait effectivement réagi. Subitement, sans prévénir, une idée ou un plan lui étaient venus, et il avait été métamorphosé. Il était plein d'entrain, de dynamisme et d'humour, il sautillait dans tous les sens.

Cette étape signa la naissance de Parker le maniaque. C'était là quelqu'un qu'elle ne reconnaissait pas du tout. Il débordait de... de... Daisy n'aurait pas su dire, mais il débordait de quelque chose. En ouvrant les yeux le matin, elle trouvait Parker déjà réveillé à ses côtés – un indice déjà assez étrange en soi, puisque Parker ne se réveillait jamais avant elle, et certainement pas de cette manière-là, contemplant le plafond, souriant parfois mais pas avec son air effronté habituel, plutôt avec l'expression d'un individu pas très sympathique qui se délecterait en son for intérieur d'une plaisanterie aux dépens de quelqu'un d'autre. Une fois ou deux elle s'était même réveillée auprès d'un Parker qui agitait les pieds ou secouait les jambes dans le lit – un phénomène bizarre, si peu typique de son petit ami qu'elle ne savait quoi en penser. Elle était certaine de le connaître assez bien pour savoir déceler les signes d'une liaison, ou d'un coup de folie qui lui aurait fait perdre tout son argent dans les jeux en ligne, ou de quoi que ce soit dans ce style; mais là, elle n'arrivait pas à décoder. Quand elle l'interrogeait, il répondait du tac au tac que tout allait bien. Aussi nerveusement que la seule fois où elle lui avait demandé quand il comptait se mettre à chercher du travail. D'un ton plus que vif, il avait répliqué : « Il me reste encore des économies, mais si tu considères que je ne participe pas assez, je peux déménager. » En d'autres termes : Ne me repose pas la question. Elle s'était abstenue, mais elle n'était pas ravie. Parker le maniaque vibrionnait, manifestement très occupé à ourdir certains projets secrets et donnant quelquefois l'impression de marmonner dans sa barbe avec une intense jubilation intérieure. Elle se fit une ou deux fois la réflexion qu'elle préférait le Parker muet de chagrin.

Comme pour répondre à cette pensée, ou la punir de l'avoir eue, apparut alors un nouvel avatar de Parker. Cet avatar était celui avec lequel Daisy vivait actuellement. C'était celui qui l'avait poussée à dresser sa colonne de Pour et de Contre tout en écoutant sur son iPod l'album *Blue* de Joni Mitchell. Cet avatar n'avait pas surgi du jour au lendemain, mais Parker le maniaque avait eu d'abord des intermittences, puis des heures entières, puis des journées entières, où il se transformait en ce qu'il était aujourd'hui, Parker le dostoïevskien. Cette métamorphose de Parker s'exprima d'abord par une distraction pleine de nervosité, et une attitude préoccupée un peu fuyante à des moments où il était censé faire autre chose – prêter attention à elle, par exemple, ce qui avait jadis été un de ses points forts, mais qui depuis maintenant quelques mois semblait être une délicatesse oubliée, ou désormais dénuée d'intérêt. Elle se rendait dans la cuisine où il était supposé préparer le dîner, et elle le trouvait simplement planté là à se mordre l'intérieur de la lèvre pendant que les légumes qu'il était supposé faire sauter carbonisaient. Dans le langage corporel du Parker dostoïevskien figurait une posture nouvelle qui consistait à s'asseoir à la table la tête dans les mains. Au lieu de se réveiller de bonne heure, le Parker dostoïevskien était insomniaque : il avait du mal à s'endormir (ce que Daisy savait être un symptôme d'angoisse), il se réveillait très tôt et n'arrivait plus à se rendormir (ce que Daisy savait être un symptôme de dépression), et durant les rares intervalles où il dormait, il gigotait comme un derviche converti au breakdance. Même physiquement, le Parker dostoïevskien était différent du Parker normal : il était plus lourd, plus pâle et plus terrestre. On aurait dit qu'il ne se nourrissait que de féculents et de ressentiment.

Que se passait-il donc ? Daisy n'en avait aucune idée. Mais une des grandes différences entre le Parker dostoïevskien et le Parker muet de chagrin était que le dostoïevskien avait moins l'air de pleurer la perte de quelque chose de précis que de souffrir d'une mélancolie générale dévorante, et aussi, sauf erreur d'interprétation, d'un grave sentiment de culpabilité. Il se tourmentait non pas à cause de quelque chose qu'on lui avait fait, mais de quelque chose que lui-même avait fait.

« J'aimerais bien que tu m'expliques ce qui se passe, poussin », lui dit Daisy un soir de novembre, alors qu'elle était rentrée crevée du boulot, rêvant simplement de ne pas avoir à préparer le dîner, de se faire peut-être masser un peu le dos, puis de regarder des âneries à la télé avec son petit ami de toujours. Au lieu de cela, elle se retrouvait assise en silence devant un plat cuisiné qu'elle avait fait réchauffer elle-même au micro-ondes, à jouer les infirmières psychiatriques bénévoles. Elle avait envie de hurler, mais cette méthode ne marchait pas avec Parker; il ne ferait que rentrer davantage dans sa coquille. C'est pourquoi elle s'efforça de l'amadouer, tout en sachant qu'elle en avait assez, et qu'elle ne pourrait plus supporter la situation très longtemps. Elle ne voyait pas quoi ajouter dans la colonne des Contre.

Ce qu'elle ignorait, c'est que Parker mourait d'envie de lui raconter, il ne demandait que ça. Il ne désirait rien tant que d'avouer. Il aurait voulu détruire toutes les barrières qu'il avait artificiellement érigées, démolir le misérable édifice de silence, de secret et de personnalité bidon qu'il avait construit ; tout déballer et pleurer comme un enfant. Le besoin d'avouer lui remontait dans la gorge à la manière d'un haut-le-cœur. Et pourtant il se révélait incapable de parler, et ces deux jeunes gens qui s'aimaient restaient ainsi embourbés dans leur désespoir.

95

Si on avait demandé à Quentina comment elle se représentait le centre de rétention, elle serait tombée juste d'entrée de jeu sur plusieurs points. Elle aurait pu deviner par exemple qu'il n'y aurait aucune intimité, que les gardiens hommes se seraient sentis libres de faire irruption dans les quartiers des femmes pour fouiller leurs affaires à leur guise, et que bon nombre des femmes, parmi lesquelles de ferventes musulmanes, seraient scandalisées. Rien de surprenant de ce côté-là. Elle aurait pu dire aussi que le régime alimentaire serait chiche, mais pas qu'ils ne pourraient rien avoir à manger après cinq heures du soir, ni que les nombreux enfants pleureraient parfois de faim. Elle savait que le centre de rétention était une prison et qu'il ne ferait pas illusion. Mais ce qu'elle n'avait pas prévu, c'était la politique – la politique interne. Quand elle était arrivée, elle avait appris qu'un vaste groupe de détenus avait entamé une grève de la faim pour protester contre les conditions de détention et qu'ils avaient une liste de quinze exigences, parmi lesquelles la restitution par les autorités des extraits de naissance confisqués aux enfants nés au Royaume-Uni, ainsi que le rétablissement de l'allocation quotidienne de 71 pence. Ils réclamaient également l'accès aux informations juridiques, étant donné que la plupart d'entre eux n'avaient pas d'avocat pour les représenter.

Quentina était d'accord avec la totalité des quinze exigences. Mais elle venait seulement d'arriver, elle était encore abasourdie et désemparée après l'audience d'immigration, et ne se sentait tout bonnement pas prête à s'embarquer sur-le-champ dans une grève de la faim. Leur combat était légitime, ils était fondé, mais à vrai dire ce n'était pas le sien... elle était nouvelle et même pas au courant qu'il existait une allocation de 71 pence. Quentina estimait n'avoir pas encore passé assez de temps au centre pour s'indigner sincèrement contre les conditions de détention. Pour l'instant elle essayait juste de survivre.

Ce n'était pas le sentiment général. L'ambiance au foyer de Tooting n'était pas folichonne, limite sinistre, et l'accent était mis sur la survie et la résistance. S'ajoutait à cela l'obligation tacite de reconnaître les bonnes intentions de leurs bienfaiteurs, qui tenaient à diffuser le message que tous les citoyens anglais n'étaient pas aussi cruels que leur gouvernement ou leur presse nationale. Telle n'était pas la mentalité au centre de rétention. Ici les gens étaient en colère, ils étaient furibards, à longueur de temps. Ils détestaient le gouvernement, ils détestaient la presse, ils détestaient les administrateurs du centre. Il y avait eu des émeutes l'année précédente, quand des surveillants avaient essayé d'empêcher des détenus de regarder un documentaire sur les conditions de vie au centre. On imaginait sans mal que les émeutes puissent recommencer. En attendant, il y avait la grève de la faim.

La guide qui expliqua tout cela à Quentina était Makela, une femme médecin nigériane qui avait dirigé une clinique destinée aux victimes d'excision. Sa demande d'asile avait été rejetée parce que les autorités croyaient, ou feignaient de croire, que sa vie n'était pas réellement en danger dans son pays. Elle était en colère, mais pas contre Quentina ; elle admettait que Quentina en tant que nouvelle venue n'adhère pas sur l'heure aux récriminations politiques du centre. Elle lui fit néanmoins comprendre que d'après elle, avec le temps, les détenus dotés d'une conscience politique se devaient de protester, surtout s'ils n'avaient pas d'enfants

Ce serait pour plus tard... peut-être beaucoup plus tard. Quentina, pour la première fois depuis son arrivée au Royaume-Uni, se sentait vaincue. L'air ici était difficile à respirer; il était lourd de rancœur et d'absence d'espoir. C'était pour cette raison que les gens étaient en colère : la colère leur évitait de se sentir battus sur toute la ligne, brisés, finis. Quentina n'avait rien envie de faire, sinon de s'asseoir sur son lit et regarder le plafond. Rien ne semblait plus rimer à rien.

L'audience du tribunal d'immigration avait été catastrophique. Au début, en voyant le juge rougeaud qui présidait la séance, elle avait eu une lueur d'espoir : il avait l'air d'un homme au caractère raisonnable. Mais à mesure qu'avançait la matinée, elle avait compris qu'il ne fallait pas se fier aux apparences. Lorsqu'il arrivait au juge de poser des questions, celles-ci étaient acerbes et implicitement sceptiques. Comment exactement était-elle entrée au Royaume-Uni ? Comment exactement subvenait-elle à ses besoins ? Quand les avocats du ministère public avaient précisé qu'elle travaillait illégalement, elle avait vu l'attitude du juge se durcir. Sa façade d'impartialité bonhomme s'évanouit. À ce moment-là, à midi le lundi matin, elle avait su que sa demande d'asile serait rejetée.

À la fin de l'audience du jour, son avocate, une femme aux manières douces d'une petite cinquantaine d'années, se tourna vers elle avec une grimace.

« C'était épouvantable, commenta Quentina, prenant les devants.

— Je ne voulais rien dire, expliqua l'avocate. Mais c'est un des juges les plus durs. Je suis désolée. Ne vous inquiétez pas, si nous perdons, ce qui n'est pas encore sûr, nous avons encore toutes nos chances en appel. »

Si elles n'avaient pas encore perdu, c'était tout comme. Le mardi fut aussi abominable que le lundi, le juge s'appesantissant bien plus sur le fait que Quentina avait un emploi illégal que sur ce qui lui était arrivé au Zimbabwe avant d'en partir, et ce qui lui arriverait si on la renvoyait là-bas. Il passa très vite sur tous ces détails-là. Elles ne furent pas étonnées, en recevant son jugement le lundi suivant, d'apprendre que Quentina devait être expulsée. Dans la pratique, cela signifiait qu'on allait l'envoyer dans un centre de rétention pour attendre le résultat de son appel.

Cela faisait maintenant deux mois qu'elle s'y trouvait. Le trajet pour y aller s'était effectué dans un minibus appartenant à la société de sécurité privée qui dirigeait le centre, à titre lucratif, au nom du gouvernement. Dans d'autres circonstances Quentina aurait apprécié l'excursion : l'occasion d'admirer ces fameuses vertes prairies d'Angleterre, qu'en réalité elle n'avait jamais vues, à moins de compter parmi elles le terrain communal. Il y avait des champs agricoles, des vaches, des tracteurs. L'Angleterre ne se limitait pas à Londres, finalement... C'était plutôt drôle de faire ce constat juste avant d'être forcée de partir. Quand elle avait aperçu le bâtiment principal du centre de rétention, elle avait ressenti une bouffée d'optimisme : une structure moderne de trois étages avec un parking devant. Pour tous ceux qui connaissaient un peu l'architecture anglaise contemporaine, l'édifice ressemblait à un motel ou à un centre de conférences, ou peut-être à un lycée préparatoire. Mais comme avec le juge, cette première impression se révéla erronée. Le centre d'immigration était une prison, à cette ironie près que, quand les gens étaient libérés de prison, ils rejoignaient un lieu plus accueillant, alors que, quand ils étaient libérés d'ici, ils étaient renvoyés dans le lieu qu'ils avaient pris tant de risques pour fuir.

Tout le monde était obsédé par la nourriture. Une des quinze exigences des détenus en grève de la faim était « de la nourriture comestible qu'on puisse manger ». Ce n'était pas une plaisanterie. Quentina n'avait pas été nourrie comme une princesse au Refuge, mais c'était une villégiature sept-étoiles par rapport au centre. Les repas ne se contentaient pas d'avoir l'air peu ragoûtants, ils empestaient carrément. La viande sentait. La cuisine n'était pas du tout relevée, elle n'avait aucune saveur. Les desserts étaient encore plus lourds et grumeleux que les plats non sucrés. Les seuls aliments comestibles que vit Quentina durant ses deux premières semaines au centre étaient les fruits, des fruits fatigués et abîmés, néanmoins des fruits, aussi bienvenus qu'une manne tombée tout droit du ciel. Elle avait perdu beaucoup plus de poids qu'elle n'en avait jamais perdu en marchant ses quinze kilomètres par jour comme contractuelle.

Lorsqu'elle avait dit cela à Makela, la Nigériane avait souri.

« C'est comme ça que ça commence. La première chose qui rend les gens fous, c'est toujours la nourriture. »

96

Ce serait peut-être aujourd'hui. Se pouvait-il que ce soit aujourd'hui ? Ou bien non. Il pouvait aussi bien ne rien se passer du tout. Il serait peut-être préférable – non, il serait à coup sûr préférable – qu'il ne se passe rien. Il n'y avait aucune raison de penser que cela se passerait et encore moins de raison de vouloir que cela se passe, alors, tout bien considéré, il ne se passerait rien. Mais si jamais ?

Matya avait rendez-vous avec Zbigniew et elle était en train de se préparer. Elle se trouvait dans son nouvel appartement en colocation dans ce secteur de Brixton qui se confondait presque avec Herne Hill, ou l'inverse, selon que votre interlocuteur voulait se donner un côté cool ou un côté chic. Sa découverte de son logis avait été cette rareté londonienne, une recherche d'appartement qui ne vous cassait pas le moral. Le tuyau lui avait été refilé par une amie hongroise. Elle avait une collègue avec une chambre libre qui cherchait une pensionnaire saine d'esprit, solvable et non fumeuse, qui ne soit pas allergique aux chats, qui accepte de ne pas avoir de télévision, qui veuille bien, pendant les absences professionnelles de sa propriétaire, aller s'enquérir du bien-être de sa mère, laquelle était veuve et habitait au rez-de-chaussée. L'entretien et la vérification des références avaient pris dix minutes : elle avait offert l'appartement à Matya sur-le-champ, et celle-ci avait emménagé le lendemain. Zbigniew avait emprunté la camionnette de Piotr pour transporter ses affaires.

Zbigniew. C'était lui, le problème. Matya s'habillait pour un rendez-vous avec lui et, par un processus mystérieux qu'elle refusait d'analyser, ce rendez-vous, dans son esprit, était devenu celui où il allait tenter sa chance et où elle allait ou non coucher avec lui. Il n'était pas évident de déterminer précisément comment ils en étaient arrivés à ce stade, comment Zbigniew était passé du statut de quelqu'un avec qui il était absolument exclu qu'elle sorte, à celui de quelqu'un qui lui plaisait pour de bon. Il répondait à si peu d'exigences. Il était polonais, et Matya trouvait les Polonais arrogants et égocentriques. Il n'était pas riche, et s'il n'y avait qu'un point auquel elle tenait à tout prix c'était celui qui voulait qu'un petit ami avec qui c'était sérieux soit sérieusement riche. Zbigniew travaillait de ses mains et – cela recoupait la question de l'argent – Matya était attachée à l'idée que son petit ami soit un col blanc avec un emploi de bureau, quelqu'un qui ressemble le moins possible à tous les garçons qu'elle avait pu connaître au pays.

Et pourtant... elle était en train de mettre sa plus jolie culotte, la rose à bordure noire, son soutien-gorge le plus avantageux, et le jean qu'elle savait efficace sur les hommes, celui qui lui valait le plus de regards dans la rue ou dans les bars – celui qui indiquait de la façon la plus fiable si elle avait un kilo en trop, celui qui, joliment sexy, pouvait se mettre soudain à la boudiner. Elle allait porter la chemise ornée de perles que lui avait donnée Arabella après une frénésie de shopping, et y ajouter la veste en daim qui lui affinait la taille et lui grossissait les seins. Alors pourquoi un tralala pareil, si tous les reproches qu'elle faisait à Zbigniew étaient fondés? Eh bien, parce que les défauts qu'il avait étaient aussi des atouts. Qu'il soit polonais signifiait qu'il savait qui il était. Il n'y avait rien de factice chez Zbigniew, aucun artifice dans son discours ou dans sa personnalité. C'était bizarrement rafraîchissant; la plupart des hommes aujourd'hui donnaient l'impression d'essayer de vous vendre quelque chose, une version d'eux-mêmes, de chercher à vous sauter en se présentant comme quelqu'un qu'ils n'étaient pas. On passait son temps à s'efforcer de les percer à jour, de deviner qui ils étaient vraiment. C'était fatigant. Zbigniew n'était pas du tout comme ça.

Il n'était pas riche. Autrement dit, il connaissait la valeur de l'argent : on pouvait lui faire confiance sur ce plan-là, être sûr qu'il en saisissait l'importance. Avec un petit ami plein aux as, ses propres économies, ses choix, ses triomphes, auraient paru insignifiants. Il y avait des gens à Londres qui gagnaient dix, vingt, cinquante, mille fois ce qu'elle gagnait... beaucoup de gens. Au fond, qu'avait-elle en commun avec eux ? Comment un petit ami appartenant à ce monde-là verrait-il le fait qu'elle vive en colocation, comment saurait-il quoi lui dire si elle perdait son *Oyster Card* avec encore 30 livres dessus ? Pas d'interrogations de ce genre avec Zbigniew. Son sens de l'argent, de la valeur des choses, rejoignait totalement le sien. Leurs rêves étaient donc similaires, eux aussi. Pour des gens riches selon les critères londoniens, l'idée de posséder un cottage couvert de rosiers à la campagne paraissait ridicule : ils pouvaient en acheter un avec la moitié de leur prime annuelle. Mais cette idée n'avait rien de ridicule pour Matya ou Zbigniew.

Et puis il y avait cette histoire de travail manuel. Matya appliquait son eye-liner et elle s'interrompit. S'il y avait eu quelqu'un d'autre dans la pièce, elle aurait rougi. En réalité, le travail de Zbigniew donnait à Zbigniew le corps qu'il avait, et le corps de Zbigniew était une des choses qu'elle préférait chez lui. Pour le dire sans détour, elle aimait qu'il soit dur. Zbigniew n'avait pas la musculature d'un culturiste ou d'un héros de film d'action à la télé ; il n'éclatait pas dans ses vêtements. Mais son corps était ferme et tendu, et chaque fois qu'elle l'avait effleuré ou s'y était cognée elle avait remarqué qu'il était, tout simplement, très ferme. Avec son corps musclé et compact, Zbigniew était aussi très propre, et elle était sûre que sa peau serait merveilleuse au toucher, douce en surface, nerveuse en dessous. Il n'était pas difficile d'imaginer comment il pouvait être au lit... Il avait en outre un vrai sens de l'humour : contrairement à ces jeunes Anglais qui vous épuisaient à toujours la ramener, à peine capables de prononcer une phrase sans essayer de sortir une vanne, il était silencieux et caustique, mais prompt à la caricature. Son imitation de Mme Yount changeant d'avis sur la couleur de la salle de bains la faisait pleurer de rire.

Pourtant des détails subsistaient qui pouvaient la refroidir. Elle se souvenait très bien du temps où elle jugeait Zbigniew inenvisageable. Ce Zbigniew-là resurgissait par intermittence, venant effacer ce qu'elle éprouvait pour celui qui se trouvait à présent devant elle. S'il avait su, il aurait été très décontenancé d'apprendre que le plus gros obstacle qui le séparait de Matya était le souvenir qu'elle gardait de l'époque où elle le trouvait grotesque. Étant donné qu'elle l'avait connu dans des fonctions subalternes, à effectuer de petits travaux pour les Yount, ce léger parfum d'infériorité persistait autour de lui… il était d'une certaine manière, comme elle, un domestique. Le fait qu'elle soit elle aussi une employée de maison aggravait les choses au lieu de les arranger. En plus, il n'était pas beau : il avait des traits slaves larges et plats dépourvus d'expression et des cheveux d'une teinte châtain qu'on avait du mal à se remémorer, si bien que quand on le voyait la fois suivante ils vous paraissaient soit un peu plus foncés soit un peu plus clairs qu'on ne se les rappelait. Il n'était pas laid, mais il n'était pas beau. Il avait tout bonnement un physique quelconque.

97

Zbigniew ignorait totalement que son rival le plus dangereux était l'impression initiale que Matya avait eue de lui. Si ça se trouve, il aurait été soulagé de l'apprendre. De son point de vue, son rival le plus dangereux était cette valise que, avant d'aller à leur rendez-vous, il avait sortie de sa cachette et flanquée sur son matelas au 42, Pepys Road. La valise s'était ouverte toute seule, et il était à présent assis à côté. Par un tour étrange de la mémoire, la quantité d'argent qu'elle contenait lui semblait plus importante chaque fois.

Peut-être les billets gagnaient-ils en volume. Ou peut-être voulait-il amoindrir le problème que lui posait cet argent. Il s'efforçait de le reléguer dans un coin de son esprit. Mentalement, la méthode semblait à peu près fonctionner, et il arrivait à passer de longues périodes sans réfléchir à ce qu'il devait faire... Sauf que l'argent lui-même ne pouvait pas être comprimé aussi facilement, et les billets lui paraissaient plus volumineux chaque fois qu'il les contemplait.

Zbigniew n'était pas sujet aux peurs irrationnelles, et son anxiété n'avait rien d'irrationnel. Il avait conservé cet argent par-devers lui beaucoup trop longtemps et à présent, quoi qu'il fasse, il se sentait de toute façon compromis. Ne pas avoir remis l'argent sur-le-champ à Mme Leatherby avait constitué une sorte de faute. À cinq pour cent d'intérêt, 500 000 livres placées pendant trois mois auraient déjà rapporté plus de 6 000 livres : voilà quelle somme rondelette il avait coûté à cette femme en n'agissant pas. Par son inertie, il l'avait lésée de ce revenu. Il avait vendu toutes les actions de son modeste portefeuille dans le but de... dans le but de… il ne savait trop dans quel but. Avec les turbulences des marchés financiers, les placements qu'il avait faits depuis qu'il vivait à Londres avaient perdu environ quinze pour cent.

Il fallait qu'il rende l'argent volé. Et pourtant… et pourtant quoi ? Il y avait le pavillon, le pavillon de son père, la retraite dorée que méritaient ses parents, la chose au monde qu'il désirait le plus pour eux, achetée avec de l'argent volé. Le problème était là. Il ne pourrait jamais avouer à son père ce qu'il avait fait; autrement dit, ce qu'il avait fait lui paraîtrait à jamais condamnable. Ce serait un mensonge, qui empoisonnerait tout. Il ne pouvait pas garder cet argent. Oui, décidément, il devait le rendre. Mais il ne pouvait pas le faire sans en parler à quelqu'un. Sans doute des restes de son éducation catholique. Il devait se confesser. Il devait obtenir l'absolution. Le poids de ce secret était tout simplement trop lourd à porter. Et puis aussi, même s'il rechignait à l'admettre, il était hanté par une autre pensée, timide, mais bien présente. S'il se confiait à quelqu'un pour la valise et son demi-million de livres, cette valise que personne n'avait jamais réclamée, cette valise dont le propriétaire était mort depuis des lustres et qui appartenait aujourd'hui à quelqu'un qui en ignorait complètement l'existence et dont la vie ne serait aucunement affectée par son absence, quelqu'un dont la maison valait déjà des millions, et donc quelqu'un, soyons clair, qui était déjà riche, qui n'avait pas besoin de cette fortune, qui ne savait pas qu'elle était là et à qui elle ne manquerait pas; cette fortune qui, en attendant, était en sa possession à lui, Zbigniew, dont la vie pourrait être complètement transformée, dont les nombreuses ambitions pourraient être immédiatement réalisées rien qu'en s'appropriant le pactole : les années d'aisance et de confort pour ses parents, l'occasion de monter sa propre entreprise, ce brusque afflux de capital qui lui permettrait d'avancer, d'employer des gens, de créer de la richesse, de partager du bonheur, de faire cadeau à son père d'un pavillon couvert de rosiers et d'en offrir un autre à Matya, sans oublier un lit avec un bon matelas bien ferme. Il y avait donc d'un côté la richesse insouciante et de l'autre un profond désir doublé d'un louable besoin… Alors, peut-être, s'il faisait part à une certaine personne de cette situation délicate, de ce dilemme, alors peut-être, oui, peut-être, cette personne à qui il se confierait dirait : Ne sois pas idiot, tu dois garder cet argent pour toi, tu es fou ou quoi ? Ce serait injuste de ne pas le faire. Ce serait un vol… tu te volerais toi-même. Voilà, si ça se trouve, ce que dirait la personne à qui il se confierait. Peut-être. Il l'espérait. D'un autre côté – et Zbigniew avait fini par penser que c'était plus probable, alors même qu'il était de plus en plus résolu à décharger sa conscience –, cette personne pourrait estimer qu'il n'y avait pas à discuter. Elle pourrait penser exactement l'inverse. Elle pourrait dire qu'il allait de soi qu'il n'avait pas d'autre choix que de restituer l'argent, que c'était moralement clair comme de l'eau de roche, qu'il avait en réalité volé cet argent. Elle risquait de conclure que Zbigniew n'était pas l'homme qu'elle croyait, qu'un individu capable de garder par-devers lui une valise contenant 500 000 livres de l'argent de quelqu'un d'autre… elle risquait de se dire qu'un homme capable d'un acte pareil n'était pas digne de confiance. La conversation où il lui racontait, pour la valise, risquait d'être la dernière conversation qu'ils auraient jamais.

Ruminant ces pensées-là, plein d'appréhension, Zbigniew s'habilla et descendit. Le 42, Pepys Road était presque terminé. Les peintures du rez-de-chaussée avaient besoin de retouches, puis il faudrait que Mme Leatherby vienne faire l'inspection et repérer les détails qui ne lui convenaient pas, et ensuite ce serait terminé. La période Pepys Road de la vie de Zbigniew serait révolue. Peut-être débuterait alors une autre phase de sa vie ; il l'espérait bien. Tout dépendrait de ce que dirait Matya.

98

« Quoi, maintenant ? Tout de suite ? Tu ne veux pas dire tout de suite ? » s'écria Zbigniew.

Ils étaient dans un troquet de la grand-rue, leurs têtes penchées l'une vers l'autre. Les projets pour la soirée étaient initialement café, ciné, dîner, puis allez savoir. Matya n'avait jamais été plus ravissante. Or voilà qu'il semblait y avoir changement de programme.

« Tout de suite. Immédiatement. Tu n'attends pas une seconde et tu vas la voir. Tu appelles d'abord. Mais tu vas la voir.

— Mais on est dimanche après-midi !

— Et alors ? »

Zbigniew gonfla les joues.

« Tout de suite », répéta-t-il. Telle était la solution de Matya à son problème. Elle n'avait pas jugé, ni critiqué, ni analysé – ce que, il s'en rendait compte, il avait à la fois prévu et redouté. Elle n'était pas du genre à dire prends l'oseille et tire-toi. Et il était content qu'elle ne soit pas comme ça. Il était encore plus content qu'elle n'ait pas joué les Piotr en l'accusant ou en l'engueulant. Cela dit elle avait été claire et ferme sur ce qu'il fallait faire, et ce n'était pas ce que Zbigniew avait imaginé. Il s'était attendu à un accroissement des tourments qui le rongeaient déjà. Mais au lieu d'ajouter à son angoisse, elle lui intima simplement d'apporter tout de suite la valise à Mme Leatherby : immédiatement.

Avec un geste lent, comme pour mettre Matya au défi de l'arrêter, il extirpa son portable de sa poche, ce Nokia N60 qui avait changé sa vie. Elle l'observait. Il trouva le numéro, le montra à Matya pour qu'elle puisse vérifier. Matya n'intervint pas. Zbigniew appuya sur la touche d'appel.

Le téléphone sonna six fois. OK, elle était sortie. Zbigniew s'apprêtait à couper la communication quand :

« Allô ?

— Ici Zbigniew. Le maçon. Il faut que je vienne vous voir. Maintenant, aujourd'hui.

— Ah ! Quelque chose ne va pas ? demanda Mme Leatherby.

— Non, mais il faut que je vienne vous voir. Je ne peux pas en parler au téléphone. Vous êtes chez vous ? » Bien sûr qu'elle y était, c'était là qu'il l'avait appelée… Aussi inquiète qu'il était possible de l'être, Mary lui confirma qu'elle était chez elle. Zbigniew lui dit qu'il serait là d'ici environ une heure et demie, en fonction des horaires de trains.

« Et maintenant tu viens avec moi », dit-il à Matya. C'était sa vengeance.

« Pourquoi ? demanda-t-elle en croisant les bras.

— Je ne peux pas aller dans cet endroit où je n'ai jamais été, et dont je n'ai d'ailleurs aucune idée d'où il se trouve, chargé d'une valise avec un demi-million de livres en liquide, et tout ça tout seul. »

C'était du moins son excuse. Elle avait un peu bougonné, et prétendu préférer rester tranquillement chez elle à écouter la radio, avant de céder. Ils avaient quitté le bistrot pour retourner à Pepys Road : c'était la première fois que Matya y revenait depuis qu'elle n'était plus au service des Yount. Après l'avoir fait monter dans la chambre où il dormait – elle empestait la peinture, un détail qu'il remarquait toujours en arrivant de l'extérieur –, Zbigniew lui avait montré la valise. Matya avait regardé l'objet, puis l'avait regardé lui, et déclaré, un peu tristement :

« C'est sans doute la seule fois de notre vie où nous verrons autant d'argent liquide. »

À présent Matya était assise en face de lui dans le wagon bringuebalant qui les emmenait à Chelmsford. Le train donnait sans cesse l'impression d'être sorti de Londres pour s'enfoncer dans la campagne, avant d'être à nouveau englouti par les faubourgs. À un moment donné, il y eut une étendue de champs bien verts, et Matya crut qu'ils étaient bel et bien sortis de la ville, mais juste après apparut une longue série de tours d'habitation. Certaines portions du trajet étaient aussi belles que la Hongrie, et d'autres aussi vilaines que la Hongrie.

Le voyage était censé durer quarante-cinq minutes, mais comme le train s'était immobilisé dans un champ, sans explication, pendant un quart d'heure, maintenant il avait pris du retard. Le compartiment était plein. De l'autre côté de l'allée centrale, était assis un jeune homme, une casquette de base-ball enfoncée sur le crâne, regardant droit devant lui tout en écoutant de la musique dans un casque et en mâchant du chewing-gum. Une canette de bière trônait sur la tablette devant lui. Zbigniew avait envisagé de mettre la valise sur le porte-bagages en hauteur, mais tout un tas d'images lui avaient traversé l'esprit : le train freinait ou cahotait, et la valise, projetée à terre, s'ouvrait brusquement, les billets de 10 livres se mettaient alors à voler, les passagers l'observant bouche bée tandis qu'il rampait pour les récupérer… Donc, pas le porte-bagages en hauteur. Pas non plus l'espace-bagages au bout du compartiment. Pour finir, il la plaça devant son siège en croisant les jambes pardessus, et chaque fois que Matya le regardait elle était saisie d'une envie de s'esclaffer.

Ils entrèrent en gare de Chelmsford. Devant il y avait un parking et un snack. Un taxi solitaire attendait à la station. Le chauffeur avait les yeux fermés avec un journal plié sur le ventre. Matya désigna le troquet.

« Je vais t'attendre là-bas. Si tu crains d'en avoir pour plus d'une heure, appelle-moi. » Sur quoi elle se pencha, l'embrassa et commença à traverser le parking.

Le chauffeur de taxi sursauta quand Zbigniew ouvrit la portière, puis s'ébroua pour se réveiller. Le trajet jusque chez Mme Leatherby prit dix minutes et ils passèrent devant des maisons qui aux yeux de Zbigniew étaient toutes presque pareilles, des pavillons et des quasi-pavillons. Il s'était imaginé les lieux comme un village, mais il ne s'agissait en fait que d'un autre genre de ville. Zbigniew nota le numéro de portable du taxi et le régla : 5 livres, bien moins cher qu'à Londres. Alors qu'il descendait du véhicule et qu'il s'apprêtait à claquer la portière, il s'aperçut qu'il avait laissé la valise sur la banquette arrière. Voilà qui aurait fait un excellent dénouement.

99

Mary avait tâché de s'occuper depuis l'étrange coup de fil du maçon. À l'évier de la cuisine, elle était en train de laver des marmites qui en théorie étaient propres mais qui n'avaient pas servi depuis un bout de temps quand elle vit Zbigniew descendre du taxi et s'engager dans l'allée.

Depuis la mort de sa mère, Mary n'avait pas été malheureuse en permanence, mais elle avait été raplapla. C'était le mot qui convenait : raplapla. Bien sûr elle savait que ce qui était arrivé était au fond un soulagement : sa mère avait été délivrée de ses souffrances. Il y avait des gens qui mouraient de manière lente et horrible, parfois après plusieurs années de calvaire. Petunia avait souffert, et l'épreuve avait été un peu longue, mais cela n'avait pas été la pire des morts, et Mary s'en félicitait. Et puis il y avait eu comme un bon côté à sa mort, ou ce qui l'aurait été si on avait pu le considérer dans l'abstrait. La maison avait été évaluée à un million et demi de livres et l'agent immobilier comptait bien atteindre ce chiffre. Mary n'aurait plus jamais à s'inquiéter pour l'argent. En fait, si elle voulait, elle n'aurait même plus jamais à y penser. Les garages d'Alan marchaient bien et ils étaient déjà aisés. À quel point exactement, elle n'en savait rien, car c'était le genre de questions qu'elle n'aimait pas poser.

C'était là que résidait le problème pour Mary. L'équation était trop simple et trop déprimante. Dans la colonne « débit », elle avait perdu sa mère; dans la colonne « crédit », elle était maintenant à la tête d'une fortune gigantesque. Il lui semblait que son parent restant lui avait été enlevé et qu'en contrepartie elle avait reçu plein d'argent. Rien d'autre dans sa vie n'avait changé. Alan était toujours solide et fiable et, à sa manière solide et fiable, un peu distrait. Ben était toujours absorbé par ses préoccupations, soit dans sa chambre à faire Dieu sait quoi sur Internet, soit dehors à faire Dieu sait quoi avec ses amis ; et Mary n'aurait su dire ce qui lui plaisait le moins. La grande nouveauté positive dans sa vie était son chien Rufus, un Yorkshire qui avait aujourd'hui trois mois, et qui était gentil, facile à vivre, pas très malin, et le seul être vivant à paraître tout excité à l'idée de se trouver en sa compagnie. D'ailleurs, alors que Zbigniew atteignait la porte, Rufus commença par s'y précipiter, avant de rebrousser chemin pour vérifier que Mary était au courant de ce qui se passait – Viens vite, y a du nouveau ! –, sur quoi il repartit pour aller japper à l'approche de l'intrus potentiel. Bloquant Rufus avec son pied – ce qui n'était pas dur, car le chien jouait un peu la comédie –, Mary ouvrit la porte.

Le maçon polonais transportait une vieille valise marron cabossée. Comme il le faisait d'ordinaire, il serra la main de Mary avec beaucoup de cérémonie. « Je vous suis reconnaissant d'accepter de me recevoir comme ça à l'improviste, dit Zbigniew.

— Entrez », dit Mary. Le toit s'est écroulé. Un de mes collègues a été tué dans l'accident. J'ai habité cette semaine chez ma petite amie et des squatteurs ont pris possession de votre maison. J'ai imité votre signature sur des documents légaux et le 42, Pepys Road est désormais à moi. La maison a brûlé dans un incendie et je voulais vous l'annoncer en personne. Au fil des mois passés à travailler dans la vieille maison de votre mère, j'ai appris à vous connaître en tant que personne et je suis tombé amoureux de vous : je vous en prie, enfuyez-vous avec moi… Or l'attitude du maçon ne correspondait à aucune de ces situations. Il avait l'air soucieux, mais il n'avait pas l'air d'apporter des nouvelles catastrophiques.

« Du thé ? proposa Mary, en faisant un geste vers le salon.

— Serait-il possible d'avoir du café ?

— Du café », répéta Mary. Elle s'esquiva et alla s'affairer dans la cuisine pendant qu'il attendait dans le salon. Quand elle revint, il était toujours posté à la fenêtre, à contempler l'allée pourtant bien anodine, tenant toujours la valise à la main. Mary servit le café, s'assit, et lui fit signe de s'asseoir lui aussi. Puis elle attendit.

« Madame Leatherby, commença Zbigniew. Ce n'est pas facile à expliquer. Il vaut mieux que je vous montre, tout simplement. » Il orienta la valise vers elle et l'ouvrit. Zbigniew observa son visage.

« Cinq cent mille livres », déclara-t-il.

Par la suite, Mary se souviendrait toujours de la vitesse à laquelle elle avait compris le scénario. Elle n'avait pas mis longtemps. Elle avait pigé sur-le-champ, sans l'ombre d'un effort. Elle avait reconnu la valise, il faut dire. Oui, voilà, tout découlait de la valise. Papa, les billets, la valise, la cachette, la mort subite, le maçon qui la découvre, qui ne sait trop comment réagir, qui passe aux aveux. Elle avait pigé dans la seconde. Le scénario tombait sous le sens : il avait trouvé l'argent et n'avait absolument pas su quoi en faire. Mary connaissait cette sensation.

Elle avait été intriguée d'apprendre l'existence du compartiment secret. Radin comme il l'était, son père avait bien sûr été bricoleur. Il n'aimait pas beaucoup cette activité, mais il adorait tellement faire des économies qu'il s'y adonnait néanmoins. De toute évidence, il avait construit lui-même cette cachette. Cela lui aurait bien ressemblé, de projeter ainsi une grande révélation, histoire d'avoir le dernier mot dans une discussion. Il s'imaginait très certainement la scène suivante, ou à peu près : Petunia disait quelque chose sur le besoin d'avoir une petite sécurité dans la vieillesse, un peu d'argent pour compléter sa pension de retraite qui ne serait déjà pas très généreuse de son vivant et qui le serait encore moins après sa mort. Elle disait quelque chose sur le fait qu'il devait prendre des précautions supplémentaires, il répliquait en affirmant qu'on ne pouvait pas faire confiance au secteur financier, que c'étaient tous des voleurs, elle se mettait dans tous ses états, et soudain il sortait la valise et il faisait sa grande révélation : vois comme je t'ai mise à l'abri du besoin. Je suis peut-être un vieux râleur, mais je ne suis pas stupide. Il lui montrait l'argent, les économies qu'il avait amassées en espèces, sous le lit ou ailleurs, au fil des années. Et Petunia était alors émue aux larmes, pleine de clémence, de contrition et de fureur, tout cela en même temps. Tel était l'effet que produisait son père. Sauf que les choses ne s'étaient pas passées ainsi. Par chance, il n'avait pu voir ce qui était advenu après sa mort. Il aurait été fou de rage.

Après le départ du Polonais, Mary était restée assise là. C'était une journée agréable, la nuit tombait aux alentours de cinq heures, et Alan en avait profité au maximum, ne rentrant du golf qu'avec l'obscurité. Il avait trouvé Mary assise au rez-de-chaussée toutes lumières éteintes, tellement dans le noir qu'elle lui avait causé une fichue frayeur quand il l'avait vue.

« Nom d'une pipe ! s'exclama-t-il. Qu'est-ce qui se passe ?

— Tu as bien joué ? demanda Mary.

— Pas mal. Je me suis fait un peu coincer après : une fois de plus, il n'en finissait pas de se plaindre de ses satanés beaux-parents. C'est incroyable comme il peut se répéter mot pour mot sans jamais tenir compte de vous... Mais ne change pas de sujet. Qu'est-ce qui se passe ?

— Assieds-toi, dit Mary, ouvrant la valise.

— Jésus, Marie, Joseph !

— Un demi-million, expliqua-t-elle. Mon père... La valise était cachée dans un compartiment secret. Le Polonais l'a trouvée.

— Mais... » fit Alan. Il demeurait sans voix. Mary n'avait pas l'habitude de le voir interloqué à ce point.

« Je sais, reprit-elle. Ce sont de vieux billets de 10. Ils ne valent plus rien. Il les a amassés pendant si longtemps qu'ils sont bons à jeter.

— Pas tout à fait », dit Alan, commençant à se ressaisir. Il gagna la table où il mettait les alcools et se servit un scotch gigantesque, dont il siffla la moitié d'un trait. « Seigneur. Tu m'as flanqué un sacré choc. Je ne crois pas avoir jamais vu autant d'argent d'un coup. Enfin bon, tu n'as qu'à moitié raison. On ne peut pas prendre ces billets de 10 livres et les dépenser. Ils ont été retirés au début des années 90 et ils n'ont plus cours. Mais la Banque d'Angleterre est toujours obligée de les honorer.

— Donc on apporte ça à la Banque d'Angleterre. Je nous imagine déjà, pas toi ? » Mary mettrait un petit chapeau et peut-être un manteau de fourrure, puis, posant bruyamment la valise sur le comptoir, elle l'ouvrirait soudain pour voir leur mine changer.

Alan but le reste de son scotch et se resservit.

« Ce qu'il y a, c'est que tu ne peux pas les écouler toi-même, mais une fois que la Banque a émis ces billets ils restent toujours valables, et à tout jamais. Le problème c'est qu'en général, s'il y a pas mal d'argent, ils veulent connaître sa provenance. Alors ils posent des tas de questions, impôts sur le revenu, droits de succession et ainsi de suite, et si tu ne peux pas prouver qu'il est parfaitement réglo, ils te collent un contrôle, et aussi sec les voilà qui te réclament des taxes et des amendes. Les amendes peuvent s'élever à la totalité de la somme. Et puis il y a les honoraires des avocats et des comptables, et la plupart du temps tu te retrouves avec des clopinettes.

— Donc c'est bien du papier bon à jeter, en définitive, résuma Mary.

— Grosso modo, tu en retireras peut-être dans les 100 000 livres. » Alan termina son deuxième whisky et s'apprêtait à s'en servir un troisième quand il se ravisa. Il rejoignit Mary et la prit dans ses bras : une de ses étreintes archipuissantes à vous briser les côtes.

« Tu vas bien ? demanda-t-il.

— Je suis contente que ma mère n'ait jamais su. Elle l'aurait tué. »

100

Au numéro 27 de Pepys Road, Patrick et Freddy Kamo traînassaient l'un et l'autre, tuant le temps, attendant que Mickey Lipton-Miller appelle ou passe leur raconter ce qui était censé être la réunion décisive avec la compagnie d'assurance, « La » réunion – l'offre définitive. L'arrangement final. Elle avait commencé tard l'après-midi de la veille et Mickey avait dit qu'il appellerait avant neuf heures du soir ou bien à la première heure le lendemain. Le père et le fils s'étaient réveillés très tôt, impatients d'avoir des nouvelles, et à présent ils ne savaient pas trop comment s'occuper. Freddy essaya de jouer à *Halo 2* mais n'arrivait pas à se concentrer, du coup il avait mis un CD de Fela Kuti et était assis à la table en agitant les jambes, sans vraiment écouter la musique. Patrick était sorti acheter un journal, mais s'aperçut qu'il était incapable de le lire. Le mélange d'épuisement, d'inquiétude et de langue anglaise faisait danser les caractères sur la page, et il n'arrivait pas à leur faire former des mots dont il arrive à comprendre le sens. Il aurait pu appeler au pays – Adede et les filles seraient sûrement déjà levées –, mais ce serait là un tel signe de nervosité et d'angoisse que Freddy n'en serait que plus perturbé. Il n'y avait donc rien d'autre à faire que d'espérer que Mickey les contacte le plus vite possible.

Ces deux derniers mois avaient été pour eux deux emplis de détresse – même si celle-ci prenait des allures différentes. Pour Freddy elle était avant tout physique. Il avait subi sa deuxième grande opération du genou. Elle s'était bien déroulée, d'après le chirurgien – le plus réputé et le plus pessimiste des trois spécialistes –, mais la convalescence se révélait interminable, douloureuse et assommante. Les exercices de rééducation étaient bien plus ennuyeux et plus répétitifs que l'entraînement de foot l'avait jamais été. Il avait l'impression de ne pas maîtriser totalement son corps, et il avait horreur de ça. Le processus équivalait à une prise de conscience physique de la réalité qu'il devait affronter : sa blessure risquait de ne jamais guérir, il risquait de ne jamais redevenir celui qu'il était, sa vie dans le football était presque certainement terminée. Ce pour quoi il vivait ne pourrait plus jamais être sa vie. Freddy n'était pas enclin à la dépression, mais même lui avait parfois le sentiment de subir une forme de condamnation à mort.

La détresse de Patrick sévissait dans son esprit plus que dans son corps. Il était hanté par la crainte que, en plus de tout ce qui avait déjà mal tourné, d'autres choses encore allaient mal tourner : la compagnie d'assurance trouverait ce qu'elle cherchait si manifestement, à savoir une échappatoire pour éviter de payer et, comme Freddy serait de toute façon incapable de rejouer au football, ils seraient perdants sur toute la ligne. Pas d'assurance, pas de moyens de subsistance et aucune possibilité pour Freddy de faire ce qu'il adorait. Ils étaient venus à Londres remplis d'espoir et ils en repartiraient complètement dépouillés. Il ne leur resterait plus qu'à rentrer chez eux – mais cette perspective, pour Patrick, était une consolation si immense qu'elle aussi se transformait désormais en tourment. Le pays natal, l'Afrique, le Sénégal, Linguère, leur maison, leur lit, se réveiller à côté d'Adede, le poids de ses petites filles quand elles lui sautaient dessus en réclamant un câlin, une soirée dans le bar de la police avec ses anciens collègues, la nourriture goûteuse, le piquant de la bière fraîche par une nuit torride, la sueur sur la bouteille qu'on faisait rouler sur son front, la sensation d'être connu dans un lieu connu ; la sensation de retrouver la place qui vous était assignée sur cette terre. De parler sa propre langue, à longueur de journée. Chez soi. Oui, tout ça : chez soi.

Les Kamo père et fils se crispèrent en entendant la clé dans la serrure. Mickey faisait ce qu'il faisait toujours, c'est-à-dire enfoncer la clé, la tourner et entrouvrir la porte de deux centimètres, puis sonner pour annoncer sa présence, et enfin entrer. Après tout, c'était sa maison... c'était sans doute là la justification inconsciente. Il entra d'un pas bondissant, ce qui chez un autre homme aurait été de bon augure, sauf que Mickey faisait exprès de se montrer plein d'énergie quand il avait de mauvaises nouvelles, histoire de noyer le poisson.

« Désolé de ne pas avoir appelé hier soir. On a fini un peu après dix heures et j'ai voulu respecter notre arrangement. Et puis, de toute façon, je voulais vous l'annoncer en personne. Alors me voilà », dit Mickey.

Il savait que Patrick ne penserait pas à lui offrir une tasse de thé : il était accueillant, mais adorablement et ridiculement nul pour les tâches qu'il considérait comme féminines. Mickey s'assit donc à la table et y déposa sa mallette tout en regardant, en face de lui, les Kamo père et fils. Ils étaient gris d'appréhension.

« Prêts ? » demanda Mickey.

Ils hochèrent la tête.

« Bon. C'est parti. La bonne nouvelle est que les assureurs proposent d'honorer la valeur du contrat. Ils y sont légalement obligés, c'est l'assurance qui veut ça, mais vous savez comment ils sont. Donc cela vous assure un règlement en une fois de 5 millions de livres, net d'impôts aussi bien ici qu'au Sénégal.

— Cinq millions de livres », répéta Patrick.

Il regarda Freddy, qui ne trahissait rien.

« Cinq millions de livres, confirma Mickey. C'est la bonne nouvelle. La mauvaise, ou du moins la moins bonne, c'est qu'il y a certaines conditions. On s'en doutait, mais n'empêche. La plus importante qu'ils aient exigée c'est que Freddy ne soit plus autorisé à rejouer au football. Jamais.

— Jamais, répéta Freddy. Même avec des amis ? »

Avec un léger sourire, Mick précisa :

« Non, ils ne peuvent pas t'interdire de taper dans le ballon avec tes copains. Ce qu'ils veulent dire, c'est jouer au foot et être payé pour ça. Ou assurer une fonction de représentation, en l'occurrence, gagner de l'argent avec ton image, du sponsoring ou je ne sais quoi.

— Jamais, répéta Freddy.

— Exact. Comme j'ai dit, c'est ce qu'ils ont exigé. C'est de ça qu'on a débattu. Et c'est pour ça que la mauvaise nouvelle n'est pas si mauvaise que ça – parce que, en fait, je ne vais pas te mentir, à mon grand étonnement, ils ont été plus imaginatifs que je ne pensais. Ils ont compris le truc L'accord auquel on en est arrivés, en fin de compte, c'est que Freddy ne peut jouer au foot nulle part en Europe, en Amérique ou en Asie. Mais il peut jouer au Sénégal. Il pourra courir à nouveau sur un terrain. S'il entre dans l'équipe nationale par exemple, et qu'il y a des droits de sponsoring, il se peut qu'ils réclament une partie de cet argent. Mais en tout cas, c'est ça la grande nouvelle. Plus de foot en Europe, mais Freddy peut jouer au Sénégal. »

Mickey s'était battu comme un diable pour obtenir ça : pouvoir dire à Freddy que sa vie dans le football n'était pas terminée. À sa grande stupéfaction, il avait senti pour la première fois une éventuelle flexibilité de la part des assureurs, puis il avait discerné que les choses bougeaient pour de bon. Il n'avait pas mis longtemps à comprendre pourquoi. C'était en partie parce que les sommes en question étaient si dérisoires qu'ils ne se sentiraient pas floués – Freddy pourrait s'estimer heureux de gagner l'équivalent de 10 000 livres par an au Sénégal, même en pleine forme et au sommet de ses capacités. Si mesquins et irascibles que soient les assureurs, même eux ne pouvaient s'inquiéter de justifier cela auprès de leurs actionnaires. Ça, c'était une chose. Mais ce qu'il y avait de plus important, se rendit-il compte peu à peu, c'était que le fond de l'affaire était douteux. Malgré tous leurs atermoiements, ils croyaient au pronostic médical le plus pessimiste. Ils ne pensaient pas que Freddy refrapperait un jour dans un ballon pour de vrai. L'autoriser à jouer au football professionnel chez lui revenait à lui donner la permission d'être le premier homme sur Mars… ça n'arriverait tout simplement pas.

Il était inutile de dire cela à Freddy. Mickey regarda Freddy assimiler la nouvelle, puis attraper la main de son père.

« Je pourrai rejouer au foot ? demanda-t-il.

— Et 5 millions de livres. Et aussi, ajouta Patrick avec, pour la première fois depuis des mois, l'expression d'un homme réjoui, on peut rentrer à la maison. »

101

Au numéro 42, le jardin qui avait été la grande joie de Petunia Howe dans la vie, ainsi que son hobby et son réconfort, était en train d'être labouré et remplacé. Debout à la fenêtre de la chambre principale au premier étage, la chambre où Petunia était morte, Zbigniew contemplait la scène.

Il était revenu réparer quelques prises murales dans la chambre. L'installation avait un peu de jeu, si bien que le courant faisait des siennes. Il avait promis un an de garantie sur les travaux qu'il avait effectués, et il était heureux de faire le nécessaire, même si la maison n'appartenait plus aux Leatherby. Elle avait été achetée par un banquier de la City et sa femme américaine, un couple sans enfants d'une trentaine d'années qui l'avait payée 1 550 000 livres. La maison n'était pas encore meublée ; les nouveaux propriétaires allaient faire venir une équipe de peintres. Zbigniew ne s'en offusquait pas : quand on refaisait une maison pour la vendre, on se doutait bien que les acquéreurs rectifieraient un peu la déco. Ce n'était pas sa maison à lui, de toute manière. N'empêche, il n'aimait pas voir le jardin sens dessus dessous. Les nouveaux propriétaires voulaient quelque chose de plus moderne. Les parterres surchargés, luxuriants, foisonnants et débordants de vie de la vieille Mme Howe devaient céder la place à un assemblage géométrique composé d'une terrasse en bois que complétaient du gravier et des dalles, avec au bout une sorte de fontaine, et quatre petits massifs carrés bien stricts plantés de mini-arbustes. Quatre ouvriers de l'entreprise paysagiste s'employaient donc à arracher le jardin de

Petunia et à transporter les déchets à travers la maison jusqu'à la benne garée sur le devant. Ils avaient posé une bâche en plastique pour protéger la moquette.

Le dimanche où Zbigniew avait pris l'argent et l'avait rendu à Mme Leatherby s'était révélé le plus beau jour de sa vie. Tout d'abord parce que Mme Mary Leatherby lui avait téléphoné en début de soirée pour lui raconter ce qu'il en était, pour l'argent. Il n'avait aucune valeur, ou presque, depuis le début. Si Zbigniew avait tenté de le dépenser, il n'aurait pas pu expliquer comment il était en possession de tous ces billets périmés et il se serait fait coincer pour vol. Il aurait perdu son honneur, et tout cela pour rien... Il se sentait comme un homme qui s'apprête à traverser sans regarder, mais qui se ravise au dernier moment et évite de justesse une voiture arrivant à fond de train.

Mais si ce dimanche-là avait été le plus beau jour de sa vie, c'était surtout pour une autre raison. En effet, quand il était revenu à la gare et qu'il avait trouvé Matya assise devant le troquet, il lui avait demandé : « Qu'est-ce qu'on fait maintenant? » et elle avait répondu en haussant les épaules : « On va se coucher? » L'espace d'un instant, il s'était cru victime d'une hallucination auditive. Mais le regard qu'elle lui lança lui confirma que non. C'était vraiment à ce jour le moment le plus heureux, le plus beau et le plus surprenant de toute sa vie. Ils avaient passé le trajet de retour à s'embrasser, ils avaient continué dans le métro, ils s'étaient couvert de baisers dans tout l'escalier jusqu'à la chambre de Matya, puis ils étaient restés au lit jusqu'à ce qu'il soit l'heure pour tous les deux d'aller travailler le lundi matin. Il serait exagéré de dire qu'ils avaient passé leur temps au lit depuis. Mais pas si exagéré que cela. Il n'arrivait pas à se lasser d'elle, il n'arrivait jamais à se lasser de son corps ou de sa compagnie. Ce n'était pas uniquement une question de sexe (même si, de toute évidence, ça comptait aussi), ce qu'il y avait d'incroyable c'était qu'elle avait l'air de ressentir la même chose pour lui : non seulement elle le disait, mais elle agissait bel et bien comme si c'était le cas. Elle disait qu'elle aimait son honnêteté et sa manière de se tenir droit dans ses chaussures. Zbigniew ne comprenait pas trop le sens de cette remarque, mais se plaisait à y voir un compliment.

Quand ça arrive, ça arrive vite, et c'était arrivé à Zbigniew et Matya. À présent ils cherchaient un appartement ensemble. Ils consacraient deux soirées par semaine et un après-midi du week-end à cette tâche ; ils avaient convenu de procéder de cette façon, et de prendre tout le temps nécessaire pour trouver un logis à leur goût, au lieu de faire du stakhanovisme, d'être excédé de fatigue et de sauter sur le premier appart potable qu'ils verraient.

Zbigniew, qui constatait que le boulot commençait à se tarir, avait évoqué une ou deux fois la Pologne, expliquant à quel point la vie y était bon marché, la campagne magnifique, et combien sa famille était chaleureuse et avait le cœur sur la main ; à quoi Matya répondait en décrivant les merveilles de la cuisine, de la culture et des paysages de sa Hongrie natale. Dans un cas comme dans l'autre, il se posait un sérieux problème de langue : il aurait fallu qu'elle apprenne le polonais, ou bien lui le hongrois. Résultat, c'était Londres, aujourd'hui et pour l'avenir proche, un choix à peu près aussi imprévisible que l'avait été sa rencontre avec Matya. Que cette ville devienne en fin de compte le lieu où il vivait, et non pas un simple séjour aussi provisoire que rentable, ne faisait aucunement partie de ses projets. Matya avait un nouveau boulot comme traductrice : un de ses employeurs était cadre dirigeant dans une entreprise de bâtiment qui faisait travailler beaucoup de Hongrois, et son précédent interprète venait d'accepter une meilleure offre ailleurs. Matya passait désormais ses journées coiffée d'un casque jaune, à gagner deux fois plus qu'avant, avec l'espoir de faire évoluer sa carrière dans cette branche et / ou de se porter candidate à un emploi de bureau. D'après ce qu'elle disait, ils l'adoraient là-bas et tenaient absolument à la garder. Zbigniew n'avait aucun mal à l'imaginer.

Même Piotr aimait bien Matya. Non, ce n'était pas ça. Évidemment qu'il aimait bien Matya (et qu'elle lui plaisait bien) : ça allait de soi. Ce qui était plus remarquable c'était que même Piotr était disposé à se réjouir de voir Zbigniew et Matya ensemble. Ils avaient déjeuné un dimanche dans un pub polonais de Balham, et cette réunion avait été une réussite. Piotr avait amené sa petite amie, une fille de Cracovie qui travaillait comme assistante pédagogique dans une école primaire, et la journée avait des airs de bon vieux temps, sauf que le bon vieux temps n'avait jamais vraiment ressemblé à ça, vu qu'ils n'avaient jamais paressé de la sorte avec des petites amies. Le jugement de Piotr sur Zbigniew semblait s'être radouci, et ils pourraient désormais passer du temps ensemble sans avoir l'impression de prolonger une dispute latente.

Un homme muni d'une planchette à pince pénétra dans le jardin de Petunia. Il était clair qu'il dirigeait les quatre autres : il se tenait là, étudiant sa planchette à pince et comparant ce qui figurait dessus à l'état des travaux en cours. Manifestement, quelque chose n'allait pas. Deux des jardiniers se redressèrent et s'approchèrent, et s'amorça alors une discussion entre eux trois. Avec force mouvements de tête et indications du doigt, ils expliquaient ce qu'ils feraient du jardin une fois qu'ils se seraient débarrassés de toute la végétation qu'avait tant aimée Petunia Howe. Zbigniew quitta la fenêtre pour reprendre son travail.

102

Bien des choses peuvent passer inaperçues dans le tourbillon de la vie de famille. Shahid et Usman n'avaient pas eu le moindre échange depuis quatre mois, et personne dans la famille n'avait rien remarqué. Les deux premiers mois, Usman était resté à Lahore avec leur mère, échappant à Londres quelque temps, renouant avec la vie pakistanaise, et s'engageant presque à épouser la quatrième fille d'un avocat. Il avait été si près de dire oui qu'il avait dû s'en aller afin d'y réfléchir. Il était donc de retour à Londres, et bien plus soulagé d'être rentré qu'il ne daignait l'admettre. Usman commençait à se dire que votre pays d'origine n'était pas forcément votre pays de cœur, mais ignorait encore ce qu'il fallait en déduire.

Le matin qui suivit son retour, il alla voir Shahid à son appartement. Il remarqua que son frère avait installé une caméra de surveillance au-dessus de la porte; après un silence, la gâche électrique bourdonna. Shahid se tenait en haut de l'escalier. Il n'était pas facile d'avoir l'air digne et scandalisé quand on portait une robe de chambre ouverte qui dévoilait un slip kangourou, mais Shahid y parvenait très bien.

« Espèce de petit fumier. Je savais que c'était toi.

— Là je suis censé répondre : "Je t'en prie, laisse-moi t'expliquer", dit Usman.

— Va te faire foutre. Rien à foutre de ton explication. J'ai passé dix-neuf jours dans une cellule à cause de toi. Et ne t'imagine pas un instant, pas un instant, que je ne savais pas depuis le début qui se cachait derrière ce canular stupide.

En fait la seule chose pour laquelle je m'en veuille c'est de ne pas avoir compris la première fois que j'ai vu ces idioties de cartes postales. "Nous Voulons Ce Que Vous Avez." J'aurais dû me dire : Voyons... Qui est assez stupide pour trouver ça intéressant, qui est assez feignant pour ne pas avoir de vrai boulot et avoir le temps de monter un truc pareil, qui est assez crétin politiquement pour penser que c'est un geste lourd de sens, assez débile pour persévérer même quand les gens commencent à s'énerver, et juste assez doué en informatique pour faire ça sur le web ? Un être stupide, feignant, politiquement abruti et complètement débile qui passe tout son temps à glander sur Internet. Bon sang mais c'est bien sûr ! Mon petit frère ! »

Shahid se tenait toujours en haut des marches.

« Je peux te rejoindre, maintenant ? » demanda Usman. Shahid s'écarta et Usman prit cela pour un oui. Il monta d'un pas lourd. Shahid alla se planter devant l'évier les bras croisés. Usman s'assit et respira à fond.

« Écoute, je sais que ça ne change rien, et je sais que c'est trop tard, mais je suis désolé. Sincèrement et profondément désolé. Quand on t'a arrêté, j'ai supposé que ça avait à voir avec cet idiot de pseudo-djihadiste. Ce n'est que la veille de ta sortie, quand l'avocate a dit quelque chose à maman et Ahmed à propos du blog, que j'ai compris que ça avait un lien. Mais ça ne tenait pas debout ! J'avais laissé tomber en début d'année ! J'avais fermé le site, et tout. Quelqu'un a dû récupérer les images, parce que quelqu'un les a remises en ligne et a commencé à faire ces trucs bien flippants avec des oiseaux morts, à vandaliser les voitures et tout, et je ne savais pas quoi penser. Je n'avais aucune idée de ce qui se passait. Je ne voulais pas que les choses deviennent incontrôlables. Je ne pensais pas que les gens s'affoleraient comme ça. Et tout ça parce qu'ils avaient peur que ça affecte les prix de l'immobilier ! Tu cherches à souligner la faculté d'oubli occidentale, et on croit que ton action concerne les prix de l'immobilier... Tu leur expliques qu'ils sont dans un état de parfaite inconscience morale, et ils s'inquiètent de savoir si leur maison vaut encore 2 millions de livres ! Sidérant. Et alors ils décident que tu es un terroriste.

— Ce n'est pas toi qui... » commença Shahid. Usman leva la main.

« Je sais… c'est toi qui as atterri à Paddington Green. Mais ce n'était pas le but, ils ont tout compris de travers, c'est cet idiot d'Iqbal, s'il n'avait pas… » Usman n'acheva pas sa phrase. Shahid restait simplement planté là.

« Tu avais mon mot de passe, dit-il. Tu te connectais par mon adresse IP.

— Je l'ai chopée dans le troquet en bas, expliqua Usman. Ils captent ton wifi à pleine puissance. Et j'ai deviné ton mot de passe. »

Le mot de passe de Shahid, en l'occurrence, était Shakira 123.

« Je ne te crois pas.

— Tu te souviens quand tu as fait mettre le haut débit ? Cet été-là ? Tu chantais et tu fredonnais sans arrêt ce morceau de Shakira… Celui qui dit *"I'm on tonight"* et *"hips don't lie"*. Pendant environ un mois et demi tu n'avais que ces trucs-là à la bouche. Je traversais une phase… une phase stricte, et tu le faisais exprès pour me chauffer. Alors la première fois que j'ai essayé ton mot de passe, j'ai tenté Shakira. Mais ça ne marchait pas. J'ai réfléchi un peu et je me suis rappelé quand on était petits. Tu te souviens quand tu avais dans les dix ans et moi cinq ? Tu avais un coffre-fort électronique. Papa te l'avait donné peu avant de mourir. Un cadeau d'anniversaire, je crois. Et toi et moi on passait beaucoup de temps ensemble à cette époque, tu veillais sur moi en quelque sorte et on était très proches. Et tu m'avais dit que ton mot de passe était Usman 123, alors je me suis souvenu, et j'ai essayé avec Shakira. Shakira 123. »

Il y eut un long silence.

« Va te faire foutre », finit par dire à nouveau Shahid. Usman sourit et se leva. Il sortit son portefeuille, en extirpa une carte et la donna à son frère. Dessus était inscrit un numéro de portable.

« Quoi, j'appelle ce numéro et je me retrouve encore en prison, cette fois pour trafic de drogue ?

— Tu te souviens de cette fille que tu avais rencontrée dans le métro ? Elle te plaisait bien, tu avais eu son numéro, puis tu l'avais perdu, et tu avais mis une annonce, elle l'avait ratée, et tu n'avais jamais eu des ses nouvelles ?

— Comment tu sais qu'elle n'avait pas vu l'annonce ? »

Usman haussa les épaules. « Elle me l'a dit. C'est son numéro de portable. (Il se dirigea vers la porte.) Et, au cas où tu te poserais la question, non, ça n'a pas été facile.

— Va te faire foutre », lança Shahid dans le dos de son frère, avec moins de conviction cette fois.

103

Après sa visite à Shahid Kamal au commissariat de Paddington Green, et à la suite de tous les renseignements qu'il avait pris, l'inspecteur principal Mill était arrivé à certaines conclusions à propos de la campagne de harcèlement de Pepys Road. Il en avait discuté avec son lieutenant, et ils étaient tombés d'accord : Nous Voulons Ce Que Vous Avez se divisait en deux opérations distinctes, menées par deux personnes distinctes ou deux groupes distincts. Durant les premiers mois, les cartes postales, le site web et les DVD étaient l'œuvre d'une personne ou plusieurs qui connaissaient les lieux mais qui n'avaient pas d'animosité particulière envers un individu ou un autre. Il y avait un côté presque abstrait dans la démarche : pas de gens sur les photos, pas d'injures, pas de déprédations. Cette personne, homme ou femme, avait un lien avec Shahid Kamal. Au minimum, il ou elle avait piraté son accès Internet; plus vraisemblablement, c'était quelqu'un de son entourage. Puis les choses s'étaient tassées un moment. Avant de recommencer avec un autre auteur derrière, quelqu'un qui n'avait pas de lien avec M. Kamal, ou bien, s'il en avait un, qui tenait désormais à le dissimuler. Cette personne était beaucoup plus en colère contre les habitants de Pepys Road. Cette personne, homme ou femme, avait une sensibilité plus sombre. Ses actes avaient commencé par des graffitis et des insultes avant de passer au vandalisme, aux dégradations volontaires et à l'utilisation de cadavres d'animaux. Le harcèlement semblait s'intensifier. On pouvait soutenir que le premier auteur (ou les premiers auteurs) n'avait enfreint aucune loi ; on pouvait à la rigueur l'accuser d'incivilités, lui faire promettre de ne pas récidiver, et en rester là. L'auteur suivant (ou les auteurs suivants) avait assurément enfreint plusieurs lois, sans doute assez pour lui (ou leur) valoir une peine privative de liberté. Mais le blog était enregistré sous un empilement d'identités fictives, et il n'y avait d'empreintes digitales nulle part. Depuis que les voitures avaient été vandalisées et que des patrouilles de police s'intéressaient davantage à Pepys Road, il ne s'était rien produit à nouveau. Le blog avait été supprimé. Sans savoir de qui il s'agissait, Mill discernait mieux le type d'individu qu'il cherchait.

Il ne s'inquiétait pas. Mill était sûr qu'il allait se passer autre chose. La plupart des affaires policières se trouvaient élucidées grâce à un dur travail de routine ou un simple coup de chance, comme par exemple une erreur stupide commise par le criminel. L'expérience avait appris à Mill qu'il allait devoir attendre ce coup de chance. Il rangea alors le dossier dans un coin de sa tête et s'attela à d'autres besognes. Il avait le sentiment qu'il n'allait pas attendre longtemps, et il ne se trompait pas. Le coup de chance survint à l'improviste, deux mois après que Shahid Kamal eut été libéré de prison. Son lieutenant approcha de son bureau, ses rides du sourire bien marquées autour des yeux, puis, sans commentaire, il lui tendit un exemplaire de l'*Evening Standard*, plié sur la page trois. Le gros titre disait :

PERCÉ À JOUR : ARTISTE CONNU SOUS LE NOM DE SMITTY

Ses œuvres sont polémiques, ses canulars tristement célèbres. Ses graffitis provocateurs ont migré des murs du métro aux galeries d'art les plus prestigieuses. Il crée des pièces de collection qui se vendent des millions. Mais personne ne sait qui il est. Il se fait appeler Smitty, mais son identité est un des secrets les mieux gardés du monde artistique. Jusqu'à aujourd'hui, jusqu'à ce qu'une enquête de l'*Evening Standard* révèle que le vrai nom de Smitty est Graham Leatherby, diplômé de Goldsmiths âgé de vingt-huit ans habitant à Shoreditch, fils d'Alan et Mary Leatherby, dont la maison familiale à Maldon, dans l'Essex, vaut 750 000 livres.

Il y avait une grande photo de Smitty en jean et sweat-shirt, capuche rejetée en arrière.

« Nom d'un chien ! s'exclama Mill.

— Tu l'as dit, confirma le lieutenant.

— Les Leatherby étaient propriétaire de cette maison au numéro 42… La mère est morte et ils en ont hérité. Il y a forcément un truc là-dessous, acquiesça Mill. La coïncidence est trop énorme. Je connais le travail de ce type. Janie a un bouquin de lui et elle m'a fait regarder un documentaire. Il fait tout le temps ça, tu sais, des trucs artistiques, des installations… il monte des coups et des canulars. C'est exactement son rayon. Il faut qu'on aille lui parler. Impossible que ce soit juste une coïncidence. »

Le voyant rouge sur son téléphone clignotait : le standard voulait lui passer un appel. Il décrocha.

« Ici le standard. Quelqu'un qui désire vous parler. Aurait des infos relatives à une enquête. N'a pas voulu donner son nom, mais a dit de vous dire qu'il était l'artiste anciennement connu sous le nom de Smitty. »

Mill et le lieutenant se bornèrent à échanger un regard.

104

Comme personne ne répondait à l'interphone de l'atelier-entrepôt de Smitty, Mill appuya sur d'autres sonnettes, s'identifia comme policier, et son lieutenant et lui purent entrer. Ils montèrent bruyamment l'escalier métallique jusqu'à l'étage de Smitty et pénétrèrent dans un immense espace de travail haut de plafond avec un tableau noir qui occupait tout un mur, un énorme bureau en bois, et un jeune homme assis devant un ordinateur.

« Il n'est pas ici et de toute façon il ne parle pas aux journaux », lança le jeune homme, sans lâcher tout à fait son écran des yeux.

Mill tendit sa carte de police.

« Ah. OK. Il a dit que des policiers risquaient de venir. Il est à son bureau. Son autre bureau. The Bell. Sur Hoxton Square, vous connaissez ? »

Les deux policiers redescendirent. Le pub était à environ cinq minutes à pied, à travers ce mélange de rues tantôt embourgeoisées tantôt encore sordides. Mill poussa la lourde porte pour entrer dans le bar. Il était vide hormis trois ou quatre personnes assises au comptoir et, à une table face à l'entrée, l'homme qu'on pouvait reconnaître d'après la photo du journal comme étant Smitty. Il était installé à gauche de la cible de fléchettes, sous un miroir publicitaire Watneys aussi immense qu'ancien. Devant l'homme se trouvaient un téléphone portable, une pinte de bière et un sachet de chips. Les deux policiers le rejoignirent et se plantèrent devant lui.

« Bonjour. Vous ressemblez à des flics », dit-il.

Mill tendit sa carte de police. Smitty désigna les sièges en face de lui.

« Ça vous arrive de regarder *Les Simpson* ? Bart... J'adore Bart. Vous savez ce que dit toujours Bart? "C'est pas moi. Personne m'a vu le faire. Vous ne pouvez rien prouver."

— Nous ne sommes pas là pour ce que raconte l'article du *Standard*. Je me moque de ce que vous avez fait dans le cadre de vos, euh... de vos activités, dit Mill. De vos activités artistiques courantes. En fait, j'ai votre bouquin. » Ce n'était pas la stricte vérité, vu que c'était Janie qui possédait un exemplaire de *Smitty*, le livre somptueusement illustré de Smitty sur lui-même. Mais il se disait que cela ferait plaisir à l'artiste, qui parut en effet un rien flatté. « Je ne vous interroge pas officiellement. Je veux juste vous poser une question. Une autre bière? » Il indiqua le verre de Smitty. Smitty réfléchit un instant.

« IPA, dit-il.

— Une pinte d'IPA, une bouteille de Kaliber, et toi, ce que tu voudras », dit-il à son collègue, qui se dirigea vers le comptoir. Smitty tendit les bras et regarda autour de lui.

« J'adore cet endroit. Savez pourquoi? C'est ce que j'appelle un bar "dans son jus". Pas nettoyé ni rénové comme presque tous les pubs de Londres. J'adore ce miroir. Quand est-ce que Watneys a disparu, déjà? Il y a vingt ans? Et ils ont encore le miroir. Les tables en Formica. Les serviettes à bière sur le comptoir... Partout aux alentours, c'est plus que caïpirinhas et Perrier-Jouët. Vous voyez ces habitués, au comptoir ? Vous en voyez un qui bouge ou qui parle? Exactement. On les voit jamais moufter. Vous voulez manger quelque chose? Ils ont des chips, des grattons de porc, ou si vous êtes vraiment d'attaque, des œufs au vinaigre. Dans son jus, je vous dis... D'ici quelques années, il ne restera plus un seul endroit comme ça à Londres. Ce sera plus que lychee Martini, cappuccinos à la vanille, et accès wifi gratuit. »

Revenant du bar, le lieutenant posa les boissons sur la table. Mill avala une lampée de sa bière sans alcool.

« Alors c'est au sujet de Pepys Road, dit Smitty. La rue où habitait ma grand-mère.

— Exactement. Et où se déroule depuis un moment une campagne de harcèlement, avec cartes postales, graffitis, vidéos, sans oublier un blog et à présent des actes de déprédation, de vandalisme et de cruauté animale. »

Comme il l'avait fait avec Shahid Kamal, Mill observait Smitty très attentivement tout en prononçant ces mots. La réaction de l'artiste ne semblait ni coupable ni inquiète. Mill ouvrit sa mallette et en sortit une chemise contenant des photocopies des plus beaux fleurons de l'enquête, principalement des cartes postales et des images des DVD, mais aussi des photos des graffitis et des dégradations, ainsi qu'une série de photos des oiseaux morts et des voitures rayées. Smitty contempla les images.

« Je me souviens que cette histoire a commencé, quoi, ça doit faire à peu près un an... Avant que ma grand-mère tombe malade. J'étais allé la voir, elle avait reçu plusieurs cartes postales avec des photos de sa maison. Et puis elle avait reçu un DVD qu'elle n'avait pas regardé parce qu'elle n'avait pas de lecteur. Je les ai gardés un moment puis je les ai refilés à ma mère et je n'ai plus entendu parler de l'histoire. Je pensais que ça s'était arrêté. Ma mère a fait refaire la maison puis elle l'a revendue. Nous Voulons Ce Que Vous Avez... Une bonne formule, je me souviens m'être dit. C'est drôle que ça ait continué.

— Nous nous demandions si ça pouvait avoir un rapport avec vous. Ça ressemble à ce que vous faites d'habitude. »

Smitty pouffa. « Mon cul que ça y ressemble ! Cruauté animale ? J'ai été végétalien pendant cinq ans et aujourd'hui c'est à peine si je mange des trucs qui ont été vivants un jour. Et je vous assure que je prends foutrement soin de ne pas enfreindre la loi. J'ai pas mal à perdre, sinon, les gars. Je comprends que ça vous paraisse un peu artistique et que vous ayez fait le lien avec moi, mais, croyez-moi, je n'ai rien à voir avec ça. »

Il continua à examiner les photos. Smitty repensait à la fois où il était allé voir sa grand-mère, la dernière fois qu'il l'avait vue en pleine santé, si de fait elle était en pleine santé, car, rétrospectivement, il s'était dit qu'elle avait l'air un peu faiblarde, un peu patraque. Si seulement il avait su, alors... alors quoi ? Alors, ça n'aurait pas forcément changé grand-chose. Mais il aurait quand même préféré savoir plutôt que de ne pas savoir, et ne pas être retourné tout bêtement à son atelier, retourné à son boulot, comme n'importe quel jour, retourné à sa table de travail, à son décor familier, à cet assistant si horripilant qu'il avait viré peu après.

« Quoi qu'il en soit, quand ça a recommencé, je n'en ai pas eu vent au début. Ma grand-mère était morte et il n'y avait plus personne dans la maison à part les ouvriers. Mais ensuite ma mère est allée à une réunion et elle a appris que les choses avaient continué et qu'elles s'aggravaient. Puis j'ai vu un truc dans le journal local. Je me suis mis à me demander qui se cachait derrière tout ça, et soudain j'ai eu une illumination, une idée comme une évidence. Et je suis pratiquement sûr de savoir qui c'est. J'ignore comment il a commencé, mais j'avais un dossier concernant les cartes postales, le blog et le DVD à mon atelier, et je suis pratiquement sûr que c'est là qu'il a eu vent de l'affaire. Mon ancien assistant, que j'ai viré, juste avant que toute cette histoire commence à s'envenimer. Une sale petite ordure qui essaie de se venger de moi. Qui essaie de penser comme moi. Qui essaie d'être un artiste. Tout ça sans se rendre compte que je ne savais même pas ce qu'il trafiquait. L'espèce de petit fumier. N'empêche, je ne peux pas venir vous voir parce que je ne peux pas le dénoncer sans dire qui je suis, or le secret de mon identité est le ressort le plus important dans ma vie. Le fait que les gens ignorent qui est l'auteur des œuvres, c'est ça qui leur donne du piquant et du sens. Or aujourd'hui ce privilège m'a été enlevé, grâce à nos merveilleux médias. Et c'est bien la pire chose qui me soit arrivée depuis des années, merci de poser la question. Mais au moins ça signifie que je peux venir vous dire ce que je sais. » Smitty gonfla les joues puis expira. « Enfin bon, voilà son nom. » Et Smitty fit glisser sur la table un bout de papier avec dessus le nom et l'adresse de son ex-assistant.

105

Tous les détenus disaient que le moment où vous finissiez par vous habituer à la nourriture était important. Certains disaient que c'était un moment regrettable, le signe que vous étiez là depuis trop longtemps ; d'autres disaient que c'était un moment salutaire, le signe que vous preniez désormais votre sort avec philosophie. Les gens ne cessaient pas pour autant de se plaindre de la nourriture lorsqu'ils passaient ce cap, mais ils ne se plaignaient plus avec la même colère ; ils étaient plus résignés, et le grand changement était qu'ils se mettaient bel et bien à manger. Pour Quentina, le moment survint avec une *jelly*. Elle ne se nourrissait que de pain et de fruits depuis un mois et elle se sentait flatulente, gonflée et mal fichue, quand elle repéra la gelée. Elle était rouge et contenait des morceaux de fruits. Ce furent les fruits qui la convainquirent. Non que la gelée ait eu l'air particulièrement tentante ; mais elle avait l'air comestible. Elle la mangea : elle était sucrée. Elle avait le goût de gelée. Elle arriva à la faire descendre. Le moment de la défaite ou de l'acceptation était survenu. Elle ressentit comme une gêne psychologique lorsqu'elle avala la première bouchée, mais après la gêne disparut.

Quentina avait trouvé une astuce mentale pour mieux venir à bout de ses journées au centre de rétention. C'était assez simple. Il lui suffisait de se répéter, à l'infini, chaque fois que le besoin s'en faisait sentir ou que l'occasion se présentait, les mêmes mots : « Cette situation ne durera pas toujours ; c'est la plus difficile que tu vivras jamais. Cette situation ne durera pas toujours ; c'est la plus difficile que tu vivras jamais. » Elle se surprenait à prononcer ces mots après son réveil le matin et, pendant quelques secondes, elle ne savait plus où elle était. Parfois, instants délicieux, ces brèves secondes la ramenaient dans sa maison d'enfance dans la chambre de ses parents, sauf que la porte n'était pas où elle aurait dû être, que la fenêtre était du mauvais côté du lit, que la lumière avait quelque chose de bizarre, et soudain elle se réveillait complètement et retrouvait alors la réalité : le centre de rétention, l'Angleterre, l'internement, l'absence de patrie, le fait d'être un non-individu dans un non-espace qui attendait que s'écoule un non-temps.

Aucune de ces choses n'était plus dure qu'une autre. Elles étaient toutes aussi dures. Il était très difficile de se trouver sous le même toit que les grévistes de la faim. Certains des premiers grévistes avaient renoncé, dont un ou deux avaient été à deux doigts de mourir, en particulier une femme kurde avec deux enfants dont le mari avait été tué par Saddam, ses yeux immenses aux iris d'une drôle de teinte grise, extrêmement bizarres dans son visage cireux aux traits flasques et tirés en même temps. S'il n'y avait pas eu ses enfants, elle se serait laissée mourir de faim, Quentina en était sûre ; il n'en restait pas moins qu'elle était allée trop loin, ses reins avaient lâché et elle avait failli mourir quand même. D'autres avaient rejoint la grève, si bien qu'il y avait maintenant différents détenus à différents stades de cette guerre des nerfs avec les autorités. On aurait dit un jeu de défi enfantin, un genre de « cap ou pas cap », sauf que ce n'était pas du tout un jeu.

Une des choses les plus dures pour Quentina était le simple vide du temps qui passait. C'était, après tout, ce qui l'avait poussée à prendre cet emploi de contractuelle au départ, la tentation irrésistible d'avoir quelque chose à faire, combinée à l'occasion de gagner un peu d'argent de poche. Ici, toutefois, elle se demandait pourquoi les gens se mettaient dans des états pareils pour le rétablissement des 71 pence d'allocation quotidienne. Ce n'était pas le caractère dérisoire de la somme, mais le fait qu'il n'y avait aucune occasion de la dépenser. Les visiteurs étaient autorisés, mais ils n'avaient pas le droit d'apporter quoi que ce soit. Il y avait des associations caritatives qui organisaient des visites pour que les détenus conservent une forme de contact avec le monde extérieur : pour certains détenus ces gens-là étaient les seuls citoyens britanniques qui leur aient jamais parlé en dehors des agents de l'État. Mais Quentina n'avait que faire de ces visites. Elle n'avait pas envie de parler de tout et de rien avec un inconnu, et encore moins de se plaindre à quelqu'un qui n'avait que sa compassion à offrir. Makela, la femme médecin nigériane, l'exhorta à s'inscrire pour ces visites d'amis, comme on les appelait, mais Quentina résista.

« Tu fais une erreur, dit Makela, le genre de femme à s'enorgueillir de sa propre franchise. Tu te refermes sur toi. J'ai déjà vu ça.

— Je te remercie de tes conseils », dit Quentina, et Makela eut le bon sens de ne pas insister.

Il y avait une petite bibliothèque, principalement constituée de dons d'associations, présidée par une des gardiennes et par une intellectuelle égyptienne dont le mari avait été torturé en prison. La gardienne et la détenue s'entendaient bien, seul exemple d'une telle relation dans le centre de rétention. Quentina emprunta quelques livres et essaya de lire, mais c'était là encore une activité dont elle ne voyait pas l'intérêt. Les essais et les documents étaient trop ennuyeux ou trop déprimants – une histoire du Fonds monétaire international, un ouvrage sur une jeune femme abusée sexuellement par son beau-père –, et les romans souffraient d'un défaut impardonnable, ils étaient inventés. Quentina, dans son état d'esprit actuel, était incapable de voir quel intérêt pouvaient présenter des récits inventés. Makela disait que les livres l'aidaient à s'échapper, mais cela ne tenait pas debout. Un livre ne pouvait pas vous faire sortir du centre de rétention ; il ne pouvait pas atterrir comme un hélicoptère pour vous emporter, ni se transformer comme par magie en passeport britannique et donc en permis de séjour. Vous échapper était très précisément, très exactement, ce qu'un livre ne pouvait pas vous aider à faire. Pas au sens littéral. Or l'évasion au sens littéral était la seule qui intéressait Quentina.

L'unique chose qui l'aidait bel et bien, c'étaient ses permanences à la crèche. Non que Quentina ait une passion particulière pour les enfants, qu'elle ait un don avec eux, ou que les enfants aient une passion pour elle. Mais c'était tout bêtement une activité. Elle donnait un coup de main trois heures le matin tous les deux jours. C'était le maximum, car les gens avaient un tel besoin de s'occuper que la concurrence pour les postes à la creche était féroce, et il y avait une liste d'attente . Quentina n'avait pu commencer que grâce à la défection d'une détenue qui avait été renvoyée en Jordanie. Elle aidait à aménager de petites aires de jeux, rangeaient les briques Duplo, jouait les arbitres dans le mini-bac à sable ou la maison de poupée, et s'asseyait dans le coin des conteurs pour lire des histoires aux enfants qui daignaient écouter. Ces neuf heures par semaine, de dix heures à treize heures le lundi, le mercredi et le vendredi, passaient plus vite que toutes les autres heures – qui s'écoulaient dès lors d'autant plus lentement, aussi lourdes et épaisses que de la colle.

L'ennui aurait pu suffire à la briser et, sans un ingrédient crucial, il l'aurait sans doute fait. Mais Quentina avait une arme secrète : elle savait que les choses ne pouvaient pas rester ainsi éternellement. Le tyran ne pouvait pas vivre éternellement. D'après Quentina, les rumeurs de syphilis étaient vraies, et expliquaient qu'il ait basculé de la partisanerie tribale à la tyrannie pure et simple; même s'il ne mourait pas, il était vieux et ne rajeunissait pas, son pays était désespéré et l'était de plus en plus, et il allait mourir ou être destitué un jour, peut-être un jour prochain. Quand le tyran disparaît, tout change. Quentina s'était promis que, dès l'annonce de la nouvelle, elle solliciterait l'expulsion. Elle rentrerait chez elle. C'était cette pensée qui l'empêchait de devenir folle et qui lui permettait de continuer à fonctionner, dans ce non-temps et ce non-espace destinés à être insupportables, et y réussissant. C'est la chose la plus difficile que je vivrai jamais. Mais cela ne durera pas éternellement.

106

« Vous n'êtes pas obligé de parler, dit l'inspecteur principal Mill, mais si vous parlez, ce que vous direz pourra être retenu contre vous. Si vous passez sous silence un élément que vous êtes susceptible d'utiliser plus tard lors du procès, cela pourra nuire à votre défense. »

Il n'était pas évident d'énoncer ses droits au prévenu. Le jeune homme à qui s'adressait Mill pleurait de manière irrépressible. Le policier avait moins l'impression de procéder à une arrestation que d'annoncer la mort d'un proche. Si ça te met dans cet état-là, se disait l'inspecteur, alors, bon Dieu, pourquoi tu l'as fait ?

Quelque part, Mill connaissait la réponse. Il savait d'expérience que si, en effet, certaines personnes voulaient se faire épingler, il en existait d'autres, catégorie moins connue, qui auraient voulu se faire épingler plus tôt. En d'autres termes, ces gens-là ne se mettaient pas en quatre pour se faire pincer, mais une fois pincés, ils s'effondraient, accablés par la culpabilité et le soulagement. Apparemment, il s'agissait de ce dernier cas. Mill sortit un sachet de mouchoirs en papier et, croisant le regard de son lieutenant assis à côté de lui muni de son calepin, le tendit au suspect. « Allons, allons », fit Mill. L'homme prit un mouchoir en papier, se moucha longuement et bruyamment, puis chercha une poubelle des yeux et, n'en voyant pas – on se trouvait pourtant dans son appartement –, lâcha le mouchoir par terre.

« Je ne pensais pas à mal, déclara Parker French, l'exassistant de Smitty. La situation m'a échappé. Je ne voulais vraiment pas affoler les gens.

— Commencez par le commencement », ordonna Mill. Pendant que le môme pleurait, Mill avait bien regardé autour de lui. Ils se trouvaient dans un salon-salle à manger-cuisine assorti d'une chambre à coucher. Le garçon partageait manifestement les lieux avec une copine. On était à Hackney et l'appart ne devait pas être vraiment donné, donc soit la fille avait un boulot qui payait bien, soit un des deux avait de l'argent de famille. L'accent de Parker était un accent neutre de la bourgeoisie éduquée, très semblable à celui de Mill, mais par bonheur, pour changer, le garçon était plus jeune et faisait plus jeune que l'inspecteur principal. Il y avait plus de CD qu'il n'était habituel pour quelqu'un de son âge, et il y avait aussi pas mal de livres, tous bien rangés sur des étagères. La télé était une télé conjugale de taille normale et non un gigantesque écran plat d'homme célibataire. L'objet de décoration le plus imposant était une affiche pour l'expo Picasso et Matisse de la Tate.

« Je n'aurais jamais eu cette idée si Smitty... s'il ne m'avait pas viré. Je suis désolé mais il s'est montré tellement... il a été tout simplement horrible avec moi. Il m'a traité comme si tout ce que j'étais capable de faire, c'était sortir lui acheter son café. Je suis un artiste moi aussi ! J'ai la même formation que lui ! Lui, il ne passait pas son temps à apporter des cafés, si ? S'il veut du respect, il devrait en montrer. Le respect, ça se gagne. Mais non, lui il est Smitty, il n'a pas besoin de s'embêter avec ça. Et puis voilà que sans prévenir, mais alors là vraiment sans prévenir, voilà qu'il me sort que je suis viré... Genre, il m'assassine complètement. Je peux crever la gueule ouverte. »

Parker attrapa un autre Kleenex et, comme précédemment, se moucha dedans avant de le jeter par terre.

« J'étais dans une de ces colères. Pas tellement le jour même, mais après. J'étais vraiment furax. Le manque de respect, vous comprenez ? Le manque de considération. Je comptais pour des prunes. Un peu comme ce truc, en Irak, les dommages collatéraux... J'étais un simple dommage collatéral. Juste de la merde sur ses chaussures. Alors oui, je me suis fichu en rogne, et puis j'ai réfléchi, et j'ai décidé de réagir. J'ai décidé de me venger de Smitty. Et de me faire un nom par la même occasion, vous comprenez ? Trouver un truc un peu frappant. Smitty me tenait sans arrêt ces espèces de sermons sur la façon dont fonctionne le milieu artistique, ou la marchandisation, la façon dont on doit créer des choses assez étranges pour que les gens les remarquent, mais sans donner l'impression qu'on cherche à tout prix à vendre sa camelote. Alors c'est ce que j'ai décidé de faire. Et je voulais en plus que ce soit une chose qui lui embrouille l'esprit. "Lui" étant Smitty. Je voulais entrer dans ses pensées et qu'il sente qu'on jouait avec son mental sans qu'il sache pourquoi.

— Pepys Road, commenta Mill, et Parker acquiesça.

— Où habitait sa grand-mère. Il y avait eu ces cartes postales. Elles le faisaient flipper, je l'avais bien vu. Mais elles le fascinaient. C'était comme un projet artistique, tout à fait son genre de truc. Il avait ce dossier sur son bureau : il n'arrêtait pas de le regarder. Le dossier est resté là pendant des semaines. J'ai regardé dedans moi aussi. L'idée ne m'est pas venue tout de suite. Mais en allant sur le blog j'ai vu qu'il n'avait pas été mis à jour depuis un moment et je me suis dit : Et puis merde ! J'ai récupéré toutes les données qui s'y trouvaient. Vous savez ce que ça veut dire, pas vrai ? Je les ai copiées pour pouvoir les reposter. Et soudain le site a été supprimé, du jour au lendemain. Il a disparu. Alors je me suis dit : À Dieu vat, et je l'ai relancé. Sur une autre plate-forme de blogs, mais en lui donnant le même nom. Et puis j'ai réintégré les contenus d'origine. Et puis je me suis mis à rajouter des trucs, les graffitis et le reste. J'ai commencé par la maison de Smitty.

— La maison de sa grand-mère », rectifia Mill. Parker eut l'air gêné.

« N'importe. J'ai attaqué comme ça. Mais je voulais que ça devienne plus menaçant. Plus percutant. Ces branleurs, ils se prennent pour qui, vous comprenez ? Ils se prennent, genre, pour les rois du monde, ou quoi ? Y a des gens qui crèvent de faim. Qui n'ont pas de boulot. Des enfants qui n'ont pas de médicaments, vous comprenez ? Et là, ces espèces de branleurs de bourges… je voulais juste dire quelque chose, vous comprenez ? Faire une déclaration.

— Alors, pour vous, la grand-mère de Smitty était un branleur de bourge ? demanda l'inspecteur principal.

— En tout cas, Smitty en était un, riposta le garçon. Bien plus qu'il ne le laissait paraître. C'est lui que je voulais atteindre. Je ne pensais pas que sa grand-mère s'en affecterait plus que ça.

— Donc le fait qu'elle soit morte en mai n'a rien changé à vos yeux ? »

Parker, visiblement très surpris, redressa soudain la tête. Il ne répondit pas.

« La maison est vide depuis des mois. Les cartes, les DVD et le reste, tout ça arrivait à une adresse périmée. Nous avons parlé à Smitty. Il n'avait absolument aucune idée de ce qui se passait. »

La bouche du garçon s'ouvrait et se refermait comme celle d'un poisson. Une sensation de tristesse envahit Mill ; le jeune homme allait payer très cher cette énergie mal investie.

« Est-ce que quelqu'un vous a aidé pour les graffitis ? » C'était la première rubrique à éclaircir : les dégradations volontaires.

« Non. Rien que moi, répondit-il d'une voix très calme. Je ne l'ai fait qu'une fois. Les risques de se faire choper étaient trop grands. Les bombes de peinture… le bruit qu'elles font quand on les secoue. Ce n'est pas évident dans une zone habitée. Une fois, ça suffisait.

— En mai, donc, précisa Mill, alors que le lieutenant continuait à écrire.

— Mmm », fit le garçon. Ce grognement apparaîtrait comme un « oui » dans la transcription de la déposition.

« Et les oiseaux, c'était vous aussi ? »

Là, le gamin eut l'air vraiment mal à l'aise. Il baissa le regard en marmonnant.

« Je ne vous ai pas compris.

— Le premier venait de chez moi. De chez mes parents. Dans le Norfolk. Il s'était cogné au carreau, il s'était tué. J'y étais allé pour le week-end, ça s'est passé ce matin-là. Ma mère était toute chavirée. J'ai dit que j'allais le jeter, mais alors que je me dirigeais vers le tas de compost j'ai pensé, je ne sais pas ce que j'ai pensé, j'ai pensé à Joseph Beuys, vous ne le connaissez sans doute pas, c'est un artiste et un grand héros, je me suis demandé ce qu'il aurait fait, et j'ai pensé que ce serait très puissant, comme déclaration. Les autres oiseaux, je me les suis procurés chez un taxidermiste. Je ne sais pas où lui se les procurait. Il n'y en a eu que six ou sept, de toute façon… C'était stupide et je n'aurais pas dû faire ça, je m'en suis rendu compte après. »

Mill croisa le regard du lieutenant qui continuait à écrire. Si les parents confirmaient ce récit il ne serait pas accusé de cruauté envers les animaux. Lui serait peut-être reproché un usage impropre des services postaux. En l'état actuel des choses, le gamin était coupable mais il n'irait sans doute pas en prison. Demeurait une grosse question, et Mill comprit que son collègue pensait à la même chose. De temps en temps, rarement, Mill se surprenait à souhaiter que les suspects agissent dans le sens de leur propre intérêt plutôt que dans celui de la loi. C'était ce qu'il ressentait à présent. Ce môme avait besoin d'un avocat et de quelques minutes pour réfléchir à ce qu'il était prudent d'avouer, plutôt que de continuer à soulager sa conscience. Si Mill avait été tout seul, il n'aurait peut-être pas insisté ; il aurait laissé au garçon le temps de se ressaisir. L'ironie était qu'un criminel endurci dans cette situation n'aurait jamais, en aucun cas, dit ce qu'il ne fallait pas dire. La loi est un mécanisme génial pour les gens qui ne savent pas quoi dire ou quoi faire lorsqu'ils ont des ennuis. Avec des criminels plus aguerris, le système marche beaucoup moins bien. Mill demanda, aussi gentiment qu'il put :

« Et les voitures ? C'était vous tout seul aussi ? »

Il n'y avait pas de preuve directe reliant la dégradation des voitures au reste de la campagne de harcèlement. Rien dans les cartes postales ou le blog ne faisait allusion à un trousseau de clés qui aurait rayé les flancs d'une série de voitures garées dans la rue, or ce méfait s'imposait de loin comme le délit le plus grave commis dans Pepys Road. Une infraction sans doute assez grave pour garantir une peine de prison à son auteur, dans l'hypothèse extrêmement improbable où la police lui mettrait la main dessus. Mill voulait coincer ce gamin, il ne voulait pas forcément l'envoyer derrière les barreaux. C'est pourquoi son cœur se serra quand il l'entendit chuchoter :

« Rien que moi. »

107

Le gigantesque camion rouge qui déménageait la maison des Yount avait démarré aux alentours de onze heures pour mettre le cap sur la M4 et Minchinhampton. Arabella et les enfants étaient partis pour la campagne la veille et, à présent, il ne restait plus que Roger dans la maison vide, sans rien d'autre à faire que déposer les clés chez son notaire. Puis lui aussi partirait pour la campagne, leurs années Pepys Road seraient terminées et leur nouvelle vie commencerait.

Roger s'en faisait une fête. C'était ce qu'il se répétait. La nouvelle nouvelle vie. Il en avait fini avec la ville, avec la City. Il en avait fini avec les transports en commun, les complets à fines rayures, les jeunes subalternes zélés et les patrons européens branchés et les clients comme Eric le Barbare ; fini, les salaires annuels équivalant à vingt ou trente fois ce que gagnait une famille moyenne pour travailler avec de l'argent plutôt qu'avec des êtres humains ou des objets. Il en avait fini avec Londres, l'argent, tout ce cirque. Le temps était venu de faire quelque chose. Roger était on ne peut plus sincère dans cette conviction, même s'il ne savait pas trop ce qu'il voulait dire – il ne savait pas trop ce qu'il avait l'intention de faire. Quelque chose, en tout cas.

Durant son dernier quart d'heure dans Pepys Road, Roger monta tout en haut de ce qui était encore légalement sa maison, jusqu'au grenier transformé, après discussion, en « chambre d'amis ». Arabella voulait un bureau, mais avait été finalement contrainte de reconnaître qu'elle n'avait en fait jamais la moindre activité de bureau et qu'elle n'en avait donc pas besoin ; Roger avait été tenté d'en faire son antre mais, en fin de compte, s'était contenté d'une pièce plus petite et plus douillette au deuxième étage et qui, quoique moins spacieuse, avait des chances de rester plus facilement son territoire personnel (« Mais les garçons ont vraiment besoin d'une autre pièce ! »). Puis il redescendit en passant par les chambres des enfants, la seule preuve de leur présence antérieure étant le papier peint de couleur vive avec des cow-boys (Josh) et des astronautes (Conrad) – et aussi, pour un œil observateur, les marques au crayon reflétant leur croissance. La salle de bains était orange vif. Puis, plus bas, l'antre de Roger, les étagères sur mesure toujours là et l'endroit où s'était trouvé son Howard Hodgkin (cadeau d'Arabella quand elle s'efforçait de le faire paraître plus cultivé), le dressing d'Arabella avec sa petite table d'écriture encastrée et les placards sur mesure, la deuxième petite chambre d'amis avec, sur la moquette, les traces laissées par les pieds du lit, les toilettes, puis leur chambre conjugale où, d'après l'estimation de Roger, Arabella et lui avaient dû faire l'amour une soixantaine de fois, une fois par mois pendant cinq ans, pas un chiffre très élevé à vrai dire, malgré tout une jolie pièce, la plus gaie de la maison, ses murs couleur crème n'abritant désormais plus rien que d'autres placards encore, et semblant plus claire que jamais maintenant qu'elle n'avait plus de stores ni de rideaux.

Gagnant la fenêtre, il contempla en contrebas le jardin de devant, où la pancarte VENDU était accrochée à côté de la porte d'entrée. Roger s'assit par terre un moment pour bien s'imprégner de l'idée que tout cela ne lui appartenait plus. Il voulait se pénétrer de cette sensation. C'était bizarre de se trouver dans la maison alors qu'elle était complètement vide. Il devenait évident qu'une maison était un décor de théâtre, un lieu où la vie se passait, plus qu'une chose en soi. Le vide n'était pas angoissant ; on ne se serait pas cru à bord d'un vaisseau-fantôme. C'était plus comme s'ils en avaient terminé avec la maison, et que la maison en avait elle aussi terminé avec eux. Ils avaient déménagé et maintenant elle attendait que les nouveaux occupants emménagent. Elle aussi était prête pour la nouveauté ; elle attendait que s'y monte une nouvelle pièce de théâtre.

Il avait pris conscience du changement qui s'opérait dans leur vie. Tout le monde, d'ailleurs, en prenait conscience en voyant approcher les temps difficiles qui avançaient à la manière d'un rideau de pluie. Il aurait aimé qu'Arabella en prenne conscience aussi. Roger avait guetté le moment où cela se produirait : elle regarderait autour d'elle et elle se rendrait compte de ce qui se passait. Il avait espéré un énorme tilt, une illumination soudaine, un « éclair de lucidité » qui lui permettrait de voir que les choses ne pouvaient pas continuer ainsi. Pour des raisons économiques, certes – quoique pas uniquement –, mais aussi parce que ces valeurs-là étaient insuffisantes. On ne pouvait pas vouer toute son existence au culte des biens matériels. C'était absurde. Les biens matériels n'étaient que des biens matériels. Ils ne pouvaient pas constituer des valeurs. C'était devenu la devise de Roger : les biens matériels ne suffisent pas. Depuis quelques mois maintenant, son vœu le plus profond était qu'Arabella se regarde dans la glace et qu'elle comprenne qu'elle devait changer. Il le désirait encore plus qu'il ne désirait que ses patrons chez Pinker Lloyd soient humiliés publiquement, plus qu'il ne désirait que son adjoint Mark aille en prison, plus qu'il ne désirait gagner à la loterie. Sa femme ne pouvait pas continuer comme ça.

Mais le miracle ne s'était pas produit. À l'évidence, Arabella n'avait pas compris. Au contraire, elle paraissait bien décidée à ne jamais rien changer. Pas de plan B. Ce n'étaient que grandes marques, logos et consommation effrénée. S'occuper davantage des enfants semblait plutôt avoir aggravé les choses. Cela donnait un tour mélancolique à ses rêves de grandes marques, de vacances et de plaisirs en tout genre, alors qu'avant il ne s'agissait que d'avidité pure et simple. Roger n'en revenait pas qu'une personne qu'il connaissait si bien puisse se révéler être une étrangère aussi impénétrable et incompréhensible. Il ne savait trop si elle avait toujours été comme ça, ou si les événements l'avaient fait évoluer, lui, dans un sens et elle, dans un autre. Quelles que soient les raisons de cette évolution, elle était bien réelle, et aujourd'hui Roger, de plus en plus, trouvait sa femme terriblement superficielle, atrocement, horriblement matérialiste. Il avait travaillé dans la City, parmi les plus grands rapaces de la planète Terre, et il était marié à une femme encore plus rapace qu'eux tous réunis.

À présent Roger était au rez-de-chaussée. Il commença par descendre dans la salle de jeux des enfants. S'il avait eu un odorat très développé, s'il avait été un chien, il aurait sans doute pu humer une dernière fois les effluves de Matya, son parfum, ses cheveux, cette odeur qui l'entourait quand elle rentrait de la promenade avec les garçons, cette odeur de froid, d'âpreté hivernale, cette odeur d'ailleurs, de liberté, d'autres vies que la sienne… Roger n'était pas souvent descendu du temps où elle était ici ; il s'était méfié de lui-même. Ce n'était plus qu'une pièce vide.

Il remonta au rez-de-chaussée. La dernière fois qu'il se tiendrait jamais dans le salon, la dernière fois qu'il allumerait et éteindrait jamais les lumières dans la cuisine, la dernière fois qu'il étirerait les bras dans la salle à manger avant de pivoter, son dernier regard vers le jardin, ses derniers pas dans le couloir, la dernière fois qu'il refermerait la porte d'entrée puis la verrouillerait. On dit que la meilleure chose à faire, c'est de s'éloigner sans se retourner. Au lieu de cela il s'adossa à la porte un moment, quelques dernières secondes de contact physique avec la chose la plus imposante, la plus coûteuse et la plus significative qu'il ait jamais possédée.

La voiture était garée juste devant. Il monta dedans, démarra, s'élança dans Pepys Road, puis s'arrêta. Il tourna la tête et contempla ce qui n'était plus désormais sa porte d'entrée. Il était temps de dire au revoir. Roger avait fait exprès de tout ignorer des acheteurs. Il était absent le premier après-midi où ils avaient visité la maison, et avait choisi d'être absent aussi la deuxième fois qu'ils étaient venus, parce qu'il en avait sa claque de tous ces charlots, de tous ces idiots, de tous ces guignols et autres fumistes qui se pointaient, faisaient des offres puis se volatilisaient. Mais ces gens-là étaient des acquéreurs sérieux, dont l'offre au prix fort avait été acceptée et finalisée, le tout sans que Roger sache ou cherche à savoir quoi que ce soit sur eux. Là, tandis qu'il jetait un ultime regard à son ancienne maison, Roger s'autorisa un instant à se demander qui ils étaient. Puis il redémarra. Au bout de la rue il obliqua et aperçut une dernière fois son ancienne porte d'entrée, et à ce moment-là tout ce qu'il parvenait à se dire c'était : Je peux changer, je peux changer, je vous promets que je peux changer changer changer.

Dans la même collection

Svetlana Alexievitch, *Ensorcelés par la mort*. Traduit du russe par Sophie Benech.

Vladimir Arsenijević, *À fond de cale*. Traduit du serbo-croate par Mireille Robin.

Trezza Azzopardi, *La Cachette*. Traduit de l'anglais par Edith Soonckindt.

Trezza Azzopardi, *Ne m'oubliez pas*. Traduit de l'anglais par Edith Soonckindt.

Kirsten Bakis, *Les Chiens-Monstres*. Traduit de l'anglais (États-Unis) par Marc Cholodenko.

Sebastian Barry, *Les Tribulations d'Eneas McNulty*. Traduit de l'anglais (Irlande) par Robert Davreu.

Saul Bellow, *En souvenir de moi*. Traduit de l'anglais (États-Unis) par Pierre Grandjouan.

Saul Bellow, *Tout compte fait. Du passé indistinct à l'avenir incertain*. Traduit de l'anglais (États-Unis) par Philippe Delamare.

Alessandro Boffa, *Tu es une bête, Viskovitz*. Traduit de l'italien par Nathalie Bauer.

Joan Brady, *L'Enfant loué*. Traduit de l'anglais par Pierre Alien. Prix du Meilleur Livre Étranger 1995.

Joan Brady, *Peter Pan est mort*. Traduit de l'anglais par Marc Cholodenko.

Joan Brady, *L'Émigré*. Traduit de l'anglais par André Zavriew.

Peter Carey, *Jack Maggs*. Traduit de l'anglais (Australie) par André Zavriew.

Peter Carey, *Oscar et Lucinda*. Traduit de l'anglais (Australie) par Michel Courtois-Fourcy.

Peter Carey, *L'Inspectrice*. Traduit de l'anglais (Australie) par Marc Cholodenko.

Peter Carey, *Un écornifleur (Illywhacker)*. Traduit de l'anglais (Australie) par Jean Guiloineau.

Peter Carey, *La Vie singulière de Tristan Smith*. Traduit de l'anglais (Australie) par André Zavriew.

Peter Carey, *Ma vie d'imposteur*. Traduit de l'anglais (Australie) par Élisabeth Peellaert.

Peter Carey, *Véritable histoire du Gang Kelly*. Traduit de l'anglais (Australie) par Élisabeth Peellaert. Prix du Meilleur Livre Étranger 2003.

Sandra Cisneros, *Caramelo*. Traduit de l'anglais (États-Unis) par Rémy Lambrechts.

Martha Cooley, *L'Archiviste*. Traduit de l'anglais (États-Unis) par André Zavriew.

Fred D'Aguiar, *La Mémoire la plus longue*. Traduit de l'anglais (États-Unis) par Gilles Lergen.

Jonathan Dee, *Les Privilèges*. Traduit de l'anglais (États-Unis) par Élisabeth Peellaert.

Jonathan Dee, *La Fabrique des illusions*. Traduit de l'anglais (États-Unis) par Anouk Neuhoff.

Junot Díaz, *Comment sortir une Latina, une Black, une blonde ou une métisse*. Traduit de l'anglais (États-Unis) par Rémy Lambrechts.

Junot Díaz, *La Brève et Merveilleuse Vie d'Oscar Wao*. Traduit de l'anglais (États-Unis) par Laurence Viallet.

Junot Díaz, *Guide du loser amoureux*. Traduit de l'anglais (États-Unis) par Stéphane Roques.

Edward Docx, *Le Calligraphe*. Traduit de l'anglais par Marie-Claire Pasquier.

Albert Drach, *Voyage non sentimental*. Traduit de l'allemand par Colette Kowalski.

Stanley Elkin, *Le Royaume enchanté*. Traduit de l'anglais (États-Unis) par Claire Maniez et Marc Chénetier.

Nathan Englander, *Pour soulager d'irrésistibles appétits*. Traduit de l'anglais (États-Unis) par Élisabeth Peellaert.

Nathan Englander, *Le Ministère des Affaires spéciales*. Traduit de l'anglais (États-Unis) par Élisabeth Peellaert.

Nathan Englander, *Parlez-moi d'Anne Frank*. Traduit de l'anglais (États-Unis) par Élisabeth Peellaert.

Jeffrey Eugenides, *Les Vierges suicidées*. Traduit de l'anglais (États-Unis) par Marc Cholodenko.

Kitty Fitzgerald, *Le Palais des cochons*. Traduit de l'anglais par Bernard Hœpffner.

Susan Fletcher, *Avis de tempête*. Traduit de l'anglais par Marie-Claire Pasquier.

Susan Fletcher, *La Fille de l'Irlandais*. Traduit de l'anglais par Marie-Claire Pasquier.

Susan Fletcher, *Un bûcher sous la neige*. Traduit de l'anglais par Suzanne Mayoux.

Susan Fletcher, *Les Reflets d'argent*. Traduit de l'anglais par Stéphane Roques.

Dario Fo, *Le Pays des Mezaràt*. Traduit de l'italien par Nathalie Bauer.

Erik Fosnes Hansen, *Cantique pour la fin du voyage*. Traduit du norvégien par Alain Gnaedig.

Erik Fosnes Hansen, *La Tour des faucons*. Traduit du norvégien par Johannes Kreisler.

Erik Fosnes Hansen, *Les Anges protecteurs*. Traduit du norvégien par Lena Grumbach et Hélène Hervieu.

William Gaddis, *JR*. Traduit de l'anglais (États-Unis) par Marc Cholodenko.

William Gaddis, *Le Dernier Acte*. Traduit de l'anglais (États-Unis) par Marc Cholodenko.

William Gaddis, *Agonie d'agapè*. Traduit de l'anglais par Claro.

Eduardo Galeano, *Mémoire du feu,* tome I, *Les Naissances*. Traduit de l'espagnol par Claude Couffon.

Eduardo Galeano, *Mémoire du feu,* tome II, *Les Visages et les Masques*. Traduit de l'espagnol par Véra Binard.

Eduardo Galeano, *Mémoire du feu,* tome III, *Le Siècle du vent*. Traduit de l'espagnol par Véra Binard.

Petina Gappah, *Les Racines déchirées*. Traduit de l'anglais par Anouk Neuhoff.

Natalia Ginzburg, *Nos années d'hier*. Traduit de l'italien par Adrienne Verdière Le Peletier. Nouvelle édition établie par Nathalie Bauer.

Paul Golding, *L'Abomination*. Traduit de l'anglais par Robert Davreu.

Nadine Gordimer, *Le Safari de votre vie*. Nouvelles traduites de l'anglais par Pierre Boyer, Julie Damour, Gabrielle Rolin, Antoinette Roubichou-Stretz et Claude Wauthier.

Nadine Gordimer, *Feu le monde bourgeois*. Traduit de l'anglais par Pierre Boyer.

Nadine Gordimer, *Personne pour m'accompagner*. Traduit de l'anglais par Pierre Boyer.

Nadine Gordimer, *L'Écriture et l'Existence*. Traduit de l'anglais par Claude Wauthier.

Nadine Gordimer, *L'Arme domestique*. Traduit de l'anglais par Claude Wauthier et Fabienne Teisseire.

Nadine Gordimer, *Vivre dans l'espoir et dans l'Histoire*. Traduit de l'anglais par Claude Wauthier et Fabienne Teisseire.

Nadine Gordimer, *La Voix douce du serpent*. Traduit de l'anglais par Pierre Boyer, Julie Damour, Dominique Dussidour, Claude Wauthier.

Nadine Gordimer, *Le Magicien africain*. Traduit de l'anglais par Pierre Boyer, Julie Damour, Fabienne Teisseire et Claude Wauthier.

Lauren Groff, *Les Monstres de Templeton*. Traduit de l'anglais (États-Unis) par Carine Chichereau.

Lauren Groff, *Fugues*. Traduit de l'anglais (États-Unis) par Carine Chichereau.

Lauren Groff, *Arcadia*. Traduit de l'anglais (États-Unis) par Carine Chichereau.

Nikolai Grozni, *Wunderkind*. Traduit de l'anglais par France Camus-Pichon.

Arnon Grunberg, *Douleur fantôme*. Traduit du néerlandais par Olivier Van Wersch-Cot.

Arnon Grunberg, *Lundis bleus*. Traduit du néerlandais par Tina Hegeman.

Allan Gurganus, *Bénie soit l'assurance*. Traduit de l'anglais (États-Unis) par Simone Manceau.

Allan Gurganus, *Et nous sommes à Lui*. Traduit de l'anglais (États-Unis) par Élisabeth Peellaert.

Allan Gurganus, *Lucy Marsden raconte tout*. Traduit de l'anglais (États-Unis) par Élisabeth Peellaert.

Allan Gurganus, *Les Blancs*. Traduit de l'anglais (États-Unis) par Simone Manceau et Élisabeth Peellaert.

Oscar Hijuelos, *Les Mambo Kings*. Traduit de l'anglais (États-Unis) par Pierre Alien et Jean Clem.

Nick Hornby, *Slam*. Traduit de l'anglais par Francis Kerline.
Nick Hornby, *À propos d'un gamin*. Traduit de l'anglais par Christophe Mercier.
Nick Hornby, *Carton jaune*. Traduit de l'anglais par Gabrielle Rolin.
Nick Hornby, *Conversations avec l'ange*. Traduit de l'anglais par Marie-Claire Pasquier.
Nick Hornby, *Haute Fidélité*. Traduit de l'anglais par Gilles Lergen.
Nick Hornby, *La Bonté : mode d'emploi*. Traduit de l'anglais par Isabelle Chapman.
Nick Hornby, *Vous descendez ?* Traduit de l'anglais par Nicolas Richard.
Aldous Huxley, *Le Meilleur des mondes*. Traduit de l'anglais par Jules Castier.
Aldous Huxley, *Temps futurs*. Traduit de l'anglais par Jules Castier et révisé par Hélène Cohen.
Aldous Huxley, *Retour au meilleur des mondes*. Traduit de l'anglais par Denise Meunier et révisé par Hélène Cohen.
Aldous Huxley, *Île*. Traduit de l'anglais par Mathilde Treger et révisée par Hélène Cohen.
Neil Jordan, *Lignes de fond*. Traduit de l'anglais (Irlande) par Gabrielle Rolin.
Nicholas Jose, *Pour l'amour d'une rose noire*. Traduit de l'anglais par Anne Rabinovitch.
Ken Kalfus, *Un désordre américain*. Traduit de l'anglais (États-Unis) par Marie-Hélène Dumas.
Ryszard Kapuściński, *Autoportrait d'un reporter*. Traduit du polonais par Véronique Patte.
Ryszard Kapuściński, *Cet Autre*. Traduit du polonais par Véronique Patte.
Ryszard Kapuściński, *Ébène*. Traduit du polonais par Véronique Patte.
Ryszard Kapuściński, *Imperium*. Traduit du polonais par Véronique Patte.
Ryszard Kapuściński, *La Guerre du foot*. Traduit du polonais par Véronique Patte.
Ryszard Kapuściński, *Mes voyages avec Hérodote*. Traduit du polonais par Véronique Patte.
Ryszard Kapuściński, *Le Christ à la carabine*. Traduit du polonais par Véronique Patte.
Francesca Kay, *Saison de lumière*. Traduit de l'anglais par Laurence Viallet.
Francesca Kay, *Le Temps de la Passion*. Traduit de l'anglais par Carine Chichereau.
Wolfgang Koeppen, *Pages du journal de Jacob Littner écrites dans un souterrain*. Traduit de l'allemand par André Maugé.
Jerzy Kosinski, *L'Ermite de la 69e Rue*. Traduit de l'anglais (États-Unis) par Fortunato Israël.
Hari Kunzru, *Mes révolutions*. Traduit de l'anglais par Marie-Hélène Dumas.
Harriet Lane, *Le Beau Monde*. Traduit de l'anglais par Amélie de Maupeou.
Barry Lopez, *Les Dunes de Sonora*. Traduit de l'anglais (États-Unis) par Suzanne V. Mayoux.
James Lord, *Cinq Femmes exceptionnelles*. Traduit de l'anglais (États-Unis) par Pierre Leyris et Edmonde Blanc.

Patrick McCabe, *Le Garçon boucher*. Traduit de l'anglais (Irlande) par Edith Soonckindt.

Norman Mailer, *L'Amérique*. Traduit de l'anglais (États-Unis) par Anne Rabinovitch.

Norman Mailer, *L'Évangile selon le fils*. Traduit de l'anglais (États-Unis) par Rémy Lambrechts.

Norman Mailer, *Oswald. Un mystère américain*. Traduit de l'anglais (États-Unis) par Pierre Grandjouan.

Norman Mailer, *Un château en forêt*. Traduit de l'anglais (États-Unis) par Gérard Meudal.

Salvatore Mannuzzu, *La Procédure*. Traduit de l'italien par André Maugé.

Salvatore Mannuzzu, *La Fille perdue*. Traduit de l'italien par Nathalie Bauer.

Valerie Martin, *Mary Reilly*. Traduit de l'anglais (États-Unis) par Annie Saumont.

Daniel Mason, *Un lointain pays*. Traduit de l'anglais (États-Unis) par Isabelle Chapman.

Paolo Maurensig, *Le Violoniste*. Traduit de l'italien par Nathalie Bauer.

Piero Meldini, *L'Antidote de la mélancolie*. Traduit de l'italien par François Maspero.

Lisa Moore, *Février*. Traduit de l'anglais (Canada) par Carole Hanna.

Jess Mowry, *Hypercool*. Traduit de l'anglais (États-Unis) par Pierre Alien.

Péter Nádas, *Amour*. Traduit du hongrois par Georges Kassai et Gilles Bellamy.

Péter Nádas, *La Fin d'un roman de famille*. Traduit du hongrois par Georges Kassai.

Péter Nádas, *Le Livre des mémoires*. Traduit du hongrois par Georges Kassai. Prix du Meilleur Livre Étranger 1999.

Péter Nádas, *Minotaure*. Traduit du hongrois par Georges Kassai et Gilles Bellamy.

Péter Nádas, *Histoires parallèles*. Traduit du hongrois par Marc Martin (avec la collaboration de Sophie Aude).

V. S. Naipaul, *L'Inde. Un million de révoltes*. Traduit de l'anglais par Béatrice Vierne.

V. S. Naipaul, *La Traversée du milieu*. Traduit de l'anglais par Marc Cholodenko.

V. S. Naipaul, *Un chemin dans le monde*. Traduit de l'anglais par Suzanne V. Mayoux.

V. S. Naipaul, *La Perte de l'Eldorado*. Traduit de l'anglais par Philippe Delamare.

V. S. Naipaul, *Jusqu'au bout de la foi. Excursions islamiques chez les peuples convertis*. Traduit de l'anglais par Philippe Delamare.

V. S. Naipaul, *La Moitié d'une vie*. Traduit de l'anglais par Suzanne V. Mayoux.

V. S. Naipaul, *Semences magiques*. Traduit de l'anglais par Suzanne V. Mayoux.

Tim O'Brien, *À la poursuite de Cacciato*. Traduit de l'anglais (États-Unis) par Yvon Bouin.

Tim O'Brien, *À propos de courage*. Traduit de l'anglais (États-Unis) par Jean-Yves Prate. Prix du Meilleur Livre Étranger 1993.

Tim O'Brien, *Au lac des Bois*. Traduit de l'anglais (États-Unis) par Rémy Lambrechts.

Tim O'Brien, *Matou amoureux*. Traduit de l'anglais (États-Unis) par Rémy Lambrechts.

Jayne Anne Phillips, *Camp d'été*. Traduit de l'anglais (États-Unis) par André Zavriew.

David Plante, *American stranger*. Traduit de l'anglais par Laurence Viallet.

Salman Rushdie, *Est, Ouest*. Traduit de l'anglais par François et Danielle Marais.

Salman Rushdie, *Franchissez la ligne*... Traduit de l'anglais par Philippe Delamare.

Salman Rushdie, *Furie*. Traduit de l'anglais par Claro.

Salman Rushdie, *Haroun et la mer des histoires*. Traduit de l'anglais par Jean-Michel Desbuis.

Salman Rushdie, *La Honte*. Traduit de l'anglais par Jean Guiloineau.

Salman Rushdie, *La Terre sous ses pieds*. Traduit de l'anglais par Danielle Marais.

Salman Rushdie, *Le Dernier Soupir du Maure*. Traduit de l'anglais par Danielle Marais.

Salman Rushdie, *L'Enchanteresse de Florence*. Traduit de l'anglais par Gérard Meudal.

Salman Rushdie, *Le Sourire du jaguar*. Traduit de l'anglais par Anne Rabinovitch.

Salman Rushdie, *Les Enfants de minuit*. Traduit de l'anglais par Jean Guiloineau.

Salman Rushdie, *Les Versets sataniques*. Traduit de l'anglais par A. Nasier.

Salman Rushdie, *Shalimar le clown*. Traduit de l'anglais par Claro.

Salman Rushdie, *Luka et le Feu de la Vie*. Traduit de l'anglais par Gérard Meudal.

Salman Rushdie, *Joseph Anton*. Traduit de l'anglais par Gérard Meudal.

Paul Sayer, *Le Confort de la folie*. Traduit de l'anglais par Bernard Hœpffner.

Francesca Segal, *Les Innocents*. Traduit de l'anglais par Christine Rimoldy.

Maria Semple, *Bernadette a disparu*. Traduit de l'anglais (États-Unis) par Carine Chichereau.

Diane Setterfield, *Le Treizième Conte*. Traduit de l'anglais par Claude et Jean Demanuelli.

Donna Tartt, *Le Maître des illusions*. Traduit de l'anglais (États-Unis) par Pierre Alien.

Donna Tartt, *Le Petit Copain*. Traduit de l'anglais (États-Unis) par Anne Rabinovitch.

Marcel Theroux, *Au nord du monde*. Traduit de l'anglais par Stéphane Roques.

Marcel Theroux, *Jeu de pistes*. Traduit de l'anglais par Stéphane Roques.

Mario Tobino, *Trois Amis*. Traduit de l'italien par Patrick Vighetti.

Pramoedya Ananta Toer, *Le Fugitif*. Traduit de l'indonésien par François-René Daillie.

Hasan Ali Toptaş, *Les Ombres disparues*. Traduit du turc par Noémi Cingöz.

Rose Tremain, *Les Ténèbres de Wallis Simpson*. Traduit de l'anglais par Claude et Jean Demanuelli.

Rose Tremain, *Retour au pays*. Traduit de l'anglais par Claude et Jean Demanuelli.

Joanna Trollope, *Les Vendredis d'Eleanor*. Traduit de l'anglais par Isabelle Chapman.

Joanna Trollope, *La Deuxième Lune de miel*. Traduit de l'anglais par Isabelle Chapman.

Dubravka Ugrešić, *L'Offensive du roman-fleuve*. Traduit du serbo-croate par Mireille Robin.

Dubravka Ugrešič, *Dans la gueule de la vie*. Traduit du serbo-croate par Mireille Robin.

Sandro Veronesi, *La Force du passé*. Traduit de l'italien par Nathalie Bauer.

Serena Vitale, *Le Bouton de Pouchkine*. Traduit de l'italien par Jacques Michaut-Paternò. Prix du Meilleur Livre Étranger 1998.

Edith Wharton, *Les Boucanières*. Traduit de l'anglais (États-Unis) par Gabrielle Rolin.

Edmund White, *City Boy*. Traduit de l'anglais (États-Unis) par Philippe Delamare.

Edmund White, *Écorché vif*. Traduit de l'anglais (États-Unis) par Élisabeth Peellaert et Marc Cholodenko.

Edmund White, *Fanny*. Traduit de l'anglais (États-Unis) par Anne Rabinovitch.

Edmund White, *La Bibliothèque qui brûle*. Traduit de l'anglais (États-Unis) par Philippe Delamare.

Edmund White, *La Symphonie des adieux*. Traduit de l'anglais (États-Unis) par Marc Cholodenko.

Edmund White, *L'Homme marié*. Traduit de l'anglais (États-Unis) par Anne Rabinovitch.

Edmund White, *Mes vies*. Traduit de l'anglais (États-Unis) par Philippe Delamare.

Edmund White, *Hotel de Dream*. Traduit de l'anglais (États-Unis) par André Zavriew.

Edmond White, *Jack Holmes et son ami*. Traduit de l'anglais (États-Unis) par Céline Leroy.

David Whitehouse, *Couché*. Traduit de l'anglais par Olivier Deparis.

Jeanette Winterson, *Écrit sur le corps*. Traduit de l'anglais par Suzanne Mayoux.

Jeanette Winterson, *Le Sexe des cerises*. Traduit de l'anglais par Isabelle Delors-Philippe.

Jeanette Winterson, *Art et Mensonges*. Traduit de l'anglais par Isabelle Delors-Philippe.

Tobias Wolff, *Un mauvais sujet*. Traduit de l'anglais (États-Unis) par Anouk Neuhoff.

Tobias Wolff, *Dans l'armée de Pharaon*. Traduit de l'anglais (États-Unis) par Rémy Lambrechts.

Tobias Wolff, *Portrait de classe*. Traduit de l'anglais (États-Unis) par Élisabeth Peellaert.

Tobias Wolff, *Retour au monde*. Traduit de l'anglais (États-Unis) par Rémy Lambrechts.

Pedro Zarraluki, *Un été à Cabrera*. Traduit de l'espagnol par Laurence Villaume.

Cet ouvrage a été composé par CPI Firmin Didot
et imprimé en France par CPI Bussière
à Saint-Amand-Montrond (Cher)
pour le compte des Éditions Plon
12, avenue d'Italie Paris 13e
en décembre 2013

N° d'impression : 2006721.
Dépôt légal : octobre 2013